LA MANSIÓN

ANNE JACOBS

LA MANSIÓN
Tiempos de tormenta

Traducción de
Mateo Pierre Avit Ferrero y Ana Guelbenzu de San Eustaquio

PLAZA **PJ** JANÉS

Papel certificado por el Forest Stewardship Council®

Título original: *Das Gutshaus. Stürmische Zeiten* by Anne Jacobs
Primera edición: octubre de 2020

© 2019, Blanvalet Taschenbuch Verlag, una división de Verlagsgruppe
Random House GmbH, Munich, Alemania, www.randomhouse.de
Este libro se negoció a través de Ute Körner Literary Agent, S. L. U., www.uklitag.com
© 2020, Penguin Random House Grupo Editorial, S. A. U.
Travessera de Gràcia, 47-49. 08021 Barcelona
© 2020, Mateo Pierre Avit Ferrero y Ana Guelbenzu de San Eustaquio, por la traducción

Printed in Spain – Impreso en España

ISBN: 978-84-01-02426-9
Depósito legal: B-8.186-2020

Compuesto en La Nueva Edimac, S. L.

Impreso en Rodesa
Villatuerta (Navarra)

L024269

Penguin
Random House
Grupo Editorial

Sonja

Tine Koptschik pasó con ímpetu la aspiradora de mano por la camilla de tratamiento, como si quisiera retirar la funda de goma negra. Y eso que solo tenía que quitar los abundantes pelos de perro que cubrían la camilla y el suelo. Antes, en la cooperativa de producción agraria, se ocupaba de ciento cincuenta vacas. Ahora, en la primavera de 1992, la cooperativa estaba a punto de liquidarse a causa de la reunificación. Así que Tine conocía bien el ganado, por eso sus movimientos eran vigorosos, aunque en ocasiones un poco torpes para una consulta de animales pequeños.

—¿Hemos terminado por hoy? —preguntó Sonja mientras incluía en la lista a la señora Kupke con Whisky, el perro salchicha de pelo áspero.

—No, aún hay un pastor alemán en la sala de espera.

Sonja miró un momento el reloj. Las once en punto. En realidad el horario de consulta había terminado. El día había ido muy bien: tres gatos, un canario y dos perros. Si siempre fuera así, la consulta valdría la pena.

—¡Adelante el perro ladrador!

Tine guardó la aspiradora de mano en el estante, donde sobresalía tanto que volvió a caerse en el acto. Sonja se contuvo. No tenía sentido alterarse. Tine era poco hábil con los dedos, tenía que estar dispuesta a aceptar esas pérdidas. A cambio, era honrada y sincera, no exigía más de lo que le podía pagar y nunca se quejaba cuando en invierno hacía frío en la consulta. Además, poseía un ingenio extraordinario y se las apañaba incluso con un rottweiler con malas pulgas.

—Pase, joven. Ay, pobre, Falko está empapado.

—Llueve a cántaros, hoy hace un tiempo horrible y demasiado frío para estar en marzo.

Sonja se estremeció al oír la voz de la joven. Otra vez ella. Maldita sea, hasta entonces el día había ido muy bien, pero siempre llegaba el colofón.

—Buenos días, doctora Gebauer. —Jenny Kettler le dio la mano y le dedicó una sonrisa. ¿Sin más, sin nada que ocultar? ¿Quería ponerla a prueba? ¿O solo eran imaginaciones suyas? Sonja intentó mirarla con despreocupación y naturalidad, pero no era fácil.

Jenny Kettler. Guapa, delgadísima, con aquella provocadora melena roja, encantadora con su dulce sonrisa. Convencida de conseguir todo lo que quisiera solo con desplegar sus encantos femeninos… Sonja se prohibió seguir pensando y prefirió dedicarse al perro.

—Bueno, Falko, estás estupendo. La herida del morro está bien curada. Apenas se ve…

Falko se dejó examinar el morro sin resistirse. Tampoco hacía ascos a una caricia detrás de la oreja, pero miraba de reojo ansioso la lata gris que estaba arriba, en la estantería. Los animales eran sinceros, por eso le gustaban tanto a Sonja.

—Creo que hay que vacunarlo —dijo Jenny Kettler—. Además, no para de rascarse. A mi abuela le preocupa que tenga ácaros o algo parecido.

Sonja hojeó el carnet de vacunaciones y comprobó que hacía dos años que el perro no se vacunaba. ¡Qué descuido! Sacó el peine para las pulgas y no tardó en encontrarlas.

—Tiene pulgas —anunció—. Y muchas.

Jenny miró el peine con los ojos desorbitados y vio tres puntitos negros que saltaban.

—¡Puaj!

—Le recetaré unos polvos. Fróteselos en el pelo y espárzalos también en su manta y cesta, en todas partes donde le guste tumbarse.

A Sonja le divirtió mucho ver la reacción de horror de Jenny. Sí, la gente era muy sensible a las pulgas. La porquería que los campesinos pulverizaban en los campos o los gases de combustión de sus coches no les molestaban en absoluto, pero cuidado, ¡el perro tiene una pulguita inofensiva!

—Pero si se tumba en todas partes: en el sofá, en la alfombra, en la cama de la abuela…

—Si los bichitos negros están en el colchón —intervino Tine, incapaz de callarse pese a que ya la habían amonestado varias veces—, se instalan a su gusto. Ponen huevos y crían sin parar.

Jenny la miró, presa del pánico, y luego lanzó una mirada de reproche a Falko.

—¿Por dónde has andado, sinvergüenza?

Falko no estaba dispuesto a revelar información al respecto. En cambio, levantó la cabeza hacia Sonja para dejarse acariciar en la zona del grueso collar, donde siempre le picaba tantísimo.

—La mayoría de las veces cogen las pulgas de animales salvajes, de erizos, por ejemplo. Los zorros también colaboran, y los corzos. Tienen un montón de inquilinos subarrendados…

Jenny vio asqueada cómo Sonja aplastaba tres pulgas con un pañuelo de papel.

«Mejor —pensó la veterinaria—. Cuanto menos me soporte, mejor.»

—Y esos polvos, ¿no son venenosos? —preguntó Jenny, preocupada—. Tengo una niña pequeña que gatea y camina por todas partes…

Cierto. La niña acababa de cumplir un año. Se llamaba Julia. Una monada, según le habían contado. Sonja lo sabía, aunque no sintiera ninguna curiosidad por el tema.

—Basta con frotar al perro con los polvos y alejarlo un rato de la niña, no hace falta tener más precauciones.

Falko aguantó la inyección sin siquiera pestañear y luego se abalanzó sobre las galletas de perro que le ofrecía Sonja. «Buen chico, Falko.» A Sonja le gustaría tener uno así. Sin embargo, de momento no tenía dinero. Si tuviera perro tendría que alimentarlo adecuadamente, y no con esa porquería enlatada que se vendía ahora también en el Este. Era puro aprovechamiento de basura: pellejo, piel, pezuñas, huesos… Lo trituraban todo y luego lo llamaban producto con contenido cárnico. La mayor parte eran cereales, que salían muy baratos, además de sustancias aromáticas para que aquel puré oliera a carne, y conservantes prohibidos para el consumo humano. ¡No, gracias!

—Son treinta y cuatro con cincuenta. ¿Paga en metálico o le envío una factura?

Pagó en efectivo. No estaba mal. Era un milagro que aún les quedara dinero a Jenny Kettler y su abuela. Semejante reforma costaba una fortuna. No obstante, tal vez habían recibido subvenciones justo a tiempo, y el arquitecto, ese Kacpar Woronski, tampoco debía cobrarles un dineral. Estaba loco por la dulce Jenny.

Sí, Sonja tenía sus informadores y estaba al corriente. Kalle Pechstein, por ejemplo, era un cotilla. Un cotilla enamorado, pues el pobre aún se hacía ilusiones con Margret Rokowski, alias Mücke. Sí, el tiovivo del amor seguía dando vueltas. Primero a la derecha, luego a la izquierda. Se balanceaba y rechinaba, pero a quien estaba dentro le parecía fantástico. Si estabas al lado, en cambio, como Sonja, tenías más bien la sensación de relacionarte con una panda de locos. Sin embargo, a sus cuarenta y cinco años era mayor y tenía más experiencia que los jóvenes, tenía edad incluso para ser la madre de Jenny Kettler. Bueno, por suerte no lo era.

—Voy a limpiar otra vez antes de irme. —Tine interrumpió sus pensamientos.

Sonja escrutó la estantería con la mirada y empujó de nuevo la aspiradora manual hacia dentro, luego cerró el armario de los medicamentos para que no se cayera nada y se rompiera.

—Genial, Tine. Luego bajo y cierro.

—¡Hasta mañana, sanos y salvos!

—¡Por supuesto!

Sonja recogió los papeles para subirlos a su piso. La casa de dos plantas estaba bastante destartalada, pero no tenía dinero para reformarla. Se la compró a los padres de una amiga, que cruzaron al Oeste justo después de la reunificación, y en realidad fue una ganga porque no pagó mucho por ella. Al menos según el estándar occidental. Con todo, tuvo que pedir un crédito porque también necesitaba el mobiliario para la consulta de veterinaria.

No lo habría conseguido sin su padre, que seguía enviándole doscientos marcos al mes. Él decía que no le importaba, pero Sonja sabía que no era cierto. Walter Iversen tenía que reducir bastante los gastos para poder ayudarla. No le gustaba, sobre todo ahora no podía quedarse sin recursos, de lo contrario su antiguo y nuevo amor lo devoraría sin piedad.

Conocía a las mujeres del Oeste, solo les importaba el dinero y los bienes materiales. Quien no tenía nada, tampoco valía nada. Por desgracia, necesitaba la ayuda de su padre, ya que la consulta no rendía lo suficiente. En el Este no había ni mucho menos tantas mascotas como en el Oeste. La mayoría de la gente trabajaba, incluidas las mujeres, así que ¿quién tenía tiempo de ocuparse de perros o gatos? Además, los animales costaban dinero, y todo el mundo prefería comprarse un televisor nuevo.

La cooperativa de producción agrícola, en la que tenía puestas tantas esperanzas, hacía tiempo que había vendido las vacas, los cerdos y las aves. De vez en cuando la llamaban de uno de los pueblos de alrededor, donde mucha gente aún tenía ganado. En realidad, un colega era el responsable de aquellos animales, y ella solo intervenía si estaba enfermo o impedido por algo. Ni pensar en forrarse.

—Ya llegará —le dijo Tine—. Cuando en el Este todo funcione bien. Entonces la gente también comprará animalitos domésticos. Además, alguien me contó que en la mansión Dranitz habrá caballos. Para hacer excursiones en carro con los grandes capitalistas que vayan a darse masajes en la barriga en el futuro hotel balneario.

A Sonja el asunto del hotel balneario le parecía una quimera. ¿Quién iba a ir a Dranitz, y encima para hacer algo tan moderno? Dranitz estaba donde Cristo perdió el zapato, para eso valía más la pena un hotel en Waren an der Müritz, donde tenían el lago delante de las narices, podían ir en barca, bañarse, pasear o comprar. Había fondas, una heladería y un par de bares. Dranitz estaba muerto por la tarde. Era el aburrimiento total.

Lanzó una mirada a la nevera y resistió la tentadora imagen del plato con el pastel que Tine le había llevado a primera hora. Habían tenido celebración familiar. En casa de los Koptschik siempre se comía bien y repartían las sobras con generosidad entre los vecinos. A su jefa, Sonja, le reservaron tres tartas de nata y dos porciones de pastel de nueces.

—¡Puede engordar un poco más sin problema, doctora Gebauer!

A juzgar por la complexión lozana de Tine, puede que tuviera razón. En cambio, si partía de la idea que tenía Sonja de una figura de ensueño, tendría que renunciar para el resto de su vida a la nata, el azúcar y cosas parecidas. Todo engordaba.

Aun así, no sabía si lograría librarse algún día del malicioso apodo de «albóndiga». Tal vez no. Se lo pusieron los compañeros de clase, y lo llevaba pegado a los talones como una sombra. Era rubia y rellenita, sin apenas cintura, pero tenía unos pechos generosos que de joven la avergonzaban muchísimo. Ya estaba acostumbrada, ahora llevaba un sujetador fuerte con tirantes anchos y contestaba a los comentarios picantes con réplicas mordaces.

Sacó de la nevera el resto de la sopa *solianka* del día anterior, encendió el fogón y puso la olla encima. Aquello olía fenomenal y, además, no llevaba azúcar. Solo se le echaba nata agria, pero no mucha. Lo justo para notar el sabor fresco y cremoso en la salchicha. Colocó rápidamente el plato hondo y la cuchara en la mesa de la cocina, además de una limonada recién salida de la botella. Así tenía que ser. La limonada siempre había sido su consuelo.

Mientras removía la *solianka* en la olla, miró por la ventana. Al fondo vio los tejados rojos y grises, una fila de chopos aún sin hojas y una mancha gris detrás: el Müritz. El lago tenía poco encanto cuando llovía, pero bajo la luz del sol relucían las pequeñas olas y el agua se teñía de azul como el cielo. De niña solía sentarse en Dranitz a la orilla del lago, lanzaba piedras al agua o modelaba sirenas con el légamo. Ahora veía el Müritz desde la ventana de la cocina, lejano e infinito como un mar. Era lo mejor de aquella casa, tal vez la compró solo por eso.

Sonja sirvió la aromática *solianka* en el plato, y ya estaba a punto de coger la nata agria cuando sonó el teléfono.

«Mierda —pensó—. ¡Siempre cuando estoy comiendo! Pero da igual, si en Federow el veterinario no es muy eficiente y tengo que intervenir, ya me va bien.»

Dejó la *solianka* y se fue al salón, donde había montado su despacho en un rincón. Levantó esperanzada el auricular de plástico gris.

—Buenos días, al habla la doctora Gebauer.

—Hola, Sonja —saludó la voz de su padre por el auricular—. Espero no molestarte si estás comiendo.

—Pues sí —masculló ella, un tanto malhumorada—. Pero ¿qué más da? De todos modos estoy demasiado gorda.

Oyó el suspiro de su padre y supo lo que iba a contestar. De pronto dijo:

—¿Por qué dices siempre eso? Es una tontería, Sonja.

—Lo que importa son los valores que tengas, ¿no? —lo citó ella, insolente.

Suspiró de nuevo, y ella tuvo mala conciencia. ¿Por qué siempre se prestaba a aquel estúpido juego? Se quejaba, él quería consolarla, ella le contestaba arisca. A continuación los dos se sentían mal y se evitaban.

—Bueno, papá. ¿Por qué llamas?

Su padre se aclaró la garganta.

—Estoy aquí recogiendo y he encontrado algunas cosas tuyas. Pensaba que a lo mejor querías verlas antes de que las tire.

Madre mía. Viejos recuerdos, quizá de la época del colegio o, aún peor, de su espantoso matrimonio. Pecados de juventud. Podía tirarlo a la basura. Aunque… a lo mejor le gustaría guardar alguna que otra cosa.

—Muy bien. Cojo el coche y paso por allí.

—Conduce con cuidado, hija.

—¡Siempre lo hago, papá!

Apenas había cien kilómetros hasta Rostock, si iba rápido

tardaba una hora. Sonja siempre conducía deprisa, en el coche se sentía liberada, corría por las avenidas, volaba por la autopista y exprimía al máximo lo que su Renault de color azul claro tenía bajo el capó. Tal vez le gustaba tanto conducir porque así aquel cuerpo molesto en el que tan a disgusto se sentía ya no era un estorbo.

Se comió ensimismada la *solianka* tibia, hasta se le olvidó ponerle nata agria, y luego dejó los platos y los cubiertos en el fregadero. Después se permitió media porción de pastel de chocolate y nata y un poco de crema de licor de huevo, así, de pie, a cucharadas del papel de aluminio que los tapaba. Solo le quedaba bajar rápido a cerrar la consulta y luego podría irse.

Conocía el trayecto al dedillo, lo había recorrido infinidad de veces desde que se mudó de nuevo al Este. Decidió regresar justo después de la reunificación, porque lo cierto era que en realidad en el Oeste nunca se sintió a gusto. Primero, la guerra conyugal con Markus, la separación, todo el teatro con los abogados, los reproches, las acusaciones, las ofensas. Era una frustrada, una anormal, una frígida y todo lo que se le ocurriera.

Lo cierto era que nunca tuvo ganas de sexo con Markus, y no cambió en el transcurso del breve matrimonio. Aunque él se esforzaba de verdad, eso tenía que reconocerlo. Música suave, velas, champán, ropa de cama de seda. No le gustaba nada de él, apenas soportaba el olor a sudor de su piel, el apestoso aliento a tabaco, sus jadeos.

Un par de veces se emborrachó tanto que se dejó hacer de todo, pero luego se bloqueó. Se alegró muchísimo cuando por fin se hizo efectivo el divorcio y no tuvo que verlo más. Aliviada, se concentró en sus estudios de veterinaria y en el trabajo que necesitaba para sobrevivir. Sacó buenas notas en los exámenes y, tras licenciarse, incluso recibió una oferta de la industria farmacéutica, pero no quería aceptarla bajo ningún concepto.

En cambio, trabajó en una consulta donde el jefe le exigía cada vez más a cambio de un sueldo muy bajo. Pero aprendió mucho, y pronto tuvo claro que el trabajo de veterinaria no era especialmente gratificante. Sobre todo cuando le cogía cariño de verdad a un animal.

Había un montón de animales desatendidos, pero aún había más bichos a los que sus dueños mataban de amor. Sobrealimentados, torturados con absurdas mantitas y zapatos, achuchones, besos, infectados con virus de la gripe, humanizados, degradados. La doctora Sonja Gebauer, tan orgullosa de sus estupendas notas en los exámenes, ejercía por desgracia con demasiada frecuencia de cómplice de un falso amor por los animales. Por eso no dejó escapar la ocasión de abrir su propia consulta y, aunque fuera duro, nunca se arrepintió.

La calle Ernst Reuter de Rostock había cambiado poco durante los últimos meses. De vez en cuando pintaban un balcón con los llamativos colores occidentales pero, por lo demás, predominaba el noble gris de los tiempos de la RDA. Solo el bosque de antenas sobre los tejados era más espeso. Las casas pertenecían ahora al llamado «fideicomiso» que gestionaba los bienes nacionalizados de la RDA. Es decir, las propiedades que antes eran estatales y en realidad eran de todos. Por lo menos en teoría.

Sonja vivió el tiempo suficiente en el Oeste para saber que aquellos bienes acabarían a las primeras de cambio en los bolsillos de unas cuantas grandes empresas e intereses privados. Ahora, la economía del marco funcionaba así. A cambio, en el dorado Oeste cualquiera tenía la opción de hacerse millonario por mérito propio. Por lo menos en teoría...

Aparcó el coche delante del número 77 y bajó. Sería el último día que subía aquella escalera y notaba el hedor fruto de la mezcla de los distintos olores de las casas y lo que estaba hirviendo en las ollas. No le parecía mal, nunca le gustó el piso que ocupó su padre después de huir al Oeste. Sin embargo, le costaba digerir que ahora quisiera regresar precisamente a Dranitz. En realidad, esperaba que se mudara a su casa, había espacio de sobra. Pero lo impidió el tiovivo del amor, al que se había subido a su edad.

Cuando le abrió la puerta le hizo un gesto de reproche.

—¡Has vuelto a conducir demasiado rápido, Sonja! Te lo he pedido...

—Si conduzco despacio, no presto atención —lo interrumpió ella—. Así que piso el acelerador. Por pura seguridad.

Él hizo un gesto de desaprobación con la cabeza y se apartó para dejarla pasar.

—¡Pero bueno! —exclamó al ver el caos en el salón—. ¿De dónde han salido todos esos trastos?

Walter sonrió satisfecho y buscó una taza de café en medio de aquel desastre. Le costó un rato encontrar una, y cuando lo hizo, le sirvió café de un termo, añadió leche y le puso un terrón de azúcar.

Sonja se quitó la chaqueta y se arrodilló al lado de una de las cajas. Lo que temía. Sus cosas del colegio. Todo guardado con pulcritud.

—¡Esto puedes tirarlo, papá!

Él le dio la taza, Sonja la aceptó y bebió un trago largo mientras su padre cogía uno de los cuadernos y lo abría.

—Lo miro y te veo de nuevo cuando ibas al colegio —dijo en voz baja—. Con la mochila en la espalda y dos trenzas rubias.

—¡Por favor, ahórramelo, papá!

Un cuaderno de segundo curso. Qué letra más limpia y recta. Las letras parecían impresas entre las líneas de ayuda.

De vez en cuando había una frase escrita debajo en tinta roja, casi siempre un elogio. Empezó a meterse en líos de verdad a los catorce años. No la admitieron en bachillerato, por lo visto era demasiado «inestable».

Más adelante, en el Oeste, en Hamburgo, cursó el bachillerato en el instituto nocturno, para gran disgusto de su entonces marido, ya que Markus opinaba que no lo necesitaba. En el Oeste la mujer se queda en casa y se ocupa de la casa y los niños mientras el marido gana dinero, decía, pero nunca se dejó convencer por semejante bobada. Tampoco en 1967, cuando todo era tan ultraconservador en el otro lado.

—No necesito eso para nada, papá —insistió ella, y añadió—: Pero es un detalle que lo hayas guardado todos estos años.

Cerró el cuaderno y volvió a guardarlo en la caja. Hurgó un poco más adentro y sacó un bloc de dibujo. Había animales dibujados con carboncillo y lápices de colores. Perros, un oso, un león y un animal que parecía un zorro. No estaba nada mal. Siempre dibujó bien.

—Enséñamelo. A lo mejor podría enmarcarlos y colgarlos en la consulta.

Su padre se alegró y comentó que en algún sitio tenía dos marcos de fotos que podía utilizar.

—Si no son demasiado anticuados…

—Son de Dranitz, me los llevé en su momento, cuando me fui.

—¡Entonces llévatelos allí! No quiero tener esos chismes.

Abrió otra caja. Dios, sus muñecas. Los juguetes. Un arlequín con un traje de seda devorado por las polillas, libros ilustrados hechos trizas, un osito de peluche con solo un ojo y calvas en la piel. Todo desprendía un terrible olor a moho; quizá las cajas habían estado en el sótano.

—¿Has guardado todo eso? —preguntó ella, abatida.

—Era incapaz de tirarlo.

A Sonja no le estaba sentando bien hurgar en aquellos viejos trastos. Evocaban muchos recuerdos. Las guarderías donde siempre lloraba cuando él la dejaba por la mañana. Las noches, cuando se dormía en brazos de su padre. Los domingos con limonada y bocadillos en la orilla del lago. Entonces le enseñó a nadar.

—Si eres incapaz de tirarlo, me lo llevaré —dijo ella. Dejaría todos aquellos viejos cachivaches en un vertedero. Basta. Nada de recuerdos que le envenenaran la vida.

Su padre asintió. Seguro que también se sentiría liberado si se deshacía de todo. Al fin y al cabo, no podía llevárselo a Dranitz. Bajo ningún concepto. Solo significaba algo para ellos, la «señora baronesa» no tenía nada que ver.

Acabó el café, que ya se había enfriado, y miró a su alrededor.

—¿Algo más?

—No —contestó él—. Eso era todo.

—No habrás guardado también mi ropa vieja, ¿verdad? —inquirió ella con una sonrisa—. ¿Mis zapatos? ¿La radio? ¿Mi despertador?

Él se rio por lo bajo y negó con la cabeza.

—No te preocupes. Aún tengo tu despertador, pero lo necesito. ¿O quieres llevártelo?

—¡Cielo santo, no!

Sonja se levantó aliviada y apartó en el sofá un montón de pañuelos de papel para poder sentarse. Su padre se fue a la cocina. «¿Cuánto tiempo lleva viviendo aquí?», pensó.

En verano de 1967 se largó al Oeste con su novio Markus, al que conocía desde la guardería. Más tarde se enteró de que la Stasi había interrogado a su padre y que incluso pasó un tiempo encerrado. Por cómplice. A nadie le interesó que el régimen nazi lo hubiera perseguido, ni que él no supiera nada de los planes de su hija. La familia de Markus tampoco corrió mejor suerte. Sí, la Stasi podía convertir en un infierno la vida de los familiares de los llamados huidos de la república. En todo caso, su padre consiguió un empleo en el puerto de Rostock después de que lo pusieran en libertad y por eso tuvo que mudarse de Dranitz.

Sería a principios de 1968, calculó Sonja. Así que su padre había pasado veinticuatro años en aquel piso. Tal vez acompañado, le gustaban las mujeres, seguro que mantuvo alguna que otra relación. Sin embargo, eso no era asunto suyo. Por suerte.

Su padre regresó con un plato de galletas, se sentó en una caja y se lo pasó. Sonja cogió una galleta por cortesía, aunque en realidad no le gustaba aquella cosa seca.

—Bueno —dijo mientras le servía café—. Hay algo más. Está arriba, en la cómoda del dormitorio. Espera…

Se abrió camino entre las cajas y desapareció en la habitación. Poco después volvió con un librito envuelto en papel rojo. Sonja lo reconoció enseguida y soltó un hondo suspiro.

—¡Mi diario! ¡No puede ser verdad!

—Claro que sí —sonrió y se lo dejó en el regazo—. Míralo, Sonja, pero no lo tires, por favor. Si no lo quieres, dámelo, a mí me gustaría guardarlo.

No lo abrió. Se limitó a observar la encuadernación roja descolorida. Estaba decorado con infinidad de garabatos, letras, figuritas, ornamentos, florecillas. El lomo estaba raído y reventado en dos puntos. El librito ya tenía unos cuantos años, casi treinta.

—Me lo llevo —decidió—. No te preocupes, no lo voy a tirar. Es una especie de documento histórico, ¿no?

—Y que lo digas. Pero sobre todo es una parte de ti.

La escudriñó con la mirada y Sonja comprendió a qué se refería. No olvides cómo era antes. Nuestros años juntos. Tú y yo en la pequeña buhardilla de la vieja mansión Dranitz. Tanta confianza, tanta ternura, tanto amor entre padre e hija.

De pronto Sonja se sintió agobiada, el espacio le parecía asfixiante, necesitaba abrir una ventana. En un arrebato metió el viejo diario en el bolso y decidió hacerlo desaparecer en casa, en el armario.

—Por cierto, ¿dónde está el diario de mamá? —preguntó.

Su padre se lo leyó cuando tenía dieciséis años. Después lo cogió con frecuencia del escritorio de su padre, casi siempre cuando estaba sola. Leía una y otra vez los mismos fragmentos y, a menudo, no podía evitar llorar. Costaba entender que aquella joven obstinada y egoísta que escribió aquellas líneas fuera su madre. Elfriede von Dranitz vivió cosas horribles, la guerra, la ocupación de los rusos, el asesinato del abuelo, pero también amó de forma incondicional y durante una breve temporada parecía haber sido muy, muy feliz. Murió con solo veintiún años.

—Se lo he dado a Franziska.

Sonja contempló la expresión apocada de su padre. Se sentía incómodo, y tenía motivos para estarlo, porque ella se puso hecha una furia.

—¿Le has dado el diario de mi madre a esa… esa mujer? ¿Sin preguntármelo antes?

—Elfriede era su hermana, no lo olvides. Además, me parece que te convendría dejar de una vez este absurdo juego del escondite. Puede que no lo creas, pero Franziska y Jenny no hace mucho que están al corriente.

—¡Pero esto es cosa mía, papá! —repuso Sonja, colérica—. Esa mujer es la culpable de la muerte de mi madre —le soltó—. En vez de llevársela al Oeste, la dejó en ese hospital.

—Elfriede tenía el tifus, no podía llevársela.

—¡Entonces podría haberse quedado con ella hasta que se curara!

—Se vieron obligadas a irse…

—¡Excusas! No son más que excusas. No soportaba a mi madre, ese fue el motivo. ¡Si se la hubiera llevado, a lo mejor hoy mamá seguiría viva!

Él le sonrió como si fuera una niña pequeña que dice tonterías.

—Pero entonces tú no existirías, mi niña furiosa.

—Tampoco sería una gran pérdida para el mundo —masculló ella.

—¡En eso no estoy de acuerdo!

Sonja respiró hondo para desahogar la rabia, y luego preguntó cuándo pensaba «la señora baronesa» devolverle el diario.

—Se lo pediré. Mañana vendrá para ayudarme con las cajas. Pasado mañana viene el camión de la mudanza. —Suspiró—. Si por una vez pensaras con el corazón, Franziska te recibiría con los brazos abiertos.

—¡Olvídalo!

Su padre le lanzó una mirada resignada.

—Por cierto, tenemos intención de casarnos —añadió—. En mayo, cuando la primavera esté en plena floración.

Sonja lo miró y comprendió que lo decía en serio. Por un momento se sintió indispuesta. Necesitaba salir de allí. Ya. De lo contrario acabaría vomitando en una de aquellas cajas.

—Tengo que irme, papá —le soltó, tensa. Se levantó de un salto y salió corriendo del piso.

Abajo, en la calle, respiró hondo hasta que se encontró un poco mejor. Le volvió a invadir la ira y se le aceleró el pulso. ¡Casarse! Así que ese incordio de mujer lo había conseguido. Le arrebataba a su padre.

Jenny

—¡Tiene pulgas!

Jenny dejó el paquete de polvo antipulgas en la mesa del comedor y buscó con la mirada en el salón de la abuela. Por supuesto. Había vuelto a dejar a la pobre niña en aquel horrible parque. Allí estaba Julia, agarrando con las manitas los barrotes de madera, con puré de zanahoria pegado en sus orondos mofletes.

—¿Pulgas? —preguntó la abuela sin inmutarse ni alzar la vista del escritorio—. Me lo imaginaba.

Jenny hizo caso omiso del comentario. La abuela le había contado algo de ácaros o de un eccema en la piel, pero ¡borrón y cuenta nueva! Se acercó a su hija, que no paraba quieta, y la sacó de la prisión.

—¡Siempre está encerrada en esa cosa! —se quejó—. Parece que esté en chirona, la pobre cría. ¡No puedo ni verlo!

Su abuela arrugó la frente y se colocó bien las gafas. Vaya, estaba de mal humor. Luego se centró en las facturas. Había acumulado unas cuantas, pero no quería que su nieta lo supiera.

—No me deja trabajar en paz, Jenny. Y por lo menos en el parque no le puede pasar nada.

Hacía unas semanas que Julia había empezado a dar sus

primeros pasos y, a pesar de que caminaba como un pato, iba a gran velocidad por todas partes. No paraba de caerse sobre el culete acolchado por el pañal, balbuceaba y le encantaba vaciar las estanterías y los armarios de la cocina. Los manteles de la abuela resultaron ser muy poco prácticos, porque la salvaje Julia tiraba de ellos con todo lo que hubiera encima. Las reformas de la mansión aún no habían acabado y por todas partes sobresalían cables o clavos de las paredes, por lo que había que vigilar los movimientos de la pequeña con cien ojos.

Falko metió el hocico por el resquicio de la puerta y la abrió, luego entró con toda naturalidad y se desplomó bajo la mesa con un sonoro suspiro al tiempo que apoyaba la cabeza en los pies de la abuela.

Jenny cogió en brazos a la niña, que pretendía saludar a su compañero de juegos con un grito de entusiasmo y un abrazo cariñoso.

—¡Nooooo! —se lamentó la niña, que agitaba los brazos y las piernas. La palabra «no» la aprendió justo después de «maaaa».

—No puede ser, cariño —le explicó Jenny con severidad—. No mientras esté cubierto de polvos.

La pequeña Julia soltó un ensordecedor grito de protesta. Se estaba revelando cada vez más como una auténtica Dranitz: obstinada, enérgica y atrevida.

Falko miró con desconfianza a su gritona y movida amiga, pero no hizo amago de acercarse a ella. Quizá esperaba que no volvieran a tirarle de las orejas y la cola.

—¿Qué ha pasado esta vez? —preguntó la abuela para acallar el griterío de la niña.

—Nada —contestó Jenny también a gritos—. Sigue montando el número con nosotras, es un caso… Mira, Julia, tu muñeca, la muñequita quiere ir contigo, cariño…

A Julia no le gustaban mucho las muñecas. Le quitó de la

mano a su madre la que le ofrecía y la lanzó por los aires con cajas destempladas, de manera que acabó justo en las patas delanteras de Falko. El perro husmeó el objeto volante y luego lo empujó con el hocico.

—Dale una galleta, así se calmará —gritó la abuela.

La táctica funcionó de inmediato: Julia cogió la galleta y se la metió en la boca. De pronto se hizo un silencio agradable. Jenny acercó una silla y se sentó con su abuela a la mesa, sobre la que también comían. En la cocina solo habían puesto una pequeña mesa provisional, en la que como mucho podían sentarse tres con comodidad.

—No voy a seguir así mucho tiempo, abuela. La próxima vez la llamaré «tía». ¿Qué se ha creído? ¿Que somos tontas? Todo el mundo en el pueblo lo sabe, solo tiene que sumar dos más dos para saber que hace tiempo que nos hemos enterado.

La abuela dejó el lápiz sobre el papel escrito y miró a Jenny con severidad.

—Walter me ha pedido discreción. Para él es importante que sea Sonja quien dé el primer paso.

Jenny ya lo sabía, pero Sonja empezaba a ponerle de los nervios. ¿Cómo podía ser tan testaruda? ¿Qué le habían hecho para que no quisiera saber nada de ellas? ¿Acaso le interesaba la mansión y ellas se adelantaron? ¿O tenía algo en contra de la gente del Oeste en general? Sin embargo, eso tampoco encajaba, ya que ella vivió muchos años en el Oeste.

—¿Sabes qué? —siguió Franziska, que agarró con rapidez el bolígrafo antes de que Julia lo tirara—. Le voy a enviar una invitación a nuestra boda. Sencilla y sin compromiso.

¿De dónde sacaba la abuela sus locas ocurrencias? ¿Por qué iba a ir Sonja a la boda de su padre si no quería tener nada que ver con su nueva familia?

—Como tú veas —respondió vacilante—. ¿A quién quieres invitar, por cierto? Lo celebramos en la intimidad, ¿no?

—De momento tengo ocho personas en la lista: Mine, Karl-Erich, Mücke y Kacpar, Wolf y Anne Junkers. Y Sonja. Ah, sí: sin olvidar a Ulli. Y nosotras tres. Y con la pequeña Julia, cuatro…

—¡No puede ser, abuela!

Su abuela la miró, molesta, y se empujó las gafas, que ya tenía en la punta de la nariz.

—¿Por qué no puede ser?

—Porque entonces somos trece en total. Da mala suerte.

La abuela se reclinó en la silla.

—No serás supersticiosa, ¿verdad? —preguntó, divertida.

—En una boda toda cautela es poca —afirmó Jenny muy seria.

La abuela contestó con una sonrisa; en eso no iba completamente desencaminada. Con todo, había reflexionado a fondo antes de dar el paso y la iniciativa fue de Walter, que opinaba que, después de más de cincuenta años de compromiso, en realidad una boda no implicaba ningún riesgo.

—Si el número trece te molesta, te diré que tenía pensado invitar también a mi hija, Cornelia.

Jenny le quitó de la mano a la pequeña Julia la cucharita de café con la que estaba aporreando el platito de la abuela.

—¿Quieres invitar a mamá? ¡No lo dirás en serio!

Una mirada al rostro de su abuela le bastó para comprender que no era una broma. ¡Cielo santo! Jenny sabía que no tenía ninguna posibilidad de disuadirla. Solo le quedaba esperar que su madre rechazara la invitación. A Cornelia no le gustaban mucho las celebraciones familiares, y de hecho fue al entierro del abuelo a regañadientes.

—Creo que Cornelia tiene derecho. Por lo menos de enterarse de que su madre va a volver a casarse, ¿no te parece?

Jenny se encogió de hombros. Conocía a su madre. Cornelia despreciaba el matrimonio por ser «una unión forzada y burguesa» que condenaba a dos personas a la monogamia. En su opinión, los hombres y las mujeres están hechos para ser polígamos, de ahí que abogase por el amor libre y una vida en común con un grupo reducido. Al menos, eso decía antes, y Jenny no creía que hubiera cambiado mucho.

—¿Qué tienes en contra de tu madre? —preguntó la abuela con un suspiro—. ¿No sería hora de acercaros un poco?

—¡No!

—Yo creo que te quiere mucho y se preocupa por ti.

—Pues debería haber empezado antes —repuso Jenny.

De pronto se le pasaron por la cabeza un montón de cosas que siempre la afectaron. La insensibilidad de su madre. Sus fantásticas teorías. Sus arrebatos de histeria. Repartía bofetadas, y luego siempre se llenaba la boca criticando la crianza antiautoritaria.

—Una vez me caí y me sangraron las rodillas. ¿Crees que me consoló? ¿Que se ocupó de mis rodillas? No, tenía que repartir no sé qué octavillas y se fue. Bernd, uno de los que vivía en el piso compartido, me puso una tirita. Y cuando tuve el sarampión, Maria estuvo conmigo. O Biggi. Pero nunca mamá, siempre tenía algo mejor que hacer que ocuparse de su hija. ¿Qué era lo que decía? Es importante que los niños cuenten con referentes cambiantes. Siempre tenía una máxima preparada para camuflar su egoísmo y su falta de cariño.

Jenny se dejó llevar por la rabia y explicó cosas que nunca había contado a nadie. Le salió así, y lloró de pura indignación. La pequeña Julia debió de notar el enfado de su madre y empezó a lloriquear y a pedir que la abuela la cogiera.

—Ay, Dios —suspiró Franziska mientras cogía a la niña—. No sabía nada de eso. Pobre niña. De haberlo sabido…

—No pasa nada —contestó Jenny, y se sorbió los mocos—. Ha pasado mucho tiempo. Pero ahora sabes por qué no quiero que venga mamá.

—Tal vez os sentaría bien a las dos desahogaros —reflexionó Franziska.

—¡Olvídalo!

La anciana calló, afligida, y le dio otra galleta a Julia. Falko se levantó de debajo de la mesa y colocó el hocico húmedo en las rodillas de Jenny para mendigar algo de comida. Jenny atisbó en la alfombra varios puntitos negros. ¡Puaj! Por lo visto, los polvos hacían efecto muy rápido.

—Todo esto es culpa mía —dijo la abuela, pesarosa—. Yo trabajaba en la empresa y Conny tenía que apañárselas sola. Pero ¿qué podía hacer? Queríamos recuperarnos, volver a ser alguien, que no nos vieran como unos parásitos...

—Ay, deja las viejas historias, abuela —protestó Jenny.

—La culpa fue de la guerra. Sin esa miserable guerra nuestra familia ahora no sufriría una división tan terrible. La guerra y la expulsión de Dranitz...

Jenny se arrepentía de sus confesiones. A su juicio, la abuela le daba demasiada importancia a lo que llamaba familia. ¿Para qué quería llevar a su madre a Dranitz? Se las arreglaban mejor sin Cornelia.

—¿Sabes, abuela? Creo que las mujeres Dranitz se habrían peleado aunque no hubiera habido ninguna guerra.

—Tonterías —se indignó la abuela—. Yo nunca discutía con mi madre.

—¿Y con tu hermana pequeña Elfriede?

La abuela soltó un bufido y no respondió. En cambio, le quitó una hoja de los dedos pegajosos a Julia y le explicó a Jenny el plan previsto para la celebración. Quería tenerlo todo bien preparado, a fin de cuentas no quedaba mucho para mayo. A las once le daría el «sí, quiero» a Walter en el registro civil de Waren. A la una del mediodía celebrarían en la mansión el banquete de boda en la más estricta intimidad. Para entonces debía estar terminada la reforma del salón. A partir de las seis de la tarde había prevista una celebración abierta en una carpa junto al lago, con un bufé frío y bebidas, farolillos, música y baile.

—¿Quién va a ir?

—La gente del pueblo, amigos y conocidos, a quien le apetezca.

Para ser una «pequeña boda en la más estricta intimidad», a Jenny la planificación le parecía bastante laboriosa. Pero no tenía nada que alegar, la abuela y Walter se lo merecían.

—¿Ya habéis reservado el viaje de novios? —preguntó—. ¿Venecia? ¿La Antártida? ¿El Caribe?

—Por el amor de Dios, ¿cómo se te ocurre? Todo eso es demasiado caro y, además, no puedo pensar en ello mientras haya obras en la mansión.

—Vamos, abuela. Por una vez en la vida te lo tienes que permitir. Apuesto a que tú y el abuelo también renunciasteis a la luna de miel cuando os casasteis, ¿verdad?

—Bueno, sí, pero el domingo fuimos juntos a la feria…

—¡Madre mía! Eso sí que fue una buena juerga, ¿eh?

—Eran otros tiempos —protestó—. Necesitábamos guardar el poco dinero que teníamos.

Jenny se rindió. La abuela Franziska siempre encontraba un motivo para no darse un capricho. Y eso que Jenny opinaba que necesitaba unas vacaciones con urgencia. Ya era casi un milagro que hubiera resistido todo lo vivido los dos últimos dos años. Al fin y al cabo ya no era tan joven.

—¿Quieres que te ayude a fregar los platos, abuela?

Se había acostumbrado a almorzar con Julia y la abuela en la mansión. Su abuela cocinaba bien y le gustaba, y Julia engullía con entusiasmo las patatas con verdura y salsa, aunque prefería el flan de vainilla con zumo de frambuesa que hacía la abuela de postre.

—No hace falta. Ya lo haré más tarde.

—Está bien. Entonces Julia y yo nos marchamos. ¡No te olvides de ponerle los polvos a Falko esta noche!

La abuela se despidió de su bisnieta con un sonoro beso y le puso la chaqueta rosa acolchada que había comprado por catálogo. A continuación le puso el gorro de lana y los minúsculos zapatos. Jenny se contuvo para no recordarle que fuera no hacía frío: la abuela tenía la convicción de que Julia acabaría con una otitis si en marzo la llevaba sin gorro hasta el coche.

Llovía de nuevo. Tuvo que prestar muchísima atención para no resbalar mientras se abría paso con Julia en brazos entre los escombros que rodeaban la mansión. Habían contratado a una empresa de contenedores que recogería la chatarra la semana siguiente.

Mientras abría su Kadett, Jenny echó un vistazo rápido a la mansión. No tenía buen aspecto con un tiempo tan triste. Sí, el entramado del tejado estaba reformado, por fin lo arreglaron tras varias reclamaciones, pero las obras en el interior avanzaban con mucha lentitud. Quizá ella era demasiado impaciente, pero a Jenny le daba la impresión de que se pasaba la mayor parte del tiempo esperando.

Por supuesto, ellas mismas echaron una mano y durante días estuvieron sacando escombros de las habitaciones junto con el arquitecto, Kacpar Woronski, con el que Jenny trabajó en un despacho de arquitectos de Berlín, para que el electricista tuviera vía libre y pudiera empezar con su parte. Por desgracia, cada vez había más empresas constructoras que empezaban bien pero que luego se ausentaban durante días porque los llamaban de otra obra. Cuando por fin volvían a aparecer, casi siempre era viernes y, por tanto, fin de semana. Tardaron casi dos meses en instalar la calefacción en toda la casa, y una semana más en que funcionara como era debido. A decir verdad, imaginaba que la reforma sería mucho más fácil y, sobre todo, más rápida.

Jenny recordó la época que había pasado en el despacho de arquitectos Strassner en la Kantstraße, lo que le resultó de lo más desagradable, pues significó recordar que un tal Simon Strassner, por aquel entonces su jefe y amante, nunca se dejaba atosigar por las empresas constructoras. Tenía sus métodos. Aunque se los guardaba para sí mismo.

Aseguró a la pequeña Julia en la sillita y le dio su osito de peluche para que se echara una siestecita. El osito, un regalo de Navidad de Mücke, era indispensable para ir en coche. En cuanto Julia tenía el animal de peluche marrón en el brazo, aunque refunfuñara, se metía una de las orejas rechupeteadas en la boca junto con el pulgar y al instante se le cerraban los ojos.

Le costó sacar el Kadett del charco en el que lo había aparcado sin darse cuenta. La llovizna era pertinaz y había ablandado de nuevo el suelo que apenas se había secado. En la carretera que llevaba al pueblo se cruzó con un furgón conocido de color rojo vivo: el electricista, que en realidad dijo que aparecería a primera hora, hacia las siete, pero no se había presentado todavía. Ahora eran las cuatro menos diez, y seguro que ya se iba a casa. Rabiosa, en la entrada del pueblo pasó por un amplio charco, salpicando el agua sucia. Por el retrovisor vio una figura que agitaba los puños, furiosa. Asustada, Jenny pisó el freno y bajó la ventanilla, alterada.

—¿Lo has hecho a propósito? —oyó que gritaba la silueta empapada que se le acercaba a grandes zancadas hasta detenerse junto a la puerta del conductor y quitarse el gorro, que chorreaba.

¡Dios mío, era Ulli!

—Lo… lo siento muchísimo —tartamudeó—. Pensaba que estabas en Austria. No, quiero decir que no te he visto, claro…

«¿Qué disparates estoy diciendo? —pensó—. Ahora seguro que cree que estoy loca.»

—¡No hay que correr tanto con una niña ahí detrás!

Le dieron gana de contestarle que dejara a Julia al margen. pero dado que, en primer lugar, tenía razón y, en segundo, parecía un ratón recién bañado, renunció a la réplica.

—Yo pago la tintorería, ¿vale?

Ulli sacudió el gorro empapado, pero no se lo volvió a poner.

—Tonterías —masculló—. Pero ten más cuidado de ahora en adelante. ¿Sabes dónde está Mücke?

Vaya, por ahí iban los tiros. Recién llegado de Schladming, donde supuso que había estado negociando las condiciones del divorcio de Angela, quería comprobar cuanto antes si Mücke estaba libre. Mala suerte, chico.

—¿Mücke? Está en Waren. Ha encontrado trabajo en una guardería. Aquí la echaron, por desgracia.

¿Lo sabía? Jenny estuvo pensando cuándo se fue a Schladming. Poco después de Navidad. Entonces disfrutó de unas buenas vacaciones para esquiar. ¿De dónde sacaba la pasta para aquello? Según le habían contado, Ulli estaba con jornada reducida.

—¿Aún vive con sus padres?

—Claro. Y con Kacpar. Los Rokowski lo han acogido en casa.

—Vaya.

Ulli le dio vueltas al gorro mojado en las manos y se quedó mirando al frente, afligido. Cuando fue consciente de la mirada de Jenny, se recompuso y adoptó un semblante de falsa indiferencia.

—¿Aún no has estado en casa de tus abuelos? —preguntó Jenny.

—Voy de camino.

—Ya —sonrió Jenny—. Seguro que Mine te informará de todas las novedades con pelos y señales.

Su sonrisa era contagiosa, y Ulli también se permitió esbozar una.

—¿Tu abuela está bien? —preguntó.

—Magnífica. Se casa en mayo.

—¡Madre mía!

Detrás de ella un camión tocó la bocina porque estaba bloqueando la angosta calle del pueblo.

—Entonces hasta luego. Puedes pasar por casa cuando quieras, le darás una alegría a Julia.

Él levantó la mano para despedirse y dio un salto a un lado porque el camión también pasó por el charco. Jenny esperó a que desapareciera el gran vehículo de transporte, luego pisó el acelerador. Cuando echó un vistazo por el retrovisor vio que Ulli desaparecía a toda prisa por un callejón: era un chico alto, de espalda ancha, deportista. El año anterior cruzó a remo el lago Dranitz en medio de una tormenta en un tiempo récord. Luego, de repente, le había dado un beso. Ella, perpleja, respondió con una bofetada. Lo lamentaba un poco, ya que en el fondo le gustó. En general, Ulli le gustaba. Sin embargo, por algún motivo no encajaban. Se pelearon y ahora por lo visto iba detrás de Mücke. Su amiga estaba muy solicitada en aquel momento. No solo Ulli iba detrás de ella, también Kalle la rondaba. Y por supuesto Kacpar, su novio.

Para ser sincera, Jenny debía admitir que le daba cierta envidia. Tres admiradores se arremolinaban a la vez en torno a la encantadora Mücke, bajita y rechoncha, mientras que ella, que hasta entonces se consideraba irresistible, no tenía ni un solo pretendiente cerca. Por lo menos ninguno que le gustara.

«A cambio tengo a Julia —pensó, obstinada—. Y a la abuela.» No obstante, la abuela tenía a Walter, y a Jenny le daba la impresión de que el amor de juventud que la abuela había reencontrado había enfriado su entusiasmo por la mansión. Por supuesto, Jenny se alegraba de que la abuela disfrutara de aquella felicidad tardía, pero a veces no podía evitar tener la sensación de estar sola con los obreros que se retrasaban, los defectos y las reclamaciones.

De pronto parecía que la abuela ya no tenía tanta prisa con los proyectos de construcción pendientes. En vez de trabajar con rapidez por el objetivo del «Hotel rural Dranitz: Bienestar para el cuerpo y el alma», cada vez hablaba más de su familia, que con la guerra se dispersó en todas las direcciones, y de que había que reconciliarse. Jenny se inclinaba por considerarlo un síntoma de vejez. Además, aunque tuviera tantas ganas de estar en familia, no era en absoluto el momento adecuado.

Su casa apareció en el horizonte. Aparcó el coche, bajó y subió la escalera con la pequeña Julia dormida y aferrada a su osito. En la puerta del piso encontró un sobre grueso marrón. ¡Bien! La escuela a distancia había contestado. Por un instante su estado anímico mejoró en un cien por cien. Con la mano derecha sujetando a su hija, se agachó y cogió el sobre del suelo con la izquierda, luego se lo metió entre los dientes y abrió la puerta.

Había visto el anuncio en la prensa y pidió el material informativo. Hacía tiempo que le rondaba por la cabeza la idea de estudiar empresariales, así estaría cualificada y podría dirigir el hotel rural Dranitz. Sin embargo, primero necesitaba el bachillerato. ¡Qué idiota fue al dejar los estudios entonces! Pero daba igual, los errores se podían corregir, así que ahora tenía que cursar el maldito bachillerato.

Tendría que pegar un sablazo a la abuela, ya que suponía que los cursos a distancia no serían gratuitos, pero era para su futuro, que también era el futuro de la mansión Dranitz. Un hotel balneario con sauna y piscina, establo, paseos en carro, botes de remos en el lago: un auténtico oasis para los urbanitas estresados que en los últimos tiempos brotaban como setas en Berlín. Baños de hierbas y masajes, champán y canapés, tal vez también charlas, conciertos, pequeñas veladas artísticas: bienestar para el cuerpo y el alma. Cuando se lo imaginaba, recuperaba el ánimo y las etapas difíciles no le parecían tan penosas.

—¡Maaaa! —lloriqueó la pequeña Julia agitando los brazos. La dejó en el suelo, cerró la puerta del piso y vio cómo la niña recorría el pasillo dando tumbos hasta la habitación infantil. En el umbral de la puerta tropezó y cayó hacia delante en el suelo de madera. Jenny corrió hasta ella, la agarró de la mano para consolarla y entraron en la cocina.

—Vamos primero a la bañera, y luego hay un puré muy rico. Mira, el osito también está.

Por suerte, Julia no se puso a llorar. Cuando estaba cansada solía berrear por cualquier cosa, mientras que otras veces se caía de frente y se volvía a levantar riendo. Ay, su Julia era como un ratoncillo dulce. A medida que se iba haciendo mayor se podían hacer más cosas con ella. Ya casi lo entendía todo, podías leerle en voz alta, señalarle imágenes, jugar al escondite. Su mayor pasión era el baño, chapoteaba en la bañera infantil de color azul cielo y llenaba de agua el cuarto de baño. En esta ocasión Jenny también se llevó una buena ración de agua y luego se sentó con los pantalones mojados para atiborrar a la niña de papilla de sémola. Por suerte, Julia comía bien y, cuanta más papilla tomaba por la noche, más horas seguidas dormía.

Después de comer hubo una sesión breve de juegos: cosquillas, esconder el osito debajo de la toalla, patalear, meterle a mamá el dedo índice en la boca y gritar de júbilo.

—Ahora vendrá el hada de los sueños…

Julia no estaba de acuerdo, pero su madre la llevó a la camita de barrotes que le prestaron los Rokowski, donde había dormido Mücke. La preciosa cuna tallada, que Mine rescató de la buhardilla de la mansión, hacía tiempo que se le había quedado pequeña.

En la cama llegó la hora del cuento. Mücke le había llevado varios libros ilustrados de las guarderías de la RDA, sobre todo cuentos, pero también poemas infantiles y rimas. Entre ellos estaba *La ranita terca*, y a la pequeña Julia le encantaba aquel libro hecho con tanto mimo, tal vez porque la ranita era igual de testaruda que ella. Hoy tocaban rimas infantiles. La niña escuchaba muy atenta hasta que intentó agarrar el libro para metérselo en la boca. Eran mejores los juegos con los dedos, la abuela sabía un montón, y Jenny los puso en práctica.

—¡Este es el pulgar, que las ciruelas debe agitar, las levanta, se las lleva a casa, y el meñique se las zampa! —Al decir la última parte había que hacerle cosquillas a Julia, y ella estaba pendiente de eso desde el principio.

Resultaba curioso que lo más sencillo y tradicional seguía siendo lo mejor. Jenny le cantó una nana y pensó de nuevo en que de pequeña a ella nadie le cantó jamás; se dormía en el sofá mientras en la cocina discutían sobre música *beat* y fumaban. ¡Qué infancia tan triste tuvo! No, la de su hija debía ser mejor.

Jenny se quedó sentada al lado de Julia en su camita hasta que se quedó dormida. Luego se levantó, la tapó bien con la manta y fue de puntillas al salón para prestar atención por fin al sobre de la escuela a distancia. De su interior cayeron un montón de folletos en papel satinado. Aquellos cursos eran muy caros. Esperaba poder convencer a la abuela para gastarse tanto dinero en la formación de su única nieta.

Se sumergió en el programa de formación y pensó en cómo iba a compaginar las obras, la niña y el bachillerato. ¡Pero si ya estaba muerta de cansancio! Se quedó un rato allí sentada, con la cabeza apoyada en las manos y los ojos clavados en sus notas, hasta que se adentró sin darse cuenta en el reino de los sueños.

Mine

Debería haberse llevado la llave, pero Karl-Erich estaba en casa y podía abrirle. Tardó un ratito en ponerse en pie y llegar cojeando a la puerta. Mine suspiró y dejó en el suelo las dos pesadas bolsas de la compra.

—¿Va todo bien, Mine? —gritó Tillie Rokowski hacia arriba por el hueco de la escalera.

—Sí, sí... puedes seguir. ¡Y muchas gracias!

Tillie no se dio por satisfecha. Era un detalle por su parte, pero en aquel momento era un incordio para Mine.

—¿Karl-Erich no abre? —preguntó, preocupada.

—Sí, sí. Ahora viene.

—Si pasa algo ven a casa, Mine. Ya sabes...

—Sí, sí...

Abajo, la puerta del piso se cerró y Mine pensó que los nuevos tiempos ya daban pena. Antes habría ido al Konsum, era un cuarto de hora a pie, y, cuando era más joven, llegaba en diez minutos. A veces iba tres veces al día, porque en el Konsum siempre encontraba conocidos con los que charlar. Sin embargo, hacía tiempo que había cerrado y ahora había que ir a Waren a comprar. Solo iba cuando alguien la llevaba en coche, porque el autobús solo pasaba una vez por la mañana y volvía por la noche, y no podía dejar tanto tiempo solo a

Karl-Erich. No era plato de buen gusto depender siempre de otros.

Por fin oyó los pasos irregulares de Karl-Erich y sus jadeos. Caminar le provocaba fuertes dolores. Llevaba un tiempo con los pies y los tobillos hinchados, no le apetecía deambular por la casa.

—Ya estás aquí —dijo al abrir la puerta—. Pues sí que has tardado. Te has tomado otro café, ¿eh?

Esbozó una media sonrisa y torció el gesto al instante porque se dio un golpe en el pie derecho con la puerta abierta.

Mine arrastró las bolsas hasta la cocina y las dejó sobre la mesa. Antes él siempre la ayudaba. Se colocaba en el hombro pesados sacos de carbón como si fueran fardos ligeros, llevaba dos bolsas de la compra con una mano, las balanceaba y se reía cuando ella le gritaba asustada que tuviera cuidado de que no se cayeran la bolsa de harina o la botella de leche. Ahora le costaba hacer avanzar su propio cuerpo doblado por el reuma.

—Sí, hemos tomado café —repuso ella—. No puedo darle órdenes a Tillie cuando es ella la que me ha llevado. También estaba Anna Loop, quería probar la tarta Selva Negra.

Karl-Erich se sentó despacio en su silla de la cocina, apoyando los puños en la mesa, hasta que se dejó caer hacia atrás en el asiento. Cuando lo consiguió, suspiró aliviado y se colocó bien el cojín en la espalda.

—Yo no digo nada —la tranquilizó—. Me alegro de que salgas. ¿También has comido pastel?

Mine sacó azúcar, sal, preparado para hacer flan y limones de la bolsa de la compra, además de dos kilos de harina y la levadura en polvo, que era práctica porque se conservaba bien.

—He comido un trozo de bizcocho marmolado —le contó—. Pero estaba dulce y pringoso, yo lo hago mucho mejor. Con huevo y buena mantequilla.

Había encendido el televisor nuevo en el salón y se había quedado dormido en la butaca. Le costaba levantarse del sillón, por eso tuvo que esperar tanto en la puerta. La próxima vez seguro que se acordaría de llevarse la llave de casa.

Mine abrió el grifo y puso el filtro de porcelana en la jarra. No le gustaba aquella cafetera moderna que ahora había en todos los hogares: el café salía tibio y sabía a plástico. En cambio, el café que se podía comprar ahora era bueno. No tenía comparación con lo que bebían antes.

A continuación sacó las cosas de la segunda bolsa, donde había sobre todo fruta y verdura, patatas y carne en papel de plástico transparente.

—Podías ahorrarte las bolsas, Mine —le había dicho antes Tillie—. Ahora las hay de plástico por todas partes.

Sin embargo, Mine seguía llevando su bolsa de la compra, no necesitaba las de plástico. Tillie ya tenía un cajón lleno de bolsas, siempre las doblaba con cuidado y decía que seguro que las necesitaría en algún momento.

—No pongas tanta leche —se resistió Karl-Erich cuando ella le preparó el café—. No soy un bebé que necesita el biberón.

Le costaba bastante llevarse la taza a la boca con sus dedos torcidos. Pero Mine no cedía: si quería comer y beber, tenía que esforzarse. No iba a alimentarlo.

—¡Ah, qué bien sienta! —Karl-Erich soltó un gemido de placer después del primer sorbo—. ¿Me das una galleta?

Mine le había comprado sus pastas favoritas, las redondas con la capa de chocolate en el medio. Aún estaba abriendo el paquete cuando sonó el timbre de la puerta.

—La señora Kruse —gruñó Karl-Erich—. Ha visto que has ido a comprar y ahora viene a gorronear.

Dejó el paquete de galletas sobre la mesa y se levantó. Ella tampoco soportaba a la señora Kruse, pero le daba pena.

—No me extraña con la miseria que le ha quedado de pensión —defendió a la vecina, bondadosa.

Pero en la puerta se encontró frente a Ulli. La anciana soltó un grito de alegría y él tuvo que inclinarse para darle un abrazo.

—¡Ulli! ¡Qué bien que hayas vuelto, chico! ¡Ya pensaba que querías quedarte en Austria!

—No, eso seguro que no —le aseguró él—. No soy de los que quieren tener montañas altas alrededor. Para eso prefiero el mar. O al menos un lago.

—¡Exacto! —exclamó Karl-Erich desde la cocina—. Las montañas te tapan el sol, Ulli. ¡Pero pasa! ¡Ya no sé ni qué cara tiene mi nieto!

A Mine le dio la impresión de que Ulli parecía cansado. Agotado y muy serio. El divorcio lo había afectado bastante. Era una persona sensible, no le habría resultado fácil separarse de una mujer a la que había querido y que tal vez aún quería. Podía ser. Si no ¿por qué se había quedado tanto tiempo allí?

Ulli saludó a Karl-Erich con unos golpecitos en los hombros y cogió una taza del armario antes de sentarse a la mesa.

—¡Sírvele bien! —ordenó el anciano mientras ella servía el café—. Tu abuela siempre es una tacaña con el café. Y eso que hace tiempo que ya no cuesta tanto como antes.

Ulli advirtió con una sonrisa que la abuela no era tacaña, solo lista. A fin de cuentas, Karl-Erich debía cuidarse el corazón.

—¡Qué dices! —vociferó él—. ¡Ahora me dan esas pastillas de color naranja, así puedo tomar todo el café que quiero!

Mine sacó galletas, las puso en un plato y dejó que los dos comieran. Pues sí que tenía hambre Ulli. Esperaba que se quedara a cenar. Herviría rápidamente unas patatas, haría escalopes y prepararía un tarro de col lombarda en vinagre que le había regalado Gerda Pechstein.

—¿Ya has acabado con todo el lío? —preguntó Mine al cabo de un rato.

Ulli masticó la galleta y asintió con prudencia. No le gustaba mucho hablar de sí mismo, había que tirarle de la lengua.

—Soy un hombre libre desde ayer, si te refieres a eso.

A Karl-Erich le salieron tres arrugas más en la frente y dijo que era mejor así. Mejor un final con susto que un susto sin final. Lo dijo con una tímida sonrisa, porque los divorcios no eran de su agrado.

—Hemos llegado a un acuerdo sensato. —Ulli se volvió hacia Mine—. Angela escogerá algunos muebles y se quedará con las cosas que aportó ella. Los cuadros y la alfombra. Nada más que trastos que de todos modos no necesito.

—¿Ahora está en el piso?

Ulli asintió y bebió un gran sorbo de café. Mine comprendió que aquella noche seguro que no iba a volver a Stralsund si Angela pasaba la noche allí. Tal vez incluso con su nuevo novio. Sin embargo, era mejor no preguntárselo al chico.

—Si quieres puedes dormir aquí —le propuso.

Él se quedó un instante con la mirada perdida, y luego la observó divertido al comprobar lo rápido que lo había calado.

—Gracias, abuela —dijo, y acto seguido se puso serio de nuevo—. Me iré mañana al mediodía o por la noche.

—Quédate todo lo que quieras, chico —intervino Karl-Erich—. A lo mejor mañana puedes bajar a la calle con este viejo lisiado reumático y dar una vueltecita por el pueblo. Mine ya no puede aguantarme, peso demasiado para ella.

Era evidente que a Ulli le alegró la oferta. Quizá tenía mala conciencia por instalarse en su casa así, sin más. Y eso que era una obviedad. Antes, cuando aún no estaba casado, pasaba casi todos los fines de semana en Dranitz. Mine siempre tenía preparado su cuarto de arriba, en la sala.

—¿Tienes algo para fumar? —preguntó Karl-Erich mientras miraba a Mine con una sonrisilla, consciente de que iba a protestar.

—Claro. Pero solo cigarrillos. ¡Los he comprado especialmente para ti, abuelo!

—¡No puede ser verdad! —le reprendió Mine—. ¡Pero si no puede fumar!

—Nada de fumar, ni beber, nada de café y nada de chicas —fanfarroneó Karl-Erich—. ¿Qué tipo de vida es esa? ¡Para eso ya me pueden meter en la caja!

—Venga ya, abuela. —Ulli se puso de parte de Karl-Erich con una sonrisa—. Un día es un día…

No podía hacer nada contra semejante falta de juicio masculina, y tampoco quería hacerlo. Dejó que los dos disfrutaran de la diversión, y un cigarrillo no iba a matar en el acto a Karl-Erich. Si es que se quedaba solo en un cigarro.

—Pero subid al salón y abrid la ventana; si no, luego las cortinas apestan.

Así al menos podría preparar la cena con calma, que también era una ventaja.

Ulli agarró sin vacilar a su abuelo por debajo de los brazos y lo puso en pie. Lo hizo con mucho cuidado, pero aun así Karl-Erich se quejó y dijo que no se trataba de aquella manera a un abuelo, que no era un muñeco de madera. Luego se esforzó de verdad por demostrarle a Ulli que aún podía caminar con cierta dignidad.

Mine los miró y se propuso recordarle a su marido aquella escena cuando al cabo de dos días volviera a quejarse de que apenas podía caminar. Luego empezó a empanar la carne, puso las patatas a hervir, sacó el bote de col lombarda de la despensa y asó tocino ahumado, cebollas y una manzana cortada.

Pensó en su nieto mientras cocinaba. Angela, que era de las que siempre tienen la mano extendida, seguro que lo había desplumado del todo al pobre. ¡No se llevaría solo unos cuantos muebles y sus pertenencias! También estaban los ahorros, y seguro que los exigía. Y el coche, pero era un Wartburg y no valía mucho. Conocía lo suficiente a Ulli para estar segura de que cedería y le daría a Angela todo lo que quería. ¡Y eso que de momento estaba a media jornada y tal vez pronto se quedase sin empleo si en el astillero de Stralsund no iba mejor de una vez!

Su nieto era demasiado bueno. Necesitaba a una mujer honrada y que quisiera lo mejor para él. Una que lo amara y lo respaldara. Alguien como Mücke. Mine soltó un profundo suspiro y añadió el contenido del bote de col lombarda a la olla.

Y que Mücke perdiera la cabeza por aquel polaco... Kacpar, ¡pero bueno! Era una chica encantadora, y además no tenía un pelo de tonta. Estaba segura de que aquello no duraría mucho. Hasta un ciego vería que no encajaban.

Se propuso retener a su nieto cerca de allí para que Ulli y Mücke no se perdieran de vista. Y si el Señor era comprensivo, al final funcionaría. Para echarle una mano a Dios, Mine se acercó al teléfono y llamó a casa de los Rokowski.

—Sí, Mine... ¿ha pasado algo?

—No, no, no te preocupes. Pero cuando vuelva Mücke a casa, dile que me traiga la almohadilla eléctrica. Me vuelve a doler el hombro.

—Se lo diré.

—Gracias, Tillie. Buenas noches.

Recogió las tazas de café y puso platos, vasos y cubiertos en la mesa de la cocina. Aún le quedaban dos botellas del zumo de manzana casero que tanto le gustaba a Ulli.

—¡La cena está lista!

Ulli abrió la puerta del salón y Mine notó una ráfaga de aire impregnado de tabaco. Con un gesto de desaprobación, dio media vuelta para servir la cena.

—La ventana está abierta —le aseguró Karl-Erich, que iba

colgado de Ulli y cojeó hasta su silla—. ¡Enseguida volverá el ozono puro de flores!

—Que te crees tú eso…

Los dos hombres se abalanzaron como lobos sobre la comida. Ulli se sirvió hasta tres veces col lombarda y patatas. Al principio no quería comerse el segundo escalope, pero cuando Karl-Erich dijo que ya no podía más se dejó convencer. Mine se alegró de ver que tenía tanto apetito; quizá el pobre chico llevaba semanas sin comer nada decente.

Sin embargo, las conversaciones durante la cena no fueron muy agradables.

—Quiere irse a Bremen —se indignó Karl-Erich—. Le han ofrecido un puesto allí.

Mine se estremeció del susto. Ulli quería irse al Oeste. Tan lejos. Quizá no volverían a verlo jamás. Al fin y al cabo, ya no eran unos jovencitos.

—¿Quién te ha ofrecido un puesto? —le preguntó a su nieto.

El muchacho masticó pensativo un trozo grande de escalope y lo bañó con zumo de manzana.

—La Bremer Vulkan.

—Pero si la prensa dice que el astillero nacional de Stralsund tiene encargos y que va a seguir adelante —intervino Mine—. ¿Por qué quieres irte ahora que se necesitan buenos trabajadores aquí?

Saltaba a la vista que la pregunta lo incomodaba. Recibió la oferta a través de un antiguo colega que también se iba a Bremen. El astillero nacional de Stralsund pertenecía ahora al fideicomiso, y estaban seguros de que tarde o temprano se vendería barato a un postor privado. Y solo el cielo sabía lo que ocurriría después con los trabajadores.

—Eso es de cobardes —comentó Karl-Erich—. Solo las ratas abandonan el barco que se hunde. Si las buenas personas se van al Oeste, ¿qué le queda a Stralsund?

Ulli explicó en tono conciliador que había suficientes buenos obreros cualificados para Stralsund.

—Y cuando hayan levantado de nuevo nuestro astillero, siempre puedo volver.

Mine lanzó una mirada de preocupación a Karl-Erich, que lidiaba con la col lombarda. No paraba de caérsele del tenedor.

—Pero aquí también hay oportunidades —masculló él—. No hace falta que os vayáis corriendo a Occidente.

Ulli suspiró. Mine veía que le costaba tomar la decisión. Sabía que sus abuelos lo echarían de menos.

—Lo he intentado todo, abuelo. He ido…

—Has ido a Austria —le interrumpió Mine.

—Antes estuve recorriendo la zona —aclaró Ulli—. Rostock, Warnemünde… pero no hay puestos de ingeniero naval porque nuestros astilleros no son rentables y en todas partes hay despidos. —Así que la oferta de Bremen era un golpe de suerte tremendo, sus abuelos tenían que entenderlo—. Además, me alegro mucho de irme de aquí una temporada… —añadió a media voz—. No por vosotros, ya lo sabéis. Sino por lo demás…

Claro, el piso en Stralsund, el entorno, los amigos… todo le recordaba a la época con Angela. Mine lo entendía. Sin embargo, solo por eso no tenía por qué irse tan lejos.

—¿Y qué pasa con Max Krumme? —preguntó Karl-Erich—. ¿No quería dejar la empresa de alquiler de botes? —le preguntó a su mujer.

—¿Max? —repuso Mine. Una cosa sí debía reconocerle a Karl-Erich: ¡a veces tenía buenas ideas! Max Krumme era un viejo conocido. En 1946 llegó huyendo de Prusia Oriental, primero vivió en la mansión con su familia y más tarde se instalaron en una casa del pueblo que estaba vacía. Era trabajador y muy diligente. Dos años después los rusos le dieron un terreno justo en la orilla del Müritz, donde se dedicó a la agricultura y la pesca y más tarde montó una pequeña empresa de alquiler de botes. Le fue bastante bien, sobre todo en verano, porque también abrió un quiosco con dulces, helados y bebidas. No obstante, sus dos hijas ya estaban casadas y el hijo se había mudado a Friburgo con su familia.

—Creo que quiere cerrar de verdad —corroboró ella—. En Waren me dijeron que busca un sucesor. Sería perfecto para ti, Ulli. Te encanta el agua.

Ulli se echó a reír.

—Abuela, soy ingeniero naval. ¿Qué voy a hacer con tres botes de remos medio destartalados y un embarcadero podrido? ¿Max no está ahí abajo, en Ludorf? Ahí ya no va nadie, y en invierno menos.

—Solo era una idea —gruñó Karl-Erich.

Ulli apiló los platos vacíos y los llevó al fregadero, luego calentó el hervidero y cogió del gancho el cepillo de fregar. Cuando Karl-Erich hizo amago de levantarse de la silla, lo agarró por debajo de las axilas y lo puso en pie.

—Es muy práctico tener ayuda para levantarse —comentó Karl-Erich mientras cojeaba hasta el lavabo—. Puedes quedarte aquí una temporadita, Ulli.

Mine entró en la sala para poner ropa de cama limpia y sacar la manta de lana del arcón. Casi pasó por alto el timbre de la puerta. Por fin. Convencería a Mücke de que se tomara un vaso de zumo de manzana en la cocina con ellos.

Sin embargo, en la puerta no estaba Mücke, sino Tillie, con su gabardina y una bolsa de plástico con la almohadilla eléctrica bajo el brazo.

—Esta es la buena. Pero solo te la puedes poner un rato y luego quitártela, Mine. Para que no se recaliente. ¡Vaya, vaya! ¡Pero si es Ulli!

Tuvo que abrir la puerta de la cocina para verlo desde el

pasillo, claro. ¡Estaba muy bien con el trapo de cocina colgado de la pretina del pantalón!

—Buenas noches, Tillie.

—Buenas noches, Ulli. ¿Y bien? ¿Otra vez de visita a los abuelos? ¿Estás bien? Me han dicho que te has divorciado. Bueno, así es el amor. ¡Mücke y Kacpar están acaramelados como dos tortolitos!

En realidad, a Mine le caía muy bien la madre de Mücke. Tillie siempre era cariñosa, siempre estaba dispuesta a ayudar, pero en aquel momento le dieron ganas de estrangularla.

—Gracias, Tillie —dijo, y cogió la almohadilla eléctrica—. Voy a acostarme ahora mismo.

Era evidente que la mujer se habría quedado un rato encantada en la cocina charlando.

—Bueno, entonces no quiero molestar. ¿Quieres que te haga unas friegas, Mine?

—No, ya lo hago sola. Gracias por traerla. Y saludos a Valentin.

—Que te mejores, Mine. —Tillie se despidió de Ulli en la cocina con un gesto, luego dio media vuelta y se fue.

¡El tiro le había salido por la culata!

Walter

—Ya está todo, ¿no?

Kulle Pietersen se puso la gorra hacia atrás y echó un vistazo al salón vacío.

—Ya está —contestó Walter—. En marcha.

Abajo les esperaba la pequeña furgoneta de Pietersen, su vecino, que ahora contenía todo el mobiliario de Walter. No era mucho, y tampoco eran objetos bonitos. Walter sabía que a Franziska no le iban a gustar, pero no estaba dispuesto a separarse de aquellos muebles. Le habían acompañado durante un largo tramo de su vida hasta convertirse en una parte de él.

—¿Quieres que te lleve la maleta? —preguntó Kulle, que agarró la maletita de piel desgastada que Walter había dejado en el pasillo.

—Gracias, pero ya la llevo yo.

Guardó la vieja maleta junto a las fotografías de la casa familiar, los diplomas, unos cuantos libros que habían sido de su padre, las gafas de lectura en su estuche de piel verde y unas cuantas libretitas de notas. Nada importante, pero seguían siendo parte de su identidad. Kulle Pietersen era conductor de grúa y había trabajado en obras, sobre todo en las típicas construcciones de la RDA, de las que se sentía muy orgulloso.

No obstante, hacía poco que habían disuelto su brigada. Algunos se colocaron en la construcción del nuevo supermercado; otros, sobre todo los mayores, estaban en casa esperando a que llegaran tiempos mejores. Se alegraba cuando le llegaba algún pequeño encargo, como aquella mudanza.

Walter subió al lado de Kulle, dejó la maletita de piel delante de los pies y miró por la ventana del copiloto mientras Kulle conducía por Rostock. Un callejón le ofreció una vista del puerto de la ciudad; más adelante se veía una de las torres de ladrillo de la iglesia de María, firme y ancha, que se erguía hacia el cielo con sus delgadas agujas centelleando con el sol. Walter giró la cabeza sin querer.

—¿Está bien? No es tan fácil cuando uno lleva tanto tiempo viviendo aquí, ¿eh? Sobre todo el puerto. La costa. Se echa de menos. El olor a mar, a los barcos, a la lejanía. Y las gaviotas, también se echan de menos.

Tenía razón, aunque Walter renunciaría con gusto a las gaviotas usurpadoras. No obstante, todo lo demás era cierto. Lo echaría de menos.

—Sí, una nueva vida, empezar desde cero —dijo, y sonrió avergonzado.

Kulle se encendió un cigarrillo y se encogió de hombros.

—¿Por qué no? —murmuró, con el pitillo entre los dientes—. Cada uno forja su suerte.

Walter sabía lo que estaba pensando Kulle, aunque no lo dijera en voz alta. Era de locos empezar una nueva vida a los setenta y tantos años. No se pueden trasplantar viejos árboles. Las raíces ya no se agarraban y la más mínima ráfaga de viento lo tumbaba. Walter no era de la misma opinión. Aquel nuevo tramo de su vida significaba cerrar un círculo. Cumplía una promesa hecha mucho tiempo atrás. Tarde, pero aún a tiempo. Aún estaban los dos con vida, Franziska y él.

Con todo, era una aventura y ambos lo sabían. Hacía falta

mucho valor para recorrer juntos el último tramo de sus vidas. Ya aquel primer paso que estaba dando le exigía bastante.

Mudarse a la finca Dranitz. Solo la idea le habría parecido completamente absurda un año antes. Ponerse por voluntad propia en manos de todos los recuerdos vinculados a aquella casa, que no eran pocos.

Su primera visita fue en noviembre de 1940, cuando fue a recoger a su compañero Jobst a la mansión Dranitz para ir juntos a Berlín. Qué calma se respiraba en aquella gran mansión junto al lago, en medio de los campos y prados. Sosegada, segura, vinculada a la tradición. Cuando bajó del vehículo se apoderó de él la curiosa sensación de conocer aquel lugar desde hacía tiempo. Entonces vio a la chica en los peldaños de la entrada, esbelta, morena, de ojos claros, con la nariz afilada. Las primeras palabras de saludo lo cautivaron, su actitud tranquila y al mismo tiempo decidida, el firme apretón de manos, pero sobre todo su sonrisa, que irradiaba confianza. Supo en el acto que era ella, la mujer que estaba buscando. La que quería tener a su lado.

Días dorados en Dranitz, cuando le propuso matrimonio y ella aceptó. Quería ser su esposa, de un burgués que a ojos de sus padres nobles no tenía nada más que ofrecer que un padre que muchos años antes había salvado la vida al mariscal de campo. Se sucedieron los paseos con Franziska, los planes de futuro esperanzados con la ingenua fe en el poder y la grandeza de Alemania. Luego, la celebración del compromiso.

En medio, Elfriede, una y otra vez, la hermana menor de Franziska, que lo irritaba y a la que no podía quitarse de encima. Una niña que ocultaba una mujer fascinante y al mismo tiempo perturbada.

Luego llegaron los momentos amargos, la entrada en el círculo de los conspiradores contra Hitler. Alejarse de Dranitz sin dar ninguna explicación. En silencio para no poner en peligro a sus seres queridos.

Quizá todo aquello resurgiera cuando se mudara allí. Infinidad de detalles olvidados durante mucho tiempo regresarían y lo incomodarían. Sin embargo, con Franziska a su lado resistiría las embestidas. Porque su sonrisa seguía irradiando la misma confianza. Contaba con ello.

Sin embargo, también estaban los otros recuerdos, los que no podía compartir con Franziska sin herirla. La época en que regresó de la cárcel, como una sombra de sí mismo, y encontró a Elfriede en el pueblo de Dranitz. Sola y desvalida, un ser delgado que apenas sobrevivió al tifus. La adoptó, creyó que podría ser un buen amigo y un hermano útil. Comprendió demasiado tarde que no podía cuidar de ella sin fallarle.

Con aquella chica lo unía un amor muy distinto del que sintió por Franziska. Era una mezcla demencial de cuidados tiernos, profundo afecto y una pasión tan salvaje que daba miedo, lo hacía cada vez más dependiente y al mismo tiempo le provocaba un sentimiento de culpa asfixiante.

Una terrible noche, demasiado pronto, perdió a Elfriede para siempre y acabó con una frágil criatura recién nacida en los brazos. Su hija Sonja. Con ella también vivió en la mansión Dranitz, se esforzó mucho por criar a aquella niña que el destino le confió. De no ser por Mine, que le proporcionaba lo imprescindible, le aconsejaba, le daba ánimos y siempre veía una salida, habría fracasado estrepitosamente. Sin embargo, el bebé sobrevivió y él quería ser el padre y la madre de su hija, protegerla de todas las desgracias y decepciones, darle todo lo que él no pudo darle a su madre.

Tal vez eso fue un tremendo error, pues Sonja se convirtió en una persona insatisfecha, una chica que no se soportaba a sí misma y metía la pata a cada momento. Físicamente, apenas se parecía a su madre. Había heredado los rasgos de su familia paterna, y tenía un aire a la madre de Walter, por lo que recordaba. Solo en el carácter de Sonja reconocía a Elfriede: inestable, obstinada, rebelde. Sin embargo, no había heredado el encanto infantil de Elfriede y su poder de atracción femenino. Con todo, su hija tenía muchas buenas cualidades. Era lista, terminó los estudios sin dificultades. Sabía ser realista. Y amaba a todos los bichos del universo. Si fuera más consciente de sus puntos fuertes, en vez de dudar siempre de sí misma…

Walter no se fue de la mansión por voluntad propia, lo fueron a buscar, lo interrogaron, lo encerraron y luego lo trasladaron a Rostock. Sin duda, tras la huida de Sonja al Oeste se habría ido de Dranitz de todos modos.

Así que ahora regresaba. Con una furgoneta llena de muebles sin valor de la RDA y un enorme saco de recuerdos. Franziska no lo tendría fácil con él.

—¿Ahí dentro? —preguntó Kulle, que señaló con el dedo índice las escombreras que se amontonaban frente a la entrada de la mansión—. No lo dirá en serio…

¡Por Dios! ¿Franziska no dijo que recogerían los escombros? Bueno, saltaba a la vista que, por algún motivo, no lo había conseguido.

—Lo más cerca posible.

Kulle no quería echar a perder los neumáticos, así que paró el coche a una distancia segura. Tendrían que cargar con los muebles un buen tramo hasta la mansión y allí subir los peldaños.

Mientras Kulle cogía fuerzas con una cerveza de botella, Walter bajó, trepó con cuidado la montaña de escombros y descubrió algo muy emocionante. Encima de la puerta de entrada colgaba una guirlanda de hojas de abeto en la que se bamboleaban varios corazoncitos rojos de cartón. En medio llamaba la atención un cartel con un marco dorado:

¡Bienvenido a Dranitz!

Parecía cosa de Jenny, Franziska no era de cortar corazones de cartón. Sin embargo, quizá ella hubiera trenzado la guirnalda.

Se abrió la puerta de entrada y allí estaban las dos, Franziska y Jenny, saludándolo entre risas.

—¡Ahí está! Abuela, dame la cámara de fotos, rápido. ¡Quieto ahí, Walter, quiero hacerte una foto!

Jenny disparó una fotografía tras otra. El parecido con Elfriede era tan increíble que a veces le parecía volver a verla.

—¡No hace falta que me hagas fotos precisamente aquí, en la montaña de escombros! —gritó Walter entre risas. Alejó al perro, que lo saludaba meneando la cola.

Pero Jenny quería documentar el momento de la mudanza en su integridad, así que le hizo trepar hasta ellas, subir los peldaños aún no rehabilitados que daban a la entrada de la mansión y, siguiendo órdenes expresas, abrazar a Franziska. Lo hizo sin cohibirse, incluso le dio dos besos en las mejillas, lo que Jenny inmortalizó entusiasmada con la cámara.

—Ya basta —protestó Franziska—. No estamos en la televisión. Además, ¡quiero que me besen de verdad, y no para que salga en una foto!

—Pero es un momento histórico, abuela —masculló Jenny—. Vaya, esperad un momento, tengo que poner un carrete nuevo.

Dio media vuelta y subió corriendo la escalera.

—¡Kacpar! —oyó Walter que gritaba en la planta de arriba—. ¿Dónde te has metido? Baja, ¡necesitamos mozos que carguen los muebles! ¡Necesitamos tus músculos!

Walter se volvió hacia Franziska y la interrogó con la mirada.

—Si quieres te beso otra vez, Franzi. De verdad y solo para nosotros dos. —Desvió la mirada hacia Kulle, que había bajado de la furgoneta—. Aunque esté mirando el señor Pietersen —añadió con una sonrisa de satisfacción silenciosa.

Franziska se echó a reír.

—Más tarde, Walter, más tarde. A partir de ahora tendremos tiempo. Vamos a meter primero los muebles. No creo que tu chófer quiera quedarse aquí eternamente.

Kulle ya había abierto las puertas del espacio de carga de la furgoneta cuando el arquitecto Kacpar Woronski, un joven delgado, pálido y moreno, salió por la puerta con Jenny.

Juntos fueron sacando muebles y cajas y los metieron en la casa.

—¡Va todo a la habitación de Walter! —indicó Franziska a Kulle y Kacpar.

—Tanto esfuerzo por estos cachivaches —gruñó Kulle cuando por fin vaciaron el vehículo—. Y eso que se pueden comprar muebles muy bonitos en Quelle.

—Gracias por sus esfuerzos, señor Pietersen —contestó Franziska con su tono educado y de grandeza señorial—. ¿Qué le debemos?

—¡Eso es asunto mío! —se apresuró a intervenir Walter, que sacó su monedero. ¡Solo faltaba que Franziska se lo pagara!

Cuando Kulle se marchó, Franziska le dio la mano y subieron juntos la escalera, despacio y con solemnidad.

El viejo matrimonio de hacendados recupera su propiedad, pensó Walter con una sonrisa de satisfacción. Pero no se sentía del todo a gusto, temía no cumplir las expectativas de Franziska.

Como si le leyera el pensamiento, ella le apretó la mano. Todo llegará, decía aquel gesto. Si seguimos unidos, no nos atraparán las sombras.

Arriba, en el pasillo, los recibieron con champán. Jenny ofreció las copas llenas con mucho estilo en una bandeja de plata.

—Por desgracia, no es una herencia familiar, Walter, sino una ganga de mercadillo.

Cuando todos tuvieron una copa en la mano, Franziska pronunció el brindis.

—Por esta casa, y porque todos los vinculados a ella encontremos un nuevo inicio. Por nuestras esperanzas y planes. ¡Y por el amor!

—¡Por el amor! —exclamó Jenny—. ¡Que sea fuerte, grande e inquebrantable!

Walter confirmó que Kacpar le lanzaba una mirada de asombro al oír su exclamación, luego brindaron y Jenny se fue corriendo para sacar a su hija de la cama.

—¡La pequeña Julia también tiene que estar! Si hablamos del futuro, es la persona más importante.

La niña parpadeó de mal humor porque aún no había terminado su siesta, pero cuando vio a Falko se rio y estiró los brazos hacia el perro.

—Puedes dejar que vaya con él sin problema —dijo Franziska—. Con la emoción, hoy se me ha olvidado ponerle los polvos.

La niña corrió entusiasmada hacia el pastor alemán y le lanzó los brazos al cuello. Walter no pudo evitar pensar en Sonja. ¡Cómo quería tener un perro! ¿Por qué no le concedió aquel deseo? Ahora que era demasiado tarde, se arrepentía.

—¡No seas bruta, Julia! —la reprendió Franziska—. ¡Le vas a hacer daño a Falko!

Falko aguantó las bruscas caricias, pero saltaba a la vista que el placer era más bien de Julia. El fiel pastor alemán miró a Franziska como si quisiera preguntarle: ¿Cuánto tiempo tengo que soportar esto, mujer? ¿No puedo por lo menos gruñir cuando me tire de los pelos?

Sin embargo, Franziska lo animó con un gesto de la cabeza y se fue a la sala que habían amueblado como salón y comedor. ¿No era antes el dormitorio de Franzi? ¿O era Elfriede la que dormía en aquel cuarto? Walter ya no lo recordaba con exactitud y tampoco quería hacerlo.

—¡A la mesa! —gritó Franziska con una palmada.

Ella misma se había encargado de la comida. Franziska era una cocinera extraordinaria, aunque al principio él no la creía capaz. No obstante, estuvo casada durante más de treinta años y cuidó de su marido y su hija.

Walter se detuvo maravillado ante la mesa. ¿La había decorado ella? ¿O había sido Jenny? Un cuenco con jacintos en flor sobre un lecho de musgo verde, y en medio, narcisos y campanillas blancas, decoraban el mantel dorado, y las servilletas a juego brillaban como el sol naciente. En su servilleta y la de Franzi había un corazoncito de cartón rojo.

Walter se sentó, no sin antes deshacerse en halagos hacia las dos por la maravillosa decoración.

Jenny, exultante, desapareció en la cocina para ayudar a la abuela a llevar las fuentes y los cuencos. Había *gulash*, además de albóndigas de patata y ensalada verde fresca.

—Espero que te guste —dijo Franziska, y les deseó a todos que disfrutaran de la comida—. Tengo que acostumbrarme a la gastronomía de Mecklemburgo. De momento cocino mi repertorio.

Las conversaciones en la mesa giraron en torno a los avances en las obras. Walter se enteró de que la empresa que debía llevarse los escombros simplemente no se había presentado, aunque vieron los camiones en otras obras: si no aparecían pronto, tendrían que contratar a otra empresa.

—Te quedarás boquiabierto cuando terminemos en la

planta baja —le dijo Jenny—. Aquí arriba todo serán habitaciones de invitados, vosotros dos os mudaréis a una de las casitas de caballería. Las estamos reformando, y por todo lo alto: calefacción, baño, ventanales, etc.

El optimismo de Jenny era contagioso. La mansión iba a convertirse en un hotel balneario con salas de gimnasio y sauna en la zona del sótano. También estaba prevista una piscina con zona de baño exterior, caballos de montar y botes de remo junto al lago. Una pradera donde tumbarse. Quizá también una pista de tenis. Rebosaba ideas y dinamismo.

—Solo tengo que darme prisa en terminar el bachillerato para poder estudiar administración y dirección de empresas —soltó entusiasmada—. Quiero dirigir todas las instalaciones.

Walter vio que Franziska, que se levantó para recoger los platos, miraba a su nieta con escepticismo. Kacpar, en cambio, parecía que oía por primera vez la idea del bachillerato y estaba encantado.

—¡Es genial, Jenny! —exclamó—. Estoy seguro de que te sacarás el bachillerato en un tiempo récord. Si necesitas ayuda, siempre puedes contar conmigo.

Cómo le sonrió con esos preciosos ojos azules. ¿Aquel chico no tenía novia? Bueno, tal vez en eso era demasiado estricto, demasiado anticuado, pensó Walter. Seguro que la oferta de Kacpar era por pura amistad. De no haber sido por la cautivadora mirada de agradecimiento de Jenny. No obstante, tal vez fuera inofensiva.

—¿Y cómo lo vas a hacer con la pequeña Julia? ¿Quieres ir a un instituto nocturno? —preguntó.

—He buscado una escuela a distancia, es genial. Me envían las tareas, las hago en casa, en la mesa de la cocina, y se las devuelvo. ¡Superfácil! Solo tengo que ir a Stralsund para los exámenes. Pero eso es pan comido.

Walter le dio un golpecito en el hombro para animarla y

se levantó para ayudar a Franziska a recoger y llevar los cuencos vacíos a la cocina. Allí los dejó en el fregadero y vio cómo Franzi sacaba de la nevera el postre que habían preparado. Requesón de vainilla con nata y galletas. Por lo visto iba a engordar unos cuantos kilos en un futuro próximo.

—Espero que no te moleste el barullo en la mesa —dijo un tanto preocupada, y le dio cuatro cuencos pequeños de cristal.

—Al contrario —contestó él—. Es bonito vivir en familia. Mucho mejor que estar sentado solo y melancólico delante de una lata de alubias.

La expresión escéptica de sus ojos de color gris verdoso le decían que no estaba del todo convencida.

—Si quieres retirarte, puedes hacerlo en cualquier momento, Walter. Los dos debemos tener esa libertad.

—Claro. Pero no he venido a retirarme, sino a estar cerca de ti.

—Ya iremos abordando poco a poco la cercanía…

Ella se empeñó desde el principio en que tuvieran dormitorios separados, y él no le llevó la contraria. Aunque le habría gustado que fuera distinto. Sin embargo, era paciente, no quería exigirle nada que no quisiera darle. Con todo, Walter estaba resuelto a cumplir sus deseos en el momento adecuado a base de dulce perseverancia.

Después de comer bajaron juntos al sótano. Habían empezado a excavar el hoyo para la piscina y se habían topado con restos de muros. Las piedras eran idénticas a las que vieron al cavar un agujero para la calefacción. Medievales, quizá de la época en que Dranitz era un convento. O más bien al contrario. De cuando en el lugar donde más tarde se construyó la mansión Dranitz aún había un convento.

—Esto sí que es interesante —comentó Walter—. Tal vez habría que informar al departamento de conservación de patrimonio.

—¡Ni se te ocurra! —Jenny intervino con vehemencia—. Si lo hacemos, vendrán y paralizarán nuestros planes de obra. No, la pared vieja va fuera, y en su lugar construiremos una preciosa piscina nueva. Con sauna y zona de baño exterior. Va donde están ahora los escombros. —Sonó el teléfono en la primera planta—. Ya voy yo, abuela —se ofreció, dejó a Julia en brazos de Franziska y subió volando la escalera.

Cuando se fue, Franziska se acercó a Walter y le dijo en voz baja:

—Jenny tiene grandes planes. Por una parte es bonito, porque es ella la que definirá el futuro de Dranitz. Por otra parte...

Walter asintió. Sabía a qué se refería Franzi, no era ciego. Jenny pretendía hacer más de lo que podía.

—Pero lo de sacarse el bachillerato está bien —añadió con cautela.

—Claro —admitió ella—. Pero no cuando hay que ocuparse de una obra y cuidar de una niña pequeña a la vez. Superará sus fuerzas. Pero no quiero disuadirla ahora, se lo tomaría mal.

Para su sorpresa, Walter vio que su Franzi no trasmitía siempre confianza. En aquel momento le parecía más bien preocupada e insegura.

—Bueno, en cuanto a Julia, nosotros podríamos ayudar, ¿no? —intentó consolarla—. Y la obra... es cuestión de organizarse. Además, el señor Woronski lo gestiona muy bien. Solo tenemos que elaborar un plan sólido.

Ella asintió y le agarró de la mano.

—Te agradezco ese «nosotros». Sienta bien saber que estás a mi lado. No me malinterpretes, Jenny es una compañera de fiar y muy valiente. Pero es mi nieta, nos separan unos cincuenta años.

Walter sabía qué quería decir. Ellos dos eran de la misma

generación y, aunque sus vidas discurrieron por distintos derroteros, creían en los mismos ideales, vivieron las mismas desilusiones, albergaron las mismas esperanzas. Tenían una visión del mundo parecida y se entendían sin necesidad de hablar demasiado.

—A ti puedo decírtelo, Walter —prosiguió—: Me da miedo que las intenciones de Jenny superen mis recursos económicos. Pueden pasar años hasta que el hotel dé dinero, y las obras cuestan una fortuna. Tengo que pensar en algo.

Bajó la voz hasta hablar en susurros y lo miró de una manera desconocida para él, lo que lo conmovió en lo más profundo. Te estoy confiando mis preocupaciones, decía esa mirada. No para que me las quites, sino porque necesito a una persona con quien compartirlas.

—¿Ya has hablado con tu banco?

—Sí —confirmó ella, y se volvió despacio hacia la escalera—. Pero la conversación fue muy poco fructífera.

La escuchó, intervino de vez en cuando y entonces supo que había llegado. Allí, al lado de la mujer a la que siempre había querido y que ahora necesitaba sus consejos y ayuda. La vida le regalaba un último gran desafío y no dudó en aceptarlo.

Ulli

—Ay, abuela, ¿qué voy a hacer con todo esto? —preguntó Ulli, que miraba a su abuela nervioso.

Mine siguió metiendo recipientes de plástico y botellas en una cesta. Los recipientes eran nuevos, los había comprado en el supermercado de Waren. Tenían tapas de colores que cerraban al vacío.

—Tienes que comer, Ulli. Pareces un muerto de hambre. El cocido solo tienes que calentarlo: lo pones en la olla y no te olvides de removerlo. Y los escalopes también puedes comerlos fríos. Con ensalada de patata, que se conserva tres días en la nevera.

Ulli se dio cuenta de que no había nada que hacer. Mine se lo tomaría mal si rechazaba sus obsequios. Lo que cocinaba estaba muy rico y se lo comía encantado. Sin embargo, tenía remordimientos porque sabía que sus abuelos tenían una pensión baja.

—¿Y qué comemos nosotros? —preguntó Karl-Erich, y añadió—: Nosotros comemos pan seco porque te empeñas en consentir al máximo a Ulli.

—No te morirás de hambre —gruñó Mine, y le pellizcó en la barriga—. No parece que vayas a quedarte en los huesos, ¿no? —Luego se volvió de nuevo a su nieto—. Y tú...

piénsatelo otra vez. Lo de Bremen, quiero decir. A lo mejor sale otra cosa.

Ulli dejó la cesta llena para darle un abrazo a Mine y luego al abuelo. Casi se le saltaron las lágrimas por la emoción ante el amor y el cariño de los dos ancianos.

—Aún no hay nada decidido —murmuró—. Además, volveré. No me voy a otro planeta.

Se había quedado dos días más de lo previsto, por eso aún le costaba más la despedida. Por fin se separó y bajó la escalera a toda prisa. Fuera, delante de la casa, miró como siempre hacia arriba antes de subir al coche, consciente de que Mine y Karl-Erich estaban en la ventana del dormitorio saludando con la mano. Agitó la cesta, luego la dejó en el asiento trasero y se dispuso a irse. Odiaba las despedidas. Sobre todo las que tal vez fueran para siempre.

Por lo menos el tiempo lo había entendido: el cielo estaba casi despejado y el sol de primavera teñía de colores frescos los tejados de las casas, aún húmedos por la lluvia. De vez en cuando resplandecían en los jardines los narcisos amarillos y los tulipanes rojos, y amplios cojines de campanillas blancas centelleaban en el césped aún mortecino. El resto se hacía esperar, apenas había yemas en los arbustos ni en los árboles dispuestas a brotar.

Condujo en dirección a Müritz. Cuando frenó en un cruce, oyó el concierto de las grullas y se detuvo en el arcén. Allí estaban de nuevo, atravesando el cielo como flechas hacia el norte, líneas de criaturas que batían las alas, unidas entre sí por sus cantos. De pequeño se quedaba boquiabierto observándolas y a menudo echaba a correr sin más para ver dónde aterrizaban, pero nunca llegó a descubrirlo.

Le pasó de nuevo por la cabeza la historia de Nils Holgersson. Su deseo de mudarse lejos, de volar con los gansos salvajes sobre la tierra y el mar, más allá de todas las vallas y fronteras.

«Qué bobo —pensó—. Ahora que puedo viajar a donde quiera, ya no me atrae en absoluto.» Bremen... Bueno, sí era tentador. Tampoco tenía por qué ser para siempre. En todo caso, suponía tener un empleo fijo en la profesión que había estudiado. Le dijo a su compañero que le interesaba el puesto y le entregó los documentos para la solicitud. Tal vez ya le esperara la respuesta en el correo. Pisó el acelerador, subió la ventanilla y siguió la carretera hasta Waren. Allí giró en dirección a Malchow y, como no había mucho tráfico, se quedó absorto en sus pensamientos hasta que por fin llegó a su piso de Stralsund.

No era ningún placer regresar al piso medio vacío. No le importaba que Angela se hubiera llevado algunas cosas, no tenía apego por los cuadros, las alfombras o los muebles. Sin embargo, le dolía que todo lo que crearon y construyeron juntos ahora estuviera desmontado. Tampoco tenía ganas de dormir en la cama en la que Angela había estado con Franz-Josef. Y encima se había llevado las almohadas, las mantas y la ropa de cama. Para el apartamento de vacaciones que tenían alquilado en Schladming. Le dejó el resto. Ya había anunciado que se rescindía el contrato: tenía hasta final de mes para vaciarlo. Aún no sabía dónde meterse con sus trastos.

«Libre», pensó, y esbozó una sonrisa pueril para sus adentros. Libre como un pájaro. Un pájaro libre.

Recordó las palabras de Karl-Erich.

«¿Y qué hay de Max Krumme? —le había preguntado el abuelo—. ¿No quería dejar su empresa de alquiler de botes?»

«Te encanta el agua», oyó que añadía Mine.

Ludorf no estaba muy lejos, y antes de darse cuenta ya estaba de nuevo sentado en el coche conduciendo por Röbel en dirección al lago.

«Puedo ir a echar un vistazo —pensó—. Quizá el abuelo solo decía tonterías y Max no quiere vender. Sería muy estúpido por su parte malvender un terreno junto al lago ahora que los precios se están disparando.»

El terreno de Max Krumme estaba vallado solo en parte; por donde se accedía al quiosco y al embarcadero estaba abierto. La casa de Krumme quedaba a la izquierda. En verano apenas se veía en medio de los frondosos árboles y arbustos, pero entonces lucía gris entre las ramas aún desnudas por el invierno. Salía humo de la chimenea. Así que Max estaba en casa.

Detuvo el coche en el aparcamiento vacío junto al quiosco y bajó. Como imaginaba, no había ni un alma en varios kilómetros a la redonda, ni excursionistas ni nadie con ganas de remar por el Müritz bajo la luz del sol. Estuvo allí unas cuantas veces con sus padres, hacía mucho tiempo. Después, tras el accidente en el que fallecieron los dos, había visto la empresa de alquiler de botes solo de lejos, como cuando estuvo en un campamento juvenil en Zielow, pasado Ludorf. Para bañarse y remar tenía el lago de Dranitz, no les hacía falta ir hasta el Müritz.

El quiosco estaba cerrado; las ventanas, atornilladas con tablones: por lo visto aún estaba hibernando. Ulli observó desde todos los ángulos la casita de madera octogonal, le dio un golpe con el puño y comprobó que necesitaba una reforma completa. Tirarlo abajo y construirlo de nuevo, o de lo contrario el chiringuito se desplomaría en breve.

Desvió la mirada hacia el agua. Se quedó hechizado mirando la superficie gris y lisa sobre la que el sol arrojaba rayos de luz deslumbrantes. Las aves acuáticas dibujaban círculos con sus chapoteos. En la orilla crecía un cañaveral verde; en medio había una garza gris, inmóvil, como si fuera de piedra. Era bonito. Se protegió los ojos con la mano del sol cegador.

El Müritz era muy distinto al lago Dranitz, que se podía cruzar a remo en veinte minutos. El Müritz era enorme, ancho como un mar y unido a muchos otros lagos del entorno. Quien lo conociera bien podía navegar desde allí hasta Berlín. No es que pensara hacerlo, pero le dieron ganas de dar una vuelta en bote. Bajó el sendero que llevaba al embarcadero y comprobó que dos botes se bamboleaban en el agua. Max los había sacado de la casa guardabotes, donde pasaban el invierno. Cuando estuvo en la pasarela vio que había agua en el interior de los dos botes. Quizá fuera cosa de la lluvia, durante los días anteriores había llovido a cántaros. La madera crujió de forma preocupante bajo sus pies; además de varios tablones sueltos, había también algunos podridos por completo. Era bastante peligroso para los turistas desprevenidos. De hecho, dudaba que con el embarcadero en ese estado Max pudiera alquilar más botes.

En general todo tenía un aspecto bastante peor de lo que se esperaba. Bueno, quería hacerse una idea y allí la tenía. Quien quisiera alquilar botes primero tendría que hacer una potente inversión. «Olvídate de este proyecto», le dijo la voz de la conciencia. No solo volaban gaviotas y grullas sobre el lago; también rondaba la quiebra con sus alas anchas.

Con todo, se quedó quieto en el embarcadero, observó el reluciente mar interior y sus olas y le dieron ganas incluso de quitarse los zapatos y los calcetines y sentarse en los tablones podridos. Meter los pies en el agua fría y chapotear y salpicar hasta hacer espuma. Como cuando era niño.

Un abejorro gordo y travieso pasó volando muy cerca de su cabeza hacia el lago, dibujó unos cuantos círculos sobre la superficie del agua y desapareció entre las cañas de la orilla, donde una mamá pato nadaba con sus polluelos. Todo era tan bonito que Ulli tuvo que apartarse, no quería que la nostalgia se apoderara de él.

Al cabo de un rato se levantó y regresó a su coche, pero antes de subir echó otro vistazo a la casa tras los árboles y arbustos desnudos. Ya que estaba allí, debería darle los buenos días a Max. Y mandarle saludos de sus abuelos. Como debía ser. Tenía tiempo, llegaría pronto al piso de Stralsund. Cruzó con decisión el aparcamiento hasta la entrada del jardín de Max, que en verano estaba cerrada con una cadena de bicicleta para mantener a raya a los niños y a los turistas curiosos. Su mujer insistió en ello después de encontrarse varias veces con desconocidos en su puerta que querían usar el lavabo. Para eso había una casita con un retrete en la entrada del aparcamiento.

La entrada del jardín no estaba cerrada con la cadena aquel día, pero se oyó un chirrido horrible cuando Ulli la empujó y luego no la pudo cerrar bien. En el alféizar junto a la puerta de la casa había una jardinera donde crecía hierba joven entre maleza seca. Apretó el timbre y se alegró de que por lo menos funcionara. Desde dentro le llegó un leve gemido, parecido al que conocía de Karl-Erich. Vaya, Max Krumme también se las tenía que ver con el reuma. No era de extrañar, con la humedad que se colaba por las paredes desde el lago en otoño e invierno.

La puerta se abrió con un ímpetu asombroso y en el umbral apareció un hombre bajo de pelo blanco con un jersey de punto azul y unos pantalones de chándal demasiado anchos. Max Krumme había adelgazado, y sus orejas de soplillo parecían aún más grandes que antes.

—Buenos días —saludó, y se quitó el gorro—. Soy Ulli Schwadke. El nieto de Mine y Karl-Erich.

Max Krumme lo observó al principio con desconfianza, pero después se le iluminó el rostro con una sonrisa de oreja a oreja.

—¿El nieto de Mine y Karl-Erich? ¡Vaya! ¿Klaus, has dicho?

—Me llamo Ulli. Quería saludarte de parte de mis abuelos.

Max estaba ya bastante ajado. ¿Cuántos años debía de tener? Seguro que era más joven que los abuelos, pero rondaría los setenta.

—Exacto, Ulli. —Max asintió—. Sí, pasa al salón. Pero no te asustes por el desorden. Aquí está todo patas arriba. Desde que falta mi esposa...

—No pasa nada —repuso Ulli—. No vengo a ordenar tu casa.

En realidad, el pequeño salón estaba bastante bien, pensó Ulli. Únicamente desprendía un horrible olor a moho, a Max no le gustaba mucho airear la casa. En el sofá había dos gatos de colores tumbados, uno grande y otro pequeño, al lado de donde al parecer Max tenía su sitio habitual, a juzgar por la manta de lana apartada a toda prisa que colgaba del respaldo. El televisor, un modelo antiquísimo de la RDA, aún estaba encendido.

—Siéntate en la butaca —le indicó el anfitrión—. Quiero apagar ya este trasto. De todas formas, no ponen más que tonterías.

Mientras Max apagaba el televisor, el más grande de los dos gatos se levantó, se arqueó y miró a Ulli con sus ojos verdes fluorescentes. El otro también lo miraba sin apartar la vista, pero siguió tumbado. Solo la cola se movía arriba y abajo.

—Estos son Hannelore y su hijo Waldemar —le aclaró Max—. Waldemar está entrando en la pubertad, es un descarado. Su madre lo mantiene a raya.

Ulli nunca había tenido trato con los gatos, le gustaban más los perros, eran previsibles, se les podía poner correa y educar. Con los gatos era distinto. Hacían lo que querían.

—Voy a preparar rápido un café, luego puedes hablarme de Mine y Karl-Erich. Vaya, hace mucho tiempo que no nos vemos... Antes vivíamos puerta con puerta.

Desapareció en el pasillo y acto seguido Ulli oyó que

abría el grifo. Era muy amable por su parte preparar café, aunque no pretendía quedarse tanto rato. Iba a levantarse para ayudar a Max en la cocina cuando la dama felina Hannelore saltó sobre su regazo. Se sentía muy incómodo con aquel gran animal en las piernas, sobre todo porque le hizo una señal a Waldemar, el hijo en plena pubertad, para que probara aquel nuevo asiento.

—¿Te apetecen también unas galletas? —gritó Max desde la cocina—. Son de Navidad, pero están buenas.

—Eh, sí, claro —contestó Ulli—. Si tienes que acabarlas…

Max volvió al salón con un plato de galletas de especias.

—¡Pero bueno! —exclamó sorprendido al ver a los dos gatos—. Nunca los había visto tomarse tantas confianzas. ¡Puedes estar orgulloso, Klaus!

—Ulli.

—Ay, sí, Ulli. ¡Venid aquí!

Max desmigó una de las galletas en el sofá y Waldemar dio un salto para ser el primero en hacerse con el botín. Su madre, Hannelore, lo siguió. Ulli se sacudió los tejanos aliviado e intentó en vano eliminar los obstinados pelos de gato.

—Coge, Klaus. Eh, Ulli —le ordenó Max Krumme, que le dejó el plato delante en la mesita—. Voy a buscar las dos tazas a la cocina.

Ulli cogió una galleta y añadió bastante leche al café negro como el carbón que Max le puso delante. Había que reconocer que sabía preparar café.

—¿Cómo les va a los dos viejos? —preguntó Max cuando ocupó su sitio en el sofá—. ¿Siguen bien juntos?

Ulli explicó que el abuelo había sufrido el año anterior un leve infarto, pero que volvía a estar bien. Salvo por el reuma.

Max suspiró y comentó que el maldito reuma también lo tenía fastidiado a él. Las caderas. A duras penas podía caminar.

—No es divertido hacerse viejo, muchacho. Yo quiero vender esto mientras aún esté en pie. Elly, mi hija mayor, vive con su familia en Berlín y quiere que vaya a su casa. —Le contó lo bonito que era Prenzlau. Nada pretencioso, buena gente de verdad. Y tiendas, una tras otra—. Hay bares en todas las esquinas, no me moriré de sed. Y además están los niños. Markus tiene siete años y Lukas ocho. Me gusta estar con ellos. Me recuerda a la época en que mi Gertrud aún estaba conmigo y los niños correteaban por aquí.

Su segunda hija, Gabi, seguía soltera y vivía en Munich, y por lo visto ganaba montones de dinero. Su hijo Jörg había estudiado y era profesor en la Universidad de Friburgo.

—Todos han llegado lejos —dijo con orgullo—. Pero nadie quiere dedicarse a alquilar botes. Por eso quiero vender.

Ulli lo dejó hablar y se propuso no abrir la boca bajo ningún concepto. No levantar la liebre. Al fin y al cabo no estaba allí en calidad de comprador, sino como amigo de la familia.

—Elly me dijo que no lo hiciera en ningún caso. Que arrendara, pero que no me deshiciera del terreno. Porque el valor sube. Pero soy demasiado viejo para especular. Quiero ver dinero para no tener que ir a casa de mi hija como un hombre pobre.

Para entonces los gatos ya se habían comido las últimas migas y se lamían las patas y se acariciaban con ellas una y otra vez el morro y las orejas. El aseo felino era en realidad muy exhaustivo, pensó Ulli.

Max empujó las galletas hacia él y explicó que ya lo habían ido a ver cuatro o cinco interesados, todos del Oeste, pero que fue incapaz de decidirse. Además, era mejor vender en verano, cuando todo estaba verde y florecido. Entonces todo se veía más bonito.

—¿No lo quieres comprar tú, Klaus? —preguntó de pronto Max—. A ti te lo daría.

—Me llamo Ulli.

—Da igual —dijo Max, y rascó a Hannelore detrás de las orejas—. Eres el nieto de Mine y Karl-Erich. Confío en ti. Y hay algo más… Una idea que se me ocurrió la otra noche. Porque puede ocurrir que en Berlín no me sienta como en casa.

«Madre mía —pensó Ulli—. Funciona según sople el viento. Ahora quiere vender y luego ya no. Me alegro de no tener interés.»

—He pensado que solo venderé si consigo derecho a tener una habitación de por vida en esta casa. Para poder volver, ¿entiendes? Porque es muy duro abandonar para siempre un pedazo de tierra como este. Un pedazo de tierra es un pedazo de vida, ¿no te parece?

Ulli lo entendía, pero era una locura. Una persona del Oeste, alguien con dinero, no accedería a eso. Tiraría abajo la casa y abriría un hotel de cuatro estrellas. Con playa y alquiler de botes.

—Piénsatelo —le apremió Max—. Te haré un buen precio. Entre nosotros. Puedes hacer y deshacer aquí todo lo que quieras, y yo me sentaré allí, en la habitación, y te observaré. Y cuando cierre los ojos, podrás hacer lo que quieras de todos modos.

Aunque no quería, Ulli acabó dándole vueltas. Aún le quedaban algunos ahorros. Al principio, Angela reclamó dos terceras partes, pero él no lo aceptó. A ella se lo habría dado, pero no a aquel codicioso, Franz-Josef, que quería construir casas de vacaciones con el dinero. Angela y él ganaron aquel dinero juntos, pero él siempre tuvo el sueldo más alto y aportó más a la cuenta, por eso en realidad debería haber recibido la mayor parte de los ahorros. Sin embargo, la mitad le parecía bien.

¿Cuánto pediría Max? Daba igual. No debía meterse en algo así. Max quería seguir al mando, estaba claro. Además, seguro que tendría que cuidar de él cuando ya no pudiera caminar. «No, para el carro y olvídate.» Por suerte era libre. Libre como un pájaro al viento…

—Lo pensaré —murmuró para no irritar del todo a Max—. Pero creo que no. Tengo en perspectiva un buen trabajo en Bremen.

Max Krumme se encogió de hombros, afligido. Bueno, en tal caso…

—Lástima. Llámame si cambias de opinión.

—Lo haré. Gracias por el café. Tengo que ir a Stralsund.

Se levantó y le dio la mano al anciano. Le daba pena no poder cumplir las esperanzas de Max. Aun así, se atrevió a acariciar con suavidad el lomo de Hannelore y la dama reaccionó con un ronroneo de placer. En realidad, los gatos eran seres simpáticos. Solo había que entenderlos.

La luz del sol confería un brillo turquesa al lago, mientras que las cañas de la orilla arrojaban sombras extravagantes sobre la superficie lisa del agua. Los patos nadaban alrededor, en algún lugar gritó una avefría, detrás, en las cañas cantaba un rálido. Ulli se detuvo a escuchar, miró el agua y de pronto enloqueció.

La cabaña de abajo, en el embarcadero, estaba asegurada con una cadena, pero el candado estaba abierto, solo había que desengancharlo. Resuelto, cogió uno de los pequeños botes, los remos, lo arrastró todo hasta la pasarela, bajó el bote al agua y subió. Luego enganchó los remos y partió.

Era divertido mover los músculos de nuevo. Fuera, en el lago, metió el remo, se reclinó hacia atrás y se dejó llevar. Escuchó el borboteo del agua y miró el cielo. Sobre él volaban en círculo dos águilas marinas. Las estuvo observando un rato, luego las perdió de vista y se entregó al balanceo del bote, con los ojos cerrados y el sol en el rostro. Qué raro sentirse tan cansado después de una taza de café extrafuerte.

Sus pensamientos se desviaron hacia Mücke, su buena amiga desde la guardería. Cariñosa y de fiar. Qué lástima que ahora tuviera novio. Por eso era mejor irse. Ya no se le había perdido nada en Dranitz. Allí no haría más que tonterías, se buscaría problemas. Recordó la sonrisa de Jenny, la manera de mirarlo, de ladear la cabeza. El cabello color cobre que lo atraía, lo atrapaba y… Jenny. Esa chica no le convenía.

Un marinero dormido es un marinero muerto, recordó Ulli cuando le despertó un fuerte ruido de motor. El bote bailaba con ímpetu sobre las olas y le entró una carga de agua. Agarró los remos con fuerza y se incorporó. Un barco con motor pasó por su lado y su barquito tuvo que lidiar con la ola que dejaba detrás. Mierda de trastos. Molestaban a las aves acuáticas cuando incubaban, hacían ruido, contaminaban el aire. Pero ¿para qué se enfadaba? No era asunto suyo.

El tiempo había cambiado. Mientras regresaba al embarcadero de la orilla empezó a llover y se levantó un débil viento. Jadeando agotado, metió el bote y los remos en la casa guardabotes y se guareció en el coche.

«No estoy en forma —pensó, molesto, y arrancó el motor—. En Bremen buscaré un club de remo, si no, acabaré todo oxidado.»

Franziska

Pasó días y noches leyendo una y otra vez el diario de Elfriede. Sintió rabia y compasión, se hizo los peores reproches, pero también resurgieron los viejos celos.

Su pobre hermana pequeña había pagado un precio muy alto por una breve felicidad, así que ¿qué derecho tenía ella, que superaba los setenta años, a envidiar sus noches de pasión con Walter? Y, sin embargo, así era. No podía evitarlo. Leía sus relatos una y otra vez, buscaba entre líneas y su imaginación alimentaba otras imágenes escandalosas.

Fue a ver a Mine a la hora de comer, cuando Karl-Erich estaba acostado, para hablar con ella de Elfriede. Mine, conocedora de tantos detalles, también sabía callar. Seguía sin decir ni una palabra de Elfriede. Ni de que vivió en su casa, ni de que Walter y Elfriede se encontraron allí, ni de si estaba al corriente de aquel amor, de aquel matrimonio; no dijo ni una sola palabra sobre nada. Tampoco sobre la desgraciada muerte prematura de su hermana menor.

—¿Sufrió mucho? —quiso saber cuando se sentó a la mesa de la cocina frente a Mine.

La anciana tenía las manos una encima de la otra y miraba por la ventana. Brillaba el sol, se veían las estrías que dibujaban las gotas de lluvia en el cristal de la ventana.

—Ay, Dios —se lamentó Mine—. Ha pasado mucho tiempo.

—¡Por favor! Necesito saberlo —insistió Franziska, y agarró la mano de Mine.

La anciana ama de llaves tenía las manos duras y huesudas, la piel se estiraba encima como un pergamino transparente. Se veía en ellas lo mucho que había trabajado en su larga vida.

—Estaba demasiado delgada para la niña. Perdió mucha sangre. Hoy en día podrían haberla ayudado, pero entonces me sentí impotente. Le puse a la niña en los brazos y ella la sostuvo un ratito. Eso fue todo.

Franziska se quedó con la mirada perdida al frente, conteniendo las lágrimas. ¡Aquella maldita guerra cruel! ¡Qué destino tan horrible! ¿Por qué no pudo ayudarla? ¿Por qué nadie pudo ayudar a su hermana pequeña? Sí, Elfriede siempre fue delicada. Por eso la llamaba «pequeña Elfriede». Era delgada y pálida. Y además, acababa de recuperarse del tifus. Walter jamás debería haberla dejado embarazada. ¡Hombres! Nunca pensaban en que el amor podía tener consecuencias.

«Dios mío —pensó asustada—. ¿Cómo puedo reprocharle nada a Walter? Yo soy la responsable. Debería haber encontrado la manera de quedarme con ella. Mamá y yo, las dos...»

—Deje de atormentarse, señora baronesa —dijo Mine—. Lo pasado, pasado está. Ya descansa en paz. A mí tampoco me sienta bien removerlo todo. Luego no puedo dormir de noche porque no paran de venirme imágenes.

—Lo siento, Mine. Es que hasta ahora no lo sabía.

—Ahora lo sabe y así el alma alcanza la paz.

Mine se equivocaba, Franziska no sabía casi nada. Tenía ganas de preguntarle si Elfriede y Walter fueron felices juntos. No se atrevía porque sonaría celosa, pero sobre todo porque no quería agobiar a Mine. Franziska sabía lo que era que unas imágenes te quitaran el sueño y quería ahorrárselo a ella.

—También sabías que Walter Iversen seguía vivo y que nuestra veterinaria es la hija de Elfriede. ¿Por qué no me lo dijiste?

Necesitaba que Mine supiera lo que le opinaba de su silencio: no le importaba en absoluto.

—No es asunto mío —repuso Mine, con calma—. De vez en cuando pensaba si debía abrir la boca. Pero Karl-Erich también decía: «Deja que las cosas sigan su curso y no te metas». Ha funcionado, ¿no?

Franziska discrepaba, pero tal vez olvidaba que Mine antaño había sido su empleada y que aquella relación nunca había cambiado a ojos de Mine. Una sirvienta es fiel a los señores, pero no está a la misma altura, nunca puede ser una amiga de confianza. Una empleada lista sabe callar, pues los cotilleos pueden tener consecuencias fatales. ¿Cuántas veces lo oyó cuando era la futura baronesa?

—No pasa nada, Mine. Te agradezco lo que me has contado y no te haré más preguntas —dijo, y puso una mano sobre las de Mine, desgastadas, con una sonrisa. Allí estaba la diferencia, era muy clara. Sus manos seguían siendo delicadas y suaves, aunque ella también hubiera trabajado toda la vida, pero no en el establo, en los campos ni en una mansión, sino en un despacho.

Franziska retiró la mano y sacó uno de los sobres del bolso.

—Es para ti y para Karl-Erich. El 22 de mayo estáis invitados a nuestra boda. Es viernes.

Mine cogió el sobre, sacó un cuchillo del cajón de la mesa y lo abrió. La invitación, que Franziska ideó con Walter, cayó. Walter había hecho un dibujo divertido, un coche con dos caballos delante, los novios dentro, y detrás del coche se veían unas latas, ollas y un escudo. «Por fin casados», decía.

Mine sonrió.

—¡Vaya! Es muy bonito. ¡Lo voy a enmarcar!

Franziska se levantó y le dio la mano a Mine. Aún tenía cosas que hacer aquella tarde.

—Ante todo, vosotros dos tenéis que celebrarlo con nosotros. Jenny os vendrá a buscar con el coche. Y no necesitamos regalo. Como mucho una planta o algo así. La mansión aún está un poco desangelada.

—Ya se nos ocurrirá algo —le aseguró Mine—. Vaya, Karl-Erich se llevará una buena sorpresa cuando vea que el señor Iversen sabe pintar tan bien.

«Vaya —pensó Franziska, satisfecha—. Tampoco lo saben todo de Walter.» Aunque sí mucho más que ella.

Abajo, delante de la casa, volvió a alzar la vista hacia la ventana y saludó a Mine. Luego subió al coche y se dirigió a Waren para comprar sellos en la oficina de correos y meter en el buzón el resto de las invitaciones.

En la oficina de correos junto al mercado se oían martilleos y perforaciones: la estaban ampliando. En Waren aparecían obras por todas partes, se intentaba ganar espacio y reformar, pintaban y revocaban. Se abrían las paredes de los edificios para colocar grandes ventanales en tiendas nuevas. Franziska se sentó en la pequeña cafetería que regentaba Irene Konradi y se alegró de que por lo menos allí no llegara el ruido de las obras. Se dio el gusto de un pastel de manzana con nata y charló un poco con Irene sobre Falko, que se había quedado en Dranitz con Jenny y Julia.

—Es de los buenos —dijo Irene con una sonrisa—. Pero cuando las cosas se ponen feas también puede echar una mano.

Los Konradi vendieron dos cachorros a un policía que quería entrenarlos para seguir el rastro de las drogas. Si lo conseguía, podrían seguir con la cría.

—Cerraremos la cafetería a finales de año. Ya no vale la pena. Enfrente, un italiano ha abierto una heladería, y al otro lado irá una panadería con cafetería. Muy nuevo y moderno, no podríamos seguir el ritmo.

A Franziska le daba lástima, le gustaba mucho aquella cafetería agradable y anticuada. Los clientes que encontraba allí casi siempre eran amigos y conocidos de los Konradi, entablaban conversación, se enteraban de esto y de aquello, se sentían acogidos. Sin embargo, por supuesto, los Konradi no se iban a hacer ricos con aquella tiendecita.

Cuando salió de nuevo a la calle, unas nubes habían tapado el sol y un viento fresco soplaba en las calles, lo que le recordó que solo estaban a finales de marzo y aún no era verano, ni mucho menos. Caminó helada hasta el coche y arrancó el motor. Por un momento dudó, pero luego se decidió a hacerlo. Por mucho que se lo advirtiera Walter. Tenía que ser paciente. Darse tiempo, aunque ella opinara que debía actuar. La situación ya duraba demasiado, y si no hacía nada tampoco se movería. Además, seguro que era mejor que ella, Franziska, tomara las riendas del asunto y no que Jenny, con lo emocional y espontánea que era, actuara de forma irreflexiva.

Gerhart-Hauptmann-Allee. No sabía cuál era el número exacto, pero conocía la casa, había estado varias veces con Falko. El horario de la consulta era todos los días de nueve a once, y los martes, jueves y viernes también por la tarde, de dos a siete. Era martes y se acercaba el mediodía, así que supuso que la doctora Gebauer estaba en casa.

No apretó el timbre que decía «Consulta de veterinaria», sino el otro, el del cartel de «Gebauer». Tras el segundo intento se oyó un zumbido y abrió la puerta de un empujón. En el pasillo percibió el habitual olor a desinfectante y detergente de suelos: en la consulta limpiaban a fondo, eso era buena señal. Iba a subir a las salas de tratamiento de la primera planta cuando alguien abrió la puerta.

—Ah, es usted, señora Kettler. No es horario de consulta, pero si es urgente voy a buscar a la doctora abajo.

La auxiliar. ¿Cómo se llamaba? Sonja la llamaba Tine, y el apellido era Kupke o Kutschke. Una de esas mujeres fuertes capaz de inmovilizar a un San Bernardo sin problema.

—Es usted muy amable, señora…

—Koptschik —le interrumpió la señora.

—Señora Koptschik, pero quería…

—Pase, no hay problema. —La auxiliar la invitó a pasar con un gesto de la mano—. Aún tengo que almorzar, pero como el gato recién castrado de la señora Schramm acaba de despertarse, lo estoy vigilando. Los gatos siempre se ponen a andar cuando despiertan de la anestesia y no es bueno. ¿Dónde tiene a Falko?

—Quería hablar con la doctora Gebauer. En privado —matizó Franziska con amabilidad—. Así que puede ir a almorzar tranquila.

—Vaya. Bueno, espero que no se haya acostado. Hoy estaba un poco cansada, ha dormido mal.

«Mira por dónde —pensó Franziska mientras subía los peldaños—. Otra que no duerme bien. Un motivo más para hablar de una vez.» Ya arriba, primero tuvo que respirar hondo. ¿Qué le pasaba? Era imposible que dos escalones le aceleraran tanto el corazón.

No había timbre, por lo que tuvo que llamar a la puerta. Dentro se oía música, tal vez la radio. Con suerte no estaría en la ducha.

Desde abajo, la auxiliar gritó a pleno pulmón:

—¡Eh, Sonja! ¡Tienes visita!

Así que se tuteaban. Bueno, tal vez fueran buenas amigas. En aquel momento se acercaron unos pasos y se abrió la puerta. Sonja parpadeó, sin duda porque no había dormido suficiente. El jersey de color azul cielo demasiado holgado le colgaba hasta las rodillas, y debajo llevaba unas mallas negras.

—Buenas tardes —saludó Franziska—. Disculpe el asalto, pero no veía otra salida.

Sonja abrió los ojos de par en par: ahora caía en la cuenta.

—No quiero molestarla —siguió Franziska, pero Sonja la interrumpió.

—Pase.

Sonó áspera, como una orden. Franziska obedeció al imaginar el motivo: no quería que Tine, que seguía abajo, escuchara lo que iban a hablar.

Dentro, la decoración era preciosa, sorprendente, la hija de Elfriede tenía gusto para los muebles antiguos y sabía decorar los espacios. No eran objetos caros, parecían más bien de mercadillo, pero tenía estilo. Junto a la ventana había una mesita, y encima, un bloc de dibujo y ceras. En el bloc se veía un dibujo empezado, un paisaje, por lo que veía Franziska.

—No le demos muchas vueltas —dijo Sonja—. Somos familia, eso no se puede cambiar.

Se plantó justo enfrente de ella. No era mucho más alta que Franziska, pero sí más fuerte y la miraba con una expresión hostil. De no haber sabido que aquella mujer era hija de Elfriede, lo habría dudado; Sonja no guardaba ni el más mínimo parecido con su hermana.

—Correcto —repuso Franziska—. Somos parientes muy cercanas, usted es la hija de mi hermana, mi sobrina. Y me alegro de haberlo descubierto.

Sonja no contestó. Tampoco pensó en ofrecerle asiento a Franziska. Era evidente que quería deshacerse de ella lo antes posible.

—Entiendo sus reservas hacia mí —lo intentó Franziska de nuevo.

—¡No tengo ninguna reserva! —intervino Sonja. Se dio la vuelta con brusquedad y se acercó a la ventana para cerrar la tapa del bloc con el dibujo por terminar—. En todo caso, no sé si tiene motivos para alegrarse —dijo luego sin mirar a Franziska—. Sé lo que sé. Por eso no quiero ningún tipo de contacto.

Franziska calló.

Sonja se volvió hacia Franziska y la miró a los ojos. Era una mirada fría. Obstinada. Herida. La mirada de Elfriede. Dios mío, había pasado mucho tiempo, pero Franziska lo recordaba como si fuera ayer. Allí estaba de nuevo, su hermana pequeña. Resucitada en la figura de esa chica rubia. Y Franziska, como entonces, delante de ella, sin saber qué hacer.

—Es una lástima —dijo—. Pensaba que una conversación sincera entre nosotras podría aclarar muchas cosas. Todos hemos cometido errores.

—¿No me he expresado con claridad, señora Kettler? ¡No quiero ningún tipo de contacto!

Franziska enmudeció. Era como hablar con la pared. Tuvo que contenerse para conservar la calma.

—Lo he entendido, doctora Gebauer —contestó con amabilidad—. Aun así, le hago la oferta, depende de usted si quiere aceptarla y cuándo.

A Sonja se le inflaron las fosas nasales, sin duda de la rabia. Cruzó los brazos sobre el pecho abultado y miró a Franziska con los ojos entornados. ¡Lárgate!, decían esos ojos. Déjame en paz.

—¿Tiene alguna otra petición? Me gustaría descansar, me espera una tarde muy larga.

«Me ha dado calabazas —pensó Franziska—. Walter tenía razón, no debería haber venido. ¿Por qué no le hice caso? A fin y al cabo, él conoce mejor a su hija que yo.»

—Una pregunta breve para terminar —añadió con la misma amabilidad—. No como familia, sino como vecina. ¿Se puede saber qué tiene pensado hacer con el terreno de la antigua casa del inspector que le compró al señor Pechstein?

Para su sorpresa, esta vez Sonja contestó.

—Lo he arrendado, no comprado. En breve montaré un refugio de animales con el señor Pechstein. ¿Eso contesta a su pregunta?

¡Era eso! Un refugio de animales justo al lado del hotel no entusiasmaría a Jenny. Se acostumbró a los dos cerdos, alegres y sucios de lodo, y a las vacas del prado junto al lago, pero unos perros que ladraran no eran unos buenos vecinos para los clientes estresados del balneario.

—Un refugio para animales… —Franziska asintió—. Qué idea tan bonita.

Sonja no contestó, quizá se había percatado de que Franziska no estaba muy contenta con el plan y eso la alegraba. Sabía que no iba a conseguir nada más: aquel intento de encontrar una vía de acceso a la hija de Elfriede había sido un completo fracaso, por desgracia. «Paciencia», le dijo Walter, pero la paciencia no fue nunca su fuerte. Abatida, se dispuso a irse, pero se detuvo en el umbral de la puerta y se dio la vuelta.

—Hay algo más…

Sonja, que la había seguido para cerrar la puerta, la miró irritada.

—Tengo algo que me gustaría devolverle.

Había metido el diario de Elfriede en un sobre marrón para que la encuadernación desgastada no se dañara más. Walter le rogó dos veces que se lo devolviera después de que Sonja se lo pidiera. Franziska buscó excusas, ya que le habría gustado quedárselo, pero también entendía que aquel librito era una reliquia para Sonja. El único legado de su madre. Por eso lo copió página por página en la papelería de Waren. Elfriede era su hermana y ella también tenía derecho a leer aquellas líneas.

Sonja agarró el sobre sin mirar; era evidente que sabía con exactitud cuál era su contenido. Sin decir una palabra más cerró la puerta del piso detrás de Franziska y echó el pestillo por dentro.

Franziska respiró hondo. Tal vez a la doctora Gebauer le preocupaba que la visita imprevista cambiara de opinión y volviera, pero no iba a hacerlo, sin duda. Hizo lo que tenía pensado y tal vez, quizá, había logrado provocar algún movimiento. Había dejado una semilla en el suelo que en algún momento brotaría y crecería…

En el camino de regreso a Dranitz decidió que era mejor no enviarle a Sonja la invitación de boda, ya que solo se lo tomaría como una provocación.

Al llegar a la mansión comprobó que se habían llevado una parte de los escombros, pero por desgracia no todos. Paró el coche, enfadada, y bajó. Falko se le acercó corriendo y se sentó manso delante de ella para que lo saludaran con unas caricias. Antes le gustaba saltar sobre ella, pero Franziska le quitó la costumbre. Por el olor que desprendía, estaba claro que había estado con los dos cerdos. Suspiró. Ahora inundaría la casa con aquel olor a heces.

En la planta baja estaban trabajando los electricistas, que con suerte avanzarían rápido con los cables. Había encargado una toma de corriente nueva y completa para la mansión, y no era precisamente barata. Al menos, la empresa parecía de fiar.

—¿Abuela? —gritó Jenny desde arriba—. ¿Eres tú? Agarra al perro, ahora bajo. ¡Ya vuelve a apestar a cerdo!

Jenny apareció en el rellano con un cubo de limpiar de color azul claro, un cepillo de raíces y una toalla vieja en la mano. Franziska tuvo que sujetar bien a Falko de la correa, aquel perro listo ya se imaginaba lo que le esperaba, y así fue: Jenny se abalanzó sobre él sin piedad con el agua y el champú para perros.

Cuando por fin Falko estuvo limpio y seco, Franziska entró en la casa, se quitó el abrigo y estuvo sopesando cómo iba a explicar a Walter su intento fallido de entablar contacto con Sonja. Subió la escalera, vacilante, hasta la primera planta y se detuvo delante de la puerta de la habitación de Walter.

—¿Walter? —preguntó a media voz, y llamó a la puerta.

—Pasa —oyó que decía desde dentro—. Pero ten cuidado, me duele un poco la garganta.

Franziska entró. Walter estaba tumbado en la cama y tenía puesta una bufanda gruesa. Sobre la cómoda, al lado de la cama, vio una taza con infusión de manzanilla. Franziska se sentó en el borde de la cama y le agarró de la mano. No tenía fiebre, gracias a Dios. Quizá se trataba solo de un leve catarro.

—¿Y bien? —preguntó, y la miró con media sonrisa—. ¿Qué tienes que confesarme?

—Nada —repuso ella un poco enfadada. Así que hacía tiempo que lo había adivinado. Y, por supuesto, también sabía que su visita a casa de Sonja había sido un fracaso. Conocía bien a su hija.

—Me ha llamado —dijo—. Estaba bastante furiosa, sobre todo por el diario.

—No ha sido buena idea visitarla —admitió Franziska a media voz—. Pero no he podido evitarlo. Solo quería…

—Lo sé —dijo él, y estiró la mano para acariciarle el pelo—. Eres Franzi, y por eso tenías que hacerlo.

No se movió, disfrutó de sus caricias y sintió un alivio increíble al ver que no estaba enfadado con ella.

—Lo he hecho sin pensar, Walter. No quería que discutieras con Sonja por mi culpa.

—Bueno, no es para tanto —repuso él, y quiso añadir algo pero un ataque de tos se lo impidió.

Mine

—¡Eso no le interesa a nadie! —exclamó Karl-Erich—. Ya pasó.

Sin embargo, a Mine se le había metido en la cabeza.

—Precisamente por eso —insistió ella—. Porque ya pasó. Y porque solo nosotros seguimos sabiéndolo. Por eso quiero hacerlo.

Él hizo un gesto de desaprobación con la cabeza, aunque supiera que no iba a disuadirla, y se levantó con un gemido de la silla de la cocina.

—Bueno, entonces me voy. Ya empiezan las noticias.

A Mine le dieron ganas de cerrar la puerta tras él porque el ruido del televisor le molestaba para pensar, pero se lo habría tomado mal. Así que agarró el bolígrafo y comprobó si escribía bien. Dibujó unos cuantos garabatos y cuadrículas en la libreta, luego lo tachó todo y arrancó la hoja. La arrugó para meterla en la estufa. Pues sí que era agotador eso de escribir. Sobre todo cuando una no sabía cómo empezar. Y eso que antes, en el colegio, le gustaba escribir. Con todo, entonces la cabeza ya le iba más rápido que las letras.

Sería el regalo de boda para la señora baronesa y el señor Iversen. Recuerdos de los viejos tiempos, que no regresarían jamás. Aunque en realidad no habían terminado, como decía

Karl-Erich. Nada terminaba mientras alguien lo conservara en la cabeza. Y si alguien lo dejaba por escrito, permanecería para siempre.

Hizo un esfuerzo y escribió un título: «De los viejos tiempos». Leyó lo que acababa de escribir con mirada crítica, volvió a guardar la libreta y se levantó para sacar las gafas del cajón. En realidad seguía teniendo la vista bastante bien, pero aun así escribía mejor con gafas. Le pareció que el título era demasiado general, por eso lo completó: «De los viejos tiempos en la mansión Dranitz, por Mine Schwadke». Así estaba mejor. Así le gustaría también a la baronesa. Pero no estaba satisfecha con su letra. Parecían garabatos. Era irregular. En su época, el profesor le habría dado un coscorrón. ¿Cómo se apellidaba? Klier. Y en realidad no era profesor, sino el cura del pueblo. Sin embargo, ahora tenía que procurar que sus pensamientos no salieran volando como una bandada de pájaros. Así era con los recuerdos. Una vez abierta la puerta, salían a la luz todos a la vez.

Sebastian Klier, así se llamaba. Era un chico muy joven, muy flaco, con un peinado anticuado. El pelo le llegaba a los hombros. Siempre vestía de negro y hablaba en voz baja. Rara vez usaba la vara, y solo si alguno de los chicos hacía tonterías. Todas las chicas estaban encantadas con él, algunas incluso más de lo que se consideraba cristiano.

En la antigua escuela, que más tarde derribaron, había un solo espacio. Allí se sentaban los estudiantes en filas en sus pupitres. Los pequeños, delante del todo, y al fondo los estudiantes del último curso. En total no eran más de veinte, como mucho veinticinco niños. El profesor Klier caminaba de un lado a otro entre ellos, repartía las tareas, miraba por encima del hombro, explicaba, reñía, elogiaba.

El abecedario figuraba en letras de imprenta y de caligrafía en un gran mural colgado de la pared. Cuando aprendían una letra nueva, el señor profesor la escribía en la pizarra y ellos procuraban imitarla con sus estiletes y pizarras. Ellos aprendieron aún la caligrafía alemana, como la llamaban por aquel entonces. Ahora ya casi nadie sabía leerla. Mine tuvo que aprender más tarde, quizá por eso su letra era tan irregular.

No, en realidad no quería escribir sobre la escuela del pueblo. Por mucho que también tuviera que ver con la mansión, claro, ya que la baronesa solía dar dinero para la escuela y porque envió a sus hijos primero allí. La gente siempre apreció mucho que los señores no se creyeran superiores y enviaran a estudiar el abecedario a los jóvenes barones y baronesas junto con los niños del pueblo.

Mine acababa de terminar el colegio cuando escolarizaron al primogénito, Jobst von Dranitz. Era alto y capaz de mirar con una seriedad terrible. Una vez se peleó en la calle mayor del pueblo con el hijo de los Müller, que era tres años mayor que él y fuerte como un oso joven. Atrapó a Jobst debajo de él y le pegó. «¿Te rindes?», preguntaba una y otra vez, pero Jobst no se rendía. Prefería que lo mataran de una paliza. Luego en el pueblo se contaba que convocaron al señor Müller con su hijo en la mansión. Nadie contó lo que ocurrió allí, pero a partir de entonces los dos gallos de pelea se mantuvieron alejados el uno del otro.

Al año siguiente, el segundo hijo, Heinrich-Ernst, también empezó a ir a la escuela, y de pronto los dos chicos de la mansión se hicieron buenos amigos de todos los niños del pueblo, incluso hacían travesuras juntos, robaban fruta de los prados de la mansión y deambulaban por detrás del molino de aceite, donde al parecer había fantasmas. Lo único que no consentía la baronesa era que en verano fueran descalzos a la escuela, como los demás. Siempre tenían que ponerse los zapatos.

Heini era muy distinto a Jobst. Era un niño rubio guapo, de los que les gustaba reír y siempre tenía una locura en la cabeza. Había algo en él que atraía a la gente, era el cabecilla de todas las iniciativas y siempre tenía un séquito de amigos alrededor. También le iban detrás las chicas, lo que no era bueno, porque era un irresponsable y no tardó en hacer tonterías. Sin embargo, por aquel entonces, en el colegio, todos le querían, también su hermano Jobst, que sin Heinrich-Ernst habría sido un marginado.

El día en que escolarizaron a Franziska von Dranitz fue muy especial en la vida de Mine, uno de esos que no se olvidan nunca. Fue poco después de Pascua. Mine tenía dieciséis años y acababa de discutir con su padre, que no quería que pidiera trabajo en la mansión. Sin embargo, su madre, que no había olvidado lo que dijo el profesor Klier cuando Mine terminó la escuela, la respaldó.

—Tu Mine es demasiado buena para el campo —le dijo al campesino Klaas Martens—. Es la mejor de su curso, escribe frases sin errores y calcula a la velocidad del rayo. Es una chica lista, déjala estudiar algo.

Sin embargo, el viento se llevó aquellas palabras bienintencionadas. A su padre le gustaba oír que su hija calculaba bien, podía serle muy útil a una campesina. En cambio, no le hacía falta escribir frases, la escritura sobraba para una criada, las malas lenguas incluso decían que las echaba a perder porque luego solo escribían cartas de amor.

Mine era hija única y por tanto heredera de la granja, por lo que a ojos de su padre tenía la vida resuelta. La madre, en cambio, quería algo mejor para ella. ¿Qué mal había en que la chica se ganara el pan unos años en la mansión? La granja era pequeña y no daba para mucho, mientras que en la mansión no paraba de entrar y salir todo tipo de gente; tal vez allí encontrase un novio. ¿Y si fuera incluso el inspector? Al fin y al cabo, Mine era una chica guapa y lista. Discutieron mucho, hasta que el padre dio un puñetazo en la mesa, furioso. Sus mujeres querían ascender y eso tendría un mal final, pues quien al cielo escupe, en la cara le cae.

Después de tanto tiempo, Mine todavía sentía lástima por su padre, que estaba hecho un basilisco y temía por la suerte de su única hija. Sin embargo, entonces se mantuvo firme al lado de su madre, que al final, como tantas veces, se salió con la suya.

Mine se puso su mejor vestido, los zapatos de piel que había encargado el año anterior al zapatero y el pañuelo verde de su madre. Se hizo dos trenzas, como todas las chicas del pueblo, pero tuvo que peinarse mucho y usar saliva para alisar los ricitos que no paraban de soltarse en la frente.

—Debes ser modesta —la instruyó su madre—. Pero no inocente. Habla solo cuando te pregunten. Y no te quedes mirando a todas partes, mira al frente. Pero cuando la señora baronesa hable contigo, bajas la mirada. No hables muy alto, pero tampoco demasiado bajo. No sueltes risas tontas y, si uno de los mozos te grita o te silba, haces como si no lo hubieras oído.

Mine era bastante optimista, pero el largo y enrevesado discurso de su madre la asustó, así que cuando se vio en la entrada de la mansión, donde las dos esferas doradas brillaban sobre los postes de ladrillo de la entrada, estuvo a punto de dar media vuelta. Nunca había entrado en el precioso jardín de la mansión, como mucho lo había observado una vez desde un puesto elevado en el bosque para admirar los senderos claros de grava, los árboles de aspecto extraño y los bancos lacados de blanco. También desde la orilla del lago se veía una parte del recinto del jardín. Los niños del pueblo solo podían bañarse en la orilla de enfrente del lago y pescar, tenían prohibido el lado de la mansión, donde había una casa guardabotes con antepechos de la ventana tallados y un tejado que sobresalía. Debajo solían sentarse en verano damas vestidas de blanco que se hacían servir limonada o paseaban por los caminos entre los viejos árboles y sujetaban parasoles de seda cubiertos de encaje.

Mientras Mine aún estaba frente a la imponente puerta de entrada, se acercó por detrás un coche de caballos descubierto tirado por una yegua marrón. Mine se apartó a un lado en actitud respetuosa. En el coche iban dos damas. Una era la baronesa Margarethe von Dranitz, que entonces aún era una joven y guapa dama, delgada, morena, con unos rasgos proporcionados. A la otra Mine no la conocía, aunque más tarde se enteró de que se trataba de la señorita Adelheid, la niñera de Franziska. Las dos habían acompañado a la pequeña Franziska en su primer día de colegio y regresaban a la mansión.

Mine se estremeció cuando la baronesa le lanzó una mirada inquisitiva. Seguro que querría saber qué hacía en la puerta y si no tenía nada mejor que hacer que perder el día allí, por el amor de Dios.

Sin embargo, las intenciones de la baronesa eran bien distintas. Ordenó parar al cochero y luego le indicó con una señal que se acercara.

—¿No eres Mine, la hija de Klaas Martens?

Mine asintió, nerviosa. Luego cayó en la cuenta de que tenía que contestar y dijo:

—Sí, señora baronesa. Soy yo.

¿Lo había dicho demasiado alto? Le pareció ver que una minúscula sonrisa se dibujaba en el rostro de la baronesa. No obstante, también podía haber sido la sombra de una nube. Era abril y el tiempo cambiaba rápido.

—El profesor Klier me ha hablado de ti —siguió la baronesa—. Opina que eres una chica lista y espabilada.

Y allí estaba ella en el camino, roja de alegría, con la vista levantada hacia la señora baronesa, que estaba sentada en el coche. Y eso que en realidad debería bajar la mirada.

—¿Entonces? —continuó la señora Von Dranitz—. ¿Dice la verdad o me ha mentido el señor profesor?

Mine comprendió que tenía que hablar porque le habían hecho una pregunta. Aun así, no era fácil responder, sobre todo porque había que conservar la modestia.

—Seguro que el señor profesor no le ha mentido —se apresuró a decir—. Eso no lo hace un profesor, señora baronesa. Pero ha exagerado. No soy más lista ni espabilada que otras. Pero si quiere intentarlo conmigo, seré una sirvienta fiel. Eso se lo prometo por lo más sagrado.

Se calló, asustada, porque las dos damas intercambiaron una mirada de asombro en el coche, luego la baronesa se echó a reír.

—¿Lo he entendido bien? —preguntó, divertida—. ¿Quieres trabajar conmigo, en la mansión, Mine? ¿Por eso estás aquí en la entrada?

Mine asintió, compungida. Qué tonta era. Muy tonta y torpe. Había empezado la casa por el tejado. Sin embargo, entonces la baronesa se percató de su vergüenza y le sonrió con amabilidad.

—Me alegro mucho. Pero un asunto tan importante no podemos solucionarlo en la puerta. Ahora ve a la mansión, por la entrada de la izquierda, que es la del servicio. Diles a las mujeres que te estoy esperando, te indicarán el camino.

Pocas veces en su vida fue tan feliz como en aquel instante. Seguro que hizo mal todo lo que se podía hacer mal, y aun así estaba muy cerca de su objetivo. Caminó despacio por la entrada de plátanos, donde ya se veían algunas hojitas verdes. Se detuvo un momento delante de la mansión, maravillada. De cerca parecía mucho más grande e imponente. Cuando la puerta se abrió bajo el porche de columnas, se apartó a un lado y se topó con un empleado que llevaba una alfombra enrollada al hombro.

—¡Ten cuidado! ¿No tienes nada mejor que hacer que quedarte en el camino?

—Disculpa —balbuceó.

Dos señores vestidos con chaqueta de piel buena y botas altas pasaron muy cerca de ella sin prestarle más atención que a una mosca sobre una tapia. Los dos eran jóvenes y parecían muy ocupados. Fueron a toda prisa a un edificio contiguo alargado que supuso que albergaba las caballerizas.

—¿Y tú de dónde has salido? —preguntó la criada con la alfombra—. Estás ahí como un palo, plantada. Cuando el señor barón y el inspector Schneyder pasan, tienes que hacer una reverencia.

La chica era unos años mayor que ella, llevaba un vestido azul con un delantal encima y no se le veía el pelo porque llevaba atado un pañuelo estampado de color azul marino. En la mano derecha sujetaba un sacudidor de alfombras de mimbre.

—Soy nueva aquí —dijo Mine—. ¿Me enseñas la entrada del servicio?

—¿Es que quieres trabajar aquí? —le contestó con una arisca pregunta.

—¿Por qué no?

La criada soltó un bufido y dijo que había suficiente trabajo.

—¿Ya no me reconoces? —preguntó luego, y se acercó un paso a ella—. Soy Liese, la hija de Henner Kruse. De Gievitz. Mi madre trabajó en vuestra casa, en la granja.

Mine solo tenía un recuerdo vago de ella. Fue criada hacía años, tenía una niña pequeña, un poco mayor que Mine. Más tarde se fue y se casó. Sin embargo, no con el hombre que era el padre de su hija. Así que, cuando Liese decía que era la hija de Henner Kruse, no era del todo cierto.

—Ha pasado mucho tiempo, ¿no? —preguntó, vacilante.

—Es verdad. —Liese asintió—. La entrada para el servicio está ahí. No delante, sino al doblar la esquina. —Le señaló con el sacudidor el extremo izquierdo del edificio, se colocó mejor la alfombra al hombro y se fue.

Mine encontró la puerta de madera con herrajes en la pared transversal de la casa, se quedó un ratito delante de ella, vacilante, luego bajó con timidez el pomo de la puerta y comprobó que se abría. Bajaba una escalera, ya que la cocina y las dependencias del servicio de la mansión se encontraban en la zona del sótano. Se adentró en un laberinto de pasillos y estancias que le dieron mucho miedo, pues temía no volver a encontrar la salida. No respiró hasta que no entró en la gran cocina de la mansión. Allí estaba la cocinera, una persona bajita y vigorosa con un delantal de lino claro sobre el vestido oscuro. Tenía delante una fuente enorme llena de pescados plateados y estaba concentrada en la laboriosa tarea de quitarles la cabeza y la cola a los pececillos sobre una madera. Cuando vio entrar a Mine, detuvo su actividad y examinó a la chica con unos críticos ojos de color azul claro.

—¿Qué haces aquí?

—Soy Mine, la hija de Klaas Martens. Y vengo a ver a la señora baronesa.

—¿Por un empleo?

La cocinera ya no estaba en la flor de la vida, pero tampoco era vieja. Sin duda había visto ir y venir a muchas criadas, pero a Mine enseguida le dio la sensación de que tenía buen corazón.

—Sí. Me gustaría ser sirvienta en la mansión.

—Ya —comentó la cocinera, y se puso con el siguiente pescado—. Bueno, siéntate en el taburete y espera a que venga Beke. Te enseñará el camino al salón rojo. Yo soy Hanne Schramm, la cocinera, me llaman Mamsell. Para que lo sepas.

—Sí, Mamsell.

Beke era alta y de espalda ancha, los ojos grandes y azules como el agua en su rostro enjuto siempre parecían un tanto asustados. Dejaba la boca un poco abierta porque tenía los dientes muy grandes. Beke no era muy lista, pero sí buena persona.

—Camina siempre detrás de mí. Y, cuando estemos arriba, ten cuidado de no tirar nada.

La advertencia era más bien para sí misma, pues como Mine comprobó enseguida, Beke era experta en tirar objetos frágiles.

Una escalera subía a la primera planta, hasta las dependencias de los señores. Allí entraron en un pasillo ancho y luminoso que a Mine le pareció ya un salón. No tuvo tiempo de observar los arcones tallados y los trofeos de caza disecados de las paredes porque Beke se detuvo delante de una puerta que se encontraba justo a la izquierda de la escalera.

—No te muevas de aquí —le ordenó.

Entonces Mine aprendió cómo se anunciaba la llegada de un invitado a los señores. Beke llamó a la puerta, luego la empujó una rendija sin esperar respuesta y asomó la cabeza en la sala.

—Señora, ha venido una chica.

—Hazla pasar, Beke. Y dile a la señorita Adelheid que vaya a buscar a Franziska al colegio. Puede ir a pie, hace buen tiempo.

—Claro, señora.

Beke hizo una reverencia, aunque en realidad no hacía falta porque la baronesa no la veía. Sin embargo, lo habitual era hacer una reverencia cuando se recibía un encargo, además de decir «claro, señora».

Mine entró por primera vez en el salón rojo. Madre mía, cuánto esplendor. Los muebles eran dorados y rojos, tan delicados que daba miedo que una butaca se rompiera al sentarse. Había unos tejidos rojos brillantes adheridos a las paredes, y delante colgaban cuadros de damas con peinados altos, todas de pelo blanco, aunque los rostros eran muy jóvenes. También se veían caballeros con chaquetas largas estampadas, unos curiosos pantalones abrochados en la rodilla y medias blancas. Lo más extravagante eran los zapatos, pues eran de mujer con tacón alto.

—¿Y bien? —La voz de la baronesa la sacó de golpe de sus pensamientos—. ¿Te gusta? Decoré la sala al estilo rococó.

—Es... es maravillosa, señora baronesa —tartamudeó Mine.

La baronesa estaba sentada a un escritorio, llevaba un vestido holgado, ancho, y en aquel momento Mine se dio cuenta de que estaba en estado. Sonriente, le indicó a Mine que se acercara y luego inició un interrogatorio exhaustivo. Quiso saber su edad, fecha de nacimiento, los nombres de sus padres, si tenía hermanos, si sufría alguna enfermedad. Luego también preguntó si estaba enamorada o quizá incluso prometida, si estaba dispuesta a desempeñar cualquier trabajo que le exigieran y cosas parecidas. Lo apuntaba todo con esmero en una libretita.

—Si acabas trabajando en mi casa, tienes que saber lo siguiente: de mi servicio espero honradez, obediencia y lealtad. A cambio recibirás comida y alojamiento en la mansión, en festivos como Navidad, Año Nuevo, Pascua y la fiesta de la cosecha tendrás unos días libres y una asignación especial. Quien siembre la discordia entre el servicio tendrá que abandonar la mansión. Tampoco tolero historias de amor entre mis empleados. Durante el primer año de servicio no recibirás sueldo, pero sí ropa, delantales, un par de zapatos, calcetines y, si es necesario, una chaqueta gruesa. Si demuestras eficacia, se te pagará un sueldo.

Mine estaba mareada con tantas novedades, tan importantes para su futura vida. A partir de entonces solo podría ver a sus padres los domingos en la iglesia y en los festivos si tenía el día libre.

—Tengo aquí un contrato, tienen que firmarlo tus padres, pero también debes leerlo y poner tu nombre.

Mine lo leyó de pie, ya que la baronesa no le ofreció asiento. De todos modos jamás en la vida se habría atrevido a acomodarse en una de aquellas butacas tan lujosas y de aspecto tan frágil. Para escribir su nombre debajo del contrato laboral puso la hoja en una esquina del escritorio y sumergió con mucho cuidado la pluma de acero en el tintero para no manchar nada.

—¡Estupendo! —exclamó la baronesa y pasó un papel secante sobre lo escrito—. Entonces, bienvenida, Mine. Te daremos el cuarto entre Beke y Liese. Además, arriba duermen Hanne Schramm, nuestra cocinera, y Franz y un mozo. No te fijes en él, Mine, ya sabes que no tolero esas historias.

La baronesa agarró una campanilla dorada y la hizo sonar. Acto seguido Liese apareció en la puerta, e hizo una reverencia. Se quitó el pañuelo de la cabeza y mostró las gruesas trenzas doradas que llevaba recogidas en una corona. Liese era guapa, con sus ojos marrones y las pestañas largas, y llevaba el delantal muy ceñido en la cintura para que se le abombara la falda en el costado.

—Esta es Mine —presentó la señora baronesa—. A partir de hoy trabajará en la finca. Enséñale el cuarto donde vivía Tine y dale ropa de cama limpia.

—Claro, señora baronesa.

Liese caminaba tan rápido por delante de ella que Mine apenas la podía seguir. Los dormitorios de los señores se encontraban en la primera planta. Allí tenía también un cuartito la niñera Adelheid. La segunda planta ya estaba bajo el tejado, había un desván para secar la ropa cuando llovía, algunos trasteros para guardar cachivaches y varias estancias angostas para los empleados.

—¡Ten!

Liese le lanzó una sábana y una funda de almohada a la cama, compuesta por un colchón de paja sobre un tambaleante armazón de madera.

—¿No hay manta? ¿Ni una almohada?

—Te crees que eres una princesa, ¿eh?

La criada desapareció en algún lugar de un cuarto y regresó con dos mantas de lana que ya se habían comido las polillas, además de una almohada de plumas pesada como el plomo que olía bastante a moho y estaba húmeda al tacto.

—El retrete está ahí, es la puerta gris con el pomo de madera. Y cuidado con la vela: no tengo ganas de morir en un incendio por tu culpa. Aquí arriba no hay corriente eléctrica.

Dicho esto, cerró la puerta de un golpe y Mine se quedó sola en su nuevo alojamiento. No contaba con muchos lujos: una cama poco estable, un armario de dos puertas con una barra para la ropa y un cajón para la de cama y una silla. En la pared había un espejo roto y varios ganchos. No había cortina, así que el sol y la luna entraban con toda libertad en su cuartito, y de vez en cuando la lluvia también le hacía una visita, a juzgar por la madera inflada del alféizar. No obstante, el cuarto de Mine en casa, en la granja de sus padres, tampoco ofrecía más lujos, así que estaba contenta para empezar. Solo la firma de los padres seguía provocándole dolor de barriga. Su padre había cedido, pero ¿pondría también su nombre en aquel contrato?

En efecto, en casa, en la granja, hubo otra tremenda discusión entre sus padres. Klaas Martens afirmó que no iba a vender a su única hija a la mansión por voluntad propia. La madre trató de convencerlo con todas sus dotes de persuasión y

Mine se deshizo en lágrimas, pero tardaron tres días enteros en que el granjero Martens por fin estuviera dispuesto a confiar a su Mine a la señora baronesa. Entonces, la joven recogió su ropa y sus zapatos, el cancionero y el manual de la escuela, una cajita donde guardaba las joyas de la boda de la abuela que le legó, además de tres monedas de diez peniques y una plateada de un marco, y los envolvió en un pañuelo que le dio su padre. Lo envolvió todo en la pañoleta verde de su madre y se fue a primera hora de la mañana.

Por mucho que quisiera a sus padres, no volvió la vista atrás. Deseaba irse de aquella pequeña y oscura granja, de la dura vida rural, los malolientes excrementos de vaca, el trabajo en el campo, que retorcía la espalda y endurecía las manos. Mine había visto la mansión, la gran cocina, el salón de muebles señoriales, el jardín, las estancias amplias y generosas. Allí la esperaba una nueva vida muy distinta, y estaba ansiosa por demostrar sus capacidades en la mansión.

Solo tardó unos días en conocer a las mil maravillas el interior ramificado de la mansión y estar en situación de llevar a cabo todos los pequeños encargos de los señores con la mayor brevedad posible. Sobre todo la abuela, Libussa von Dranitz, que estaba achacosa y a menudo de mal humor, le pedía favores a la chiquilla alegre, pero también los barones estaban más que contentos con ella. El abuelo Von Dranitz le tenía un cariño especial, siempre le dedicaba miradas bonachonas y le hacía pequeñas bromas que la sonrojaban.

«Mi gatita vivaracha», la llamaba, o también «nuestro precioso potrillo».

—Haces que la niña se avergüence, padre —le reprendía la baronesa con un gesto de desaprobación.

A Mine no le molestaba. Se las apañaba de maravilla con Jobst y Heinrich-Ernst, que a menudo le confiaban pequeños secretos. Les ponía esparadrapo en las heridas que se hacían en las rodillas al saltar la valla, cosa que tenían prohibida, y llevaba a escondidas un plato con pan y embutido al dormitorio cuando los mandaban castigados a la cama sin cenar por alguna travesura. Incluso unas cuantas veces escribió redacciones para Jobst, al que le costaba escribir.

¿Y Franziska? Mine también se llevaba bien con Franziska, pero era una chica independiente, siempre sabía lo que quería y en cuanto aprendió a leer costaba separarla de los libros. No, Franziska nunca fue la preferida de Mine. Era Elfriede.

Mine llevaba tres meses empleada en la mansión cuando llegó al mundo la hija menor de la baronesa. Fue un día duro. La baronesa tuvo muchas contracciones, a diferencia de los partos de los tres primeros hijos, que nacieron sin problemas. Con todo, también fue un día duro porque Mine estuvo a punto de ser expulsada de la mansión con cajas destempladas.

El recuerdo de todos aquellos horribles sucesos volvió tan vivo a la mente de Mine que tuvo que quitarse las gafas para secarse las lágrimas. Luego miró el texto con ojo crítico, añadió alguna que otra palabra, tachó algunas líneas y descubrió que era muy poco en comparación con todas las imágenes y recuerdos que le pasaban por la cabeza.

¿A la señora baronesa, Franziska, le servirían de algo? A ella no le había pasado hasta el momento, pero pronto cambiaría si seguía escribiendo. Sin embargo, no aquella noche, ya tenía la mano derecha agarrotada. Puso las hojas con cuidado una encima de otra, las volvió a alisar y las metió en el grueso listín telefónico para que no se mancharan ni se doblaran. Luego fue a buscar una cerveza para Karl-Erich y una limonada para ella y las llevó al salón. El televisor estaba a todo volumen, pero a Karl-Erich no le importaba. Se había dormido como un tronco en su butaca. Solo parpadeó cuando le alcanzó la cerveza.

—¿Ya ha empezado la película de policías? —preguntó, y agarró la botella.

—Hace rato que se ha acabado. Bebe un trago, luego puedes seguir durmiendo.

Jenny

Zip... zip... zap...

Jenny se volvió hacia el otro lado y puso bien la almohada. Lo único que quería era no hacer ruido, no revolverse en la cama para que Julia no pensase que mamá ya estaba despierta. Como mucho debían de ser las seis, tal vez las seis y media...

Zip... zip... zap...

¿Qué era aquello? ¿De pronto el tictac del despertador se oía tan fuerte? ¿O eran gotas de lluvia? ¡Maldita sea, estaba lloviendo! Justo el día en que la abuela y Walter se casaban tenía que llover a cántaros. ¡No iba a ser un «precioso día de mayo»!

De pronto Jenny estaba completamente despierta. Saltó de la cama y corrió a un lado la cortina. ¡No! Todo se veía gris. Los cristales de las ventanas estaban salpicados de gotas, y a través del agujero en el canalón caía un potente chorro de agua empujado por el viento húmedo de mayo hasta golpear con un fuerte chapoteo en el jardín.

Abajo, en la calle principal del pueblo, el agua de la lluvia había formado amplios charcos. Jenny vio a Gerda Pechstein ataviada con botas de goma y paraguas caminando a toda prisa bajo el diluvio. La tarde anterior montaron la gran carpa que les prestó Kalle, que pertenecía a los bomberos de Waren, en la orilla del lago, justo al lado de la casa guardabotes. Fue una tarea bastante ardua, porque en realidad habrían necesitado mucha más gente para hacerlo, pero al final se las arreglaron bastante bien.

Jenny se llevó una grata sorpresa con Walter, no solo porque sabía cómo se montaba aquel trasto y siempre conservaba la visión de conjunto, sino también por cómo se había dejado la piel a pesar de su edad. Se sintieron muy orgullosos cuando por fin la carpa estuvo en pie. Entonces Kalle metió las cajas de bebidas. Solo tenía que parar de llover o, de lo contrario, por la noche todo acabaría hundido en el lodo.

Julia hizo un ruidito y Jenny corrió a ponerle un pañal limpio y a darle el biberón. Esa vez no pudo concentrarse del todo en la niña, porque sus pensamientos se desviaban una y otra vez hacia la inminente boda. A punto estuvo de no oír el timbre de la puerta. Ante ella apareció Irmi Stock en bata para entregarle un montón de correo.

—Casi todo es para la abuela —dijo—. Vaya un tiempo asqueroso. Espero que pronto deje de llover.

—Bueno, seguro que hacia el mediodía habrá terminado —contestó Jenny con optimismo, y cogió el correo.

Irmi volvió a bajar a toda prisa. Todavía tenía que vestirse y luego ir a Röbel, donde trabajaba tres veces por semana en un supermercado ordenando las estanterías y pegando los precios en los botes de pepinillos. Su marido, Helmut, aún conservaba su puesto en la gran panadería de Waren, pero nadie sabía cuánto duraría.

Jenny se preparó primero un café y un bocadillo y luego se subió a Julia al regazo para echar un vistazo al correo. Cartas para la abuela, felicitaciones por la boda, facturas, requerimientos, tres cartas de reclamación y una de una aseguradora. Increíble. El cartero era cada vez más holgazán, se ahorraba el camino hasta la mansión porque sabía que de todos modos Jenny iba a diario. Vivir en un pueblo minúsculo donde todos se conocían y sabían adónde iba cada uno tenía sus inconvenientes.

Vaya, también había correo para ella. Una postal dirigida a Jenny Kettler. ¿De quién? Cielo santo, de Ulli Schwadke, desde Bremen. Ya lo echaba de menos. Se fue al Oeste sin más, ni siquiera dijo adiós. Mine le contó que había encontrado un puesto en Bremen, muy importante y bien pagado. También estaba en el equipo de remo, incluso participaría en competiciones con sus compañeros.

Le dio la vuelta a la postal, intrigada, y la leyó.

Querida Jenny,

Espero que estés bien y que la reforma de la mansión avance. Aquí, en Bremen, ya me siento como en casa, el trabajo me divierte, y en mi tiempo libre conozco gente nueva. Muchas felicidades por la boda de tu abuela. Saludos a la pequeña Julia y a ti.

Ulli

¿No tenía nada mejor que hacer que escribir cosas raras? Tal vez sentía nostalgia y no quería admitirlo. Vaya con Ulli. De noche se sentaría solo en su habitación y pensaría en Stralsund y en el Müritz, tal vez también en sus amigos de Dranitz, y luego escribía postales absurdas. Le estaba bien empleado: tendría que haberse quedado.

Lanzó la postal sobre la mesa del desayuno, donde aterrizó entre la mantequilla y el bote de mermelada, y liberó el correo de la abuela de los dedos pegajosos de la pequeña Julia. ¿Echaba de menos a Ulli? A decir verdad, sí. Por mucho que últimamente se hubiera impuesto el silencio entre ellos.

Por desgracia, se ofendía con facilidad, saltaba ante el más mínimo comentario y se ocultaba en su caparazón. Era una pena porque, en el fondo, Ulli tenía potencial. Y también era guapo...

El timbre del teléfono la salvó de seguir con sus cavilaciones. En cuanto descolgó el auricular Julia se puso a llorar, así que no entendió ni una palabra.

—¡Un momento! —gritó al teléfono, se puso el auricular entre la oreja y el hombro y empezó a pasear a su llorona hija por la cocina hasta que, gracias a Dios, moderó un poco el volumen.

—¿Qué le pasa a la niña? ¿Está enferma? —preguntó la abuela, preocupada.

—Solo está de mal humor... ¿Qué pasa tan temprano?

—El lago se ha desbordado en la orilla. Hay que desmontar la carpa lo antes posible, ya está casi en el agua. Ya sabes que nos la han prestado y no tengo ganas de pagarla si acaba dañada.

—¿Quieres que llame a Kalle? —Jenny volvió a sentar a Julia en su trona y le dio una cuchara de plástico que la niña se puso a mordisquear con cara de dolor. Con suerte solo eran los dientes y no estaba enferma.

—Ya lo he hecho —contestó Franziska—. Pero no está localizable.

—Ya lo hago yo. —Jenny arrugó la frente—. Pero si desmontamos la carpa, ¿dónde celebraremos la boda?

—En el salón. Tendremos que hacer la vista gorda con las obras.

Jenny suspiró. Era injusto. Se habían reencontrado después de tantos años y querían darse el «sí, quiero» por fin, pero el tiempo les arruinaba la boda.

—Ahora voy con Julia —se apresuró a decir. Colgó y marcó el número de Kalle. No contestó. Jenny se detuvo a pensar. Quizá estaba en la antigua cooperativa agrícola, o en su obra a medio construir en el terreno de la antigua casa del inspector, el que le había arrendado a la doctora Gebauer, como la llamaban en el pueblo, según confirmó la abuela tras su conversación con aquella idiota. ¡Quería abrir un refugio de animales allí! A aquella mujer le faltaba un tornillo.

Llamó a la cooperativa sin mucha esperanza y localizó a Wolf, el amigo de Kalle que revisaba los tractores.

—Está aquí —le confirmó—. Podríamos acercarnos con unos cuantos compañeros bomberos. El problema es que la carpa estará completamente mojada.

Jenny asintió, aunque Wolf no lo podía ver al otro lado de la línea, claro. De pronto se le ocurrió una idea.

—Eh, Wolf, ponme con Kalle.

—No hay problema. —Jenny oyó ruido, luego la voz grave de Kalle.

—¿Sí?

—Hola, Kalle, soy Jenny. Oye, se me acaba de ocurrir una idea… La carpa está empapada, por cierto.

—¡Dios!

—Lo sé, es una mierda, pero vamos a desmontarla y a montarla de nuevo en la mansión. En el gran salón, ¡cabe de sobra!

Silencio de perplejidad. Luego oyó susurrar a Kalle. Era evidente que lo estaba comentando con Wolf.

—¿Jenny? —preguntó luego—. Nos estábamos preguntando si estás en tus cabales, pero lo haremos.

—¡Bien! —vitoreó—. Sabía que podía confiar en vosotros. Nos vemos en la mansión. ¡Hasta luego!

Metió a Julia en el coche a toda prisa y se fue. Cuando llegó, Mücke y Anne Junkers estaban arriba, en la primera planta, listas para preparar el salón para el inminente «pequeño» banquete nupcial. Mücke se abalanzó sobre Julia y la cogió en brazos.

—¿Qué, ratoncito? Estás muy caliente. ¿No tendrás fiebre?

—Ha estado llorando —explicó Jenny, escueta—. ¿Qué haces aquí? ¿Te has cogido el día libre por la boda de la abuela?

—No —contestó Mücke—. Hoy la guardería de Waren está cerrada. Gastroenteritis.

—¡Puaj! —Jenny se estremeció—. ¡Qué asco!

—Y que lo digas. —Mücke suspiró—. Luego vendrá Mine con el guiso de pescado. Ha insistido. Tu abuela ha cocinado un *gulash*, hummm, es como un sueño.

Jenny dejó a Julia con Mücke y fue corriendo a ver a la abuela, que picaba hierbas y setas en la cocina. Serían el remate del *gulash*, que ya estaba cocinado y listo para calentar.

—Kalle y los bomberos vendrán luego con la carpa —anunció—. Vamos a montarla en el gran salón.

La abuela se quedó mirando a Jenny unos segundos, desconcertada, y luego se echó a reír.

—Qué ocurrencias tienes, niña. ¡Si no fuera por ti! Baja corriendo y pon al corriente a Walter, que quería pegar no sé qué papel pintado…

Vaya, el novio también tenía ideas. En todo caso, la suya era mejor. Jenny bajó corriendo la escalera, justo a tiempo para abrir la puerta a Kalle. ¡Sí que había ido rápido!

—Aquí vienen las primeras cargas. Cuidado, está mojada. Hay que limpiarla o tendremos agua estancada en el salón. Ahora llegarán las barras y el resto de las lonas.

Walter dejó caer el rollo de papel de fibra gruesa que quería poner en la pared, volvió a cerrar la boca que había abierto sin querer durante la explicación del plan de Jenny y apartó a un lado la mesa de caballete.

—Nunca habría imaginado mi boda tan emocionante —murmuró, pero en la comisura de sus labios asomaba una sonrisa.

Se desató la pelea por las toallas y trapos de cocina hasta

que la abuela sacó las últimas reservas de las cajas para secar las lonas de la carpa y conservar unos cuantos trapos para la cocina. Poco después Kalle se reunió con los bomberos voluntarios y se pusieron manos a la obra.

—Señor Iversen, ¿podría sujetar la barra? —le pidió a Walter, pero la abuela hizo un enérgico gesto de desaprobación con la cabeza—. Tenemos que cambiarnos antes de empezar.

—Lo siento, tengo que casarme. Con tanto barullo casi se me olvida.

Jenny vio que le lanzaba una mirada de enamorado a su Franzi.

—¡No es obligatorio! —fue su respuesta, un tanto mordaz.

—¡Pero quiero hacerlo!

Walter le pasó un brazo por los hombros a la abuela y subió con ella la escalera. Jenny, que era testigo de ambos, se apresuró tras ellos para arreglarse y ponerse el sofisticado conjunto que había escogido para la ocasión.

—¡Kacpar ha llegado con el coche! —gritó Wolf desde abajo.

Kacpar se ofreció a llevarlos en coche al registro civil.

—¡Dile que espere un momento! —contestó Jenny—. Ahora mismo vamos.

Unos diez minutos después Jenny estaba lista, le dio un beso a su hija, que hojeaba tranquila un cuento en el regazo de Mücke, y llamó al dormitorio de la abuela. La puerta se abrió y la novia salió del baño con un vestido primaveral de color verde claro, recién peinada, perfectamente maquillada y hecha un manojo de nervios.

Walter también salió al pasillo. Estaba impresionante con su traje oscuro. Sin embargo, a Jenny le pareció que lo más bonito era la sonrisa que se le dibujó al ver a su futura esposa.

De pronto llamaron a la puerta de la entrada. Tal vez fuera

alguien que venía a entregar unas flores, ¿por qué iban si no a llamar a una puerta que estaba abierta de par en par?

—Ahora bajo, abuela. ¿Lleváis vuestros pasaportes? Adiós, mi pequeña Julia. ¡La tía Mücke cuidará bien de ti!

¡Era una casa de locos! Si sobrevivían a aquel día sanos y salvos, suspiraría aliviada y acabaría en la cama tapada hasta la cabeza con la manta. Mientras atravesaba el gran salón hasta la puerta de la casa, comprendió que los auténticos problemas acababan de empezar.

En la puerta estaba Cornelia, con un hombre desconocido al lado que lucía una barbita gris entrecana y poco pelo en la cabeza.

—¡Mamá! —tartamudeó ella, anonadada—. ¿Qué... qué haces aquí?

Cornelia llevaba tejanos y una colorida camiseta estampada con los hombros mojados, y su acompañante un pantalón de pana arrugado azul marino y una chaqueta de piel marrón.

—¿Que qué hago aquí? —contestó Cornelia de malos modos—. Recibí una invitación a la boda de mi madre.

Jenny guardó silencio y retrocedió dos pasos en el pasillo de la entrada. En el salón se oían palabrotas y maldiciones: por lo visto había problemas con el montaje de la carpa.

—Pasad —invitó, en un tono poco afable—. La abuela está arriba. De todos modos nos íbamos ya a Waren para la boda civil.

—¿Ni siquiera vas a darle los buenos días a tu madre? —preguntó Cornelia.

Jenny sintió remordimientos al ver que su madre parecía afectada de verdad.

—Buenos días, mamá... eh... Conny —murmuró al recordar que su madre odiaba que la llamaran «mamá». Desde que Jenny era pequeña insistía en que la llamara siempre por el nombre de pila—. Lo siento, no estaba preparada.

—Bueno, entonces ven, niña —respondió Cornelia y extendió los brazos—. Déjame darte un abrazo.

Cielo santo. De pronto su madre se mostraba dulce, casi cariñosa. Había cambiado de aspecto, llevaba el pelo corto y tenía la cara más rellena. También se le habían redondeado la barriga y el pecho. Jenny soportó el abrazo maternal, aunque no se sintió demasiado cómoda.

—Quiero ver a mi nieta, Jenny. La niña ya tiene más de un año y ni siquiera tengo una fotografía suya.

Jenny desvió la mirada hacia el desconocido que estaba al lado de su madre y que la observaba con detenimiento, pero, justo cuando iba a tenderle la mano y presentarse, algo que por lo visto Cornelia había olvidado por completo, la abuela y Walter llegaron con paso lento y cogidos del brazo. Cuando la abuela vio a Cornelia, se separó de Walter y corrió hacia su hija.

—¡Conny! ¡Has venido! ¡Cómo me alegro, hija mía!

Atrajo a su hija hacia sí y le dio un fuerte abrazo; luego tendió la mano al hombre que estaba al lado de Cornelia.

—Es un buen amigo, Bernd Kuhlmann —le presentó—. Creo que ya lo conociste un día, hace años. Bernd, él es Walter Iversen, el futuro marido de mi madre, y esta es Jenny.

Jenny le estrechó la mano a Bernd Kuhlmann y luego hizo una señal para llamar a Kacpar, que accionaba con impaciencia la luz intermitente, y decirle que iban enseguida. La abuela no se acordaba de ningún Bernd Kuhlmann, pero creyó recordarlo cuando él comentó que entonces aún tenía una cabellera espesa y oscura y no llevaba barba.

—Ah, sí... Ernst-Wilhelm siempre decía: «Ese rebelde». Me alegro mucho de verle de nuevo después de tanto tiempo, señor Kuhlmann.

En aquel momento Kacpar hizo sonar la bocina.

Todos dieron un respingo.

—Por desgracia tenemos algo de prisa, el registro civil no espera —se disculpó la abuela.

—¡Os acompañamos, por supuesto! —exclamó Cornelia—. Quiero estar presente cuando mi madre se case.

Jenny dio media vuelta y luego hizo un gesto de desesperación.

Sonja

Por supuesto, no tenía motivos, pero en cierto modo la afectaba. Se sentía apartada. Excluida. Todos celebraban la boda menos ella. Aunque dejó claro que no quería ningún tipo de relación con sus parientes, su padre podría haberle enviado una invitación, por puro formalismo. No habría ido, pero le hubiera gustado que, al menos, la invitaran. Estaba en su derecho.

Tampoco podría haber ido al registro civil, era en horario de consulta. Ni por la tarde. A fin de cuentas necesitaba el dinero, no podía cerrar sin más.

Por la noche, en cambio, sí habría tenido tiempo. Solo a una cervecita. O una copa de champán si era necesario. Enhorabuena, papá. Os deseo lo mejor, señora… señora Iversen, se apellidaba ahora. No, para eso era mejor no estar invitada. Señora Iversen. Su madre era la señora Iversen. Y dolía bastante que ahora otra ostentara ese nombre. Porque estaba casada con su padre. Era su madrastra.

«Soy una histérica», pensó, y sacó una lata de cerveza de la nevera. No tenía mucho más para cenar, solo unos restos de pan, dos tomates y algo de salami. Tendría que ir a comprar al día siguiente, hoy ya no llegaba a tiempo. Siempre pasaba lo mismo con los pacientes: cuando acudían a ella, lo hacían todos a la vez.

Pasó casi dos horas con Tine haciendo facturas, revisando el armario de los medicamentos y charlando hasta que en la última media hora la sala de espera se llenó con dos perros, una gata preñada y tres cobayas llenas de ácaros. Así que tuvo que hacer horas extra y, cuando por fin trató al último perro, las tiendas ya estaban cerradas.

Se hizo un bocadillo con dos rebanadas de pan y salami, cortó un tomate, espolvoreó abundante sal y pimienta encima y se acomodó con todo ello frente al televisor. Otra vez una película de policías, un cadáver en un pantano, todo marrón y pegajoso, así nadie se puede comer un bocadillo de salami. Siguió cambiando de canal, pero no encontró nada que le gustara y apagó la caja tonta.

¿Seguía lloviendo? Sí, lloviznaba. Por la tarde paró, pero no salió el sol. El tiempo no se podía escoger, ni siquiera para las bodas. La gran carpa había acabado en el agua, según le contó Kalle Pechstein.

Bebió el último trago de cerveza, aplastó la lata y quitó las migas de pan del sofá. De pronto sintió un antojo tremendo de algo dulce. Por suerte, siempre tenía guardadas para aquellos casos unas cuantas barritas de chocolate con leche y frutos secos en el bote de galletas verde. En realidad, era una pena tener que ir con tanto cuidado con la grasa y los dulces, pero enseguida se le ponía todo en las caderas.

Daba igual. Sonja se levantó, sacó las chocolatinas del bote y las devoró. Luego se acercó a la ventana. El lago estaba gris y nublado por la lluvia. Echó un vistazo al reloj. Las ocho y cuarto. En la televisión ya empezaba la siguiente película de policías. No, no era para ella. Tal vez podría leer un poco. O acostarse temprano. De todos modos, al día siguiente era sábado y podía dormir a gusto todo lo que quisiera. También podría ir a ver el futuro refugio de animales. Había alquilado el terreno de Kalle y era responsable de él. La idea le pareció muy tentadora; necesitaba salir de allí, y aún tenía medio lleno el depósito de gasolina.

Poco después estaba sentada en su Renault de color azul cielo, con el chubasquero verde chillón al lado, en el asiento del copiloto, además de una lámpara de obra y una libreta para tomar notas. El edificio que Kalle levantó por su cuenta le resultaba sospechoso; de hecho, algunos conocidos del pueblo le habían advertido que era peligroso pasar mucho tiempo dentro, porque el chiringuito podía hundirse en cualquier momento.

Sonja no opinaba lo mismo. La construcción era peculiar, las piedras estaban unidas al azar y las vigas que soportaban el techo de chapa ondulada procedían de una obra de un entramado destrozado. Tenían unos trescientos años y tal vez durasen aún más. Poco después de Vielist apretó a fondo el freno porque algo cruzó corriendo la carretera. ¿Un corzo? Miró por el retrovisor y vio un animal que parecía un lobo. Un perro pastor. Estaba en el arcén de la carretera, bajo la llovizna, y siguió su coche con la mirada. Sonja se colocó a un lado, paró, abrió la puerta del conductor y miró alrededor.

—¿Falko? No me lo puedo creer. ¡Eh, Falko!

El pastor alemán se acercó al trote, se dejó acariciar y sacudió el pellejo mojado.

—Serás sinvergüenza. Pareces hecho polvo. ¿Te has largado y has salido corriendo detrás de una atractiva dama? Nunca aprenderéis…

Tuvo que bajar y plegar el asiento delantero para que pudiera saltar al trasero. Había una manta, pero sirvió de poco a un perro completamente sucio y mojado de aquel tamaño, que dio tres vueltas en el asiento antes de acomodarse. Bueno, ya se secaría y luego la sacudiría. Solo era barro del bueno, marrón, de Mecklemburgo. Lo único absurdo era tener los asientos del coche negros, pero ahora Falko no podía hacer nada al respecto.

«Qué típico —pensó, furiosa, mientras seguía conduciendo en dirección a Dranitz—. Celebran la boda y no se ocupan de sus animales. Seguro que Falko deambulaba con frecuencia, o de lo contrario no habría acabado lleno de pulgas.»

La mansión apareció a su izquierda entre los árboles: no era una imagen bonita en el luminoso atardecer, pues, salvo el tejado, todo estaba sin acabar. En general, el edificio tenía peor aspecto que antes. Aquella noche había coches aparcados por todas partes, muchos en el arcén, otros en el recinto de la mansión, que estaba marcado por la maquinaria de obra y convertida en un desierto de lodo. Luego se sorprenderían cuando se quedaran atrapados en el barro.

Sonja aparcó con cuidado en la cuneta, dejó salir al perro y entró con él en el terreno de Kalle. Desde la carretera se oía la música, estaban bailando de lo lindo en la mansión. Era evidente que la celebración tenía lugar donde antes estaba el Konsum. En el antiguo salón señorial. Quiso llamar a Falko, que corría directo a la puerta de entrada, pero lo dejó y giró hacia la peculiar construcción de Kalle.

La lluvia caía en infinidad de hilos de agua desde el techo de chapa ondulada: Kalle se había quedado sin dinero para los trabajos de fontanería. A cambio, cogió una preciosa puerta antigua con una talla modernista del vertedero y la montó. También había algunos postigos apoyados en la pared, como si esperaran a que alguien los colocara por fin delante de los cristales.

Sonja abrió y metió el enchufe de la lámpara de obra en la única toma que había. Recorrió las habitaciones, las examinó, revisó las paredes en busca de humedades, estudió el techo de chapa ondulada, observó si en el suelo se habían formado charcos. Para su sorpresa, la construcción de Kalle no tenía goteras. La lluvia solo se había colado por dos pequeñas aberturas de la ventana que estaba cerrada de forma provisional con plástico, pero eso se acabaría cuando estuvieran puestas las definitivas. Muy bien. Si todo iba como imaginaba, pronto podrían terminar el edificio. Aquello era un principio.

No podía evitar dirigir la mirada una y otra vez hacia la mansión. La puerta estaba abierta y vio a Kalle con su amigo Wolf en el umbral. Tal vez Falko había arañado y ladrado para que lo dejaran entrar, porque vio al perro desaparecer a toda prisa en la casa. Kalle miró el futuro refugio de animales, cuyas ventanas estaban iluminadas por la lámpara de obra, y empezó a hacer gestos enérgicos hacia ella. ¿Pretendía que se acercara a ellos? ¿A la mansión? Podían esperar sentados. Sonja se dio la vuelta y sacó el enchufe de la toma. Enrolló el cable y, cuando iba hacia la puerta, Kalle y Wolf ya estaban en el umbral.

—No hay goteras —dijo Kalle con orgullo, y señaló hacia arriba con el pulgar, al techo de chapa—. Un trabajo excelente. Se mueve, aguanta y tiene aire. Dentro de tres meses podrán instalarse los primeros inquilinos.

Se refería a los animales, claro, aunque de momento allí no había ni un solo ejemplar.

—Nos gustaría invitar a la señora veterinaria a una cerveza —anunció Wolf, y luego hizo una torpe reverencia—. Arriba, en la carpa.

—¿Qué carpa?

—La carpa de la fiesta. Dentro, en el salón, fue idea de Jenny. En algún sitio hay que celebrar la boda con este asco de tiempo, y en el lago habríamos acabado todos con los pies mojados.

—Ya, Jenny. Suena de veras a que es una idea genial —admitió Sonja a regañadientes. No soportaba a aquella chica, pero tenía buenas ocurrencias, eso había que reconocérselo.

—Sin Bernd no lo habríamos conseguido, aunque Wolf y los chicos de los bomberos nos han ayudado —le explicó Kalle.

Wolf asintió con vehemencia.

—¿Quién es Bernd? —preguntó Sonja.

—Ni idea. Se presentó de repente en la puerta. Pero es un buen tipo. Entró sin más, se puso manos a la obra y de pronto todo funcionó. Pero la mujer que ha traído… —Kalle se acarició la barbilla y sacudió la cabeza.

—¿Qué pasa con ella? —inquirió Sonja.

—Es rara. Se ha pasado media hora contándome lo maravilloso que era todo aquí, en la RDA. Y lo estupendo que habría sido que Honecker no lo hubiera echado todo a perder.

Sonaba interesante. ¿Una marxista convencida desde los primeros tiempos?

—¿Cuántos años tiene? —quiso saber.

Kalle se encogió de hombros.

—Bueno, más o menos igual que tú. Aunque ya es abuela. Para ser exactos, es la abuela de la pequeña Julia.

Sonja tardó dos segundos en comprenderlo, luego cayó en la cuenta. La chiflada era la madre de Jenny. La hija de la baronesa Franziska von Dranitz.

—Ven con nosotros. —Kalle interrumpió sus pensamientos—. Así la conocerás.

—No, no hace falta. Me voy ahora mismo.

—¿Por qué? —se asombró Kalle—. Pensaba que venías para la boda.

Sonja negó con la cabeza.

—Solo quería asegurarme de que no entraba la lluvia.

Ella misma se percató de lo poco creíble que sonaba.

—Vamos, no te pongas así, doctora. —Kalle le dio una palmadita amistosa en el hombro—. A mí tampoco me caen bien todos los que están ahí. Sobre todo el tipo que está al lado de Mücke, ese Kacpar. Lo tumbaría sin problemas. Vamos, Sonja. Basta con que felicites a la feliz pareja, bebas dos copas de champán y, si quieres, luego puedes largarte.

Sonja hizo un esfuerzo. En realidad le gustaría estar allí, pero por otra parte...

Kalle la agarró del brazo con energía por un lado, Wolf por el otro, y caminaron juntos con paso firme entre los charcos, el lodo y los escombros hasta la mansión. Ya no llovía.

Junto a la puerta de la casa les llegó el sonido de una música fuerte y un griterío, además de un vapor cálido que olía a gente, alcohol y panecillos de cebolla o algo parecido. La celebración de la boda no hizo aguas en absoluto; al contrario, había acudido medio pueblo, además de mucha otra gente.

Le pareció que la gran carpa festiva quedaba bien en el salón señorial. Así al menos no se veía el viejo estucado del techo. Apartaron mesas y sillas para que se pudiera bailar en el medio. ¡Cielo santo, pero si era Gerda Pechstein la que se estaba arrimando a Helmut Stock! Y Anna Loop tenía agarrado con fuerza a Valentin Rokowski. Ojalá no lo viera Tillie. ¿Aquella no era la pequeña de los Rokowski? ¿Era Mücke la que bailaba pegada al arquitecto delgaducho, Kacpar?

—Mola, ¿eh? —Kalle estaba exultante—. Siéntate ahí, voy a buscarte algo de beber.

Ahí estaba, sentada a una mesa entre los invitados, la mayoría conocidos. En su día, muchos se tomaron mal que se fuera al Oeste con Markus. Y eso que ellos mismos se morían por largarse de la RDA, pero no tenían el coraje de hacerlo.

—¿Y bien? Ya estás integrada, ¿eh? —dijo Kalle, y le puso una cerveza delante de las narices—. Saludos de la señora baronesa. Se alegra de que hayas venido.

Sonja guardó silencio y bebió un trago largo de cerveza, que era sorprendentemente fuerte. Si se la terminaba entera podría acabar con una intoxicación etílica. ¡Y aquel bocazas había tenido que ir corriendo a avisar a la baronesa! Era culpa suya, debería haberse quedado en casa.

—¡Sonja! ¡Qué alegría verte aquí! ¡Deja que te dé un abrazo, hija mía!

Su padre se abrió paso entre los que bailaban y se plantó frente a ella. Le brillaban los ojos. Sonja se levantó de un salto y le abrazó.

—Solo he venido unos minutos —murmuró ella—. Me alegro por ti, papá. Que seas muy feliz. Te lo deseo de todo corazón.

—Tú también, mi Sonja —contestó él a media voz, y la abrazó con fuerza—. Tú también lo serás, estoy seguro.

¡Siempre con sus sentencias! No obstante, lo decía con buena intención. Solo que ella hacía tiempo que había descubierto que no sabía cómo ser feliz.

—¿Quieres que busquemos un sitio libre? —preguntó, y la agarró del brazo para apartarla un poco. Sin embargo, antes de dar siquiera el primer paso lo interrumpió una mujer con camiseta verde que llevaba unos tejanos tan estrechos que se le formaba una especie de flotador en la cintura.

—¡Ah, ahí estás, Walter! Llevo buscándote un buen rato.

—Esta es Cornelia —la presentó Walter—. La hija de Franziska y madre de Jenny. —Se volvió hacia Cornelia y señaló a Sonja—. Como tal vez sepas, estuve casado con la hermana menor de Franziska, Elfriede.

Cornelia los siguió hasta una mesa tranquila en el extremo de la carpa y luego inició una animada conversación sobre su madre. Sonja solo necesitó unos minutos para llegar a una conclusión: era una persona imposible. No tenía ni una pizca de delicadeza. Era insensible a más no poder. Abordaba a la gente, los agobiaba con sus opiniones extravagantes y ni siquiera daba opción de contestar.

—Ya, me acuerdo... Mamá me contó que tenía una hermana menor. Pero murió de tifus. Así que tú eres la hija. La sobrina de mamá. Entonces somos primas, ¿no?

¡Muerta de tifus! Qué fácil es buscar excusas cuando no se quiere admitir los errores. ¡Qué persona más fría era aquella Franziska!

—Eso parece —repuso ella, cohibida.

Cornelia le tendió la mano sobre la mesa con una sonrisa.

—Pues me alegro de conocerte. Yo soy Cornelia y ese de ahí detrás, el de la calva, es Bernd, mi pareja actual. Sufre una crisis vital en este momento, lo ha abandonado todo y ha descubierto su pasión por la vida de campo. Cuando se enteró de que mi madre volvía a ocupar su mansión de Mecklemburgo-Pomerania, quiso acompañarme a toda costa. Quiere comprar terreno barato.

Sonja guardó silencio. Le dieron ganas de fundirse en el aire. Con una mirada de soslayo a su padre supo que sufría con ella. Por lo menos había alguien que la entendía. Conny, su nueva prima, seguía hablando.

—¡Es emocionante estar frente a una prima de repente! ¿Estás casada? ¿Tienes hijos?

—Estoy divorciada. Sin hijos.

Cornelia asintió, comprensiva, y comentó que de todos modos el matrimonio hacía tiempo que estaba superado. Walter carraspeó con vehemencia y Cornelia se apresuró a añadir:

—Para la gente mayor no, por supuesto, pero nuestra generación… Tú rondas los cuarenta, ¿no?

—Cuarenta y cinco, si quieres saberlo con exactitud.

Kalle pasó con una bandeja llena de vasos de cerveza y Cornelia se sirvió y bebió un trago largo.

—Ah, qué bien sienta. —Luego dejó el vaso y se volvió de nuevo hacia Sonja—. En la RDA todo era muy conservador, os casabais, ¿no? En nuestro lado, en los años sesenta se proclamó el amor libre: basta de dormitorios conyugales que huelan a moho y ropa de cama blanca planchada. El sexo es algo natural, ¡no hace falta esconderlo! Y en los años setenta llegó el movimiento feminista, ¡eso sí que fue bueno!

Sonja advirtió divertida que los lugareños que estaban sentados cerca giraban la cabeza hacia ellas y observaban a Cornelia con la frente arrugada.

A ella no parecía molestarle en absoluto.

—Fue una época importante —prosiguió—. Sobre todo en el ámbito político. Entonces aún estaban en el poder un montón de nazis. Si tendías a la izquierda era muy malo, aunque solo fueras de las juventudes socialistas. Adolf les inculcó a nuestros padres el miedo a los comunistas.

«Déjala hablar —pensó Sonja—. Déjala hablar y mantén la boca cerrada.» Había conocido a la gente del 68, aquellos fanfarrones engreídos que creían estar en posesión de la verdad sobre todas las cosas. En los actos universitarios citaban a Marx o Heidegger, a los que casi nadie entendía por la difícil terminología, y tildaban a los estudiantes que acudían a escuchar su conferencia de lameculos apolíticos. Sonja conocía a Marx y Engels del colegio en la RDA, no la impresionaban, y mucho menos aquellos tipos arrogantes que trataban a sus chicas como si fueran el último mono. ¿Para qué estaban las chicas? Para follar, cocinar y limpiar, y si ascendían podían repartir panfletos, cuyos textos escribían los chicos, claro.

—Bueno, me alegro mucho de haberme criado en el Oeste y no aquí —parloteaba Cornelia—. No lo escogí, fue pura suerte. Hemos aprendido a pensar por nosotros mismos, eso vale mucho en la vida. Pero eso también lo conseguiréis aquí, en el Este.

Sonja se hartó finalmente de aquella maldita resabida.

—Felicita a tu mujer de mi parte —le pidió a su padre. Se levantó y saludó con la cabeza a Cornelia—. Buenas noches.

Sin darle la mano a la hija de Franziska, se dirigió presurosa a la salida de la carpa. Necesitaba aire fresco con urgencia o de lo contrario estallaría de rabia con tanta insensatez arrogante. Bueno, de tal palo, tal astilla.

En la puerta había un grupito de jóvenes del pueblo que hablaba a gritos y se reía. Pasó por su lado sin llamar la atención hasta llegar al coche, aparcado en la carretera.

Mine

Ahora tendría que entregarle a la baronesa una obra sin terminar. Tres veces volvió a escribir el principio, porque siempre se le ocurría algo que debía incluir sin falta. Y luego Karl-Erich volcó una taza por descuido y el café con leche se derramó sobre las hojas que acababa de terminar. Cómo se quejó él de sus torpes dedos reumáticos y también de Mine, que se ponía a hacer de escritora y uno no se podía tomar un café tranquilo en la mesa de la cocina. Tuvo que animarlo, porque sabía lo mal que se sentía y lo mucho que le costaba aceptar su dolencia. Seguro que la baronesa estaría encantada, le consoló ella y, en efecto, se alegró cuando Mine le entregó la primera parte de sus recuerdos después del banquete. Mucho, en realidad.

—Es un detalle por tu parte —le dijo, y a Mine le pareció ver que se sonrojaba de la alegría. No obstante, tal vez fuera de tanto bailar, porque todos movieron el esqueleto como locos.

—Ha sido un placer, señora baronesa —contestó Mine—. Fueron buenos momentos y es importante recordarlo. Me costó escribir bien, pero por lo menos es un principio, y el resto llegará más tarde, a tiempo, lo prometo.

Precisamente aquella promesa era lo que la atormentaba.

¿Cómo iba a conseguirlo si las ideas se le escapaban una y otra vez y tampoco lograba escribir bien?

Por suerte, enseguida llegó Mücke para llevarle la compra. Iba a comprar al supermercado tres veces por semana a Waren después de trabajar y la tarde anterior siempre le preguntaba a Mine si quería que le comprara algo. Como la boda se había celebrado el día antes, esa semana Mücke había ido a comprar el sábado.

—Té negro, manzanilla, dos de leche, lentejas, arenque en escabeche en bote de cristal, pepinillos en vinagre, dos de levadura... Ya está, creo. Ay, no, una tableta de chocolate con leche y almendras. —Mücke sacó la compra y la dejó encima de la mesa de la cocina.

—Es para ti, Mücke —dijo Mine, y le dio el chocolate a la chica—. Has adelgazado mucho durante las últimas semanas.

Mücke se rio con alegría y tiró del jersey hacia delante para que viera que le iba demasiado grande.

—Entra otra como tú —comentó Karl-Erich con una sonrisa.

—Tú procura no ponerte enferma, niña —insistió Mine, preocupada—. No es sano adelgazar tanto.

Mücke les contó que aún tenía que bajar cinco kilos más antes de darse por satisfecha. Al ver que Mine hacía un gesto de desaprobación con la cabeza, enseguida cambió de tema.

—¿Qué estás escribiendo, Mine? ¿Es una carta larga a Ulli?

Mine cogió las hojas emborronadas, aún húmedas, y suspiró.

—No. Es para la baronesa. Recuerdos del pasado. El principio se lo regalé por su boda. En realidad ya debería estar terminado, pero ahora me cuesta mucho escribir. Mis dedos no son tan rápidos. Bueno, el resto lo recibirá más adelante, en algún momento lo acabaré.

Mücke estaba entusiasmada. ¡Era una idea fantástica! No podía fracasar por una pequeñez como unos dedos entumecidos.

—Te enviaré a Anne, vendrá con la Erika de la oficina municipal y lo escribirá por ti.

—¿Qué Erika? ¿La conozco?

Mücke soltó una risita.

—Es la máquina de escribir eléctrica de la oficina municipal. Pueden prestarla sin problema. Allí nadie le hace caso. Y mucho menos Paul Riep…

Paul Riep fue elegido nuevo alcalde a toda prisa tras la maliciosa desaparición de Gregor Pospuscheit; de todos modos aceptó el puesto a regañadientes y siempre decía que había que ser un tonto para asumir ese cargo. La oficina municipal, que antes estaba ubicada en la mansión, se encontraba ahora en un espacio alquilado enfrente del bar de Heino Mahnke. También se reunía allí el concejo municipal, lo que era práctico porque, una vez tratado el orden del día y tomadas todas las resoluciones, podían ir a la barra y terminar la tarde charlando agradablemente con una cerveza o un aguardiente.

—Ya son eléctricas —se asombró Mine—. Entonces ¿escribe sola?

—Casi. Primero Anne tiene que leerlo despacio en voz alta y la máquina lo marca enseguida en las teclas.

Al día siguiente por la tarde Anne Junkers se presentó en la puerta y subió a rastras la Erika por la escalera. Mine hizo pastel de cereza con cobertura de mantequilla y volvió a preparar café, no tan fuerte porque ya era tarde. Sin café, el pastel del domingo recién hecho no sabía igual.

—¡Eso sí que me gusta! —exclamó Anne.

Al poco rato, todo lo que Mine había escrito hasta entonces estaba mecanografiado y la eficaz Erika esperaba las páginas siguientes.

—Ven pasado mañana, Anne. Tendré algo más.

Pasado mañana era martes, justo el día de la semana en que nació Elfriede. El 13 de julio de 1926. Los recuerdos casi se precipitaron sobre ella: el calor estival, interrumpido por intensas tormentas; el olor a las flores de los prados, a grano que maduraba; los campos color violeta en los que crecía el maíz. Los prados se estaban segando y se recogía el heno. Entonces se necesitaban todas las manos, y también Mine y Beke tuvieron que ayudar a atar el heno.

Liese no, ella tenía suerte porque cuidaba de la baronesa madre, a quien cuando hacía calor siempre le faltaba la respiración y la asaltaban todos los miedos. La joven baronesa, pese al avanzado estado de su embarazo, estaba en el patio, donde las lavanderas estaban colgando en el tendedero las camisas y la ropa blanca. La colada se secaba rápido con aquel tiempo, y en la cocina ya esperaban tres cestas a rebosar; era el trabajo de la tarde. Dos de las chicas tenían que alisar las sábanas y manteles, si era necesario volverlas a humedecer y dárselas a la planchadora. Liese siempre era la que planchaba, era su privilegio, nadie más que ella podía tocar las dos planchas de acero que se iban colocando por turnos sobre la cocina para que cogieran el calor necesario.

Arriba, en el prado prusiano, cargaban a toda prisa el último heno en el carro, ya que el cielo estaba oscuro y pesado sobre el campo. Mine subió al carro bien cargado para recibir los haces de heno y así asegurarse de que la carga no caía de lado en el trayecto de regreso a la mansión. Tronaba a lo lejos, en el horizonte, y sobre los bosquecillos se veían los primeros rayos. Al mozo le costaba que las dos yeguas mantuvieran la calma.

—¿Ya está? ¡Pues vamos! —gritó, y metió prisa a los caballos.

Mine y Beke estaban empapadas en sudor por el esfuerzo.

Se colocaron al hombro los rastrillos de madera y una guadaña que olvidaron los segadores y salieron corriendo detrás del carro de heno. No eran las únicas que se dirigían a toda prisa y cargadas al granero de la salvación. Bajo la luz amarillenta del inminente temporal se veían tres carros más que también se dirigían a la mansión. Era una carrera contrarreloj con las nubes que amenazaban tormenta. El polvo se arremolinaba y cubría el carruaje, de vez en cuando se soltaba un haz de heno durante el accidentado trayecto y se resbalaba. Tenían que dejarlos, ya no había tiempo de detener el vehículo. Cuando cayeran las primeras gotas deberían haber llegado por lo menos a la entrada de la mansión; luego el heno ya se secaría en el granero. Si la lluvia caía sobre el carro antes, en el camino o incluso arriba, en los prados, gran parte del heno se echaría a perder para el invierno. Se pudriría y no serviría para nada.

Aquel día todos los carros lograron llegar al granero entre rayos y truenos justo antes de que cayera sobre la tierra un intenso aguacero. Solo se mojaron los mozos y las criadas, pero aquello no le importaba a nadie. Al contrario, todos agradecieron el ansiado refresco. Mine y Becke subieron la escalera entre risitas y goteando empapadas hasta sus cuartos para ponerse ropa seca. Cuando regresaron a la cocina, toda la casa estaba conmocionada.

—¡Beke! ¡Mine! Maldita sea, ¿dónde estabais?

Era la voz del barón. Mine se quedó helada del susto, nunca lo había visto tan alterado y furioso.

—Estoy aquí, señor —oyó que gritaba Liese, presurosa—. No se preocupe, yo estoy con la señora. Franz ya está de camino al pueblo. Volverá enseguida.

Abajo, en la cocina, la cocinera encendió los fogones y puso a hervir una gran caldera con agua.

—¿Dónde os habíais metido? —reprendió Liese a Mine y

Beke—. La señora baronesa tiene contracciones, necesitamos sábanas y paños limpios. Beke, voy a preparar un almuerzo para la partera y se lo subes enseguida. Tú, Mine, reúne los pañuelos de lino. No hay que plancharlos a fondo, solo pasar la plancha por encima. No van a ir al armario.

Seguía tronando, y de vez en cuando un rayo iluminaba la cocina. La lluvia caía con fuerza, pero lo peor había pasado. Así que el niño que traía la baronesa vería la luz del mundo entre rayos y truenos. Mine se sentía triste por estar allí abajo solo planchando y doblando ropa; habría preferido estar con la baronesa para acompañarla. Además, seguro que la baronesa madre también requeriría su ayuda, con tanta emoción necesitaría sus gotas del corazón y una almohada en la espalda.

Mine pasaba con desgana la plancha caliente por la ropa y comprobó que se manejaba mucho mejor que la de su madre, que aún era de las que se llenaban con carbón candente. Era más pequeña, pero estaba lisa por la parte inferior y se deslizaba por sí sola sobre las prendas.

Después de preparar y doblar unos cuantos paños y sábanas, de pronto la tarea de planchar, que en realidad no le gustaba mucho, le resultó placentera. Mientras Beke subía corriendo con un plato lleno de patatas asadas con jamón y pescado ahumado para la partera, Mine cogió una de las preciosas servilletas de lino que la anciana baronesa Libussa von Dranitz había bordado de joven con su monograma. Qué bien se trabajaba con aquel hierro bueno, era un placer doblar las prendas lisas, olorosas, con el monograma siempre hacia arriba. Las servilletas se ataban en grupos de diez con una amplia cinta de seda y un botón de presión cosido. Así era más fácil contarlas cuando las sacabas más tarde del armario. Iba por la número nueve y ya estaba colocando la siguiente servilleta sobre la mesa que tenía delante cuando regresó Liese a la cocina. Se dirigió a Mine, furiosa, y le arrancó la plancha de la mano.

—¿Cómo te atreves a hacer mi trabajo? —gritó—. Ve corriendo arriba, ¿no has oído que te llamaba la baronesa?

No, Mine no lo oyó, pero era cierto. La baronesa echó a Liese y le pidió que fuera a buscar a Mine. La joven no entendía por qué. Años después la baronesa le confesó que Liese la ponía muy nerviosa con su molesta actitud servil, y que por eso prefirió tener a Mine cerca. Y así acabó junto a la señora cuando poco después de medianoche por fin nació la niña.

Fue un parto difícil, ya que la criatura estaba colocada con la cabecita hacia arriba y las nalgas hacia abajo en el vientre. La partera tuvo que girarla con mucho esfuerzo. Cuando por fin llegó al mundo, se quedó quieta y ensangrentada en el paño blanco, sin moverse, ni siquiera cuando la partera la agarró por los pies y le dio unas cuantas bofetadas suaves en el costado. Entonces la partera tuvo que ocuparse de la placenta y la criatura se quedó abandonada a su suerte, desprotegida, inmóvil, como si estuviera muerta.

Mine no pudo evitar coger a la recién nacida, sujetarla contra su pecho caliente y caminar con ella por la habitación. Le tarareó con suavidad una melodía, la meció y le susurró, cantó y respiró y fue atrayendo a aquella criatura que ya estaba a las puertas del otro mundo hasta este lado. Elfriede soltó su primer grito débil en brazos de Mine.

—Bienvenida, pequeñita —susurró, dichosa.

—¡Dámela, Mine! —le pidió la señora, agotada.

Al poco rato, el nuevo miembro de la familia estaba bañada y envuelta en paños suaves en la cuna tallada que fueron a buscar unos días antes a la buhardilla, para luego limpiarla y prepararla con cojines nuevos. El feliz padre ya podía entrar en la habitación del parto y admirar a su benjamina. Los hermanos estaban despiertos, pero la señorita Adelheid insistió en que se quedaran en su habitación. Por la mañana, después de desayunar, ya tendrían tiempo de ver a su hermana pequeña. Ahora su madre necesitaba tranquilidad.

Mine también bajó a su cuarto, aún aturdida por todo lo vivido aquel día. Estaba tan exhausta que solo se quitó el vestido y se metió en el catre con la camisa. Pese a la tormenta, aún hacía calor y el ambiente era pegajoso en los cuartos del servicio bajo el tejado, pero Mine cayó en el acto en un sueño muy profundo.

A la mañana siguiente se despertó con el temprano canto de los pájaros y un cielo de verano despejado. Cuando iba al retrete se cruzó con Liese, que todavía llevaba su camisón largo; sonrió con amabilidad y la agarró del brazo.

—Ayer lo hice sin pensar. No te lo tomes mal.

Mine aún estaba enfadada con ella porque Liese estuvo a punto de quemarle el brazo con la plancha cuando se la arrancó con brusquedad de las manos, pero tampoco quería hacerse la ofendida, y menos el día en que había nacido una pequeña baronesa.

—No pasa nada —repuso, y se fue.

Cuando volvió a su cuarto, una sensación extraña se apoderó de ella. Algo había cambiado, pero no sabía qué. Un aroma, un soplo de viento, tal vez solo un sueño que permanecía de la noche.

Se vistió, se recogió el pelo en un pañuelo y bajó corriendo a la cocina, donde la cocinera siempre preparaba una taza de leche caliente para todos los empleados y una rebanada de pan con mantequilla y mermelada. Sin embargo, aquella mañana la cocinera no estaba en su lugar habitual de la mesa, sino de pie con la señorita Adelheid, junto a los fogones, y saludó a Mine con una mirada severa.

—¿Ayer planchaste las servilletas de los señores, Mine? —soltó la cocinera.

Mine estaba demasiado desconcertada para comprender el sentido de la pregunta. En la mesa, Beke y Liese esperaban la respuesta con cara de pobres pecadoras. ¿Qué estaba pasando? ¿Dobló mal las servilletas? En ningún caso chamuscó el tejido.

—Sí, planché nueve servilletas —contestó en tono firme.

—¡Vaya! —exclamó la señorita Adelheid, que también era responsable del cuarto de la colada—. ¡Nueve servilletas! ¡Lo imaginaba!

Mine notó de pronto dos ojos clavados en ella, maliciosos, encantados. Eran los ojos de Liese. Entonces comprendió que tenía algo contra ella.

—¿Dónde están las servilletas, Mine? —preguntó la cocinera; saltaba a la vista que toda aquella historia la incomodaba—. La señorita Adelheid no las encuentra. Solo están las servilletas que planchó Liese.

—Tendrían que estar con la ropa planchada, Mamsell —balbuceó Mine—. No las guardé porque me llamó la señora baronesa enseguida y no me fui a mi cuarto hasta la medianoche.

La cocinera y la señorita Adelheid cuchichearon. Mine vio que la cocinera negaba una y otra vez con la cabeza y supo que estaba de su parte. No ocurría lo mismo con la señorita Adelheid.

—Alguien dice haber visto cómo te llevabas las servilletas cuando subiste al cuarto de la baronesa, Mine —dijo la cocinera por fin—. Por eso vamos a registrar tu cuarto. Puedes venir o quedarte aquí, como quieras.

—Nadie puede haberlo visto ¡porque no es verdad!

Mine se sentía como si le hubieran dado un golpe en la cabeza. Querían registrar su cuarto, como hacía la policía en casa de un delincuente para buscar el botín de un robo. ¿Por qué le hacían eso? ¡No había hecho nada malo!

—Me gustaría ir.

¡Vaya un mal trago! La cocinera y la señorita Adelheid abrieron su armario y las encontraron en el cajón de la ropa, detrás de sus camisas. Nueve costosas servilletas de lino, planchadas y dobladas con cuidado con el monograma hacia arriba: LvD, Libussa von Dranitz.

Mine rompió a llorar y juró por lo más sagrado que no tenía ni idea de cómo habían acabado aquellas servilletas en su armario. Fue en vano, sobre todo cuando la cocinera también perdió la confianza. El robo quedaba demostrado, el botín confiscado, y la ladrona recibiría su justa sanción. Tuvo que caminar delante de ellas y bajar la escalera hasta el vestíbulo. Allí le ordenaron que esperara mientras la señorita Adelheid llevaba las pruebas por el salón rojo hasta la biblioteca, donde se encontraba también el despacho del barón.

Allí estaba Mine, desesperada al ver que nadie quería creerla, por mucho que dijera la verdad. Por primera vez en la vida comprendió que la verdad por sí misma carecía de valor, solo valía el brillo exterior. Una mentira que fuera creíble se imponía con demasiada facilidad sobre la verdad.

Precisamente ahora los niños tenían que abalanzarse sobre ella. Los tres iban aún en camisón, pero ya estaban bien despiertos y muy alterados porque iban a conocer a su nueva hermanita.

—¡Mine! Tú ya la has visto, ¿no? —preguntó Heini—. ¿Es fea? Dicen que todos los bebés están arrugados y parecen gnomos con pliegues.

Torció el gesto para hacer una mueca con la que en otro momento Mine se habría reído a carcajadas, pero no estaba de humor.

—¿Qué hacéis por ahí en camisón? —les riñó—. Vosotros

arriba. Podréis ver a vuestra nueva hermana cuando estéis vestidos y hayáis desayunado.

—En realidad yo no quiero verla —dijo Franzi con el semblante serio—. Sé que es una niña mala porque le ha hecho mucho daño a nuestra mamá. Oí los gemidos horribles y los lamentos de la pobre.

Mine quiso explicarle que todos los niños nacen con dolor, no solo su hermana pequeña, pero Jobst le quitó la palabra.

—Que no te oiga la señorita, Franzi. Teníamos que quedarnos en nuestra habitación a dormir.

—Pero yo no podía dormir —repuso Franzi con actitud reflexiva. Siempre fue una metomentodo, sobre todo con sus hermanos mayores.

Mine ya no tuvo tiempo de explicar el asunto del parto con dolor porque en ese momento volvió la señorita Adelheid.

—¡Vosotros arriba, a vuestra habitación! —Echó a los tres niños—. ¿No os he dicho que os vistáis? Y subid la escalera sin hacer ruido, como los ratoncillos, seguro que vuestra pobre madre está durmiendo.

Los tres angelitos en camisón subieron la escalera a regañadientes.

—Tú ve al despacho del señor —le ordenó la señorita con frialdad cuando se fueron los niños—. Y te recomiendo que lo confieses todo. De lo contrario, el barón llamará a la policía y acabarás entre rejas.

Mine guardó silencio, pero aquella amenaza le dio mucho miedo. «Cielo santo —rezó para sus adentros, mientras avanzaba despacio por el angosto pasillo hasta la puerta de la biblioteca—. No dejes que me condenen y me encierren en prisión por algo que ni siquiera he hecho. Por mis pobres padres, haz que prevalezca la justicia.»

La biblioteca se hallaba orientada al norte y reinaba un frescor agradable. A Mine siempre le encantó aquella estancia en la que imperaba un gran silencio y un aire de secretismo y, cuando quitaba el polvo a los libros, imaginaba que por la noche salían de ellos pequeños espíritus para reunirse en las estanterías y mantener conversaciones eruditas. Aquel día había dos ventanas abiertas y el viento matutino atravesaba la sala. Veía el cielo azul de verano, y debajo, el ancho campo que se extendía hasta el fin del mundo.

—¡Ven conmigo, Mine!

El barón estaba sentado a su escritorio, con varias hojas que acababa de escribir delante, sobre la superficie forrada de piel verde. Pasó con cuidado por encima el rollo de papel secante y luego alzó la vista hacia ella, que se colocó delante del escritorio.

—Servilletas de damasco —dijo, al tiempo que hacía un gesto de desaprobación con la cabeza—. ¿Qué demonios querías hacer con ellas, Mine?

—Yo no las cogí, señor. ¡Le juro por nuestro señor Jesucristo que yo no lo hice!

Él suspiró, miró un momento el paisaje veraniego de flores y desvió la mirada de nuevo hacia Mine.

—Entonces ¿cómo acabaron esas servilletas en tu armario? ¿Acaso llegaron volando?

No la creía. Se le veía por cómo ladeaba la cabeza y movía los labios en una sonrisa escéptica.

—No lo sé, señor. Solo sé con certeza que yo no las puse ahí.

—¿Quién, si no? —preguntó en voz baja.

Mine no contestó. En cambio, dijo:

—La señora me llamó cuando yo estaba planchando. Y estuve con ella hasta que la niña llegó al mundo. No puse un pie fuera de la habitación del parto. Y luego fui directa a mi cuar…

—¡Muy bien! —la interrumpió—. Puedes contarme lo que quieras. Sé que no eres tonta y también que tienes labia, pero por desgracia los hechos te contradicen.

Mine rompió a llorar; ya no sabía qué más hacer. Estaba claro que al barón le resultaba muy desagradable pronunciar la sentencia.

—Vas a irte de la mansión esta misma… ¿Qué haces aquí, Franzi? Vuelve al comedor, ahora mismo acabo e iremos a ver a mamá.

Franzi se quedó en la puerta, vacilante; luego entró del todo con la mano puesta con cuidado en el pomo de la puerta. Llevaba un vestido de verano claro y una de las medias blancas se le había resbalado.

—Yo la vi, papá —dijo.

—¿No me has oído, Franzi? ¡Sal, por favor!

Pero Franziska siempre había sido una niña muy decidida, y cuando algo se le metía en la cabeza, lo hacía.

—Se llevó un montón de servilletas al subir por la escalera hasta los cuartos de arriba —continuó—. Tenía tanta prisa que perdió un zapato. Cayó rodando hasta mis pies y se lo llevé.

El barón escuchó y miró a su hija con la frente arrugada.

—¿Cuándo fue eso?

—Después de cenar. No podía dormir porque tenía miedo por mamá, así que me colé en la escalera y esperé allí a que dejara de gemir.

—Eso estuvo muy mal por tu parte, Franziska —la reprendió el barón—. Deberías hacer caso a la señorita Adelheid. No le haces ningún favor a tu madre si desobedeces. Bueno, entonces ¿viste que Mine se llevaba un montón de servilletas a los cuartos de la buhardilla?

—No, papá.

El barón, molesto, soltó otro suspiro.

—Es lo que acabas de decir, ¿no?

—No, papá.

—Entonces ¿qué? —preguntó con impaciencia el barón, que sacó el reloj de bolsillo para ver la hora.

—No vi a Mine, papá. Liese se llevó las servilletas a los cuartos de arriba.

—¿Liese?

Franziska asintió con vehemencia.

—¿Estás segura? —insistió él—. Podrías haberte confundido con la escasez de luz.

—No —dijo Franzi, y señaló el zapato de Mine—. Mine lleva zapatos con cordones de piel, no los puede perder. Pero Liese lleva zuecos de madera, hacen mucho ruido y a veces se le sale uno del pie cuando camina demasiado rápido.

Franzi esperó un momento, pero al ver que nadie decía nada se dio la vuelta y salió de la habitación. El barón se quedó en silencio en su escritorio, sacudiendo la cabeza una y otra vez, y luego llegó a la conclusión de que iba a delegar la decisión de qué hacer en su esposa, que en realidad era la encargada del servicio.

—Puedes irte, Mine.

Mine estaba tan confusa que se le olvidó hacer una reverencia. Lo recordó cuando ya estaba en la puerta.

—Gracias, señor.

El barón le sonrió, y le pareció ver un rastro de alivio en la sonrisa. Pese a su juventud, ella comprendió en aquel momento que tampoco era fácil para un barón distinguir la verdad.

Por la tarde, cuando la baronesa se encontró mejor, Liese tuvo que subir a verla y Beke, que bajó la ropa sucia de arriba, explicó en la cocina que oyó llorar a Liese a moco tendido.

—Decía a gritos que era inocente. Por lo más sagrado.

Que se iba a tirar al lago de la desesperación, ese tipo de cosas.

—Arpía falsa —murmuró la cocinera.

—¿La van a despedir? —preguntó Beke esperanzada; nunca había soportado a Liese.

—¿Quién sabe? —contestó la cocinera con un suspiro—. Esa es de las que siempre cae de pie.

La cocinera, Hanne Schramm, era una mujer con experiencia y tenía razón. Liese pudo quedarse en la mansión. Durante las primeras semanas después del incidente se mostró dócil y sumisa, luego se animó y empezó de nuevo a reclamar sus supuestos derechos. Mine, que ya sabía de qué pie cojeaba, no se dejaba impresionar, sobre todo ahora que sabía que tenía a Beke y a la cocinera de su parte.

Durante los años siguientes Mine estuvo muy ocupada con la pequeña Elfriede. La chica era frágil y propensa a enfermar, y tenía con frecuencia una fiebre muy alta. Entonces Mine se quedaba toda la noche sentada junto a la cama de la pequeña Elfriede, le servía una infusión, la paseaba por la habitación y le cantaba canciones.

Tras el parto, la baronesa contrató a un ama del pueblo, pero pronto resultó que Elfriede toleraba mejor la leche de cabra aguada que la materna y prescindieron del ama. Mine le daba el biberón, la alimentaba con papilla y más tarde con carne cortada en trocitos y verduras machacadas. Jugaba con ella, la llevaba en el carrito por el jardín, se sentaba con ella junto al lago y la dejaba chapotear en el agua. La pequeña Elfriede se fue haciendo mayor y Mine le leía libros infantiles, pintaba con ella, le contaba fábulas y cuentos.

Sí, durante un tiempo Elfriede fue la niña de Mine, incluso la llamaba mamá. En su tercer cumpleaños la señora contrató a una niñera, que a partir de entonces estuvo día y noche a disposición de Elfriede. A Mine se le rompía el corazón cuando oía los gritos de la niña, que quería ir a la cocina con Mine pero debía quedarse arriba, en su habitación. Al cabo de unas semanas se quebró la resistencia de Elfriede y Mine constató, afligida, que su pequeña protegida apenas reparaba en ella. Elfriede la había olvidado.

Franziska

«Hay que pagar por todas las cosas bellas de la vida», pensó Franziska cuando se despertó la mañana siguiente de la boda. De noche, un dolor tirante en la cabeza ya le molestó al dormir, pero en aquel momento ya era casi insoportable.

Se incorporó con un leve gemido y se sirvió agua mineral en el vaso que tenía preparado en la mesita de noche. Los rayos de luz que entraban en la habitación a través de la cortina le apuñalaron los ojos como flechas afiladas. ¡Cielo santo! Se avecinaba una migraña. ¿Sería por haber bebido demasiado alcohol la noche anterior? Sacó las piernas de la cama y buscó las zapatillas a tientas con los pies desnudos. No podía agacharse, le habría estallado la cabeza.

De todos modos fue un día bonito. Tal vez no tanto durante el almuerzo con los más allegados, cuando sobre todo habló Cornelia mientras los demás permanecieron prácticamente callados. Sin embargo, luego, en la carpa, o más bien en el salón, se llenó hasta la bandera. Acudió medio Dranitz, además de amigos de Königstein y Hanover, antiguos compañeros de trabajo de Walter de Rostock, Mücke con sus amigas, y sí, incluso Sonja se dejó ver un ratito. Por desgracia, Franziska no tuvo ocasión de hablar con ella, pero Walter sí, y tal vez fuera mejor así.

Se puso las zapatillas y la bata y se dirigió al baño. Por lo visto Walter aún dormía. La bañera estaba seca, igual que las toallas, así que aún no había ido al baño. ¿Qué hora era en realidad? Las nueve y diez. Ya era hora de preparar el desayuno. Los invitados acudirían a las diez para desayunar en familia, así que solo tenía tiempo para una ducha rápida. Cuando terminó, se lavó los dientes y sacó el paquete de pastillas para el dolor de cabeza del botiquín. Decidió tomar dos a la vez y se las tragó con el agua del vaso para lavarse los dientes. Echó un vistazo al reloj y vio que ya eran las nueve y media.

De camino a la cocina llamó a la puerta de la habitación de Walter.

—Buenos días. ¿Estás despierto? ¡Desayunamos a las diez!

Oyó tres carraspeos enérgicos. Ojalá no se hubiera constipado otra vez.

—¡Ya voy! —respondió con voz ronca—. ¿Ya has terminado en el baño?

—Sí. ¡Ahora voy a la cocina!

Franziska entró en la cocina y se preguntó dónde estaba Jenny. Tenía que traerle jamón, embutido de cerdo y panecillos recién hechos. Justo cuando estaban poniendo el café, sonó el teléfono.

—¿Abuela? —dijo Jenny a modo de saludo—. La pequeña Julia y yo llegaremos un poco más tarde. Nos hemos dormido. ¿Todo bien, señora Iversen?

—Salvo por el dolor de cabeza, sí.

—Entonces, a lo mejor no deberías haber bebido tanto. Da igual, lo importante es que fue bonito y ya está. ¡Me daré prisa, abuela! —Y colgó.

Cuando subió el café, Walter entró en la cocina, recién duchado y de buen humor, aunque arrastraba un poco la pierna derecha.

—¿Qué te ha pasado? —quiso saber Franziska—. ¿Desde cuándo cojeas?

Walter se desplomó con una media sonrisa sobre una silla de la cocina.

—Desde que ayer moví el esqueleto, además de con mi preciosa novia, con su nieta. Pero no te preocupes —la tranquilizó, incluso se volvió a levantar al verle la inquietud en la cara—, aun así puedo ayudarte a poner la mesa.

—No hace falta, primero bébete el café —dijo Franziska, y sirvió dos tazas. Por suerte, el dolor de cabeza iba remitiendo poco a poco—. ¿Crees que Sonja vendrá a desayunar? Pondré un plato más.

Él hizo un gesto de impotencia y cogió su taza, pero justo cuando iba a responder sonó el timbre abajo.

Franziska bajó corriendo la escalera y vio a su hija con Bernd Kuhlmann en la puerta.

—¡Cornelia!

Se alegró mucho de que acudieran al desayuno familiar, aunque aún no estuviera preparado casi nada salvo una jarra de cristal llena de café.

—¡Buenos días, mamá! ¿Dónde se ha metido ese marido tuyo recién salido del horno? La de ayer fue una fiesta fantástica. —Le puso en las manos a Franziska una gran bolsa blanca—. Ten, he traído panecillos recién hechos.

—Genial que lo hayas pensado. Iba a ocuparse Jenny de eso, pero justo hoy se ha quedado dormida. —Franziska pasó por su lado y subió la escalera—. Voy a poner rápido la mesa…

En la cocina los saludó Walter, que ya había sacado platos y tazas del armario y colocado la maravillosa mermelada de cereza, queso, salchichas ahumadas y mantequilla en una bandeja.

—Esto hay que llevarlo al comedor —dijo. Bernd cogió la bandeja, solícito.

Franziska fue consciente de que el tiempo volaba cuando

por fin todos ocuparon sus asientos a la mesa. «Mi niña pequeña, mi Conny. ¿No era ayer cuando iba al colegio?» Recordó a la orgullosa estudiante de bachillerato con minifalda en la fiesta de graduación. La alumna rezongona que libraba acaloradas disputas con Ernst-Wilhelm. «Y ahora está aquí sentada, delante de mí —pensó Franziska—, y ya es abuela. ¿Y yo? Yo soy viejísima. Un fósil. Una reliquia de una época que acabó hace mucho tiempo…»

—Estás muy pálida, mamá —dijo Cornelia—. ¿Te encuentras bien? Una celebración así cansa mucho, aunque salga tan bien.

A Franziska estuvieron a punto de saltársele las lágrimas con sus palabras de preocupación. Aún podía contenerlas. ¡Cuánto tiempo hacía que no comía en la misma mesa que su hija! Cornelia había ido a reconciliarse con ella. ¿No era una señal de que la familia iba a permanecer unida a partir de entonces? Allí, en la mansión, donde aún habitaban las sombras de sus padres y abuelos.

—Esta vieja casa está bastante destartalada. —Cornelia interrumpió sus felices pensamientos—. ¿De verdad vale la pena invertir tanto dinero en esta ruina, mamá?

Franziska se reprimió. No tenía ganas de provocar una discusión.

—La esencia sigue siendo maravillosa —dijo, en cambio—. Ahora que el tejado está nuevo podemos concentrarnos en las reformas de las estancias interiores. La calefacción está casi terminada, los electricistas avanzan a toda prisa.

Cornelia untó con generosidad su mitad de panecillo con la mermelada de cereza de Mine. Ya había engullido un panecillo con queso y medio con embutido de cerdo ahumado.

—¿Qué será de todo esto? —preguntó Bernd—. Antes era una empresa agrícola, ¿no?

—Por supuesto. Una granja muy normal. Vacas. Cerdos,

cabras, una pequeña cría de caballos, cereales, prados, también la madera que se cortaba en el bosque. Un poco de todo. Carpas en el lago. Patos y gansos. Y perros de caza. Una vez al año, en otoño, se iba de caza.

—Eso me gusta —dijo Bernd, que sonrió ensimismado.

Bernd tenía cierta tendencia romántica, pero aun así era una persona muy simpática. Con suerte, Cornelia y él pasarían más ratos juntos.

—Sí, por desgracia los viejos tiempos ya pasaron —contestó Franziska, también con una sonrisa—. La tierra que antes pertenecía a la mansión está en manos del fideicomiso, que la tiene arrendada. No tengo más información, y de todos modos no me interesa. La mansión con el jardín y el lago son suficientes para nuestros planes.

Explicó que quería convertir la propiedad en un hotel balneario junto con su nieta Jenny. Como cabía esperar, Cornelia torció el gesto.

—Estáis como cabras, Jenny y tú. ¡Un hotel balneario para capitalistas de mierda con estrés! Masajes y mascarillas de pepino para mujeres ricas con hipertensión. Y encima aquí, en medio de la nada, donde Cristo perdió el zapato. Solo puede salir mal.

Franziska se alegró de que Jenny aún no hubiera llegado. Con aquel intercambio de opiniones tan sincero el conflicto entre madre e hija habría sido inevitable. Jenny habría explotado. Ay, las mujeres Dranitz. Qué combativas eran todas. Seguro que ella misma no era una excepción, pero con el tiempo había aprendido a contenerse.

—¿Por qué no iba a funcionar la idea? —preguntó Walter con cautela.

Cornelia le lanzó una mirada indulgente. Tal vez pensara que aquel pobre viejo del Este no tenía ni idea de cómo funcionaba el mundo de los capitalistas.

—Porque para eso se necesita tener enchufe —contestó ella con cierto desdén—. ¿Lo entiendes? Para montar algo así hay que conocer a alguien que conozca a alguien que tenga buenos contactos. Cuando haya estado aquí el primer millonario, luego el negocio podría ir bien. Pero solo si le ha gustado de verdad.

«Déjala hablar —pensó Franziska—. Tú no repliques, eso solo alimenta sus ganas de discutir.» Miró a Walter, afligida, pero saltaba a la vista que conservaba la calma.

—¿Hay un mapa donde se vea todo lo que antes pertenecía a la mansión? —inquirió Bernd—. Me refiero a los prados y los campos y esas cosas…

Franziska se alegró de que la conversación fuera por otros derroteros. Explicó que su madre se llevó una copia del libro del catastro donde figuraba una lista detallada de qué superficies pertenecían a la mansión. Eran unas trescientas hectáreas de tierra y zonas forestales.

—Más tarde los rusos lo trocearon todo y lo repartieron entre los pequeños campesinos —explicó—. Y en los años cincuenta y sesenta el Estado de la RDA obligó a todos los campesinos a agregarse a la Cooperativa de Producción Agrícola y les volvieron a quitar la tierra.

—Pero ahí arriba hay una cooperativa de producción agrícola, ¿no? —preguntó Bernd—. Entonces ¿no les pertenece ninguna tierra?

—Están en proceso de disolverla. Por eso la tierra va a parar al fideicomiso.

—Ya —murmuró él mientras miraba por la ventana—. Pero en los campos se cultiva grano, ¿no?

El otoño anterior aún sembraron, pero nadie sabía si se iba a cosechar. De momento nadie más que Kalle había segado los prados, y porque necesitaba alimento de invierno para sus cinco vacas.

—¿La maquinaria agraria sigue ahí? —preguntó Bernd. Franziska asintió.

—¿Se quedan ahí, oxidándose sin más?

—Wolf Kotischke se ocupa de ellas, antes era tractorista en la cooperativa agrícola. Lo conociste anoche en la celebración.

—Sí, correcto. —Bernd asintió pensativo y Franziska iba a preguntarle por qué quería saberlo todo con tanta precisión cuando Cornelia tomó la palabra de nuevo.

—Eso es una calamidad —comentó—. En veinte años seguro que nadie recordará cómo era la RDA. ¿Sabes lo que haría yo con la mansión? Un museo. Una colección de todo tipo de cosas de la RDA. Los trastos que ahora acaban en el vertedero. Y además, una buena documentación de verdad sobre las intenciones y los errores de la República Democrática Alemana.

Franziska no supo qué contestar. Cogió la jarra para servir, pero solo ella quería más café.

A Cornelia le dio un arrebato y empezó a exponer con pelos y señales los detalles de su idea.

—Por supuesto, hay que contar con la gente de la zona, son los que mejor lo saben. Por ejemplo, tu hija, Walter. Sonja. Sería perfecta para esa tarea.

Franziska pensó que su hija siempre había carecido de intuición para las personas. Seguro que Sonja no tenía ganas de convertir la mansión en un museo de la RDA. Ya era un milagro que se hubiera presentado en la boda.

—No creo —intervino entonces Walter—. Solo hace dos años que volvió a su tierra natal. Antes vivió casi treinta años en el Oeste.

—Vaya —dijo Cornelia, perpleja—. ¿Vivió treinta años en el Oeste? ¿Dónde?

—La mayoría del tiempo en Berlín occidental.

—Pero, en ese caso, es perfecta para un proyecto así: puede presentar todo tipo de experiencias, y encima de ambos lados. Si me das su dirección, Walter, yo podría…

—¿Nos vamos, cariño? —la interrumpió Bernd. Por lo visto, el «proyecto museo» no le interesaba en absoluto—. Quería echar un vistazo a la zona antes de marcharnos.

Cornelia dudó, pero luego se puso en pie.

—De acuerdo. Aprovechemos el sol. Por suerte hoy no llueve, pero recordad: la lluvia siempre trae bendiciones. Gracias por el desayuno, mamá. Nos vemos.

Bernd y ella se despidieron de Walter, luego Franziska abrazó a su hija, le dio un apretón de manos a su pareja y bajó con los dos la escalera hasta la puerta de entrada.

—¡Saluda a Jenny y al ratoncillo de mi parte! —gritó Cornelia antes de subir al coche.

Bernd arrancó el motor, apretó dos veces la bocina y giró con destreza en una montaña de escombros hacia la entrada que daba a la calle.

No hacía ni diez minutos que se habían ido cuando Falko, que estaba tumbado bajo la mesa del desayuno muy calladito con la esperanza de que cayera sin querer una punta de embutido ahumado, se levantó de un salto y bajó corriendo la escalera hasta la puerta de la casa. Franziska se levantó y miró por la ventana. Sí, el fiel pastor alemán había oído bien: en la calle se detuvo el Kadett rojo de Jenny. Su nieta bajó de un salto, la saludó con la mano y se dispuso a sacar a la pequeña Julia de la sillita. Con la niña en la cadera, se acercó de buen humor a la casa. Bueno, pues tendría que comerse ella sola la gran bolsa blanca de panecillos que sujetaba en la mano que le quedaba libre…

Ulli

Era correcto. Del todo. Ya no entendía por qué dudó durante tanto tiempo. ¿Qué tenía de malo ir a pasar un fin de semana a casa? Era de lo más natural querer volver a ver la zona donde uno se crio, y sobre todo a los amigos y familiares. No significaba, ni mucho menos, que lo echara de menos. Solo necesitaba algo de tiempo para adaptarse a Bremen. Dos meses no eran nada, no bastaban para hacerse con la ciudad.

¡Qué alegría se llevaron sus abuelos cuando se plantó en su puerta sin avisar! Él también se emocionó, les dio un abrazo, agradecido, y comprobó que los dos ancianos cada vez estaban más bajitos y en cierto modo también más delgados. Como dos pajarillos que un día pesan tan poco que salen volando. No, no quería pensarlo. Los abuelos estaban allí desde que llegó al mundo, lo acogieron cuando se quedó huérfano y también más tarde, cuando estudiaba la carrera, durante los primeros años de profesión, de matrimonio, siempre pudo contar con Mine y Karl-Erich. Echaban de menos a sus dos otros hijos, que vivían en el extranjero y no habían tenido descendencia, y se alegraban de tenerlo por lo menos a él, al que podían consentir a su gusto.

—Entonces ¿estás feliz y contento con tu nuevo puesto?

—preguntó Mine después de hacerlo entrar en el piso y acomodarlo en la butaca buena del salón. Estaba enfadada porque Ulli no había anunciado su visita y solo podía ofrecerle las galletas de Karl-Erich con relleno de chocolate y no el pastel de cereza que tanto le gustaba. Sin embargo, se prometió por lo más sagrado que lo haría al día siguiente a primera hora.

—Estoy bien, abuela —le aseguró—. Puedo estar contento de que me hayan contratado allí.

En principio no era mentira, pero tampoco era toda la verdad. Por supuesto, sabía que tenía mucho que aprender, porque en una empresa del Oeste todo funcionaba de otra manera. Lo que le molestaba era la vanidad de sus colegas, que creían que no tenía ni idea y debían explicarle cualquier detalle con precisión. ¿Qué se creían que hizo en sus estudios? ¿Jugar con las manos? Pero bueno, no era de los que le gustaba hacer gala de sus conocimientos. Se mostraba amable, agradecía los consejos y hacía su trabajo. Tal vez no fuera lo correcto, pero él era así.

—Seguro que aquí también habrías encontrado trabajo —insistió Karl-Erich—. En Rostock o en Stralsund. Las empresas vuelven a construir.

Ulli no opinaba lo mismo. Y desde que estaba en Bremen, aún menos.

—Tienes suerte de estar aquí —le aseguró un colega—. Allí, en vuestra tierra… lo están cerrando todo.

Seguro que solo eran rumores, pues en el Este nadie sabía nada con precisión. En todo caso, en Bremen estaba en el lado seguro. De todos modos, no quería volver a Stralsund. Y mucho menos después del divorcio.

—Bueno, lo principal es que estés contento, Ulli —comentó Mine y le ofreció de nuevo el plato de las galletas.

Ulli lo aceptó, luego se levantó y se acercó a la ventana

abierta. Era finales de mayo y hacía un calor extraordinario. En realidad, era el tiempo perfecto para bañarse. Antes habrían ido todos juntos al lago, con la cesta de picnic llena de bocadillos y unos cuantos pepinillos en vinagre, albóndigas y limonada amarilla. Sin embargo, aquellos tiempos pasaron, por lo menos para él. El lago le pertenecía a la baronesa y, aunque no tuviera nada en contra de que fuera a pasar el día con sus abuelos o remara como antes sobre la lisa superficie gris, él tenía sus motivos para no hacerlo. No le apetecía encontrarse con según quién. Mejor dicho: con una pelirroja en concreto que se creía mejor y le gustaba dar órdenes a los demás. Tampoco quería cruzarse por el camino con Mücke ni su Kacpar. En general, en aquel momento no sentía ningún interés por las mujeres. Ya tenía bastante con digerir su desdichado matrimonio con Angela.

—¿Quieres descansar un poco? —preguntó Mine—. Puedes tumbarte en la cama. Tu cuarto está muy fresco, lo he ventilado esta mañana a primera hora.

—No, no, no estoy cansado —repuso él—. Voy a dar una vuelta a ver a quién me encuentro.

—Pues hazle una visita a Max Krumme —propuso Karl-Erich—. Hace poco nos llamó y nos contó que estaba muy enfermo.

—¡Vaya! Lo siento.

—No puede ser, eso de estar tan solo en casa —continuó Karl-Erich y puso la mano retorcida por el reuma sobre el brazo de Mine—. Así uno se consume. En cuerpo y alma.

«Sí —pensó Ulli—, eso me gustaría. Cincuenta años casados y seguir siendo felices juntos.» Aquello existía, pero por desgracia era muy poco común. Se levantó, se quitó los sentimentalismos de la cabeza y cogió la llave del coche.

—¡Hasta luego!

—No llegues muy tarde —le advirtió Mine—. Voy a hacer

solianka. Y ponte algo en la cabeza, no vayas a coger una insolación. Ah, y si pasas por casualidad por el supermercado de Waren, trae dos botellas de cerveza.

—Seis —le corrigió Karl-Erich—. Siempre hay seis en un cartón.

—¡Lo pensaré!

Ulli pasó por el lado de la mansión y se sorprendió buscando con la mirada el Kadett rojo de Jenny. El coche no estaba allí. Aceleró, decepcionado, y giró en la calle que transcurría junto al lago. ¿De verdad tenía que ir otra vez a Ludorf? Le envió una postal a Max Krumme desde Bremen para decirle que lo lamentaba, pero que no podía aceptar su oferta. No recibió respuesta, aunque escribió su dirección debajo en letra de imprenta. Si el pobre tipo de verdad lidiaba con una grave enfermedad, tal vez estuviese en el hospital. O hacía tiempo que estaba en Berlín, con su hija. Qué tonto había sido al no preguntarle a Karl-Erich desde dónde llamó Max. Por otra parte, ¿qué daño hacía en pasar un momento por Ludorf? Aunque Max Krumme no estuviera allí, en la antigua empresa de alquiler de botes se podía nadar a las mil maravillas, y si el candado de la cadena de la casa guardabotes era el mismo que la última vez, también podría llegar a los botes de remos.

Decidió ir primero a buscar la cerveza, así de regreso no tendría que dar un rodeo por Waren. Aún no había visto por dentro el supermercado nuevo, pero seguro que no era una gran experiencia, todo tenía la misma pinta. También podría buscar tabaco para el abuelo y chocolate con frutos secos para Mine, que era el que más le gustaba.

En el pasillo de los dulces de pronto vio con claridad que aquel supermercado sí era toda una experiencia para él. Renunciaría con gusto a ella, pero ya no podía evitarlo.

Ulli se encontraba en pleno tormento de elegir entre el

chocolate con leche con trocitos de cacahuete o de almendra cuando vio con el rabillo del ojo cómo un carrito de la compra a rebosar se acercaba hacia él a toda prisa. Algo pelirrojo que pataleaba estaba sentado dentro y se puso a gritar a pleno pulmón al ver los dulces con envoltorios de colores.

—¡Puedes gritar todo lo que quieras, nada de chocolate! —dijo con calma la madre pelirroja. Jenny llevaba unos tejanos estrechos y una camiseta elástica con unos tirantes finos: no llevaba sujetador debajo, algo que el aire acondicionado del interior dejaba claro. Miró enseguida en otra dirección, pero ya era demasiado tarde.

—¡Eh, Ulli! —gritó al verlo, entusiasmada, y frenó en seco—. ¿Estás de vacaciones? ¡Me alegro de volver a verte!

Sonaba sincera, y Ulli se llevó una alegría, pero procuró poner cara de indiferencia.

—Hola, Jenny. Hola, Julia. ¿También de compras?

—No, siempre hacemos aquí clases de canto... Julia, ahora tienes que estar en silencio, ni siquiera puedo oír a Ulli.

La pequeña Julia, que también lo vio, paró de pronto de llorar y estiró ambos brazos hacia él.

—Pero bueno, ¡habrase visto! —Jenny parecía sorprendida de verdad—. No es tímida contigo, y eso que hacía tiempo que no os veíais—. Jenny sacó un paquete de pañuelos húmedos de la bolsa para bebés—. Espera, que la limpio en un momento y luego puedes cogerla en brazos.

Jenny le limpió las manitas y la barriguita y lanzó una mirada suplicante a Ulli, que levantó a la niña con cuidado y le dio un achuchón. Olía a polvos de talco y vainilla. Tuvo que tragar saliva. Lo asaltaron recuerdos de otro ser diminuto, uno que nunca llegó a ver la luz del mundo. Estaba muy ilusionado con el niño, pero Angela sufrió un aborto. No debería de haber sido así. Tal vez también por eso se rompió su matrimonio...

—¿Sabes qué? —lo sacó Jenny de sus cavilaciones—. Te invitamos a un café. Allí enfrente, en la cafetería de los Konradi. ¿Te has enterado de que quieren cerrar en breve? Por la heladería de al lado y la nueva panadería con cafetería incluida. Es una lástima, ¿no te parece?

No, no estaba enterado. Conocía bien a los Konradi, fue a buscar a Falko a su casa y estuvo con Angela dos veces en la cafetería. A ella nunca le gustó el perro. En aquel momento a él le dio mucha pena devolvérselo a los Konradi. Quizá siempre fue demasiado blando. Se lo consintió todo a su mujer, incluso cuando no se sentía cómodo. ¿Y de qué le sirvió? De nada en absoluto. Las mujeres querían hombres que les infundieran respeto. Tipos duros. De esos que sabían lo que querían y no se dejaban convencer de lo contrario. Machos...

—Qué bien estás con papá, ¿eh? —le dijo una señora a la pequeña Julia.

Antes de que Ulli pudiera contestar, Jenny respondió con una sonrisa de oreja a oreja:

—Sí, es todo un padrazo. —Luego se volvió hacia Ulli y preguntó—: ¿Necesitas algo más, aparte del chocolate, cariño?

—Cerveza y tabaco —soltó Ulli, desconcertado.

—La cerveza está ahí enfrente y el tabaco al lado de la caja —dijo Jenny, y se alejó silbando.

Ulli la siguió en silencio, con Julia en brazos. Le dieron ganas de estrangular a Jenny. ¿Qué pretendía con sus jueguecitos absurdos?

—¿Estás enfadado? —preguntó cuando llevaba sus compras al aparcamiento. Por suerte había aparcado en la sombra, bajo un árbol. Así no acabaría con el chocolate fundido.

—No —gruñó él, y procuró con todas sus fuerzas no hacer caso de su mohín de culpable. Jenny era capaz de mirar con una cara de compungida muy conmovedora, pero no iba a caer en la trampa.

—Entonces, vamos —dijo ella cuando ya tuvo las compras colocadas en el Kadett—. Hay limonada, Julia. De la que te gusta tanto.

La pequeña Julia insistió en que la volviera a coger Ulli y, aunque él no tenía muchas ganas de que lo confundieran de nuevo con un feliz padre de familia, no podía resistirse a la niña.

En la cafetería de los Konradi pidieron dos cafés, dos porciones de tarta de queso y una limonada para Julia.

Jenny le habló de su abuela, de la boda, de su compleja familia, de su madre, Cornelia. Parecía muy enfadada con ella.

—Adivina qué quiere hacer con la mansión. No lo acertarías en la vida: ¡un museo de la RDA!

Ulli se echó a reír. La pequeña Julia se unió a él con gritos de júbilo, trepó a su regazo e intentó quitarle de la mano el tenedor con la tarta de queso.

—¡Es una idea divertida! Meter nuestro pasado en un tarro de conservas y verter encima resina líquida.

En el fondo no era tan divertido como lo pintaba él, ni mucho menos. Era más bien angustioso. A fin de cuentas había pasado la mayor parte de su vida en un país que de pronto era carne de museo. Objeto de observación para generaciones posteriores: «Mira cómo vivían en la RDA». «Ni siquiera tenían muebles decentes.» «Y qué ropa tan convencional.» «Ay, qué mona: una vieja radio de la RDA…»

—Bernd, que es el tipo con el que iba mi madre esta vez, es un bicho raro de la ecología. De esos biodinámicos, ¿sabes? Creo que sueña con montar aquí una granja orgánica, porque quería saber con exactitud qué terrenos pertenecían a la mansión. «Todo bio» es ahora el nuevo lema de los del Oeste.

Ulli le dio a la pequeña Julia tarta de queso y comentó que una granja bio no era mala idea. Era la agricultura del futuro. Sin todos aquellos productos químicos que se esparcían en los campos.

—¡Qué va a ser el futuro! —se indignó Jenny—. Ese tipo pertenece más bien al pasado. Todo ese teatro ecologista hace tiempo que pasó de moda. Esos chalados que se pelean por si hay que tirar una bolsita de té en el contenedor de papel o en el de residuos orgánicos…

—Ese Bernd, el conocido de tu madre, ¿es agricultor? —preguntó Ulli.

Jenny se encogió de hombros y luego apoyó la cabeza en las manos.

—No tengo ni idea de qué hace. Ya sabes… —añadió luego, pensativa, y suspiró—. Por lo general, mamá llevaba a todas partes a tipos más jóvenes. Pero Bernd tiene más o menos su edad. Tuve todo el tiempo la sensación de haberlo visto antes. Pero hace mucho tiempo.

Ulli sabía que de niña se crio en pisos compartidos muy peculiares, en los que se predicaba el amor libre, y sabía que no fue muy feliz. Tal vez eso explicaría alguno de los defectos de Jenny.

—A veces pensaba si podría ser él —añadió ella a media voz.

Ulli no lo entendió.

—¿Si podría ser qué?

—Mi padre.

Al principio él se quedó sin habla. ¡No sabía quién era su padre! Ulli tuvo que aclararse la garganta dos veces antes de arriesgarse a preguntar.

—Tu madre… quiero decir, ¿nunca te lo ha dicho?

Jenny le sonrió. Aquella sonrisa trasmitía resignación, ironía y despecho.

—No. Quería decírmelo cuando fuera mayor de edad, pero entonces ya hacía tiempo que me había largado.

Ulli evitó hacer la pregunta de si la madre de Jenny sabía quién era el padre de su hija. Era muy probable que hubiera varios hombres en liza.

—Entonces deberías preguntárselo cuando tengas ocasión. Me parece que tienes derecho a saberlo. Y tu hija también debería saberlo.

Ella asintió. Se terminó el café y dejó la taza.

—Estaría bien que no fueras contándolo por ahí, Ulli —dijo luego—. A veces hablo demasiado. Has sido muy amable al escucharme.

Jenny podía parecer desvalida como una niña pequeña. Ulli advirtió que estaba a punto de derretirse y se recompuso.

—Por supuesto. —Carraspeó de nuevo—. Somos amigos, ¿no?

—Sí, somos amigos. Lástima que ahora vivas en Bremen, te echo de menos.

—Bueno, no lo he elegido yo.

La pequeña Julia ya estaba harta de limonada y tarta, torció el gesto y rompió a llorar. Tal vez le doliese la barriga.

Jenny se levantó, cogió la bolsa del bebé del respaldo de la silla y desapareció con la niña hacia el lavabo.

—Creo que alguien necesita que la cambien.

«Ahora o nunca», pensó Ulli. Si me quedo más rato aquí sentado, no respondo.

—¡Entonces me voy! —le gritó a Jenny, y se levantó—. A lo mejor nos vemos mañana, me iré hacia el mediodía.

Jenny se dio la vuelta un momento y se despidió con un gesto, luego desapareció tras la puerta con el letrero de «Mujeres».

Ulli pagó, aunque hubiera invitado ella. Le parecía raro salir de la cafetería y dejarle la cuenta. Sin embargo, tenía que darse prisa si quería nadar un poco, ya que no podía hacer esperar mucho a Mine y Karl-Erich. Además, la *solianka* de Mine era una delicia.

En la orilla del Müritz había una intensa actividad acuática. Las zonas al aire libre no estaban tan llenas como antes, pero en las pequeñas bahías y pasarelas para bañarse había bastante ajetreo. Pasaron varias piraguas y también se veían unos cuantos remeros. A lo lejos pasó un estruendoso yate de motor. Tendría que estar prohibido, al menos cerca de la orilla.

Enfrente, en la otra orilla, estaba ahora el parque natural. Antes era una zona prohibida porque allí instalaban y probaban algunas armas, y en otoño se practicaba la caza. Para los peces gordos del partido, por supuesto, no para la gente normal. Honecker cazó allí venados y jabalíes con Ceauçescu y otros jefes de Estado de los países hermanos socialistas. Eran los sucesores de los hacendados nobles, por así decirlo, que también reclamaban el derecho a cazar solo para ellos.

En el aparcamiento de Max Krumme había algunos coches, pero el quiosco estaba cerrado y seguía pudriéndose. Abajo, en el amarradero de botes y junto a la orilla había familias enteras sentadas en toallas, asando al sol sus cuerpos aún pálidos del invierno, que tomaban café de termos y comían los bocadillos que habían llevado. Por lo que veía, de momento nadie se atrevía a coger los botes de remos, ya que la cadena seguía intacta en la puerta de la casa guardabotes.

«Seguro que no está —pensó Ulli— o de lo contrario habría sacado por lo menos los botes para alquilarlos.» Max era el encargado de los botes y su mujer llevaba el quiosco. Se acercó a la entrada del jardín sin mucha esperanza, luego espió la casa a través de las matas y comprobó que delante de la puerta había un gran gato sentado. Hannelore dejaba que el sol le calentara el pelo y se limpiaba las orejas con las patas lamidas. Cuando Ulli se acercó, dejó su ocupación y lo observó un momento, luego siguió lamiendo tan campechano. Ulli hizo sonar el timbre. El gato se levantó, alzó la cola y miró la puerta, esperanzado.

—¡Ya voy! —dijo alguien con voz ronca desde dentro de la casa.

Ulli oyó como arrastraba las zapatillas, luego la puerta se abrió y Max Krumme apareció en el umbral. A Ulli le pareció más menudo que la última vez, más arrugado y un tanto hundido. Sin embargo, sonreía con ganas y tenía las orejas de soplillo rosas de la alegría.

—Eres tú, Klaus. Pasa al salón, he preparado café.

¿Había preparado café? ¿Acaso lo estaba esperando? Hannelore fue el primero en entrar en la casa. Luego desde algún lugar se acercó un montón de pelo de colores que resultó ser Waldemar, que también quería entrar. Ulli fue el último en hacerlo y comprobó que los dos gatos ya habían ocupado sus sitios habituales en el sofá. En la mesa había dos tazas, un cuenco con galletas, esta vez navideñas con frutos secos, y la jarra donde sin duda estaba el café.

—Siéntate, chico. Vamos a tomarnos un buen café juntos. Coge galletas, me las trajo la señora Pastor en Navidad, pero a mí no me gustan porque siempre se me quedan pegadas en la dentadura postiza.

—Gracias, pero acabo de comer un trozo de tarta.

Ulli bebió un sorbo de café por educación y pensó que Max Krumme parecía bastante enfermo. Pobre tipo.

—¿Cómo te encuentras, Max? —preguntó con empatía—. Los abuelos me han dicho que estás enfermo.

Él asintió y miró a Ulli con los ojos muy abiertos y serios.

—Es cierto, muchacho. Cuando uno menos lo espera, salta la liebre. La próstata, esa canalla. Han estado cortándome hasta convertirme en un capón. Pero mi cabeza sigue funcionando a las mil maravillas. Es lo más importante, se lo he dicho antes a Mine por teléfono. Si la cabeza sigue bien…

Ulli comprendió por qué Max había preparado café para él y galletas. Mine, su astuta abuela a la que tanto le gustaba manipular las cosas, lo había avisado por teléfono. En realidad, debería habérselo imaginado: los dos ancianos aún tenían la esperanza de que volviera y montara una empresa de alquiler de botes en el Müritz.

—Bueno, si te han operado seguro que se ha resuelto —le consoló—. Ahora irás mejorando.

Su interlocutor negó con la cabeza.

—No me siento precisamente en plena flor de la vida —dijo y tosió—. Y encima, mis hijas están todo el día encima. Elly quiere comprarme el terreno, pero Gabi le va pisando los talones, me llamó ayer para decirme que no lo haga bajo ningún concepto porque sería injusto para ella porque también lo quiere.

Ulli guardó silencio, afligido. El pobre estaba muy enfermo y sus hijas ya intentaban hacerse con la herencia con todo tipo de trucos.

—Pero yo no dejo que me den órdenes, ni siquiera mis hijas —continuó Max Krumme, con una sonrisa testaruda—. Durante un tiempo pensé en legárselo a Jörg, mi hijo, pero mis hijas se enfadarían con él y acabarían todos peleados. No, Klaus. Quiero vender. A alguien que se lo merezca y que sea de aquí, ese debe tener el terreno.

—Me llamo Ulli —murmuró. Empezaba a incomodarse bajo la mirada penetrante del anciano. Maldita sea, la abuela Mine le había puesto en un apuro. En el fondo era culpa suya, no debería haber ido—. Bueno —dijo, y se levantó—. Quiero andar un rato. Adiós, Max.

—Te lo doy por cuatro céntimos. Solo para que lo tenga la persona adecuada. Y porque no quiero que mis hijos se peleen por él.

Ulli ya estaba levantado, pero la voz de Max Krumme trasmitía cierta súplica que lo conmovió. Podría haberle dado aquel gusto al anciano, y seguro que el terreno era una buena inversión. Por otra parte, tendría que soportar el enfado de la descendencia de Max, sobre todo de las hijas, que por lo visto ansiaban la propiedad. Y luego estaban también las esperanzas de los abuelos, que no podía cumplir. Sus planes de futuro se orientaban a Bremen.

—No quiero aprovecharme de ti, Max —dijo—. No puede ser que entregues el terreno por cuatro céntimos. No es honesto.

Max Krumme se levantó de un salto de su butaca. De pronto parecía haberse olvidado del reuma y de sus otras dolencias.

—¡También puedes darme más! —exclamó, enojado—. Me da igual. Pero el derecho de habitación de por vida es innegociable. ¿Qué dices, muchacho? ¡Cincuenta mil y todo esto será tuyo!

—Es muy poco.

—Sesenta mil. ¡Es mi última oferta!

—Max, no sé qué decir…

—¡Tienes que decir que sí! Piensa que soy un hombre enfermo. Si me altero mucho me puedo morir.

Todo aquello era absurdo. El mundo al revés. ¿Cómo iba a salir de allí sano y salvo?

—Bueno, puedes preparar un contrato.

Max Krumme se acercó mucho a él. Era unas dos cabezas más bajo, pero rebosaba fuerza de voluntad y obstinación.

—La mano —exigió—. Un contrato es papel. Un apretón de manos es ley.

Ulli posó la mano derecha en la mano delgada y amarillenta de Max Krumme y se convirtió así en propietario de un terreno boscoso de diez hectáreas en la orilla oeste del Müritz.

Sonja

La luz era perfecta para pintar. El sol de mayo, aún bajo pero muy intenso, arrojaba sombras de bordes nítidos. La humedad hacía que las hojas brillaran, el musgo joven tenía un fascinante color verde lima, unos turgentes cojines de ficaria amarilla centelleaban entre los troncos, y aquí y allá crecían acederas blancas en rincones sombríos. Dentro de poco estarían en junio, haría más calor, la luz sería distinta, más deslumbrante, resplandeciente.

Fue por la tarde a la construcción de Kalle, pero no entró porque el bosque, con tan buen tiempo, era demasiado tentador. Armada con el bloc y las ceras, siguió el sendero hasta el antiguo cementerio donde yacía su madre. Tiempo atrás unos vándalos destrozaron su tumba, y la pequeña capilla privada de aquella chusma noble de los Von Dranitz tampoco estaba entera, apenas quedaba una piedra sobre otra.

Su padre le enseñó el cementerio cuando era pequeña y a veces iban para «llevar flores a mamá». Más tarde ya no quiso acompañarlo, porque aquel lugar le parecía lúgubre. Mine era la única que seguía visitando con regularidad la tumba y dejaba flores. Mine era una sirvienta fiel. Seguía teniéndole cariño a la baronesa. Quizá a una persona que ha sido educada como lacaya le resultara difícil abandonar aquella actitud.

Sonja realizó varios esbozos que quería trabajar en casa. También del cementerio. Quería reconciliarse con aquel lugar, era importante, lo percibía. Ahora que la luz clara caía a través de las hojas nuevas no había ni rastro del ánimo sombrío. Solo tristeza por algo que no sabía explicar del todo. ¿Era la injusticia lo que tanto la atormentaba? Su madre, Elfriede Iversen, no merecía una vida tan breve ni una muerte tan desdichada.

Sonja trepó el muro desmoronado del cementerio y siguió el sendero que partía del bosquecillo en dirección al noroeste hacia una zona de prados. Durante las últimas semanas había salido a menudo, volvió a encontrar los estanques donde de niña pescaba pulgas de agua y renacuajos, y siguió el curso del arroyo, que alimentaba de agua a varios lagos. Hizo esbozos y dibujos por todas partes, no solo por interés artístico, también a modo de preparativo de su gran proyecto.

Tenía un mapa rural del año 1940 donde se incluían las propiedades de la antigua mansión. Kalle se lo consiguió a través de un amigo del departamento del catastro de Waren porque en su momento, cuando compró la casa del inspector con el terreno correspondiente, quiso saber a qué atenerse. Cuando Sonja le arrendó la propiedad, le enseñó su tesoro y ella le pidió prestado el viejo mapa. En aquel momento intentaba averiguar dónde terminaba la propiedad de la baronesa y dónde empezaba el bosque que ya no pertenecía a la mansión sino al fideicomiso, junto con otros terrenos.

La propiedad forestal de la mansión, por desgracia, no estaba formada por un bosque uniforme, sino por varios bosquecillos entre los cuales había campos y prados, además de pueblecitos y corrientes de agua que en algunos lugares se convertían en estanques y grandes lagos. Por eso tendría que pensar con detenimiento qué parcelas quería arrendar para llevar a cabo su gran proyecto.

Un parque zoológico. Un terreno con cercados generosos para especies animales autóctonas, en medio edificios para animales pequeños, reptiles e insectos, una pajarera, tal vez un acuario. Por supuesto, también incluiría el obligado restaurante, el parque infantil, cabras que se dejaran acariciar por los niños, un amarradero para ir en bote por un canal, una colonia de castores y mucho más. Tenía infinidad de ideas. Una zona de acogida de animales enfermos, para curarlos y luego soltarlos en los bosques de alrededor. También un punto de cría de especies que antes eran autóctonas y ahora se podrían instalar de nuevo. Su Zoológico Müritz.

Era algo grande, la obra de toda una vida, el cumplimiento de un sueño añorado durante mucho tiempo. Sonja dibujaba animales desde pequeña; a los diez años quería ser directora de zoo, y después del bachillerato solo se planteaba una carrera: veterinaria. La terminó de forma brillante, y ahora dependía de ella hacer realidad el gran sueño de su vida.

No era fácil, sobre todo porque no tenía dinero. Un escéptico lo habría considerado una locura de proyecto, pero si quería intentarlo tenía que arremangarse y ponerse manos a la obra. Con el ambiente renovador que reinaba allí en ese momento, todo era posible. También se podían abordar las ideas más locas, los planes más osados. Y si era lista y decidida, también lo conseguiría.

Aquel día al menos constató que el antiguo jardín estaba limitado en épocas anteriores por un muro y en algunos lugares también por una verja. Las rejas de hierro se desmontaron en todas partes y se fundieron como materia prima valiosa. Quizá fue a principios de la década de los cincuenta. El muro estaba casi intacto en algunos puntos, aunque cubierto de musgo y líquenes, y los tramos desplomados se lo llevaron al pueblo y tal vez utilizaran los ladrillos para construir cobertizos o garajes. El antiguo recinto del jardín pertenecía a la mansión: el parque zoológico de Sonja empezaría al otro lado de esa frontera y se extendería hacia el noreste. Hasta dónde llegara dependía de qué zonas pudiera arrendar.

Estuvo un tiempo recorriendo la zona, luego guardó las ceras en la bolsa, cerró el bloc de dibujo y lo aseguró con dos gomas antes de meterlo en la mochila. Ya tenía suficiente. A juzgar por los bocetos, sería un paraíso. Un paraíso para animales al que las personas solo tendrían acceso como visitantes de pago.

Siguió el viejo muro de la mansión hasta que se perdió entre el musgo y los matorrales. Luego apareció el tejado recién arreglado de la mansión y unos pasos más allá la construcción de Kalle. Era fea. Estaba sin enlucir y cubierta por distintos tipos de chapa ondulada: era un auténtico milagro que no hubiera entrado la lluvia. Si aquello tenía que convertirse en el acceso principal a su parque zoológico, había que cambiar algunas cosas. Sobre todo la pintura, pero también la construcción en general. Más cristal, carteles de colores, preciosas zonas verdes. Una zona cubierta de taquillas y al lado una tiendecita con libros, animales de peluche, bebidas y los típicos recuerdos.

¿El Wartburg que estaba al lado de la construcción no era el de Kalle? Así que estaba allí, tal vez poniendo el suelo. Le había dicho hacía poco que alguien le había regalado una carga de linóleo. De la mejor calidad, sus vacas podrían bailar una polka encima y no se notaría nada. ¡Sí, las vacas! Le parecía un incordio ordeñarlas a diario, y las que antes eran vacas de gran rendimiento ya no daban tanta leche ni mucho menos como en sus mejores tiempos, pero aun así Kalle sacaba dos cubos llenos.

Había encontrado dos mantequeras y hacía todos los días una maravillosa mantequilla cremosa de color amarillo que repartía entre sus padres y sus amigos. Con una parte de la leche, su madre, Gerda Pechstein, preparaba un yogur que Heino Mahnke vendía en el bar. Gerda, que tenía olfato para los negocios, preguntó en varias ocasiones qué harían con los dos cerdos, que tenían el tamaño perfecto para el jamón. Sin embargo, Kalle le dejó claro a su madre que quien se atreviera a acercarse a su Artur y la pequeña Susanne con un cuchillo sería recibido con un buen garrote.

Un cercado para las vacas que ya no daban leche, pensó Sonja. Ofrecer apadrinarlas. «Regale a una de estas preciosidades con cuernos y ojos bonitos una vejez tranquila.» Sí, se podían hacer muchas buenas obras...

Los dos cerdos aquel día le parecieron especialmente sucios, además de con un apetito desmedido. El comedero de arenisca que Kalle fue a buscar a casa de un granjero que había comprado otro más moderno estaba completamente vacío y seco. ¿Es que no les daba de comer? Aquellos hocicos hambrientos ya habían mordido la corteza del grueso roble. ¿Dónde estaba Kalle? Seguro que ordeñando.

Rodeó el edificio para ver si por fin estaban colocadas las dos ventanas, pero los huecos seguían cerrados con lonas de plástico. Ay, Kalle. Estaría bien que respetara su contrato de arrendamiento sellado con un apretón de manos y se pusiera en marcha de una vez con los avances en la construcción. No era mucho de fiar, pero pese a todo era un compañero fantástico, bondadoso, emprendedor, alegre y sobre todo un gran amante de los animales.

Abrió la puerta para comprobar que todo estuviera bien dentro y de pronto vio una gotera en el techo. Maldita sea, habían cantado victoria demasiado pronto. Durante los días de lluvia debía de haberse acumulado agua arriba y ahora buscaba por dónde salir.

Plof... plof... plof... plof...

Las gotas caían en parte al suelo y en parte en las botellas vacías que alguien había dejado allí. ¿Botellas vacías? Sonja se acercó y comprobó que la mayoría eran de cerveza, aunque también había dos botellitas de vodka, algunas de Jägermeister y una de refresco de cola. Llena de malos presentimientos, siguió caminando hacia la izquierda y rodeó un saliente del muro que estaba previsto que fuera una chimenea abierta. Allí estaba Kalle, sentado en el suelo, con la espalda apoyada en la pared, las piernas estiradas, la barbilla en el pecho.

—¡Kalle! —Sonja se agachó y le sacudió por los hombros—. ¡Despierta! ¡Vas a coger un resfriado en estas paredes tan frías!

Kalle abrió un ojo, parpadeó y lo volvió a cerrar enseguida.

—¡Vamos! ¡Sé que estás despierto, Kalle! ¿Has dado de comer a los cerdos?

Él sacudió la cabeza con un gemido y se dobló sobre sí mismo como si quisiera vomitar.

—¡Fuera de aquí! —le ordenó ella, y lo agarró del brazo para levantarlo del suelo—. A vomitar, fuera. Maldita sea, Kalle, ¿en qué estabas pensando?

Lo ayudó a apoyarse en un tronco delante de la puerta, donde respiró hondo. Sonja desapareció corriendo en la casa, recogió las botellas en las dos bolsas de supermercado que había también en el suelo, luego buscó la llave del coche que se le había caído del bolsillo a Kalle y metió el vidrio en su coche. En el maletero, que era más bien un espacio de transporte polivalente, había una tina para los cerdos, donde Gerda Pechstein guardaba todos los restos de pasteles, pieles de patata, cáscaras de huevo, pan viejo y fideos. Pobres bestias. Al día siguiente les daría unas cuantas vitaminas.

Estuvo pensando en si debía ordeñar las vacas, pero luego decidió echarle antes otro vistazo a Kalle. Estaba con el rostro pálido junto al tronco y se apretaba con la mano el estómago, que se le rebelaba.

—¿Mejor?

—¿Tienes algo de beber?

—Agua mineral. Tengo que ir a buscarla al coche.

—No, déjalo. —Hizo un gesto de desdén y volvió dando tumbos a la construcción. Una vez dentro, caminó un poco de un lado a otro, luego apoyó la espalda contra la pared y se desplomó despacio en el suelo—. Estoy hecho polvo —murmuró—. Necesito descansar.

—¿De qué? —preguntó Sonja.

Él abrió los ojos y los volvió a cerrar. Sonja esperó a que reaccionara, pero no ocurrió nada.

—¿Qué pasa, Kalle? ¿Por qué te has emborrachado?

Kalle soltó un fuerte gemido, luego se echó a llorar sin previo aviso.

—Todo va mal, ya no quiero hacerlo —masculló, mientras le caían las lágrimas por la barba hasta la camisa.

Sin saber muy bien qué hacer, Sonja se quedó un rato mirando aquel saco de pena que tenía a los pies, pero luego se sentó con Kalle en el suelo, esperó a que terminara de llorar y sacó un pañuelo de papel sin usar del bolsillo de los pantalones.

—Ten.

Kalle se sonó la nariz con generosidad y sin discreción, luego tragó saliva y soltó con un profundo suspiro:

—Han iniciado las gestiones para casarse.

Sonja sumó dos más dos y se hizo una idea. En realidad solo podía referirse a Mücke Rokowski y al arquitecto, Kacpar Woronski.

—¿Quién ha dicho eso?

—Su madre… Quería invitarla al cine, y entonces me dijo que no hacía falta ni que lo intentara.

—¿A quién querías invitar al cine? ¿A Tillie Rokowski?

Al menos entonces tuvo una reacción clara, o mucho más: le hizo una peineta.

—¡Chorradas! A Mücke, claro.

—¿Querías invitar a Mücke al cine? ¿Pese a saber que está con Kacpar Woronski?

—¿Por qué no? Somos buenos amigos. ¡Desde la guardería!

Kalle le daba lástima, con su desdichado amor por la pequeña de los Rokowski. Por otra parte, en algún momento tendría que entender que no tenía ninguna opción: ya no era tan joven e inexperto.

—¿Y entonces Tillie te contó que su hija y el señor arquitecto han hecho los papeles para casarse?

Kalle guardó silencio un momento. Era evidente que estaba reviviendo por dentro la bochornosa escena.

—Me dijo que tenía que ir a tender la colada —contestó a media voz—. Y que de todos modos, un antiguo granjero de la cooperativa sin empleo no tenía opciones con su hija. Porque ahora estaba con un universitario y ya habían iniciado los trámites para casarse.

Era duro. Si Tillie de verdad le había echado aquello en cara, Sonja casi entendía al pobre tipo. Pero cuidado: también podía ser que Kalle hubiera exagerado un poco su lamento de borracho.

—Si eso es cierto —comentó, dudosa—. A lo mejor lo dijo por decir.

—Será cierto. —Kalle se pasó el dorso de la mano por los ojos—. Mücke ha cambiado últimamente. Ya no es la chica encantadora y cariñosa que conocía. Ese tipo, el polaco, es una mala influencia. Ha adelgazado, está muy flaca.

Sí, así era con el tiovivo del amor. No hacía mucho, los padres de Mücke habrían echado sin miramientos a Kacpar

Woronski por haber pasado una noche con su hija en casa. Y ahora los Rokowski presumían de tener a un universitario como futuro yerno.

—No soy lo bastante bueno para ellos —gruñó Kalle, rabioso, y se secó la barba, húmeda por las lágrimas—. Antes no les molestaba que fuera granjero, tenía mi puesto en la cooperativa y todo iba bien. Pero ahora, desde la reunificación de mierda, todo está patas arriba.

—¡No si uno tiene buenas ideas y hace algo! —repuso Sonja con vehemencia—. Piensa en mi propuesta, Kalle: si me ayudas de verdad, dentro de unos meses podrías ser director de un parque zoológico.

La miró, parpadeó unas cuantas veces y luego se echó a reír.

—¡Tú y tus fantasías! ¡Director! ¡Ja, ja! ¿Por qué no directamente secretario general o presidente?

—¿Qué te hace tanta gracia? Vamos, Kalle, ahora vivimos en el capitalismo y todo funciona con otras reglas. Quien no tiene visión de futuro sigue siendo un pobre diablo para siempre y tiene que mendigar a los demás.

Kalle levantó las rodillas en silencio. Parecía más que incrédulo, casi consternado. Al cabo de un buen rato dijo, inseguro:

—¿No creerás en serio que vas a montar aquí un zoo?

—¿Por qué no?

—Bueno, porque no tienes ni un céntimo. Por eso. Así funciona precisamente el capitalismo. Solo quien tiene pasta puede hacer algo.

—No —replicó Sonja—. Al contrario. Solo quien hace algo tiene también pasta. Porque por una buena idea te dan crédito en todas partes. ¿Entiendes? La gente te presta dinero porque creen en recuperarlo más tarde con intereses, e intereses sobre los intereses.

—¿Te refieres a los bancos?

—Entre otros —contestó ella—. Pero también hay dinero de patrocinadores. Tal vez incluso apoyo del sector por fomentar el turismo. Además, tengo previsto crear una asociación que lleve el asunto. Y quiero conseguir donativos de la industria, los grandes patrocinadores pueden ser muy útiles.

Saltaba a la vista que lo había impresionado con su discurso. Le había contado sus planes, pero aún no habían comentado los detalles.

—Sobre todo, tendríamos que procurar arrendar la tierra, y lo antes posible. Las parcelas de bosque no serán problema porque nadie las quiere, pero los prados y los campos... Tenemos que ser rápidos.

Kalle se encontraba mejor a ojos vistas. Se acarició el pelo con los dedos y asintió pensativo.

—Ahora que lo pienso: me debes dinero, Sonja. Por el arrendamiento. Solo has pagado un plazo.

—Tú primero ocúpate de que la casa esté terminada y sobre todo arregla las goteras del techo —contestó ella, enfadada—. ¿No has visto que llueve dentro? —Hizo un gesto crispado con la cabeza. ¿Es que aquí todos pensaban solo en llenarse los bolsillos, en vez de mirar hacia el futuro? Kalle se levantó, vacilante. La energía de Sonja lo incomodaba, igual que sus planes altisonantes.

—Ya puedes ir pensando en quién podría estar en nuestra asociación —dijo ella—. Necesitamos siete personas para crearla.

—Me voy a ordeñar —farfulló él. Necesitaba alejarse lo antes posible y aclarar las ideas—. ¿Quieres llevarte leche?

Sonja odiaba la leche. Como mucho, en forma de pastel de nata o queso podía disfrutar de ella. Sin embargo, tampoco quería rechazar la oferta, podía regalar la leche a Tine al día siguiente.

—Sí, claro. Una jarra, con eso basta.

Kalle tenía un ejército de lecheras viejas de latón sobre uno de los alféizares. Y eso que ya las había de plástico, pesaban poco y también se limpiaban mejor. Sin embargo, a Kalle le gustaban los trastos viejos y recogía con entusiasmo lo que otros tiraban a la basura.

—Dime —preguntó cuando ya estaba en la puerta con los cubos y la jarra—. En un zoo así también podría tener cabras, ¿no?

Cierto, soñaba con tener una granja de cabras. Leche y queso de cabra en tiendas rurales. Sonja asintió.

—Claro que podríamos tener también cabras. Son mansas y los niños las pueden acariciar.

—De acuerdo —dijo él—. ¡Entonces hagámoslo!

Lo siguió con la mirada y vio cómo se dirigía con los dos cubos y el taburete de ordeñar hacia el lago, donde sus cinco vacas pastaban en los prados de la baronesa. Sonja suspiró hondo. Kalle era un buen tipo, pero necesitaba a alguien que le diera una buena patada en el culo. A la larga era bastante agotador.

Mine

Jenny llevó a Karl-Erich y Mine de vuelta al pueblo en coche y se pasó todo el trayecto elogiando los recuerdos escritos de Mine.

—Es como una ventana al pasado —dijo—. Todas esas cosas que hoy ya nadie sabe. Ahora entiendo a qué se refiere la abuela cuando dice que en la mansión aún viven las sombras de sus antiguos habitantes.

Mine estaba aturdida con tanto elogio. Se presentó con Karl-Erich a tomar café en la mansión después de anunciar que quería llevar pastel de manzana casero y la segunda parte prometida de sus memorias «De los viejos tiempos en la mansión Dranitz, por Mine Schwadke».

—Estamos todos entusiasmados —afirmó la baronesa con una sonrisa cuando se sentaron a la mesa—. Pero aun así, lo correcto es que primero le demos el trato que merece al café y al rico pastel de manzana. He hecho nata montada para la ocasión.

Mine no se sintió nada a gusto cuando a continuación le pidió que leyera en voz alta sus «recuerdos». A fin de cuentas, la historia con Liese no era ningún halago para los señores, que en realidad deberían haberla castigado por su insidiosa calumnia. Pero bueno, fue un día especial, el nacimiento de la baronesa Elfriede y, como Mine le tenía tanto cariño desde el principio a aquella niña pequeña, no guardaba rencor a los señores. Le sentó bien poner por escrito todo aquello y la actual baronesa, Franziska, salía muy bien parada en la historia.

—Vaya una bruja falsa, esa Liese —maldijo Jenny—. Simpática por delante y una intrigante por detrás. La abuela tendría que haberla echado. ¡Sin contemplaciones!

La baronesa le dio la razón, pero luego añadió que Liese era hija ilegítima y que su madrastra estuvo a punto de matarla de una paliza. Aquel fue el motivo por el que no la echaron.

—Huyó con nosotros en la primavera de 1945 —explicó—. Cuando nos atacaron los rusos, se llevaron a Liese. Jamás la volvimos a ver.

El señor Iversen también escuchaba con atención.

—Tus recuerdos son un gran tesoro —le dijo a Mine—. Y me parece que hay que conservarlos. ¿Creamos una carpeta, Franziska?

Y así fue. Una carpeta donde reunían todos sus garabatos, como los llamaba Karl-Erich. Eso significaba, por supuesto, que debía seguir escribiendo.

—¿Y cuánto tiempo más? —preguntó, vacilante.

La señora baronesa se rio.

—¡Hasta que no se te ocurra nada más!

Bueno, pues entonces podían contar con muchas páginas, porque recuerdos no le faltaban. A primera hora de la tarde subió al Kadett rojo con Karl-Erich y Jenny, con muchas cosas buenas y energías renovadas, y dejó que la joven los llevara a casa.

Estaban de nuevo en la cocina. Karl-Erich estaba sentado en su silla, tomando otra taza de café aguado para celebrar la ocasión, aunque habría preferido uno en el que la cuchara se aguantara, y se dejó llevar por sus recuerdos, igual que ella.

—Te ayudaré, Mine —dijo de pronto en medio del silencio—. Al fin y al cabo, yo también estaba. No puede ser que te apuntes tú todos los tantos.

Lo dijo con una media sonrisa y la miró como antes, cuando eran jóvenes y aquellas miradas siempre traían algo más. En el parque de verano junto al lago. En la casa guardabotes. O sobre el tendedero en la parte de arriba de la mansión. En el cuarto de Mine no podía ser porque las paredes eran demasiado finas. Sin embargo, aquellos recuerdos no los podía dejar por escrito. Bajo ningún concepto. Eran solo de Karl-Erich y suyos, y morirían con ellos.

—Lo de escribir es lo tuyo, Mine —añadió—, mis dedos ya no quieren. Además, tú sabes expresarlo de un modo más bonito. Con frases tortuosas, ¿sabes? Para que la señora baronesa entienda bien cómo me afectó entonces.

Mine supo enseguida adónde quería ir a parar, claro, y le dio un poco de miedo. Arrastraba el asunto con su hermana pequeña Grete y era incapaz de olvidarlo.

—Solo escribiré para ti si cuentas también cosas bonitas. También pasaron en Dranitz cosas divertidas. De lo contrario, al final Jenny pensará que solo vivíamos entre llantos y lamentos.

—Eso no es cierto. —Karl-Erich sacudió la cabeza con vehemencia—. También pasaron cosas divertidas entonces. ¿Te acuerdas de cuando le di de palos al tipo que se disfrazaba en Navidad porque te tocó debajo de la falda? Pensaba que había molido a palos a Hannes Mauder, el muchacho que se escondía debajo de la colcha, que podía aguantar un buen golpe. Pero de repente la sábana se deslizó y debajo estaba el profesor Schwenn. ¡Lo dejé bien abollado, al pobre tipo!

Soltó una carcajada y no paró hasta que le dio la tos. Mine

hizo un gesto de desesperación con la cabeza y repuso que la baronesa no lo encontraría tan divertido.

—Entonces empecemos por el principio —dijo él.

—¿Desde dónde?

—Bueno, cuando llegué a Dranitz. Eso es el principio...

—Ah. Te refieres a eso. Bien, entonces cuenta. Yo lo escribo.

Karl-Erich agarró la taza de café con ambas manos, desvió ensimismado la mirada hacia la ventana, hacia el crepúsculo que bañaba la carretera del pueblo con una luz dorada y rojiza, y empezó.

—Hintersee, cerca de Stettiner Haff —escribió Mine—, ese era el hogar de Karl-Erich. —Y sus pensamientos volaron hacia el pasado.

En Hintersee, cerca de Stettiner Haff, los padres de Karl-Erich tenían una pequeña granja. Había, además de él, otros seis hijos, tres niños y tres niñas. Karl-Erich era el mayor, lo que significaba que pronto tuvo que ayudar en el campo: a girar el heno, pastorear las vacas, rastrillar, sacar patatas. Quedaba poco tiempo para el colegio, y si había trabajo en casa, los deberes eran secundarios. No fue distinto con sus hermanos y estaba bien así, pues si no hubieran trabajado todos duro, habrían muerto de hambre.

No obstante, Karl-Erich siempre deambulaba por casa de Pogge, el carretero. Se escondía delante del taller y miraba por la ventana, y en verano también podía entrar a ayudar. Pronto supo que no había nacido para el campo, sino para el taller, y al final su padre lo dejó allí como aprendiz. No le costó, porque tenía tres hijos más y la granja solo daba de comer a una familia.

Karl-Erich se quedó dos años con el carretero Pogge. Luego se marchó y encontró un maestro en Anklam, pero solo se quedó allí un invierno, hasta que se mudó a Nuevo

Brandemburgo. Era ambicioso, y su trabajo era elogiado en todas partes. Quería presentarse al examen de maestría y luego irse a la capital. Berlín era su gran objetivo.

Sin embargo, Dios o el destino tenían otro plan. A finales del verano de 1937 se fue a la gran ciudad y, como tenía poco dinero pero necesitaba un alojamiento para la noche, se detuvo en una granja y ayudó a trillar. Era un chico fuerte y le divertía ejercitar sus músculos hasta que estaba empapado en sudor. Una vez terminado el trabajo, todos los mozos y trabajadores del campo bajaban al lago, se desnudaban y saltaban al agua fría para quitarse el polvo, las cascarillas y el sudor del cuerpo. Estuvo trabajando una semana. Trillaron carros enteros de centeno y avena, y no tenía ni idea de que las chicas del pueblo los veían bañarse todas las tardes. Mine se lo contó al cabo de unos años y él se quedó de piedra. ¡Mujeres! Se escondían detrás de la casa guardabotes, entre los matorrales. Mine, Beke y también Liese. Les producía un placer furtivo ver a los trilladores desnudos chapoteando en el agua y luego comentarlo entre risitas en los cuartos de la buhardilla. Las tres coincidían en que el nuevo, que en realidad era carretero, ese tal Karl-Erich, estaba muy bien. Los demás no estaban a la altura; además, era el más alto y muy bien dotado por todas partes, como podía desear una chica de un hombre.

Fue en ese instante cuando Mine decidió no dejarlo escapar. Él no tenía ni idea, ya que hasta entonces apenas había visto a las tres criadas. Eso cambió cuando celebraron la fiesta de la cosecha y entregaron a los señores la corona junto con otros mozos de verano. Mine se hallaba detrás de la baronesa en la escalera que daba a la mansión. ¡Se la veía tan guapa y delicada! Sujetaba una bandeja con los vasitos de licor que les dieron en agradecimiento por sus versos y los buenos deseos.

Le temblaban tanto los dedos que estuvo a punto de derramar el licor cuando cogió un vasito de la bandeja. Ni siquiera se atrevió a mirarla por miedo a caer fulminado si lo hacía y, cuando se bebió el licor, la mansión y la gente empezaron a dar vueltas en los peldaños de la escalera alrededor como un tiovivo. Debía de ser un brebaje, pues lo hechizó allí mismo. Adiós, Berlín; hasta otra, ambiciosos planes de abrir un taller en la capital. El carretero Karl-Erich Schwadke solo tenía una cosa en la cabeza: conquistar a aquella preciosidad que se acercaba tan elegante, casi señorial con su delantal blanco con los bordes de encaje y la pequeña cofia sobre el cabello oscuro.

Qué suerte que el viejo carretero de la mansión quisiera jubilarse y Karl-Erich pudiera hacerse cargo de su taller. No era en absoluto lo que esperaba el joven Schwadke. De hecho, era el taller más modesto en el que había trabajado. Incluso el carretero Pogge en Hintersee contaba con más espacio y mejores herramientas que el viejo Peuckert en Dranitz. No obstante, ya nada de aquello le importaba, porque el hechizo le hizo ver de color de rosa el modesto taller. Además, por la granja pasaba Mine Martens a diario y le daba los buenos días con una sonrisa.

El amor lo tenía atontado. Eliminó el cerebro y colocó en su lugar un cráneo vacío. Y eso que antes podía tener a la que quisiera. Sin embargo, Mine… era especial. Día y noche caía preso de sueños dulces, se imaginaba salvándola en brazos de un incendio. O a Mine buscando protección de un libertino pesado y él recibiendo una dulce recompensa por ello. De verdad que le dio fuerte: ya estaba pensando en cómo llegar por la terraza de la mansión hasta el balcón y luego subir por los tubos hasta su ventana de la buhardilla. Sin embargo, pese a la confusión del amor, al final le dio miedo el peligroso ascenso y abandonó la idea, lo que fue una gran suerte, porque tras la ventana marcada como objetivo no estaba Mine, sino la cocinera, Hanne Schramm.

¿Y Mine? ¿Qué hacía para impedir que cometiera mayores tonterías? ¿Iba a su encuentro? ¿Le hablaba con suavidad, lo consolaba en su miseria? Qué va, en absoluto. Le divertían sus tonterías, sus torpes intentos de acercarse a ella, su tartamudeo cuando le daba los bue... buenos días. Y eso que también estaba muy enamorada, pero ella no lo demostraba, le ocultaba sus sentimientos, y solo de vez en cuando le dedicaba una sonrisa, una mirada de soslayo, una palabra amable que mantenía vivo el fuego.

Pero hasta las fortalezas más impenetrables acaban siendo conquistadas. Llegó la Navidad y el viejo año pasó. Karl-Erich arregló el gran trineo, porque aquel invierno había mucha nieve. Luego llegó la primavera y sus esperanzas brotaban con las hojas jóvenes a marchas forzadas, pero Mine se mantenía firme. De vez en cuando iba a verlo al taller, le llevaba galletas o un trozo de salchicha ahumada, le decía cuatro cosas y, cuando él ya había reunido el valor para declararse, se iba. La primavera entró en el campo, llegó el verano y recolectaron el primer heno. Algunas noches había visitas secretas al granero: Liese se acostaba con un mozo en el heno que olía fresco, Beke avanzaba a hurtadillas en el suelo de paja, además de las criadas del establo y algunos de los ayudantes polacos de la recolecta. Mine nunca. Era «algo mejor», no aceptaba una invitación tan cariñosa, ni mucho menos en el suelo de paja.

«O es una virgen inflexible —pensó Karl-Erich— o no quiere nada conmigo y solo está jugando.» Se hartó. Llevaba casi un año entero sitiando aquella fortaleza, le hizo señales y se insinuó, la invitó a pasear, le llevó regalos, la añoró, soñó con ella. Ahora tocaba coger el fardo y largarse. Allí donde hacía tiempo que quería estar en realidad y donde con suerte olvidaría pronto a aquella persona engreída y fría: a Berlín, la capital.

—¿No se te ocurrió nunca decirme simplemente las palabras mágicas? —preguntó Mine, que dejó el bolígrafo.

—¿Qué palabras mágicas?

Mine, que ya tenía ochenta y dos años, soltó un profundo suspiro.

—Piénsalo —le recomendó.

Se hizo el silencio un momento, luego él levantó la cabeza y repuso, vacilante:

—Pero te lo dije después...

—¡Sí, después! —contestó—. Pero al principio no. Entonces te quedaste mudo, o decías cualquier tontería y yo no sabía a qué atenerme contigo.

—Podrías habérmelo preguntado.

Mine alzó la mirada hacia el techo de la habitación y se subió las gafas que se le habían resbalado hasta la punta de la nariz.

—¡Solo me faltaba eso!

Entonces él volvió a sonreír, con picardía y cierta arrogancia a ojos de Mine.

—Pero entonces aflojaste y dijiste lo que había que decir —recordó él con una media sonrisa.

—No me quedaba otra. Si no, te habrías ido.

Mine se volvió de nuevo hacia la hoja. La voz de Karl-Erich se fue fundiendo cada vez más con sus recuerdos, la mano de Mine se deslizaba sobre el papel como si fuera sola.

Así que Karl-Erich dejó el puesto y recogió su fardo. Dentro estaban sus papeles, ropa interior y calcetines, camisa y pantalones, su cuchillo bueno, un mapa y otro par de zapatos. No tenía mucho más cuando llegó casi un año antes. Solo el dinero que llevaba en una bolsita de piel que le colgaba del cuello. Había un poco más que entonces, y lo ayudaría a llegar a Berlín. Así que se despidió del dormitorio en el edificio del servicio y también del taller de la granja, que dejaba en orden. Era primera hora de la mañana, un día soleado de septiembre que invitaba a caminar. De los señores ya se había despedido al día antes, y en la entrada de la mansión esperaba el inspector Schneyder con el automóvil, que lo iba a llevar hasta Malchow porque quería ver allí una zona boscosa que pertenecía a la mansión.

El carretero Karl-Erich Schwadke pasó por última vez por la plaza de delante de la mansión, lanzó otra mirada a la fachada, el precioso porche con columnas, las ventanas de la primera planta, que brillaban al sol, y luego subió la vista hasta el cuarto que muy a su pesar no pudo pisar nunca. Como no se movía nada más que algunas palomas, que se pavoneaban en la barandilla del balcón, le dio la espalda a la mansión y emprendió la marcha con energía hacia la entrada. ¿Hasta dónde llegó? Apenas había dado veinte pasos cuando la oyó gritar.

—¡Pero espera!

«No —pensó él para sus adentros y aceleró el paso—. Ya no. Que se busque a otro para sus bromas.»

Sin embargo, Mine fue rápida y pronto lo atrapó.

—¿No me has oído? ¡Te he dicho que esperes un momento!

Él miró hacia atrás un instante y vio que Mine estaba muy colorada. Le gustó. Ya podía ponerse triste por su marcha, se lo merecía.

—¡Karl-Erich, por favor! ¡Para un momento! Tengo que decirte algo…

¡Mira cómo sabe adular y suplicar ahora! Ya podría haber enseñado antes esa cara amable. Pero ahora era demasiado tarde. ¡Ya estaba decidido! Se encajó el gorro en la frente y siguió caminando recto con obstinación. Allí detrás, en la puerta, ya se veía el automóvil gris del barón, donde le esperaba el inspector Schneyder.

Entonces le llegó al oído un sonido que le dio una sacudida. Estaba llorando. Caminó un poco más despacio, desconcertado, y notó que ella se agarraba al fardo que llevaba al hombro. No le quedó más remedio que parar.

—No te vayas —suplicó entre lágrimas—. Te lo ruego, no te vayas. ¡No lo soportaré sin ti!

Allí estaba él, sin saber ya lo que quería. Dejó resbalar muy despacio el fardo del hombro y, cuando cayó tras él en el polvo del camino, ella ya lo tenía agarrado del brazo. Sus manos trasmitían ternura y firmeza al mismo tiempo. Al volverse hacia ella, de pronto la tuvo en su pecho. Entonces sintió como una gran ola, un susurro en los oídos y lo que hizo luego mejor que no quede por escrito. Pese a que no fue nada fuera de lo común, ya que todas las parejas de enamorados hacen lo mismo. No sabían cuánto tiempo estuvieron en medio de la avenida de los castaños. Lo cierto es que les pareció una eternidad, y ninguno de los dos olvidó aquel momento en toda su vida.

—Te propuse matrimonio —afirmó Karl-Erich—. Eso tienes que escribirlo. Porque la señora baronesa y los demás tienen que saber que iba en serio. Desde el principio fui en serio contigo, Mine. No era como con las otras chicas.

—¿De qué otras chicas hablas? —preguntó Mine, que dejó el lápiz a un lado porque le dolía la mano. Bastaba de momento, al fin y al cabo al día siguiente sería otro día.

—De las que hubo antes que tú —dijo—. Hubo dos o tres...

—¿O cuatro, cinco, seis, siete?

Karl-Erich intentó restarle importancia con un gesto, pero en realidad se sentía orgulloso de haber gustado a las mujeres. Y Mine no siguió preguntando. ¿De qué servía, después de tantos años de matrimonio?

—Me la jugaste varias veces —se lamentó él—. Primero te deshaces en lágrimas para que no me vaya, luego te propongo matrimonio. ¿Y qué recibo? ¡Calabazas!

—Sí —dijo ella—. Tenía pájaros en la cabeza.

Así que se quedó en Dranitz, le pidió al barón que lo contratara de nuevo y el señor se alegró, pues Karl-Erich Schwadke era un buen carretero y no le hacía gracia dejarlo escapar. Y Mine, a la que Karl-Erich consideraba una virgen inflexible, le demostró que estaba del todo equivocado, aunque al mismo tiempo tenía razón. En efecto, era virgen, la preciosa Mine Martens, pero no inflexible, sino muy voluntariosa. Entonces tenía veintisiete años y la primera noche que pasaron juntos sobre el suelo seco fue para él un arduo trabajo. Mine, que imaginaba su primera noche de amor mucho más bonita y menos dolorosa, tuvo que oír que se estaba haciendo la tonta y que era demasiado sensible.

—Te comportaste como una pudorosa dama noble —masculló Karl-Erich, que después de tantos años seguía sin olvidar que tuvo que abandonar sin haberlo logrado—. Eres una chica de pueblo, hacía tiempo que sabías por dónde van los tiros.

Mine no pudo más que hacer un leve gesto de desesperación con la cabeza al oír aquellos reproches tardíos. Qué sensibles eran los hombres para según qué temas. Y eso que lo lograron la vez siguiente y a partir de entonces Karl-Erich no tuvo más motivos de queja. Ella tampoco. Solo la boda acabó en nada. Por los pájaros que tenía Mine en la cabeza.

Habían pasado más de diez años desde que la baronesa la contrató como criada, y Mine fue ascendiendo a fuerza de trabajo durante aquel tiempo. Ya no tenía que lavar la verdura en la cocina ni encender la estufa por la mañana; eso era tarea de Liese. Mine tenía que mantener en orden el elegante guardarropa de la baronesa. Aprendió a coser, a hacer remiendos y a modificar chaquetas y vestidos; ponía la mesa en el salón en las celebraciones y se encargaba de la decoración floral. Dos veces tuvo que viajar al mar Báltico con la familia, y también se la llevaban en las visitas a familiares.

Era espabilada y aprendía rápido, encima era muy guapa y sabía expresarse bien. Entonces la baronesa le metió los pájaros en la cabeza de que tenía que hacer una formación en Berlín para ser doncella. Los señores querían pagársela, además de facilitarle un alojamiento y, cuando aprobara el examen, podía volver a Dranitz. Mine dijo que sí, entusiasmada, y agradeció exultante la amabilidad, pero luego aquello quedó en nada porque la baronesa estaba preocupada por Elfriede, que siempre estaba enferma.

Sin embargo, una boda habría sido el fin de todos aquellos bonitos sueños, pues como mujer casada no podía ser doncella. También perdería su puesto de criada en la mansión. Como esposa del carretero Schwadke ocuparía una pequeña vivienda en la casa del servicio del pueblo y como mucho podría trabajar unas horas en la mansión. Todo aquello no le gustaba nada a Mine. Así que se comprometió a casarse con Karl-Erich, pero no enseguida. Todavía no quería despedirse de su vida habitual, ni renunciar a todos sus planes de futuro dorados.

Sin embargo, para que Karl-Erich también hiciera valer sus derechos, quedaban con regularidad y pasaban momentos de pasión en secreto. Con todo, a él esa situación no le gustaba nada, le preocupaba que al final se buscara a otro. La vigilaba con cien ojos y, cuando uno de los mozos se acercaba demasiado, se ponía hecho una furia. Sus celos eran tan potentes que a menudo sospechaba de completos inocentes. Le cantó las cuarenta al mozo Franz y el pobre chico se asustó tanto que se le quedó el gesto contraído durante días y no podía relajarlo. Y si el inspector Schneyder, que estaba casado y tenía hijos, le gastaba una broma a Mine, Karl-Erich se desesperaba del todo y volvía a hablar de irse a Berlín. No obstante, Mine siempre tenía un as en la manga para calmar a su amado. Por supuesto, todos los empleados en la mansión, incluso los ayudantes del campo, sabían que Mine Martens y Karl-Erich Schwadke estaban juntos. También los señores se habían dado cuenta hacía tiempo, y lo toleraban en silencio.

—¿Sabes cuánto estuve esperando a que por fin ocurriera algo? —preguntó.

—A mí también me sorprendió —repuso. Luego se levantó y encendió la luz. Se había hecho tarde. Era asombroso cómo pasaba el tiempo cuando viajaba por los recuerdos—. Pero no pasó nada. Y eso que los dos nos esforzábamos mucho.

—Yo ya pensaba que te tomabas algún brebaje con la vieja Koop para no quedarte embarazada.

Le lanzó una mirada de soslayo y Mine comprendió que incluso entonces, después de tantos años, dudaba de si decía la verdad. Sin embargo, era cierto. En aquella época incluso temió no poder tener hijos. Su madre también se había quedado embarazada una sola vez, algo que su padre no paraba de reprocharle.

Con todo, salvo por la ausencia de embarazo, para ella aquel largo noviazgo involuntario fue una época muy feliz que le gustaba recordar. ¡Cuántas esperanzas y sueños tenía entonces! Cierto: si los señores la hubieran enviado a Berlín, tendría que haber elegido entre el amor y la ambición, pero se lo ahorró. La baronesa no volvió a mencionar el curso, por el motivo que fuera. Tal vez porque necesitaba a alguien a quien confiar a su pequeña Elfriede.

Su amor pendió de un hilo durante un año. Mine se debatía entre la esperanza y la felicidad, mientras para Karl-Erich era pasión y celos. Entonces, inesperadamente, estalló la guerra. La Wehrmacht entró en Polonia y los jóvenes señores, Jobst von Dranitz y su hermano Heinrich, se marcharon de la mansión al campo de batalla.

No solo ellos; en todas partes los hombres fueron llamados a las filas de la Wehrmacht. El mozo Hannes Mauder tuvo que irse, igual que el criado Franz, y muchos jóvenes e incluso hombres mayores del pueblo. También Karl-Erich esperaba a diario la orden de alistamiento.

Mine pensó entonces que ya era hora de casarse y lo hicieron a toda prisa. En el registro civil de Waren y también en la iglesia de Dranitz había una gran afluencia de gente, ya que muchas parejas jóvenes se daban el sí quiero a toda prisa antes de que la guerra los separara por tiempo indefinido. Era fácil y estaba bien pensado: si alguien caía por la patria, y si por lo menos había engendrado un niño, con suerte era un varón, habría alguien que seguiría con la familia. También Mine y Karl-Erich tenían aquellos pensamientos, pero para ellos se trataba sobre todo de que querían estar juntos delante de todo el mundo.

—Y luego llegó la sorpresa —dijo Karl-Erich, que después hizo un gesto de desesperación con la cabeza y se acarició la mejilla con la mano agarrotada por el reuma—. Cuando me lo dijiste, me pasaron por la cabeza las ideas más raras…

Mine se quedó embarazada la noche de bodas. Increíble. Él llevaba un año esforzándose y no pasaba nada, pero aquella última noche concibieron a su hija, Karla.

—Fue la bendición de la Iglesia —afirmó Mine, convencida.

—Creced y multiplicaos —citó Karl-Erich—. Pero no creí de verdad que fuera hija mía hasta que la vi.

Ya de pequeña, era imposible negar que Karla estaba cortada por el mismo patrón que él. Tampoco quería negarlo, pues sabía que Mine le era fiel. Siguió con su trabajo en la mansión, también cuando estuvo casada y embarazada, aunque entonces vivía con su marido en dos habitaciones del edificio del servicio, en el pueblo. Los señores les regalaron muebles y ropa, además de las cosas que Mine recibió de sus padres: estaban bien acomodados y, de no ser por la guerra y la amenaza del llamamiento a filas, habría podido ser una época feliz.

—Y luego estaba también Grete —recordó Karl-Erich, y se aclaró la garganta. De pronto la voz sonaba ronca.

—Sí. Grete vino con nosotros en la primavera de 1940. Como estábamos casados, tu madre nos la envió.

Grete era la hermana menor de Karl-Erich. Cuando se fue de casa ella aún era una niña flaca y pálida, con nueve años recién cumplidos, unos grandes ojos azules y la cara llena de pecas. Era pelirroja, con el pelo liso, a diferencia del cabello ondulado de Elfriede von Dranitz, y grueso como el de la cola de un caballo. No aguantaba más en casa, quería ver mundo, conseguir un empleo y no deslomarse en el campo, sino hacer «trabajo fino».

—Mi madre me la confió —dijo Karl-Erich, afligido—. A los dos. También a ti, Mine, porque lo que ocurría arriba, en la mansión, me estaba vedado, no se me había perdido nada ahí.

Mine se dio cuenta de que su marido tenía los ojos llenos de lágrimas y no contestó al reproche. ¿Qué podía hacer? ¿Atar a Grete? La hermana de Karl-Erich quería ser criada en la mansión, igual que Mine. ¿Qué tenía de malo?

—Dejémoslo, estoy agotada —pidió. Se puso en pie y ayudó a Karl-Erich a levantarse de su silla—. Vamos a la cama, mañana escribiré la historia de Grete.

Walter

Había vuelto a dormir mal, como tantas veces desde que se mudó allí. Tal vez fuera por las viejas paredes, que tantos recuerdos despertaban, o por las vistas desde la ventana al vasto paisaje veraniego. Por otra parte, también había muchas otras cosas que no guardaban relación con Dranitz o solo de pasada. Sobre todo los malos recuerdos que evitó durante años, hasta que llegó a creer que estaban olvidados por completo. Volvieron, imagen por imagen, palabra por palabra, también el dolor, la humillación, la vergüenza. Incluso de día, cuando se retiraba para dormir la siesta, lo atormentaban aquellos demonios que ya no podía ahuyentar.

«Tengo que contárselo —pensó—. Con comedimiento, por supuesto, pero ciertas cosas tiene que saberlas, sobre todo después de tantos años. Es importante para los dos cerrar el círculo, que no haya equívocos ni rencores secretos.»

Se alegraba de haber tomado la decisión. Sopesó varias formas de abordar el tema y el orden en que quería explicarle lo ocurrido. También tuvo en cuenta las preguntas que le haría y preparó posibles respuestas.

—Me gustaría hablar contigo, Franziska —anunció durante el desayuno.

Ella tenía abierto el *Nordkurier* que había traído el cartero el día anterior y buscaba, a tientas, las gafas con la mano derecha.

—Dispara —respondió, distraída—. Te escucho.

Walter dudó.

—Se trata de ciertas cosas que deberías saber —prosiguió pasados unos segundos—. Un pasado que no hay que olvidar porque sigue siendo importante hoy en día. Por lo menos para nosotros dos…

En aquel momento levantó la vista del periódico y lo escudriñó con la mirada. Aquella manera sagaz y atenta de mirar a alguien ya le encantó en su primer encuentro con la joven baronesa Von Dranitz.

—¡Ay, Dios mío! —exclamó ella.

En aquel momento se oyó el timbre de la puerta abajo.

—Maldita sea —farfulló. Dejó el periódico a un lado y miró por la ventana de la cocina—. Me temo que la conversación tendrá que esperar, Walter. Es increíble, pero la empresa que debe llevarse los escombros ha llegado.

—Es importante para mí —insistió él, pero ella ya bajaba la escalera a toda prisa.

Resignado, Walter cogió el periódico, leyó por encima los titulares y lo volvió a dejar a un lado. Nunca encontraban tiempo de verdad para ellos, siempre estaban ocupados con la reforma de la vieja residencia familiar, a la que Franziska se dedicaba con una pasión que rayaba en la obsesión. ¿Acaso la antigua casa era mucho más importante para ella que él? ¿Un montón de piedras, madera y tejas tenían más valor para ella que la persona a la que amaba? «Es absurdo —pensó—. Ahora se ha aferrado a esa idea, pero ya haré que me escuche. Y cuando hayamos empezado de nuevo, también a Franziska se le abrirán las compuertas. Seguro que en su vida también hubo cosas que quiere contarme.»

Hacia el mediodía llegó Kacpar Woronski. Gracias a su ayuda las obras avanzaban a un ritmo asombroso. Quería dedicarse a los muros antiguos que aparecieron durante los trabajos de excavación en el sótano y el entorno más próximo de la casa. Mücke lo acompañaba.

Franziska había ido a tumbarse un momento, así que Walter los hizo pasar y les ofreció un café.

Parecía que Mücke había estado llorando, mientras que el joven arquitecto lucía una expresión entre amarga y testaruda. ¿Jenny no habló de boda inminente? Por lo visto fue más bien una decisión unilateral.

—Gracias, no me apetece café —contestó Kacpar—. Solo quería recoger un momento el dibujo que dejé aquí ayer, tengo que irme enseguida. A Schwerin, al Instituto de Conservación del Patrimonio. En realidad quería ir hoy a primera hora, pero aplazaron la cita.

—Vaya —respondió Walter—. Pensaba que se trataba solo de unos cuantos muros antiguos. ¿Es que la mansión está declarada monumento nacional? —Sería en buena medida una catástrofe, ya que los planes de Jenny para el hotel se irían al traste.

Sin embargo, Kacpar lo negó con un gesto de la cabeza.

—La mansión no, pero tenemos que asegurarnos de que esos muros no sean los restos de un monasterio medieval con iglesia y cementerio, como afirman algunos en el pueblo. Al parecer hay no sé qué documentos...

—Si encuentran algo importante, pueden paralizar toda la obra —añadió Mücke, lo que no hizo más que avivar su preocupación. La joven pasó por su lado en dirección a la cocina y se dejó caer junto a la mesita donde Walter y Franziska tenían por costumbre sentarse cuando desayunaban solos—. Por cierto, yo sí me tomaría un café, aunque en realidad solo quería ver un momento a Jenny para ofrecerme a cuidar de

Julia. La guardería de Waren ha tenido que cerrar de nuevo, esta vez casi todos tienen estreptococos. ¿Dónde se han metido las dos?

—Jenny se ha ido con Julia al lago —contestó Walter, ensimismado—. Necesitaba un descanso de tanto ruido de la obra. Ha dicho que estaría de vuelta hacia las cinco. —Se volvió hacia Kacpar—. ¿Y si no comunicamos el hallazgo? ¿Cómo ha corrido la voz tan rápido en el pueblo?

Kacpar soltó un bufido, furioso.

—Demasiado tarde. Por lo visto, hace tiempo que el Instituto de Conservación del Patrimonio está al corriente. Solo puede haber sido ese Pospuscheit. Nos echó encima a los conservadores por pura maldad antes de largarse con el dinero de la cooperativa agrícola.

Walter solo tenía un recuerdo vago del exalcalde Gregor Pospuscheit, lo vio una o dos veces durante la época de la RDA cuando visitaba a Mine y Karl-Erich en Dranitz. Entonces, cuando aún vivía allí con Sonja, el alcalde era el granjero Kruse, pero murió y su viuda alquiló la vivienda de la planta baja en el edificio de Mine y Karl-Erich.

—Te deseo mucha suerte. —Le dio una palmadita en el hombro al joven arquitecto.

—Todo se andará —dijo él—. Al fin y al cabo, un monasterio medieval no es un patrimonio cultural extraordinario. La zona está llena. —Echó un vistazo al reloj—. Bueno, tengo que irme. Voy a buscar el dibujo al salón y me voy. ¡Hasta luego! —Se inclinó hacia Mücke, que estaba sentada a la mesa de la cocina, e intentó darle un beso en la mejilla, pero ella se giró y solo llegó a la nuca.

Cuando se fue, Mücke rompió a llorar.

—Los hombres son todos unos idiotas —sollozó—. Unos cobardes y unos idiotas.

—¡Haz el favor! —fingió indignarse Walter, que reprimió

media sonrisa. Mücke y su mal de amores le daban mucha lástima.

Walter se acercó a ella con un suspiro y le acarició la espalda con torpeza.

En aquel momento entró Franziska en la cocina. Walter se alegró de contar con un apoyo femenino. Aquello eran conversaciones entre mujeres que, por suerte, no le incumbían. Se retiró a su habitación lo más rápido que pudo. Aún estaba en el pasillo cuando oyó que Mücke le confesaba a Franziska mientras se sorbía los mocos que Kacpar se sentía presionado.

—Ahora así, ahora asá, ¡no hay quien entienda a los hombres!

Ya era la hora de cenar cuando Kacpar regresó de Schwerin. Walter estaba con Franziska en la cocina y la ayudaba a preparar *Hoppelpoppel,* un sabroso plato hecho con patatas hervidas, salchicha de cerdo, cebollas, huevos y un poco de queso curado. Jenny volvió con Julia del lago y Mücke le abrió su corazón a su amiga en el salón de al lado, hasta que Franziska les pidió a las dos chicas que la ayudaran a poner la mesa.

Con suerte todo habría ido bien en el Instituto de Conservación del Patrimonio, pensó Walter, de lo contrario Franzi no tendría la cabeza para mantener la conversación que llevaba todo el día queriendo tener.

Cuando todos se sentaron y se sirvieron del delicioso *Hoppelpoppel,* Kacpar informó de que dos técnicos de conservación del patrimonio llevarían a cabo una excavación de prueba cuando consideraran oportuno.

—Hasta entonces no podemos eliminar ni construir encima de los restos de muros históricos.

—Cielo santo —se lamentó Franziska—. Entonces ¿cómo vamos a avanzar con las obras de la piscina?

—Quizá de todos modos ese tipo de cosas superan de

momento tus posibilidades económicas —intervino Walter con cautela—. ¿No se podría empezar por algo más pequeño y abrir antes para ingresar dinero?

—¿Y construir la piscina después? —preguntó Jenny con escepticismo—. ¿Un balneario en unas obras?

—No me parece tan mal la idea de tu hija —añadió Walter, pensativo, y recordó el brillo en los ojos de Cornelia cuando les explicó su plan.

—¿Un museo de la RDA? —Franziska dejó caer el tenedor, indignada—. ¡Walter, por favor!

—Bueno, tal vez —se dirigió con prudencia al grupo. No quería inmiscuirse en asuntos que solo podían acarrearle disgustos—. Me refiero más bien a lo que proponía su pareja, Bernd Kuhlmann. Cultivo ecológico de frutos del campo, tal vez también verduras. Así se podrían preparar los mejores platos para el restaurante del hotel y vender la cosecha sobrante.

Franziska cogió el vaso de cristal.

—Eso es el cuento de la lechera. Cornelia cambia de pareja con frecuencia, puede que ya tenga otro novio desde hace tiempo.

—Por lo menos la idea me parece mucho más realista que los carísimos planes de Jenny. ¿Cómo sabéis si es rentable un hotel así? Necesitaréis muchos empleados, que querrán que se les pague.

Ya estaba dicho. Franziska apretó los labios. Jenny se levantó de la mesa de un salto y salió de la sala dando zancadas, enfadada.

—¡Si aquí nadie cree en mí ni en mis planes, ya me puedo ir! —exclamó por encima del hombro.

Mücke se levantó de un respingo con Julia y salió tras ella. Solo Kacpar se quedó sentado a la mesa, cohibido.

—Hace dos años que Jenny sigue fiel a mi lado, Walter

—dijo Franziska con firmeza—. Además, es quien se hará cargo un día de esta propiedad, yo me ocuparé de que así sea. Es joven, es capaz, es el futuro de Dranitz. Por eso acepté sus planes.

—¿Aunque signifiquen la ruina económica de Dranitz? Franziska negó con la cabeza.

—¿Qué dice usted, señor Woronski? ¿También cree que los planes de Jenny están alejados de la realidad?

—Bueno —tartamudeó Kacpar—, tal vez se podría recortar en algún que otro sitio, pero el concepto general...

—Ya ves, Walter —interrumpió Franziska al joven polaco—. En vez de criticar a Jenny, tal vez podrías ocuparte de tu hija —propuso—. Un refugio de animales al lado de un hotel balneario, ¡es una locura!

—Por desgracia, no tengo ninguna influencia sobre ella. Sonja no me incluye en sus planes.

—Ahí lo tienes. Y si sigues dudando, yo tampoco lo haré. Walter cogió su servilleta con tristeza.

—En realidad, a veces tengo la sensación de haberme casado con esta mansión y no contigo —soltó.

Franziska lo miró, consternada. Kacpar se levantó y siguió a las tres chicas al salón, procurando ser lo más discreto posible.

—Ya sabías dónde te metías, Walter. ¡Esta casa forma parte de mi vida!

—Dilo sin rodeos, Franziska: ¡es tu vida! ¡Porque no tienes tiempo para nada ni nadie que no sean tus obras!

Ella guardó silencio un rato, luego se puso a recoger los platos vacíos. Al cabo de un rato levantó la cabeza y lo miró. Furiosa. Sí, su Franziska, siempre tan sensata y prudente, podía enfadarse de verdad.

—¡Esperaba que me entendieras! —exclamó con vehemencia—. ¡Pero por desgracia te sobrevaloré!

Walter debería haberse callado. Conservar la calma. Señalar el malentendido y aclararlo. Sin embargo, se rompió un dique en su interior y no pudo evitar pagarle con la misma moneda.

—Yo también esperaba que me entendieras. Hace días que intento tener una conversación contigo, pero me da la impresión de que todo lo demás es más importante. ¡Y me duele mucho!

—¡Bueno, pues ahora estamos hablando!

Walter agarró la mano de Franziska con un suspiro.

—Pero no lo imaginaba así. Quería pedirte que hicieras un viaje conmigo, sí, una luna de miel, para conocernos mejor después de tantos años y poder llenar los huecos que dejó el destino. Todavía nos quedan muchas cosas por decirnos. En un viaje tendríamos tiempo, por una vez no tendríamos que dedicarnos a los escombros y a los posibles muros protegidos.

Franziska lo miró un buen rato, luego se levantó, se acercó al aparador de roble que aún procedía de las existencias de la mansión y abrió un cajón. Metió la mano y sacó un montón de folletos de colores.

—Ten —dijo, y se los puso en la mano—. París. Venecia. La Toscana. Andalucía… Estúdialos con calma y luego escogeremos algo juntos.

Él miró perplejo los folletos de viaje.

—¿Has ido a una agencia de viajes? —balbuceó, atónito.

—Iré contigo adonde tú quieras —se limitó a decir ella, y sonrió—. Pero eso lo has sabido siempre, Walter.

Jenny

—Vamos, abuela, ¡no te pongas tan quisquillosa!

Jenny soltó un gemido y se dio una palmada en la frente. En la planta baja de la mansión las paredes estaban revocadas, ya no quedaba mucho, y los espacios donde debía estar la entrada al restaurante estarían listos.

—No puedo dejarte aquí sola tres semanas. De ninguna manera —se negó Franziska con un gesto de desaprobación, aunque en su fuero interno no podía imaginar nada más bonito que irse de luna de miel con Walter.

—¿Y por qué no? Ya me las apañaré, ¡tengo veintitrés años, no tres!

La abuela hizo un gesto de desdén y empezó a recoger los cables cortados que los electricistas habían dejado en un cubo de plástico. Jenny barrió con la escoba un enchufe destrozado de un rincón y pensó que algo había de verdad en el rumor de que las mujeres Dranitz eran especialmente tercas. Al menos en el caso de su abuela.

—¿A qué quieres esperar, abuela? —retomó la labor de persuasión—. ¿A que ya no te necesitemos en Dranitz? Pues ya podéis aplazar vuestra luna de miel como mínimo veinte años.

—Ay, Jenny —suspiró Franziska.

No, no aflojó. También era una Dranitz.

—Dentro de veinte años tendrás más de noventa, abuela. Y Walter...

Franziska dejó con ímpetu el cubo de plástico blanco en un murete que antes formaba parte de un bufé circular.

—Ay, Jenny —repitió su abuela con un nuevo suspiro—. Me preocupo por ti y por Julia.

—Eso es secundario, nos las arreglaremos. Y si tanto te preocupa esta casa, mientras estéis fuera viviré aquí con Julia y lo supervisaré todo. Y Kacpar viene todos los días para dar instrucciones a los obreros.

—Una semana, tal vez —cedió Franziska—. Como mucho diez días, pero no tres semanas.

—También podéis acampar un fin de semana junto al Müritz y dar una vuelta en una barca hinchable. Una luna de miel con aire de posguerra también tiene su punto romántico.

—¡No seas tonta!

Sonó brusca, pero resignada. Jenny contraatacó con el doble de vehemencia y al hacerlo se envolvió en una nube de polvo fino de color blanco grisáceo. Uno o dos días más y lo habría conseguido. En el fondo, la abuela estaba loca por irse de viaje con Walter. Pero tenía un sentido del deber exacerbado. La generación que había vivido la guerra estaba educada así, conceptos como «lealtad», «puntualidad», «honor» y sobre todo «sentido del deber» aún tenían peso. Jenny apoyó la escoba contra la pared, cogió la pala y la escoba de mano y vació la basura en un cubo metálico.

Era emocionante una vida matrimonial tan reciente a su edad, pensó, y se limpió las manos polvorientas en los muslos de los tejanos. Desde que la abuela fue a buscar los folletos a la agencia de viaje, los dos se pasaban las noches juntos haciendo planes. Al final, la Toscana se llevó el gato al agua. Jenny no sabía si se impuso la abuela o Walter. Tal vez coincidieron. En todo caso, la planificación de la luna de miel les sentó bien, pues caminaron por los alrededores durante días como una joven pareja de enamorados. Pero ahora que iba en serio la abuela de pronto se asustaba de su propio coraje. Sin embargo, para eso estaba ella allí. Jenny se ocuparía de que su abuela saltara la última valla y se fuera de verdad.

Si todo salía como tenían planeado, para ella también significaría un cambio, claro. Durante tres semanas enteras ella sola sería dueña y señora de la mansión Dranitz. ¡Qué locura! Por supuesto, Kacpar estaría a su lado, pero las decisiones importantes tendría que tomarlas sola. Solo si ocurría algo extraordinario intentaría localizar a la abuela por teléfono. Se lo tuvo que prometer a Franziska.

—Voy a subir un momento a ver a Julia —le dijo a Franziska, que estaba limpiando con un trapo los restos de reboque aún reciente de un antepecho de la ventana, donde se había rasgado un trozo del plástico que lo cubría—. Walter quería jugar con la ratoncilla a «arre, arre, caballito».

Apenas había puesto un pie en el primer escalón cuando la abuela dijo:

—Ay, Jenny…

Se volvió y se paró en la puerta que daba a la zona del restaurante.

—¿Qué pasa?

La abuela sonrió, satisfecha. De pronto parecía muy feliz.

—Ya que vas, ¿puedes decirle a Walter que he hablado con la agencia de viajes? Si estás de acuerdo y de verdad te atreves con todo aquí sola, podríamos irnos el 25 de agosto.

—¡Claro que me atrevo! —Jenny corrió hasta Franziska, le dio un impetuoso abrazo y luego subió la escalera dando saltos de dos en dos para darle la buena noticia a Walter.

La noticia no tardó mucho en correr por el pueblo de Dranitz y dio lugar a todo tipo de habladurías. Gerda Pechstein explicó a todo el que quiso escuchar que en Italia los mejores hoteles pertenecían a la mafia. Lo sabía de primera mano, porque cuando el año anterior había ido al lago de Garda con su coche, un Trabant, se le escapó a un tipo.

En el bar de Heino Mahnke, el alcalde, Reip, contaba sus recuerdos como prisionero de guerra en Italia y se puso hecho un basilisco porque Helmut Stock y dos más se rieron como tontos cuando dijo que el campamento estaba en el valle del Po.

Por la tarde llamaron a la puerta de Jenny y, cuando abrió, encontró a su amiga Mücke.

—¿Es verdad? —preguntó Mücke, incrédula—. Kacpar se acaba de tomar una cerveza en el bar de Heino, por eso lo sé. Me parece emocionante, una luna de miel de verdad, después de tantos años, ¡y encima a Italia!

—Primero pasa. —Jenny hizo entrar a Mücke en el piso y luego pasó ella delante a su saloncito. Julia estaba durmiendo arriba, en la cuna. Jenny se había servido una copa de vino y había abierto el correo. Sobre la mesa estaba esparcida la documentación de la escuela a distancia.

—¿Qué pasa? —Mücke observó asombrada la multitud de cuadernos—. ¿Quieres volver a estudiar?

—Algo parecido. Siéntate ahí. ¿Te apetece un poco de vino?

Mücke asintió, aceptó la copa de vino tinto que le sirvió Jenny y se desplomó en la butaca que le indicó. Luego dejó que Jenny le explicara sus intenciones de terminar el bachillerato para seguir estudiando.

—Es una idea fantástica —reconoció admirada, aunque un tanto escéptica—. ¿Estás seguras de que podrás con todo? Pese a estudiar a distancia, quiero decir. —Pero Mücke no sería ella si no le ofreciera su apoyo acto seguido con determinación—. Yo puedo ayudarte con Julia —le aseguró—, también los fines de semana o los días que no me necesiten en la guardería. Así puedes estudiar con calma.

—¡Eres un tesoro! —exclamó Jenny, y le puso en la mano a Mücke el plan de estudios.

La regla de tres, bueno. Vocabulario en inglés, ¡puf! Una redacción sobre un relato de Heinrich Böll, cielos.

—Esto no es lo mío, Jenny, pero cruzo los dedos por ti. Te conozco, lo harás con los ojos cerrados. ¡Salud! ¡Por el bachillerato!

—¿Y tú qué, Mücke? —preguntó cuando brindaron—. ¿No quieres reorientarte? ¡Podrías ser profesora! Así ganarías más que en la guardería. Además, no tienes un puesto fijo y solo trabajas de sustituta.

—No —repuso Mücke, alargando la vocal—. Me gusta mi trabajo. Siempre se necesita personal de guardería y quieren hacerme fija pronto. A la larga todo saldrá bien. Kacpar también lo dice.

«Vaya —pensó Jenny—. Kacpar ha hablado. Así que se han vuelto a reconciliar.»

—¿Sabes qué hemos pensado Kacpar y yo? —continuó Mücke, despreocupada—. Podríamos mudarnos a la mansión mientras tus abuelos estén de luna de miel. Kacpar opina que no es bueno dejar la casa vacía. Además, alguien tiene que cuidar de Falko.

—¡Frena, frena! —Jenny levantó la mano para pararla—. ¿Kacpar y tú queréis mudaros tres semanas a la mansión? Entonces ya volvéis a llevaros bien.

Mücke sonrió, exultante.

—Todo en orden de nuevo —anunció—. Hemos aplazado la boda. A Kacpar le entró miedo porque... —enmudeció y agachó la mirada como si se hubiera ido de la lengua.

—Porque… —la animó Jenny.

—Bueno —siguió Mücke a media voz, y se limpió una gota de vino de la comisura de los labios—. Hace dos noches me hizo una confesión que lo ha cambiado todo. Pero no puedes decírselo a nadie, ¿vale? Te lo cuento solo a ti. Ni siquiera mis padres pueden saberlo porque le da mucha vergüenza. ¿No es adorable?

—¡Dios mío! Pero ¿qué le pasa? ¿Es impotente?

—No, qué va —repuso Mücke con aspereza—. Pero imagínate, Jenny, el pobre es hijo ilegítimo. No sabe quién es su padre y su madre no lo quiso tener. Se crio con sus abuelos.

—Ya, ¿y? —Jenny se encogió de hombros—. ¿Qué tiene eso que ver con vuestra boda?

Mücke soltó un profundo suspiro ante tanta obcecación.

—¡Una cosa va unida a la otra, Jenny! Tiene que enseñar su partida de nacimiento y ahí dice que su padre es desconocido. ¿Lo entiendes ahora?

Jenny negó con la cabeza.

—No. ¿Es por tus padres?

—Claro. Y por otras cosas…

Jenny solo entendía una cosa: Kacpar había encontrado un truco para aplazar la boda. Por lo que fuera. Hasta entonces Jenny pensaba que Kacpar iba en serio con Mücke, pero por algún motivo aquel tipo era poco transparente. Si la hacía infeliz, ya podía prepararse para una buena bronca. Jenny no tendría ningún tipo de consideración, por muy arquitecto que fuera.

—Pero en algún momento tendrá que decir la verdad —intervino, vacilante—. ¿O pensáis estar prometidos durante cincuenta años?

Mücke se rio con alegría. No tanto tiempo. Kacpar quería hablar con calma con los padres de Mücke y aclararlo todo.

En algún momento durante los próximos días se sentaría con ellos, tal vez el fin de semana.

Jenny no siguió indagando. Si Mücke quería creer en las promesas de Kacpar, allá ella. De todos es sabido que el amor es ciego. Ella también vivió su historia, larga y triste, y por eso no tenía motivos para hacerse la lista. Escuchó en silencio el panegírico de su amado, que, por lo visto, estaba transformado desde la reconciliación. Tan dulce. Tan atento. Le regaló flores. Un ramo de rosas rojas con una gipsófila blanca.

—Parece un ramo de novia. ¡Es tan bonito!

Jenny sirvió más vino y reprimió el comentario de que los hombres siempre regalaban flores cuando tenían mala conciencia. Simon también hizo rica a la floristería de la esquina. ¿Por qué no dejaba de pensar en él? Hacía tiempo que estaba olvidado. Pecados de juventud. Pagó un precio amargo y le dio carpetazo.

—Bueno, en cuanto a la mansión —retomó el hilo de la conversación—, quería mudarme con la pequeña Julia mientras los abuelos estén de viaje.

A Mücke le pareció maravilloso. Dio una palmada de alegría y exclamó:

—¿Vosotros también? ¿No será genial vivir los cuatro en la mansión? Con Falko, claro, lo necesitamos de vigilante. Y por la mañana puedo ir a ver las vacas de Kalle y ordeñar un litro de leche, deliciosa y caliente.

—¡Precioso! —murmuró Jenny, que no soportaba el olor a leche caliente—. Lo pensaré.

Pensó en ofrecerle un vaso de agua a Mücke, pero ya estaba en movimiento.

—Bueno, entonces me voy. Mañana tengo turno en la guardería de Waren. Dime algo, Jenny, ¿eh? ¡Me alegro muchísimo!

Se despidieron con un abrazo y Jenny prometió comentar

la propuesta con los abuelos. Al fin y al cabo, Mücke y Kacpar tendrían que alojarse en la habitación de Walter. Luego vio cómo su amiga bajaba la escalera dando saltitos y soltando risitas joviales. Abajo se abrió la puerta de la casa y apareció Irmi Stock en bata larga de seda artificial y la cabeza llena de rulos de plástico rosa.

—¡Ah, eres tú, Mücke! Pensaba que estaba bajando la escalera un ejército entero.

Mücke se detuvo, asustada, y bajó la cabeza.

—Perdone, señora Stock. He tropezado.

Irmi Stock lanzó una mirada severa hacia arriba, donde Jenny estaba descalza y con una camiseta que le llegaba a las rodillas y una sonrisa inocente en los labios.

—Buenas noches, señora Stock —gritó—. ¿Hay novedades de Elke?

Elke Stock se había ido al Oeste con Jürgen Mielke hacía tres años. La abuela le consiguió un puesto a Jürgen, pero lo perdió enseguida. De momento era Elke la que ganaba dinero.

Jenny calculó bien. A Irmi Stock se le iluminó el semblante al oír la pregunta; le gustaba hablar de su hija.

—Llamó ayer. Ahora trabaja en un gran hotel de Hannover. Y en otoño quieren casarse.

—¡Qué bien! ¡Dele recuerdos de mi parte!

—Lo haré encantada. Elke siempre pregunta por usted y por su abuela. Y ahora los dos se van de luna de miel... A Italia, donde antes no podíamos ir...

—Sí, fue una lástima, señora Stock —secundó Jenny, luego le dio las buenas noches y se retiró con rapidez a su casa.

Julia no solía despertarse con el ruido, pero de todos modos echó un vistazo en el cuartito infantil; su hija dormía como un lirón.

De nuevo en el salón, llevó las copas y la botella a la cocina y luego volvió a su documentación de la escuela a distancia.

Pedían mucho dinero, pero la abuela dijo que por los estudios de su nieta daría hasta la última camisa y estaba segura de que su hija, Cornelia, haría lo mismo. Jenny le arrancó la promesa de no contarle nada de la escuela a distancia bajo ningún concepto a su madre. Quería ahorrarse el «te lo dije» en tono triunfal. Ordenó los cuadernos por asignaturas y por orden, y luego observó con ojo crítico el montón. Tenía que estudiarse todo aquello en cuatro semanas y enviarlo de vuelta. Según los resultados decidirían si podía matricularse en el curso. Bueno, la mayor parte no era muy difícil, pero para las redacciones necesitaba tiempo, y también para los textos que tenía que leer, claro. De hecho, todo era muy interesante, ¿por qué se aburría tanto antes en el colegio?

Echó un vistazo al reloj y se levantó con entusiasmo. Fue a la cocina a buscar el resto del vino tinto y decidió marcarse un horario. ¿Cuántos días le quedaban? Veintiocho, incluyendo domingos y festivos. ¡Tendría que dejarse la piel!

Escribió el plan, limpio y ordenado, en una hoja de papel y lo colgó con dos chinchetas en la pared. Después se terminó el vino tinto y siguió soñando un poco. ¡Qué ocurrencias tenía su amiga! La parejita de Mücke y Kacpar en la cama de Walter Iversen. Justo al lado de la habitación de la abuela, donde dormiría ella con Julia. No, no podía ser. Las paredes eran demasiado finas. No tenía envidia ni era pudorosa, pero no tenía ganas de pasarse toda la noche oyendo los suspiros de felicidad de Mücke. Rechazaría la propuesta de su amiga con la excusa de que Walter no quería que otro durmiera en su cama. Así le colgaría el muerto a él delante de Mücke, pero seguro que no le importaba ahora que estaba tan contento e ilusionado.

Recordó las fotografías del folleto de viajes: las suaves colinas de la Toscana, el verde cálido, pintorescas granjas de color terracota, cuadros, esculturas, cúpulas rojizas, el río que fluye a sus anchas, con un puente estrecho encima sobre el que se ven pequeños edificios. Y en medio, la abuela y Walter. Unas vacaciones así en pareja era un sueño. Envidiables. Por supuesto, lo tenían más que merecido, pero aun así le daban envidia.

Levantó la copa de vino vacía y de pronto se sintió muy sola. Por todas partes había parejas felices, solo ella estaba allí con una copa vacía entre montones de libros.

«Qué tontería —pensó—. A fin de cuentas tengo a Julia. A la abuela y Walter. Además de buenos amigos. Sobre todo a Mücke. Y luego está el hotel. ¡Mi bachillerato! No, un tío solo sería una molestia. De todas formas, tampoco hay ninguno cerca que me guste, como mucho...»

Abrió un cajón. No tuvo que buscar mucho. Allí estaba la postal. La giró en la mano, contempló la imagen del ayuntamiento de Bremen y pensó en lo que Mine le había contado con tanto orgullo. Ulli le había comprado a un conocido un terreno junto al Müritz. Seguro que como inversión, dijo la abuela. Sin duda, durante los años siguientes aumentaría de valor. Aquel Ulli era un chico listo.

Pero ¿y si era como esperaba Mine? ¿Y si realmente echaba de menos su hogar?

Jenny sacó otra postal del cajón. Ya era antigua y en ella aparecía Waren antes de la época de la RDA. Resuelta, cogió un lápiz, se sentó a la mesa y empezó a escribir.

Querido Ulli:

Espero que te vaya bien y vayas progresando en el ámbito profesional. Nuestro hotel alojará ya a los primeros clientes el año que viene y estoy estudiando mucho para sacarme el bachillerato porque luego quiero estudiar empresariales. Si vuelves a venir por Dranitz, pasa a vernos. Un abrazo,

JENNY

¿Le gustarían las viejas postales de la época de la RDA? Descubrió un montón en la basura delante de la papelería de Waren y se las llevó. Le daba lástima tirar sin más las cosas viejas.

Ahora ya estaba lista para acostarse. Al día siguiente, cuando estuviera sobria, destruiría aquella absurda postal. O quizá no…

Mine

¡Y encima una luna de miel! Con aquello no contaban ni Mine ni Karl-Erich, que creían conocer a la baronesa.

—No conseguirán sacarla de su mansión —dijo Karl-Erich—. La estará renovando y reformando hasta que un día se caiga muerta.

Mine pensó que podría decirse de una manera más amable. Sin embargo, en esencia era así.

Y luego de pronto llegó Mücke y les contó algo de una luna de miel. A Italia. Igual que antes. Los señores siempre enviaban a los recién casados a Italia. A Venecia. O también a Francia. A París. Y cuando regresaban, las familias esperaban que pronto hubiera un anuncio.

—Si se hubieran casado entonces, habrían ido al mar Báltico —dijo Mine—. Porque estábamos en guerra. Pero el mar Báltico también es bonito. El agua es muy azul y tranquila, y la arena muy blanca. Scharbeutz o Warnemünde…

Karl-Erich volvió a sufrir un terrible dolor de espalda, no paraba de revolverse en la silla de la cocina y su estado de ánimo estaba en consonancia.

—Tú debes de saberlo —masculló—. Estuviste dos veces con los señores en el mar. ¡Vacaciones! ¡Viajes de luna de miel! Eso era para la gente elegante, no para los nuestros.

¿Qué teníamos nosotros cuando nos casamos? No teníamos nada. Bueno, sí: la Wehrmacht me pagó un viaje a Rusia. Pero sin mi novia. Tampoco teníamos hoteles elegantes, solo tugurios con pulgas y chinches. Además de un montón de proyectiles en los oídos y la muerte heroica por la patria alemana, eso encima era gratis.

Mine intuyó su padecimiento y abrió el cajón de la mesa. Bajo la caja de madera del mantel tenía escondidas unas cuantas pastillas fuertes contra el dolor. «Solo cuando esté muy mal», dijo el médico. Porque aquello cansaba y afectaba al corazón.

—Sí —dijo ella, y sacó una pastilla roja del envoltorio de aluminio—. No tiene sentido atormentarse. Pero solo una. Y te la tomas con agua, no con café.

Él obedeció sin rechistar. Para los medicamentos era obediente como un niño. Solo con el café había discusiones de vez en cuando, entonces rezongaba, quería que le llenara el tazón grande y decía que actuaba como si el café costara una fortuna. Sin embargo, Mine era implacable y, por mucho que se rebelara, en el fondo sabía que le privaba de la cafeína porque le quería y no quería perderlo.

—Tendríamos que escribir un fragmento —se animó él cuando se tomó la pastilla roja—. Para que la joven pareja tenga algo que leer en su luna de miel.

—¡Pero no lo de Grete!

—Claro que sí —insistió él—. Precisamente lo de Grete. Es importante para mí.

Mine discrepaba. Si por ella fuera, no incluiría aquella triste historia porque no quería romperle el corazón a la baronesa después de tantos años. Y mucho menos en su luna de miel. ¿Qué iba a pensar el teniente Iversen de ella? Apenas se enteró de nada del asunto. Acudió a la mansión para el entierro de su amigo Heinrich von Dranitz y se marchó enseguida.

—La baronesa no tiene por qué leérselo en voz alta —comentó Karl-Erich—. Además, puedes adornarlo con algo agradable. Pero lo de Grete tienes que contarlo, sin duda. Tienes que escribir todo lo que sabemos del tema.

Vaya, estaba entre la espada y la pared. No quería negárselo, pero tampoco quería hacer daño a la baronesa. ¡Adornarlo con algo agradable! Qué bien pensado. ¿Cómo se hacía eso?

—Puedes prepararles una bonita cesta de provisiones para que no tengan que salir a comer mientras estén de viaje. Y metemos las historias entre los bocadillos.

—Para que se les quite el apetito —repuso Mine con un suspiro. No obstante, comprendió que tenía que ceder, porque el asunto de su hermana pequeña seguía inquietándolo. Mine casi pensaba que cada año iba a peor.

—Puedo escribirlo —accedió, y se levantó a buscar la libreta y un lápiz. Además de la goma de borrar, que era práctica porque no tenía más que borrar si se equivocaba al escribir. ¿O era mejor coger un bolígrafo? Lo de Grete, lo que pasó de verdad, no iba a confiárselo a Anne Junkers. Aquello no le incumbía a nadie, ni siquiera a Karl-Erich.

—Tienes que escribir que siempre fue una chica decente —le exigió él—. Y que era preciosa, eso no podía evitarlo.

Y Mine escribió: «Grete llegó en enero de 1940...».

Hizo todo el viaje sola, fue en tren de Königsberg a Rostock, y a partir de allí a pie porque se le acabó el dinero. Llegó con un hatillo al hombro. Cuando Mine y Karl-Erich volvieron de trabajar la encontraron sentada delante de su piso en el edificio del servicio. Se llevaron una gran alegría. Al principio llevaron a la chica a casa de la madre de Mine, en la granja Martens, porque el padre estaba enfermo y solo tenían al viejo mozo. Su madre se alegró mucho de contar con ayuda, porque apenas podía encargarse de la granja. Al principio

Grete la ayudó mucho, pero luego resultó que no tenía ganas de hacer el trabajo de una moza de cuadra y granjera. Igual que Mine, quiso probar suerte en la mansión.

—Es una pena que las mujeres siempre queráis más de lo que os corresponde por naturaleza —afirmó Karl-Erich con amargura—. No es natural. Contigo me costó sudor y lágrimas. La pobre Grete se estrelló.

—No digas esas cosas —gruñó Mine—. De lo contrario, me dará un calambre en los dedos y tendré que dejar de escribir. Y no me interrumpas siempre. —Su mente regresó a la época en que la suerte y la desgracia iban tan unidas.

Al principio todo parecía ir bien. Mine supo pronto que estaba embarazada y, como al principio vomitaba a menudo, enseguida la baronesa accedió a que llevara a su cuñada. Grete estaba muy impresionada con el trabajo en la mansión, nunca había visto muebles y papeles de pared tan refinados, una porcelana tan valiosa, unas copas tan brillantes.

Por supuesto, solo podía ayudar en la cocina, sacudir alfombras y limpiar suelos. Sin embargo, más tarde Mine también la subió y le enseñó a planchar los vestidos bonitos de la baronesa, cómo hacer costuras y acortar faldas. Su cuñada era lista, tenía mano para las telas finas y cuando cosía daba unas puntadas minúsculas y regulares. Solo le daba miedo la máquina de coser con el pedal de pie y, aunque Mine intentó convencerla varias veces para que lo intentara, no lo probó ni una sola vez.

—Tal vez podría haber llegado a ser doncella, mi pequeña Grete —murmuró Karl-Erich—. De no ser por la guerra, tal vez los señores la habrían enviado a estudiar a Berlín.

—¿No acabas de decir que no es bueno que una chica quiera ascender? —le recordó Mine.

Él masculló algo para sus adentros y comentó que para unas sí y para otras no.

—Solo quería decir que era una chica lista —añadió—. También en el colegio, me acuerdo. Podría haber llegado a ser algo.

¿Grete era lista? Quizá sí. Era una soñadora. Tenía una buena cabeza, pero no los pies en el suelo. Ay, no valía la pena darle vueltas, el destino la trató con dureza. Demasiada.

Ocurrió el segundo año de guerra, en agosto. El destino siguió su curso y el joven barón, Heinrich-Ernst, llegó de vacaciones. Su hermano Jobst quería casarse y él era el testigo. La boda de Jobst von Dranitz fue la última gran celebración familiar que tuvo lugar en la mansión Dranitz, una fiesta según las viejas tradiciones que reunió a toda la familia venida de todas partes. Por supuesto, faltaban algunos hombres que combatían con la Wehrmacht, pero lo celebraron con alegría y mucha confianza en el futuro.

La mansión estaba llena de invitados; la mayoría llevó a sus propios empleados y también había que ocuparse de ellos. Mine recordaba que el trabajo le salía por las orejas y se necesitaban todas las manos disponibles.

—Entonces pasó —murmuró Karl-Erich—. Tendrías que haber cuidado de ella. Tú estabas arriba, en la mansión, y no abajo, en el taller. No digo que fuera fácil. Pero fue el momento en que se selló su desafortunado destino.

Hacía más de cincuenta años que se lo echaba en cara. Se había defendido y refutado la acusación, pero seguía teniendo la sensación de haber fallado en algo. Es cierto que ya le pesaba mucho su primera hija, que nació apenas cuatro semanas después. Con lo ligera que fue siempre, en aquella época tenía que ir despacio, y además se cansaba rápido. Y luego, el alboroto de los invitados y el servicio ajeno a la casa… Sin embargo, aquello no la disculpaba. No tuvo cuidado, no había nada que hacer. El sentimiento de culpa la ponía de mal humor.

—No me interrumpas todo el rato cuando escribo —rezongó—. Coge tú el lápiz, a mí ya me duele la mano y el corazón. Todos sabían algo, solo yo creí en Grete, incluso le di una respuesta airada a Liese cuando hizo un comentario mordaz. ¿Por qué no te diste cuenta tú de nada? Al fin y al cabo, también estabas en la mansión.

—¿Qué dijo Liese? —preguntó, sin hacer caso de la pregunta de Mine.

Mine suspiró. Cuántas veces se lo había contado a lo largo de todos aquellos años y él no se cansaba de oírlo. Y eso que ya no recordaba con exactitud qué dijo Liese en realidad.

—Alguna maldad. Que había una que se creía quién sabe qué. Que creía que podía gustarle al joven barón.

—¿Y se refería a Grete?

—Sí, claro. Liese no la soportó desde el principio.

Karl-Erich evitó comentar que aun así debería haber escuchado a Liese y Mine siguió escribiendo. Lo que iba a continuación eran solo habladurías. Rumores. Lo que dedujeron después. Elfriede le tomó cariño a Grete, las dos jugaban a la pelota en el jardín. Allí estaba también el joven barón, Heini. Sin embargo, Mine solo lo sabía de oídas, no lo vio. Tenía demasiado trabajo, pasaba casi todo el día subiendo y bajando escaleras porque los señores y los invitados tenían un montón de deseos. Hasta la noche no le pidió cuentas, porque no era adecuado que una empleada estuviera pasando el rato en el jardín en vez de hacer su trabajo. No obstante, Grete se comportó de manera extraña, apenas la escuchaba y tenía la mirada perdida y los ojos brillantes. Y cuando Mine terminó su sermón, Grete le dijo que aquella noche quería dormir arriba, en la mansión. Para poder ir al trabajo a primera hora.

—¿Por qué lo permitiste? —gruñó Karl-Erich—. Tenía su cama en casa de tu madre, en la granja Martens. Ahí tenía que estar, y no en la mansión, donde la sedujo el joven barón.

—Pero yo también dormía allí, como excepción, porque me costaba recorrer el camino del pueblo a la mansión por el embarazo y me necesitaban a primera hora de la mañana. Además, dormía a mi lado en el cuarto. Le di mi manta de lana, la extendió en el suelo y me dejó la cama. Y me alegré, porque de lo contrario Liese tendría que haber dormido conmigo.

—¿Y?

Mine suspiró. Después de tanto trabajo cayó exhausta en la cama, le dio las buenas noches a Grete y se durmió enseguida. Sin embargo, hacia el amanecer, con los primeros cantos de gallo, se despertó porque el bebé empezaba a moverse. Cuando se sentó en la cama para tomar un trago de agua vio que Grete no estaba. Oyó el reloj de la iglesia del pueblo, eran las tres y media, y cuando Grete se coló en la habitación de nuevo, ya eran casi las cinco. No sirvió de nada que le dijera que estaba en el retrete porque le dolía la barriga, Mine no la creyó.

—¿No le pediste explicaciones entonces?

—Claro que sí. Pero llegó la hora, teníamos que levantarnos para ir a trabajar. Habían anunciado la llegada de más invitados. La boda era al día siguiente...

Mine no sabía lo que ocurrió durante las noches siguientes, o quizá también de día, y Karl-Erich tampoco podía decir nada de aquello. Grete se tomó a pecho su reprimenda, y todas las mañanas amanecía tumbada, obediente, a su lado en la manta. Mine se fijó en que estaba muy pálida. Y muerta de cansancio. No obstante, podía ser por la cantidad de trabajo. Hasta que no terminaron las celebraciones, se fueron los invitados y pudieron dedicarse a poner orden en la casa, Grete guardó un silencio extraño, ya no estaba tan alegre como de costumbre. Con todo, Mine creyó que era porque volvía a dormir en la granja Martens y rara vez tenía trabajo en la mansión.

Entonces Mine dio a luz a su hija. Todo fue muy rápido; por la mañana estaba con la baronesa, doblando la ropa elegante y escuchando cómo Franziska atosigaba a su madre con los planes de ir a Berlín para ser fotógrafa. Los dolores empezaron de pronto, al principio solo un poco, por lo que creyó que no le había sentado bien el desayuno, pero luego empeoró de verdad, subió hasta la espalda y le preguntó a la baronesa si podía ir a casa de su madre. Las dos se llevaron un buen susto, la baronesa y Franziska, y quisieron que Mine se quedara en la mansión. Sin embargo, como ella no quiso, llamaron al carretero, su marido, para que la acompañara y llegara bien a casa. De hecho, todos llegaron a la vez a la granja Martens, Karl-Erich, Mine y también la pequeña Karla. La comadrona, que fue a buscar a Grete, fue la última en llegar a la casa y ya no había mucho que hacer.

—Entonces Grete estaba muy contenta, ¿no? —comentó Karl-Erich—. No noté que le preocupara nada.

—Sí —escribió Mine en una hoja de papel nueva después de pasar la página de su libreta—, Grete volvía a estar alegre.

Grete volvía a estar contenta, corría por la casa, ponía flores en una jarra, se sentaba junto a la cuna y le tarareaba una canción a la pequeña. También estuvo en el bautizo, fue la madrina de Karla y cogió a la niña en brazos cuando le arrojaron el agua bendita. Mine apenas se quedó una semana en casa. Esos días Grete tuvo que sustituirla en la mansión, pero luego Mine ya no aguantó más y quiso volver al trabajo. Podía llevarse a la niña, que dormía de día en una caja en la cocina y cuando tenía hambre la cocinera la llamaba para que le diera el pecho.

Al principio era agotador, porque la pequeña quería comer con mucha frecuencia y el trabajo no disminuía. Por eso resultaba práctico que estuviera allí su cuñada, que bajaba a la cocina a buscar a la pequeña y, cuando Mine le daba de ma-

mar, Grete volvía a bajar a la pequeña Karla, la cambiaba y la echaba a dormir.

—Así fue —confirmó Mine—. Estábamos sanos y contentos, debería haber sido así para siempre.

No obstante, el destino quiso que fuera distinto. A finales de septiembre, un jueves, llegó la mala noticia de que el pobre joven señor, el teniente Heinrich-Ernst von Dranitz, había sido herido de bala y había fallecido como un héroe. Beke fue la primera en saberlo, porque servía a los señores durante el desayuno y lo oyó. Bajó a la cocina entre lágrimas y, cuando por fin anunció la horrible noticia entre sollozos, Hanne Schramm y todas las demás rompieron a llorar. Mine fue la última en enterarse, ya que en aquel momento estaba arriba ordenando los dormitorios, pero más tarde las mujeres le contaron que la pobre Grete se desplomó inerte de puro dolor junto a los fogones de la cocina.

—La llevé en brazos a la granja Martens —continuó Karl-Erich, que tuvo que limpiarse los ojos—. Se tumbó en su cama con los ojos abiertos, me atravesaba con la mirada. No sé qué veía, pero puedo imaginármelo.

La pobre chica estaba recordando a su amado. El guapo y joven barón, que la atrajo hasta el jardín durante las noches de agosto para hacer maravillas con ella. El que le susurró con la voz suave que era guapa, que la quería, que siempre pensaría en ella, solo en ella. Ay, Heini sabía seducir a la gente, siempre se le dio bien. ¿Por qué se le iba a resistir la pequeña Grete?

—Ojalá hubiera imaginado entonces qué le pasaba —gimió Karl-Erich—. Le habría arreglado la cabeza. ¡Una aventura con el joven barón! Aunque hubiera vuelto sano y salvo a casa, no habría salido nada sensato de aquello.

Mine lo dejó hablar. Le dijo cien veces que no habría podido hacer nada. Porque no hay remedio contra el amor.

Y ningún discurso inteligente podía curar un mal de amores tan grave.

—Sigue escribiendo —le exigió él, pero ¿qué más podía contar?

Estaban en guerra, y Heinrich von Dranitz no fue el único que murió como un héroe. Los señores fueron valientes, se consolaron, hablaban de los méritos del hijo, de su coraje, de sus maneras encantadoras. La baronesa nunca lloraba delante de los empleados, pero Mine sabía que lo hacía porque por la mañana sus almohadas siempre estaban húmedas. En la mansión reinaba la tristeza, pero se recomponían. La vida tenía que continuar, aunque la guerra se cobrara sus víctimas: al final Alemania vencería sobre el enemigo, era lo único que importaba.

—No hace falta que apuntes los lemas —comentó Karl-Erich—. Eso ya nadie quiere saberlo. Fuimos tontos todos los que creímos en ello, pero así era, y de todos modos nadie podía elegir.

No, no podían, pensó Mine. La guerra los arrolló, nadie la deseaba, Karl-Erich, que recibió su orden de alistamiento antes del entierro del joven barón, tampoco. En una guerra la gente sencilla no tiene nada que ganar. Los llaman a filas, se juegan la piel y punto. El caso de los jóvenes barones, que eran directamente oficiales, era distinto. Van al campo de batalla contentos, confían en destacar, esperan el ascenso, una condecoración.

La pobre Grete logró volver a tenerse en pie y se comportó con la misma valentía que todos en la mansión. Tal vez no se lo creía, y no era la única. Por raro que pareciera, todos, incluso los empleados de la mansión, estaban convencidos de que Heinrich-Ernst von Dranitz regresaría victorioso. Hasta entonces, todo lo que al hermano mayor le costaba un esfuerzo, a él le resultaba fácil. Era una figura carismática, de aquellos que lo conseguía todo, que era querido por todos, a los que la suerte siempre sonreía.

Cuando lo llevaron a la mansión, tres semanas después, y velaron en el salón su cuerpo destrozado a tiros, Grete no tuvo más remedio que aceptarlo. Todos los empleados ayudaron a dejarlo lo más guapo posible. Grete también participó, y Mine no recordaba que se comportara de manera distinta al resto.

—Sí que estaba diferente —la contradijo Karl-Erich, que miraba por encima del hombro de Mine mientras escribía, como siempre—. A mí me recordaba a una sonámbula. Yo ya casi no reconocía a mi propia hermana. Pero creí como un tonto que era por mí, porque también tenía que ir al campo de batalla.

Al entierro asistieron los tres juntos, caminaron con los demás empleados hasta el cementerio familiar formando una larga cola. El pastor abría la comitiva, detrás iban los que cargaban con el féretro de pesada madera de roble, luego la familia, los empleados y por último la gente del pueblo. Solo los señores pudieron acceder a la pequeña capilla del cementerio, donde el pastor Hansen pronunció el sermón. Todos los demás se quedaron fuera, a cielo descubierto, y oyeron el sermón a través de la puerta abierta de par en par mientras miraban por encima de las cabezas de los señores hacia el ábside, donde estaba el ataúd cubierto de flores, con dos grandes candelabros a cada lado. Más tarde lo sacaron y lo bajaron a la tumba que tenían preparada. El barón encargó la lápida cuando llegó la noticia de su muerte y la colocaron al día siguiente delante de la tumba reciente.

—Tendrías que haberla vigilado tú —dijo Karl-Erich, con un gesto de desaprobación—. Porque yo ya no estaba.

—Sí, debería haberlo hecho —repuso Mine—. Pero también tenía mis propias penas. Por la noche no dejaba de llorar por ti, temía no volver a verte en la vida. Y luego estaba Elfriede, la señora baronesa estaba preocupada por ella. Acudía sin cesar al cementerio y contaba que hablaba con su hermano Heini. Les daba miedo que la chica hubiera perdido la cabeza de la desesperación.

No, no notó nada extraño en Grete. Tampoco luego, cuando intentaba recordar las semanas posteriores al entierro, recordó nada alarmante. Hacía una buena temporada que estaba pálida y callada, y la alegría inicial se extinguió tiempo atrás. Se volvió dócil, obedecía a la madre de Mine en la granja Martens y ayudaba con las obligaciones del padre, que cada vez estaba peor. A la mansión solo iba cuando la requerían y se quedaba abajo, en la cocina, con la pequeña Karla, limpiaba la verdura y lavaba los platos. De hecho, bien pensado, a Mine le resultaba raro que no quedara nada del entusiasmo por los objetos bonitos y el trabajo fino de la mansión.

Una mañana a primera hora, tres días antes del primer domingo de Adviento, llamaron a la puerta de Mine en la casa del servicio. Era su madre. Solo llevaba el abrigo sobre el camisón y el viento le había arrancado el pañuelo de la cabeza al correr tan rápido.

—¡Ven conmigo! —la apremió. Solo aquellas dos palabras. Sin embargo, Mine comprendió al instante que había ocurrido alguna desgracia.

—¿Es papá? —susurró, afligida—. Espera, voy a ponerme algo.

Klaas Martens estaba muy enfermo en cama, cada día podía ser el último para él. No obstante, después de caminar rápido y en silencio hasta la granja Martens y subir los escalones, su madre no abrió la puerta de la habitación de matrimonio, sino la del cuarto de Grete.

Karl-Erich desvió la mirada.

—No hace falta que me lo cuentes otra vez —murmuró—.

Aún tengo la imagen en la cabeza, aunque no lo viera. La pobre se desangró. No quería tener un hijo ilegítimo y dejó que le dieran un brebaje. ¡Y que nadie haya acabado con el negocio de la vieja Koop, esa bruja! Cuántas almas infelices cargará en su conciencia. ¡Debería arder en el infierno hasta la eternidad! —Se limpió con la manga las mejillas húmedas y mal afeitadas y luego soltó un profundo suspiro de liberación. Ya habían terminado, habían explicado la historia desde el principio hasta su amargo final. Ahora Grete descansaría en su corazón durante un tiempo.

—La gente del pueblo no cerró la bocaza, ¿eh? —preguntó, y él mismo se contestó—. Pero no eran más que habladurías, nadie podía demostrarlo.

No, nadie podía porque Mine y su madre se ocuparon de ello.

Lavaron a Grete y le pusieron una camisa larga debajo del bonito vestido que llevaba cuando era verano y jugaba a la pelota en el jardín con Elfriede von Dranitz y el joven barón. Luego fueron a buscar al pastor Hansen y al doctor Schreiner de Waren, que expidió el certificado de defunción. «Pérdida de fuerzas», constaba como causa de la muerte y no era del todo mentira, ya que se desangró casi por completo. Cuando el martes la llevaron a su tumba, mucha gente acudió al entierro, incluso la baronesa y Franziska, y el convite de los invitados lo pagaron los señores.

—¿Ya estás contento? —preguntó Mine. Cada vez le costaba más escribir, tenía que dejar el lápiz con frecuencia y descansar un ratito para que se le pasara el cosquilleo que sentía en la mano derecha.

—Déjame leerlo de nuevo.

Le acercó las hojas con un gesto y se levantó para ir a buscar una botella de mosto fermentado. Necesitaba algo fresco, tenía la boca muy seca.

—Se quedó embarazada y no se lo confió a nadie —oyó que murmuraba Karl-Erich—. ¿Por qué no? Podría habérselo dicho a tu madre. O a ti. Aún mejor, a la señora baronesa. Nadie le habría cortado la cabeza. Al contrario…

Mine puso dos vasos sobre la mesa y tuvo que lidiar un rato con el cierre de goma de la botella antes de servir.

—Sí, bebe —dijo ella, y le acercó el vaso—. Lo pasado, pasado está, ahora tiene su descanso eterno.

Él bebió con avidez el zumo fresco, luego siguió leyendo y dejó las hojas, orgulloso.

—Tienes razón. Y lo has escrito bien, Mine. Entonces me voy. Van a empezar las noticias.

Mine lo ayudó a levantarse y le llevó el vaso al salón y luego una cerveza. Lo observó mientras se peleaba con el abridor, pero lo consiguió. Cuando ya no pudiera abrir una botella de cerveza, entonces estaría muy mal.

En la cocina, las hojas escritas seguían sobre la mesa, y durante un momento se sintió tentada de tachar el final y escribir la verdad. Pero no lo hizo. ¿Para qué, y más después de tantos años?

Lo cierto era que Grete ni siquiera estuvo en casa de la vieja Koop. Llevaba ya días sangrando, la madre de Mine se dio cuenta, y de noche tuvo un aborto espontáneo. Sin embargo, no fue eso lo que le causó la muerte, sino el largo cuchillo del pan que se clavó en el cuerpo. Aquella mañana, cuando Mine estaba con su madre frente a la difunta, ninguna podía explicarse semejante locura, pero ambas coincidieron en que nadie debía saber que Grete se había quitado la vida con sus propias manos. Todo el mundo despreciaba a los suicidas, que ni siquiera podían ser enterrados en el cementerio del pueblo. Por eso le quitaron el cuchillo del pecho y la arreglaron para que nadie lo notara. En efecto, el doctor Schreiner, que ya superaba los setenta años y era bastante corto de vista, pasó por alto la herida.

Más tarde, su madre y ella reflexionaron al respecto y dedujeron que tal vez Grete planeó quitarse la vida el mismo día del entierro del joven barón. Luego se dio cuenta de que estaba embarazada y no quiso matar también al niño que crecía en su interior. Tal vez incluso pretendía criarlo, ya que era el hijo de su amado, su legado. El desgraciado aborto le arrebató aquella última esperanza y acabó haciendo lo que tenía previsto desde el principio.

¿Ocurrió así? Tal vez. No era seguro, pero sí muy probable. Su madre y ella guardaron silencio, y así debía continuar.

Sonja

—Entonces, pasamos ahora a elegir la junta directiva.

Sonja miró al grupo de colaboradores y comprobó que de nuevo nadie la había escuchado. Había conseguido a duras penas que todos firmaran los estatutos que había preparado para la nueva asociación que iban a fundar, pero luego Tine Koptschik repartió los pasteles de Blancanieves que había llevado, de chocolate negro como el ébano, rellenos de nata y vainilla blancas como la nieve y guindas rojas como la sangre, y la conversación se desvió. Al fin y al cabo era domingo por la tarde y en el salón de los Pechstein, donde se reunieron, la mesita del café estaba puesta.

—¿Eso es aceite de coco con chocolate?

—No, cobertura de chocolate preparada. La compré en el supermercado.

—Tiene sus buenas calorías…

—Apenas lleva mantequilla, la mayoría es pudín.

Sonja le lanzó a Tine una mirada airada, pero no se dio por aludida. Si Tine podía deleitar a alguien con sus pasteles, era feliz. Sonja hizo otro intento.

—Según nuestros estatutos, la junta directiva estará formada por cuatro personas: presidente, vicepresidente, secretario y tesorero.

—Come un poco, Sonja —la animó Tine.

Mine cortó el trozo de pastel del plato de Karl-Erich en pedacitos para que pudiera cogerlos con el tenedor de postre. Sonja se resignó. Había que tener paciencia, tampoco Roma se conquistó en un día.

—Mientras podéis ir pensando en quién queréis proponer como presidente.

Kalle tragó medio trozo de pastel, se aclaró la garganta y afirmó que estaba muy claro.

—El presidente soy yo, ya estaba acordado, ¿o no?

—Yo te voy a proponer, Kalle —lo secundó Sonja—. Pero tienes que ser elegido de manera oficial. De lo contrario no vale.

Kalle se sentó en su butaca y miró al grupo con un gesto huraño.

—¡Si alguien tiene algo en contra, será mejor que lo diga ya!

Nadie contestó a aquel requerimiento; su madre, Gerda, lo animó con un gesto de la cabeza; Tine Koptschik se tomó el tercer trozo de pastel y Mine y Karl-Erich estaban de acuerdo en todo. De todos modos, solo habían acudido porque se lo pidió el señor Iversen poco antes de irse de viaje. Según él, para Sonja era muy importante.

—¿Tenemos que llamarte «señor presidente»? —preguntó Wolf con una sonrisa—. Creo que la megalomanía es una enfermedad grave. Además: ¿todo esto no es mucha pompa para dos cerdos y cinco vacas?

—Luego se añadirán otros animales —explicó Kalle—. Corzos y esas cosas.

Miró a Sonja en busca de una confirmación y ella asintió. Además de conservar especies amenazadas, como por ejemplo razas antiguas de caballo, sobre todo se trataba de acercar a los visitantes a la fauna autóctona, es decir, el venado, el zorro, el tejón, la marta y otros habitantes de bosques y pra-

dos. Sonja suspiró. ¿No lo había explicado todo con detenimiento antes? Sin embargo, Gerda Pechstein empezó a hablar
de su vecina, que se estaba separando, y aquello era mucho
más interesante, claro.

—La fauna autóctona ya corre por el bosque —comentó
Karl-Erich—. ¿Para qué hay que montar un zoo?

Tine puso en el plato de Mine el último trozo de pastel y
Gerda sirvió café.

—Pero ya no hay lobos, ni linces —aclaró Tine—. Tampoco gatos monteses.

—Un momento —intervino Kalle. Su tenedor de postre se
detuvo en el aire—. No querréis meter depredadores en el zoológico, ¿no? ¡No puede ser, se comerán a Artur y Susanne!

—Así es la naturaleza —bromeó Wolf—. El cerdo es un
proveedor de comida y el lobo...

—A lo mejor podríamos tener también gallinas y vender
los huevos —le quitó la palabra Gerda Pechstein.

A Sonja le daba la sensación de que la reunión se le estaba
yendo de las manos. Ya era hora de terminar con las formalidades.

—Yo haré de presidenta de la mesa electoral y escucharé
vuestras propuestas.

—Creo que también deberíamos ofrecer pollos asados
—propuso Gerda.

—Ahora elegimos la junta directiva —continuó Sonja,
alto y claro—. ¿Alguien tiene una propuesta?

Nadie dijo nada.

—Yo —intervino Kalle al cabo de un rato—. Me propongo a mí mismo.

—Muy bien —lo elogió Sonja—. Dado que no hay más
candidatos, elegiremos levantando la mano. ¿Quién está a favor de que Kalle Pechstein sea nuestro presidente?

No se ajustaba del todo a los estatutos, que establecían

que había que utilizar votos en papel, pero así era más rápido. Todos levantaron la mano salvo Wolf.

—¿Qué te pasa? —preguntó Kalle a su amigo, indignado.

—Yo me abstengo.

—¿Por qué?

—Porque es divertido. Antes, en la cooperativa agrícola, siempre tenía que levantar la mano, ahora me abstengo. Estoy en mi derecho.

—Cobarde. ¿Por qué no te abstuviste entonces? Te entró la cagalera. Pero conmigo...

—¡Está bien! —exclamó Wolf, y levantó la mano—. Solo era una broma.

—Una broma estúpida —masculló Kalle.

Sonja explicó alto y claro que Kalle Pechstein era elegido por unanimidad presidente de la Asociación Zoológico Müritz.

—Pasamos a elegir el vicepresidente —prosiguió—. Me propongo a mí misma.

—Todo son autopropuestas —comentó Karl-Erich con una sonrisa.

Sonja fue elegida vicepresidenta por unanimidad.

—¿Alguien quiere un licor de frambuesa? —preguntó Greta—. Es de antes de la reunificación.

—¡Ahora no! —repuso Sonja con vehemencia—. Cuando terminemos. Ahora elegiremos el secretario. Propongo a Tine Koptschik.

A Tine estuvo a punto de caérsele el termo de café del susto que se llevó con aquel supuesto honor.

—Pero yo... Dios mío... Yo no puedo...

—Sabes ordeñar mejor que escribir, ¿eh? —preguntó Karl-Erich, que se estaba divirtiendo de lo lindo con las elecciones.

—¡Por favor! —intervino Sonja—. Tine, ¿aceptas el nombramiento?

—Sí, claro… Pero no… no tan oficial…

—¿Quién está a favor de que Tine Koptschik sea la secretaria? ¡Manos arriba! —Sonja abrevió el procedimiento—. ¿Todos? ¿Tú también, Tine?

—Ni siquiera sé si yo…

—Entonces quedas elegida secretaria por unanimidad. Propongo a Gerda Pechstein como tesorera. ¿Alguien está en contra?

—¡Sí! —protestó Gerda—. ¡Yo! No quiero hacer nada que tenga que ver con el dinero. Si algo sale mal…

—¡Vas a aceptar ahora mismo, mamá! —ordenó Kalle con ímpetu—. Te lo ordeno como presidente. No me dejes ahora en la estacada.

Sonja sacó un pañuelo de papel del bolsillo de los pantalones y se limpió el sudor de la frente.

—Entonces, Gerda Pechstein es la tesorera. Así, la Asociación Zoológico Müritz tiene su junta directiva.

—¡Pero si ni siquiera hemos votado! —se indignó Gerda.

Sonja hizo caso omiso de su intervención y anunció que daba por concluida la asamblea constituyente y la junta directiva se ocuparía de presentar la nueva asociación en el registro de entidades del juzgado municipal.

—Todos los miembros recibirán un acta de la asamblea constituyente, tenéis que firmarla. La primera reunión de la junta directiva tendrá lugar en mi casa, estáis invitados.

Podría haberse ahorrado aquellas palabras, ya que Gerda se levantó de un salto y puso sobre la mesa varias botellas. Kalle sacó los vasitos de licor de la estantería de la pared. Además del licor de frambuesa al que habían aludido, había licor Köm, Nordhäuser Korn, licor de menta verde y vodka ruso.

—Entonces, ¡salud!

—¡Por el Zoológico Müritz!

—Por nuestra junta directiva. ¡Por Kalle Pechstein!

—Puedes llamarme presidente, Sonja. —Kalle hizo un gesto campechano al grupo y se permitió un vodka.

Sonja se puso en pie con una sensación que era más que una leve angustia. Esperaba que todo saliera bien, aunque sus colaboradores no parecían tomárselo muy en serio. Sin embargo, ella se encargaría de arreglarlo. Hasta entonces había logrado todo lo que se había propuesto.

—Me voy —se despidió. Los demás brindaban entusiasmados mientras ella salía de la casa hacia su coche.

Ya estaba en la carretera hacia Waren cuando se le ocurrió que podía pasar a ver el terreno de los prados del que no tenía del todo claros los límites. Giró por un camino rural y recorrió traqueteando campos en desuso llenos de malas hierbas y cardos que no se cultivaban ni en otoño ni en primavera. Era una lástima, pero por lo que decían, tenían que arrendar los terrenos. Solo les cabía esperar que no se instalara allí ninguna empresa con sus horribles almacenes o algo parecido. Si la baronesa hubiera sido eficiente, habría arrendado aquellos terrenos que antes pertenecían a la mansión para impedir semejante deformación del paisaje. Pero solo se dedicaba a su mansión y no pensaba ni un centímetro más allá. Se indignó con la idea del refugio de animales, pero no se le ocurría que alguien pudiera ponerle delante de las narices un lucrativo almacén con unas apestosas instalaciones para criar cerdos.

En la linde del bosque tuvo que parar el coche y seguir a pie. Se llevó la cámara y salió dando zancadas. Disfrutó de la espesa maleza, se detuvo en el borde del camino para admirar las flores de color blanco verdoso de una planta de satirión y respiró hondo para comprobar si ya olía a setas. Las jóvenes ardillas pasaban como flechas por las ramas, y allí donde el prado ya brillaba entre los troncos un aplicado pájaro carpintero estaba manos a la obra. Qué tranquilidad, no se oían más que los sonidos de la naturaleza: el canto de los pájaros; el silbido del viento, poco más que un leve susurro entre los árboles; el murmullo y el borboteo del riachuelo que serpenteaba entre el bosque y los prados. Iba a rodear aquel paraíso con un muro para crear un pequeño jardín del Edén, tal y como soñaba de niña. No pretendía ni más ni menos.

Fotografió los dos edificios de la vieja almazara que había aguantado el paso de los años de un modo asombroso. En 1873 algún Dranitz detectó el valor de mercado del aceite vegetal y construyó el molino junto al arroyo. Procesaban hayucos, cáñamo, frutos secos o girasoles, pero por lo visto tras la Primera Guerra Mundial el negocio ya no valía la pena, la almazara cayó en desuso y se desmoronó.

Para los niños del pueblo era un lugar maravilloso para jugar a aventuras, ya que la entrada se hallaba asegurada con una cadena oxidada que solo había que quitar. El interior estaba a oscuras, porque las ventanas estaban tapiadas con tablones, y Sonja recordaba haber vivido muchas pruebas de valor allí. No estaba exento de peligros, pues generaciones de ratones habían devorado las vigas por las que trepaban. Solo las dos piedras de molino redondas y rojizas situadas a derecha e izquierda de la barra aguantaban a todos los escaladores. Descansaban en una enorme tina de acero donde antes se almacenaban los frutos del aceite.

Cuando las pesadas piedras se ponían en movimiento, los frutos eran aplastados hasta convertirse en una pasta de aceite espesa y marrón que más tarde se calentaba y se pasaba por distintos filtros para a continuación convertirlo en un líquido más o menos claro. De ello eran testigos las numerosas tinas metálicas que había por todas partes. También estaba el gran horno, pero la salida estaba obstruida por el nido construido hacía años en la chimenea por una pareja de cigüeñas. Por desgracia, el nido también estaba abandonado y de momento no había acudido ninguna pareja nueva, aunque tal vez se les podía dar un empujoncito.

Sonja hizo una fotografía de la vieja rueda de molino, que seguía en su sitio, pero estaba demasiado arriba para sumergirse en el curso del río. Era evidente que entonces el agua estaba más alta, no había otra explicación. Fotografió profusamente el entorno, sobre todo el terreno de prados al otro lado del arroyo, pues no sabía con precisión si pertenecía a aquella parcela o a la siguiente. Bueno, cuando fuera arrendataria reclamaría el prado, sin más.

—¿Hola? ¿Puedo preguntarle algo? —oyó de pronto una voz por detrás y se estremeció del susto. No había oído llegar al hombre. Estaba en la linde del bosque y le hacía señales. Era un tipo alto con un abrigo oscuro, con un montón de cadenas de color verde claro en las perneras de los pantalones. Cuando se acercó, Sonja vio que rondaba los cincuenta años, sin duda del Oeste, a juzgar por la ropa cara que llevaba.

—Espero no haberla asustado…

—Sobreviviré —contestó sin mucha amabilidad, pero él no se dejó amedrentar y señaló con una sonrisa la cámara de fotos.

—Estaba fotografiando esta preciosa construcción antigua, ¿es un molino?

—Antes era una almazara, pero hace tiempo que no está en funcionamiento. ¿En qué puedo ayudarle? ¿Se ha perdido?

El hombre dirigió una mirada a los prados, el arroyo y los límites del bosque que le hizo pensar a Sonja que estaba grabando en la memoria el entorno. Maldita sea. Seguro que era un especulador. Lo que le faltaba.

—En cierto modo —reconoció él, apocado—. Estoy un poco desorientado. Por aquí cerca está la antigua mansión Dranitz, ¿verdad?

Sonja asintió.

El hombre aguardó en silencio unos segundos. Era obvio que esperaba más explicaciones, pero al ver que Sonja seguía con sus respuestas lacónicas, insistió.

—¿Está muy lejos?

Ella se encogió de hombros.

—Media hora a pie.

—Ah —dijo él, y miró el bosque—. ¿Y en coche? He parado ahí detrás, en una pista forestal.

—Entonces tiene que volver a la carretera y luego a la izquierda. Son cinco minutos.

Aquello ya le gustó más. A Sonja le pareció que ese hombre no estaba interesado en dar un largo paseo por el bosque. Tenía un plan, lo notaba. ¿Qué hacía en Dranitz?

—Es un paisaje maravilloso —siguió él—. Y hay numerosas estructuras de edificios bonitos y antiguos. En el Oeste ya no los tenemos. Esta zona es un tesoro. Palacios, mansiones, villas, antiguos castillos…

Ahora quedaba claro. Aquel tipo era un tiburón inmobiliario del Oeste. De los que compraba barato, reformaba y volvía a vender caro, muy caro.

—Todo esto pertenece a la mansión, ¿verdad? —preguntó, al tiempo que hacía un movimiento amplio con el brazo.

—No —replicó Sonja—. Pertenece al fideicomiso, que ha arrendado la tierra.

—Ah —dijo, y asintió—. El fideicomiso. Es verdad.

Sonja se hartó. ¡No era una oficina de información! Y mucho menos para alguien así.

—Ahora tengo que seguir. Buenos días, señor…

—Strassner —se presentó él—. Simon Strassner, de Berlín.

Sonja hizo un gesto con la mano y se marchó.

Ulli

Karl-Erich era incapaz de dejarlo. Recortaba todos los artículos sobre el astillero estatal de Stralsund del *Nordkurier*, examinaba también el *Ostsee-Zeitung* al que estaba suscrito Helmut Stock y cada tres semanas enviaba un sobre grueso a Bremen para que Ulli también estuviera al día. En realidad tendría que haberlo tirado a la papelera, pero era incapaz. Tal vez era por simple curiosidad. O porque en el fondo se trataba de un pedazo de su hogar. Así que leía, se enfadaba, se indignaba y siempre llegaba a la conclusión de que la prensa solo publicaba tonterías.

Seis mil millones de dinero de los impuestos para los astilleros del Este y tres mil millones más para que fueran competitivos. ¿Quién se lo podía creer? Como mucho sus colegas de Vulkan, en Bremen, que hacía poco se quejaban de que todo el dinero de los impuestos iba a parar al Este y allí era absorbido por las empresas en ruinas mientras ellos en el Oeste tenían que aguantar que la competencia internacional les hiciera frente.

Ulli les llevó la contraria en un par de ocasiones. Dijo que había que pensar que los astilleros del Oeste hacía años que se habían consolidado en el mercado internacional, mientras que los del Este trabajaban con unas condiciones muy distintas y tenían que transformarse. No obstante, solo algunos de sus colegas se mostraron comprensivos; la mayoría consideraban que el Este era un pozo sin fondo, que los de ese lado solo pretendían cobrar y luego poner los pies sobre la mesa, como antes. Uno llegó a decir que si por él fuera, podían volver a levantar la frontera, y no pocos hicieron un gesto de aprobación con la cabeza.

Aquello ocurrió en la pausa del mediodía en la cantina. Ulli cogió su bandeja y se levantó para sentarse en otra mesa. Desde entonces iban con más cuidado, solo criticaban la economía en ruinas del Este a sus espaldas, pero el ambiente en la oficina de planificación donde trabajaba no mejoró mucho. Si bien es cierto que antes tampoco había mucho compañerismo ni espíritu de equipo. En el Oeste era muy distinto que en casa, donde al final todos se unían y también pasaban juntos el tiempo libre. Aquí faltaba el factor humano. Después de trabajar cada uno se iba corriendo por su lado y hacía sus cosas. De no haber tenido el equipo de remo, sus fines de semana habrían sido muy tristes.

En la asociación encontró a unos cuantos buenos amigos. También había chicas, pero ninguna que le gustara de verdad. Le permitieron entrar en el equipo cuando comprobaron que tenía una buena brazada, acabó muy bien en dos carreras. En la asociación se sentía a gusto, lo apreciaban, pertenecía a un grupo y al llegar siempre lo saludaban con cariño. Sin embargo, ahora llegaba el otoño y luego el largo invierno y, si no podía entrenar, tal vez se vería apartado.

Con todo, en general no tenía motivo de queja. No se ganaba mal la vida y podía ahorrar algo porque no gastaba mucho. A sus amigos de Stralsund no les iba tan bien. El astillero estatal tenía que «sanearse», decía el *Ostsee-Zeitung*, lo que significaba que poco a poco habían ido despidiendo a dos tercios de los trabajadores.

En el *Nordkurier* decían que el fideicomiso vendería el astillero en breve. Bueno, en realidad eso era de esperar. Los noruegos estaban interesados, y también la compañía naviera Jahre, de Oslo. Sin embargo, lo más seguro era que solo quisieran lanzarse al cuello de la competencia, ya que también construían barcos pesqueros de arrastre. La Bremen Vulkan también estaba interesada. Por lo visto querían comprar medio Este, porque hicieron una oferta por Rostock y ya tenían el ojo puesto en Warnemünde.

Ulli dejó a un lado el artículo de prensa con un gesto de desesperación y se fue a la cocina a prepararse un bocadillo. Mientras sacaba de la nevera la mantequilla, la salchicha y los pepinillos, pensó que seguro que Karl-Erich y Mine esperaban que la Bremen Vulkan se llevara el gato al agua. Así, según ellos, Ulli podría volver a ser contratado en Stralsund.

Tal vez no fuera ninguna tontería. Llevó la comida al salón. Le molestaba que la cocina de su piso fuera tan pequeña. No entraba ni una silla, había que llevarlo todo a la sala grande y comer en la mesa del salón. Era poco práctico e incómodo, echaba de menos la cocina de Mine y la mesa con el mantel de hule donde tantas veces había comido. Sí, se sentía solo. Tal vez aún no hubiese superado la separación de Angela. Pese a todo, había algunos remedios: podía encender el televisor o leer el periódico. Además, había comprado algunos libros a los que debería echarles un vistazo; a fin de cuentas costaban dinero.

Rellenó dos rebanadas de pan con salchicha y queso, añadió unas cuantas rodajas de pepinillo y cerró el bocadillo. Luego cogió uno de los libros de la estantería, un relato en primera persona de la última noche en el *Titanic*, lo abrió y agarró el marcapáginas que cayó volando. Se dio cuenta demasiado tarde de que de nuevo se había engañado. Dio la vuelta a la postal en la mano. En realidad, hacía tiempo que quería tirarla a la papelera, pero la fotografía se lo impidió. Al menos creía que era por la fotografía. Waren an der Müritz en la época de la RDA. Así era en su infancia: una cafetería, una pescadería, el Konsum, un quiosco con recuerdos, revistas y bebidas. Construcciones de paredes entramadas. Delante aparcaban coches, sobre todo Trabants. No había ni un solo coche occidental. Nostalgia absurda. Sentimentalismo. La soledad no le sentaba bien, no le gustaba pasarse la tarde solo con un bocadillo en el salón.

Giró de nuevo la postal y leyó el texto. Notó un cosquilleo. No, no debía imaginarse nada porque le hubiera escrito. Ella era así, coqueteaba con uno y con otro, y por tanto también con él. Encima quería terminar el bachillerato. Lo cierto era que no la creía capaz de algo así. No obstante, primero había que ver si lo conseguía. Sí sabía dictar grandes sentencias. Sin embargo, el bachillerato a distancia no era ninguna nimiedad. Bueno, ella sabría lo que hacía. Y él también. Seguro que no iba a «pasar a verla», no tenía ningún motivo para hacerlo. Aun así, era un detalle que se lo pidiera. Tal vez podría… Por supuesto, solo si se daba la situación… Si llevaba a Mine y Karl-Erich a la mansión y subía con ellos cinco minutos… Y así podría volver a ver a Falko. ¿Aún lo conocería?

Volvió a guardar la postal en el libro y lo cerró. No podía ser tan blando. A veces, de pequeño echaba de menos su casa cuando estaba de campamentos, era normal y no duraba demasiado. Ahora era un hombre adulto, no había excusa para aquellos arrebatos infantiles. Dejó el libro en la estantería, fue a la cocina a buscar una cerveza de la nevera y decidió no leer, sino ver la televisión. Se acomodó en el sofá con la cerveza en la mano.

«¡Quítate los zapatos!», oyó en su cabeza la voz de Angela.

«Ya me conoces», pensó, y se dejó los zapatos puestos.

Era su sofá, le pertenecía a él solo, y si había manchas, eran sus manchas. No le incumbía a nadie más.

En la televisión solo había basura. Fue cambiando de canal, acabó en medio de una película policíaca, vio los últimos cinco minutos de un programa sobre Nigeria, topó con un concurso de preguntas y siguió hasta la NDR, que informaba de una retención en la autopista. De pronto cayó en la cuenta de que aún llevaba los folletos en el maletín. Se levantó deprisa, fue a buscarlo al pasillo y dejó los folletos sobre la mesa.

Aquel año tenía derecho a diez días de vacaciones y le aconsejaron cogerlas pronto para que no coincidieran con las de otoño, cuando las pedían los empleados con familia. Así que decidió disfrutarlas en septiembre y después del trabajo pasó un momento por la agencia de viajes.

—¿Diez días? ¿Al sur? —le preguntó la empleada.

—Sí. España o Italia. También puede ser Francia. O Grecia, Tenerife…

La joven empleada tenía un aire exótico que le gustó mucho. El cabello negro y liso, los ojos rasgados, un poco en diagonal, la piel morena. ¿México? ¿Sudamérica? ¿Cuba? Su imaginación daba saltos. En realidad ¿qué le impedía volar a Estados Unidos? Podía permitírselo. Era libre.

—Le daré unos cuantos folletos —le ofreció la mujer en un perfecto alemán—. Esto son viajes en autobús, pero también puede viajar en tren o con su propio vehículo.

—¿Y en avión?

—También es una opción, pero entonces necesitamos otros folletos. ¿Cuándo le gustaría partir?

Aquello era demasiado concreto para él. Le aclaró que solo quería informarse, pero que aún no tenía una fecha concreta. Le dio las gracias por los folletos, los metió en su maletín y se fue a casa. ¿Y si se subía al coche sin más y partía sin rumbo? Siempre hacia el sur. Hasta los Alpes, y luego por el paso del Brennero. Al mar. Podía dormir en el coche. O alquilar una habitación para una noche en algún sitio. Libre como un pájaro. No saber dónde iba a acabar al día siguiente. Distancias infinitas. Fantástico.

Ordenó los folletos y los dejó uno al lado del otro sobre la mesa. Observó las fotografías, cogía un folleto u otro, lo hojeaba, lo arrojaba al sofá y cogía otro. ¿Por qué en todos aparecían parejas felices? Posaban frente a cataratas relucientes, cogidos de la mano o sentados en mesas decoradas con velas en un restaurante, brindaban con copas de vino tinto y se miraban a los ojos. Paseaban por bazares, contemplaban especias exóticas, alfombras, anillos de oro... y siempre irradiaban aquella completa felicidad de viajar en pareja. ¡Era para vomitar!

Indignado, barrió los folletos de la mesa e intentó coger el mando a distancia que se había quedado debajo, pero este salió volando sobre la alfombra del suelo y desapareció debajo de la estantería. Ulli se levantó, se tumbó en el suelo e intentó recuperarlo, aunque resultaba difícil, porque la mano apenas le cabía entre el estante y la alfombra. Justo cuando llegó a tocar esa cajita negra, sonó el teléfono. Quizá era Mine. Esperaba que no hubiera pasado nada. Acercó el mando a distancia, pero se le resbaló de los dedos.

—¡Mierda!

El teléfono seguía sonando.

Se levantó de un salto, se dio en la cabeza con la mesa y cogió el auricular.

—Schwadke.

Nada. A lo mejor ya habían colgado. La gente no tenía paciencia. Ya iba a colgar de nuevo el teléfono, resignado, cuando oyó un gemido.

—¿Hola? ¿Quién es? —dijo al aparato, preocupado.

Alguien tosió. Se oyó una respiración ronca. Sonaba más

a hombre que a mujer. Le dio miedo que le hubiera pasado algo a Karl-Erich. Ya había sufrido un infarto.

—¿Karl-Erich? ¿Hola? ¿Me oyes?

Al otro lado de la línea alguien se aclaró la garganta. Sin duda un hombre, pero no Karl-Erich.

—¿Klaus? ¿Eres Klaus? —gimió una voz de anciano.

—¡No, se ha equivocado!

Ya iba a colgar cuando oyó su nombre.

—¡Ulli! Siempre me confundo. Ulli Schwadke. Eres tú, ¿no? —El hombre al otro lado de la línea tosió con dificultad.

—Sí, soy yo.

Poco a poco cayó en la cuenta de quién estaba al habla. Madre mía, pero si estaba enfermo. De la próstata, si no recordaba mal. ¿O era otra cosa? Aquello sonaba más a una bronquitis fuerte, incluso a neumonía. Debía de encontrarse muy mal.

—¿Dónde estás, Max? ¿Estás en casa de tu hija, en Berlín?

—¿En casa de Elly? —Otra tos—. No, me he peleado con ella. Estoy aquí.

—¿Aquí, dónde?

—Bueno, aquí, en mi casa. ¿Dónde iba a estar? Alguien tiene que cuidar de Hannelore y Waldemar.

Ulli reflexionó un momento, luego recordó que hablaba de los dos gatos. Así que Max estaba en su casa, en el Müritz. Aquello no era bueno. En su estado, necesitaba un hospital con urgencia.

—¿Tienes a alguien que te haga la compra? ¿Que te cocine? ¿El médico va a verte?

Max hizo un ruido intenso, era evidente que se estaba sonando la nariz.

—No necesito médicos. Aire fresco y tranquilidad, esa es la mejor medicina. Escucha, Ulli. Tengo que enseñarte algo.

Viejo testarudo. No deja que se le acerque nadie, por muy

mal que se encuentre. ¿Por qué no se ocupaba su hijo por lo menos de él, si ninguna de las hijas iba a verlo?

—Tengo que enseñarte algo importante, Ulli —insistió con voz ronca al auricular—. Porque ahora todo esto te pertenece. Y porque soy el único que lo sabe. Cuando ya no esté, Klaus, nadie lo sabrá, por lo menos no mis hijos. Así que ven lo antes posible. Puede ser que yo ya no llegue y luego sea demasiado tarde.

Ulli soltó un largo suspiro. ¿En qué momento se le ocurrió quedarse con su terreno junto al lago en Ludorf?

—Con calma, Max —dijo despacio para que el anciano también lo siguiera—. Trabajo, y no puedo irme sin más, ¿lo entiendes?

Se oyó un resuello al otro lado de la línea.

—Pero el fin de semana sí puedes —insistió Max—. No se tarda mucho y es importante. Tienes que venir sin falta, antes de que cierre los ojos para siempre. Alguien tiene que saberlo…

¿Qué secreto quería desvelarle? ¿Tal vez había una fuente de petróleo bajo el terreno? A Ulli le dieron ganas de reír. Ulli Schwadke, el millonario del petróleo del Müritz. ¿Por qué no? Angela se mordería las uñas de la rabia si se le escapaban los millones. No obstante, la belleza de la naturaleza virgen de la región se perdería para siempre.

—En dos semanas tengo vacaciones, entonces podré pasar un momento. Pero solo un momento, quiero descansar unos días. En Italia o Grecia.

—¿En dos semanas? Bien, Klaus, tú ven, a poder ser hacia las tres de la tarde, así podremos tomar un café. —Colgó.

Ulli se quedó mirando el auricular un momento, pensativo. Luego lo colgó del gancho, soltó un profundo suspiro y sacó una regla larga del maletín para poder sacar el maldito mando a distancia. Sin embargo, ya no podía concentrarse en la televisión, su mente volaba sin cesar hacia Max Krumme y su secreto.

Dos semanas después subió al coche y condujo hacia su casa. Tiró todos los folletos a la basura, cogió una bolsa con ropa y otra con provisiones. Antes de partir compró un mapa de carreteras de Europa y retiró un poco de dinero del banco. Al final, la idea que más le atraía era la de dejarse llevar. Sin embargo, como había prometido, primero tenía que llamar a Max Krumme. Sintió un sincero alivio cuando lo oyó toser. Así que seguía vivo, y no parecía estar peor en general.

—¿Todo bien, Max?

—¡Ay, Klaus! Todo estupendo, dadas las circunstancias. ¿A las tres? Prepararé café.

—No te molestes, Max. Hasta luego.

Quería pasar la noche en casa de los abuelos y continuar su viaje a la mañana siguiente. Nada de visitas. Y mucho menos «pasar» por la mansión. No tenía tiempo para aquello. Planeó una ruta que lo llevaría de Dranitz por Magdeburg y Erfurt hasta Frankfurt, luego quería bajar hacia Friburgo y pasar a Suiza. Recorrer unos cuantos lugares bonitos, con suerte conseguir alojamientos a buen precio, luego llegar al Rin, una curva por Alsacia y luego subir de nuevo en dirección a Bremen. Lo principal era que su viejo Wartburg aguantara el viaje y no le diera disgustos, pero de momento su coche estaba demostrando ser de una extrema eficacia. Solo tenía que ir con cuidado al repostar; ponía gasolina súper y añadía una pequeña parte de aceite. Daba buen resultado.

Llegó a Waren hacia las dos y media. Aparcó el coche y caminó por el casco antiguo hasta el puerto, donde contempló el lago, que se extendía ante él como un mar azul y silencioso. Hacía un tiempo fantástico para remar, pero la mayoría iba con patín a pedales y pequeños barcos a motor.

Ulli respiró hondo y regresó a su Wartburg para ir a Ludorf. Una promesa era una promesa. Aunque no fuera a salir nada bueno de ella.

Lo primero que vio al llegar al aparcamiento fue una caja marrón, de unos dos metros y medio de alto y varios metros de largo, que se bamboleaba junto al embarcadero, en el agua. Se quedó un momento sentado en el coche, mirando fijamente aquella rareza que guardaba cierto parecido con el arca de Noé. Era evidente que se trataba de una balsa, con un montaje de madera en forma de caja, un espacio cubierto con asientos en la parte de delante y… ¿aquello era un timón?

Decidió salir a observar con más detenimiento aquella peculiar construcción, pasó junto al quiosco que se desmoronaba hacia el agua y entró en el embarcadero. Contempló confuso la caja de madera en el agua, que con toda seguridad pretendía ser una casa flotante. Había ojos de buey por los que se veía el interior y, si se ponía de puntillas, se distinguía una especie de sofá cama, al lado una cocina americana empotrada con lavamanos y fogones a gas. ¡Había de todo! ¿Por fin Max Krumme tenía visita? ¿De su hija de Berlín? ¿Había llegado hasta allí con aquella caja de madera por la vía fluvial del Müritz al río Havel? Era factible, si el tiempo acompañaba…

—¡Ahí estás! Bueno, ¿qué dices?

Max estaba en la entrada de su jardín, saludando entusiasmado. Ulli saltó a toda prisa del embarcadero a la orilla para correr hacia el anciano y ayudarle, convencido de que iba a caerse dada su aparente debilidad, pero no fue necesario. Max Krumme arrastraba un poco los pies por el nervio ciático, pero por lo demás no parecía tener problemas. Se le veían las orejas respingonas y rosadas bajo el sol vespertino.

—Es fantástico, ¿eh? Un amigo lo construyó para mí. Le dibujé con precisión cómo quería que fuera el arca.

Ulli lo miró desconcertado.

—¿Eh… esa arca es tuya? —preguntó con cautela.

—No —dijo Max—. Es de los dos. Y cuando yo ya no esté, será solo tuya. Así lo he especificado en mi testamento.

Ulli guardó silencio. Primero tenía que digerirlo.

—Ven, Klaus —le exigió Max—. Te lo enseñaré todo.

Entró en el embarcadero, acercó más la oscilante casa flotante y, antes de que Ulli pudiera darse cuenta, ya había subido a la cubierta. No con mucha elegancia, pero sí con habilidad.

—Pasa. Ten cuidado, no te des un golpe en la cabeza. El colgadizo es un poco bajo para los jóvenes altos. —Sacó un manojo de llaves del bolsillo de los pantalones y abrió la puerta del camarote. Detrás había un espacio rectangular con un sofá cama y una mesa de madera, cocina, armario, y en la popa había incluso un retrete con ducha que se podía cerrar. No había accesorios superficiales, pero estaba bien pensado—. Tiene un motor de fuera borda con hélice. Cinco caballos de potencia.

—¿Cinco caballos?

Max asintió, orgulloso.

—No es un yate. Hasta el más tonto puede navegar con él. Marcha adelante y marcha atrás. Hélice de proa para atracar.

Ulli se enteró de que Max había pagado aquella fabulosa embarcación con el dinero que le dio por su terreno.

—No todo. He reservado lo suficiente. Chico, ¡cómo me alegro de que por fin hayas venido! Espera, voy a buscar la cafetera y la botella… —Saltó la barandilla, ágil como el duende que presagiaba los naufragios, y regresó cojeando hasta su casa.

—¡Eh, Max! ¡También puedo ir a buscarlo yo! —le gritó Ulli.

—Ahora mismo vuelvo. Pon las tazas de café en la mesa.

Ulli lo siguió con la mirada y vio cómo avanzaba presuroso hacia la entrada del jardín y desaparecía en la maleza. Poco a poco fue entendiendo que Max Krumme no estaba tan enfermo como creía. Por los brincos que daba, casi diría que se encontraba muy bien. Además, hasta ese momento no había tosido ni una sola vez. ¿Acaso el anciano lo había engañado? Volvió al camarote con un gesto de desaprobación y buscó tazas. Las encontró en el armario de pared que había encima de la cocina y las dejó en la mesa. El mobiliario estaba bien pensado. La mesa se podía plegar y se convertía en cama si ponían encima la capa de gomaespuma del sofá cama. Como en la caravana de un amigo de la asociación de remo.

—¡Cógelo, Klaus! —Max estaba en el embarcadero, con la cafetera en una mano y en la otra una botella de champán.

—¡Me llamo Ulli!

—Muy bien. El café es para nosotros. El champán para el bautizo.

¡Quería bautizar el arca! A Ulli, que ya estaba bastante enfadado con el anciano, de pronto la situación no le hacía ninguna gracia. ¡Él, Ulli Schwadke, era propietario de media arca de Noé! Una balsa con motor fuera borda de cinco caballos, nada menos. Si alguien se lo hubiera dicho aquella mañana, lo habría tomado por loco.

Hizo lo que le pidió, dejó la cafetera en la mesa junto a las tazas y saltó con Max al embarcadero para bautizar con él la embarcación.

—¿Cómo lo vamos a llamar? —preguntó Max.

—Pensaba que ya tenías un nombre preparado.

—Es cierto, pero tú también puedes opinar, Klaus, eh, Ulli. También es tu barco.

Ulli se encogió de hombros. No tenía mucha imaginación para esas cosas.

—Gertrud —propuso él. Era el nombre de la mujer de Max.

Max negó con un gesto de la cabeza.

—No, eso me entristece. ¿Qué te parece Mücke?

Vaya, al parecer Mine estaba detrás de eso. Debería habérselo imaginado. Su abuela participaba en el complot. Por supuesto, lo hacía con buena intención, era evidente. Sin embargo, no dejaba de ser insidiosa.

—No —lo rechazó con vehemencia—. Me gusta más Mine.

Max Krumme movió la cabeza y luego dijo que Mine le parecía bien. Le dio la botella de champán a Ulli.

—Hazlo tú. Tienes el brazo más largo.

Ulli estuvo de acuerdo. Max se aguantaba bien de pie, pero con esa acción el propio impulso podía lanzarlo de la pasarela al agua.

—¡Te bautizamos con el precioso nombre de *Mine* y deseamos que siempre tengas un buen viaje!

El champán formó mucha espuma cuando la botella se rompió. Ulli se dio cuenta demasiado tarde de que la arena se había llenado de esquirlas de cristal. Vaya, ahora tendría que recogerlas.

—¡Suelta los amarres! —gritó Max—. ¡Sube a bordo antes de que zarpe sin ti!

Aquel viejo testarudo quería hacer el viaje inaugural. Ulli accedió. Podían dar una pequeña vuelta, el Müritz estaba liso como un espejo, se veían piragüistas, y al fondo un velero que no acababa de avanzar porque apenas había viento.

—No es precisamente alta mar —bromeó mientras Max zarpaba. Poco a poco el *Mine* se fue deslizando hacia atrás, espantó a una bandada de patos que nadaban junto a la orilla y luego avanzó con toda la parsimonia hacia el centro del lago. El barco se balanceaba con más fuerza de la prevista, así que Ulli tuvo que sujetar rápido la cafetera. Más tarde se sentaron bajo el refugio de la proa, tomaron café y Ulli probó el timón.

—Un barco pesquero de arrastre es algo muy distinto, claro —comentó Max en tono profesional.

—Y una lancha torpedera también.

—Tampoco es un crucero.

—No, no hay camas suficientes para eso.

Ulli soltó una carcajada. El anciano tenía sentido del humor. No se había dado cuenta hasta entonces. Estuvieron bromeando, abrieron dos latas de sopa de *gulasch*, las calentaron en los fogones de gas y las tomaron a cucharadas en su sitio en la proa. De vez en cuando tenían que avisar a un piragüista despistado pero, como iban tan lentos, en ningún caso podía resultar peligroso.

—Iríamos más rápido con una vela —reflexionó Max.

—Pero solo con viento.

—Sin viento se puede remar.

Ulli sonrió. El lago estaba bonito, el agua brillante, el cañizo de la orilla, los árboles que se reflejaban en la superficie oscura. Tal vez podrían navegar hasta el Kölpinsee y luego seguir por el Fleesensee, Malchower See, Petersdorfer See hasta el Plauer See. Dejarse llevar tranquilamente. Atracar por la tarde en algún sitio, ir a cenar, dormir en el barco… La idea era tentadora. ¿Quién le obligaba a ir a Suiza? A atravesar los Alpes. Maltratar su pobre coche.

Max levantó las dos botellas de cerveza que había junto a una cuerda atada a la barandilla para refrescarlas en el lago.

—¡Por nuestra empresa de alquiler de botes! —exclamó—. Casas flotantes y yates motorizados. Eso es el futuro, Ulli. Mira, ya tengo los planos de construcción para el nuevo embarcadero. Y el cobertizo tiene que ir fuera, ahí va un quiosco de refrescos.

—¡Eh, poco a poco! —Ulli se inclinó hacia delante para brindar con Max. ¡Qué chiflado!

—¡Nada de eso! —exclamó el anciano—. Ya he encargado dos de esas casas flotantes. Además, tengo un amigo que me va a conseguir un yate motorizado. Es de segunda mano, pero lo arreglará. ¡El año que viene en primavera empezamos, Klaus!

—Me llamo Ulli.

—Ulli, quiero decir.

Max sonrió, satisfecho, y bebió un gran trago de cerveza. Ulli no creyó ni una palabra de lo que decía, pero se propuso no quitarle el ojo de encima al anciano. Para que no hiciera tonterías.

Jenny

—Hola, muchacha. Aquí tiene un buen paquete para usted, lo de la escuela a distancia, un montón de facturas y una postal de Munich, de su abuela.

Jenny cogió el correo y le dieron ganas de darle una patada al cartero en su enorme trasero. Aquel tipo era imposible. Aparcaba su vehículo de correos amarillo delante de la mansión y luego se quedaba como mínimo diez minutos sentado en el coche para estudiar su correspondencia. Y cuando por fin sacaba sus cien kilos del coche, pasaba por alto el buzón que había al lado de la puerta y llamaba para entregarle personalmente las cartas con una sonrisa elocuente. Como si no tuviera otra cosa que hacer que bajar corriendo la escalera para oír sus bobadas.

—Qué bien que clasifique mi correo —respondió, mordaz—. Me ahorra mucho trabajo.

—No hay de qué, señora Kettler, lo hago encantado.

Era sordo a las insinuaciones suaves, así que tendría que disparar toda la artillería por mucho que la abuela insistiera en aconsejarle que no hiciera enfadar al cartero bajo ningún concepto. Al fin y al cabo, había que llevarse bien con la gente.

—¿Por qué no paga usted mis facturas? Eso sí que sería un servicio fantástico —propuso.

El cartero soltó una enorme carcajada. La barriga se le movía tanto que a Jenny le dio miedo que el cinturón no aguantara.

—Sí, la señora Kettler siempre con una broma en la punta de la lengua. ¿Cuándo inaugurará entonces el hotel? Para poder reservar la suite presidencial... —Se daba golpes en el muslo de la risa.

Ya se le acabarían las bromas. Y también a la gente del pueblo, que abría sus bocazas para hablar de su futuro hotel balneario. «Ya veréis —pensaba—. Cuando dé trabajo, estaréis todos en el patio haciendo cola.»

—Pues tendrá que darse prisa —repuso ella y se colocó el montón de cartas bajo el brazo—. Porque ya tenemos solicitudes. Helmut Kohl vendrá con Hannelore.

Se la quedó mirando un instante, incrédulo, y luego se echó a reír. No por mucho tiempo, hasta que vio al perro que se acercaba desde el terreno de Kalle hacia la mansión.

—Bueno, me voy. No se enfade, señora Kettler. ¡Hasta mañana!

Volvió a colocarse tras el volante justo a tiempo, cerró la puerta del conductor y arrancó el motor. Falko corrió un tramo detrás del vehículo mientras ladraba enfadado.

—¿Qué, sinvergüenza? —Jenny le acarició el cuello lanoso—. Pasa. La pequeña Julia te echa de menos.

Echó otro vistazo a la carretera. Esperaba a los de la calefacción, pero no se veía ninguna camioneta roja y amarilla. ¡Mierda! Tenían una calefacción nueva, pero no funcionaba. Malhumorada, subió la escalera. Arriba, se sentó a la mesa del comedor, donde estaba esparcida la documentación de la escuela a distancia. Ya le costaba mucho esfuerzo mantener todo en funcionamiento, ocuparse de su hija y además hacer los deberes que le exigía la escuela para admitirla.

Por desgracia, Mücke no era de gran ayuda con el cuidado

de Julia como había prometido: desde que Jenny rechazó la propuesta de su amiga de instalarse en el dormitorio de Walter durante las tres semanas que duraría la luna de miel de la abuela y Walter, estaba ofendida y apenas le veía el pelo. Con Kacpar tampoco le iba muy bien: el día anterior él le contó a Jenny que, tras otra pelea, decidieron darse una «pausa temporal».

Suspiró, se acarició la melena pelirroja con los dedos y se dispuso a abrir el correo, pero antes cogió la postal de Munich. En lugar de las típicas imágenes turísticas, Marienplatz, Viktualienmarkt o la torre china del jardín inglés, se veían varias esculturas de mármol. «Vaya —pensó Jenny—, parece un viaje de estudios.» Intrigada, le dio la vuelta a la postal para ver lo que habían escrito la abuela y Walter.

Querida Jenny, querida Julia:

Estamos disfrutando de nuestro viaje, hoy hemos estado en la pinacoteca y después de un largo paseo por la ciudad iremos a comer. Mañana seguiremos por el paso del Brennero hasta la bella Italia. Cuidaos, muchos saludos de vuestra abuela

Franziska

Debajo, el abuelo Walter había garabateado en letra muy pequeña «Besos». Qué bien, por lo visto estaban disfrutando de su luna de miel.

Jenny abrió el resto de las cartas y tragó saliva cuando, además de las facturas y las ofertas, también aparecieron varios requerimientos. Por lo visto, la abuela olvidó pagar a los obreros. Qué raro, siempre era tan meticulosa con el dinero... Las ofertas las estudiaría con Kacpar, pero primero tendría que preparar algo de comer para ella y la pequeña Julia.

Había refrescado. Se ciñó la chaqueta de punto de la abuela al cuerpo. Al mirar por la ventana comprobó que el cielo estaba encapotado. Muy pronto, las primeras gotas de lluvia golpearon contra el cristal.

Jenny se levantó, sacó a Julia de la cuna, se sentó delante de Falko, que meneaba la cola, y dejó que la niña le estirara de las orejas antes de sentarla en la trona para que la viera mientras cocinaba. Acababa de prepararle un biberón de leche y poner a hervir una olla con agua para unos cuantos fideos cuando se abrió la puerta de la cocina y entró Kacpar con una sonrisa de oreja a oreja.

—La calefacción funciona —anunció con un deje claro de alivio en la voz—. Estaba mal montada, ahora tendría que funcionar todo.

—Gracias a Dios. —Jenny respiró tranquila—. Más complicaciones, y me temo que nos estamos quedando sin dinero poco a poco. Tenemos que avanzar sin falta para poder inaugurar pronto. Por cierto, en la mesa del comedor hay unas cuantas ofertas, y también algo para la piscina.

Kacpar fue a buscar las ofertas y se sentó con ellas a la mesita de la cocina.

—Esto podría servir —murmuró.

—¿Te apetecen unos fideos? —preguntó Jenny.

Asintió, distraído.

—Todo será muy caro. Tal vez deberíamos replantearnos la idea…

En aquel momento sonó el teléfono. Jenny corrió por el pasillo, cogió el auricular y contestó.

—Hola, Jenny. —Era la voz de su madre—. ¿Cómo está mi ratoncita?

—Ahora mismo está bebiendo la leche, lo hace genial sola, pero Kacpar está con ella en la cocina.

—¿Franziska no está? —preguntó Cornelia.

—No, está de luna de miel con Walter, volverá dentro de dos semanas y media.

A Jenny le hizo gracia el silencio al otro lado de la línea. ¡Seguro que Cornelia no creía que la abuela fuera capaz de algo así!

—¡Escucha! —siguió diciendo su madre pasado un rato—. Se trata de esa mansión. Dranitz. Bernd está decidido a hacerse cargo de la tierra y montar una granja ecológica. Yo no tengo mucha fe, pero no hay manera de quitarle de la cabeza esa chorrada.

A Jenny se le estaba acabando la paciencia poco a poco. ¿Es que se estaban volviendo todos locos? Primero Kalle con su construcción y sus malditas vacas y sus cerdos de carreras, luego Sonja con su locura de abrir un refugio de animales y ahora encima la pareja de su madre, que quería montar una granja ecológica justo ahí.

—Deja de contarme tonterías, Conny —rugió al teléfono—. Aquí se va a construir un hotel y no una granja. ¿Me he expresado con claridad?

Su madre no se daba por vencida con tanta facilidad. No dejaba de ser una Dranitz.

—El hotel no nos interesa, y entre nosotras, me parece condenado al fracaso. Se trata de la tierra de labranza que antes pertenecía a la mansión, Bernd quiere arrendarla. Y ayudaría mucho que Franziska presentara las solicitudes, ya que como antigua propietaria tiene preferencia en la adjudicación.

—¿Sabes qué, mamá? Coméntaselo a la abuela. De verdad que no te puedo ayudar más. Además, ahora tengo que colgar, los fideos están hirviendo.

—Estaría bien que influyeras positivamente en Franziska sobre este tema, Jenny. A Bernd le importa mucho este proyecto, debes saberlo.

—Y a mí me importa mucho nuestro hotel.

—¡Por lo menos piénsatelo! —exclamó su madre.

—No hace falta, ya sé que todo esto no me parece buena idea —repuso y cuando iba a colgar Cornelia dijo algo que la dejó paralizada.

—¡Al fin y al cabo, es tu padre! —oyó que gritaba su madre por el auricular. Jenny se quedó aturdida un momento. Cuando por fin fue consciente del alcance de aquellas ocho palabras, su madre ya había colgado. Poco a poco Jenny dejó el teléfono en el gancho.

—Los fideos están listos, ¿qué salsa quieres que les ponga? —gritó Kacpar desde la cocina. Al ver que Jenny no contestaba, salió al pasillo—. Parece que hayas visto un fantasma. ¿Qué ocurre?

Jenny volvió a la cocina, se desplomó en una silla al lado de Julia y se quedó mirando en silencio los fideos que Kacpar le puso delante. Ya no tenía apetito. No le ocurría lo mismo a Kacpar, que se sirvió ansioso la pasta con salsa y la engulló. Bernd era su padre. En cierto modo lo imaginaba, pero no quería admitirlo. Qué típico de su madre el decirle algo así como si nada y encima con intención de presionarla. Dios mío, qué familia más loca.

Empujó el plato, y cuando le iba a contar a Kacpar lo que acababa de saber, sonó el timbre de la puerta de entrada.

—¿Puedes vigilar un momento a la niña? —le pidió, y bajó corriendo los escalones. Abrió la puerta con fuerza, esperando ver a los albañiles que tenían que seguir con el revoque de las paredes del gran salón, pero se le atragantó el «buenos días» que tenía en la punta de la lengua. No le salió más que un borboteo de incredulidad.

—¡Jenny! —saludó Simon en un tono de lo más cariñoso—. Me alegro de verte. ¿Cómo está nuestra pequeña?

«Ahora sí que estoy viendo un fantasma», pensó, y le cerró la puerta en las narices sin contestar.

Franziska

¡Qué momento, cuando abrió la puerta que daba a la terraza por la mañana y salió al maravilloso paisaje bañado en oro! ¡Qué luz! El cielo sobre la Toscana era del color azul claro e intenso que sus artistas reflejaron en el lienzo de una manera tan precisa y maravillosa, y la tierra ondulada que cubría no tenía nada, pero absolutamente nada que ver con las colinas de Mecklemburgo. ¿Eran las sombras que se proyectaban suaves y oscuras sobre las lomas? ¿Los cipreses espigados que flanqueaban los caminos? ¿O las granjas de aire romántico, construcciones planas y rojizas esparcidas aquí y allá en las colinas? Franziska entró en la balaustrada de piedra y respiró hondo el aroma a hierba de la mañana.

—¿Y bien, preciosa dama en bata? ¿Otra vez la primera en levantarse? —oyó tras ella—. Voy a preparar café.

Walter se acercó a ella y la rodeó con ternura, le dio un beso en la mejilla y se retiró de nuevo al interior de su casa de vacaciones. La primera mañana que pasaron allí se quedó a su lado, admiró con ella las colinas de la Toscana, contempló con asombro las nubecillas que teñían de un rosa suave el amanecer.

—Si alguien pintara algo así —afirmó Walter—, todo el mundo lo consideraría una enorme horterada.

A Franziska le sorprendió que no compartiera su entusiasmo exaltado por el paisaje y las gentes de Italia. Al menos eso le parecía, aunque también era posible que él no mostrara sus sentimientos con tanta naturalidad como ella. Era curioso cómo se intercambiaron los papeles. ¿Antes no era ella la reservada, siempre comedida, mientras que el joven comandante Walter Iversen se acaloraba por todo? Bueno, la vida los había cambiado a ambos.

—Se nota un olor raro, ¿verdad? —dijo desde dentro, mientras luchaba con la cafetera italiana—. Muy penetrante. Creo que queman la basura por la mañana. Mejor cierra la puerta, Franzi.

En efecto, ella también lo olía. Detrás de una de las colinas se veía un vapor fino que había confundido con la niebla matutina. Bueno, la belleza siempre tenía otra cara.

Franziska puso la mesa y cortó el pan, sacó queso, jamón y mortadela de la nevera, añadió un cuenco de aceitunas y cortó un tomate.

—¡Qué desayuno! —exclamó él con una sonrisa mientras observaba la mesa puesta—. Cuando volvamos a casa sufriremos el síndrome de abstinencia.

Al menos sí le entusiasmaba la comida de Italia. Tal vez los hombres eran más prosaicos. También Ernst-Wilhelm en su momento mostró poca sensibilidad ante la belleza del lago Maggiore. Para él lo importante era que la comida fuera buena y el hotel decente.

En ese sentido, Walter y ella habían acertado con aquella granja restaurada. Habían convertido la propiedad en tres casas de vacaciones separadas de tal manera que los inquilinos apenas se encontraban y no se molestaban. El primer día saludaron un momento al anciano matrimonio de Hamburgo que vivía encima de ellos; a la pareja joven con un niño pequeño que se alojaban en el granero reformado solo los vieron una vez.

—Podríamos ir a Siena hoy —propuso ella—. ¿O te apetece volver a Florencia?

—Siena es buena idea —opinó él—. Aunque debo confesar que Florencia también me atrae. Pasamos casi todo el tiempo en la galería Uffizi, apenas vimos nada de la ciudad.

—Es cierto.

Se entendían muy bien a la hora de descubrir ciudades juntos. Sin duda, Walter tenía mejor sentido de la orientación y le interesaba el urbanismo y la arquitectura, mientras que ella podía caminar sin cesar por los museos para admirar cuadros y esculturas. Además, tenía ojo para los rincones románticos, las fuentes bonitas y las cafeterías callejeras, y ya había gastado tres carretes.

—Has recuperado tu vieja pasión por la fotografía —bromeó Walter. De joven estuvo una temporada en Berlín recibiendo formación de fotógrafa.

Los dos respetaban los intereses del otro, los tenían en consideración y se alegraban cuando encontraban puntos en común. De hecho, aquel viaje era una osadía, pues en un entorno bonito pero también extraño no podían escapar, aunque tampoco querían hacerlo. A fin de cuentas, el sentido de aquel viaje era precisamente conocerse mejor.

Sobre todo Walter parecía más predispuesto a hablar del pasado, pero no hizo amago de remover los recuerdos. ¿Acaso temía que se abrieran abismos y precipicios? Solo conversaron sobre construcciones y cuadros, charlaban sobre aceitunas frescas, el jamón de la Toscana y el vino tinto italiano, se gastaban bromas y de noche dormían muy acurrucados en la cama de matrimonio francesa. En aquel punto tuvo que ceder Franziska, y para su sorpresa le resultaba agradable notar su cuerpo cálido respirando tan cerca de ella. De vez en cuando roncaba, pero cuando ella se lo comentó con la máxima consideración, le dijo que ella también hacía ruidos mientras dormía.

—¿Ronco? —exclamó ella, asustada.

—Sí, cariño. ¿No te lo han dicho nunca?

Ay, aun sabía sonreír con la misma picardía, aquel zorro viejo.

—¿Quién iba a decírmelo?

—Bueno, tu marido, por ejemplo.

—Pues no.

Ernst-Wilhelm nunca mencionó nada parecido, aunque podía ser porque durante los últimos años dormían separados.

—¿Y luego?

Era la primera vez que le preguntaba por aquellas cosas. En un tono inofensivo, como de pasada. Aun así, era el primer paso cauteloso al pasado.

—Luego no hubo nadie. No tuve ningún amante, si te refieres a eso. —Sonó un poco ofendida, a pesar de que no era en absoluto su intención. Es que era demasiado pudorosa. La estricta educación de una baronesa no siempre le era de ayuda en la vida.

—Lo suponía —contestó él, con una media sonrisa.

Así terminó el primer intento. Por mucho que a ella le quemara una pregunta en la punta de la lengua, claro, que no se atrevió a hacer. Porque también tenía sus teorías al respecto. Tras la muerte de Elfriede, Walter crio a su hija, pero eso no significaba que hubiera vivido como un monje. ¿Por qué iba a hacerlo? Fue un hombre atractivo, seguía siéndolo, y perdió pronto a su mujer.

—Vayamos a Siena hoy o volvamos a Florencia, tenemos que pensar en comprar unas cuantas cosas —dijo ella mirando la nevera.

Walter se reclinó en la silla y miró pensativo por la ventana. El sol estaba alto en el cielo; la terraza, bañada en una luz resplandeciente; las sombras de los cipreses junto a la casa se derretían en manchas ovaladas. Iba a ser otro día caluroso.

—Anoche me sumergí de nuevo en los recuerdos de Mine —dijo él sin mirarla—. Un regalo de boda maravilloso.

Franziska asintió. Así que estuvo leyendo cuando ya estaba dormida.

—Mine es una mujer sorprendente —continuó—. Tiene muchas dotes. De no ser por la guerra su vida habría seguido un rumbo muy distinto. Pero nunca se quejó, aceptaba las cosas como venían.

A Franziska le emocionó mucho el regalo de Mine. Había pasado medio siglo desde su huida y aun así Mine conservó un trocito de su antigua lealtad.

—Entonces, cuando volví a la mansión con mi madre, ella era nuestra única salvación. La mansión estaba repleta de refugiados y los soldados rusos irrumpían en casa cuando les apetecía. Sin los alimentos de Mine habríamos muerto de hambre.

—También nos alimentó a Elfriede y a mí —explicó él—. Sobre todo al principio. Nos llevaba leche, huevos y harina. No sé cómo lo conseguía. Por aquel entonces Karl-Erich aún estaba en la cárcel y tenía tres bocas que alimentar.

Mine vivía con sus hijos en la granja de sus padres. Ya hacía un tiempo que había fallecido su padre, y su madre murió poco después de que terminara la guerra. Como no podía gestionar sola la granja, acogió a una familia de refugiados, los Kruse. Mine se llevaba bien con el granjero Kruse, su mujer y sus hijos. Solo surgieron dificultades cuando Karl-Erich regresó de la prisión militar porque no le gustaba tener que compartir la casa con tanta gente. De todos modos, más tarde la granja fue adjudicada a la cooperativa agrícola, lo que a Mine le pareció muy bien porque Karl-Erich no mostraba ninguna predisposición hacia la agricultura y se alegró cuando le dieron un puesto de carretero en la cooperativa.

—El asunto con Grete —comentó Franziska—. Fue una

gran desgracia. No me gustaría que pensaras mal de mi hermano por eso. Sin duda era un imprudente, pero de no haber fallecido todo podría haber sido de otra manera. No habríamos dejado en la estacada a la chica. En nuestra casa no actuábamos así, cuidábamos de los empleados.

Walter asintió con una sonrisa. Dio por válida la explicación de Franziska porque comprendía que quería defender a su difunto hermano.

—Es curioso, pero la recuerdo muy bien —dijo Walter—. Era una jovencita jovial con trenzas rojas que corría detrás de una pelota en el césped del jardín. Llevaba un vestido azul y un delantal blanco. No sé por qué aún conservo esa imagen.

—Bueno —repuso Franziska—. A lo mejor te gustaba. Era muy guapa y se parecía a Elfriede.

Ya estaban otra vez sus celos absurdos. Franziska se enfadó consigo misma, pero no lo podía evitar. Walter quiso a Elfriede, tal vez incluso desde el principio.

—¿A Elfriede? —preguntó él con el ceño fruncido—. Claro que no. Como mucho en el color del pelo. Por lo demás, era mucho más modesta, una chica de campo de mejillas sonrojadas.

—Sí, es verdad —reconoció Franziska—. Elfriede estaba pálida porque enfermaba con mucha frecuencia. Y rara vez estaba alegre. Casi siempre estaba descontenta y sufría en este mundo.

Walter guardó silencio. Tal vez su descripción le parecía demasiado fría, pero sabía que la relación de Franziska con su hermana menor no había sido fácil. Pese a todo el cariño que hubo entre ellas.

—A veces podía ser pérfida —concedió él—. Recuerdo una carta de amor que me escribió con esa ingenuidad infantil. Además, hacía grandes esfuerzos por no dejarnos solos, ¿te acuerdas?

Walter la miró con una media sonrisa, intrigado por ver su reacción, y Franziska no lo decepcionó.

—Sí. Me alegro de que lo recuerdes. El destino de mi pobre hermana me afectó en lo más profundo, pero no por ello tenemos que ensalzarla. Intentó separarnos desde el principio, Walter. Y me temo que lo consiguió.

—¿Cómo puedes decir eso? —repuso él—. Es absurdo. Elfriede era una niña. Nunca me tomé en serio sus pequeñas intrigas.

Allí estaba. El abismo. El precipicio al que se veían abocados. Estaban justo en el borde y no había vuelta atrás.

—¿Y por eso te alejaste después de nuestro compromiso? Siempre encontrabas motivos nuevos para no casarte conmigo. ¿En serio vas a decirme que ese comportamiento no tenía nada que ver con Elfriede?

—Por supuesto que no, Franziska.

—No me cuentes historias. El día de nuestro compromiso se tiró al lago. ¿Eso tampoco te lo tomaste «en serio»?

—Claro que sí —cedió—. Me llevé un buen susto, pero no fue el motivo de que me distanciara.

Walter mantenía la calma, mientras que ella cada vez estaba más alterada. De pronto revivió el dolor por aquel distanciamiento, las lágrimas, las noches que pasó entre la rabia, la desesperación y la añoranza. Ay, la hirió en lo más profundo. Más de lo que ella misma quiso admitir.

—Entonces ¿cuál fue el motivo? —gritó, exaltada—. Nunca lo entendí. Me escribías cartas maravillosas. Decías que era tu esperanza. Tu único amor. El motivo para seguir viviendo y mucho más. Entonces ¿por qué no te casaste conmigo?

—Estaba en Rusia.

—A partir del verano de 1941. Incluso entonces existía la posibilidad de un enlace a distancia.

—De hecho, lo estuve pensando un tiempo, pero me pareció indigno. Yo, con mi regimiento en el lodo ruso, la imagen de los compañeros muertos aún en la mente, los pueblos en llamas, los campesinos rusos cosidos a tiros. Un predicador rural con la Biblia que predicaba con gran patetismo y la idea de un matrimonio entre tanta miseria de la guerra. Y tú, en el registro civil de Waren, jurando a un casco de acero amor eterno y fidelidad. No, nuestra boda tenía que ser distinta.

En aquello tenía que darle la razón, sentía lo mismo. Aun así...

—En febrero de 1942 estuviste en Dranitz. Una herida te llevó de vuelta a casa, podríamos habernos casado. Mi padre habló contigo, pero no, no quisiste. Esgrimías motivos poco convincentes: la guerra, tu frágil salud, las misiones que te esperaban en Berlín...

—Tienes razón —admitió él—. Tuve remordimientos al regresar a Berlín. Pero también te lo dije por carta.

—Puede ser...

Walter se levantó y rodeó la mesa, acercó la silla y se sentó al lado de Franziska.

—¿Qué te conté entonces, Franzi? —preguntó y le cogió de la mano—. Una herida en la columna vertebral, ¿no?

—Sí. Me quedé muy preocupada, pero dijiste que parecía más grave de lo que era en realidad. ¿Me estás diciendo que tu herida te dejó inútil para el matrimonio?

Walter soltó una carcajada.

Franziska puso cara de pocos amigos. No se lo podía creer. ¿Cómo podía reírse en una situación como aquella?

—Pues podrías habérmelo dicho, Walter —se indignó—. ¿De verdad crees que te habría dejado por eso?

—No te preocupes, cariño —dijo y le acarició el brazo con ternura—. En ese sentido estaba muy sano—. Tampoco me pasaba nada en la columna vertebral.

Franziska lo miró, perpleja. ¿Acaso le mintió?

—¿No estabas herido?

—Ya es hora de despedirse de la imagen del joven héroe sonriente, Franziska. Sí, os mentí. Me inventé la herida porque me parecía más honroso que lo que ocurrió en realidad.

De pronto, Franziska lo recordó caminando junto a ella en el jardín. Muy delgado y pálido. Un poco inclinado hacia delante, con la mano derecha en la espalda. ¡Qué gran actor!

—¿Qué pasó en realidad? ¿O tampoco puedes decírmelo ahora, después de tantos años?

—Muy sencillo, Franziska. Sufrí una pérdida de oído, estuve casi sordo durante unos días y temí no volver a oír bien. Los médicos estaban desconcertados, me dieron bromo y otros calmantes y me enviaron a una clínica en Friburgo. Allí estuve solo unos días, porque por suerte recuperé rápido el oído.

Franziska lo miró desconcertada. Pérdida de audición. Bueno, había oído hablar de aquello. Su mejor amiga sufrió una pérdida de oído justo la mañana de su quinto aniversario, una pequeña catástrofe, porque tuvieron que disculparse con todos los invitados a la fiesta.

—¡Pero podrías habérnoslo contado con toda tranquilidad! —exclamó ella—. Una pérdida de oído no es una deshonra.

—Pero entonces así lo sentía yo, Franziska. No era tanto por la enfermedad, sino mucho más por las circunstancias asociadas a ella.

—No entiendo…

—Voy a intentar que lo entiendas. No es fácil ni siquiera ahora, después de tanto tiempo. Marché entusiasmado al campo de batalla. Mi padre era oficial adjunto con Hindenburg, me educaron con mentalidad militar. Entonces la guerra era el oficio más noble del hombre y la historia no se podía escribir más que con sangre.

Ella asintió. También oyó aquellas sentencias imponentes en su juventud, sus hermanos fueron educados con la misma mentalidad y los dos sufrieron una muerte sin sentido.

—No era un ingenuo —continuó—. Era muy consciente de que una guerra tenía su lado oscuro. De niño vi a los mutilados de la Primera Guerra Mundial sentados en la acera, mendigando. Más tarde leí *¡Abajo las armas!*, de Bertha von Suttner, una novela donde describe la miseria de los grandes campos de batalla. Pese a todo, nada de eso evitó que emprendiera la carrera militar.

Se detuvo y se puso en pie, abrió la puerta y salió un momento a la terraza bañada por el sol. Las colinas brillaban bajo la luz del mediodía; junto a una granja pastaba un rebaño de cabras negras y blancas; un coche pasó por la carretera, envuelto en una nube de polvo. Era un mundo sereno, pacífico.

—Me trasladaron con mi unidad a Moscú, por orden del alto mando militar —continuó sin darse la vuelta—. En otoño, todos los caminos estaban ablandados por la lluvia. Nos abrimos paso entre el lodo, lidiamos con mosquitos, cucarachas, chinches. Con las moscas, que nos contagiaban el tifus. Vi morir a muchos de los míos por infecciones. Eso también formaba parte de la guerra, de su lado sucio. Sin embargo, lo peor era nuestra tarea diaria: los avances hacia Moscú, que en el noticiario alemán se presentaban de forma tan heroica.

De pronto Franziska lo entendió. Y también entendió lo duro que debía de ser para él rescatar todas aquellas imágenes del recuerdo. Se acercó a él y lo cogió de la mano, quiso decirle que ya era suficiente, pero él negó con la cabeza.

—Era una lucha contra inocentes. Campesinos que se atrincheraban en sus casas con sus mujeres e hijos. Nosotros los matábamos a tiros porque defendían su ganado con un hacha. Niños que huían gritando porque les incendiábamos las cabañas. Rusia es amplia, infinita. Íbamos de pueblo en pueblo, dejando un rastro de destrucción, y rara vez oponía resistencia una unidad rusa.

»En septiembre llegó la orden de retrasar la conquista de Moscú y tomar primero la cuenca del Donets. Lo logramos a costa de grandes pérdidas. Luego nos dirigimos de nuevo a Moscú, pero ya era octubre y el invierno ruso arrasó con nosotros. Miles de nuestros soldados se congelaron con su uniforme ligero de verano. La retirada tenía sentido, pero teníamos orden de avanzar, de conquistar. Así que luchamos en cada pueblo, matamos, prendimos fuego, a sabiendas de que al día siguiente tendríamos que entregar lo que habíamos conquistado porque las tropas rusas nos hacían retroceder.

»No había guerra más absurda. Por la noche nos reuníamos con los médicos que acompañaban a nuestra unidad. Eran hombres inteligentes y cultos que lo tenían aún peor que nosotros, ya que al menos nosotros podíamos luchar. Los médicos y el personal sanitario solo veían la miseria de los heridos y moribundos, y apenas podían ayudar. Conocí a un médico que se convirtió para mí en una figura paternal y que más tarde me salvó la vida. Doctor Johannes Krug se llamaba, un hombre que rondaba los cincuenta años. Era cirujano en un gran hospital de Hannover, pero me contó que de joven en realidad quería ser pianista. Su madre le obligó a estudiar medicina y él obedeció, pero no renunció del todo a la música. Pasábamos ratos juntos por las noches, conscientes de que al día siguiente uno podría morir, o ambos.

»En esas situaciones uno se vuelve pragmático, estás más allá del miedo a la muerte, se experimenta demasiadas veces que el compañero con el que el día antes jugabas a cartas tan contento hoy yazca en la nieve con un tiro en el cráneo. Vivir es el lema en esos momentos. Y vivir significa más que seguir vivo. Me lo enseñó Johannes en las escasas horas que pasamos juntos. Hablábamos sobre Beethoven, Furtwängler y Beirut, sobre la esencia de la música y su función en la sociedad.

»"Todo tiene que hundirse para que pueda crecer algo nuevo", me decía, y añadía: "Pero lo que no pasará son los grandes maestros de la música. Bach y Händel, Beethoven y Mozart, Franz Schubert y también Richard Wagner, permanecerán porque nos sacan de la miseria y nos abren la puerta a una existencia mejor, más bonita". Ya entonces estaba convencido de que aquella guerra estaba condenada a la ruina y eso tampoco le granjeaba muchos amigos. Me sentaba muy bien hablar con él, porque yo también lo había pensado.

»"¿No es una locura", dijo, y me sonrió de esa forma tan peculiar. Triste y consciente al mismo tiempo. "Mañana ordenarás a tu gente avanzar hacia aquella colina y nosotros entre tanto montaremos el hospital militar. Justo detrás de la línea del frente, como hacemos todos los días. Ya sabemos que algunos de los hombres que están ahora aquí sentados, bebiendo o jugando a cartas, mañana pueden estar entre los muertos. O los heridos que devolvemos a su casa. El resultado es el mismo, pues la mayoría no sobreviven al traslado."

»¿Cuántas noches pasamos juntos? Ya no lo sé, pero pronto tuvimos una confianza de amigos íntimos. Un día me dijo: "Si salgo vivo de aquí quiero dedicar el resto de mi vida a la música. Solo tocar el piano, dar clases, garantizar la supervivencia de la música en un mundo nuevo y mejor. Y tú, amigo mío, te casarás con Franziska y tendrás hijos con ella. Conviértelos en personas de bien y enséñales lo que es importante de verdad: el coraje, la amistad, el amor, y además la música que nos eleva".

»Pasamos la Nochebuena juntos, compartimos las provisiones con los compañeros, hablamos de la paz, que para mis hombres equivalía a la victoria final alemana, leíamos cartas de nuestros hogares que hacía tiempo que llevábamos encima porque el correo militar llevaba semanas sin llegar. Por la mañana planeé un nuevo ataque, el objetivo era una granja en un pequeño alto en la que al parecer todavía quedaba ganado que nos vendría muy bien para aprovisionarnos. Sin embargo, para mí esa mañana fue la última en el campo de batalla en Rusia.

»Me despertó un fuerte ruido, parecido a una cascada que cayera muy cerca de mí. Me incorporé, asustado, y comprendí que ese ruido solo estaba en mi cabeza, que no oía las palabras que me dirigían mis muchachos. Me tapé los oídos, sacudí la cabeza, convencido de que pasaría enseguida, pero el ruido seguía, se intensificó hasta convertirse en un profundo gruñido y llamé al doctor Krug. No entendí lo que me dijo, pero sonrió y señaló con el pulgar por encima del hombro. Hacia el Oeste. Me iría a casa con el siguiente transporte. En una hoja me escribió:

No te preocupes, te pondrás bien. Te deseo que vivas. Nunca olvides la música. Un abrazo de tu amigo.

»Al cabo de dos días estaba sentado entre compañeros heridos y moribundos en un camión que se abría paso a duras penas entre la nieve, hacia el Oeste. La atractiva granja resultó ser una trampa de los rusos, que se habían atrincherado allí y nos esperaban. Recuerdo que entregué el mando a un teniente, pero avancé con ellos. Las balas de fusil nos pasaban cerca de la cabeza en la nieve y yo observaba asombrado los agujeritos, pero solo oía ese maldito ruido que me llenaba por completo la cabeza. Tuvimos que retirarnos con grandes pérdidas, luchamos con obstinación por cada metro y al final nos pusimos a salvo en una granja abandonada. Entre las víctimas de aquella desafortunada acción estaba, para mi gran desesperación, mi amigo Johannes. Un grupo de soldados rusos que se dispersó atacó el hospital militar improvisado y mató a tiros a dos médicos.

Walter guardó silencio y clavó la mirada al frente, ensimismado. Franziska tampoco encontraba las palabras adecuadas, pero entonces comprendió cuánto le costaba a un soldado o un oficial regresar con su familia durante unos días de vacaciones después de salir del mundo deshumanizado y cruel de la guerra. Qué extraño debía de resultarle el mundo intacto y bonito. La fragilidad de nuestra suerte. Lo lejos que quedaban de repente las personas de confianza que no conocían el horror de la guerra.

—¿Por qué no me lo contaste? —preguntó en voz baja.

—No podía. Las ideas y sentimientos que me devastaban entonces no encajaban con la imagen del oficial brillante y valeroso que defendía la patria de la invasión rusa. Y tenía la sensación clara de que tú querías verme así. ¿Por qué iba a explicarte mis dudas, las pesadillas que me asolaban de noche? Mis lágrimas por el amigo perdido...

Franziska hizo un gesto de desconcierto con la cabeza. ¿Cómo no se dio cuenta de la transformación en aquel momento? Afligida, tuvo que admitir que su hermana menor tenía más vista, porque no pasó por alto el estado de ánimo de Walter. Lo decía en su diario. Tal vez era cierto que Elfriede era la más sensible de las dos. La que entendía mejor a Walter. La que lo merecía más.

—No te reproches nada, Franziska —le conminó él y le cogió de la mano para consolarla—. Aunque me lo hubieras preguntado, habría guardado silencio.

Aquellas palabras la afectaron aún más. Así que aquella era la confianza que le tenía. ¿Qué tipo de amor existía entre los dos si Walter creía que tenía que interpretar un papel para no perderla?

—Habría guardado silencio para protegerte, Franziska.

No quería bajo ningún concepto arrastraros a mi destino ni a ti ni a tu familia.

Pensó en lo ocurrido pocos años después y lo entendió. Ahora sí.

—En el hospital, el nombre del doctor Johannes Krug era conocido. Un médico, no recuerdo su nombre, estuvo charlando conmigo sobre Johannes y luego me invitó a ir a su casa una noche. Había un círculo de personas afines, hombres y mujeres, que aspiraban a terminar con el dominio nazi y gracias a los cuales supe algo que hasta entonces no quise ver. Me abrieron los ojos, y por primera vez vi con claridad que servía a un régimen criminal. ¿Qué te iba a contar? Allí, en la sala protegida del hospital, cuando apenas me había curado de la pérdida de oído, me convencí de que solo viviría de verdad si concentraba todas mis fuerzas en hacer caer el régimen. Para que aquello que siempre había esperado Johannes, un mundo nuevo y mejor, pudiera surgir entre las ruinas.

Volvió a quedarse callado mientras Franziska miraba al frente, melancólica. No, aquel nuevo motivo aún la consolaba menos.

—Suena bastante exagerado, ¿no? —preguntó, y esbozó una media sonrisa—. Pero te aseguro que aquella decisión cambió mi vida.

Franziska necesitaba ordenar sus sentimientos antes de contestar. Estaba furiosa con él, se sintió más que rechazada, tratada como una niña tonta y vanidosa.

—Dices que en ese grupo también había mujeres —afirmó por fin, con los labios apretados—. Entonces había hombres que confiaban en sus prometidas o esposas.

—Sí, los había...

—Pero tú consideraste que no debías contarme nada. ¡Para protegerme, como dices! ¿Sabes hasta qué punto me hiere eso?

Entonces sucedió. Se abrió el abismo, los engulló. Vio que a Walter le temblaban los labios, se daba la vuelta, daba unos pasos para luego regresar. Hizo un gesto de impotencia.

—Si me hubieras dicho una sola palabra, Franziska. Una palabra de duda. De reflexión. Algo que me hubiera hecho ver que tú tampoco creías ya en los eslóganes de los dirigentes, pero no hubo nada...

—Por supuesto que no —repuso ella—. ¿Cómo iba a decir nada si fingías ser el señor oficial valiente?

Walter agachó la cabeza, luego alzó la vista hacia el hermoso paisaje bañado por el sol y guardó silencio.

Jenny

—¿Jenny?

Estaba en el pasillo entreclaro, con la espalda apoyada contra la pared. No podía ser verdad. Tenía que deberse a sus nervios. Era probable que solo fuesen imaginaciones suyas.

Fuera llamaron a la puerta.

—¿Jenny? Por favor, cariño. No quería asustarte.

Cerró los ojos.

—Jenny, cariño. ¿Me oyes? Estaba por la zona, buscando edificios a buen precio. Entonces se me ocurrió pasar a saludar…

No tenía sentido seguir escondiendo la cabeza como un avestruz. Jenny abrió los ojos y llegó a la conclusión de que al otro lado de la puerta estaba, en efecto, Simon Strassner. En persona. Maldita sea, esperaba que el problema desapareciese por sí solo si hacía como que ya no existía.

—¿Me oyes, Jenny? Di algo. ¡Por favor!

Ah, no, no caería en esa trampa. No diría ni pío, no entablaría conversación de ningún modo.

—Ahora regreso a Waren, he alquilado una habitación allí. Muy bonita, junto al puerto. Mañana al mediodía vuelvo a pasarme. Para entonces ya te habrás recuperado del susto.

Arriba Falko empezó a ladrar furioso.

—Hasta mañana, pues, Jenny. ¡Y saluda a nuestra hija! —exclamó Simon para acallar el ladrido.

¿Se iba por fin? Jenny subió la escalera aprisa hacia la cocina, donde estaban Kacpar, Julia y Falko, y miró con disimulo por la ventana. En efecto, Simon Strassner fue hasta la carretera y se subió a su Mercedes negro, que en los bajos tenía restos de la tierra marrón de Mecklemburgo-Pomerania Occidental. Simon dio un portazo, hizo rugir el motor y se alejó en dirección al Müritz. ¿Qué acababa de decir? Volvería al día siguiente. ¡Jesús!

Kacpar se levantó de golpe y se puso a su lado.

—No puede ser verdad —dijo, desconcertado—. ¿Qué hace aquí?

Aunque, en realidad, lo sabía a la perfección. Al fin y al cabo, ella le abrió su corazón en Berlín. Kacpar la convenció para alejar a la niña de Simon y ella le estaba muy agradecida por ello. Jenny se desplomó en una silla e intentó ordenar el caos que tenía en la cabeza.

Simon había ido a Dranitz. ¿De dónde había sacado la dirección? Seguro que de la abuela, que en su día le mandó un parte de nacimiento. Maldita sea de nuevo. Ya entonces le pidió que no lo hiciese, pero esa mujer, por desgracia, iba por libre. ¿Y quién pagaba ahora el pato? Ella, por supuesto.

¿Qué se le había perdido allí? ¿Qué quería de ella? No había nada entre ellos, él volvió arrepentido con su Gisela y ella aprendió la lección. Entonces ¿por qué se presentaba allí?

«Imbécil —pensó—. Por puesto, es por Julia.» ¿Acaso planeaba quitarle a la niña? ¿Podía hacerlo acaso? ¿Por qué no? Simon tenía dinero, podía pagar a los mejores abogados.

Kacpar se sentó junto a ella.

La pequeña, que sintió la tensión de su madre, rompió a llorar. Jenny la sacó de la trona y la estrechó con fuerza.

—Sí, estás cansada, cariño —dijo para tranquilizarla. Luego, añadió dirigiéndose a Kacpar—: Es hora de que duerma la siesta. Voy a acostarla en su cunita. Si quieres, puedes venir, le leo un cuento y así se duerme antes.

Sin decir nada Jenny metió a la niña en su cama y vio con el rabillo del ojo que Kacpar cogía uno de los libros que Mücke había traído. Lo abrió y empezó a leer con voz serena:

—Hace mucho tiempo, en un estanque frente a la ciudad, vivía una ranita…

La pequeña sonrió y extendió las manitas hacia las gruesas hojas de papel.

Los pensamientos de Jenny volvieron a centrarse en Simon y se le cayó la venda de los ojos. Por supuesto que quería a su hija, no había duda. Casi se le cortó la respiración al constatarlo. Cómo fingía amabilidad. Con ese truco inocente. «Estoy por casualidad en la zona y quería pasar a saludar…» Y al día siguiente volvería. El método de desmoralizar. Suave pero insistente. Cada vez un poquito más cerca hasta que por fin tuviese lo que quería.

No podía dejarlo plantado en la puerta para siempre. Por suerte, al día siguiente Kacpar también estaría, aunque cuando aún era empleado de Simon ya había dejado que lo mangonease. No, necesitaba a otra persona. Un apoyo valiente, como la abuela. ¡Ay, pero tampoco estaba! Seguro que Simon no la habría sorteado con tanta facilidad. De repente tuvo una idea. Conocía a la persona perfecta: Mücke. No obstante, estaba enfadada.

Jenny se levantó en silencio, salió de la habitación y descolgó el teléfono del pasillo. Luego marcó el número de Mücke y esperó. Estaba a punto de colgar cuando su amiga por fin lo cogió.

—Rokowski.

¡Por fin! Uf. De fondo se oía la televisión. Un partido de fútbol.

—¿Mücke? Soy Jenny.

—¿Jenny? Ay, vaya.

Poco entusiasmo. Tampoco era de esperar.

—Oye, te necesito. Es urgente.

Silencio. Quizá tendría que haber empezado de otra manera; decirle primero que lo sentía.

—Como canguro, ¿verdad? —preguntó Mücke—. Olvídalo.

—No, Mücke. Ha pasado algo. Algo grave.

Al menos sentía curiosidad, se notaba porque bajó el volumen del televisor.

—Bueno, ¿qué pasa?

—Simon ha estado aquí. Me quiere quitar a Julia.

—¿Simon? ¿El tío de Berlín?

—Ese. De repente estaba en la puerta. Quiere volver. Ay, Mücke, tengo mucho miedo.

—Voy enseguida. —Y colgó.

Jenny siguió un instante en el pasillo y se sobresaltó cuando Kacpar le puso la mano en el hombro.

—Ya duerme. Debo irme sin falta, tengo cita con un decorador de cocinas, quiero pedirle un primer presupuesto para la instalación del restaurante. —Apretó de manera amistosa el brazo de Jenny.

—Gracias, Kacpar. Mücke viene enseguida, luego nos vemos.

—Piensa en cómo deshacerte de ese individuo. Con la cabeza bien alta, Jenny. ¡Hasta mañana!

Se despidió de él con la mano cuando bajó la escalera, después fue a ver a Julia. La niña dormía. Se sentó junto a ella y esperó a Mücke.

¡Ay, Mücke! Era y seguía siendo su única y verdadera amiga. De pronto, Jenny sintió muchísimo las discrepancias que había habido entre ellas.

Media hora después Mücke estaba en la puerta con una gran bolsa de ropa bajo el brazo, útiles de aseo y ropa de cama.

—¡Vaya, no haces más que meterte en líos! —saludó a Jenny.

—Y que lo digas. ¡Me alegra mucho que estés aquí!

—No te voy a dejar en la estacada —aseguró Mücke y abrazó a Jenny, que se sorbía con estruendo los mocos, emocionada—. Venga, vamos a la cocina y me lo cuentas todo por orden. ¿Te ha dicho que quiere quitarte a la niña? —preguntó después de que Jenny preparase café.

—Claro que no. Pero solo puede ser eso. Si no, ¿qué pinta aquí?

—Quizá te eche de menos.

—Seguro que no.

—No te preocupes. Mañana lo tantearemos y luego ya veremos.

La manera sosegada de encarar las cosas de Mücke devolvió a Jenny a la realidad. Su amiga estaba en lo cierto. Solo había que esperar. Quizá no tuviera mayor importancia. Eran dos, eso ya era otra cosa. Tenía una testigo en caso de que quisiese sorprenderla con cualquier mentira. Él no llegaría a las manos, no era su estilo. Y en caso de que lo hiciese, estaba Falko.

—De hecho, ¿sabes a quién vi ayer en Waren? —preguntó Mücke de repente.

—¿No sería a Simon Strassner?

La amiga negó con la cabeza.

—No lo conozco. No, vi a Ulli. En una casa flotante. Parecía una balsa con una caja de madera encima.

—¿Qué? ¿Estás segura de que era Ulli? ¡Si está en Bremen!

—Segurísima. Nos saludamos, incluso. Llevaba consigo

dos gatos. Y a un anciano que tenía unas buenas orejas de soplillo...

—¿Dos gatos y un señor con orejas de soplillo? Lo has soñado, ¿verdad?

Ambas se rieron entre dientes, luego a carcajadas y, como no podían parar, se taparon la boca con las manos para no despertar a Julia.

—Ulli en el Arca de Noé —berreó Jenny, ahogada.

—Y ahora Kalle es presidente —balbució Mücke, muerta de risa.

—De la asociación del carnaval, ¿verdad?

Volvieron a reventar de risa y se enjugaron las lágrimas de las mejillas.

—No. De la Asociación Zoológico Müritz. Lo ha fundado la doctora Gebauer. Cosa fina. Quiere abrir un zoo de verdad.

Jenny se puso seria de golpe. ¿Un zoológico? ¿Sonja?

—Pensaba que solo quería poner unos cuantos animales en el terreno de la antigua casa del inspector, abrir una especie de refugio de animales. Pero ¿un zoológico? ¿Dónde?

—Kalle dijo que, además de su terreno, ella quiere arrendar las zonas forestales y unos cuantos prados que pertenecieron a la finca.

Jenny se acordó de que su madre también hablaba de unos campos y prados que ese tal Bernd, o sea su padre, quería arrendar. Por lo visto todos tenían de pronto gran interés por la tierra que antaño perteneció a la finca.

—Creo que es muy buena idea —dijo Mücke—. Incluso me he hecho miembro de la asociación. Kalle está muy cambiado. Está montando algo. Y la doctora Gebauer no es tan mala.

—Es una boba —la contradijo Jenny y se levantó porque la pequeña había empezado a gritar en la cunita.

—¡Ya puedes llevarla a la guardería! —le gritó Mücke por detrás—. Si quieres, te consigo una plaza. Así puedes dedicarte al bachillerato con tranquilidad y ocuparte al mismo tiempo de la obra.

—¡Ni hablar!

—¿Y por qué no? ¡Aquí lo han hecho todos y no le ha pasado nada a ningún niño! Podrías incluso buscar un trabajo y ganar dinero.

—De cajera en el supermercado, ¿verdad?

—¿Y qué? Siempre está bien tener dinero propio.

—¡No si tengo que separarme de mi hija!

Jenny era tozuda. Su hija debía tener una mamá que siempre estuviese a su disposición. No lo que ella vivió. Es cierto que en los pisos compartidos siempre había alguien, pero casi nadie se ocupaba bien de ella. No quería hacerle eso a su hija.

—Me las arreglaré sin guardería.

—Si tú lo dices...

Diez minutos después Jenny regresó con Julia recién cambiada. Mücke se hizo cargo de la niña el resto del día y fue con ella y Falko a pasear, lo que le dio a Jenny tiempo para estudiar.

Cuando las tres se dejaron caer por la noche en la gran cama de la abuela, Jenny había recuperado la esperanza. Al día siguiente le iban a enseñar lo que valía un peine a aquel arrogante de Simon Strassner.

Por la mañana, sobre las once, el Mercedes negro de Simon apareció en la carretera, giró despacio hacia la mansión y aparcó al principio de la vía de acceso para no hundirse en los surcos fangosos y empapados de lluvia. Jenny y Mücke estaban con la pequeña junto a la ventana y observaron cómo Simon cogía su cartera de piel negra y un paraguas gris del maletero. Saltó con maña los charcos y saludó con un gesto jovial de propietario a los dos revocadores, que almorzaban los bocadillos sentados en su coche. Simon había visitado en su vida innumerables obras y también había dirigido algunas. Tenía experiencia en ese terreno.

—¿Y por ese estabas loca? —se extrañó Mücke—. Pero si es viejísimo. Ya tiene canas en las sienes.

La propia Jenny ya no comprendía qué le gustaba de Simon.

—Hace ya mucho…

—¡Baja la cabeza!

Demasiado tarde. Simon estaba parado delante de la puerta y miraba hacia arriba. Por supuesto, descubrió a las tres en la ventana de la cocina. Jenny se puso como un tomate.

—Vaya, qué vergüenza —balbució.

—¿Y qué? —preguntó Mücke encogiéndose de hombros—. Es tu casa, puedes mirar por la ventana todo lo que quieras.

Los obreros tenían la puerta abierta, así que ellas oyeron al poco tiempo su paso elástico en la escalera, rápido y quedo. Después llamó a la puerta. De manera discreta pero perceptible. Mücke se sentó con la niña a la mesa y Jenny abrió.

—Buenos días, Simon. Pasa.

Tenía el mismo aspecto que hacía dos años. Algo más delgado quizá, pero su sonrisa seguía teniendo el mismo encanto.

—¡Hola, Jenny! Gracias por dejarme pasar, eres muy amable. ¡Menudo tiempo de perros!

Qué pocos complejos tenía. Como si fuera un amable, alegre y viejo conocido. Saludó a Mücke con un apretón de manos y después le tendió a Julia un patito de goma amarillo. La pequeña lo cogió entre chillidos de entusiasmo.

—¡Qué monada, nuestra Julia! —se apasionó—. ¡Ya estoy

loco por ella! He traído unos cuantos bombones, espero que os guste el mazapán. ¿Me puedo sentar? Gracias. Qué perro tan simpático. —Extendió la mano y acarició a Falko, que estaba junto a él meneando la cola.

¡Increíble! Ni siquiera el pastor alemán, que otras veces permanecía alerta, olía al enemigo tras su amable máscara. Jenny le sirvió una taza de café a Simon, que empezó a charlar. Habló de los castillos y mansiones que había visitado, puso la naturaleza de Mecklemburgo-Pomerania Occidental por las nubes y dio a entender que estaba involucrado en varias negociaciones.

—¿Un hotel balneario? —le preguntó a Jenny sonriendo—. Es una idea brillante. Un reposo cuidado en medio de la hermosa naturaleza a la manera de los hacendados. Ya se me podría haber ocurrido a mí. ¿El lago también es vuestro? Ah, sí. Y el antiguo jardín. Bueno, sí que se puede hacer algo con ello...

Por supuesto, Jenny sabía que Simon era un adulador, pero le sentó bien que por fin la elogiasen por su idea.

—Casi me dan ganas de participar.

Vaya, por ahí iban los tiros.

—Gracias, ya tenemos un arquitecto en el equipo.

—¿Ah, sí? ¿Lo conozco?

—Por supuesto. Kacpar Woronski.

Simon procuró que no se notase su reacción, solo dijo que lo suponía.

—Un joven con talento... El señor Woronski presentó de repente su dimisión y fue muy difícil de sustituir.

—¿Estás de vuelta? —preguntó Jenny y se levantó para reducir el tiempo de la visita.

Él ignoró la pregunta y, por el contrario, dedicó toda su atención a la pequeña. Por desgracia se le daban bien los niños, y, al ver que hacía reír a su hija, extendió los brazos hacia ella.

—Dame a esa monada. Cuánto se parece a ti, Jenny…

Antes de que pudiese reaccionar, él ya tenía a Julia en brazos y la paseó por la habitación, después la sentó en el suelo y se agachó al lado. Caminó de cuclillas como un pato y se alegró de que Julia chillase de la risa. Después la dejó cabalgar sobre su espalda, lo que le pareció maravilloso.

—Bueno, ahora te llevo con tu mamá.

Le puso a Julia en el regazo y Jenny rodeó a su hija con ambos brazos. Simon se limpió el sudor de la frente, se pasó los dedos por el pelo y se alisó la camisa, la corbata y el pantalón. Mücke contenía una media sonrisa.

—Todavía estaré por la zona unos cuantos días —anunció mientras cogía su cartera—. Por negocios. ¿Qué tal si tomamos un buen café en Waren? Me alojo junto al puerto, en una pensión. ¿Os apetece quizá dar una vueltecita en barca? Por supuesto, también me encantaría pasarme por aquí, la mansión es un edificio muy especial. Me alegro de que pronto vaya a recuperar todo su esplendor.

Le estrechó la mano a Mücke, se arrodilló delante de Jenny para decirle adiós a la niña y después la miró largo y tendido a los ojos. «¿Has olvidado todo lo que hubo entre nosotros?», decía su mirada.

—Bueno, adiós pues —lo despidió Jenny con frialdad.

—Hasta pronto, cariño.

Respiró aliviada cuando por fin bajó la escalera y vio desde la ventana cómo se subía al Mercedes.

—Tantos aspavientos para nada —dijo Mücke encogiéndose de hombros—. Ese tipo es del todo inofensivo.

Jenny sacudió despacio la cabeza. Si había una cosa que Simon Strassner no fuese, era «inofensivo».

Mine

—No —dijo Karl-Erich—. No viene. Te manda saludos y que sepas que duerme en la casa flotante.

Mine tuvo que colgar el auricular porque él ya no era capaz con sus dedos torcidos. Para que no se cayese y tirase la cómoda, Mine retiró el auricular con el cable de tirabuzón.

—¿En la casa flotante? —preguntó sorprendida—. ¿Desde cuándo tiene Max Krumme una casa flotante? Si alquila botes de remo.

—Bueno —siguió Karl-Erich—. Pues ahora tiene uno. Ya en nuestra época nadie quería remar.

También era cierto. Por eso esperaban que Ulli comprase uno o dos botes a motor. Para empezar. Y un velero. Para poder ofrecer algo a los turistas occidentales.

—Pero ¿qué es una casa flotante? —reflexionó Mine—. ¿Un barco con una casa encima? ¿Quién necesita algo así?

Karl-Erich se encogió de hombros. De todos modos, no tenía mucha fe en las maquinaciones de Mine, y ella lo sabía; no le parecía bien que manipulase a Ulli y a Max a sus espaldas.

—Déjalo de una vez —gruñó—. Ulli es adulto, tiene que saber dónde y cómo quiere vivir. No lo puedes mangonear. Y porque esté unos días de vacaciones en el lago Müritz no significa ni mucho menos que quiera quedarse allí y continuar con el alquiler de barcas de Max Krumme. Ulli tiene un muy buen puesto de ingeniero naval en Bremen.

—Yo no hago nada —protestó Mine, que se volvió a ocupar de la cocina, donde estaba confitando ciruelas—. Que lo decida el propio Ulli. Pero Max no es tonto, ha vivido toda la vida del alquiler de barcas y ha sustentado a su familia. Y parece que a Ulli le gusta o de lo contrario no se habría quedado. Aunque anteayer volviese a hablar de su viaje a los Alpes suizos.

—Una pena. —Karl-Erich sacudió la cabeza, lamentándose—. ¡Los Alpes! ¡Italia! La Via Mala… Que Ulli abandone todo eso para navegar por el Müritz… Lo va a lamentar.

Mine se dio la vuelta y le acarició el brazo. Sabía que, de joven, su Karl-Erich también tuvo sueños dorados. Quiso ir a Berlín, a la capital, donde la vida bullía. Pero quedaron en nada. Por amor. Por ella.

—Ulli todavía es joven —concluyó Mine—. Aún puede ir a Italia y a Suiza. Ahora todo es posible.

—Sí —respondió y sonrió irónico—. Pero no para un viejo lisiado como yo.

A ella no le gustaba cuando se compadecía de sí mismo. Tampoco se dejaba consolar y, cuanto más le llevaba la contraria, más se encerraba en su cueva de autocompasión. A pesar de que había tenido mucha suerte en la vida: volvió de la guerra con todos los miembros sanos, pudo seguir trabajando en su oficio y tener una mujer y tres niños. Solo la muerte de Olle, el padre de Ulli, lo seguía atormentando. Sin embargo, a ella le pasaba igual. El accidente de Olle, que también le costó la vida a su mujer, la madre de Ulli, era lo peor que le había sucedido a Mine en la vida. Chocaron con el Trabant contra un árbol. Mine y Karl-Erich acogieron y criaron a Ulli. Y fue una gran suerte para ambos.

Con Karla tenían poco contacto; hizo lo que Karl-Erich y Mine siempre soñaron: en 1958, con diecisiete años recién cumplidos, se mudó a la capital para asistir a una escuela de economía doméstica. «Administradora doméstica» era una formación muy solicitada entre las jóvenes, porque para un futuro marido era una ventaja que su amada se manejara bien con el dinero de la casa y lo mimara a fondo; y, como Karla era tan guapa, pronto conoció en Berlín a un oficial estadounidense, que se casó con ella y se la llevó a Estados Unidos. ¡Qué llorera al despedirse! Hablaron de visitas mutuas y, en efecto, Karla volvió a visitar a Mine y Karl-Erich, pero, dado que él tenía miedo a subirse al avión y, además, era muy caro, ellos nunca cruzaron el charco. Y ahora, por el reuma de Karl-Erich, ya no era posible. No obstante, Karla parecía feliz, y aunque el matrimonio no había tenido descendencia, la felicidad era lo principal.

Con Vinzent fue distinto. Se convirtió en un verdadero cabezota, un inútil, que cada vez reñía más con su padre. Sus disputas llegaron incluso a las manos, hasta que Karl-Erich pegó un puñetazo en la mesa y mandó a Vinzent con un primo lejano a una granja en Hungría para que sentara la cabeza y atendiera a razones. Vinzent se integró bien y, como el primo de Karl-Erich no tenía herederos, le legó la granja. Una vez invitó a sus padres. Vinzent se mostró muy orgulloso y a Mine le gustaba recordar las dos semanas que pasaron en casa de su hijo pequeño.

—Todo es posible. —Karl-Erich la sacó de sus pensamientos—. Al menos todos lo creen. Todos los chiflados dicen apañárselas. La señora baronesa construye un hotel, Max Krumme compra una casa flotante y Sonja quiere abrir un zoo. ¿Quieres saber lo que pienso? ¡Que son todo elucubraciones!

Mine sabía que era mejor dejarle descargar la frustración

porque después volvía a la normalidad. Sin embargo, ese día le costaba mantenerse callada.

—¿Y por qué no iba a funcionar? Ahora las cosas son diferentes. Los tiempos de la RDA han pasado, hoy todos tienen la posibilidad de montar algo.

Karl-Erich sacudió obstinado la cabeza.

—Eso solo se lo creen ellos, Mine. Pero de ahí no saldrá nada. Bien lo sé yo. Todos hacen aguas con sus grandes ideas.

Mine tuvo que contenerse para no enfadarse. Karl-Erich no lo decía en serio. El maldito reuma lo había vuelto muy pesimista. El reuma y la edad.

—¿Y qué te hace estar tan seguro?

No respondió enseguida, primero se pasó meditabundo los dedos torcidos por los cañones de la barba gris.

—Siempre ha sido así, Mine —dijo y miró por la ventana—. ¿Cómo era antes? Todo esto pertenecía al hacendado. Todo el terreno estaba en las mismas manos. Todos tenían para vivir y nadie pasaba hambre. Luego los rusos dividieron la tierra, muy troceadita. Solo unos pocos campesinos sobrevivieron, los que siempre vivieron de la agricultura. Los demás lo dejaron, echaron a perder la tierra. Y luego vino la cooperativa y todo volvió a estar en las mismas manos. Y estuvo bien, porque todos volvieron a tener para vivir. Te digo una cosa, Mine —añadió y la contempló pensativo—. Dentro de unos años, aquí todo volverá a estar en las mismas manos. Porque mucha gente humilde verá enseguida cómo se las gastan los peces gordos. ¿Tú también sabes a quién pertenecerá todo esto?

Mine se encogió de hombros.

—Todo esto pertenecerá a los bancos, Mine —vaticinó—. Y se lo venderán a los chinos. Dentro de unos años solo verás pulular por aquí a ojos rasgados. Así será. Y espero no tener que verlo.

Ahora sí que deliraba. Ojos rasgados…

—¿Echan hoy el fútbol en la televisión? —preguntó ella para distraerlo.

—Los martes no —gruñó—. Solo los fines de semana.

—Ah, vale. Quizá el programa deportivo.

—No. ¡No intentes echarme de la cocina, ya verás que tengo razón en lo que digo, aunque no te guste!

Cuando él se sentó en su sillón, Mine quitó las ciruelas hervidas del fuego y las metió en tarros grandes. Después abrió la nevera y sacó embutido y queso para cenar. Entonces constató que ya no quedaba cerveza.

—¡Voy corriendo al bar de Heino Mahnke! —exclamó en dirección al salón—. No hay cerveza.

—No hace falta cerveza —murmuró él—. No tienes que salir de noche por mí.

—Todavía es pronto —objetó ella, que ya se estaba poniendo el abrigo—. Así puedo comprar también leche y yogur para mañana. Ahora que lo pienso —bromeó—, ¡podría pasarme la noche en el bar!

—¡Iría a buscarte, muchacha! —amenazó.

Pensó en los tiempos en que él se lio a tortazos con Hannes Mauder porque creyó que le ponía ojitos. El pobre chaval murió más tarde en la guerra. Qué lejos quedaba ya todo aquello. Otra época. Otra vida.

Ya estaba oscuro cuando Mine salió a la calle. A la luz de las farolas se podía ver la lluvia, rayas oblicuas y grises que centelleaban un poco. Mine se ató el velo y se subió el cuello. No necesitaba paraguas y tampoco podía llevarlo, porque necesitaba cargar la pesada bolsa de la compra con cerveza, leche y yogur. Un paraguas solo molestaba.

El bar de Heino Mahnke estaba al final de la calle. Antes era solo un quiosco con bebidas, pero tras la muerte de su mujer Heino vació el antiguo salón, mandó construir una barra y puso mesas y sillas. Ahora solo vivía para su bar y en el pueblo se comentaba que él era su mejor cliente.

Cuando Mine se acercó al edificio, oyó que Heino tenía otros clientes; desde la calle se oían voces animadas. En ese momento se alegró de no vivir justo al lado de Mahnke, el ruido la habría molestado por las noches. Sacudió las gotas de su pañuelo y volvió a atarlo antes de entrar. Dentro se topó con el cálido ambiente del bar y las carcajadas. Cinco hombres estaban sentados a una mesa larga bebiendo cerveza y aguardiente. Eran Helmut Stock y Valentin Rokowski, Paul Riep, Wolf Kotischke y el propio dueño, Heino. Detrás, en un rincón, había otros dos clientes. Uno de ellos era Kalle Pechstein, al otro no lo conocía.

—¡Mine! —la llamó Heino—. ¡Tú a estas horas por aquí! ¡Si ya es de noche! Ven, siéntate con nosotros, acabo de pagar una ronda.

—¡No, gracias! —replicó ella con una sonrisa—. No me van mucho los bares. Nunca me han ido y ahora, con más de ochenta, menos.

Los componentes de la mesa se lo estaban pasando en grande, hacían señas a Mine y la invitaban a cerveza y aguardiente de trigo, divertidos al verla tan avergonzada.

Mine rehusó la invitación y se dirigió a la barra, donde Angie Kunkel, la nieta de Paul Riep, servía la cerveza. Angie acababa de cumplir diecinueve años y tenía sobremordida, pero si no hablaba no se le notaba. Además, estaba muy guapa con el pelo rubio corto y aquellos grandes ojos azul claro.

—Solo quiero llevarme dos botellas de cerveza —pidió Mine—. Y si hay, también dos yogures y una jarra de leche.

—Heino, ¿puedes ayudarme un segundo? —dijo Angie, que sacó dos botellas de cerveza del refrigerador y las puso sobre la barra—. Mine necesita dos yogures y leche. ¡No puedo servir e ir detrás a la vez!

No, por supuesto que aquellos jóvenes no podían, pensó Mine, pero se abstuvo de comentarlo. ¡Si supiese todo lo que a su edad tenía que hacer al mismo tiempo en la finca! Era un trabajo muy duro, pero ningún empleado se quejaba.

La mirada de Mine vagó por el bar y se detuvo en el desconocido, que estaba un poco apartado de Kalle.

—¿Has visto a ese? —preguntó Angie mientras servía la siguiente ronda—. Ha dicho que viene de Berlín. Y adivina lo que quiere.

—Seguro que quiere comprar tierras. O arrendar —supuso Mine y examinó con discreción al tipo vestido con elegancia.

—No, para nada. —Angie se inclinó hacia Mine—. Es el señor Strassner. Quiere casarse con Jenny Kettler, la de la finca.

—¡Ay, no! —exclamó Mine—. Acaso es…

—Exacto. El padre de la niña. Hace un momento contó que le ha costado mucho darse cuenta, pero ahora sabe que no puede vivir sin Jenny ni su hijita. —Angie sonrió, soñadora, y dejó correr la cerveza—. A veces tardas bastante en saber cuál es tu sitio, ¿no es cierto? Jenny tiene mucha suerte. Tiene pasta a espuertas, ya ha pagado dos rondas…

Mine volvió a mirar de reojo a Kalle y a ese tal Strassner. No le gustaba del todo. Demasiado empalagoso, demasiado solícito. Además, era muy mayor para Jenny. Casi podía ser su padre. ¿Cómo es que venía de pronto para casarse con ella? La única explicación era que se hubiese divorciado. En ese país no era nada extraordinario. En la RDA la gente se casaba joven, pero se divorciaba a menudo. No suponía problema, porque todas las mujeres trabajaban y el Estado se ocupaba de las guarderías. No obstante, en el otro lado, en el Oeste, no era tan fácil.

Aun así era una buena noticia. Jenny se casaría dentro de

poco con el padre de su hija y dejaría en paz de una vez al pobre Ulli, que podría dedicarse por fin a la mujer que según Mine era sin duda para él: Mücke Rokowski.

La puerta de la cocina se abrió tras la barra y Heino apareció con la jarra llena de leche y dos tarritos de yogur.

—Has tenido suerte, Mine. Pero la leche es de esta mañana, mejor hiérvela.

Como buena hija de campesinos, Mine lo sabía. Heino metió las dos botellas de cerveza, los dos yogures y la jarra de leche en la bolsa de la compra.

—Todo, seis marcos.

Mine pagó, saludó a su alrededor y salió a la oscura calle. También el señor Strassner le gritó un amable «buenas noches».

Sin embargo, no le gustaba. Era una sensación que brotaba del estómago. Demasiado empalagoso. Demasiado forzado.

Jenny

—¡Jenny! ¡El teléfono!

La voz de Mücke resonó excitada en la escalera. Debía ser una llamada urgente. Maldita sea. Siempre en el peor momento. Jenny estaba leyendo la cartilla a los revocadores porque Kacpar había encontrado abolladuras en las paredes del gran salón. Los chavales no rellenaron bien los puntos por donde pasaban los cables eléctricos.

—¡No se puede quedar así, por esto no pago ni un céntimo! —les dijo. Ambos obreros tenían los rostros adustos e intentaban quitar hierro al asunto—. Vuelvo enseguida...

Jenny subió la escalera hacia Mücke y la pequeña, y cogió el auricular.

—¿Quién es? —susurró, con la mano tapando el micrófono.

—Tu abuela —le susurró a su vez Mücke.

—Gracias a Dios —dijo Jenny aliviada—. Ya pensaba que era mi madre. —Quitó la mano del micrófono—. Hola, abuela, soy Jenny. ¿Qué tal estáis?

La voz de la abuela sonaba bastante baja. No era de extrañar, estaba muy lejos.

—Estamos bien. Ahora en Firenze.

—Pensaba que estabais en la Toscana.

—Estamos en la oficina de correo de Florencia.

—Ah, vale.

—¿Qué tal por allí? ¿Estáis bien? ¿Han venido los revocadores?

—Todo genial, abuelita. Abajo está casi todo listo, cuando vuelvas podremos pedir los muebles.

Durante un breve momento Jenny estuvo tentada de mencionar los desniveles de las paredes, pero no lo hizo. La abuela podía exasperarse por semejante tontería y no era conveniente en su viaje de bodas.

—¿Y por lo demás? —siguió preguntando la abuela—. ¿Os las arregláis? Me refiero a que tres semanas es mucho tiempo.

—¡Pero abuela! —exclamó Jenny indignada por el auricular—. Aquí está todo controlado, no tienes que preocuparte en absoluto. Disfruta del bonito viaje con Walter. Estáis bien, ¿no?

—Sí, sí. Estamos a las mil maravillas…

—¿Y el apartamento? ¿Está bien?

—Sí, es muy bonito. Hay una vista espléndida de las verdes colinas toscanas.

Colinas verdes. Bueno, eso también lo tenía en Dranitz, pero parecía gustarle. Era lo principal.

—Pues os deseo una luna de miel magnífica e inolvidable. ¡Y saluda a Walter de mi parte!

—Gracias, Jenny —acababa de escuchar cuando la línea se cortó. Quizá se había agotado el dinero. ¿Cuántas liras costaba una llamada internacional así? Durante un momento pensó en las reclamaciones de pago que estaban al fondo de la cómoda de la abuela, pero seguro que lo solventaría en cuanto regresara.

Jenny besó la gordita mejilla de Julia, que gimoteaba porque quería jugar a toda costa con Mücke al «Arre, caballito», y después bajó corriendo los escalones para ver si todo estaba en orden.

—Ahora no, cariño —oyó decir a Mücke—, aprovechemos el buen tiempo y demos de comer a los patitos del lago. Ven, nos ponemos la chaquetita y el gorrito.

Entonces llegó Kacpar. Saludó a Jenny con amabilidad y luego la cogió del brazo.

—Me gustaría hablar un momento contigo, Jenny.

Ya se imaginaba qué lo atormentaba. El tiempo que se había dado con Mücke parecía traerlo de cabeza, y no solo a él...

—Subamos —propuso ella—. Allí estaremos tranquilos, Mücke quiere salir con Julia.

En la escalera se cruzaron con ellas. Julia estaba muy elegante con la chaquetita rosa chicle que la abuela le pidió por catálogo, aunque a Jenny le parecía que le quedaba muy estrecha. Cuando Mücke vio a Kacpar, se paralizó, después esbozó una sonrisa muy vivaz.

—Ay, hola, Kacpar —dijo y lo miró con franqueza—. Mi madre ha dicho que tienes que recoger tus cosas. Necesita la habitación para sus trastos. ¡Estaría bien que te fueses mañana!

Kacpar se quedó de una pieza.

Mücke le lanzó una mirada despectiva, después se pavoneó, con la cabeza alta y la niña en brazos. «El final de un amor», pensó Jenny triste. Qué pena. Aunque tal vez fuera mejor así. En realidad, Mücke y Kacpar nunca hicieron buena pareja.

Llevó a Kacpar a la cocina y lo sentó en una silla. Se veía que el asunto le daba mucha vergüenza.

—Si quieres volver a mudarte a la mansión... —ofreció ella por fin y se aclaró la voz.

—Ya he encontrado una habitación, gracias.

Ella asintió. Mucho mejor así. Si se hubiese mudado, probablemente le habría costado otra bronca de Mücke. Al parecer, su amiga no había superado el asunto ni mucho menos o de lo contrario no lo trataría con tanta sequedad.

—¿Café? —preguntó y se puso a rellenar la máquina.

—Querría hablar contigo de ayer, Jenny —dijo Kacpar.

—¿Quieres decir de Simon Strassner, no de Mücke? —preguntó Jenny, sorprendida.

—Sí. —Kacpar asintió—. Me sobresalté al encontrármelo de manera tan inesperada. Me pregunto qué trama con esta visita.

Jenny se encogió de hombros.

—Al parecer casualmente está por la zona porque visita varios edificios. Y quería ver a su hija.

—¿Y te lo creíste?

—No, no me lo tragué. Pero estaba muy relajado, jugó con la pequeña y después se fue.

—¿Quiere volver?

—Ha alquilado una habitación en Waren y nos ha invitado a un paseo en barca.

—Ajá. —Kacpar asentía pensativo.

Jenny se estaba impacientando.

—Yo también sé que hay gato encerrado. Pero no tengo ni idea de lo que planea y eso me pone de los nervios. Tengo miedo de que quiera quitarme a Julia.

—No lo conseguirá. —Kacpar sacudió decidido la cabeza. Cuando Jenny le puso delante una taza llena de café, le tocó el brazo para tranquilizarla—. Pero tengo mis sospechas —añadió—, y por eso ayer al mediodía llamé a Angelika. Angelika Kammler. ¿Te acuerdas de ella?

—¡Por supuesto!

Caramba con Kacpar. Llamó sin más a la secretaria de Simon. No lo creía en absoluto capaz.

—Me contó que está buscando trabajo porque la empresa

de Simon se liquida. El pobre está metido de lleno en un divorcio muy difícil, Gisela no se lo pone fácil y sus influyentes padres la apoyan. ¿Qué te parece?

—¡Me dejas de piedra!

¡Menudo cuentista! No dijo ni una palabra del tema. Al contrario, jugó al hombre de negocios inteligente, que pasaba por casualidad y quería ver «unos edificios», pese a que en realidad estaba con el agua al cuello.

—Sospecho que más bien Simon tiene la vista puesta en ti, Jenny —continuó Kacpar, que la miró de modo significativo.

Ella empezó a reír.

—¿En mí? No lo creo. Habría dicho algo; que se divorciaba; que se sentía solo. Lo que los hombres cuentan cuando quieren algo de una mujer.

Kacpar sonrió. Por supuesto, recordaba muy bien todo lo que Simon le contó durante meses hasta que ella por fin se dio cuenta. Y Jenny sabía que lo sabía. Al fin y al cabo, fue él quien la ayudó en Berlín.

—Tú ve despacio y con cuidado —le pidió Kacpar, ya sin sonreír—. Pero si se queda por la zona y quiere invitarte, es una señal de que planea algo.

Jenny se quedó pensativa. Simon ya se refugió una vez en su casa cuando Gisela lo amenazó con divorciarse. ¿Acaso se imaginaba que era tan tonta como para acogerlo una segunda vez? No podía ser. Ni siquiera alguien con una autoconfianza tan exagerada como Simon podía ser tan ingenuo.

—¡No me va a tomar por tonta! —exclamó furiosa—. Iré ahora mismo a Waren y le diré que no espere nada de mí.

Kacpar la miró asustado. Al parecer no contaba con tanta determinación.

—¡No, espera! —intentó detenerla—. No hay que precipitarse. Simon Strassner se las sabe todas. Sobre todo, en lo que atañe al trato con las mujeres.

—¿Acaso temes que pueda seducirme con su encanto masculino y acabe con él en la cama del hotel?

—Claro que no —negó con la cabeza y enrojeció—. Solo me refería a que antes deberías pensar bien lo que le dirás.

—¿Qué hay que pensar? —respondió y empezó a buscar el bolso y las llaves del coche—. Llamaré las cosas por su nombre y lo pondré sobre aviso. Posiciones claras. Tabla rasa. Nada de trampas.

—¿Qué te parece si voy contigo?

—No. Tienes que vigilar a los obreros y luego abrirles la puerta a Mücke y la pequeña, no tienen llave.

Jenny sacó de la cómoda la llave de la abuela y se la tendió a Kacpar. La cogió dubitativo.

—Volveré dentro de una hora, como mucho.

—No me parece buena idea, Jenny —la advirtió Kacpar, pero ya estaba en la escalera.

La gasolina estaba en la reserva, tenía que repostar sin falta en Waren o se quedaría colgada en algún lugar del bosque. En el pueblo construían y rehabilitaban por todas partes. Los andamios y coches de los proveedores obstruían las calles, ocupaban todos los aparcamientos y el ruido de las máquinas era insoportable.

Jenny aparcó en una calle lateral, fue a pie hasta el puerto y pensó dónde podía hospedarse Simon. Por desgracia, había varias pensiones en cuyas ventanas colgaba el letrero de «Se alquila habitación», por lo que no tuvo más remedio que recorrerlas todas. Cuatro falsas alarmas hasta que por fin tuvo suerte delante de una casa de ladrillo con marcos de ventana blancos. La anciana, bastante corpulenta, que estaba limpiando el pasillo, conocía el nombre de Simon Strassner.

—Ese ha estado aquí —dijo y quitó el trapo de la fregona para escurrirlo en el cubo—. Hasta ayer.

—¡Ah! ¿Ya se ha ido?

Jenny estaba muy decepcionada. Ahora que quería zanjar el asunto de una vez por todas, él ya no estaba.

—¿Ha dicho adónde?

—No, no me importa adónde vayan los huéspedes.

—Claro que no. Gracias de todos modos.

Decepcionada, Jenny salió a la calle, suspiró hondo y parpadeó por el sol, que le confería al agua del puerto un color azul plateado. Varios yates blancos se amontonaban en el muelle. Un barco, que anunciaba «Paseos», se meció a su izquierda en el puerto. Era la típica estampa de vacaciones. Se acercó unos cuantos pasos al agua y se detuvo indecisa. Los turistas caminaban a lo largo del muelle, charlaban y señalaban con el dedo; los niños llevaban cucuruchos de helado en la mano; una hambrienta avispa zumbaba a su alrededor. Así que se había ido.

¿Y si Simon no tuviera ningún tipo de oscuras intenciones respecto a ella o la pequeña? Quizá solo quería ver a su hija y les ocultó su situación porque no quería molestarla con sus penas. Claro. Simon Strassner no iría pregonando una historia tan desgraciada. Le resultaría demasiado desagradable. Prefería callarse y jugar al hombre de negocios exitoso. Casi le dio pena el pobre hombre. La vida lo zarandeaba de verdad, aunque él mismo fuera el culpable de su miseria.

—A medio gas de frente. ¡Listo para atracar!

Se estremeció y miró en la dirección de la que procedía la voz. Directa de la dársena. Allí apareció entre los bonitos y blancos yates una cosa extraña y marrón, que recordaba a una caja flotante. En concreto, a una caja bastante grande, toda de madera con ventanas y una puerta, una especie de Arca de Noé. Dios mío: una casa flotante.

—¡A la orden, capitán! —exclamó Ulli—. Cabo para atracar listo…

Había cierta agitación entre los turistas, que al parecer

ya llevaban un rato observando la casa flotante. Arrinconaron a Jenny, unos serviciales turistas cogieron el cabo, lo ataron a uno de los bolardos y empezaron a hablar con los dos hombres del barco.

—¿Dónde se puede alquilar uno así?

—¿Tiene también calefacción?

—¿Se necesita carnet?

—¡Mami, quiero subir al barco!

Le costó abrirse paso. Ese chisme no tenía mala pinta. Había visto barcos así en Berlín, donde se mecían por todas partes en los cauces; muchos de ellos estaban construidos de manera mucho más descabellada que esa modesta balsa con remolque. Ulli estaba despatarrado en la proa y manejaba el cabo.

—¡Ulli! —exclamó—. ¿Eres tú de verdad?

—¿Jenny? —preguntó perplejo—. ¡Pero qué casualidad!

No parecía demasiado contento de verla. Típico de Ulli. Hacía poco, cuando tomaron café juntos, estuvo muy distinto. Simpático y comprensivo. Y entonces volvía a hacer como si ella tuviese una enfermedad contagiosa. Jenny se enfadó.

—Bonito barco —dijo pese a todo y le sonrió—. ¿Puedo visitarlo? Como vieja amiga, me refiero.

Noto que él en realidad no quería. Pero tampoco deseaba negárselo.

—Pues claro —respondió. Se desperezó y le tendió la mano para ayudarla a subir a bordo.

Su camarada de barco era muy atento. Un tipo extraño, pequeño, flaco y con unas enormes orejas de soplillo. Estaba claro que Mücke no deliraba el otro día.

—¡Bienvenida a bordo! —exclamó—. ¡Para las viejas amigas hay paseo gratis!

—Este es Max Krumme, mi socio —los presentó Ulli—. En realidad queríamos ir a comer algo, pero ya que estás…

Por cierto, puedes sentarte aquí. —Cuando Jenny se sentó, se volvió hacia los turistas—. ¡Largo!

—¿Y a quién pertenece el Arca de Noé? —quiso saber Jenny después de que Ulli arrancase el motor y se sacudiese sobre el agua.

—Es el *Mine* y nos pertenece a Max y a mí —aclaró Ulli, que se sentó junto a ella y confió el timón a su socio.

El *Mine* inició el trayecto y Jenny notó el balanceo y la oscilación del barco. Le gustó. Oteó la plana superficie del lago, que nunca parecía acabar. Qué bonito era deslizarse en aquella vastedad, dejarse rodear por el agua y el cielo.

—Pensaba que estabas en Bremen —dijo ella, prestando atención al sol.

—Estoy de vacaciones.

—¿Y te has comprado un barco?

Ulli sacudió la cabeza. Ahora que estaban navegando, se había soltado, estaba de repente relajado, casi alegre.

—Fue Max, él se compró el barco. Muy astuto, ya que me pilló desprevenido. Y ahora ya no me puedo librar del *Mine*, me encantaría navegar durante un año todos los ríos y lagos. Una locura, ¿verdad?

—Vaya. —Jenny asintió—. Ya veo. —Cerró los ojos y sintió el ligero viento en contra.

—¿Y tú? —quiso saber Ulli—. ¿Te las apañas sola con la obra y la niña? Me han dicho que tu abuela está de viaje de bodas. —Se sentó tan cerca de ella que el brazo le rozaba una y otra vez la mejilla cada vez que el barco se tambaleaba, porque un verdadero marinero acompañaba sus movimientos. No era desagradable sentirlo tan cerca. Era incluso excitante. Se resbaló con discreción un centímetro hacia él.

—Sí —respondió despacio—. No es fácil. Pero Kacpar Woronski está ahí y Mücke me ayuda. Además, la abuela y Walter volverán dentro de dos semanas.

Continuaron en silencio el trayecto por el azul y brillante lago. Desfilaban ante ellos juncos y bosques, los tejados grises de los pueblos, boyas flotantes, unas veces rojas, otras verdes, barquitas diseminadas a su alrededor y, sobre todo, el cielo azul oscuro, que clareaba en el horizonte. Era tan relajante, tan liberador, que Jenny sintió de repente ganas de llorar.

Notó que Ulli le clavaba los ojos. ¿De qué color los tenía? ¿Gris? ¿Verde? ¿O un tono intermedio? Él sonrió. Extendió la mano y sujetó el fular, que se desprendió con el imperceptible viento. Lo anudó para que no se volase.

—¿Es un nudo marinero? —preguntó ella.

—Para eso necesito un cabo, no un fular de seda.

—¿Sabes hacer nudos marineros?

—Claro.

—¿Me enseñas?

—Tal vez.

De nuevo silencio. El silbido y golpeo de las olas. Levantaban el barco, lo llevaban a cuestas, lo hundían y elevaban a la siguiente ola, que lo seguía llevando. De vez en cuando una ola salpicaba por encima de la madera, la espuma les mojaba los pies y volvía deprisa a su medio. El aire olía a agua, a verano que terminaba.

Ella se sorbió los mocos.

—Eh, Jenny —dijo Ulli en voz baja—. ¿Qué pasa?

Entonces se dio cuenta de que las lágrimas le caían por las mejillas. Se las enjugó con el dorso de la mano, pero aparecieron más. A toda prisa rebuscó en su bolso un pañuelo de papel.

—Lo siento, estoy hecha polvo. Ha sido demasiado para mí —balbuceó y entonces empezó a sollozar de verdad.

—Venga, llora tranquila. Eso ayuda.

Su cálido brazo rodeándole los hombros, el olor a barco y brisa marina, su voz susurrándole al oído. Era como si una esclusa se abriese y todo lo que la atormentaba brotase de ella en forma de lágrimas saladas. La abrazó y las olas los mecieron arriba y abajo mientras Max Krumme dirigía el barco con imperturbable tranquilidad por la especular agua.

—Lo siento —dijo con voz ronca al pecho de Ulli.

—No pasa nada. Lo necesitabas, ¿verdad? Sé lo que es. Yo a veces estoy también al límite.

Tenía un carácter muy sencillo. No hacía un gran drama, lo aceptaba sin más. Pasaba a veces. Era humano.

—¿Volvemos, por favor? —preguntó ella—. No puedo tener a Mücke todo el día de canguro.

—Claro. Eh, Max. ¡Regresemos! Tiene que volver a Waren.

—¡A la orden, capitán!

El barco cuadrado trazó un amplio semicírculo en el lago, se acercó con mucho peligro a una flotilla de piragüistas y se dirigió a Waren. Ya a lo lejos se podían distinguir las casas, casi todas cubiertas de gris y azul. Laxo, el brazo derecho de Ulli le rodeaba el hombro. Porque sí. Por si acaso.

—¿Puedo hacer algo por ti? —preguntó él.

—Me las apaño, gracias.

Ulli asintió. Abrió la boca para decir algo, pero no lo hizo. Tragó saliva dos veces. Entonces habló.

—Estaré aquí hasta el domingo. Si pasa algo, puedes llamar a Max Krumme. Por las noches estamos casi siempre en Ludorf.

Ella sonrió. Seguro que estaba horrible con los ojos hinchados y la nariz roja de llorar, pero él le devolvió la sonrisa. Ay, Ulli. Se lo imaginó enfrentándose a Simon con los brazos en jarras. Le sacaba una cabeza. Simon correría como una liebre porque era un cobarde.

—Muy amable por tu parte —dijo ella.

—Lo digo en serio.

—Yo también, Ulli. Pero aun así, muchas gracias.

Waren pareció nadar hacia ellos. Surgió el muelle gris con sus yates y unas cuantas lanchas a motor. Uno de los barcos zarpó para un trayecto, con los turistas vestidos de colores y sentados en la cubierta.

—Todavía queda bastante, pero ¿vendrás para Navidades a Dranitz? —preguntó ella.

Él asintió.

—Entonces pásate por casa, ¿vale?

—Ya veremos...

—¡Prométemelo!

La miró de un modo extraño, con una mezcla de reproche y serenidad. No se quería comprometer, pero parecía tener unas ganas enormes de corresponder a su deseo.

—Bueno —cedió en voz baja—. Lo prometo.

—Hecho. —Le tendió la mano, que él estrechó largo y tendido.

—Bueno, señorita, ya hemos llegado —anunció Max Krumme, que lanzó el cabo a uno de los bolardos.

Jenny se levantó, le dio las gracias y dejó que Ulli la ayudase a bajar.

—Cuídate —dijo y la abrazó para despedirse—. Y no bajes la guardia.

Jenny lo estrechó, después se separó y echó a correr. Tras unos cuantos pasos se volvió y vio que él permanecía en el mismo lugar y la seguía con la mirada.

—¿Me mandarás una postal desde Bremen? —preguntó ella.

Él asintió, luego soltó el cabo, saltó al barco y se alejó sin darse de nuevo la vuelta.

Sonja

Aplicó con delicadeza el pincel sobre el papel y observó cómo la pintura se mezclaba. Demasiado húmedo. Tendría que haber esperado, ¿por qué no tenía más paciencia? Sin embargo, el tono marrón era perfecto, tirando apenas al ocre, junto con el verde oscuro, casi oliva, y después el rojo claro en medio. Solo un poco, unos cuantos puntitos. Luego los pondría o de lo contrario ensuciaría la pintura.

Retrocedió un paso y examinó su obra con ojo crítico. No estaba nada mal. La cálida luz otoñal estaba bien. Hojas cayendo y volando arriba y abajo, el follaje de otoño girando bajo los rayos dorados del sol. Un poco cursi, eso sí, pero tenía ese aspecto. Hizo fotos y se había inspirado en ellas. Además, no pretendía ganar premios de arte, sino hacer realidad sus sueños e imaginación. Lo que pintaba no incumbía a nadie. Era solo para ella.

Metió el pincel en agua y miró el reloj. Casi las dos. Era martes. Maldita sea. Tine estaba lista en el consultorio. ¡Ay! Algo se acababa de hacer añicos. Vaya, sonó a cristal. Ojalá no fuese el espejo del armario, donde se guardaban torundas, desinfectante y apósitos. Seguro que no era fácil de conseguir un cristal que encajase.

Se cambió la bata azul claro de pintar por la sanitaria y bajó al consultorio.

En efecto, allí estaba Tine Koptschik, ocupada con el recogedor y la escobilla. El frasco con los bastoncillos de algodón se había caído y roto en mil pedazos.

—Lo siento muchísimo —se disculpó Tine—. Pero siempre hay algo en medio.

—No pasa nada. De todos modos, quería comprar una lata para eso.

—Enseguida aspiro los cristales más pequeños.

Sonja se encerró en el pequeño quirófano y esperó hasta que Tine terminase. El día anterior había castrado a dos gatitos y suturó una mordedura a una terrier. Poco a poco se estaba corriendo la voz de que trabajaba bien. Los dueños de la perra habían venido desde Parchim.

—¿Ya? Entonces puedes hacer pasar al primer paciente —dijo cuando vio que Tine guardaba la aspiradora en el armario empotrado.

—Podría. Solo que no hay nadie.

Sonja se vino abajo. Siempre pasaba lo mismo: apenas se alegraba de un éxito, le propinaban un golpe. En el peor de los casos, se quedaría sentada allí hasta las siete, tendría que pagar a Tine diez marcos por hora y no vendría ni un solo paciente.

—He traído un rollo de fresa —anunció Tine de buen humor—. Bizcocho con nata, las fresas las había congelado yo. Es para esta tarde.

Por la tarde tenían reunión de la junta. Kalle había insinuado algo con aire misterioso por teléfono: al parecer tenía grandes novedades que anunciar. Se le veía entusiasmado con su nuevo cargo de presidente y Sonja solo esperaba que no hiciese ninguna tontería. Uf, no era tan fácil dirigir el asunto en la dirección correcta y, sobre todo, la sacaba de quicio.

—He tenido una idea —anunció Tine, que se dejó caer a plomo en el taburete de ruedas en que Sonja se sentaba para operar—. Respecto a los animales. Porque alguien tiene que cuidarlos.

Sonja frunció el ceño, no comprendía del todo el razonamiento de Tine.

—En el zoo, me refiero. Mis dos sobrinos estuvieron en la fábrica de pastas de Waren y ahora están en paro. Les gustan los animales, así que podrían trabajar con nosotras como cuidadores, ¿no?

Es cierto que la propuesta le pareció algo atrevida, ya que de momento no había ni zoo ni animales, pero al menos ponía de manifiesto la confianza de Tine en el proyecto.

—Cuando estemos preparadas, por supuesto. Los apuntamos.

—Bien. Pueden pasarse cuando sea y presentarse.

Sonja asintió y miró por la ventana. No se veía cerca a nadie con perro, gato o cesta portátil con contenido animal. ¡Qué deprimente!

—Puedo volver a limpiar las ventanas —propuso Tine—. Es necesario, se vuelven a ver las marcas de la lluvia.

Al menos era muy honrado por su parte que no pretendiera ganarse el sueldo sin hacer nada. Era una persona honesta. Y le encantaba limpiar.

Justo cuando iba a coger el cubo y el trapo, sonó el timbre del consultorio y entró una joven con una gata que se había pillado la pata en la puerta. Media hora más tarde, cuando Tine quiso coger de nuevo el cubo, llegó un joven con un perro grifón que tosía y después le siguieron dos conejillos de Indias con los dientes demasiado largos y un arisco perro salchicha con un espolón arrancado. Sobre las siete, cuando Tine ya quería cerrar el consultorio, apareció Irene Konradi, que necesitaba pastillas desparasitantes para tres pastores alemanes adultos y siete cachorros de medio año.

—Hoy hemos hecho caja, ¿verdad? —se alegró Tine—.

Subamos, quiero cortar el rollo de fresa. Y hacer café. Los demás tienen que estar a punto de llegar. ¿Hay cerveza? Seguro que Kalle quiere una.

Sonja opinaba que era mejor que Kalle Pechstein bebiese limonada o café, pero no dijo nada.

—Gerda trae canapés…

Sonja estaba de los nervios. Estaban pendientes decisiones importantes de las que dependía el sueño de su vida y esa gente solo pensaba en comer. No obstante, en la cocina comprobó que el rollo de fresa de Tine era muy tentador. Esa espiral de nata rosada dentro del bizcocho amarillento y esponjoso, espolvoreado con azúcar glas, tenía el aspecto de nieve recién caída. Precioso para pintarlo. ¡Y qué aroma!

Poco a poco fueron llegando los demás. Gerda Pechstein colocó en la mesa los canapés, que había decorado con esmero: paté y morcilla con pepinillos, cubitos de queso con uvas, pescado ahumado con cebolla en vinagre.

Cuando todos tomaron asiento en el pequeño salón de Sonja, abrió la sesión.

—Bueno, quiero comentar todo lo que ya he puesto en marcha —empezó Kalle, que se recostó en el sofá y cruzó las piernas.

—Un momento —lo interrumpió Sonja—. Tenemos un orden del día.

Señaló con el dedo las hojas que había distribuido. Kalle cogió una, la ojeó deprisa y dijo que algo así era del todo innecesario entre amigos.

—El trabajo de asociación debe ceñirse a unas normas —insistió Sonja—. Tine, deberías tomar apuntes porque harás un acta.

Tine sacó un cuaderno escolar y un bolígrafo de su bolso.

—Ya me figuraba —gruñó.

—Bien —la calmó Sonja—. Si quieres, luego te ayudo.

Kalle se sirvió un vaso de cerveza.

—Aquí pone: Informe del presidente... ¿Informo o no?

Sonja dijo que se podían pasar por alto, haciendo una excepción, ciertas formalidades y le sonrió exhortativa.

—Dispara, Kalle. ¡Tenemos todos mucha curiosidad!

Kalle lanzó la hoja con el orden del día a la mesa, donde siguió planeando, y su madre, Gerda, la cogió. Entonces empezó.

—Bueno, por ahora he reunido treinta y cinco miembros. Y solo acabamos de empezar. Más de veinte quieren pensárselo, pero en principio están a favor, cinco ya formarían parte, pero no quieren pagar un marco al mes...

Tine movió el brazo en busca de ayuda.

—Alto, Kalle, no tan rápido. Repite las cifras para apuntarlas, pero despacio.

Kalle demostró una paciencia asombrosa, dictó a Tine a cámara lenta y después continuó su informe.

—Figuraos, ya he recaudado un montón de donaciones. Por un lado está mi padre, que da diez marcos, y Wolf, que ha dicho que puede procurarnos un tractor a buen precio.

—¿Para qué queremos un tractor? —quiso saber Tine, que hizo un gesto de desprecio con la mano derecha.

—Lo podrás utilizar de vez en cuando —aclaró Kalle—. Herbert Spiess nos da sus cuatro vacas y Karl Willert nos cede tres cabras.

Gerda Pechstein soltó entonces que su vecino, Jochen Lüders, tenía tres gatitos, que quería donar a la asociación. No obstante, solo contra recibo. Necesitaba una respuesta antes del día siguiente o los tiraría contra la pared.

Indignación general. Kalle declaró enérgico que al día siguiente quería ir a verlo y lanzar a Lüders contra la pared, a ver qué sentía. Sonja, que también estaba enojada, calmó los ánimos.

—Dile que nos quedamos con los gatitos. Y a su gata la castro gratis.

—Ya solo nos faltan las gallinas —dijo Tine—. ¿Le pregunto a mi cuñada de Torgelow?

Sonja tuvo que volver a intervenir. Todo el asunto iba en la dirección equivocada.

—Calma. No queremos abrir una granja, sino un zoo para la fauna autóctona; además, de momento solo podemos acoger casos de emergencia, porque seguimos con una situación económica frágil.

Kalle hizo el cálculo: sesenta miembros reportarían al año seiscientos veinticuatro marcos occidentales. Ya era bastante.

—Y después —siguió, con cara misteriosa—, después recaudé otra donación en efectivo.

Metió la mano en el bolsillo interior de la chaqueta y sacó un sobre, que entregó con gran ademán a su madre.

—¿Qué hago con esto? —preguntó Gerda Pechstein, confusa.

—Eres la tesorera, ¿no?

—Ay, Dios, sí. ¡Lo había olvidado por completo!

Gerda cogió el sobre con aversión y preguntó a su hijo si se trataba de una donación anónima.

—No. Quiere un certificado del donativo. Ha metido un papelucho.

Cuatro pares de ojos observaron atentos cómo Gerda rasgaba el sobre con los dedos. Cayeron varios billetes: cuatro marrones y uno azul.

—¡Trescientos marcos! —exclamó Gerda atónita—. Bueno, este va sobrado de dinero. ¿Quién es el noble donante?

Kalle resplandecía de orgullo. Desde que era presidente, su vida había cambiado por completo. No era solo que hubiese afiliado a Mücke y sus padres como miembros de la asociación, sino que también había reclutado para la causa a un hombre de negocios de Alemania Occidental.

—Es un tipo muy simpático. Simon Strassner se llama. Ahora vive en casa de Heino, en la habitación de invitados.

—Uno del Oeste... Vaya, muchas gracias —dijo Tine—. Solo busca ganar dinero. Uno le sonsacó a mi prima la casa por dos duros, después la derribó y ahora está construyendo una hospedería de cuatro plantas.

—¡Anda ya! —replicó Kalle—. Simon es un tío genial. Quiere casarse con Jenny, la de la finca. Porque es el padre de su hija.

Entonces Sonja se acordó. El molino de aceite. El solitario excursionista que preguntó por la finca Dranitz. Se le presentó. Retuvo el nombre, era algo inusual. Simon. Exacto.

—¿Uno delgado con abrigo oscuro y sienes plateadas?

Kalle la miró sorprendido y asintió.

—Lo de las sienes plateadas, sí. ¿Lo conoces?

—Me lo encontré una vez —dijo Sonja—. No me inspira confianza. Mejor ten cuidado, Kalle.

—Pero ¿qué os pasa? —se alteró él—. Son trescientos marcos en efectivo y también quiere ser miembro. Mejor no puede salir.

Gerda opinó que, al fin y al cabo, no se podía admitir solo a gente que les cayese bien.

—No necesitamos buitres —insistió Tine—. Solo dan guerra.

—Pero si Jenny se casa con él, no nos lo quitaremos de encima —intervino Gerda—. Entonces querrá tener voz aquí y nos podría dar guerra.

Sonja se vio en medio de un conflicto moral. Lo que Gerda decía no se podía negar. Sin embargo, Sonja estaba casi segura de que la baronesa no dejaría que un yerno la timara. No obstante, el tiempo corría en contra de la anciana, así que lo más sensato era prevenir a la siguiente generación a favor del asunto del zoo.

—Tienes toda la razón, Gerda —dijo—. Si se quiere comprometer con el zoo, es una buena jugada.

—Muy bien. —Kalle volvió a relajarse.

—Bueno —retomó Sonja la palabra—. Si Kalle ha terminado, ahora viene mi informe. Necesito unas cuantas firmas.

Había esbozado una propuesta para el futuro zoológico, con un plano del terreno, las casas y el recinto, ilustrado con diversas fotos e imágenes, que también había pintado. Le sorprendió la buena acogida que tuvieron entre sus camaradas.

—¡Eres una verdadera artista, Sonja! —exclamó Tine, entusiasmada.

Planeaba hacer fotocopias y enviárselas a una compañera de Berlín que había prometido imprimir varios centenares. Para el certificado de donativos precisaba las firmas de los demás. Con la propuesta lista iría a visitar a los respectivos compañeros y empresas. La asociación necesitaba dinero a toda costa. Y deprisa.

—Además, nos han adjudicado tres arboledas y un prado que podemos arrendar. ¡Y todo se lo debemos a Kalle!

Estallaron los aplausos. Kalle sonrió con ironía e hizo una reverencia como un actor. Nunca había sido presidente de la cooperativa, pero como de todos modos se había liquidado daba igual.

Aquello era de momento lo más importante. Además, Sonja elaboró y fotocopió los formularios de incorporación, Tine los enviaría a todos los nuevos miembros y los archivaría rellenados en un clasificador. Por lo demás, había abierto una cuenta para la asociación en la caja Raiffeisen Mecklenburger Seenplatte, de modo que Gerda tenía que firmar algunos formularios.

—Bueno, me llevo el dinero y lo ingreso mañana, ¿vale? —dijo Gerda—. Lo prometo. Que nadie diga después que me he comprado ropa interior nueva.

—¿No queríamos una tele nueva? —bromeó Kalle.

Gerda miró furiosa a su hijo.

—¡No digas eso! ¡Me sacas de quicio! —lo riñó.

Tine suspiró y dejó el boli.

—¡Ya no puedo más!

—De todos modos, esto ya no forma parte del acta —la tranquilizó Sonja—. Kalle, ahora tienes que concluir la sesión de manera oficial.

—Vale. Se cierra la sesión, ahora a comer. ¿Dónde están los canapés de paté?

Mientras los miembros de la asociación se abalanzaban sobre la comida, Sonja recogió deprisa todos los papeles, que de ningún modo podían mancharse con nata de fresa o paté. A grandes rasgos estaba contenta con aquella tarde. Se daba por satisfecha si seguían reclutando miembros a aquella velocidad. Ahora solo tenían que responder los compañeros y sobre todo las empresas o de lo contrario tendrían dificultades para hacer efectivo el arrendamiento que tendrían que pagar dentro de poco. Las arboledas y el prado suponían más de la mitad del área que necesitaba para el zoo: necesitaba conservarlos a toda costa. Había pensado que, en caso de emergencia, hipotecaría su casa.

Sin embargo, la conversación de sus camaradas se alejó del proyecto del zoo. Gerda Pechstein contó que había visto al señor Woronski unos días antes saliendo con la maleta y la mochila de casa de los Rokowski.

—Lo han puesto de patitas en la calle. Y, además, Tillie me ha contado hace poco que quiere ir con Mücke a Berlín. Por el vestido de novia. Dice que por aquí no se puede conseguir nada elegante.

—Seguro que ahora se muda a la mansión —añadió Kalle con una malicia evidente—. Quería irse a la habitación de invitados de Heino, encima del bar. Pero allí está alojado Simon.

Tine repartió el rollo de fresa y habló al mismo tiempo de su cuñada, a la que hacía poco un majadero de Alemania Occidental le había dado gato por liebre al vender su casa.

—Sí, hay que tener un poco de olfato a la hora de vender una propiedad —fanfarroneó Kalle arrogante—. Es como en el amor, sientes un hormigueo en el estómago. El otro día pensé que me había tragado una colmena...

—¿El otro día? —Sonja aguzó los oídos—. ¿A qué te refieres con «el otro día», Kalle? ¿Qué propiedad has vendido tú?

Kalle inclinó la cabeza hacia su taza de café e hizo como si no hubiese oído la pregunta.

Sonja se temió lo peor.

—¡Qué has querido decir con «el otro día», Kalle! —insistió.

Los demás dejaron el tenedor y enmudecieron.

Avergonzado, Kalle sonrió entre dientes, después suspiró hondo y soltó:

—Muy bien. En algún momento tienes que enterarte. Le he vendido a Simon el antiguo terreno del inspector, junto con el edificio bajo.

Sonja se quedó sin aire. La casa del inspector. El terreno donde estaba la construcción hecha por Kalle, que debía ser algún día el edificio de acceso del zoo. ¡Le había quitado la entrada a su zoológico! ¡Aquel idiota había arruinado su hermoso plan!

—¡Pero me habías arrendado el terreno! —objetó, desamparada—. ¡Es mi casa! ¡No me la puedes quitar sin más!

Kalle se encogió de hombros.

—Sí, Simon dice que puedo porque tenemos un contrato

de arrendamiento verbal y no fuimos al notario. Te devolveré el alquiler que me has pagado hasta ahora, por supuesto.

Sonja lo miró consternada.

—¿Y qué... qué quiere hacer ese Simon? —dijo por fin.

Kalle estaba radiante.

—¡Es el regalo de boda para Jenny!

Walter

No paraba de hacerse reproches. ¿Acaso no tuvo tiempo de sobra para prepararse ante las posibles reacciones de Franziska? ¿Para mitigar su disgusto? ¿Para explicar el motivo de su propio comportamiento y hacerle comprender que silenció su relación con el atentado contra Hitler solo para protegerlas a ella y a su familia? Lo que ella consideraba una falta de confianza se debió al amor y al afán de protección. ¿No demostraron los posteriores y graves acontecimientos que hizo lo correcto? Aunque aún le ocultara lo más terrible, lo peor de todas las torturas y humillaciones que padeció. Precisamente porque a él mismo le resultaba muy difícil recordar aquellos sucesos.

Franziska desahogó su decepción y su cólera durante un largo paseo. Regresó al apartamento bien entrada la tarde, cuando la luz ya proyectaba largas sombras y los colores de los cerros se volvían mates, y cenaron juntos.

En su ausencia, Walter no dejó de entrar y salir agitado de la habitación, miró una y otra vez por la ventana, cogió una revista, un libro para distraerse, pero los dejó de lado. Ya no era una jovencita. Era una imprudencia deambular sola por un entorno desconocido. Sobre todo porque hacía mucho calor y podía sufrir una insolación o incluso algo peor.

Sin embargo, no parecía ni exhausta ni enferma cuando

volvió. Al contrario, le sonrió y aclaró que estaba bien y que había comprado deprisa unas cuantas cosas para cenar. Después se duchó y se cambió mientras él preparaba la comida. Pan blanco recién hecho, aceitunas, tomates, varios tipos de queso, una botella de vino. La noche transcurrió con armonía, ella habló de las ancianas vestidas de negro que en aquel país estaban sentadas en las callejuelas y charlaban unas con otras a voz en grito, de los hombres y mujeres que cortaban las vides en los viñedos. Acabaron la botella y durmieron toda la noche cada cual en su lado, como aturdidos. Por la mañana se atrevió a tocarla y no lo rehuyó.

Florencia era una mezcla de Renacimiento, de artistas de primer orden como solo podían surgir en la prosperidad y abundancia, de selecta finura e intenso placer, de la belleza que encierra el aguijón de la muerte. Cruzaron cogidos de la mano el Ponte Vecchio y él le compró un estuche para gafas de piel estampado con muchos colores. Entraron en la catedral y les decepcionó la penumbra del gran edificio, que desde fuera parecía mucho más bonito y lujoso de lo que era por dentro. Más tarde bebieron un expreso en un pequeño café con terraza, pidieron también un gran vaso de agua y Franziska fue al *ufficio postale* de enfrente para llamar «muy rápido» a Alemania. Walter comprendió que prefería telefonear sola y mientras tanto escogió algunas postales en la tienda de al lado. Después aún tuvieron tiempo de pasar por el Palazzo Pitti, cuyas paredes estaban repletas de cuadros extraordinarios. Solo contemplar uno de aquellos cuadros con calma y discernimiento habría requerido todo un día. Sobrecogidos y cansados, regresaron al apartamento.

—No —respondió ella cuando le propuso con delicadeza hacer otra excursión al pasado—. Hoy no. No tras todas estas maravillosas sensaciones. Todavía estoy aturdida.

La dejó hacer, se tumbó a su lado en la cama mientras ella

hojeaba la guía de arte que habían comprado y hablaron de Miguel Ángel y Leonardo da Vinci. Ella compartió su entusiasmo y se alegró de que coincidiesen en tantas cosas.

A la mañana siguiente, cuando terminaron el desayuno y él ya consultaba el mapa de la Toscana para sondear el camino a Pisa, ella dijo de una manera breve y decidida:

—Sigamos.

La miró sorprendido. Ella asintió sonriendo, valiente, aventurera; esta vez estaba preparada.

—Cuéntame algo de ti que todavía no sepa —le propuso.

Ya lo había pensado, solo que no estaba seguro de cuándo era el momento oportuno. Esta vez no quería contarle algo malo. Nada que la pudiese asustar o entristecer. Mejor algo inocente que le habría contado si se hubiesen casado entonces, sin duda en algún momento a lo largo de su matrimonio, aunque durante su noviazgo siempre lo rechazó.

—Seguro que tuviste una bonita infancia en la finca Dranitz —empezó él.

Miró pensativa por la ventana las colinas verdes y amarillas, que seguían envueltas en la bruma matinal. El sol era un resplandeciente círculo blanco en la niebla, que quemaba centelleante los ojos si se miraba de frente.

—Creo que sí —respondió ella con una sonrisa ensimismada—. Nos educaron de manera estricta, sobre todo a mí y a mis hermanos varones. Con Elfriede era un poco distinto, era muy complicada y enfermiza. Mi madre le toleró muchas cosas que a mí no me habría permitido. Pero tienes razón: no tengo motivos para quejarme. Nos quisieron y alentaron, teníamos una niñera y una doncella a nuestra disposición, además de nuestros padres y abuelos, que se ocupaban de nosotros. Fue una infancia disciplinada, pero feliz y segura.

Él asintió. Su amigo Jobst von Dranitz le hablaba entonces de la casa de sus padres. Mucho se le había olvidado con el paso de los años, pero lo que permanecía era la impresión de una vida familiar ordenada y afectuosa. ¿Fue aquello lo que tanto lo atrajo de Jobst? No era una persona fácil. Walter le tuvo que sacar las castañas del fuego en más de una ocasión cuando Jobst ofendía a compañeros o incluso superiores con sus rudas formas.

—¿Y tú? —preguntó Franziska, curiosa—. ¿Tu infancia fue distinta? ¿Por eso me has hecho esa pregunta?

—Lo has adivinado —respondió él—. Es cierto que mi infancia no fue infeliz, pero había una profunda fractura, una pérdida, que entonces no entendía y durante mucho tiempo se me planteó como un secreto oscuro.

—Cuenta —le pidió—. Te escucho.

Walter se recostó en la silla y cerró un momento los ojos. Intentó visualizar aquellos tiempos tan lejanos, las imágenes que se habían descolorido, las sombras, las voces apagadas.

—Todavía veo con claridad la imagen de mi madre. Era muy joven, tenía el pelo oscuro y le gustaba reír. A veces se sentaba en el suelo y jugaba conmigo, apilaba los cubos de construcción o daba cuerda al coche de hojalata para que traquetease por la alfombra. Aún recuerdo cómo por las noches, cuando la niñera ya me había acostado, entraba en mi habitación y me daba un beso de buenas noches. De vez en cuando llevaba vestidos de seda que crujían y pulseras doradas. También recuerdo un anillo plano con un rubí redondo. Cuando estaba vestida así, iba con mi padre a una invitación formal o a un baile de oficiales. Entonces me parecía inquieta y muy alegre, me sacudía y me llamaba su «tesoro», me besaba con cariño y se levantaba deprisa de la cama para girar sobre sí misma en la habitación. «¿Te gusto, tesoro?»

»Aún era pequeño, pero creo que le dije algo así como: "Estás preciosa, mamá", por lo que me dio otro beso apresurado. La mayoría de las veces oía el impaciente carraspeo de mi padre en el pasillo y la pregunta: "¿Estás lista, Charlotte?". Salía corriendo hacia él y poco después oía cómo se alejaba un carruaje delante de la casa.

»Veía a mi padre en contadas ocasiones; creo que los niños pequeños le costaban. La Primera Guerra Mundial estalló cuando yo tenía cuatro años y a partir de entonces vino a casa solo de vez en cuando y durante pocos días. En esa época me dejaban comer con ellos en el comedor y recuerdo que mi padre me examinaba.

»"¿No debería comer ya con cuchillo y tenedor, Charlotte?"

»"Todavía es pequeño, Eduard…"

»Ya tenía cinco años, pero a mi madre le encantaba tratarme como a un crío. Al igual que antes, jugaba conmigo, correteábamos por el jardín o la habitación y me dejaba cabalgar sobre su espalda. "Está muy consentido, Charlotte".

»En las pocas horas que estaba en casa, mi padre se esforzaba por ponerme tareas serias. Me planteaba adivinanzas, me enseñaba el mapa y me explicaba dónde estaba el Imperio alemán, me mostraba con el dedo el camino que su regimiento hizo a caballo al interior de Francia.

»"Es muy inteligente, Charlotte. Es hora de que reciba una educación adecuada."

»Contrataron a un institutor, un joven al que no llamaron a filas por una afección pulmonar. Mi madre y yo lo odiábamos con todas nuestras fuerzas, lo que el pobre hombre seguro que no merecía. Su enfermedad lo hacía sombrío y reservado, creo que sufría por no poder ir a la guerra y defender el Imperio alemán como los compañeros de su edad. No obstante, después, cuando yo tenía unos siete años, sucedió aquella desgracia, que atribuyeron a mi padre como el mayor acto heroico.

»En Francia tendieron una emboscada al coche en el que iba el mariscal de campo Von Hindenburg. Las balas acribillaron el aire. Mi padre, que estaba junto a Hindenburg como oficial adjunto, se lanzó delante de su mariscal de campo y el disparo, que sin duda era para el oficial, le atravesó la espalda a mi padre. El acto heroico lo dejó parapléjico, desde aquel día estuvo condenado a vivir en una silla de ruedas.

—¡Qué horrible! —exclamó Franziska, compasiva—. Siempre pensé que tu padre había perdido la vida en ese atentado. ¿De dónde lo saqué? Puede que el mío me contase algo así...

—Es muy posible. —Walter asintió y después continuó con voz amarga—: Casi creo que a mi padre le habría valido más morir como un héroe. A él, que fue un apasionado oficial y soldado, la vida que llevó a partir de entonces tuvo que parecerle un languidecer vergonzoso. Solo lo puedo suponer, ya que tenía prohibido bajo cualquier circunstancia entrar en su habitación. Pero sé que todas las mañanas un cuidador lo sacaba en su silla de ruedas al jardín, con la gorra militar puesta y una manta a cuadros sobre las rodillas. A esa hora nadie podía estar en el jardín, ningún empleado, incluso mi madre y yo lo teníamos estrictamente prohibido. Pero me quedaba arriba, en la ventana, oculto tras las cortinas, y miraba con una mezcla de compasión y espanto a aquel pálido y decrépito inválido en silla de ruedas que apenas tenía parecido con mi padre.

»Por esa época tuvieron que suceder en casa de mis padres otros acontecimientos que me ocultaron. Desde luego, fueron el motivo por el cual mis padres me enviaron a un internado en Suiza tras el fin de la guerra, cuando en Alemania reinaba la miseria, el desempleo y la inestabilidad política. Para mí fue como una salvación, pues, aunque allí eran muy exigentes e imperaba una severidad extrema, me mantenía alejado de la lúgubre atmósfera de casa y con gente de mi misma edad. Pasó un tiempo hasta que los chicos nos apaciguamos, pero mantuve las amistades de entonces hasta la Segunda Guerra Mundial.

Hizo una pequeña pausa, removió dos azucarillos en el café que quedaba del desayuno y llevaba un tiempo frío, y se bebió la taza.

—Entonces fue una decisión inteligente por parte de tu padre —dijo Franziska—. Pese a su mal estado vio lo que era importante para su hijo.

Walter arqueó dubitativo las cejas.

—Sin duda lo pasó mal, no solo por sus achaques físicos, también por otros motivos. Es probable que por eso me dejasen en el internado durante el verano. También las siguientes vacaciones de Pascua las pasé allí. Fueron días tristes, sin los amigos, que se iban con sus familias. Mi compañía en las habitaciones vacías del gran edificio consistía en otros dos alumnos, que, no obstante, estaban varios cursos por encima de mí, y un profesor mayor, que nos supervisaba.

»En los meses posteriores sucedió algo insólito: las cartas semanales de mi madre dejaron de llegar. Envié una misiva desesperada a mi padre, pero no obtuve respuesta. Sin embargo, en las vacaciones de verano me mandaron por fin a casa. Allí nada recordaba ya a mi madre. Su ropa, sus muebles, las alfombras… todo había desaparecido: sí, incluso habían arrancado el papel pintado de su habitación.

»"¿Dónde está mi madre?", le grité a mi padre, que me recibió con la cabeza alta y los brazos apoyados en la silla de ruedas. Estaba escuálido, pero no tenía la cara tan pálida como un año antes. Al parecer se estaba recuperando, pues me miraba serio, pero sereno. "Tu madre está muerta", me respondió. "Ya no existe, tendremos que arreglárnoslas sin ella."

»Tenía diez años, pero jamás olvidaré el dolor que sus palabras me provocaron. Cuando rompí a llorar desconsolado, hizo una seña a su criado para dirigir la silla de ruedas hacia mí. Es probable que quisiese estrecharme, pero me escapé, furioso y desesperado.

—¡Por el amor de Dios! —exclamó Franziska horrorizada y le tomó la mano—. ¿Cómo pudo decirte semejante desgracia de forma tan dura? ¡A un niño de diez años!

—Según él, no había otra manera de hacerme comprender la nueva situación —respondió Walter en voz baja—. Vagué durante horas por casa, llamando a mi madre. Era como en una pesadilla, en ningún lugar encontré una huella suya. Se cambió incluso el personal, para que no hubiese nadie que me pudiese dar información. Era como si nunca hubiese existido. Después monté una barricada en mi habitación y durante dos días rehusé cualquier comida. Pero al final el hambre y la voluntad de vivir fueron más fuertes que la desesperación. A la mañana del tercer día bajé al comedor y encontré a mi padre sentado a la mesa, servida con un abundante desayuno, donde me esperaba. Me dijo: "Ven, Walter, tenemos algo de lo que hablar".

»No mencionó en absoluto a mi madre, solo me aclaró que a partir de entonces se él ocuparía de mi formación. "Pregunté por ti en el internado. Tus resultados son buenos, aunque no brillantes. Tu profesor opina que tienes un talento especial en las asignaturas de lengua, matemáticas y en el ámbito artístico. Me agradó mucho, pues significa que se te abren muchos caminos."

»Muy a mi pesar, me aclaró que a partir de entonces iría a un instituto de Berlín, donde, era de esperar, haría un buen bachillerato. Cuando me quejé porque iba a perder a todos mis amigos, negó con la cabeza. "Encontrarás a nuevos amigos, Walter. Pero, sobre todo, me gustaría tenerte cerca para poder ayudarte con mis consejos." Después comprendí que era su único motivo para continuar esa vida que lo había lisiado.

—Pero entonces ¿qué había sido de tu madre? —quiso saber Franziska—. ¿Murió de verdad?

—Para mi padre sí —respondió Walter con una sonrisa triste—. Seguía a rajatabla la tradición del siglo pasado. La infidelidad de una esposa era imperdonable, sobre todo en los círculos de funcionarios y oficiales. El engañado solo podía librarse de la deshonra de ser un marido cornudo si asumía las consecuencias en el acto: divorcio y la condición de que ella no vuelva a ver jamás al hijo común.

—Entiendo —musitó Franziska, acongojada—. Tu madre no pudo soportar el cambio y se enamoró de otro hombre. ¿Así fue?

—Es posible. Nunca supe lo que de verdad pasó entre mis padres. Y si soy sincero, tampoco quería saberlo. Jamás pude perdonar aquella abrupta separación de mi madre, a ninguno de los dos.

—¿Supiste qué fue de ella?

Miró el paisaje bañado por el sol, divisó un rebaño de cabras negras y blancas entre los oscuros cipreses de una granja y las observó pacer un momento. Después apartó la mirada al sentir que le brotaban las lágrimas. Dios mío, hacía ya tanto. Y, sin embargo, el dolor seguía presente y no desaparecería hasta que muriese.

—Sí. Pero años más tarde. Cumplió a rajatabla la condición de mantenerse alejada. Solo tras la muerte de mi padre, poco después de la Segunda Guerra Mundial, mandó localizarme en Berlín y me envió una carta. En ella había fotos suyas y de su segundo marido, un acaudalado propietario belga de un astillero, con sus tres hijos. Me expresó su pesar por no haber podido verme todos aquellos años y me deseó lo mejor para el resto de la vida. Nada más.

Franziska no se lo podía creer.

—¿No deseaba volver a verte? ¿No te invitó? ¿No fue a verte a Berlín?

Él sacudió la cabeza.

—No. Supongo que su marido no quería. Y si soy sincero, tampoco yo deseaba volver a verla después de todos esos años. No pude perdonarla, ni entonces ni tampoco ahora. ¿Qué le iba a decir?

—Que pese a todo era tu madre —se indignó Franziska—. ¡Y que lo seguiría siendo mientras viviera!

Él sonrió al ver su airada reacción y se encogió de hombros.

—Eso no le hubiese servido a nadie.

—Dios mío —suspiró enojada—. Menuda suerte que al menos tu padre se encargase de ti. Dices que fuiste su único motivo para seguir viviendo. ¿Nunca se volvió a casar?

—No. En su estado físico sería impensable. Pero también creo que le quedó cierta desconfianza hacia las mujeres. Llevaba una vida del todo solitaria, en muy pocas ocasiones tenía visitas de sus antiguos camaradas oficiales y jamás abandonó la casa. Pero no tenía nada en contra de que llevase compañeros del colegio; al contrario, le daba instrucciones al ama de llaves para que nos sirviese limonada y tarta o bocadillos. Para mi cumpleaños invitábamos a mucha gente, entre la que más tarde también hubo chicas. Aunque visitase a mis amigos, fuese con ellos al teatro o al cine, jamás me retuvo, pero esperaba que le informase y a menudo me advertía de los excesos que eran entonces costumbre en ciertos círculos. En tu resguardado Mecklemburgo como mucho habrás leído cosas semejantes en el periódico, pero de joven uno podía acabar siendo en Berlín morfinómano o cocainómano con facilidad si frecuentaba a los amigos equivocados. Sin contar otras tentaciones de la gran ciudad...

—Gracias —respondió ella con una sonrisa—. Muy amable por tildarme de provinciana. De todos modos, pasé un tiempo en Berlín para aprender el arte de la fotografía.

—Eso fue más tarde, cariño —dijo él sonriendo—. Entonces ya gobernaban los nacionalsocialistas, los felices años veinte hacía tiempo que habían pasado y dominaban la disciplina y el orden alemanes.

—¡Déjalo!

No tenía planeado abordar el tema del nacionalsocialismo. No aquel día.

—Quiero contarte la historia de mi infancia y adolescencia hasta el final. Como mi padre esperaba, hice un muy buen bachillerato. Después tenía todas las puertas abiertas, porque mi padre jamás me exigió que escogiese la carrera militar. Al contrario, me recomendó estudiar Medicina. Incluso habría sufragado unos estudios en la escuela de Bellas Artes, pero no me sentía con aptitudes suficientes. Mis dibujos no eran malos, pero me faltaba ese toque artístico. Además, no tenía ganas de dedicar mi vida a la pintura. En cambio, me empeñé en aspirar a la carrera de oficial.

—Tu padre tuvo que alegrarse —comentó Franziska—. Querías seguir sus pasos. No todos los hijos desean emular a su padre.

—Por un lado le agradó, pero en ese momento me disuadió. «Ha comenzado una nueva época que no me gusta mucho», decía. Era muy precavido en sus declaraciones, pero yo comprendía que no tenía mucha fe en Adolf Hitler y sus partidarios. Si no recuerdo mal, me alertó incluso de hacerme oficial de la Wehrmacht porque presentía otra guerra, que superaría con creces los horrores de la Gran Guerra y nos precipitaría a todos hacia la mayor de las miserias.

»Bueno, por aquel entonces sus palabras me parecieron exageradas y las atribuí a sus achaques físicos y el mal humor que le provocaban. Era un hecho que lo atormentaban varias dolencias: el estómago le daba problemas, los riñones no le funcionaban bien, también tenía el cuerpo lleno de llagas por estar siempre sentado y tumbado. Jamás se lamentó, pero lo supe a través de su cuidador, un joven mutilado de guerra que interrumpió sus estudios de Medicina y tras el fin de la contienda no los retomó.

»Más tarde, a menudo me recriminé haber vuelto a casa tan poco durante la formación militar y haber preferido quedarme con los compañeros, pero me deprimía ver a mi padre enfermo. También la casa estaba muy silenciosa, y allí me sentía solo. Por supuesto, hubo algún que otro amorío que decidí ocultar a mi padre. Tal vez lo intuyese, pues en nuestras conversaciones cada vez menos asiduas él hacía a veces pequeñas alusiones al respecto.

—Entonces, como suele decirse, echaste una cana al aire —bromeó Franziska—. Era lo que se esperaba de un joven de esa época. Mientras que la mujer tenía que llegar virgen al matrimonio, era obvio que el marido podía recurrir a una serie de experiencias.

La miró inquisitivo y constató que estaba sonriendo. No estaba muy seguro de que ella estuviese entonces educada en esos principios.

—No hubo nada serio, es un decir —continuó, consciente de que estaba en terreno peligroso—. Seguro que más por mí que por las chicas. Entonces era un donjuán, una persona sin conciencia, un chaval sin mucha fe en las mujeres. Quizá seguía conmocionado por la pérdida de mi madre, no lo sé. En cualquier caso, no estaba en condiciones de tener una relación amorosa.

Ella suspiró hondo y observó que le daban mucha pena las pobres chicas a las que sin duda había roto el corazón.

—Bueno —siguió él con una sonrisa—. Quizá a algunas también se lo alegré.

Ella le palmeó jocosa la mano.

—¿Así que eras un donjuán cuando fuiste a la boda de Jobst en Dranitz? —continuó ella—. Y yo, tonta provinciana, no te lo noté. Imagínate: te tomaba por un joven simpático y decente, y mi inexperiencia hizo que me enamorara de ti.

—Cuando fui a Dranitz, hacía tiempo que era otro —aseguró—. Un año antes había muerto mi padre. Durante sus últimos meses reavivó con empeño los viejos contactos para conseguirme unas condiciones ventajosas de cara a un ascenso rápido. Le salió bien. Murió cuando yo asistía a un curso en Munich, me dispensaron y volví a Berlín para gestionar todo lo necesario. Confieso que lloré por él, por todas las horas que no había pasado a su lado. Pero cuando lo vi en el lecho mortuorio, pequeño, céreo, las manos torcidas, comprendí que la muerte fue una liberación para él.

Guardó silencio, consciente de lo que estaba pensando Franziska. Los rusos se llevaron por aquel entonces a su padre y la familia nunca supo cómo ni cuándo murió. Sin embargo, casi con toda certeza el barón Heinrich von Dranitz murió de hambre o extenuación en alguna cárcel rusa de manera miserable. Comparado con ese destino, el padre de Walter tuvo una muerte buena y dulce.

—Cuando te vi por primera vez —continuó en voz baja—, me dejó perplejo tu naturalidad, tu manera terca de defender lo que opinabas. ¿Sabes lo que pensaba?

—Me tomaste por una provinciana obstinada y caprichosa —respondió sonriendo.

Él asintió con una sonrisa.

—Para ser baronesa no eras nada elegante. No eras una seductora, jamás te maquillabas ni me ponías ojitos. Eras tú misma. Franca y honesta, combativa, pero también comprensiva, inteligente y rápida en el juicio. Y tenías la actitud lógica de una joven noble. Me impactaste tanto que durante semanas recordé aquella breve conversación contigo.

¿Estaba decepcionada? ¿Esperaba que desde el principio hubiese estado enamorado de ella hasta los tuétanos? Guardó silencio durante un rato y empujó pensativa las migas de pan sobre el tablero de un lado a otro con el dedo.

—Se lo contaste a Jobst, ¿no es cierto?

Walter asintió de nuevo.

—Así es. Creo que él estaba entusiasmado. De todos modos, me dijo que le agradaría si estuviésemos emparentados en algún momento.

—Ya, ya —replicó ella, arrastrando las palabras—. Así que Jobst intentó emparejarnos.

—Quizá —respondió—. Pero ¿crees de veras que te habría pedido la mano solo por cariño hacia Jobst?

—Claro que no. Me pediste la mano porque pusiste la vista en nuestra fortuna.

Lo miró con picardía entornando los ojos y por un instante él se quedó desconcertado. Entonces golpeó la mesa con el puño, riendo.

—¡Por supuesto! Y también me moría por el título nobiliario.

—Ni siquiera lo habrías obtenido como marido... —Franziska se rio para sus adentros.

—¡Ay, Dios! —exclamó él—. ¿Me lo dices en serio? Entonces ¿todos mis esfuerzos fueron en vano?

Franziska se partió de risa y él se unió, alegre.

—¿Sabes que aquella noche, cuando estábamos sentados en la terraza a la luz de los farolillos, me habría encantado seducirte? —preguntó cuando ella recobró el aliento.

—¿Ah, sí? —Franziska lo miró expectante—. ¿Y por qué no lo hiciste?

—Bueno, había varios motivos. En primer lugar, tu hermana pequeña no nos quitaba el ojo de encima...

—¿Y qué?

—Pues que no se me presentó ninguna oportunidad.

Franziska se acordaba. Todos los invitados estaban alojados en las distintas habitaciones de la mansión. Walter dormía con Jobst y Heinrich-Ernst en un cuarto que había sido la habitación del barón Heinrich.

—Lo pensé —añadió—. Incluso descubrí cuál era tu habitación. Pero por desgracia no estabas sola.

—No. Brigitte, la prometida de Jobst, y Elfriede también dormían allí.

—Exacto. No tenía posibilidades. —Suspiró.

—Aquella noche seguro que no —reconoció ella—. Pero más tarde, en cambio… Hasta la fecha no he comprendido por qué no lo hiciste.

Había pasado medio año de su compromiso matrimonial cuando fue a Dranitz para una breve visita. Cenaron y estuvieron en la terraza mucho tiempo, pues era una de las primeras y calurosas noches de mayo. Cuando los padres y Elfriede ya habían subido y Mine aún recogía los cojines y las sillas, Franziska bajó corriendo al lago por el prado húmedo de rocío. No era una cita a escondidas, solo una ocurrencia, una invitación que él siguió encantado. Se encontraron debajo del tejadillo tallado de la casa guardabotes e hicieron lo que habían querido hacer durante toda la noche, lo que, sin embargo, la educación estricta les prohibía. Se abrazaron y se besaron. Fue un beso largo, interminable, el contacto corporal que ansiaron mucho tiempo. Franziska lo sorprendió. Tan contenida de día y tan apasionada cuando estaban solos. Él tuvo que dominarse mucho para no ir demasiado lejos.

—¿Esperabas que pasase en la casa guardabotes? —preguntó inseguro.

—A decir verdad, sí.

—¿Querías que te sedujese? ¿Sobre el banco, delante de la casa guardabotes?

—¡Claro! —contestó ella, impaciente—. Donde fuese. Sobre el banco o en la hierba húmeda. Me habría dado igual. Con tal de que lo hubieses hecho.

En realidad estuvo a punto de desabrocharle la blusa. ¿O llegó a abrir los botones de arriba? ¿Lo hizo? ¿Por qué vaciló? ¿Por qué no quería tomarla como hizo en su día con las demás? A escondidas, sobre el banco de un parque. En un carruaje. Entre bultos en el suelo de un hotel. Le parecía indigno porque iba a ser su esposa. La mujer que estaría a su lado, que amaría y respetaría. ¡Pero qué anticuado era!

—Fui idiota —murmuró—. Imagínate, soñaba con una novia virgen vestida de blanco para la noche de bodas.

Franziska soltó una carcajada.

—Imagínate, yo también soñaba con eso. Y, sin embargo, me habría acostado contigo aquella magnífica noche de mayo a orillas del lago.

—¿Sin ninguna resistencia?

—¿Notaste que oponía algo de resistencia o defensa?

—En realidad no… No. Para nada.

Ambos se quedaron callados, miraron al frente y cada cual permaneció absorto en sus pensamientos. Pasado un rato, Franziska suspiró hondo y dijo:

—Bueno, ¡no pudo ser!

Su afligido rostro lo apenó. Hacía muchísimo de todo aquello, pero no era agua pasada.

—No estés triste, cariño —la consoló—. Para eso estoy a tu lado por las noches.

—Es cierto. —Su mirada se alegró—. De todas formas, ya no es lo mismo…

Jenny

—¿Julia? Hola, cariño, Juuulia...

Jenny se incorporó en la cama y observó la cunita. La niña estaba despierta, no había duda, pero apenas reaccionaba ante su madre. Jenny se levantó e inclinó sobre su hija. Tenía las mejillas rojas y los ojos brillantes de la fiebre; cuando la levantó, empezó a llorar. Ay, Dios, ¡pero si estaba ardiendo!

Le dio un sorbo de agua tibia de la botellita que por las noches siempre dejaba junto a la cama y salió corriendo al pasillo para llamar a la pediatra. Era mejor concertar una cita enseguida, no fuese que estuviera incubando algo malo: Mücke siempre traía de la guardería verdaderas historias de terror.

Cuando pasó la puerta de la cocina, vio con el rabillo del ojo algo grande y amarillo. ¿Acaso había una excavadora delante de la puerta? Daba igual. Se ocuparía más tarde de ello. Cogió enseguida el auricular cuando sonó el teléfono. ¿Otra vez la abuela? ¿O quizá Ulli? Ay, no, hacía tiempo que estaba en Bremen y ya no pensaba en ella.

—¿Hola?

—Hola, Jenny, soy yo, Mücke. Solo quería...

—Tengo que ir con Julia a la pediatra —interrumpió a su amiga—. Tiene mucha fiebre. ¡Estoy muy preocupada!

—¿Puedo volver contigo? Quería pedirte que me recogieses. Estoy en una cabina de Waren, pero me mandaron a la guardería equivocada, así que no he podido quedarme. A veces es fastidioso estar de sustituta…

Mücke libraba. Era como un regalo del cielo.

—Nos vemos en el consultorio de la pediatra. Llamaré ahora para avisar de que voy para allá, luego me vestiré y prepararé a Julia. Debería estar allí dentro de media hora.

Jenny avisó a la auxiliar, a continuación se vistió, cambió a la pequeña y buscó unas cuantas cosas que tenía que llevar sin falta: pañales de recambio, un pelele limpio, un babero, dos botellitas de té, el bolso con el monedero, aunque apenas le quedase dinero.

Con la niña en brazos, abrió de golpe la puerta y estuvo a punto de atropellar a Kacpar, que vivía en la mansión desde hacía unos cuantos días. Había intentado alquilar la habitación de invitados de Heino Mahnke, pero este rehusó.

—Buenos días a las dos —las saludó—. ¿Ya has visto la excavadora delante de casa?

—¿La excavadora? —preguntó distraída—. ¿La has pedido tú para nivelar por fin la finca?

Kacpar la miró irritado.

—No, no he pedido ninguna excavadora —dijo—. ¿Adónde vais con tanta prisa?

—Julia tiene fiebre. Voy a la pediatra.

—¡Vaya! ¿Os llevo?

—No, mejor no. A la vuelta traeré a Mücke.

—Ah, vale, pues nada. Entonces ¿no sabes nada de la excavadora?

Jenny sacudió la cabeza, bajó corriendo la escalera y abrió la puerta de golpe. En la finca había, en efecto, una excavadora amarilla de cuchara mediana. Sin embargo, no había ningún conductor cerca. Curioso. Se ocuparía de aquello más tarde si Kacpar no lo había resuelto ya. Colocó a la niña en la sillita del coche, la abrochó y vio por el retrovisor cómo el arquitecto polaco, con un bloc de notas en la mano, rodeaba la excavadora. Era evidente que quería apuntar el teléfono de la constructora para cerciorarse.

Poco después, Jenny estaba sentada con su hija en el consultorio de la pediatra de Waren. Gracias a Dios todo había sido una falsa alarma: Julia solo había cogido una inocua roséola, que se iría con jarabe para la fiebre. No tenía que preocuparse en caso de que apareciese otra erupción rojiza; la doctora le aseguró que era muy normal con esa infección.

Cuando salió del consultorio, con su hija en un brazo y la receta para el jarabe en la otra mano, descubrió a Mücke en la sala de espera hablando con una joven madre, cuyo hijo estaba en uno de sus grupos de la guardería. Cuando vio a Jenny, se levantó y cogió a la niña en brazos para que su amiga pudiese salir pitando a la farmacia y comprar lo que le habían recetado.

La pequeña durmió a pierna suelta todo el camino de vuelta. Mücke, que notó el alivio de Jenny, empezó a charlar.

—Mine me ha contado que Ulli ha comprado una casa flotante —informó—. ¿Sabes qué? No va a quedarse en Bremen. Vuelve donde tiene el alquiler de barcas.

Jenny pensó deprisa si debía hablarle a Mücke de su paseo por el Müritz con Ulli. Al final prefirió no hacerlo. Se había portado de manera muy bochornosa, lloró a moco tendido y él la consoló con mucho cariño. Ulli era un buen tío. ¡Ojalá no hubiese contado nada de su llorera a Mine y Karl-Erich! Aunque él no era de los que iban cotilleando por ahí. A la mañana siguiente le escribiría una postal. Sin ningún compromiso. Al fin y al cabo, eran amigos.

Cuando se acercaron a la mansión, un grito la sacó con brusquedad de sus pensamientos.

—¡No me lo puedo creer! ¡No puede ser! —exclamó Mücke.

Jenny pisó el freno de manera instintiva. Detrás pitó una camioneta que estuvo a punto de chocar con ella. Asustada, dobló a la izquierda en la carretera de acceso hacia la antigua casa del inspector, traqueteó un poco sobre la zona con charcos y baches de Kalle y detuvo el coche.

Delante de ellas ascendía una nube de polvo gris amarillento, entre la que destacaban diferentes partes de chapa ondulada, vigas, paredes. De vez en cuando se distinguía la excavadora, la misma que antes estaba en la finca de la mansión y en aquel momento avanzaba y retrocedía a breves intervalos. Era como un terrier que se abalanzaba una y otra vez sobre su presa, mordía, soltaba y tomaba impulso para el siguiente ataque.

Horrorizadas, Jenny y Mücke miraron en silencio el increíble acontecimiento. Unos golpes sordos acompañaban las acciones de la excavadora, las paredes caían por su propio peso con estrépito, los marcos de las ventanas se astillaban, la chapa ondulada se estrellaba contra los escombros.

—Kalle tiene que haberse vuelto loco de remate —murmuró Mücke—. Dios mío, tardó semanas en construirlo, ¡meses! Y lo que le costó reunir todo el material. Además, le había arrendado la casa y el terreno correspondiente a Sonja para su refugio de animales. No, no lo entiendo…

El ruido despertó a la pequeña, que empezó a llorar. Jenny arrancó el motor y dio marcha atrás con su Kadett rojo hasta la carretera, después dobló hacia la entrada de la mansión y se detuvo delante de la puerta. Allí estaba Falko, con las orejas levantadas, que las saludaba meneando la cola. El ruido también parecía inquietarlo y, cuando Jenny cerró, la puerta se escabulló escaleras arriba.

—¿Subes a Julia, Mücke? —preguntó Jenny por encima del hombro—. Cojo el bolso y… ¿Mücke? ¡Eh, Mücke!

Mücke ya no estaba. Había saltado del coche y se dirigía

al terreno de Kalle. Indignada, Jenny puso los brazos en jarras y quiso gritarle algo desagradable cuando divisó a Kalle. Estaba de espaldas en el trozo de prado que separaba la antigua casa del inspector y la finca. Su postura expresaba desesperación. Algo no iba bien. Por desgracia, Jenny no tenía tiempo de seguir dedicándose al contratiempo en su vecindad, pues necesitaba acostar a su hija cuanto antes.

—Vamos, cariño, ahora subimos y te daré el rico jarabe.

Desabrochó a la pequeña de la sillita, se colgó del cuello la bolsa con los pañales y demás utensilios, cerró el coche y fue hacia la puerta. Allí se volvió de nuevo y divisó a Mücke, que estaba junto a Kalle y le hablaba con efusividad. Enfrente, un camión daba marcha atrás sobre los escombros que antes fueron la construcción de Kalle, varios obreros bajaron y empezaron a meter los cascotes en el camión.

«Llueve sobre mojado», pensó Jenny mientras subía la escalera hacia su piso. No era nada propio de Kalle. Con él todo funciona con el lema: para qué hacerlo hoy si puedo hacerlo mañana.

Le dio el jarabe y la manzanilla tibia a Julia, después la metió en la cunita y dio de comer al perro. Dejó las puertas de su habitación y la cocina abiertas para oír enseguida si la pequeña empezaba a llorar. Cuando fue a verla al cabo de veinte minutos y le palpó con cuidado la frente, comprobó que la fiebre había bajado bastante. Justo cuando estaba pensando en lo que podría prepararse para comer llamaron a la puerta. Allí estaban Kalle y Mücke, ambos muy excitados.

—Los cerdos se han largado —soltó Mücke.

—Qué horror. —Jenny suspiró—. Aunque… no me extraña, con ese ruido. ¿Por qué lo estás derribando todo?

Kalle hizo un movimiento como si quisiese zurrarse a sí mismo.

—¿Yo? —respondió con voz ronca—. Yo no. Lo ha hecho

ese sinvergüenza. Me ha estafado y mentido. Pero lo pagará. Como lo pille...

—Déjalo, Kalle —dijo Mücke y le acarició la espalda para consolarlo—. Ahora debemos atrapar a Artur y la pequeña Susanne. No vaya a ser que estén en la carretera y los atropellen.

Kalle soltó un fuerte suspiro. Todo menos eso.

—¿Tienes un collar o una cuerda? —le preguntó a Jenny.

—¿Un collar para un cerdo? No. Pero espera, en el sótano hay unos cordeles de la cortina de la abuela. Podrás hacer una correa.

Kalle bajó corriendo la escalera del sótano y regresó con los cordeles de seda color oro y verde musgo, dio las gracias precipitadamente y salió pitando. Hacía tiempo que Falko ya había bajado la escalera y participó entusiasmado en la caza de los cerdos. Jenny lo oyó ladrar: guiaron a los fugitivos lago abajo, en cualquier caso lejos de la carretera. Ojalá los cerdos supiesen nadar si decidían saltar al agua. Jenny sacudió la cabeza y volvió a subir la escalera. ¿A qué se refería Kalle cuando dijo que el «sinvergüenza» lo había estafado y mentido? ¿Qué sinvergüenza? Menudo día: ¡tan solo catástrofes y caos, y aún quedaba una semana para que la abuela y Walter regresasen!

Estaba en mitad de la escalera cuando oyó que llamaban abajo. ¡Maldita sea! ¿No la iban a dejar en paz?

—¿Qué pasa ahora? —gritó cuando abrió la puerta de golpe. Entonces enmudeció. Desconcertada. Delante de ella estaba Simon.

—Hola, Jenny —dijo y sonrió simpático—. Siento muchísimo el ruido y toda la suciedad. He llamado esta mañana, pero no pude localizarte.

Jenny se agarró al picaporte.

—¿Qué... qué haces aquí? —farfulló, sacudida por un

mal presentimiento—. Pensaba que te habías marchado hacía tiempo.

—Solo tenía que resolver una cosa —respondió con un vago movimiento de brazos—. ¿Qué tal está nuestra pequeña Julia?

¿Qué acababa de decir? ¿Sentía el ruido? ¿Por qué él?

—¿Julia? Está enferma. Roséola.

La sonrisa le desapareció del rostro.

—Vaya, qué horror, pobrecita.

De pronto lo comprendió. Simon había ordenado demoler la casucha de Kalle. Sin duda. Simon era el sinvergüenza al que Kalle quería agarrar. Pero ¿por qué?

—¿Qué tienes que ver con esta demolición?

Debió de mirarlo con mucha hostilidad, porque él levantó enseguida las manos en son de paz.

—Te lo explicaré todo, Jenny. Pero subamos un momento, aquí, deprisa y corriendo, es complicado.

Del lago les llegaron los ladridos de Falko y un chillido excitado. Ojalá Artur y la pequeña Susanne no hubiesen acabado en el agua.

—Por mí… Si no tienes miedo a contagiarte…

—No te preocupes, ya la he tenido dos veces —aclaró él—. Soy inmune.

Jenny pensó un segundo. Sus dos hijos, Jochen y Claudia, debían tener ya quince y once años. ¿Qué pensarían si se enterasen de que tenían una medio hermana de seis meses? En el piso, primero fue a ver a Julia y le tocó la frente. Todo en orden. Después lo invitó a pasar a la cocina.

Simon se sentó en la silla que le indicó, pero antes lanzó una mirada por la ventana para observar el curso de la demolición.

—¿No me ofreces una taza de café? —preguntó entonces—. Creo que tenemos bastante de lo que hablar.

De mala gana, Jenny llenó la cafetera, después puso dos vasos, leche y azúcar en la mesita y se sentó.

—¿Has mandado derribar el cuchitril de Kalle y, en caso afirmativo, por qué? —preguntó con voz tranquila y lo miró sin apartar la vista.

Simon se levantó, cogió la jarra de cristal medio llena, echó el café y le pasó la nata y el azúcar antes de servirse.

—Muy sencillo —dijo a la ligera—. Le he comprado el terreno. Ahora somos vecinos, Jenny.

Lo sospechaba, pero de algún modo no quería admitirlo. Kalle, ¡qué perfecto idiota! ¿Qué pensaba? ¿Que Simon declararía monumento nacional su maravillosa construcción?

—Pero Kalle había arrendado el terreno con la casa a Sonja, la doctora Gebauer, que quería convertirlo en un zoo. Aunque me parezca una tontería, un contrato es un contrato.

—Por desgracia no es así —la contradijo Simon—. ¿O debería decir «gracias a Dios»? Un apretón de manos no vale nada ante un tribunal; sin notario, todo eso no tiene ni pies ni cabeza.

Ella miró fijamente su vaso de café, en el que la nata dibujaba líneas blanquecinas. ¡Simon, su vecino! ¡Qué horror! Kalle ya era bastante malo, pero Simon sería la peste. Pobre abuela. Sería mejor que se quedara en la hermosa Toscana; en Dranitz solo la esperaban catástrofes.

—No digas nada, Jenny —siguió Simon, preocupado—. Pensaba que al menos te alegrarías un poquito.

¡Pues estaba muy equivocado! Después de todo, era hora de que hablasen claro. Se acabó lo de andarse con rodeos.

Jenny respiró hondo.

—Lo primero —empezó—, creo que hemos terminado, Simon Strassner. Y lo segundo: sé que Gisela se divorció de ti y tu empresa se liquidó. ¡Así que pongamos las cartas sobre la mesa!

No estaba ni por asomo tan impresionado como esperaba. Solo durante un momento torció el gesto, pero después regresó su simpática sonrisa.

—Bueno. —Miró afligido el suelo—. Así que estás al tanto de mi situación. Te lo habría contado de todos modos. No deberíamos ocultarnos nada, ¿no es cierto?

—¿Por qué no? —preguntó adusta.

—Porque es mucho lo que nos une.

¡Menudo canalla! Enseguida volvería a referirse a Julia. Ni hablar de régimen de visitas. Ni custodia. Pero lo que dijo después la dejó de piedra.

—Por ejemplo, el terreno de enfrente. He conseguido fotos, mira. Qué edificio tan lindo, típico de finales del siglo XVIII, principios del XIX. La parte superior recuerda un poco a una dacha rusa con esas bonitas tallas. Por cierto, también las había en la antigua casa guardabotes, que por desgracia demolieron y volvieron a construir.

Sacó tres fotografías del bolsillo interior de su chaqueta y se las tendió por encima de la jarra de café. Eran en blanco y negro, sin duda las había fotocopiado. Mostraban la mansión con las dos caballerizas delante y la avenida, que conducía a la finca entre cuidados prados. ¿Era la misma fotografía que estaba colgada en el dormitorio de la abuela encima de la cama? No, esa foto fue tomada desde otro sitio, pues se veía una parte de la antigua casa del inspector. En las otras dos imágenes aparecía con más claridad. La antigua casa del inspector estaba rodeada de una cerca pintada de blanco, se distinguían flores y un gran huerto. Detrás Jenny descubrió varias dependencias. Era probable que la mujer del inspector tuviese gallinas y algún ganado menor.

—¿De dónde has sacado estas fotos?

Sonrió orgulloso y le aclaró que en Neustrelitz había una anciana que fundó un archivo con las casas señoriales de la zona. Su casera de Waren le dio el soplo. Solo podía ser la gorda de la fregona. ¡Era increíble cómo Simon conseguía una y otra vez engatusar a las mujeres!

—Tengo la intención de reconstruir esta hermosa propiedad al detalle —aclaró y guardó las fotos—. Creo que os gustará a ti y a tu abuela.

Sonaba estupendo. Jenny observó con detenimiento a Simon para descubrir si le estaba tomando el pelo. En realidad no era propio de él, al menos no con aquella tosquedad. Pese a todo, era prudente desconfiar.

—Costará un buen dineral —comentó ella—. Pensaba que tu situación económica era un poco complicada ahora mismo. Por el divorcio, quiero decir.

Suspiró hondo y la miró pesaroso, con los ojos entornados. Ella antes se derretía con esa mirada, ahora le parecía, como mucho, divertida.

—Bueno —admitió—. El divorcio no está ni mucho menos zanjado, pero es evidente que saldré bastante perjudicado. De todos modos, tengo un buen abogado y la confianza del banco, no acabaré como un pobre diablo.

Debería haberlo imaginado. Era probable que Simon Strassner ya hubiese colocado buena parte de su efectivo en alguna bonita y solitaria isla.

—Entiendo —dijo ella—. Bueno, no te lo puedo impedir. Haz lo que mejor te parezca.

Parecía muy decepcionado.

—Pero Jenny —dijo con un tono paternal—. Lo hago sobre todo por ti y nuestra hija. Además, la nueva casa del inspector será un elegante complemento para vuestro hotel.

—Depende. ¿Qué uso planeas darle? ¿La quieres alquilar? ¿Abrir un museo? ¿Una tienda de regalos? ¿Un burdel?

Se quedó sorprendido, pero solo con la última propuesta arqueó un poco las cejas.

—Buenas ideas, Jenny. De verdad, tienes una imaginación admirable. No, quería vivir allí, sin más. Para poder ver a mi hija todo lo posible.

Jenny sintió cómo el pánico se apoderaba de ella. Pretendía mudarse justo a su lado. Vería todos los días a Julia, jugaría con ella, la embelesaría como hacía con todas las mujeres. Le quitaría a su hija, la agasajaría, la mimaría, la llevaría de viaje, decidiría su educación, la enredaría en sus turbios negocios.

Debió de dibujarse una expresión de horror en su rostro ya que él enseguida aclaró sus intenciones. Dijo que planeaba abrir un despacho de arquitectos en una de las grandes ciudades de los alrededores y alquilar un segundo domicilio.

—Así que como mucho os daré la lata los fines de semana —añadió con ironía—. Y prometo solemnemente no inmiscuirme de ningún modo en la educación de Julia. Es solo asunto tuyo.

Eso ya sonaba mejor. Aunque, por supuesto, no era ninguna garantía de que mantuviese aquella promesa.

—Pero insisto —respondió ella con agresividad—. Solo verás a Julia con mi permiso. Y solo cuando yo esté presente. ¿He sido clara?

Él se apuró en asentir.

—Por supuesto. Estoy de acuerdo con todo. Por favor, no pienses que reclamaré a la niña.

—En caso de que quieras hacerlo, Simon, debes saber que defenderé a mi hija con uñas y dientes.

Rehusó asustado y repitió que no tenía que preocuparse en ese sentido.

—Está bien que hayamos abordado y aclarado este punto —dijo después. Acabó su café y se levantó—. No me gustaría entretenerte mucho más tiempo. Gracias de corazón por esta buena conversación.

Se quería ir. Por un lado se alegraba, pero por otro la dejaba con un montón de preocupaciones y problemas. Se levantó para acompañarlo hasta la puerta.

Simon fue hacia su Mercedes, que volvía a estar aparcado en la carretera, y se subió. Antes de cerrar la puerta del coche, se volvió de nuevo hacia ella.

—Ah, sí, también te quería decir otra cosa: cuidado con ese Kacpar Woronski. No tiene buenas intenciones.

—¿Kacpar? ¡Menudo disparate! —le gritó ella, pero cerró de golpe la puerta, arrancó el motor y se marchó a toda velocidad.

Ulli

No, no era por Jenny. Habría sido muy ridículo. Se juntaron muchas cosas: rabia, malentendidos, susceptibilidades, falsas esperanzas y todo fermentó en su interior. Jenny era solo el detonante. El sacacorchos que liberó al genio de la botella.

Pese a todo, no paraba de pensar en ella. Le venía a la memoria una y otra vez, y, si no tenía cuidado, su imaginación se volvía loca. Tal vez se debiese al lago Müritz o más bien a todo lo vivido durante las vacaciones.

Era consciente de que el agua siempre había tenido un efecto especial en él. Sin un lago o el mar cerca era probable que se secase y muriese. Surcar el agua con Max en el *Mine* era una sensación de infinita libertad, la pura alegría de vivir; hoy aquí, mañana allí, no ser responsable de nada ni nadie, solo tener en cuenta el viento y el agua, como un espejo. Exacto. Eso era. Se embriagó con el Müritz. No era dueño de sí mismo. Solo por eso, ella intentó entrar a hurtadillas en su corazón de manera tan pérfida.

Cuando rompió a llorar en el lago Müritz, la estrechó entre los brazos para consolarla, pero enseguida se dio cuenta de que ese abrazo le provocaba otros sentimientos, a los que un hombre no podía resistirse. Por suerte ella no lo notó, porque a él le hubiese resultado muy violento. No era de los que primero quieren consolar para luego lanzarse sobre una chica. En cualquier caso, Jenny se le había metido en el corazón aquel desafortunado día e, insinuante como ella era, por lo visto ya no quería abandonarlo.

No obstante, era lo de menos. Era su asunto personal y no le concernía a nadie.

No, era sobre todo ese sofocante despacho de Bremen-Vegesack lo que lo ponía de los nervios. Incluso en aquella época, cuando el verano cedía a buen paso ante el otoño, apenas se podía aguantar dentro si el sol calentaba los cristales y uno se asaba en su sudor. Abrir las ventanas tampoco era buena idea, ya que el viento hacía volar todos los papeles de la mesa y él se llevaba una bronca de sus compañeros. Lo único bueno era que desde allí se veía el puerto y el Weser, pero por desgracia eso era todo.

Antes, en Stralsund era en parte responsable de la construcción de los arrastreros y a menudo tenía cosas que hacer en el astillero. Era agradable estar al aire libre y entrar en los barcos a medio terminar, atender los problemas, encontrar soluciones. En general le gustaba hablar con la gente y estar en contacto con los trabajadores. Sin embargo, en Bremen tenía otras tareas, debía ocuparse de los proveedores, comprobar las ofertas, calcular los precios y negociar, la mayoría de las veces por teléfono. En ocasiones no salía del despacho en toda la jornada. Entonces buscaba una excusa para ir al astillero y respirar una bocanada de aire del puerto. ¿Acaso merecía el dinero que ganaba allí esa triste existencia? Dicho de otra manera: ¿cuánto tenía que pagar una empresa para comprarle un tercio de su vida?

Era curioso que antes nunca se devanase los sesos con semejantes cuestiones. Pero entonces estaba Angela, eran los primeros años de su relación, cuando todavía estaban enamorados y creían en un futuro común. Sin embargo, aquellos días, por las noches, estaba demasiado a menudo solo en el piso y cavilaba.

Una de esas noches cogió una hoja de papel y escribió el borrador de un texto. Luego redujo algo aquí y allí, añadió unas cuantas frases, lo volvió a refundir y al final hizo una bola con todo y lo tiró a la papelera. Tres veces sacó la hoja arrugada para desecharla de nuevo. Al cuarto intento la alisó, la dobló y la metió en un sobre. Porque sí. Solo para asegurarse. Como apoyo en caso de que la melancolía volviera a acosarlo.

Por ejemplo, como aquel día. De nuevo nada iba bien. Uno estaba enfermo, otro había perdido a un familiar y tenía que asistir al entierro en Hamburgo. Así que estaba solo en su cubículo, atendiendo los teléfonos de los compañeros y despachando tareas que no eran suyas. Y, por supuesto, se atrasaba con el trabajo propio.

Sobre las once entró su secretaria sin avisar. El jefe quería saber por qué no estaba autorizado el pedido a la empresa Klüger y Ulli tuvo que escuchar que la entrega de los barcos pesqueros se retrasaría tres semanas por su culpa. Lo que no se correspondía con la verdad, pero, si un superior creía tener razón, tenía razón. El capitalismo no era muy distinto a la economía planificada. Así que se llagó los dedos de tanto llamar, aceptó un precio abusivo y, a continuación, cansado, se enfadó por lo que acababa de hacer.

Al mediodía fue de mal humor a la cantina, llevó la bandeja con salchicha frita, repollo y patatas a una mesa vacía junto a la ventana y se permitió acompañarlo de una cerveza. Durante cinco minutos pudo comer tranquilo y a la vez mirar el puerto, hasta que un compañero del equipo de ventas se sentó a su lado. Uno de los que solo veían de vez en cuando porque casi siempre estaban de viaje.

—Eh, Schwadke. Me siento aquí, está bien, ¿no?

Ulli asintió.

—¿No es usted el oriental? Bueno, ¿se ha adaptado bien? Es bastante distinto al otro lado, ¿no es cierto? Aquí se trabaja de verdad, a buen ritmo.

Tenía unos cuarenta años, llevaba una americana con camisa a juego y estiraba las piernas debajo de la mesa sin reprimirse. Miraba sonriendo a Ulli mientras cortaba la salchicha. La grasa salpicó el vaso de Ulli, que lo limpió con la servilleta de papel. Odiaba los vasos sucios.

—También trabajábamos de verdad en Stralsund —respondió con parquedad.

Sabía los prejuicios de los compañeros, ya se había enfadado varias veces por ese tema. Reconocía que en muchos casos tenían razón, pero en otros no.

El compañero del equipo de ventas husmeó en las verduras y comentó que estaban pasadísimas.

—Apenas se puede comer esta bazofia. Me alegro de estar fuera tan a menudo. Si necesita que le recomiende un buen restaurante, conozco unos cuantos entre Bremen y Hamburgo.

Envidiable. Recorría el mundo mientras él mataba el tiempo en el despacho. Sin embargo, parecía utilizar sobre todo su libertad para ir a comer bien. Por cuenta de la empresa, claro. Bastante poco ocurrente.

—Sí, la economía del otro lado —continuó su interlocutor— ya estaba en ruinas, uno o dos años más y todo se habría hundido. Unas instalaciones muy anticuadas. Incapaces de competir. Solo chatarra. En el fondo podéis estar agradecidos de que os ayudemos a recuperaros.

Ulli alzó su vaso y brindó con el compañero, se lo llevó a los labios y tragó un montón de frustración. Qué superiores se sentían todos. Como si cada uno de ellos hubiese inventado el capitalismo y tuviese que explicarles a los estúpidos orientales cómo funcionaba un sistema económico.

Era cierto solo en parte. Claro que hubo algunas empresas que, según el criterio capitalista, eran menos que poco rentables. No obstante, el astillero de Stralsund, por ejemplo, se fue al traste sobre todo porque el comercio oriental colapsó tras la reunificación. Y eso pasó también a otras empresas de la RDA. Solo que allí nadie se lo creía. Y estaba harto de pelearse una y otra vez por ese motivo.

—La semana pasada estuve en Rostock —contó su apasionado compañero de mesa, y retiró el plato para empezar el postre. Crema de requesón y fruta—. Allí sigue habiendo un par de buenos restaurantes, donde se puede ir a comer bastante bien. Y hay para comprar. Antes era terrible, en el Este. No había nada en las tiendas. Sobre todo fruta fresca, vitaminas. Hacían cola durante horas para una naranja, ¡imagíneselo!

¿Ahora quería contarle cómo era el Este en los tiempos de la RDA? ¿Precisamente a él? Era para echarse a reír. Si no fuese tan molesto.

—Eso sucedió —respondió—. Pero no era lo habitual. Nadie moría de hambre. Tampoco por falta de vitaminas.

El comercial guardó silencio y se comió el requesón y la fruta antes de añadir sacudiendo la cabeza:

—Bueno, si le resulta divertido esperar durante años a que le entreguen el coche… Y luego esas cajas de plástico sobre ruedas. Los Trabant. ¿Sabe cómo se puede doblar el precio de un Trabant? ¡Llenándole el depósito! —El compañero se golpeó el muslo de la risa.

—Yo conduzco un Wartburg —dijo Ulli con mucha calma—. Un coche nuevo. Tiene carácter, ¿entiende?

—¡Ah! —se sorprendió el otro—. Wartburg. Bueno, esos ya eran un nivel superior. ¿Utiliza mezcla de gasolina y petróleo?

—Claro.

—¿Y dónde reposta? ¿Hay en las gasolineras de allí?

—Lo mezclo yo.

—¿En serio? ¿Está permitido?

—Nadie se ha quejado.

El comercial estaba entusiasmado de repente, quería saber cuánta gasolina consumía el coche, a qué velocidad se podía conducir, cómo estaba acondicionado el motor. Un motor de dos tiempos, como antes de la guerra.

—Qué gracioso, un cacharro así. Me gustaría conducirlo. Solo por diversión, claro. ¿El suyo está en el aparcamiento?

—Sí, pero no se alquila.

La respuesta de Ulli sonó más que negativa, casi hostil. El comercial lo miró sin apartar la vista un momento, después se encogió de hombros y tomó la bandeja.

—Bueno, no se enfade, Schwadke. Hasta otra.

Ulli dejó el postre. Había perdido el apetito. Aquel día le estaba sentando fatal. Primero, la bronca con el jefe y después aquella conversación. Allí la gente siempre le trataba de manera despectiva. Economía en ruinas. Dinero de juguete. Vagos. No, tampoco era un apasionado militante del socialismo. De niño quizá, ya se topaban en la guardería con ello y por supuesto en la escuela. En la carrera se abrían las primeras grietas, porque no solo se trataba de la formación especializada, sino también de las ideas políticas. Más tarde, cuando conoció a Angela, le molestaba sobre todo que no se les permitiese viajar. Que el Estado tuviese a sus ciudadanos bajo tutela como niños y los espiase. Era lo peor. Ya no tenía nada que ver con el socialismo, al que en principio aspiraban. Era de locos. La RDA acabó enferma y loca por completo. Estaba bien que todo aquello hubiese quedado atrás.

Aun así, le molestaba muchísimo cuando aquellos tipos tan arrogantes de la RFA, que no tenían ni idea de nada, hablaban mal de su país. Maldita sea, ellos también trabajaban.

Y mucho. Claro que había algunos que no inventaron precisamente el trabajo. Sin embargo, lo habían trabajado hasta hacía poco en las fábricas. Allí, en el Oeste, estaban en paro y ganaban dinero por no hacer nada. ¿Qué era mejor?

Vaya, era demasiado susceptible. Siempre ofendido porque le echaban la culpa de su agusanada RDA. Era justo eso: estaba agusanada por completo. Podrida. Hartó a muchos. No obstante, había una diferencia entre el sistema en ruinas y las personas. Las personas del otro lado eran buena gente y nadie tenía derecho a considerarse superior a ellas.

Regresó al escritorio enfurruñado, pero sus pensamientos divagaban una y otra vez. Tres veces estuvo tentado de coger la bolsa y sacar cierta carta. Solo para verla. Tal vez se tranquilizara. O lo disuadiera. Pero se contuvo y la dejó donde estaba. En cambio, le vino a la memoria Max Krumme. ¡Maldito truhan! Le había hecho creer que se estaba muriendo solo para que fuese a visitarle por última vez. Por amistad y por compasión. Y luego resultaba que no era más que una artimaña. No le pasaba nada, como mucho tenía un poco de reuma en las rodillas, lo normal a su edad. Comparado con su abuelo, Max estaba hecho todo un saltabardales.

El viejo pícaro lo apresó. Lo enroló en esa casita flotante durante diez hermosos días hasta que ya no se la quitó de la cabeza. Increíble, pero había sido fenomenal.

Para la primavera siguiente querían volver a soltar amarras y marcharse de viaje. Flotar en aguas bamboleantes, entre el cielo y las olas, alejarse de los silenciosos bosques y las desiertas orillas, observar las garzas entre los juncos y los venados que se acercaban de noche a la orilla para beber. Le pesaba la conciencia por haberle contado a Jenny que pasaban casi todas las noches en Ludorf, a pesar de que en realidad dormían cada día en un atracadero distinto.

Max era un buen compañero, de los que escuchaban y hacían las preguntas adecuadas. Con él uno podía contar chistes y morirse de la risa. Y si hablaba de sus maravillosas ideas, lo pintaba todo tan colorido y tentador que Ulli tenía que esforzarse por mantener los pies en la tierra. Un alquiler de barcas con lugar de acampada y quiosco, pero algo así solo funcionaba en verano. De abril a septiembre a lo sumo. Después aquello era como un cementerio y habría que vivir de los ahorros. El listo de Max no lo mencionó, pero también tenía que pensarlo si debía renunciar a un buen trabajo por algo tan incierto.

La última noche visitó a sus abuelos y durmió allí. No podía navegar durante días por el Müritz y marcharse sin volver a pasar por su casa. Por supuesto, Mine se sirvió de sus dotes culinarias y preparó un lucio del Báltico servido en corteza de pan con ensalada de pepino y patatas al eneldo. Contó que la receta se la copió en su época a Hanne Schramm, la cocinera de la finca Dranitz. Quizá le faltaba algún que otro condimento, porque Hanne mantenía su receta en absoluto secreto, pero también se podía comer así.

—¡Está increíble, abuela! —la elogió Ulli sin exagerar—. Pocas veces he comido algo tan rico.

Por supuesto, ella estaba radiante. Y se lo merecía. Al menos en lo que respectaba a la comida. En cuanto a los comensales, la abuela había vuelto a urdir una de sus pequeñas intrigas. Mücke era la cuarta persona a la mesa. Mine le había contado por teléfono que ya no estaba con Kacpar Woronski.

—Quería hacerle algo rico a la chica y la invité. ¡Una decepción así en el amor acaba con una persona joven!

La abuela no estaba del todo equivocada. Ya no era la Mücke alegre y rolliza que conocía de antes. Estaba delgada y más seria. Llevaba los ojos maquillados.

—Es muy amable que me hayáis invitado a comer algo tan

delicioso —agradeció ella—. Ulli, tiene que saberte a gloria después de comer solo latas durante días, ¿no?

Ahí dio en el blanco. Max y él eran bastante austeros en cuanto a la comida se refería, aunque de vez en cuando se permitían comer algo en tierra firme.

—Tienes razón —admitió—. Pero aun así fue bonito. Una casa flotante así es muy diferente a un yate de motor. Solo se desliza. Es como andar en bici en comparación con el coche. Como va más lento, se disfruta más del entorno.

—Ahí se ve cuánto quiere uno su tierra. —Karl-Erich esbozó una sonrisa—. Un chaval tiene todo el mundo a su disposición ¿y qué hace? Va a remar por el Müritz.

—¿Y qué? —se exaltó Mine—. Esto también es bonito. La gente viene aquí a pasar las vacaciones. Max es un tipo listo, quiere montar su alquiler de barcas a lo grande. ¿No es cierto, Ulli?

El joven sacó una larga espina del lucio y la puso con cuidado en el borde del plato.

—Sí —confirmó—. Max tiene un montón de ideas.

—Y también hay una casita. Perfecta para una familia joven —continuó Mine y sirvió a Mücke otro trozo de lucio—. Allí no tenéis que pagar alquiler, eso es importante hoy en día. Los alquileres están subiendo por todas partes.

Mücke husmeó en las patatas al eneldo. Intercambiaron una breve mirada, después se sonrojó y Ulli se dio cuenta de que él también. Mine podía poner en apuros a cualquiera.

—Ay, abuela —dijo él con un suspiro algo soliviantado—. En la casita vive Max con sus dos gatos. Además, no sé qué familia joven se mudaría allí.

Inocente, Mine respondió:

—Solo lo decía con buena intención. Como antes Max vivía allí con su mujer y sus hijos…

—Si todavía fuese joven —se inmiscuyó Karl-Erich—, me

iría a Estados Unidos, a casa de Karla. O a Australia. A Nueva Zelanda. También a Hungría a casa de Vinzent, eso estaría bien. Eso haría si todavía tuviese agallas.

—No lo harías. —Mine sacudió la cabeza con fuerza—. Tú no te subes a un avión. —Se dirigió a Mücke—. «Lo que está arriba se puede caer», dice siempre. —Dejó vagar la mirada por los marcos con las fotos de sus tres hijos en la pequeña estantería junto al ciclamen. También Ulli estaba allí, entre sus padres, con la mellada boca esbozando una amplia sonrisa—. No necesito viajes por el mundo. —Mine apartó la mirada—. Estoy muy contenta aquí. Y si quiero ver otros países, me puedo sentar delante del televisor.

—Ay, a mí sí que me gustaría viajar —reconoció Mücke, soñadora—. A Francia, para ver los antiguos castillos. O a Italia. Al Adriático. Y por supuesto a Roma. Por las geniales tiendas que hay. Bueno, y también por la Antigua Roma...

—La baronesa y el señor Iversen han hecho muy bien —intervino Karl-Erich—. Dejarlo todo e irse a la Toscana. Hay que hacerlo mientras uno esté ágil de piernas y lúcido de cabeza. Si se espera mucho, puede ser demasiado tarde.

Mine repartió los tres grandes trozos de lucio que quedaban y se aseguró de que Ulli se llevara la porción más grande.

—No está siendo nada fácil para Jenny —comentó Mücke—. Tan sola con la niña en el caserón. Voy de vez en cuando y la ayudo con la pequeña.

—Vaya. —Ulli asintió—. Seguro que no es fácil.

No dijo más, se guardó para sí el asunto con Jenny en la casa flotante. No era algo que uno fuese contando por ahí. Era demasiado privado. Nadie necesitaba saberlo.

—No está tan sola —la corrigió Mine—. Está el señor Woronski. Supervisa las reformas y es probable que se ocupe también un poco de Jenny Kettler. Al menos durante el día...

Ulli lo sabía, por supuesto, pero al oír que su abuela lo

volvía a mencionar de manera explícita sintió que se le revolvía el estómago. Cierto, Kacpar Woronski. Ya no estaba con Mücke.

—Ahora vive en la mansión con Jenny —afirmó Mücke, impasible—. Tuvo que irse de casa porque mi madre necesitaba la habitación. Y en la de Heino tampoco había sitio. Así que se mudó de nuevo a la mansión. ¡Está más cerca del trabajo!

—¿Jenny vive en la mansión? —preguntó Ulli desconcertado—. Pensaba que vivía con los Stock.

—También. Solo se ha mudado al piso de su abuela para que la casa no esté vacía durante tres semanas.

Ulli tuvo que asimilar la noticia. Maldita sea, el arquitecto vivía con Jenny y la pequeña en la mansión. No le gustaba nada.

—¿Cómo es que no había sitio en casa de Heino? Si nunca tiene huéspedes.

Mücke se encogió de hombros.

—Quizá no quería acoger a Kacpar. Heino es peculiar, no admite a cualquiera.

Mine sirvió zumo de manzana y cerró la botella con dificultad.

—No es cierto —la contradijo—. Heino sí tiene un huésped. Lo he visto yo misma. Un paliducho con sienes plateadas. Y Angie me ha contado que es el padre de Julia. Y que está aquí porque quiere casarse con Jenny.

Ulli la miró sin apartar la vista y no entendió nada de nada. También Mücke estaba perpleja por la noticia de Mine.

—No es más que un cotilleo de pueblo —se exaltó—. Es cierto que Simon estuvo aquí, pero solo de visita y no se habló en absoluto de matrimonio. Para nada. Yo estaba presente.

Mine se encogió de hombros y dijo que solo podía reproducir lo que Angie le había dicho en confianza.

—No me gustó del todo. Es muy elegante, muy empalagoso. Y demasiado mayor para Jenny. Estaba sentado con Kalle y charlaban animados.

Mücke dirigió la mirada al techo.

—¿El ex de Jenny no está casado? —preguntó Ulli, procurando que no se le notase la inquietud.

—Lo estuvo —respondió Mücke—. Al principio Jenny tenía mucho miedo a que quisiese quitarle a la pequeña. Pero no lo pensaba hacer. Solo pasó para conocer a su hija. Y nada más. Todo lo demás es cotilleo y chismorreo. Típico de Angie…

—¿Sigue viviendo el tipo en casa de Heino? —preguntó Ulli desconfiado—. ¿O ya se ha ido?

—Creo que se ha ido —supuso Mücke—. ¿Qué se le ha perdido en Dranitz?

Sin embargo, Mine sacudió la cabeza.

—El ex de Jenny sigue aquí. Esta mañana ha ido a comprar yogur al bar de Heino y se ha sentado a la mesa a desayunar. Me ha saludado con amabilidad, como si me conociese de hace años.

Entonces Karl-Erich también se inmiscuyó en la conversación.

—¡Pero eso es lo correcto! —exclamó con énfasis—. La familia debe permanecer unida. Y si es el padre de la pequeña y quiere casarse con Jenny, ¡así es como debe ser!

—Pero no quiere casarse con Jenny —se alteró Mücke—. Dame el plato, Ulli. Y los cubiertos también.

Mücke llevó los platos vacíos al fregadero y echó un poco de agua para que los restos no se quedasen pegados.

—Y Jenny tampoco quiere —añadió—. Se pone mala solo de verlo.

Mientras tanto, Mine sacó de la nevera la fuente de cristal con un postre de frambuesas y nata, y la puso en la mesa.

—Estas jóvenes… —Karl-Erich sacudió la cabeza—. Primero se queda embarazada de él y luego se pone mala solo de verlo.

A la mañana siguiente, Ulli se despidió de sus abuelos y volvió a Bremen. Ya había pasado más de una semana. En aquel momento estaba sentado en su sofocante despacho y soñaba con el lago Müritz y con Jenny. Miraba el Weser por la ventana. El tiempo estaba revuelto, todo estaba gris y brumoso; las casas, los barcos en el puerto, el río y el cielo. Este en especial. Pesaba sobre la ciudad como una manta mojada. Se levantó, abrió la ventana para dejar entrar un poco de aire y siguió el camino de una gotita de agua que vagaba con infinitos rodeos de un lado a otro del cristal hasta desaparecer por fin en la parte inferior.

En efecto, el otoño llegó a pasos agigantados. Gris. Frío y húmedo. Sombrío. Y cuando fuese invierno, ya no podría remar.

Con un suspiro se apartó de la ventana y dejó vagar la mirada por el pequeño despacho. Debajo de la mesa tenía la cartera. Con el sobre DIN A4. En él estaba su dimisión.

«Pero no ahora que el invierno está a la vuelta de la esquina —pensó—. Después de las Navidades. En primavera. En todo caso…»

Sonja

El mapa se iba llenando, solo quedaban unas pocas manchas blancas. El azul era para la propiedad Dranitz. Las parcelas que había arrendado para el zoo estaban pintadas de verde. El negro significaba que allí había otro arrendatario o propietario. En blanco permanecían las parcelas que, por lo que sabía, aún no estaban adjudicadas.

Sonja retrocedió un paso para contemplar su obra de lejos. El área del futuro zoo parecía un dragón verde con cabeza abotagada, cuerpo alargado y fino, y cola enroscada. Kalle había cortado la cola. Cuando demolieron el edificio de acceso al zoo que había proyectado, Sonja se quedó sin el terreno. Por supuesto, se podía poner la entrada en otro lugar, pero tal vez en un bosque no le concedieran la licencia de construcción. En cualquier caso se podía levantar una cabaña de madera, pero no una tienda ni mucho menos un edificio de exposiciones. Y un aparcamiento también sería complicado.

Sonja resopló, colérica. Ya sabía que no se podía fiar de Kalle. Seguro que no era un estúpido, pero podía ser que borracho o por puro capricho dijese tonterías. Aunque no se podía olvidar que ese tal Simon Strassner era un insidioso y un canalla. Aquel adulador y taimado occidental escamoteó el terreno de la antigua casa del inspector para engatusar a

Jenny Kettler. ¡Dios mío! La chica fue lo bastante tonta como para dejar que ese tipo le hiciera un niño. Si también se casaba con él, ya no podrían ayudarla.

Sonja repintó de negro en su mapa el terreno de la antigua casa del inspector, que al principio era verde. Vuelta a la realidad. Aunque aún quedaba una esperanza. Si Jenny daba calabazas a su ex pese a aquel magnífico regalo, Simon Strassner quizá lo revendiese. De todas formas, era de esperar que entonces pidiese un precio exorbitante. Sobre todo si se daba cuenta de la urgencia con la que necesitaban la tierra.

No obstante, eso era hacer las cuentas de la lechera. Era más grave otra mancha negra en el mapa, un gran agujero en el cuerpo de su dragón verde. Más que un agujero, aquella mancha negra dividía el dragón en dos partes. Por así decirlo, era una zona negra que trepaba por la estrecha cintura de la criatura y la dividía en una parte delantera con una voluminosa cabeza y una trasera sin cola. Era la parcela en la que estaba el molino de aceite. Algún idiota había hecho creer al fideicomiso que se trataba de un edificio de valor histórico y por eso lo habían vendido en lugar de arrendarlo. A uno de los antiguos propietarios, según sus averiguaciones.

La antigua propietaria era la familia Von Dranitz. ¡Caray! Nombró a Kalle testaferro, ya que era el presidente de la antigua cooperativa, para poder comprar mejor los terrenos y justo entonces van y venden el molino de aceite junto con los terrenos a la familia noble del Oeste. Antigua propietaria también habría sido ella, como hija de Elfriede von Dranitz. ¿Por qué no lo hizo valer? Estaba que se subía por las paredes. Lo que se hizo, se hizo mal.

¿Quién quería comprar el molino? Franziska von Dranitz seguro que no. Jenny tampoco entraba en la pugna. En realidad, solo podía ser esa tal Cornelia. ¿No habló en la boda de una granja orgánica? Pues claro, aquel tipo taciturno, el del pelo recogido y la barbita, mencionó algo orgánico-ecológico-dinámico. En principio nada malo, podía hacerlo si le apetecía. Sin embargo, precisamente con el molino de aceite no.

¿Qué iba a construir en medio del bosque? Los venados devorarían toda la cosecha y los jabalíes revolverían el campo. ¿Acaso quería utilizar la tierra como pasto y convertir el molino de aceite en un granero o un refugio? Sonja volvió a poner el pincel en el vaso de agua y se sentó en el sillón para reflexionar. Aquel ecologista era un buen tipo. Con él se podía negociar. En cambio, la hija de Franziska, Cornelia, era de otro calibre: una charlatana narcisista a la que solo le valía su palabrería de las comunas del 68. Eran los más obstinados, que jamás dieron el brazo a torcer; tal y como Sonja veía la situación, tendría que lidiar con Cornelia, no con Bernd. Quizá debería ofrecerles permutarlo por otro prado. Uno que estuviese más cerca del pueblo. Sonja suspiró hondo. Negociar con Cornelia iba a ser complicado.

Apoyó la cabeza en las manos.

Un momento. ¿Cómo que ella? ¿Por qué debería enfrentarse con aquella reticente señora? ¿Quién era el presidente?, ¿el que representaba a la Asociación Zoológico Müritz de cara al exterior? Kalle ostentaba ese cargo. Sonja reflexionó un segundo y llegó a la conclusión de que era probable que Kalle y Cornelia se entendiesen muy bien. No tenían pelos en la lengua y podían aguantar algunas cosas. A pillo, pillo y medio. Cierto. Y Kalle era exactamente eso. Un pillo. Además, era joven, lo que en cualquier caso suponía una ventaja. A Cornelia le gustaban los hombres más jóvenes que ella. Al menos eso dedujo de un comentario de Jenny, del que se había enterado por casualidad.

Sonja se levantó decidida y con el ánimo recobrado. ¡Sí, era una idea muy buena! Hablaría enseguida con Kalle. Sobre todo, tenía que proporcionarle los argumentos adecuados, el resto ya lo haría por sí mismo. Al fin y al cabo, tenía que enmendar una enorme estupidez, podía mostrar lo que había en su interior. Sonja cogió el teléfono y llamó a casa de los Pechstein.

—¿Kalle? Está fuera —la informó Gerda—. Es probable que con los cerdos. Los ha puesto con las vacas en el prado a orillas del lago. Junto a la casa guardabotes. Ojalá no se lleve una bronca de la señora baronesa cuando vuelva del viaje de bodas.

Sonja sonrió. La nueva y noble mujer de papá estaría entusiasmada: vacas y cerdos compartiendo el prado a orillas del lago con los adinerados huéspedes del balneario…

Sonja le recordó a Gerda la reunión de la junta el viernes siguiente antes de despedirse.

—¡Lo he apuntado! —exclamó la madre de Kalle en el auricular—. Oye, Sonja, tengo una pregunta respecto a…

Sonja colgó deprisa. No tenía tiempo para escuchar el problema de Gerda con la contabilidad. El viernes debía tener una idea de financiación para pagar el arrendamiento. Sin embargo, cada cosa a su tiempo. Primero Kalle y Cornelia. Cogió el plano, se puso unos zapatos resistentes y una chaqueta, y se subió al coche para ir a Dranitz.

El tiempo se mostraba aquel día como a finales de verano, el veranillo de San Miguel, como algunas personas lo llamaban. Días hermosos y benignos a principios de otoño. Los campos ya estaban cosechados; las cornejas, que resplandecían de color negro azulado, se posaban en ellos y picoteaban gusanos. Los bosques vestían de verde oscuro y solo en algunos lugares las manchas amarillentas indicaban con qué rapidez avanzaba el año. En los jardines florecían arbustos amarillos y violetas, brillantes dalias de colores y enredaderas rosas extendían sus flores sobre la valla. En el pueblo de Dranitz apenas había gente fuera. No era de extrañar, era mediodía y la mayoría estaría en la cocina comiendo sopa. En la parada de autobús, los escolares de distintas edades bajaban y se dispersaban con estrépito para llegar a casa puntuales a la hora de comer.

La mansión surgía a la derecha de la carretera, su tejado recién puesto brillaba al sol de mediodía. Detrás se extendía el jardín, aún abandonado, que ascendía por la elevación y no acababa hasta más de un kilómetro después, tras el antiguo cementerio familiar. Cerca de la mansión, el lago se vislumbraba a través de los árboles. Por desgracia, era el único grande en los alrededores, lo que era una pena, ya que a Sonja le habría encantado tener un lago así en su zoo. Quizá podría embalsar uno de los pequeños arroyos o riachuelos.

Al llegar al terreno de Kalle, primero tuvo que tragar saliva. Era muy distinto enterarse por la gente del pueblo de que habían demolido la construcción de chapa ondulada a verlo con sus ojos propios. Tomó aire. No quedaba nada y, para colmo, a sus pies se abría un profundo agujero: era evidente que habían escombrado durante los trabajos de derribo el sótano de la antigua casa del inspector. No, allí ya no se podía hacer nada. ¡Ay, Kalle! ¡Maldito imbécil!

—¡Buenas, doctora Gebauer! ¡Tenga cuidado de no caerse en el agujero! —oyó de repente una voz delante de ella y alzó la vista.

Al otro lado del sótano había una joven con botas de agua verdes y un cubo metálico en la mano. Sonja la conocía.

—Buenas… ¿No es usted la señora Rokowski?

—La misma. Puede llamarme Mücke. Soy miembro de la asociación del zoo.

—Me alegra, Mücke —dijo Sonja sonriendo—. El Zoológico Müritz es un asunto muy importante para mí y estoy segura de que lo conseguiremos.

Mücke asintió, vació el cubo y dijo que iba a dar de comer a los cerdos.

—¡Hasta luego, ya nos vemos! —exclamó y se fue.

—¡Un momento, Mücke! ¿Está Kalle en la casa guardabotes? —le gritó Sonja.

—No, está con Simon Strassner en el molino de aceite. Ahora le pertenece…

Sonja permaneció durante un momento en silencio y horrorizada. ¿No acababan de decir que iban a vender el antiguo molino a un expropietario? ¿Qué tenía que ver aquel tiburón inmobiliario del Oeste con la antigua propiedad de la familia Von Dranitz? ¿Se lo había comprado a Cornelia, a lo mejor por diez veces más del precio real? ¡Malditos capitalistas!

Sonja se controló y regresó a su Renault. Después de calar el motor dos veces por la rabia, logró por fin arrancarlo. Aceleró y recorrió a toda velocidad la carretera en dirección a Teterow. A la altura del molino de aceite frenó, dobló hacia un camino y se detuvo. Le habría gustado estar furiosa y gritar, dar puñetazos al volante, pero con eso no ganaba nada. Tenía que pensar, despejar la mente para poder hacer algo.

¿Qué planeaba Simon Strassner? ¿Por qué quería aquel tipo ser propietario justo de ese terreno? ¿Quería ofrecer a su futura mujer para la boda, además de la casa del inspector, un molino de aceite reformado? ¿O solo quería establecerse en la zona como un pulpo y envolver un trozo de tierra tras otro con sus codiciosos tentáculos?

¿Y qué tenía Kalle que ver con él, aparte de haberle vendido la casa del inspector y haber tirado por la borda sin más ni más su contrato de arrendamiento?

Decidió agarrar el toro por los cuernos y abrirse paso por el bosque hasta el molino de aceite. Mientras caminaba a través del follaje marrón del año anterior, la asaltaron recuerdos de infancia. Allí jugaban a los indios, rompían ramas para construir los tipis con ayuda de mantas. Solo jugaba un rato, hasta que se enfadaba con los compañeros. Entonces vagaba sola por el bosque, los domingos de madrugada, para observar los animales o trepaba a un lugar elevado y miraba los corzos pacer.

Ya veía entre los troncos el molino de aceite en ruinas. Sonja se detuvo y observó. Nada se movía. Con su mala racha bien podía ser que Kalle y Simon Strassner nunca hubiesen estado allí o ya estuviesen de regreso. Aun así, luchó por acercarse. Resbaló en el empinado terreno que daba al prado, pero pudo aferrarse a un tronco.

¡Allí! ¿No se acababa de mover algo junto a la rueda del molino? ¡Pues claro! Eran sin duda la rizada melena castaña de Kalle y su jersey de rayas azules, blancas y rojas. Estaba delante de la rueda del molino y gesticulaba con las manos al hablar agitado. El hombre vestido de claro que se unió a él solo podía ser Simon Strassner. Sonja salió de detrás del tronco, resbaló y se deslizó por la empinada pendiente hasta el prado. Se detuvo justo delante de los dos hombres y recobró la compostura. Ambos saltaron asustados a un lado.

—¡Pero bueno, Sonja! —exclamó Kalle cuando la reconoció—. Eres tú. ¡Ya pensaba que eras una jabalina galopando cuesta abajo!

Avergonzada, Sonja se quitó el barro de los zapatos.

—Hola, Kalle —saludó con toda la indiferencia que pudo—. Estaba buscando setas.

—¿Y por qué tanta prisa? No se te van a escapar.

Sonja pasó por alto su objeción y se dirigió a Simon Strassner, que la examinaba divertido.

—Buenas, señor Strassner. ¿También aprovecha el hermoso veranillo de San Miguel para pasear?

El muy asqueroso sonrió. Se burlaba de ella, aunque por

desgracia tenía motivos. Strassner le tendió la mano y ella tuvo que ceder para guardar las formas.

—Doctora Gebauer, qué alegría volver a verla.

Sonja solo asintió y se dirigió a Kalle.

—¿Y qué te trae por aquí? —quiso saber—. ¿Le enseñas al señor Strassner el antiguo molino de aceite?

Kalle contestó con una afirmación.

—Ya estamos en medio de la planificación. Restauraremos y reformaremos el molino a fondo. La pared norte está podrida por completo, hay que rehacerlo todo. Las demás paredes se pueden salvar y la antigua rueda del molino tiene que permanecer sí o sí.

—El mecanismo del molino sigue bastante decente —mencionó Simon Strassner—. Se podría arreglar. De todos modos, es un trabajo difícil y complicado.

—Ya lo solucionaré —murmuró Kalle.

Sonja los miró por turnos y llegó a la conclusión de que, por lo visto, Strassner pretendía utilizar al bueno de Kalle como mano de obra barata. Bueno, Kalle estaba en paro desde la disolución de la cooperativa, así que le vendría de perlas un trabajo como restaurador de molinos. Aun así, quería aclarar las cosas de una vez por todas.

—Pensaba que el fideicomiso había vendido la parcela con el molino de aceite a Cornelia Kettler —dijo—. Como antigua propietaria por así decir.

Kalle y Simon Strassner la miraron sorprendidos.

—¿A la madre de Jenny? —preguntó Strassner.

—No, la señora Kettler arrendó el prado de allí enfrente.

Señaló con el dedo el prado más allá del riachuelo, que Sonja había incluido hasta ese momento en el terreno donde estaba el molino de aceite.

—¿Cornelia Kettler lo ha arrendado? —preguntó Sonja, incrédula—. ¿Quién se lo ha dicho?

—Un servidor —respondió Kalle esbozando una amplia sonrisa—. Tengo un buen amigo que conoce a uno en el fideicomiso.

Kalle era tremendo. Al parecer lo subestimaba.

—¿Y cómo ha llegado a este terreno, señor Strassner? —insistió Sonja—. No parece usted un antiguo propietario.

Atónito, Simon Strassner le clavó los ojos.

—¿De qué terreno está hablando, doctora Gebauer?

¿Quería tomarle el pelo?

—De este —respondió furiosa—. ¡Del prado con el molino de aceite!

Se hizo el silencio. En el bosque cantó un arrendajo. Una mosca se posó en los rizos de Kalle. En la hierba los grillos chirriaban.

—Pero ¿qué tonterías dices? —preguntó Kalle tras un breve instante y miró a Sonja, desconcertado—. El molino de aceite no es de Simon.

Se le pusieron los nervios de punta. Ni de Cornelia. Ni de Simon.

—¿De quién entonces?

—Es mío —aclaró Kalle—. Lo he comprado con la pasta que Simon me ha dado por la casa del inspector.

Mareada, Sonja tuvo que apoyarse contra la rueda del molino. ¿Kalle? ¿Cómo que Kalle?

—Pero… pero tú no eres un antiguo propietario…

—No. Pero tengo un amigo que conoce a uno que es conocido de uno…

—Entiendo. —Sonja sacudió desamparada la cabeza.

—Y como me he reconciliado con Simon, me ha prometido hacer un proyecto profesional para la restauración. Y para la reforma. Queremos montar aquí un chiringuito. Y un museo. Para nuestro zoo.

Sonja vaciló. Primero lo tenía que asimilar. El molino de

aceite era de Kalle. Y Kalle, que era buena persona y leal, quería poner su propiedad a disposición del futuro zoo.

—¿No se encuentra bien? —preguntó preocupado Simon—. ¿Quiere sentarse?

—¡Kalle, tío! —exclamó Sonja y extendió los brazos—. ¡Eres fenomenal!

Franziska

Los despreocupados días en la Toscana tocaban a su fin. Por un lado, Franziska estaba triste, pues aquel intenso período con Walter sería irrepetible. El hermoso paisaje de ensueño y la luz del sur les facilitó sumergirse en el pasado, revelar lo doloroso y lo bello, aprender a entenderse mejor. Sin embargo, sus pensamientos se dirigían cada vez con más frecuencia a Dranitz. Las preocupaciones que había reprimido no querían quedarse más tiempo quietas.

—Vayamos a la oficina de correo de Figline, tengo que llamar a Jenny —pidió a Walter en el desayuno.

Él asintió. Por supuesto, hacía tiempo que se había dado cuenta de cómo se encontraba ella y, puesto que no lo podía cambiar, se resignaba.

—Dale saludos de mi parte —le encargó y salió de la oficina de correo para dejarla hablar a solas con su nieta. Deambuló mientras tanto por el mercado y escogió frutas y verduras para la cena. Hacía tiempo que Walter se había revelado como un cocinero con gran imaginación y Franziska lo reconocía sin envidia. No obstante, siempre preparaban la cena juntos, una alegre ceremonia en la que trabajaban mano a mano y reían mucho. Sí, también tendrían que renunciar a esa querida costumbre en Dranitz. Allí a Franziska le faltaba tiempo, la mayoría de las veces estaba ocupada con cosas de la obra y Walter estaba solo en la cocina.

En la oficina de correo sometieron la paciencia de Franziska a una dura prueba. Tres veces marcó el número de Jenny con el correspondiente prefijo, pero no estableció conexión. Por lo visto Jenny no estaba en casa. Al cuarto intento funcionó por fin. De todos modos, no respondió Jenny, sino Mücke.

—¡Hola, señora Iversen! ¿Qué tal? ¿Todo bien en la bella Italia?

La chica era de una simpatía impresionante con su buen humor. Qué bonito. Durante un tiempo, Mücke estuvo callada y seria, pero al parecer había recobrado la serenidad.

—Todo genial, Mücke. ¿Y qué tal vosotras? ¿Estáis bien? ¿Qué hace la pequeña? ¿Y dónde está Jenny?

—Ay, se ha ido corriendo a comprar. Aquí todo va a las mil maravillas, señora Iversen. Puede disfrutar tranquila de su último día de vacaciones.

Sonaba convincente. ¿Por qué se preocupaba en realidad? Jenny era una mujer activa, una verdadera Von Dranitz.

—Solo quería avisar de que llegaremos un día más tarde porque queremos pasar la noche en algún lugar después de dejar Munich, así que llegaremos a Dranitz el viernes por la noche.

—¿El viernes por la noche? Vale, se lo diré a Jenny. Que lo pase muy bien, señora Iversen. ¡Y saludos a su marido! —Mücke colgó.

Franziska abandonó la oficina de correo. Fuera caía un fuerte chaparrón, que provocó una gran excitación en el mercado. Los comerciantes gesticulaban, desplegaban lonas, la gente joven corría riendo en fila y las corpulentas matronas se ponían a cubierto en los portales con sus compras. Walter salió a su encuentro empapado, meneando una bolsa de plástico con verduras mientras el agua le caía por el pelo hasta el cuello.

De regreso al apartamento en el Astra blanco de Franziska, la lluvia arreciaba y teñía el paisaje de un extraño gris. Le informó de que todos estaban bien en Dranitz y los esperaban el viernes por la noche, pero a Walter no se le escapó su tono melancólico.

—Y ahora ¿por qué estás preocupada? —preguntó y le acarició el hombro—. Ya tendrás tiempo de estarlo cuando lleguemos. Además, te han dicho que todo va bien.

—Tienes razón —respondió Franziska con un suspiro.

La lluvia cesó de repente, igual que había comenzado. Cuando se detuvieron delante del apartamento, la antigua granja, unas formaciones de nubes blancas cruzaban el luminoso cielo de mediodía y sus sombras se proyectaban sobre los humeantes viñedos. De los tejados se elevaba una fina niebla y todas las piedras, las plantas, sí, incluso el coche brillaba como revestido de un barniz trasparente.

Decidieron dar un largo paseo por los viñedos para despedirse de las colinas, las pequeñas granjas y los delgados cipreses plantados a lo largo de los senderos. Caminaron despacio, de la mano, y se avisaron de los lugares en los que la lluvia había empapado el suelo. A menudo se paraban para observar un edificio pintoresco, un pino ladeado por los años o un rebaño de cabras paciendo y, cuando continuaban, retomaban la conversación interrumpida.

Como tantas otras veces, intercambiaban recuerdos. Franziska contaba los viajes con su marido y su hija, Walter hablaba del trabajo en el puerto de Rostock. Solo eran breves relatos, vistazos a una vida en la que el otro no había podido participar, un rompecabezas colorido con muchas lagunas que con el tiempo se convertía en una fotografía. Estas narraciones les resultaban fáciles, les acudían a la memoria por cualquier motivo. A veces eran anécdotas de las que se reían, casi siempre algo muy trivial; pocas veces vivencias serias. En una granja compraron uvas dulces y queso de cabra, y después regresaron. Walter insistió en tomar un atajo que, sin embargo, se reveló tan empinado que tuvieron que agarrarse a las cepas para bajar.

—No debería haberte hecho caso —se quejó Franziska, que se sentó por precaución y se deslizó así por el lugar más empinado.

—Sigues ágil como una jovencita, cariño —afirmó él.

—¡Solo lo dices porque te remuerde la conciencia!

Llegaron al piso agotados pero de buen humor. Se ducharon y descansaron en las tumbonas de la terraza hasta que el sol estuvo justo encima de las colinas. Entonces, Walter empezó a preparar la cena y Franziska puso la mesa, colocó las velas y abrió la botella de vino para que el tinto se oxigenase. Después fue a echarle una mano; limpió las uvas, cortó los tomates y las aceitunas, mezcló la ensalada, dispuso las servilletas. En contra de su costumbre, Walter estaba bastante parco, aunque se entendían con miradas o señas, y tampoco inició una conversación cuando se sentaron a comer. Algo flotaba en la habitación, una tensión que Franziska no se explicaba. ¿Estaba afligido porque partirían pronto? ¿O lo atormentaba otra cosa?

—Bueno, querido —dijo Franziska por fin y apartó el plato vacío que tenía delante—. Brindemos por nosotros. Por lo que pasó. Por lo que pasa y por lo que vendrá.

Él alzó la copa y brindaron. Dieron un pequeño sorbo. Posaron las copas. Se miraron a los ojos.

—Aún hay algo que me preocupa —empezó él con una sonrisa torcida—. He pensado mucho tiempo si era mejor no removerlo, entregárselo al olvido sin mencionarlo.

—¿Tan grave es? —preguntó angustiada.

—Podría truncar nuestra relación.

Ella alzó la cabeza y lo miró a los ojos. Seguía siendo la misma mirada que lo había fascinado hacía ya tantos años. Aquel «Pase lo que pase, no me doblego».

—Si te abruma —dijo ella—, deberías contármelo.

—¿Aunque estropee la imagen que tienes de mí?

—Si es lo que me insinuaste en nuestra primera conversación, ya te di mi opinión al respecto. Somos personas y cada uno de nosotros tiene sus sombras. Yo tampoco soy una excepción.

Entonces le comentó que en la cárcel se convirtió en un traidor para salvarse, pero ella sintió más compasión que decepción. ¿Qué le hicieron para llevarlo tan lejos? Había leído estremecedores informes sobre los métodos de tortura de la Gestapo. ¿Qué derecho tenía ella a condenarlo?

—Bien —dijo él en voz baja—. Entonces quiero contártelo y que podamos olvidarlo para siempre.

Ensimismado, clavó los ojos en el mantel de cuadros rojos y blancos como si tuviese que pensar cómo debía empezar el relato, pero ella estaba segura de que había preparado las palabras hacía tiempo y solo necesitaba un poco de valor.

—Seré breve, Franziska —dijo sin mirarla—. Hay detalles que me guardo y hechos que necesito contarte. Porque tienen que ver con nosotros.

No comprendió del todo a qué se refería, pero decidió dejarlo hablar sin entrometerse. Dio otro sorbo de vino y lo miró expectante. Empezó a media voz y apartó la mirada de ella como si hablase consigo mismo.

—Yo era solo una pequeña luz en la red de los valientes hombres y mujeres que planeaban el golpe de Estado y la muerte de Hitler. Ni siquiera sé si habríamos conseguido tomar el poder en caso de que Hitler hubiese perdido la vida en aquel atentado. Es probable que hubiese llevado a una situación de preguerra civil, pero es mera especulación. Entonces estábamos convencidos de que el único modo era evitar la inminente catástrofe y terminar la guerra hasta cierto punto de manera honorable. Pero el destino lo quiso de otra forma. El 20 de julio de 1944 el Führer quedó con vida por una funesta casualidad y todas nuestras esperanzas se frustraron. La venganza del tirano no tardó en llegar.

Hizo una pequeña pausa y dio un sorbo de vino. Franziska esperó un tanto impaciente.

—Lo sé —dijo ella en voz baja.

Él le lanzó una breve mirada y después continuó.

—En aquellos últimos días de agosto, innumerables comandos de las SS salieron al amanecer para arrestar a los sospechosos en sus viviendas. Ya me habían avisado, tenía lista una bolsa de viaje y esperaba a un compañero que conocía un camino secreto para fugarnos. Sin embargo, resultó ser un traidor, que, como supe más tarde, había denunciado a varios de los nuestros. Los de las SS irrumpieron en mi piso. La bolsa de viaje era la prueba de que pretendía huir, y me llevaron a la prisión de Tegel.

»No te quiero aburrir con las descripciones de los interrogatorios; duraban hasta diez horas y lo he olvidado casi todo. Me ponían frente a un compañero, nos amenazaban con mentiras, nos acusaban de ser judíos que deberían estar en el campo de concentración, intentaron enfrentarnos. Es sorprendente cómo la mente humana puede trabajar con claridad y premura pese a la falta de sueño y a un trato rudo.

»Cada minuto libre que me quedaba lo utilizaba para preparar una estrategia. Algunas veces tuve que confesar lo que era evidente; otras, inventaba deprisa una historia que pudiese salvarnos la vida a mí y a mis compañeros. Los esbirros eran bastante amables, trabajaban con trucos y astucias, se mostraban afables y casi nunca perdían la compostura. Vi a un compañero con la mandíbula inferior destrozada. Lo habían vendado y hablaban de un lamentable accidente.

Walter tuvo que hacer otra pausa. Se levantó para coger un vaso de agua, después se asomó a la ventana y contempló las colinas que el sol cubría de un rojo irreal.

—La cárcel de Tegel era como un palomar —continuó—. Los llevaban allí, los interrogaban durante días, después desaparecían en algún lugar y venían otros. En cambio, a mí parecían querer retenerme más tiempo. Me hacían las mismas preguntas una y otra vez, luego me dejaban en paz durante días para de repente volver a empezar. Me pedían nombres y me prometían ventajas por revelarlos; sí, incluso la libertad. Pero no caí en la trampa, no dejé que ninguna falsa promesa me indujese a delatar a mis compañeros.

»Por las noches oía los gemidos de mis vecinos de celda, el ruido de las botas sobre el suelo de piedra, el crujido de la llave en la cerradura. Nunca se sabía si nos llevaban a un interrogatorio o ante el Tribunal del Pueblo y de ahí directamente al corredor de la muerte. Estaba en el catre y dormitaba, iba y venía inquieto por la diminuta habitación, cavilaba, conjeturaba, intentaba mantener la esperanza. Una persona tiene que conservar la esperanza y la confianza en sí misma para sobrevivir en una situación tan grave.

»Tuvo que ser en septiembre: solo lo puedo suponer, ya que estábamos en el sótano y no veíamos la luz del día. De pronto se abrió la celda y me subieron. Cuando dos vigilantes me metieron a toda prisa en un coche, creí que me llevaban al paredón sin sentencia. El coche dio un extraño rodeo a través del Berlín destruido por las bombas hacia el cuartel general de la Gestapo. Estaba preparado para cualquier cosa, me había dado por vencido y pensaba que iba a desaparecer en uno de los sótanos para siempre. Pero fue muy distinto. Me llevaron a una de las habitaciones en las que tenían lugar los interrogatorios, pero no para someterme a uno, como esperaba al principio.

»En cambio, me taparon la boca y me maniataron a una silla. "Ni pío", me ordenó un vigilante. "O cortamos por lo sano." Corrió un telón que tomé por una cortina, pero detrás había un cristal que al parecer era un espejo por la otra parte. Miré la habitación contigua, que no estaba amueblada de manera muy distinta a aquella en la que me encontraba. Una mesa y dos sillas. En la pared, una estantería con expedientes, probablemente de imitación. No vi el lavabo, es posible que se encontrase en la pared, justo debajo del espejo.

»A la mesa estaba sentado un oficial de la Gestapo, un anciano con bigote gris. Enfrente de él...

Walter se detuvo y la miró, vacilando si debía seguir hablando.

De repente a Franziska la cabeza le empezó a dar vueltas. Septiembre de 1944. Ella estaba... ¡Por el amor de Dios!

—No... no puede ser... —balbució ella.

—Sí, Franziska. Por desgracia fue así.

Estaba en la habitación contigua cuando la interrogaron. En septiembre de 1944 ella fue, contra la voluntad de sus padres, a Berlín para salvar a su prometido. Una locura, como más tarde comprendió.

Ella le tocó la mano, que estaba sobre la suya. La de Walter estaba caliente, pero notó que temblaba.

—Te vi, Franziska. Con un traje azul claro, la cara enrojecida por la agitación, empeñada en aclarar algo al oficial de la Gestapo. Al principio lo tomé todo por una pesadilla, pero los grilletes que me cortaban las muñecas me demostraron que era verdad.

—Entonces... ¿lo escuchaste todo?

—El principio no. El interrogatorio ya estaba en marcha

cuando me llevaron. Pero luego tuve que escuchar hasta el final de la conversación.

Intentó acordarse de todo lo que había dicho, pero era difícil. Más tarde se arrepintió mucho de aquel viaje, ya que no solo se había puesto en grave peligro a sí misma, sino también a sus tíos, en cuya casa vivía. Sobre todo, su empresa había sido por completo insensata, movida solo por la desesperación y condenada al fracaso desde el principio. Cuando regresó, Elfriede le plantó la sentencia de muerte de Walter delante de las narices. ¡Su hermana pequeña podía ser tan malvada!

—Seguro que dije unas tonterías terribles —dijo acongojada—. Qué tonta fui. Pensaba de verdad que podría salvarte de las garras de la Gestapo con solo proclamar tu inocencia. Dios mío, qué horroroso tuvo que ser para ti escuchar todo eso.

—Lo fue, Franziska —confesó él—. Soporté miles de tormentos; verte envuelta en la violencia de aquellos monstruos, entender la valentía y la ignorancia con que me defendiste, la franqueza con que pese a todos los reproches te declaraste a mi favor: para mí fue un calvario.

Ella le giró la mano, que estaba bajo la suya, y entrelazó los dedos.

—¿Y qué pasó después?

—¿De verdad quieres saberlo?

—Te chantajearon, ¿no es cierto?

—Sí —dijo con voz apagada—. Fue muy sencillo. Y un infierno. «Menuda mujer tan guapa, Iversen. Un hombre no la llevaría a la horca. Así que vuelva a pensar con detenimiento, de usted depende la vida de esta fascinante y valiente chica.»

—Y entonces tú… —susurró Franziska con voz apagada. Todo el color se le disipó del rostro.

—Pocas horas más tarde estaba sentado en la misma habitación y delaté a mis compañeros. Me sacaron un nombre tras otro. Amenazaron con implicar también a tus padres, tu hermana, tus abuelos. Un pérfido cálculo, vida por vida. Quien se enfrenta a semejante decisión sabe que incluso una persona honrada es capaz de vender su alma. Después ya no era la misma persona, me odiaba y despreciaba, quería pensar que solo era un malicioso truco, que no te habrían tocado un pelo sin mi traición...

—No lo creo —lo interrumpió—. Les habría resultado muy fácil llevarme ante el Tribunal del Pueblo como cómplice. Me salvaste la vida, Walter. Y pagaste un precio altísimo. —Los ojos se le llenaron de lágrimas—. Así que fui sin saberlo el motivo por el que te convertiste en un traidor —susurró angustiada.

—No —contestó con decisión—. Fue culpa mía. Yo te puse en aquella situación. Por favor, perdóname.

Ella sacudió la cabeza.

—No hay nada que perdonar, Walter. Al contrario. Admiro tu clarividencia y tu valor. Lo único que te reprocho es que no me dejases participar en tus pensamientos y acciones.

—De lo que aún hoy me alegro —aseguró y le acarició la mano sonriendo de soslayo.

Franziska guardó silencio durante un largo rato, después dijo en voz baja:

—¿En qué época nos tocó vivir? ¿Qué Estado era aquel, que convertía las personas en bestias?

Walter asintió y añadió:

—Pero los esbirros de Hitler no lograron una cosa: no pudieron destruir nuestro amor. Nunca te quise más que en aquel instante en que me defendiste con tanta intrepidez ante el oficial de la Gestapo. Aquella imagen me protegió durante los muchos meses de cautiverio y la sigo teniendo presente.

—Entonces me alegra que me hayas contado esta historia, aunque sigue siendo muy dolorosa —concluyó ella y se levantó—. Y ahora vayamos a la cama y recuperemos las fuerzas tras este viaje tan emocionante al pasado.

Jenny

—Hay que cortarlas igual de largo —ordenó Mine—. Y cuando las atas, siempre tienes que girar un poquito. ¿Ves? Y luego pones encima la siguiente rama.

Jenny estaba demasiado nerviosa como para atar una guirnalda de bienvenida y desistió a los cinco minutos. Mücke, en cambio, demostraba más paciencia. Bajo la experta dirección de Mine, ya había empezado tres veces y después, como el resultado no era del agrado de la anciana, lo había deshecho por completo.

—Retrocedéis más que avanzáis —comentó Anne Junkers, que mezclaba con energía la ensalada de patata con tocino antes de poner la fuente sobre el aparador con los demás platos.

Jenny las había invitado a la «Fiesta de bienvenida de los novios» y, por supuesto, todos contribuyeron al bufé frío con algo. El plato estrella de la noche era, como siempre, el gratinado de pescado de Mine. Mücke preparó albóndigas de carne y tomates guarnecidos con mozzarella y albahaca, Anne Junkers aportó su famosa ensalada de patata con huevos duros y Jenny se animó a hacer un dulce con yogur y frutas. Kacpar las sorprendió con tres botellas de Tokaji húngaro.

—¿De dónde has sacado eso? —preguntó Mücke, que arrugó la nariz con aversión—. Seguro que de las antiguas reservas del Ejército Popular Nacional, ¿verdad?

—¡Calma! —interrumpió Jenny—. ¡Aquí no se discute! ¡Es la fiesta de la abuela y Walter!

—Pero ¿quién discute? —se defendió Mücke—. ¿O no puedo ni preguntar?

—¡Vienen del supermercado! —respondió Kacpar con parquedad y puso las botellas junto al bufé.

Karl-Erich ya había tomado asiento a la mesa del salón, decorada para la fiesta, y lanzó impaciente una mirada al antiguo reloj de pared de Franziska.

—Ya son las siete. ¿Cuánto les queda aún? —le preguntó a Jenny.

—La abuela no lo dijo. Pero ya no tardarán mucho más.

Jenny estaba muy agitada. Debía ser un recibimiento maravilloso y festivo para ambos. Una noche muy agradable en la que pudiesen comer y beber, hablar de su viaje y terminar poco a poco las vacaciones entre amigos. Jenny no quería bajo ningún concepto sacar a relucir los problemas que se les avecinaban. Ya tendrían tiempo al día siguiente.

—¿Quién dibuja el cartel de la guirnalda? —preguntó Mücke.

—¡Yo! —exclamó Jenny—. Está en la cocina. Casi se me olvida.

De camino llevó el andador con la niña a su sitio. La niña protestaba con fuerza: le había costado mucho llegar con el andador hasta la mesa del salón y todo en vano. Bajo la mesa estaba acostado su gran amigo Falko, con la cabeza apoyada sobre las patas delanteras. Los aromas que le llegaban del aparador eran más que tentadores, pero como perro listo sabía que tenía que esperar la oportunidad.

—Puedo coger a la pequeña —se ofreció Anne Junkers y

sacó a Julia del andador—. ¡Hola, monada! Hoy vuelve tu bisabuela. Así que no tienes que llorar. ¡Tienes que alegrarte!

Julia tendió las manos a Falko y gritó. No, no se alegraba, quería jugar con Falko y necesitaba arrastrarse bajo la mesa. Por desgracia, la tonta de Anne no lo entendió, la hizo cabalgar sobre las rodillas y, al ver que era inútil, la llevó de nuevo a la cocina. Allí estaba Jenny sentada a la mesa, dibujando con lápices de colores la frase «Bienvenidos, Franziska y Walter» sobre un trozo de cartulina.

—Cada vez que me está quedando bonito, meto la pata —se lamentó—. Hay que jorobarse. Ahora he escrito *Franzizka*.

—¡Maaa! —vociferó Julia exigente y meneó los brazos.

—Creo que quiere estar contigo, Jenny. ¿Escribo el cartel y coges a la pequeña?

—Bueno. Dame a la latosa. Ven con mamá, ratoncito. No seas tan traviesa, señorita. Creo que hace tiempo que la cama te llama…

De hecho, la pequeña estaba por completo sobreexcitada. Se había saltado la siesta y, con tanta gente en el salón, no conseguía relajarse.

—Voy a intentar llevarla a dormir —dijo Jenny—. Cuando termines, dale el cartel a Mücke, para que lo fije a la guirnalda.

—¿A qué guirnalda? —preguntó riendo Anne, que ya dibujaba con empeño—. ¡En lugar de aumentar, cada vez es más pequeña!

Jenny llevó a Julia, que pataleaba, al dormitorio de la abuela, la metió en el saco de dormir, le dio el osito de peluche y cogió su libro favorito, *La ranita terca*.

—Hace mucho tiempo, en un estanque frente a la ciudad, vivía una ranita… —empezó a leer.

—No he comido nada desde el desayuno —oyó quejarse

a Karl-Erich en el salón—. ¡Si tengo que esperar mucho más, me desmayaré!

—¡No es cierto! —objetó Mine—. Comiste patatas con salsa y pescado. Lo que ya no cabía en el molde para gratinar.

—¡Con eso no tenía ni para empezar!

A Jenny le hizo gracia escucharlos. Llevaban más de cincuenta años casados, pero su matrimonio nunca era aburrido. Menuda suerte habían tenido de encontrarse. Dos personas que encajaban tan bien que habían aguantado cinco décadas juntos y no se cansaban: eso ya no se daba. Pensó en Simon con una extraña sensación. El otro día intentó visitarlo en casa de Heino para pedirle cuentas.

Quería dejarle claro que no quería ni oír hablar de boda ni de regalo. Mücke se lo había contado y ella estaba muy asustada. ¿Cómo es que hablaba de ser vecinos y le prometía no tener ningún tipo de pretensión sobre Julia y luego difundía por el pueblo semejantes rumores? Se pasó la noche en vela y el antiguo miedo a que Simon pudiese quitarle a la pequeña se reavivó. A la mañana siguiente fue a casa de Heino para pedirle cuentas, pero Simon se había marchado de repente por unos negocios urgentes.

—No te preocupes, volverá pronto, me pidió que le guardase la habitación —aclaró Heino. Después felicitó a Jenny por la inminente boda y Gerda Pechstein, que le llevaba el yogur, dijo que fue muy noble por parte de Simon responsabilizarse de su hija. Y que su hijo, Kalle, y Simon eran socios.

—Bueno, pues mucha suerte —fue lo único que se le ocurrió a Jenny.

Le inquietaba que Simon Strassner se estableciese cerca de ella, comprase tierra y pusiese a la gente de su lado. ¿Qué se proponía en realidad? Bueno, cuando volviese, le exigiría explicaciones.

—¡Ahí están!

—¿Dónde?

—¡Ahí, en la carretera! —oyó exclamar a Mücke media hora más tarde—. ¡Es su coche!

Jenny lanzó una mirada a la niña, que estaba dulcemente adormecida hacia el final de *La ranita terca* con el osito en brazos. Cerró el libro y lo dejó sobre la cómoda de la abuela. Allí, en el cajón de arriba, entre pañuelos y caramelos para la tos, reposaban las malditas reclamaciones, que ya sumaban cinco cartas. ¿Debía esconderlas en otro lugar? Podía ser que la abuela necesitase aquella noche un caramelo para la tos...

Jenny avanzó de puntillas hacia la puerta para no despertar a Julia. En el salón todos salvo Karl-Erich se apiñaron delante de la ventana.

—Esos no son la abuela y Walter —dijo ella—. Si no me equivoco, es Kalle.

—Ay, otra vez no —refunfuñó Karl-Erich—. Si tengo que esperar más tiempo, de verdad que caigo muerto del hambre.

—Aún sigues en la silla —repuso Mine—. De ahí no te puedes caer.

Jenny empezaba a preocuparse. Ojalá no les hubiese pasado nada y solo los retuviese un atasco en la autopista.

—La guirnalda está lista —anunció Mücke—. Bajo ahora mismo y la cuelgo.

—En la oscuridad no verán nada —objetó Karl-Erich, pero Mücke ya había salido del salón. Cuando regresó, llevaba a remolque a Kalle junto con una caja de cerveza.

Enseguida se le levantó el ánimo. Todos cogieron una cerveza, excepto Jenny y Kacpar, que se sirvieron una copa de vino dulce.

Karl-Erich lanzó de nuevo una mirada al reloj.

—Bueno, ya son las ocho, a comer —anunció, decidido—. Que lleguen cuando quieran.

—No me importaría tomar un bocadito —reconoció Anne Junkers—. La ensalada de patata está preparada, si sigue ahí más tiempo, se echará a perder.

—Cierto —la secundó Mücke—. Los tomates ya se están pasando.

—¡Adelante, Mine! —animó Karl-Erich a su mujer—. Dame de tu maravilloso gratinado de pescado antes de que se ponga malo.

A Jenny se le había quitado el apetito, estaba muy preocupada por la abuela y Walter. Para calmar los nervios, se sirvió otra copa de Tokaji y contempló a sus invitados, que cenaban y charlaban alegres. Cuando terminaron de comérselo todo eran casi las nueve y media, pero la abuela y Walter seguían sin aparecer. Nerviosa, se asomó a la ventana por enésima vez aquella noche, pero en esa ocasión vio un coche delante de la mansión, sin duda el Astra blanco de la abuela. A la luz de las farolas reconoció a tres personas, que hablaban juntas.

—¡Ahí están! —exclamó aliviada—. La abuela y Walter están delante de casa. ¡Hurra, por fin han llegado!

La noticia los alteró mucho a todos. Hacía rato que Falko había corrido a la puerta y saltaba. Todos, excepto Karl-Erich, se apresuraron por la escalera y se colocaron detrás de la puerta, que Jenny abrió de un golpe con gran ímpetu.

—¡Bienvenidos! —exclamó entusiasmado el coro de recepción.

—¡Menudo recibimiento! —dijo Simon Strassner—. Pocas veces se ve algo así.

Incrédula, Jenny apretó los párpados y los volvió a abrir. No, no se debía al Tokaji: era, en efecto, Simon quien estaba allí junto a la abuela y Walter.

—Buenas noches, queridos —saludó la abuela muy conmovida—. Ay, qué maravilloso que estéis todos aquí. ¡Qué guirnalda tan bonita! Dios mío, cómo me alegro de volver a estar en casa.

Walter dio las buenas noches a todos, se veía que estaba muy cansado. Simon Strassner, en cambio, hizo la ronda y estrechó la mano uno a uno, dio una amistosa palmadita a Kalle en el hombro y se saltó a Kacpar con disimulo. Entonces llegó a Jenny.

—¡Qué bueno verte, querida!

Sonó contento y sincero de verdad. La dejó perpleja que le diese la mano, pero entonces ella susurró:

—¡Tengo que hablar contigo, Simon!

—Con mucho gusto —respondió en voz baja—. Mañana me paso. Si te parece bien.

—¡De acuerdo!

Todos ayudaron a subir el equipaje.

—Siéntese con nosotros, señora baronesa —la invitó Mine—. Y usted también, señor Iversen. Mücke, ve a por dos platos limpios. ¿Quiere una cerveza, señor Iversen? ¿O prefiere un Tokaji?

La abuela Franziska tenía que acariciar primero al exultante Falko y darle a modo de saludo, de manera excepcional, una albóndiga de carne.

—No quiero cerveza, gracias —negó ella con la cabeza y se sentó a la mesa junto a Walter—. Hemos traído vino de la Toscana, ¡os gustará! Voy a ver si la caja con el Chianti ya está arriba.

Quería ir a su dormitorio cuando Kalle y Simon entraron.

—Bueno, el equipaje está descargado —anunció Kalle y se dejó caer sobre una silla.

—Siéntese con nosotros, señor Strassner —invitó la abuela a Simon—. Puesto que ahora somos vecinos, como me ha contado, nos gustaría conocerle un poco. Ha sido toda una sorpresa: ¡pensaba que me fallaba la vista al no ver la construcción de Kalle!

Simon hizo una pequeña reverencia a la abuela, asintió con amabilidad a su alrededor y lanzó una sonrisa significativa a Jenny.

—Lo siento, pero no puedo quedarme, señora Iversen —rehusó su invitación—. Tengo que volver a mi habitación, espero una llamada importante. —Saludó con la cabeza a los allí reunidos y desapareció escalera abajo.

—Una pena —dijo la abuela cuando se fue—. ¡Un hombre muy agradable! ¿No es cierto, Walter? Casi chocamos cuando salía del acceso a la antigua casa del inspector. ¡No contaba con que hubiese alguien a esa hora! Pero entonces se detuvo y se presentó. Probablemente estaría comprobando una entrega tardía: nunca se puede ser lo bastante precavido.

El abuelo Walter comió sin apetito una cucharadita de ensalada de patata, que adornaba un tomate con una triste loncha de mozzarella, pero se abstuvo de hacer comentarios.

—Abuela —objetó Jenny, desconcertada—. Ya sabes quién es, ¿no? Es Simon Strassner...

—Lo sé, Jenny —la interrumpió Franziska—. Se ha presentado. Ha dicho que la casa del inspector...

—¡Simon Strassner! —repitió Jenny con énfasis—. De Berlín. Mi ex. El padre de Julia.

De repente no se oía ni una mosca en el salón.

—Lo sé —dijo Franziska con calma—. Y me parece muy decente por su parte que quiera ocuparse de su hija.

Silencio. Entonces Karl-Erich intervino:

—Eso es, un hombre debería estar con su mujer, tiene que haber decencia.

—Eso depende —contestó Jenny, contenida.

Entonces Kalle tampoco aguantó más.

—Quiero deciros algo: Simon es un tío legal. Quiere casarse con Jenny. Y le regalará el terreno con la casa del inspector. ¡Simon es un verdadero golpe de suerte!

Mine

Fue una noche agitada porque Karl-Erich cenó demasiado. Seis albóndigas de carne y repitió ensalada de patata, lo que ya era más que suficiente para él, pero entonces quiso probar a toda costa el gratinado de pescado. Se revolvía agitado en la cama de un lado a otro, gruñía y se quejaba para sí, a veces lo oía maldecir en voz baja. Lo hacía en ruso para que ella no lo entendiese. En su día volvió del cautiverio ruso habiendo aprendido muchas palabrotas y ella nunca había sabido lo que significaban. Mejor así.

—No tendrías que haber comido el postre, ¿verdad? —preguntó compasiva.

Él refunfuñó algo incomprensible.

—Y luego otro Tokaji después de la cerveza.

—¡Calla! —se lamentó—. No hace falta que me hagas una lista de lo que he comido y bebido. Mejor ayúdame, tengo que salir.

Lo veía venir. Tiró de la cuerda de la lámpara, buscó las zapatillas y se dirigió con el largo camisón a su lado de la cama para ayudarlo a levantarse. Fue una operación laboriosa, tuvieron que volver a empezar dos veces y, cuando por fin estuvo de pie, tuvo mucha prisa por dirigirse cojeando al cuarto de baño. Mine salió mientras tanto a la cocina, encendió el gas y calentó el hervidor. Una manzanilla, eso le sentaría bien.

Cuando él volvió al dormitorio arrastrando los pies y con el rostro pálido, encontró una taza humeante sobre su mesita de noche.

—No lo puedes evitar —gruñó.

Odiaba la manzanilla, solía decir que era para las ancianas y las embarazadas. Sin embargo, el té siempre lo ayudaba, incluso antes, cuando tomaba una o dos copas de más. Pero Mine no se dejaba impresionar por sus observaciones desfavorables.

—¡Bebe con cuidado, está caliente! —lo advirtió cuando se volvió a sentar en la cama. Le puso dos cojines en la espalda para que no derramase nada.

—La Toscana —murmuró y sopló la taza de té para que se enfriase—. Munich, los Alpes, Italia… Por todos esos sitios han estado la señora baronesa y el señor Iversen. Y yo no he llegado ni a Berlín.

Dio un sorbo a la infusión caliente, torció el gesto y posó la taza sobre la mesita de noche.

—¿Mejor? —preguntó Mine, a la que se le cerraban los ojos del cansancio.

—Sigue sonando algo en la barriga, pero ya casi está. Estuve en Rusia, fui hasta los Urales y más allá. Pero la capital, Berlín, no la he visto nunca. Eso me quita el sueño.

«Madre mía —pensó Mine—. Vuelve a cavilar sobre su vida. Así no conseguirá dormir. Es curioso. Antes siempre miraba hacia delante con valentía, incluso cuando a veces la cosa se ponía complicada. Pero ahora que nos va bien, no deja de quejarse.»

—Berlín —repitió ella e inclinó la cabeza—. Tampoco hay tanto que ver ahora. En su momento me alegré de volver a casa.

Se dio cuenta enseguida de que acababa de meter la pata. Karl-Erich resopló molesto y volvió a coger la taza.

—Fue por la guerra. Y porque no estuve a tu lado. He pensado a menudo cómo habría sido si hubiéramos ido juntos a Berlín. Habría montado un negocio, construido y reparado carruajes, y tú habrías cosido vestidos para las señoras ricas.

Ella se rio de semejantes fantasías infantiles.

—Ya nadie necesita carruajes. Allí se conducen coches…

—Pues habría reparado coches o cualquier otra cosa. Ya se me habría ocurrido algo, Mine. Pero me quedé en Dranitz. No he visto nada del mundo.

Manchó la manta con algo de manzanilla, pero Mine no dijo nada.

—Qué va. —Ella sacudió la cabeza—. Bombardearon Berlín. Tan solo quedaron ruinas, me lo contó entonces Franziska. Estuvo allí en el otoño del 44 para intentar salvar al señor Iversen. Nos habría ido mal si nos hubiésemos mudado allí.

Él comentó entre dientes que la guerra no tendría que haber sucedido. Y luego la división en Este y Oeste. Fue terrible.

—Pero ahora que Berlín es de nuevo la capital, todo volverá a ser como antes. Venga, háblame otra vez de vuestro viaje, Mine. Fue a principios del 40, después de que me convocasen para la Wehrmacht, ¿verdad? Entonces fuiste con la señora baronesa y Franziska a Berlín.

Ya empezaba otra vez. Mine miró de reojo el reloj de la mesita, marcaba las dos menos cuarto. Como se encontraba mejor, se ponía locuaz.

—Ya te lo he contado todo.

—No todo. Y, además, he olvidado mucho.

—Bueno —cedió ella con un suspiro—. Pero aprovecharé

para tomar unas cuantas notas en la libreta, así podré dictárselo a Anne la próxima vez y que lo pase a la máquina de escribir.

Se levantó y caminó descalza hacia el salón, donde estaban la libreta y el lápiz sobre la cómoda. Armada con los utensilios de escribir, se sentó junto a él en la cama, se puso la almohada en la espalda y subió las rodillas para apoyar la libreta.

—Acabarás siendo escritora —bromeó él.

—Bebe mientras esté caliente —le aconsejó de mal humor—. Así hace más efecto.

Mine pensó cómo debía empezar. El viaje a Berlín tuvo lugar poco después de que llamasen a Karl-Erich a las filas de la Wehrmacht. Mine estuvo tristísima en aquellos tiempos; lloraba a lágrima viva todas las noches porque su Karl-Erich estaba en la guerra y no sabía si lo volvería a ver. Si la muerte ni siquiera había respetado a los jóvenes señores, Jobst y Heinrich-Ernst von Dranitz, que eran oficiales, ¿por qué iba a retroceder ante un simple soldado?

Entonces la baronesa la llamó al salón rojo y le ordenó preparar el equipaje para un viaje de diez días.

—La futura baronesa y yo vamos a Berlín, Mine. Tú nos acompañarás. Creo que te distraerá de la preocupación, ¿no es cierto?

Se había esforzado por parecer tranquila durante el día en la mansión pero, por supuesto, la baronesa sabía cómo estaba por dentro.

—Muchas gracias, señora —respondió con educación e hizo una reverencia.

Solo faltaban dos días para el viaje y había tanto que preparar que apenas tuvo tiempo para pensar. De hecho, casi no lloró aquellas dos noches porque se le ocurría a cada momento cualquier nimiedad que no debía olvidar bajo ningún concepto. Planchar la blusa blanca con volantes de encaje, limpiar las botas forradas con piel y apartarlas hasta el día de la salida, meter el neceser de manicura de Franziska, el polvo contra el dolor de cabeza de la baronesa… ¡Por el amor de Dios! Diez días en Berlín. ¡Había soñado con eso durante toda la vida! La baronesa tenía razón: era un buen remedio contra la preocupación y la pena. También tenía que recoger sus cosas. ¿Acaso debía llevar los zapatos recios y negros? Es cierto que eran calientes, pero tan feos…

—Qué suerte tienes —le dijo Liese con el gesto torcido por la envidia—. Te llevaron al Báltico y ahora también vas a Berlín. El señor inspector dijo que los ingleses han bombardeado Berlín. Hace dos meses. Toda la gente de las casas que fue alcanzada está muerta y bien muerta.

—¿Es cierto? —preguntó Mine asustada a la cocinera.

Liese se encogió de hombros. Al inspector Schneyder se lo había contado su hermano, que vivía en Berlín. Ya no se le podía preguntar, porque lo habían llamado a las filas de la Wehrmacht.

Mine decidió que el asunto de las bombas tenía que tratarse de un error. Era inimaginable que los ingleses pudiesen ser tan insolentes como para atacar la capital alemana. No, habían engañado al inspector.

—¡Pero cuenta de una vez lo de Berlín! —insistió Karl-Erich—. Que Liese era una mala pécora hace tiempo que lo sabía. También la conocí.

—Qué va —negó Mine—. Era una pobre chica. Los rusos se la llevaron en el 45. Nadie volvió a saber de ella. —Le quitó la taza a Karl-Erich y la puso sobre la mesita—. Así que partimos de madrugada —continuó—. Hacía frío, había nevado mucho por la noche. La pobre Elfriede volvía a estar enferma, vomitaba y tenía un poco de fiebre, pero Franziska dijo que solo era porque no podía ir a Berlín. Leo nos llevó en carruaje a la estación de Waren. Le tenía mucho miedo al viaje en tren, porque cuando tuve que acompañar a la familia al Báltico, vomité en el trayecto. Esa vez, sin embargo, todo fue bien, solo que teníamos tantísimo equipaje que no cupo todo en el compartimento y tuve que vigilar las maletas en el pasillo.

—¡Ajá! —interrumpió Karl-Erich—. Y ahí te abordó aquel chaval.

Se acordaba justo de aquello, por supuesto. Un chaval la observaba mientras estaba sentada en el pasillo temblando de frío; tenía que apartarse en cada estación y aguantar los desagradables comentarios de los pasajeros. Iba mal vestido, con los pantalones agujereados, la chaqueta remendada y la suela del pie derecho suelta. No obstante, tenía cierta picardía que gustó a Mine.

—Sí, así es —le dijo él y se sentó de repente sobre la maleta de ultramar de la señora baronesa—. Ahí dentro, en el compartimento, se está calentito. Ahí se puede comer, beber y conversar sin problema. Aquí fuera crujen las tripas y nos helamos los dedos.

De hecho, le había tenido que llevar poco antes a la baronesa la bolsa con las provisiones para el viaje y entonces vio con añoranza cómo en el compartimento se ofrecían y comían apetitosos bocadillos de embutido, huevos duros y pepinillos en vinagre. La baronesa había trabado amistad con un matrimonio de ancianos de los alrededores de Rostock y parecía disfrutar la conversación.

—Y ahí le diste parte de tus provisiones para el viaje, ¿verdad? —preguntó Karl-Erich.

—Pero solo porque se sentó de tal manera que me quitaba la corriente de aire frío —se justificó—. Tenía un hambre terrible. Engulló el bocadillo de queso. Y luego me contó que era de Pomerania y quería trabajar en Berlín de chico de los recados.

»—Allí hay gran escasez porque muchísimos hombres están en la guerra —dijo—. Y las esposas están solas. Entonces se puede ser alguien, como un chico de los recados. ¿Entiendes lo que te quiero decir?

»Me guiñó el ojo derecho, pero entonces era una chica inocente y necesité un ratito para comprender lo que tenía en mente. Le pregunté por qué no estaba en la guerra.

»—Tengo tuberculosis pulmonar —respondió con una sonrisa—. Tengo un certificado médico. Le ha costado mucho dinero a mi señor.

—Menudo sinvergüenza —la interrumpió Karl-Erich—. ¡Nosotros jugándonos la piel y ese consigue un certificado!

Mine nunca supo si las elevadas esperanzas del joven de Pomerania se cumplieron. Se comió otros dos bocadillos de embutido y un pepino en vinagre y después se largó al siguiente vagón.

Tras una eternidad, o eso le pareció a Mine, llegaron por fin a Berlín. Ya no se acordaba de cómo se llamaba la estación, pero era muy impresionante, con arcos altos de ladrillo y numerosos ventanales. ¡Menudo gentío abarrotaba el andén! Y ese olor a carbón quemado y hierro que llenaba el aire por todas partes. Las locomotoras eran enormes, decoradas con cruces gamadas, y expulsaban vapor blanco al silbar.

Mine tenía un miedo horrible a separarse de sus señoras u olvidar un bulto en el tren. Seguro que en cada esquina había rateros que se hacían con las maletas sin vigilar y huían. Sin embargo, su preocupación era innecesaria, ya que la baronesa había organizado la llegada y el traslado al piso de sus parientes con su habitual previsión. Contrataron a tres mozos de equipaje, que manejaron el gran número de maletas y bolsas con destreza y lo cargaron todo en un automóvil negro. Mine se sentó junto a Franziska en el asiento trasero, con una gran bolsa sobre el regazo y la maleta de cuero marrón en la espalda. Era tan estrecho que apenas podía respirar.

—Bueno, Mine —le preguntó Franziska, que estuvo muy alegre durante todo el trayecto—. ¿Te gusta Berlín?

¿Qué debía decir? Apenas había visto nada de la gran ciudad. En aquel momento, el coche circulaba por calles anchas, bordeadas por casas de varios pisos construidas unas junto a otras. Veía entradas oscuras y amplias, ventanas altas en la primera planta, las de encima más pequeñas, y arriba del todo solo había claraboyas. Del cielo solo se veía una delgada línea.

—Es muy… insólito.

Franziska soltó una aguda carcajada y quiso responder algo, pero guardó silencio. Allá había un edificio en ruinas. Muros carbonizados, vanos de ventanas vacíos, la techumbre quemada. ¿Y aquello?

—Han sido los malditos ingleses —les explicó el conductor—. Pero lo están reparando.

La baronesa se serenó la primera. Preguntó si más casas estaban afectadas.

—Pues claro. En el zoo han bombardeado los recintos, los pobres bichos están todos quemados.

Las señoras hicieron el resto del trayecto en silencio, incluso Franziska puso cara de consternación.

Estaban alojadas en casa de unos familiares, la señora Auguste von Olf y su marido, Albert, en el barrio Hansaviertel. Mine subió dos escaleras cargada con innumerables bultos y se enfadó porque la criada, Henriette, no dio muestras de ayudarla. La casa era blanca y estaba muy ornamentada. Se accedía por una entrada alta, y a la izquierda estaba la escalera a la primera planta. Allí había varios cuartos. Enfrente, de cara a la calle, las habitaciones eran grandes y estaban llenas de hermosos muebles, las estufas decoradas con azulejos, las ventanas altas y cubiertas con espléndidas cortinas. Aquellas eran las habitaciones para las señoras. La cocina daba al patio, no tenía ventanas y las paredes estaban llenas de hollín. También los dormitorios estaban en la parte trasera de la vivienda y además, junto a la cocina, había un cuarto estrecho donde dormía la criada. Mine tuvo que acomodarse sobre el banco de la cocina.

—Para que lo sepas —le dijo Henriette—. Aquí mando yo porque lo conozco. ¿No tienes nada más para ponerte que ese horrible vestido? ¿Dónde está tu capota? ¿No tenéis en el campo?

Seguro que Henriette tenía más de veinte años; era muy delgada, tenía el pelo liso y rubio, y arrugas en torno a la boca. Mine decidió tratarla con amabilidad. Al fin y al cabo, se quedarían unos cuantos días, así que no merecía la pena discutir.

—Por desgracia solo tengo dos vestidos —aclaró—. Este y uno azul oscuro. Y en Dranitz llevamos capotas solo para las fiestas especiales. Así es allí.

De repente, Henriette se mostró muy compasiva y le llevó una falda negra, que bien es cierto que ya estaba un poco desgastada, pero por lo demás aún ponible. Le dijo que la podía combinar con una blusa oscura que le regalaría.

—Para que no parezcas tan campesina. ¿Qué zapatos son esos? ¿Se los has tomado prestados a un elefante?

Karl-Erich ya no pudo contenerse. Resopló colérico y dijo que esa Henriette había sido muy engreída. También se lo pareció a Mine. Sin embargo, le regaló otro par de buenos zapatos negros de cuero, que le quedaban demasiado pequeños, y los pies se le hinchaban a menudo cuando caminaba mucho.

—Este es buen barrio —le dijo a Mine—, así que no te puedes vestir como una pueblerina, recae sobre los señores.

Aparte de Henriette, estaba la cocinera, Stine Birnbach, una persona callada y huesuda que solo iba por las mañanas, preparaba la comida y después se iba. Una vez a la semana, por lo que vio Mine, iba una lavandera. Antes empleaban a otro mozo, pero de momento escaseaban. Por la guerra.

Mine era una mujer casada, pero no había renunciado ni mucho menos a su sueño de formarse como doncella. Por eso le preguntó a Henriette si sabía cómo y dónde podía formarse una chica como doncella en Berlín.

—¿Como doncella? ¡Bueno, tienes arrestos! —se rio—. Has de ir a Schöneberg. Allí hay cursos, pero cuestan dinero. Y ya te lo digo, Mine: jamás serás doncella. Como mucho donde estáis, en pleno campo. Pero aquí, en Berlín, no.

Idiota y presumida, pensó para sí, pero no lo exteriorizó, solo asintió con educación y guardó silencio. Cuando por la noche arregló la cama de la baronesa, hizo de tripas corazón.

—¿Puedo hacerle una pregunta, señora?

—Por supuesto —respondió la baronesa con amabilidad—. Pásame la almohadita, la blanca.

—La señora baronesa dijo hace unas semanas que debería hacer aquí, en Berlín, una formación como doncella…

—Así es. Me acuerdo. Franziska, ¿tienes el *Baedeker* de Berlín a mano? Quisiera comprobar algo. Sí, Mine, en lo que respecta a esa formación…

Se detuvo y hojeó el librito, en el que se podían consultar los monumentos de Berlín.

Mine decidió ir al grano.

—La escuela que ofrece esos cursos está en Schöneberg. Si la señora no tiene inconveniente, me gustaría ir allí. Solo para verla una vez.

La baronesa dejó caer el librito y dirigió la mirada hacia Mine.

—Bueno —dijo alargando las vocales—. Es cierto que hablé de ello, Mine, pero no me parece que sea el momento oportuno. Primero por la guerra. Y también será complicado a nivel económico. Además, Elfriede te necesita. Si Franziska se forma como fotógrafa aquí, en Berlín, seguro que nuestra pequeña Elfriede se sentirá muy sola.

A Mine se le escaparon las lágrimas. No solo porque la meta soñada ya fuera inalcanzable para siempre, sino también porque se dio cuenta por primera vez que no se podía contar con la palabra de la baronesa, en la que hasta ese momento había confiado incondicionalmente.

—No estés triste, Mine —la consoló Franziska, que lo había escuchado todo—. Dentro de unos meses esta estúpida guerra habrá acabado y entonces podrás empezar la formación. De todos modos, no sé lo que dirá tu marido al respecto.

—¡Nos habríamos ido juntos! —exclamó Karl-Erich—. No, no fue honrado por parte de la baronesa madre. Primero te pone la miel en los labios y luego nada de nada.

—Me hice a la idea —aseguró Mine—. Me dijo que no querría quedarme en aquella gran ciudad bajo los bombardeos ingleses.

Pronto se dio cuenta de que la guerra en Berlín también dejaba otras huellas y traía consigo problemas que en Dranitz no se conocían. Hacía frío en las habitaciones, las estufas se encendían muy poco tiempo e incluso la cocina se apagaba cuando la cocinera abandonaba la vivienda. El motivo era que apenas había carbón para comprar. También había complicaciones con los alimentos. Gran parte del equipaje que habían llevado se componía de salchichas y jamón, mantequilla, queso y conservas. La cocinera puso los ojos como platos cuando al día siguiente examinó aquellos tesoros y Mine se dio cuenta enfadada de que se metía en el bolsillo un buen trozo de la salchicha ahumada que era para ella.

Karl-Erich permanecía callado, sentado en silencio junto a ella en la cama, apoyado en la almohada, y tenía los ojos cerrados. ¿Estaba dormido? Justo cuando ella había vencido su cansancio y se estaba animando.

—¿Duermes?

—¡No! —dijo y se aclaró la garganta—. Continúa. Háblame de Franziska. Y por qué estaba tan contenta.

Mine se rio en voz baja. Sí, Franziska von Dranitz estaba entonces enamoradísima y al señor Iversen debía pasarle lo mismo. Mine sabía que se intercambiaban cartas que llegaban con el correo diario a Dranitz y que ella llevaba al despacho del barón. De hecho, corrió la voz de que Franziska von Dranitz quería ser fotógrafa y que con ese viaje pretendían buscarle un centro de formación, pero Mine estaba casi segura de que estaba en juego algo más.

El comandante Iversen y la futura baronesa Von Dranitz se habían citado. En el Tiergarten. Junto a la columna triunfal. Al segundo día de su estancia, sobre el mediodía. ¿Fue así? Mine no abría el correo de su señora, no era su estilo. Sin embargo, aquel día la baronesa y su hija regresaron muy animadas de un paseo y hablaron del encuentro «sumamente agradable» con el comandante Iversen. Desde entonces se vieron con más frecuencia, el comandante mostró Berlín a las señoras y ellas lo invitaron dos veces al piso.

—¡Ahora cuenta lo del asunto en el pasillo! —exigió Karl-Erich.

—¡Hace mucho que lo sabes!

—¡Pero me gusta escucharlo una y otra vez!

Mine pensó un momento si debía anotar esa observación para la baronesa o si sería mejor ocultarla. Sin embargo, hacía tanto tiempo que a la baronesa y al señor Iversen les gustaría.

—Fue una de las noches en que el comandante estuvo de visita. Ya era tarde y estábamos fregando los platos en la cocina. Entonces Henriette me mandó al pasillo para coger toallas limpias del gran ropero. Estaba oscuro y quise encender la luz cuando se abrió una puerta y vi al comandante salir del salón al pasillo.

»—¿Dónde estás? —susurró en la oscuridad.

»Me entró mucho calor, porque recordé nuestros buenos tiempos en el jardín a oscuras, cuando también susurraste alguna vez esa pregunta. Pero esta vez no se referían a mí, sino a la futura baronesa. La vi junto al gran armario. El comandante cerró de golpe la puerta y entonces ya no se veía nada. Pero como tenía experiencia, interpreté muy bien los ruidos que oí en aquel momento. Con qué prisa y cariño se susurraban. Cómo se abrazaban y besaban. Todas las palabras maravillosas y tiernas que se decían, las promesas, los juramentos, todo el embriagador susurro amoroso. Yo estaba allí tiesa como un palo, no me atrevía a moverme, pues me habría resultado muy violento si me hubiesen notado. Ay, me alegré por ambos de aquella felicidad breve y precipitada, los tocamientos, el ávido deseo de sus cuerpos. Pero también estaba triste porque estaba muy sola y no sabía si un día regresarías sano conmigo.

»—Prometido, amor mío —oí susurrar al comandante.

»—¿En Navidades? ¿En Dranitz —preguntó ella y él respondió:

»—Sí, cariño. Me alegro muchísimo.

»Entonces se oyó la voz de la baronesa Von Dranitz, que llamaba a su hija, y la pareja se separó.

»—¡Voy enseguida, mamá!

»Franziska desapareció en el dormitorio, donde sacó algo de la maleta. Creo que era un álbum de fotos. El comandante se apresuró al excusado para poder explicar su ausencia del salón. Sí, eran muy estrictos en la familia Von Dranitz. Si la señora baronesa o incluso la señora Von Olf hubiesen sorprendido a la pareja en el pasillo, habría sido muy violento para todos los implicados.

—Yo les habría permitido un poco más que solo unos cuantos besos —dijo compasivo Karl-Erich—. Luego tuvieron que esperar cincuenta años para casarse.

—Nadie lo podía sospechar entonces. —Mine sacudió la cabeza—. Pero como te lamentas tanto por Berlín, te diré lo que vi por la ventana de la cocina.

Torció enojado el gesto, pero ella siguió hablando.

—Por la ventana de la cocina se veía el patio interior. Allí estaban los cubos de basura y toda clase de trastos. También se veía la parte trasera de la casa, que era muy distinta al edificio hermoso y blanco que daba a la calle. Las ventanas eran pequeñas, algunas tenían incluso las lunas rotas, tapadas provisionalmente con cartón. De algunas ventanas colgaba la colada, congelada por el frío, y por allí se asomaba un rostro pálido tras el cristal, una joven, un niño, un anciano. Abajo, en el patio, jugaban a menudo niños de todas las edades, que saltaban a la cuerda, se tiraban pelotas, dibujaban rayuelas sobre las piedras. Solo algunos llevaban ropa de lana y zapatos buenos; la mayoría ni siquiera tenían una chaqueta encima de la camisa. Se helaban, saltaban de un pie a otro, se ponían las manos en los codos para calentarse. Cuando el portero, un señor flaco, salía de su piso, todos huían deprisa. Entonces los amenazaba con el puño porque no quería que pintasen con tiza en los adoquines.

»—No mires eso —dijo Henriette—. Son los de los pisos baratos de la casa de atrás. La guerra es terrible, porque los hombres no están y las mujeres tienen que ir tirando solas con los niños. Pero a veces también está bien que ellos no estén en casa, porque se gastan el poco dinero que tienen en bebida. Esto es Berlín, chica. No es oro todo lo que reluce.

A veces la baronesa y Franziska se llevaban a Mine a las excursiones. Estuvo en el barrio Grunewald, que le gustó porque por fin pudo volver a ver un poco de verde. También se sintió a gusto en el lago Wannsee, aunque en su opinión el Müritz era mucho más bonito. El resto de los días se sentaba en la cocina, escuchaba los aburridos chismes de Henriette, limpiaba la plata de Von Olf y sentía una fuerte añoranza de su casa. Ay, la vasta tierra que llegaba hasta el horizonte. Las suaves colinas, sobre las que en verano los cereales se balanceaban al viento. Los oscuros bosques y los numerosos lagos. ¿Qué tenía, en cambio, aquella estrepitosa ciudad? Piedras, allá donde se mirase; adoquines, ladrillos, bordillos, cantos. Casas que obstruían el sol y oscurecían el cielo. Calles en las que la circulación era tan densa que no se podía esperar llegar jamás al lado opuesto.

Karl-Erich hizo un movimiento impaciente con los brazos.

—¿De qué hablas, Mine? Apenas viste algo de Berlín. Si hubiésemos ido juntos, te habría enseñado el gran Berlín.

—¡Qué dices! —dijo y sonrió.

La baronesa y Franziska llegaron con un montón de cosas bonitas de sus excursiones que solo se podían comprar en la capital, jamás en el campo: medias de seda, faldas y vestidos modernos, delicados zapatos de buen cuero, hermosas cajitas, cigarrillos para el barón y el abuelo, pequeñas joyas y mucho más. Así se volvieron a llenar las maletas, pues, como ya habían comido las salchichas y el jamón, habría sido estúpido volver con ellas vacías a casa.

Llegó el último día. Mine temía el largo viaje y al mismo tiempo se alegraba muchísimo de volver a Dranitz. Vomitó de madrugada, apenas pudo alcanzar el cubo y casi echó las tripas.

—Pobre chica —se lamentó la baronesa cuando se enteró—. Te durará un rato.

¡Madre de Dios! Mine sabía a la perfección a lo que se refería la baronesa, que había dado a luz a cuatro hijos y tenía por ello mucha experiencia en aquel asunto.

Y llevaba razón. El viaje de vuelta fue horrible, porque Mine debió servir a sus señoras a pesar de que se encontraba fatal.

—¿Sabes lo contenta que me puse cuando me bajé del carruaje delante de la mansión? —le preguntó a Karl-Erich.

La respuesta fue un leve ronquido. Se había quedado dormido dulce y felizmente.

Contenta, dejó la libreta y el lápiz sobre la mesita y apagó por fin la luz.

Franziska

Durmió como un tronco que cae en un pozo profundo. Aun así, cuando se levantó por la mañana no se sentía en absoluto recuperada, sino que seguía agotada. Además, la atormentaba un dolor de cabeza sordo en el lado derecho. Tendría que tomar una pastilla. Quizá se debiera al Chianti, aunque en la Toscana lo toleró muy bien. Era curioso que el mismo vino, que les había parecido allí tan seco y afrutado, tuviese en casa una acidez desagradable. Bueno, las botellas se sacudieron en el coche durante dos días, no lo aguantaba ni el mejor vino.

Franziska se incorporó en la cama y miró el reloj: Dios mío, ya eran más de las ocho. Hora de levantarse, Falko estaría en la puerta esperando a que lo sacase. Buscó las zapatillas en el dormitorio entreclaro, pero no dio con ellas. Al final fue descalza a la ventana y descorrió las cortinas. ¡Madre mía! Llovía a cántaros, las gotas caían por el cristal formando una intrincada red de vías acuáticas por las que se deslizaban muy deprisa.

Qué gris estaba todo fuera. Pronto los árboles perderían el follaje y parecerían esqueletos deshojados y negros; los campos vacíos pertenecerían a las cornejas y solo podía esperar que la nueva calefacción funcionase de verdad. Tiritando, le dio la espalda a la ventana y estornudó. Una, dos veces…

¡Un pañuelo, rápido! Franziska abrió el primer cajón de la cómoda y sacó a toda prisa uno de los pañuelos de tela a cuadros grises de Ernst-Wilhelm cuando le llamaron la atención varias cartas que estaban allí guardadas.

Madre de Dios: hacía años que conservaba las cartas de amor de Walter en un cajón de la cómoda, entre pañuelos de batista blancos. De todos modos, estas no eran cartas de amor; por los remites debía tratarse de facturas. ¿Qué pintaban allí? Sacó las cartas ya abiertas, las tiró sobre la cama y se limpió la nariz antes de coger uno de los sobres y sacar la hoja. La asaltó la palabra «reclamación» en mayúsculas. Franziska se asustó. ¡El técnico de la calefacción! ¿Cómo es que no había recibido el dinero? Lo había ingresado. Entonces era probable que el resto de las cartas contuviese también reclamaciones. Madre de Dios: tenía que llamar lo antes posible al banco o mejor ir allí para mantener una conversación en persona.

Cogió las demás cartas y comprobó que había acertado. Todo reclamaciones: en dos de los escritos el plazo fijado ya casi había vencido. ¿En qué estaba pensando Jenny al meter unas cartas tan importantes en el cajón? Después del desayuno se encargaría de ello.

Jenny… Franziska tenía una sensación incómoda al recordar la noche anterior. Por supuesto que fue muy amable por parte de su nieta invitar a los amigos a una pequeña fiesta de bienvenida. Se alegraron y estuvieron juntos un rato, hablaron de esto y aquello, comieron y bebieron hasta que los invitados se despidieron. No obstante, pasó aquello con el señor Strassner y Franziska tuvo después el estúpido sentimiento de haber reaccionado mal. Jenny se sentía acosada por aquel hombre, parecía incluso temerlo y sin embargo ella lo describió como un «hombre amable» y le pareció bien que el padre quisiese ocuparse de su hija. ¿Por qué tuvo tan poco tacto? Walter le dijo después, cuando estuvieron a solas, que tenía que hablar cuanto antes con Jenny sobre aquel asunto. Por supuesto, tenía razón.

Encontró a Walter en la cocina, delante del fregadero, con los brazos hasta los codos en una nube de espuma blanca.

—Madre mía —dijo ella sacudiendo la cabeza—. Típico de Jenny. Organiza una fiesta y nos deja los platos sucios.

—No tiene importancia —dijo él sin volverse—. ¿Has dormido bien?

Franziska asintió distraída.

—Muy bien, gracias. ¿Y tú?

—Te eché de menos.

No se había dado cuenta de que después de tres semanas juntos habían vuelto a dormir separados. Qué tonta.

—Lo siento —murmuró ella—. Me duele la cabeza.

—Después te puedo dar un masaje en la nuca.

—Buena idea —accedió, pero fue al baño para tomar de todos modos una pastilla.

Cuando regresó, él ya estaba sentado a la mesa y le había servido café. Había incluso bollos recién hechos: menudo lujo.

—Cuando saqué a Falko había una bolsa de tela en la puerta —informó Walter—. Con bollos y una nota.

—¿Una nota?

Le tendió un trocito de papel, que sin duda habían arrancado de una agenda.

—«Muy buenos días. Simon St.» —leyó—. Qué atento —dijo Franziska, alargando las vocales.

—Sí, se esfuerza mucho —la secundó Walter, arrastrando las palabras del mismo modo. Luego cortó un bollo.

—Seguro que son para Jenny —objetó dubitativa.

—No creo que los cinco…

En efecto, tenía razón. Desayunaron sin apenas hablar,

absortos en sus pensamientos. Franziska sentía que todavía no había llegado del todo a Dranitz, que le faltaba la intimidad de la vida en pareja que habían disfrutado durante tres semanas. Lo lamentó mucho. Una parte de ella tan solo quería estar cerca de él, participar de sus recuerdos, compartir el día a día, pero la otra parte estaba apegada a aquella casa, a la tarea que se había impuesto y debía cumplir. Por Jenny, que era el futuro de la familia Von Dranitz. Y por su bisnieta; pero también por todos aquellos que en el pasado vivieron en Dranitz y a los que se sentía tan unida.

Falko ladraba alegre, lo que significaba que Jenny acababa de llegar con la niña. Walter se levantó para volver a poner en marcha la cafetera. Franziska pensó en las cartas de su cómoda y decidió no mencionarlas mientras él estuviese en casa.

—¡Que aproveche! —saludó Jenny cuando se sentó a la mesa con Franziska y Walter, y puso a Julia en la trona—. ¡Hay bollos recién hechos!

—Los ha dejado el señor Strassner en la puerta —le comunicó Walter. Franziska vio cómo Jenny torcía el gesto, indignada.

—Solo para que quede claro —dijo—. Simon Strassner está aquí porque su mujer ha pedido el divorcio y quiere poner a buen recaudo su dinero. Solo por eso se presentó aquí y finge que añora a su hija.

Franziska la miró asustada. ¿De verdad? Entonces las reservas de Jenny eran más que comprensibles.

—¿Y por qué va diciendo que quiere casarse contigo y regalarte la casa del inspector para la boda? —quiso saber.

Jenny cogió un bollo a disgusto y se encogió de hombros.

—No sé nada de eso.

—Quizá solo sea un cotilleo —concluyó Walter.

—Simon va a venir hoy —dijo Jenny—. Le pediré cuentas. A mí solo me ha hablado de tener buenas relaciones como vecinos y de que le gustaría ver a su hija de vez en cuando. Sin exigir nada. Al menos eso dijo.

—Entonces esperemos a ver —decidió Franziska—. Que el terreno pertenezca ahora al padre de Julia no me parece mal en absoluto. Y si de verdad quiere reconstruir la antigua casa del inspector, eso solo beneficia a nuestro hotel. En cualquier caso, es mejor que tener un zoo o una granja de cabras justo al lado.

Jenny bebió el café en silencio.

—¿Cómo… cómo está la situación entre vosotros? —preguntó Franziska con precaución—. Quiero decir, ¿aún sientes algo por él?

Jenny levantó la cabeza y la miró a los ojos.

—Ni aunque me pusiese a los pies todo Mecklemburgo-Pomerania Occidental. ¡No! Se acabó. Tuvo su oportunidad y la desaprovechó.

Franziska se apresuró a asentir comprensiva.

—Pero al fin y al cabo es el padre de Julia —objetó—. Eso no debes olvidarlo.

Jenny gruñó algo ininteligible, pero era obvio que no le hacía mucha gracia. Franziska decidió no seguir profundizando en el tema. Sin embargo, el asunto la inquietaba. Si Jenny mantenía aquella actitud, las relaciones con el nuevo vecino serían complicadas. Además, unos padres que discutiesen todo el rato seguro que resultaban una pesada carga para la pobre Julia. E incluso Jenny podía llegar a decidir en algún momento mudarse con la pequeña porque ya no pudiese soportar más tiempo a su ex… Pero ¿por qué siempre se imaginaba lo peor? Bien podía suceder lo contrario, que Jenny y Simon se reconciliaran, la niña creciera en una familia de verdad y la casa del inspector reconstruida perteneciera, como entonces, a la finca Dranitz.

—Demos una vuelta por la casa —propuso Franziska—.

Me he quedado dormida esta mañana y no he visto cómo va la obra.

—Avanza —respondió Jenny con cierto orgullo—. Pronto podremos encargar los muebles para el restaurante.

Walter acabó su café y se levantó.

—Eso tengo que verlo —dijo y se encaminó hacia la escalera—. ¿Venís?

Franziska asintió.

—Termino de desayunar y voy —respondió.

Su intención era aprovechar la oportunidad y hablarle a su nieta de las reclamaciones, pero Jenny se le adelantó.

—Tengo algo que contarte, abuela...

—Lo sé, Jenny.

La nieta le clavó los ojos sorprendida y después arqueó desconfiada las cejas.

—¿Ya te ha llamado?

—¿Quién? ¿Y por qué? —Franziska comprendió que había ido demasiado rápido. No se trataba en absoluto de las facturas sin pagar, sino de otro problema—. ¿Quién quiere llamarme?

—Mamá. ¿Quién si no? —gruñó Jenny.

Al parecer, Cornelia quería arrendar algunas parcelas y para ello necesitaba la ayuda de Franziska porque, como antigua propietaria, tenía más posibilidades.

—Madre mía —dijo Franziska—. ¿Por qué no me lo contaste por teléfono? ¡La habría llamado!

—Eso no es todo, abuela —añadió Jenny en voz baja. Se puso en el regazo a su hija, que acababa de robar medio bollo con mantequilla de su plato.

Asustada, Franziska constató que su nieta estaba a punto de llorar. Cielos: ¿nunca iban a parar las eternas disputas en la familia?

—Bueno, dispara —le pidió.

Jenny se sorbió los mocos y se pasó la mano por la nariz. Julia tiró el bollo, Falko lo recogió y masticó a toda prisa.

—Mamá dijo que aquel tipo extraño, el de la media calva y la barbita rala...

Jenny se interrumpió y Franziska sospechó de repente lo que iba a decir a continuación. Nada menos que otro drama familiar.

—Que Bernd es mi padre —concluyó la frase y tragó saliva—. Me lo contó de pasada por teléfono. ¡No me dijo ni una palabra cuando estuvieron aquí!

Entonces empezó a sollozar con fuerza. Franziska sentó a Julia en la trona para poder abrazar a su nieta.

—Es increíble —suspiró en voz baja, abrazando a Jenny—. No entiendo a Cornelia. ¿Cómo puede ser tan insensible? Pobre chica... Podría habértelo dicho con más tacto.

Julia quería bajarse de la trona y empezó a vociferar, pero Jenny y Franziska no le prestaron atención.

—¿Comprendes, abuela? —continuó Jenny—. Ese tal Bernd apenas intercambió unas palabras conmigo en tu boda, solo me miraba raro de vez en cuando. ¿No podría haberme dicho que era mi padre?

—Bueno —respondió Franziska pensativa y acarició el pelo revuelto de Jenny—. Quizá no se atrevió.

—No es excusa —soltó Jenny indignada—. Durante todos estos años no se ocupó ni un poco de mí. Y de repente viene aquí con mamá porque quiere arrendar tierras que pertenecieron a la finca Dranitz. Es un gorrón...

Franziska sacó sus propias conclusiones. Su hija, Cornelia, fue una buena chica en su día, aplicada en la escuela, una niña amable y dócil. Una niña que se tenía que apañar sola mientras sus padres trabajaban. De pronto, al terminar el bachillerato cambió por completo. Asistía a actos políticos, fumaba hachís, vivía en aquel piso compartido, donde todos con todos… Bueno, entonces se llevaba el sexo libre. Cornelia se quedó embarazada bastante pronto y Franziska se preguntaba si su hija sabía quién era el padre de Jenny. Solo eran suposiciones. Y no le diría a Jenny ni una palabra de aquello.

—También podría ser que tu madre se lo prohibiese —dejó caer con precaución.

Jenny torció el gesto con desprecio.

—¿Qué padre acepta eso? —se alteró—. ¡Se ve a la legua que es un calzonazos! Y luego el teatro con el cultivo ecológico. Menudo chiflado.

A Franziska le pareció que la chica estaba muy empecinada. Fuese aquel Bernd su padre o no, Jenny no debía de ningún modo hablar así de él. No solo era injusto, tampoco era bueno para ella.

—Tengo una opinión muy distinta —la contradijo—. El cultivo ecológico me pareció visionario. El uso de herbicidas químicos puede no ser una solución a la larga, porque nuestros campos se intoxican. Ese Bernd quizá sea una persona taciturna, discreta, pero tiene opiniones muy sensatas.

Jenny no estaba convencida.

—Si tú lo dices… Pues tienes que darte prisa, porque seguro que hay más interesados en las tierras de labranza.

—Llamaré a Cornelia.

—Bueno —respondió Jenny—. Entonces me voy a pasear con Julia. Necesito aire fresco.

—¿No quería venir el señor Strassner?

—Ay, sí, ¡es verdad! Pues que espere, el muy canalla. Si quiere, puede comerse el último bollo. Al fin y al cabo, los ha pagado él. ¡Pero sin la deliciosa mermelada de Mine!

Como una niña pequeña y terca, pensó y confió en que el paseo la ayudase a poner en orden sus pensamientos.

—Bueno —se le escapó a Franziska—. Los padres… Si se

comprometen, está mal, si no se comprometen, tampoco está bien.

Jenny le lanzó una mirada de reproche, se echó la chaqueta por encima y silbó a Falko. Luego intentó meter a su hija por la fuerza en la chaquetita rosa chillón, que se le había quedado pequeña. Julia protestó a voz en grito, como era de esperar.

Apenas se marchó Jenny, Walter subió la escalera.

—¿Dónde estabais? —quiso saber—. ¡Os esperaba en el salón!

Franziska suspiró.

—¿Drama familiar? —preguntó Walter y la abrazó—. Me acabo de encontrar con Jenny y la pequeña en la escalera, parecía muy compungida.

Ella asintió y puso la cabeza en su pecho. Era tan bonito poder apoyarse en él.

—¿De verdad quieres saberlo? —preguntó ella en voz baja.

—Por supuesto —dijo—. Venga, siéntate conmigo y cuéntamelo...

Sonja

Por primera vez en la vida, Sonja tenía la sensación de nadar en una ola de felicidad. En todas partes la gente reaccionaba con entusiasmo ante la idea de su Zoológico Müritz; tres antiguos compañeros de la facultad de Berlín, que hacía tiempo que ocupaban puestos importantes en sus empresas, prometieron apostar por su proyecto «visionario» y transferir ellos mismos grandes donativos. Por supuesto, con certificado de donación, pero la asociación estaba registrada sin ánimo de lucro y podía extender recibos. Con eso estaba asegurado el arrendamiento para el primer año, lo que les quitaba un verdadero peso de encima.

Sobre todo la enorgullecía que algunos de sus antiguos y reputados amigos elogiasen tanto sus acuarelas. Había preparado un bonito folleto en el que había incluido tres de sus pinturas: un prado en el bosque, una vista del Müritz y un claro donde pacían tres corzos. En el fondo lo consideraba bastante hortera, sobre todo los corzos en el claro, y por eso se sorprendió mucho cuando un amigo, propietario de una escuela de equitación, le pidió que le pintase tres acuarelas parecidas. Ofreció seiscientos marcos por las pinturas, que quería reproducir en su folleto, lo que dejó perpleja a Sonja y la incitó a soñar. Quizá podía asegurarse una pequeña ganancia adicional con sus acuarelas…

El consultorio sufría altibajos. Durante una temporada tuvo mucho trabajo, sobre todo en algunas granjas de los alrededores, pero luego se hizo impopular y muchos campesinos regresaron a su antiguo veterinario. Allí nadie necesitaba a una veterinaria que se quejaba de las pocilgas demasiado estrechas y exigía un corral para el ganado vacuno. Aun cuando en repetidas ocasiones había salvado valiosas reses, los campesinos no permitían que les aconsejara en nada. Y mucho menos siendo una mujer.

Si ese tal Bernd se proponía en serio montar una granja orgánica, donde el ganado se tratase como era debido y acorde con su especie, participaría encantada. Estaría incluso dispuesta a tratar los animales gratis. Pero no si Cornelia se inmiscuía, a ella le extendería una factura exorbitante.

Llamaron a la puerta. Solo podía ser Tine.

Tine daba siempre un breve timbrazo para que Sonja supiese que ya estaba en el consultorio preparándolo todo para la jornada, pero aquel día Sonja se levantó de la mesa, a la que todavía estaba sentada desayunando, y bajó la escalera a toda prisa.

—¡Buenos días, Tine! —exclamó—. Tengo trabajo para ti.

—Buenas. ¿Qué sucede? Aún no hay pacientes.

—No para el consultorio, para la asociación. Hay que extender certificados de donación.

—¡Ay, Dios! Pero me tendrás que enseñar. No he hecho algo así en la vida.

—¡Siempre hay una primera vez!

Lo había preparado todo, porque sabía de antemano que tendría que ayudar a Tine. Había formularios para los recibos, solo debía apuntar nombre, fecha e importe. Además, incluía una carta de agradecimiento, que Sonja ya había redactado. Tine solo tenía que pasarla a máquina.

—¡Qué papel tan bonito! Ay, y la pintura emociona. ¡Qué monos, los corderitos!

Sonja agradeció el elogio. Había elaborado un membrete para la asociación con una de sus acuarelas como fondo. Sonriendo, le puso a Tine una lista en las manos.

—Aquí están los nombres. Procede por fecha. El señor Strassner es el primero.

Simon Strassner había llamado la tarde anterior y había sugerido hacer un dosier de prensa que se podía enviar a los diferentes periódicos. Además, había escrito a algunos de sus socios comerciales que podrían estar interesados en la idea del Zoológico Müritz, entre ellos también el conocido consorcio farmacéutico Werx, para el cual proyectó y concibió varios edificios. Le dijo que estaban muy abiertos al asunto, pero que primero las comisiones competentes tenían que deliberar al respecto, ya que les preocupaba la competencia, y que además debían someterse a un control. En caso de que se tomase una decisión favorable, la asociación podía contar con un apoyo duradero y muy generoso. Desde luego, el consorcio también saldría en la prensa.

Sonja estaba impresionada por las actividades de Simon, pero no quería tener nada que ver con dicho consorcio farmacéutico. Al fin y al cabo, no podía permitir que una empresa que realizaba con regularidad experimentos con animales financiase su zoo. Se lo comunicó a Simon Strassner por teléfono, a lo que respondió que lo pensase bien. Sin un patrocinador de esa magnitud, no veía futuro para el proyecto.

Sonja respondió con frialdad que prefería ser franca y honesta, a lo que Simon Strassner contestó que admiraba su actitud y prometía seguir empleando sus fuerzas en la asociación. Es posible que solo fuera una fórmula de cortesía. Sonja no tenía la impresión de que una soñadora provinciana detuviese a Simon Strassner.

—¿El señor Strassner tiene alguna dirección? —preguntó Tine, que entretanto se había sentado en el sillón del escritorio de Sonja y examinaba los certificados de donación preimpresos.

Qué tonta. Sonja tampoco lo sabía. Era de Berlín, pero al parecer quería establecerse en Dranitz. ¿No vivía de momento en el cuarto de invitados de Heino Mahnke?

—Puede ser —dijo Tine—. Pero puede también no ser. De momento, necesito las gafas.

Se levantó para coger el bolso mientras Sonja echaba un rápido vistazo por la ventana para comprobar si había pacientes delante de la puerta. Sin embargo, excepto una bandada de gorriones que se abalanzó sobre una bolsa de panadería en el suelo, no se veía a nadie.

—Podría llamar a mi cuñado —propuso Tine mientras buscaba las gafas en el bolso—. Es electricista en Vielist, Felix Beckermann.

Sonja había incluso pensado en dar un telefonazo al propio Heino.

—¿Cómo es que tu cuñado puede saber dónde vive Simon Strassner?

Tine encontró por fin las gafas y las examinó a contraluz.

—Porque pondrá el cableado en la casa del inspector —aclaró—. Me contó que Strassner paga francamente bien. Al contrario que la señora baronesa. Está muy atrasada con los pagos a los obreros. Quién sabe si Felix no tiene razón y ella está en quiebra. Pero Strassner quiere encargarse, dijo que «es cosa de familia».

Sonja quiso preguntarle a Tine si su cuñado sabía todo lo que planeaba el señor de Berlín que pagaba «francamente bien», pero de pronto la puerta del consultorio se abrió de un empujón, acompañada de un sonoro gemido.

Jenny Kettler se precipitó al interior, arrastrando a un quejoso Falko tras de sí. Tine apartó los certificados de donación y se levantó sobresaltada del escritorio de recepción para llevarlos al consultorio. Sonja los siguió apurada. En el suelo, tras el pastor alemán, quedaron huellas rojas.

—Buenos días, señora Kettler —saludó Sonja con tranquilidad—. Ayúdeme a poner a Falko en la camilla, por favor.

Jenny asintió con vehemencia y se inclinó. Estaba llorando.

—Déjame ver, jovencito. —Sonja le tendió la mano a Falko para que pudiese olfatearla primero, después le cogió con cuidado la pata delantera derecha—. Vaya, pobre. Te has hecho un corte muy profundo.

—Las malditas obras —soltó Jenny—. Hay que tener mucho cuidado, siempre anda algo tirado.

Sonja reprimió un comentario y se concentró en el perro.

—Déjame ver otra vez, Falko. Te has hecho un buen agujero en la almohadilla. A ver la otra pata. Está sana. ¿Y detrás? Sí, está perfecta. La pata trasera está en orden, la otra también. Todo irá bien, buen chico…

Jenny miró con curiosidad cómo la doctora Gebauer trataba sin miedo al gran pastor alemán. Sonja casi creyó distinguir en sus ojos algo parecido a la aprobación. ¿Pensaba que no podría con Falko? Al fin y al cabo, no era la primera vez que lo trataba. Y, además, los perros complicados eran su especialidad.

—Desinfectante, Tine. Tenemos que limpiar la herida. Y apósitos. Bueno, señora Kettler, dele una golosina a Falko. Tine, ¿vas en un momento a por el bote? Así se distrae mientras lo trato.

Falko gimoteó, pero se comió las golosinas una tras otra. Daba igual. Lo principal era que estuviese quieto.

—Por suerte no hay suciedad en la herida —dijo Sonja sin alzar la vista—. No puedo suturar. Se le abriría, porque camina sobre la almohadilla. Le pondré un vendaje firme, aunque no le guste.

Falko lamió la mano de Jenny mientras Sonja y Tine le desinfectaban la pata herida y se la vendaban.

—También le daré un antibiótico para que no se le inflame —continuó Sonja cuando terminó y se incorporó—. Voy a preparar la inyección.

—¿Cómo avanza su zoo? —preguntó Jenny mientras la veterinaria llenaba la jeringuilla.

Sonó a interés inocente, pero Sonja era desconfiada. ¿Por qué preguntaba? ¿Quería oír que la asociación se estancaba y el asunto era una pérdida de tiempo? Mala suerte.

—No me puedo quejar, avanza.

Falko permaneció inmóvil como una estatua mientras le ponía la inyección en la espalda. Buen chico. Tendría que aguantar durante las semanas siguientes con una pata dolorida, pero por suerte había analgésicos, que Jenny debía mezclar en su comida para que los tomase. Por supuesto, mordería el vendaje. Pensó si debía darle un bozal, pero decidió que no. Podía hacerse daño si salía a pasear con él. Un perro caminaba bien sobre tres patas, pero con el bozal podía engancharse en cualquier lugar.

—Kalle está entusiasmado con el zoo —continuó Jenny—. Ya está trabajando en el antiguo molino de aceite…

—Sí. —Sonja asintió, apartó la jeringuilla y fue al botiquín para sacar un paquete de calmantes—. Y esta vez con ayuda experta…

—¿Ah, sí?

¿De verdad era tan ingenua o lo fingía? Jenny tenía que saber quién estaba elaborando los planos para la restauración y reconstrucción del antiguo edificio.

—El señor Strassner lo ayuda —dijo Sonja—. Ese hombre de Berlín está echando el resto. Según dicen, quiere establecerse por esta zona.

Ya había hablado de más. Sin embargo, Jenny estaba aquel

día más simpática con ella que de costumbre. Quizá fuera porque se ocupaba de Falko. Le sorprendió que su elogio a Simon Strassner pareciera molestar a Jenny, que apretó los labios y ayudó a Tine a bajar de la camilla al pastor alemán.

—En caso de que se refiera a los rumores que circulan en torno a mí y al señor Strassner, doctora Gebauer, ni una palabra es verdad. ¡No habrá ni boda ni regalos!

—Bueno, ya sabe, señorita —se inmiscuyó Tine, que llevaba un rato conteniéndose de manera asombrosa—. Nunca se sabe. Quienes se pelean se desean.

Jenny parecía dispuesta a saltarle a la yugular. «Vaya —pensó Sonja—. Esto es muy diferente a lo que yo pensaba. Chica lista. No debe casarse con ese tipo, no sirve para nada. Demasiado empalagoso. No debe dejarse atrapar por alguien así, que se escapa todo el rato entre los dedos.»

—Por ahora lo tenemos —le dijo a Jenny—. Vuelva el jueves. Y de momento nada de paseos solo, siempre con correa. Póngale esta noche un calcetín sobre el vendaje; con suerte, mañana seguirá ahí.

—¿Y si no?

—Entonces átele algo o vuelva aquí. Lo importante es que no entre suciedad en la herida y tampoco debe lamerlo.

Jenny asintió, acongojada.

—Mándeme la factura, por favor. Con el susto me he olvidado por completo de coger el monedero.

—No se preocupe —dijo Sonja—. Lo principal es que la pata cicatrice.

Jenny asintió. Sonja constató que estaba pálida y tenía ojeras.

—Ya se lo he dicho a Kalle —soltó de repente con una sonrisa—. Me gustaría hacerme socia. La idea del zoo me parece muy buena.

Sonja estaba desconcertada y no supo qué decir. Por un

lado estaba conmovida, pero al mismo tiempo sentía una enorme desconfianza hacia Franziska y su familia. ¿Eran sinceras las palabras de Jenny o acaso subyacía en ellas algo muy distinto?

Tine tomó la palabra. Felicitó a Jenny por su decisión y prometió enviarle en los días siguientes un formulario de admisión.

—Lo puedo traer el jueves —dijo Jenny y le puso la correa a Falko—. ¡Muchas gracias y hasta entonces, doctora Gebauer! —La puerta del consultorio se cerró tras ella, antes de que Sonja pudiera despedirse.

—Una chica maja —opinó Tine mientras aspiraba el pelo de Falko de la camilla.

Sonja asintió, ensimismada. Ya no entendía nada. ¿Acaso debía reconsiderar su aversión por la hermana de su madre y su nieta?

Walter

La rutina volvió y alejó los hermosos días en la Toscana. Como a través de un telescopio, se veía sentado con Franziska en la terraza del romántico apartamento bebiendo Chianti; la cogía de la mano, ella le sonreía. Una imagen de los tiempos felices que cada vez se empequeñecía más, perdía los colores y al final se reduciría a la nada. Sin embargo, no quería quejarse: estaban juntos, vivían en un piso común, compartían lo bueno y lo malo.

¿Era en efecto así? A decir verdad, no. Franziska estaba y no estaba. Volvían a dormir separados, algo que no le gustaba en absoluto. No obstante, también por las noches estaba a menudo en su cuarto, estudiaba algunos papeles y, si le pedía que se quedara un poco con él, lo hacía de mala gana y parecía distraída.

—¿Estás preocupada?

—Bueno, lo de siempre.

—Probemos el Chianti que compramos en el supermercado.

—Por favor, Walter. Nada de vino, me da dolor de cabeza.

A veces se preguntaba si era culpa suya que ella hubiese olvidado por completo aquellos intensos y hermosos días, que ya no quisiese acordarse. ¿Contó demasiado de sí mismo y la atosigó en exceso? ¿No le dio espacio? ¿La arrolló con sus recuerdos, de modo que ella no vio la oportunidad de contar algo? ¿Resultó al final que solo Walter disfrutó aquellos días mientras ella pensaba a cada momento en la casa y solo se quedó por él? No. Estaba yendo demasiado lejos. Era cierto que lidiaba con problemas que no quería compartir. Por el motivo que fuese.

También Jenny estaba más taciturna de lo habitual. Parecía muy preocupada por la pata herida de Falko y se ocupaba del perro de manera conmovedora. Simon Strassner no se presentó a la charla exigida, llamó y pidió aplazarla porque tenía negocios que atender.

—Cobarde —resumió Jenny la conversación telefónica—. Por mí no hace falta que vuelva.

—Andará atareado con su divorcio —supuso Walter.

De hecho, en los últimos tiempos Jenny estaba más cerca de él que Franziska, ya que mientras su abuela viajaba a Schwerin por motivos que seguía sin aclarar, Jenny se quedaba con Walter y se interesaba por las vacaciones, por lo que habían hecho, si la Toscana era, en efecto, tan bonita como todos afirmaban, si se habían aburrido, si había muchos mosquitos… Parecía disfrutar de sus conversaciones. Iba a la cocina para hacer café, ponía galletas en un plato y le colocaba a Julia en el regazo. Una tarde le confió que pensaba a menudo en ese tal Bernd, que al parecer era su padre.

—Recuerdo que una vez hubo un Bernd en el piso compartido. Pero hace mucho, todavía no iba a la escuela. Solo tengo recuerdos bastante borrosos.

—¿Quieres decir que podría ser él?

Se encogió de hombros. El nombre era muy común.

—Aún recuerdo que me llevó una vez al médico. Tenía el sarampión o algo así. Me encontraba tan mal que tuvo que llevarme.

—Fue muy amable por su parte. Pudo haberse contagiado —comentó Walter.

Jenny sonrió con malicia.

—Mamá seguro que no lo habría hecho —añadió en tono despectivo—. Para eso siempre tenía a su gente.

Él sabía que no se entendía con su madre; sin embargo, tenía la impresión de que debía interceder por Cornelia. No sabía por qué. Quizá porque era la hija de Franziska y seguro que había motivos para que se hubiese vuelto así.

—Quizá no lo sepas todo sobre tu madre, Jenny —señaló—. Al menos tengo la impresión de que muestra mucho interés por tu vida.

Jenny resopló y le puso a Julia una galleta en la mano que tenía extendida con exigencia.

—¡Se pasaba la vida dándome órdenes, y pobre de mí si no era todo como ella quería!

—Siempre es difícil cuando falta un progenitor —trató de mediar—. Entonces el otro lo tiene el doble de complicado. Mi Sonja tuvo que crecer sin madre y, por mucho que me esforcé, no pude reemplazarla. Entonces hizo estupideces…

Supo al instante que no era un buen ejemplo. Jenny torció el gesto y dijo que por lo menos Sonja tenía un padre muy bueno.

—Además, su madre murió. Es algo muy distinto. Mi padre estaba vivo, podrían haberse casado y haber formado una familia. Pero no quisieron.

—A veces no funciona. Quizá no hacían buena pareja y se dieron cuenta de que habrían discutido sin parar.

—Eso hay que pensarlo antes —gruñó Jenny—. Antes de traer un niño al mundo. —Guardó silencio de forma abrupta y, turbada, mantuvo la mirada perdida—. ¿Sabes qué, Walter? —dijo al final—. Habría preferido que tú fueses mi padre.

Conmovido, la abrazó. Estaba muy delgada. Qué cosquillas le hacía su pelo rojo y ensortijado en la mejilla. Era como si tuviese a Elfriede entre los brazos. La vida era una locura.

—Soy demasiado mayor para eso —respondió sonriendo.

—Qué va —lo contradijo—. Eres un padre maravilloso. Sonja ni se imagina la suerte que tiene contigo. —Se separó de él y le quitó el plato de las manos a Julia, que no se conformó mucho tiempo con una sola galleta. Luego añadió con una sonrisa maliciosa—: En realidad, Sonja no es tan mala. Primero la tomé por una bruja engreída. Lo siento, Walter, pero no fue nada agradable cómo trató a la abuela.

—Le gusta meterse en su concha.

—Fue algo más que una concha, más bien un caparazón. Pero borrón y cuenta nueva. La idea del zoo me parece fantástica. ¡Loca, pero de algún modo genial!

—¿Le has dicho a Sonja que te gusta la iniciativa del Zoológico Müritz cuando estuviste en su consultorio con Falko? —quiso saber Walter.

—Sí. Aunque tampoco se puso a dar saltos del entusiasmo que digamos.

Sonó a decepción y él se apresuró a mediar.

—Sonja no es tan impulsiva como tú. Necesita tiempo para adaptarse a una nueva situación. Pero si alguien le gusta, es una amiga fiel y fiable.

Jenny no parecía convencida, pero tampoco quería desdecirlo, así que cambió de tema.

—Dime, Walter —comenzó—. ¿Has notado que la abuela está muy rara estos últimos días?

—Sí —reconoció él—. Pero pensaba que era por mí.

Jenny soltó una carcajada y le quitó a Julia la cucharilla de café, con la que estaba golpeando el plato de galletas.

—Seguro que no es por ti. Me da a mí que más bien tiene que ver con esas reclamaciones.

Él aguzó los oídos. Reclamaciones. Eso no sonaba bien.

—¿Crees que tiene problemas con la financiación? —preguntó angustiado.

—¿Cómo voy a saberlo? No me deja mirar las cartas cuando se trata de dinero. Quizá no haya podido pagar las facturas porque estaba en la Toscana.

Ambos sabían que era absurdo. Las facturas de las reclamaciones habían vencido mucho antes. ¿Por qué no giró el dinero?

—¿Crees que la abuela está en quiebra? —sugirió Jenny, acongojada.

—No lo sé, Jenny —respondió Walter con sinceridad.

Como Franziska estuvo fuera hasta la última hora de la tarde, Walter decidió preparar por la noche las albóndigas de pescado con puré de patatas que en realidad había previsto hacer al mediodía. El resto de la tarde lo emplearía en visitar a Sonja. Es cierto que desde su regreso de la Toscana había hablado con ella por teléfono, pero ambos estaban muy liados para quedar. Quería recuperar el tiempo. Iría sin previo aviso. Confiaba en que estuviera en casa o en el consultorio y tuviese un momento para él. ¿O sería mejor llamar?

Se detuvo junto al teléfono del pasillo y marcó su número.

Acertó, ya que Sonja estaba a punto de salir en dirección a Dranitz.

—Quiero ver si el molino de aceite está en orden, papá. ¿Sabes qué? Paso a recogerte.

—Con mucho gusto. Voy hasta la carretera y te espero allí.

Constató que había refrescado cuando se dirigió a la carretera por el acceso. Los bosques se teñían de otoño y empezaban a brillar de varios colores. Diez minutos más tarde el coche azul de Sonja se detuvo junto a él y se subió.

—Menos mal que el tiempo aguanta —dijo ella—. Kalle está obsesionado con la renovación, ha comprado un montón de materiales y se pasa día y noche en el molino.

Walter amontonó las bolsas vacías de panadería esparcidas sobre el suelo, estrujó papeles, un vaso de cartón pringoso y dos lápices. Le repugnaba estirar las piernas en medio de todas aquellas cosas.

—Lo siento —se disculpó Sonja—. Mételo todo en una de las bolsas, luego me lo llevo.

Recogió la basura y puso los dos lápices en la guantera. Una vieja costumbre, no podía tirar nada que aún fuese de utilidad.

—Esto me recuerda a tu primera habitación —dijo sonriendo—. Siempre tenías un montón de trastos tirados.

Ella se rio; estaba de muy buen humor: la comisura de sus labios, que casi siempre apuntaba hacia abajo, se alzaba y le brillaban los ojos. Él se alegró. Se merecía por fin tener un poco de suerte. Por supuesto, no se le escapaba que su consultorio no rendía demasiado. También él se preguntaba a menudo por qué no buscaba una pareja, aunque probablemente sería por culpa de su matrimonio fallido. Así, vivía para el Zoológico Müritz y él esperaba de todo corazón que tuviese éxito.

—Kalle está muy animado desde que por fin tiene una tarea —le contó ella mientras giraba hacia un camino accidentado que llevaba al molino de aceite y se detenía al llegar.

Armada con la cámara de fotos y varios objetivos para documentar el avance de la restauración, salió y esperó a Walter, que también se había bajado y examinaba el escarpado sendero de tierra que descendía hacia el molino de aceite.

—Esto no puede ser de ningún modo el antiguo camino que los campesinos y empleados tomaban con los carruajes de caballos —dijo él.

—El antiguo camino está al otro lado —aclaró Sonja y señaló con el brazo extendido la linde del bosque junto al pequeño valle—. Por desgracia, el prado no nos pertenece, lo ha arrendado Cornelia Kettler. Conociéndola, seguro que no nos concede el derecho de paso.

Sin embargo, Kalle no hizo caso de la distribución de las propiedades y pasó por el prado con el coche cargado, superó el arroyo con ayuda de dos tablas y descargó los materiales de construcción en el desmoronado granero del molino de aceite. Delante del antiguo edificio yacía todo tipo de trastos que había sacado: cajones y cajas, cubos y jarras, aperos antiguos, cestos enmohecidos, una collera vieja, una guadaña oxidada y varios rastrillos de madera con los que se habían cebado generaciones de carcoma. Cuando se acercaron, percibieron un fuerte martilleo. Entre golpe y golpe se oía una y otra vez la voz de Kalle dando órdenes. Una voz aguda y femenina le respondía. A Sonja aquella voz le resultaba familiar. ¿No era Mücke? Las voces cesaron. Ya no se oía nada más. Sonja y Walter se acercaron a la puerta abierta, miraron en el interior y descubrieron una pareja abrazada. Mücke estaba en el primer peldaño de una escalera, Kalle la agarraba y la besaba con pasión.

Sonja les concedió unos segundos antes de carraspear con fuerza.

—¡Señor presidente!

Kalle abrió los ojos de golpe, pero Mücke no lo soltó.

—¡Aquí! —respondió sonriendo—. ¡Trabajando!

Sonja esbozó una sonrisa.

—Ya veo. Buenos días a ambos. —La escena avergonzó a Mücke, que se separó de Kalle y bajó de la escalera.

—Esto avanza —aseguró ella—. El señor Strassner ha hecho un plan de trabajo. Esta habitación está a punto, solo tenemos que quitar el viejo revoque y comprobar si la mampostería de debajo sigue bien.

Kalle había llevado todos los utensilios y varios sacos de yeso al granero.

—Cuando Simon vuelva la próxima vez —aclaró él—, quiere comprobar los muros y cerciorarse de que nada tiene humedad u hongos. Y si encaja, podremos revocar la semana que viene. El suelo está forjado, ponemos encima maderos y aseguramos la estufa. Si todo va bien, habremos acabado para Navidades.

Sonja no era tan optimista. Al fin y al cabo había que cubrir de nuevo el tejado, pero Kalle alardeó de que Simon conocía a un techador que lo tendría listo para noviembre.

—¿Te lo crees de verdad? —preguntó Mücke, escéptica, mientras se sacudía el polvo del pelo—. ¿Aunque los techadores vayan de cabeza con tantos encargos como tienen?

Kalle defendió su optimismo.

—Ya lo arreglará Simon.

Sonja enroscó un objetivo fotosensible a la cámara para poder fotografiar en el interior. Capturó para la eternidad el muro de ladrillo medio revocado, las escombreras en el suelo, a Kalle con el martillo subido a la escalera y luego a Mücke con el martillo, también subida a la escalera. Por último, disparó algunas fotos a través de los cristales.

—¿No habría que cambiar también las ventanas? —preguntó Walter. Le parecía que la madera estaba podrida.

—Aguantarán hasta… —Kalle se interrumpió porque Sonja le dio un codazo.

—¡Allí hay gente!

—¿Qué? ¿Dónde? —preguntó confuso.

—Allí, en el prado. He hecho fotos a través de la ventana y los he visto.

Kalle, Mücke y Walter se abalanzaron sobre la ventanita, cuyos cristales estaban cegados por el polvo del siglo pasado. Aun así, Walter distinguió a las dos personas en el prado colindante. Un hombre y una mujer.

—Son turistas —supuso Kalle—. Se habrán perdido.

—Han venido en coche —constató Mücke—. Un coche occidental. Y la matrícula… Espera…

Entornó los párpados para descifrar la placa, pero Sonja, que tenía una vista aguda, fue más rápida.

—Una H —comunicó—. H de Hannover. ¿Tu nueva hijastra no es de allí, papá?

—Mi nueva… ¿qué?

—Cornelia. La comprensiva mamá de Jenny.

—Por favor, Sonja —protestó enojado. No le gustaba que hablase así de Cornelia en presencia de Kalle y Mücke.

Sonja abrió la boca para justificarse cuando oyeron gritos de fuera.

—¿Hola? ¿Hay alguien ahí?

Los cuatro del molino se miraron angustiados, pues las rodadas de Kalle y el puente improvisado no se podían obviar.

—Buena la hemos hecho —murmuró Mücke.

—¡Chitón! —susurró Kalle.

Sonja se decidió a tomar cartas en el asunto. Al fin y al cabo, se trataba de su zoo. Y, hasta cierto punto, de unos buenos vecinos.

—¡Sí! —exclamó ella—. Pasen sin problema. ¡Estamos aquí, trabajando!

El hombre y la mujer entraron. Sonja no estaba equivocada: eran Cornelia y Bernd.

—Vaya, hola, Walter —saludó Cornelia sorprendida cuando divisó al nuevo marido de su madre—.Tú aquí… ¡y la prima Sonja también!

Les estrechó la mano y después saludó a Kalle y Mücke, a quienes también conocía de la boda.

Bernd saludó con la cabeza a los presentes y miró alrededor, interesado en el antiguo molino de aceite.

—¿Quieren volver a ponerlo en funcionamiento? —preguntó con la mirada puesta en la muela.

Kalle asintió con ahínco y pareció alegrarse cuando Bernd se interesó por el dispositivo de trituración.

—Pero no puede ser que acarrees tus cosas por nuestro prado —le dijo Cornelia a Sonja. Llevaba un abrigo claro de verano y vaqueros, y el pelo rubio oscuro atado en una trenza. No se parecía en absoluto a Jenny ni tampoco a su madre.

Sonja levantó las manos a la defensiva y quiso dejar claro que la tierra pertenecía a Kalle cuando Bernd intervino en tono conciliador.

—Déjalo, Conny. Esto es asunto mío. ¿No hay otra posibilidad de acceso? —preguntó a Kalle.

—Sí —respondió—. Detrás de la linde del bosque. Pero hay que dar un rodeo tremendo. A través del prado es mucho más rápido.

—Si quieres tolerarlo… —objetó Cornelia encogiéndose de hombros.

Bernd era casi una cabeza más bajo que Cornelia: un tipo nervudo y muy robusto. Durante la boda pareció muy reservado y tal vez lo fuese, pero ahora daba la impresión de saber lo que quería con exactitud.

—Lo del acceso es una tontería. A la larga no podrá pasar por mi prado. Quizá podamos hacer un camino al molino bordeándolo, junto a esa hilera de árboles. Cedería una franja de mi tierra, porque un molino así es una chulada…

Sonaba razonable. También Bernd parecía interesado en una solución conjunta. Walter comprobó contento que lo había juzgado bien. Mejor para Sonja que Cornelia no llevase la voz cantante en aquello, sino Bernd. El padre de Jenny. Si era cierto lo que Cornelia le había contado por teléfono, claro.

—Nos vamos —dijo Bernd y estrechó la mano a todos—. Queremos pasar por la mansión. Ya que estamos aquí, ¿no es cierto, Conny?

Cornelia ya estaba fuera, tiritaba un poco y parecía contenta de poder escapar de la polvorienta habitación. Sin duda no era la típica campesina, sino más bien una chica de ciudad.

—Vayamos también, Sonja —propuso Walter cuando los otros dos se fueron—. No puedo dejar sola a la pobre Jenny con ellos.

Sonja no estaba entusiasmada, quería hacer más fotos para transformarlas después en acuarelas.

—Pero ¿no está tu mujer?

—No lo sé. Franziska está fuera.

—Bueno —cedió y guardó su equipo fotográfico.

Dejaron a Kalle y Mücke con su polvoriento trabajo y treparon por el bosque hasta el camino. Sonja le aclaró que el año siguiente también restaurarían el granero y que, además, debían llevar a cabo una ampliación y el primer cercado.

—Bernd tiene razón con lo del acceso —reconoció ella cuando ya estuvieron sentados en el coche—. De todos modos tenemos que construir un aparcamiento y un camino para la entrada, deberíamos anticipar esos trabajos. Hablaré enseguida con el arquitecto cuando vuelva a aparecer.

En silencio, fueron sacudiéndose por el camino. Ya en la carretera, poco antes de que la mansión emergiese a su izquierda, Walter volvió a tomar la palabra.

—¿El señor Strassner trabaja de manera desinteresada para vosotros?

—Claro —respondió Sonja—. Es miembro de la asociación.

Dobló al cruce de la mansión y se detuvo detrás del coche con la matrícula de Hannover, que estaba aparcado justo delante de la entrada. No se veía el coche de Franziska, así que seguía fuera.

—Bueno, hasta luego, Sonja. —Walter abrazó a su hija para despedirse, pero cuando iba a bajarse ella lo retuvo por el brazo.

—Aún hay más, papá. Te lo digo solo en confianza. Quizá no signifique nada, solo es raro en cierto modo…

—¡Bueno, desembucha! —la exhortó Walter.

Ya tenía una pierna fuera del coche, pero lo que escuchó lo asustó tanto que se dejó caer de nuevo en el asiento del copiloto. Sonja le contó lo que había descubierto aquel día a través de Tine: que Franziska no había pagado a los obreros y que Simon Strassner quería inmiscuirse, por lo visto incluso hacerse cargo de las facturas. Su instinto no lo había engañado: allí había gato encerrado. Aún peor era el hecho de que Franziska tuviese, en efecto, problemas de dinero, lo que confirmaba sus peores sospechas.

—¿Pregonará tu empleada el asunto a los cuatro vientos?

—Espero que no, pero no pondría la mano en el fuego. Y mucho menos por ese cuñado suyo, Felix Beckermann.

Walter suspiró hondo. Lo que faltaba.

—Lo siento, papá. Quizá habría sido mejor no contártelo —comentó arrepentida—. Ahora te enfadarás.

—Está bien que me lo hayas dicho. —Walter le acarició la mejilla y se bajó—. Te lo agradezco, niña. Hasta pronto. —Cerró la puerta de golpe y subió los escalones del porche.

En la escalera sintió cómo la ira se apoderaba de él. ¿Por qué le ocultaba sus preocupaciones? ¿No era su confidente, su marido, su amante? ¿No estaban al fin y al cabo juntos en las situaciones críticas?

La orgullosa baronesa no quería reconocer que había cometido un error, eso era. Y ni se imaginaba lo mucho que lo hería.

Franziska

De camino tuvo que desviarse dos veces del trayecto y hacer una pausa para cerrar los ojos un cuarto de hora. Pocas veces había estado tan agotada. Debía ser la edad. Antes, pasar dos o tres noches en vela apenas le importaba, sobre todo cuando Cornelia aún era pequeña y lloraba todas las noches porque las pesadillas la atormentaban. Consolaba a su hija, le leía, le contaba historias, la arrullaba y no volvía a su cama hasta primera hora de la mañana. Aun así, después aguantaba bien la jornada laboral.

Sí, hacía mucho de eso. En cambio, ahora era mayor y frágil, le dolía la espalda, las rodillas le daban guerra y siempre tenía frío, aunque hiciera buena temperatura. También tenía los ánimos por los suelos, lo que por una vez no se debía a la edad, sino a los problemas contra los que tenía que luchar. Los bancos eran buitres, eso no era una sorpresa. Acechaban, hacían promesas, esperaban y, cuando llegaba el momento, tendían la trampa. Sin embargo, no se resignaría; hasta ahora siempre había logrado encontrar una solución y esta vez también lo conseguiría. Solo necesitaba descansar una noche. Su abuelo siempre decía que sin dormir no se era persona. ¡Cuánta razón tenía!

Por fin la mansión apareció a la izquierda entre los árboles. Franziska miró el reloj: eran casi las seis. Le daría las buenas noches a Jenny y se disculparía por su larga ausencia, después cogería a su bisnieta en brazos para inspirar el encantador aroma de aquella personita. Una mezcla de ropa limpia, galletas y el típico olor fragante a bebé. Y saludaría a Walter con un cariñoso abrazo, le daría las gracias por su paciencia y solicitud. Ay, sí, era maravilloso volver a casa tras todos los disgustos y las decepciones para recuperarse de las fatigas rodeada de sus seres queridos.

Sus bonitas esperanzas se quebraron en el momento en que descubrió el coche de Cornelia delante de la entrada de la mansión. Su hija estaba allí. En realidad debería alegrarse, recordó que pretendía llamarla por teléfono pero lo olvidó por culpa de las preocupaciones financieras. Qué tonta. Qué desgraciada. Y además, no había atendido la petición de Cornelia y su hija se lo reprocharía con todo detalle y con razón. La había vuelto a descuidar, no se había ocupado de ella lo suficiente. Como cuando siempre tenía que ir a trabajar y su Conny era la única niña de la clase que volvía sola a casa.

Subió la escalera con el pesado bolso lleno de documentos bancarios y llegó con tan poco aire que tuvo que detenerse en el descansillo y tomar aliento. Seguro que se debía al agotamiento, pensó, y miró el lago a través de la estrecha ventana. También allí tenían mucho que hacer para restablecer su estado anterior. De momento el terreno parecía estar peor que antes. La orilla, que fue un césped cuidado, se había convertido en una especie de estepa en la que proliferaban los arbustos y la maleza, y la hierba sin segar se entremezclaba con cardos y lampazos. ¡Y las vacas y cerdos de Kalle! Estropeaban la casa guardabotes al hozar y con su hedor. Además, Kalle construyó un corral porque Susanne había alumbrado cinco cochinillos.

Volvió a respirar hondo para encarar el último escalón cuando divisó a un hombre en el lago que estaba de brazos cruzados delante del corral. ¿Era Kalle? No, de ningún modo. A juzgar por su aspecto era más bien Wolf Kotischke, pero tenía un trabajo en Waren...

Bueno, era cierto que el lago y el terreno del jardín eran de su propiedad, pero los lugareños estaban acostumbrados desde los tiempos de la RDA a estar allí y con frecuencia hacían uso de ese derecho consuetudinario. Franziska abrió la puerta y entró, decidida a que no se le notase el agotamiento.

—¡Buenas noches a todos! Qué bien que hayas venido, Cornelia. —Falko saltó con torpeza sobre ella a tres patas—. Sí, a ti también, querido. Bueno, trípode, ¿cómo va la pata? —Acarició al perro, pero antes de que Jenny pudiese responder por Falko, antes de que encontrase la oportunidad de saludar a Walter y a Julia, Cornelia se hizo con la palabra.

—¡Buenas noches, mamá! ¡Qué bien que por fin hayas llegado!

Como esperaba, su voz no sonaba amable en absoluto.

—Lo siento, Cornelia —se disculpó Franziska, dejó el bolso y se quitó el abrigo—. Si hubiese sabido que venías, me habría quedado en casa.

—¿De veras? —preguntó Cornelia y arqueó las cejas con ironía—. Bueno, de todos modos no me quería quedar mucho. Bernd y yo solo hemos venido para inspeccionar los campos y prados en arrendamiento.

—Así que lo habéis conseguido —dijo Franziska aliviada—. Me alegro mucho. Por desgracia, me enteré demasiado tarde y ya no podía...

—Alegué que, como descendiente de la familia Von Dranitz, pertenezco a los antiguos propietarios: funcionó.

Julia interrumpió la conversación. Con su vehemencia habitual extendió los brazos hacia Franziska y pataleó a la vez.

—¡*Aaabuuu!*

Franziska cogió a la pequeña en brazos y se sentó a la mesa junto a Jenny.

—Yo soy tu abuela —corrigió Cornelia ofendida—. Ella es tu bisabuela, ratoncito. ¡Di *biisaabuuu*!

—¡*Saabuuu!* —exclamó la niña y volcó una taza de café frío que le cayó a Falko por el lomo. El animal retorció el cuello para intentar lamérselo de la piel.

Nadie ofreció un café a Franziska, así que cogió una taza de la vitrina y la jarra de cristal.

—Está frío, abuela —dijo Jenny—. ¿Te preparo uno rápido?

—No, gracias. Hoy ya he bebido demasiado café.

Walter no dijo ni una palabra. Franziska solo sintió su mirada clavada en ella, pero la apartaba en cuanto lo miraba. ¿Qué le pasaba? ¿Estaba enfadado porque había estado fuera mucho tiempo? ¿O la visita de Cornelia lo había puesto de los nervios?

—¿Dónde está Bernd, por cierto? —le preguntó a su hija y miró a su alrededor buscándolo—. Me habría gustado volver a verlo.

En la última frase se sintió atravesada por dos pares de ojos: Jenny la miró horrorizada y Walter, lleno de reproches. Madre de Dios, ¡qué susceptibles eran! Por supuesto que conocía las reservas de Jenny y podía entenderla. Sin embargo, no era una solución encogerse en un rincón y esconder la cabeza. ¡Si estaba en la finca Dranitz, al menos podía hablar con él! Era una cuestión de modales, pero nadie parecía tenerlos en muy alta estima allí. Una pena.

—Quería dar una vuelta —aclaró Cornelia—. Y, además, yo no quería que estuviese presente. Porque tengo que pedirte algo, mamá.

Vaya, de repente enseñaba las orejas. Franziska intuía que su hija solo estaba allí porque quería algo de ella. Así había sido durante los últimos veinticinco años.

—Adelante —dijo, cansada, y dio un sorbo al café frío. Estaba amargo y asqueroso. La pequeña apresó una cucharilla de café y empezó a golpear la mesa con ella. Jenny intercambió deprisa la cuchara por el osito de peluche. Cornelia cruzó los brazos sobre el pecho y se recostó en la silla. Parecía como si tuviese que prepararse para la indignación que su petición sin duda le produciría.

—Ya sabes que Bernd pretende montar una granja según las estrictas normas ecológicas —empezó—. Pero para ello primero debe invertir un montón de dinero, sobre todo en el edificio, pero también en la maquinaria agrícola, abonos y semillas.

—Hay subvenciones para proyectos de ese tipo —la interrumpió Franziska—. De todos modos tiene que darse prisa, los fondos están casi vacíos.

Cornelia asintió, era probable que lo supiese desde hacía tiempo.

—Creo que deberías darnos una ayuda, mamá —soltó decidida—. Al fin y al cabo, es una inversión en algo bueno y sin duda es mejor que dilapidar el dinero en esta obra que, primero, es inútil y, segundo, jamás estará terminada.

Así era Cornelia, tal cual. Pregonaba su opinión a los cuatro vientos sin tener en consideración los sentimientos de otras personas. Franziska miró angustiada a Jenny, pero ella apartó la mirada en señal de protesta. Walter clavó los ojos en Cornelia como si la viese por primera vez.

Franziska se concentró. «Mantén la calma. No empieces una disputa. Mantén la sangre fría.»

—Me encantaría, Cornelia. Por desgracia, nos encontramos ahora mismo con dificultades económicas, de modo que no tengo dinero disponible.

Cornelia no se contentó con eso.

—¡Venga, mamá! —exclamó—. Me imagino que has malgastado mucho dinero con esa loca idea del hotel, pero también sé que papá y tú ahorrasteis un montón de pasta. Además, has vendido la casa de Königstein, ¡te habrán dado más de medio millón por ella!

No era fácil conservar la calma con el fantasioso cálculo de Cornelia. Era probable que creyese que su madre se sentaba sobre una montaña de oro. Por desgracia no era el caso.

—Es como te lo cuento, Cornelia. Tuvimos que invertir mucho y, como cada día se presentan nuevos problemas, las inversiones también se han ido al traste. Con el tejado, por ejemplo, el presupuesto se disparó.

Cornelia hizo caso omiso de todas las explicaciones. De hecho, parecía que no hubiese escuchado ni una palabra.

—Ya sabes, mamá —continuó impasible—. Que cuando papá murió podría haber reclamado la legítima.

Ahora venía con esas. Cielos, ¡después de tantos años!

—Hicimos un testamento mancomunado —le recordó Franziska.

—Aun así tenía derecho a mi legítima —insistió Cornelia—. De todos modos renuncié a ella. Porque entonces la pasta no significaba nada para mí. ¡Ahora me arrepiento mucho!

Franziska, consternada, guardó silencio.

Entonces Jenny decidió intervenir.

—¿Y qué nos quieres decir con eso, mamá? —preguntó, agresiva—. ¿Que ahora tienes derecho al dinero de la abuela porque entonces te contuviste con tanta nobleza? ¡Es de risa!

Cornelia miró enfadada a su hija.

—¿A ti qué te importa? Esto es un asunto entre mi madre y yo. Así que, por favor, mantente al margen, ¿vale?

Franziska abrió la boca para mediar entre ambas, pero era demasiado tarde.

—¡Estás muy confundida, mamá! —exclamó Jenny, furiosa—. Esta obra, que acabas de calificar como «inútil», es el proyecto común de la abuela y mío. Aquí se construye un hotel balneario para aquellos que están hasta las narices del estrés de la gran ciudad y para ello necesitamos todos los medios que tengamos a nuestra disposición. ¡Para granjas biológicas y demás tonterías no queda ni un penique!

—¡Por favor, Jenny! ¡Cornelia! —exclamó Franziska y extendió los brazos como si quisiese levantar una barrera entre las partes litigantes—. Hablemos con calma del asunto y sobre todo con respeto mutuo. Una granja ecológica no es a mi modo de ver un mal negocio…

—¡Bueno! —irrumpió Cornelia en los esfuerzos de paz de Franziska—. ¡Me alegro de que quieras subvencionarnos, mamá!

—No he dicho eso. Pero no tengo inconveniente en haceros llegar toda la ayuda que…

¡Cielos, qué complicado era todo con su hija! ¡Apenas le daba la mano ya quería el brazo!

—Pues nada, mamá. —Cornelia se volvió a sentar erguida—. Si de verdad no puedes soltar la mosca, podrías ayudarnos de otra manera: transfiéreme un terreno a orillas del lago.

Tanto Franziska como Jenny enmudecieron de la sorpresa. Quería una parcela del jardín. Ni más ni menos. Como herencia anticipada por así decir.

—Primero… primero tengo que aclararlo —dijo Franziska evasiva.

—¿Con quién tienes que aclararlo?

—¡Conmigo! —exclamó Jenny—. Y ya te digo, mamá, que no entra en mis planes.

Para alivio de Franziska, Cornelia no saltó de inmediato a la yugular de su hija, sino que se dedicó a negociar.

—No es para mí. Pero Bernd necesita un terreno edificable para construir una residencia.

—En principio no hay nada que objetar —respondió Franziska con cuidado para que el asunto no se fuese por completo de las manos, pero no contaba con la reacción de su nieta.

Jenny estalló. Y con tanta vehemencia que incluso Cornelia estaba impresionada.

—¡Si lo haces, abuela…! —exclamó y saltó de la silla con Julia en brazos—. ¡Si lo haces, no nos vuelves a ver! ¡Podrás quedarte con la mansión y todo lo que le pertenece! ¡Regálaselo a mamá! ¡O a mi superpadre, el ecologista ese que pasea a grandes zancadas por ahí afuera y no se atreve a subir! ¡Y a ti, Conny, que te den, ya no eres mi madre, nunca lo has sido! —Se volvió, salió a toda prisa del salón y bajó la escalera corriendo. Poco después oyeron cómo la puerta dio un sonoro golpe y un motor se puso en marcha.

Durante un tiempo nadie en el salón dijo una palabra. Tras un rato, Walter se levantó y se fue a su cuarto.

Cornelia y Franziska se quedaron solas.

Por fin Franziska se aclaró la garganta.

—Creo que es mejor que te vayas, Cornelia. Déjanos reconsiderarlo con calma.

—Ya lo he entendido. Aquí no soy bien recibida. —Cornelia se levantó y se puso el abrigo.

A Franziska le dolió dejar que se fuese así. Al fin y al cabo era su niña, su hija, adulta y difícil.

—Ay, cariño —dijo en voz baja—. Lo siento.

—Está bien, mamá.

Franziska se levantó y le tendió la mano. Vio lo afectada que estaba Cornelia, pero hizo de tripas corazón.

—Dime otra cosa —le pidió Franziska sin soltar la mano de su hija—. ¿De verdad es el padre de Jenny?

Durante un momento se avivó la ira en el rostro de Cornelia. No obstante, se dominó.

—¿Crees que me ando con cuentos? Bueno, lo callé durante mucho tiempo. Entonces teníamos en cierto modo una relación complicada. Nunca se adaptó del todo al piso compartido, era demasiado burgués. Así que un día se fue.

—Pero ¿por qué nunca se ocupó de Jenny? —quiso saber Franziska.

Cornelia se encogió de hombros y abrió la puerta.

—¿Por qué debía hacerlo?

—¿Por qué? ¡Porque es su padre!

—Pero él no lo sabía. Se lo dije de camino a la boda. Estaba bastante trastocado y no sabía cómo afrontar que de repente tenía una hija adulta. Pero da igual, ya lo digerirá.

«Santo Dios —pensó Franziska—. Nunca entenderé a esta generación. ¿No piensa Cornelia en lo que le hace a Bernd, por no hablar de su hija? ¿Cómo intimarían estas dos personas si se enfrentan de repente a unos hechos consumados y una no sabe lo que opina a la otra?»

—¿Y ahora? —quiso saber—. ¿Qué pasa?

—Ni idea —gruñó Cornelia de mal humor—. No es problema mío. —Le hizo un breve gesto de despedida a Franziska y bajó la escalera con paso decidido.

—Tampoco es problema de ella —murmuró Franziska, que permaneció consternada en el umbral—. Pero ¿de quién es problema?

Pobre Jenny. Pobre Bernd.

Arriba, en el salón, Falko estaba sentado solo delante de la mesa y mordisqueaba el vendaje de su pata. Agotada, Franziska se dejó caer sobre una silla y acarició la espalda del pastor alemán.

—Ay, Falko, si al menos supiese si te sigue doliendo la pata. Pero de momento no puedes quitarte el vendaje. Enseguida llamaremos a Jenny y le preguntaremos si te ha dado el analgésico. Tiene que estar a punto de llegar a casa. Pero primero necesito un momento de descanso.

Con tantas emociones, el cansancio la asaltó con fuerza redoblada. Habría dado cualquier cosa por dejarse caer en la cama, pero aún tenía que hablar con Walter. Se había comportado de manera muy extraña y no quería irse a dormir sin antes haber hablado con él.

Cerró los ojos. Estaba a punto de quedarse medio dormida, pero de repente sintió la mano de Walter en el hombro.

—Ven —dijo él en voz baja—. Vayamos a dormir, ha sido un día duro.

Cuando salió del baño, él la esperada en su cuarto y se tumbaron juntos. Con total naturalidad, como si hubiese dormido con él en la misma cama durante los últimos cincuenta años. Sentaba tan bien no estar sola.

—Tengo que contarte tantas cosas —murmuró ella.

—Mañana, cariño. Ahora necesitas dormir.

Jenny

¡Menuda mañana tan nublada! La niebla de octubre cubría las colinas, pesaba sobre los tejados como una humareda gris y se extendía por las calles como un triste fantasma otoñal. Jenny se estremeció y se apartó de la ventana. Fue descalza a la cocina para poner en marcha el hervidor y la cafetera, llenó el biberón de Julia con leche en polvo y maldijo porque se le cayó la mitad. ¿Dónde narices estaba el embudo? Ay, sí, en el cuarto de baño. Lo había utilizado para trasvasar el fijador a una botella más pequeña.

Julia apareció en la puerta del dormitorio y caminó animada con paso firme hacia su madre arrastrando al saco de dormir.

—¿Qué, edredón andante? ¿Has dormido bien?

La pequeña farfulló algo ininteligible y le dedicó una radiante sonrisa. Jenny levantó a su hija y constató que el saco estaba húmedo.

—¿Qué es esto? —preguntó con fingida severidad—. ¿Se te ha escapado?

Primero, preparar deprisa el biberón y enfriarlo con agua; después, cambiar los pañales a su húmeda hija. La misma rutina desde hacía más de un año, todas las maniobras encajaban. Habría podido cambiar a Julia con los ojos cerrados. Mientras ponía un pañal limpio a la pequeña, recordó con sentimientos encontrados los acontecimientos del día anterior.

Se había desahogado con Franziska y le había arrancado la promesa de que jamás regalaría un terreno cerca de la mansión a su madre. Se sintió muy aliviada. Además, supo que Bernd Kuhlmann se había enterado de su paternidad hacía poco. Típico de mamá. No recordaba nada más destacable, salvo que volvió a confirmar que su madre era una gran egoísta.

Bernd Kuhlmann no regresó con su madre a Hannover, sino que se quedó en algún lugar de la zona porque quería buscar maquinaria agrícola y otras cosas que necesitaba. ¿O podía ser que la abuela tuviese razón y quizá quisiera permanecer cerca de Jenny? Esta idea la puso nerviosa, porque significaba que se presentaría en cualquier momento y no tenía ni idea de cómo debía comportarse con él. Sin embargo, era probable que él tampoco lo supiese. Si era cierto que hasta la boda no tuvo la menor idea de que era su hija, no le podía recriminar nada. Mejor así.

Llamaron a la puerta.

—¡Un momento! —exclamó mientras abrochaba el pantalón de Julia.

—No se preocupe, soy yo —exclamó Irmi Stock, su arrendadora, desde la escalera.

¡Madre de Dios! Pretendería charlar una hora con ella. Esa mujer no tenía otra cosa más que hacer. Como la mayoría allí, se había quedado sin trabajo en Waren y estaba sentada en casa sin hacer nada.

Irmi Stock esperó paciente ante la puerta, con un paquete grueso en las manos.

—De la escuela a distancia —anunció—. Tiene mucho trabajo por delante, ¿verdad? ¿Cuándo hará la selectividad? ¿Este año?

Jenny le quitó el paquete y lo puso sobre la mesa. La escuela a distancia calificó como positivos sus trabajos de prueba y ahora empezaba lo serio.

—No, no va tan rápido. Me quedan aún más de dos años.

Irmi ya estaba arrodillada en el suelo y bromeaba con Julia.

—Pero qué niña tan mona. Y pelirroja. Como una alarma de incendios, ¿eh? Si te sigue creciendo tan bonito, mamá podrá hacerte trenzas. A mi Elke siempre se las hacía, colgaban a derecha e izquierda de la cabeza como dos pincelitos rubios.

—¿Le apetece una taza de café, señora Stock? Iba a preparar el desayuno.

Irmi Stock no se escandalizó en absoluto porque Jenny aún estuviese vestida con su pijama azul de cuadros. La siguió a la cocina, se sentó a la mesa, se sirvió una taza de café y, mientras Jenny daba el primer biberón a su hija, le habló solícita de su Elke, que ganaba mucho dinero en una empresa de publicidad. De pronto ya no hablaba del matrimonio previsto con Jürgen Mielke, de hecho ni siquiera lo mencionó. Vaya, ¿habían cambiado las circunstancias? En todo caso, la boda ya no era tema de conversación.

—Ay, sí, antes de que se me vuelva a olvidar… Me resulta muy violento, señora Kettler, pero son cosas que pasan. La carta se me cayó detrás de la cómoda. Y como ahora llego bien con la aspiradora, se me atascó el tubo. —Sacó una carta muy arrugada de la chaqueta, la alisó con la mano y se la tendió a Jenny—. Llegó hace dos semanas. De Ulli Schwadke desde Bremen.

Jenny cogió el papel estrujado recién salido del tubo de la aspiradora y reprimió las ganas de golpear a la señora Stock con la jarra de café. Primero, porque siempre revisaba el correo de su inquilina con todo detalle, recordaba el remite y era probable que también fuese contando por el pueblo quién escribía a Jenny Kettler. Por suerte, llamaron a casa de los Stock e Irmi tuvo que bajar a toda prisa para abrir la puerta. Jenny examinó la carta, la giró en todas las direcciones y tuvo una palpitación muy extraña. Sí que le había respondido. Estaba furiosa con él sin motivo porque le había escrito dos veces a Bremen y no había vuelto ninguna carta. Rasgó el sobre y sacó la carta. Estaba escrita a mano, con letra pequeña, legible y recta.

Querida Jenny:

Me alegré mucho por tu carta, aunque haya tardado un tiempo en contestar. Primero, porque no soy un gran escritor y, segundo, porque no sabía muy bien qué contarte. El trabajo es más bien monótono, solo te aburriría hablando de él.

El fin de semana tuve una cita en el club de remo, estuvo muy bien, y luego fui al cine. No, no con una novia. Con dos chicas del club que me invitaron. Tras el cine bebimos algo y hablamos mucho, y después las llevé a casa.

Ya ves, aquí no hay mucho movimiento. Al menos hasta ahora. Quizá pronto tenga más que contar, pero aún no es seguro.

He pensado a menudo en ti y a veces me preocupo, porque ahora mismo tienes muchos problemas a cuestas. Pero tu abuela ya habrá vuelto y hay alguien en quien puedes confiar. En Navidades estaré en casa. En Dranitz, quiero decir. Mis abuelos ya cuentan con ello. También quiero ir a Ludorf para ver a Max Krumme, está muy solo con sus gatos y me gustaría llevarlo a casa en Nochebuena.

Creo que nos veremos entonces. Me alegraría mucho.

Escríbeme de nuevo si quieres. Dices cosas de veras bonitas y graciosas.

Esta es la carta más larga que he escrito en mi vida. Espero que no haya contado demasiadas tonterías.

Que te vaya todo bien, Jenny. Saludos a tu abuela y al señor Iversen.

Hasta la próxima carta,

ULLI

¡Ulli! ¿Cómo pudo creer que no quería saber nada más de ella? ¿Quizá porque se mantuvo hierático delante de la barca y la siguió con la mirada cuando desembarcó en Waren? Dios mío, pero ella también se comportó de manera muy bochornosa. Se avergonzaba de su estúpido lloriqueo. Con qué amabilidad la consoló. Como un hermano mayor. O un buen amigo. En todo caso, Ulli era alguien en quien poder confiar. Con quien se sentía a gusto. Sí, eso era. En sus brazos se sintió a salvo. Muy a salvo, porque Ulli tenía brazos fuertes. Y, además, olía bastante bien. A barca, a agua y sol y a… a hombre. «Vaya —pensó—. Tiene que ser la falta de sexo. Pero ahora un ligue no me viene nada bien. Estoy demasiado liada. Y Ulli tampoco sería el adecuado. No es para un romance breve.»

De todos modos, en caso de que pensara alguna vez en una historia más larga, Ulli pasaría la primera selección. Para ser sincera, llegaría a la final. ¿Estaba enamorada de él?

El timbre de la puerta evitó que se respondiera a sí misma. Maldita sea, de verdad que ya no tenía tiempo para Irmi y sus historias del pueblo. ¿O había encontrado otra carta detrás de la cómoda?

—¡Un momento! ¡Voy enseguida!

Suspirando, Jenny abrió la puerta y se estremeció. En el umbral estaba Simon, con un gran ramo de flores en las manos.

—¡Ataque sorpresa! —exclamó con una sonrisa—. No te enfades, me gustaría hablar contigo a solas. Vi las flores de camino y las compré para ti.

436

Rosas asalmonadas con gerbera del mismo color entre algunas hierbas blancas y toda clase de verde. Bueno, seguro que no era un ramo barato. Sin embargo, tenía pasta de sobra.

—Y también he traído algo para mi hijita.

En efecto, iba de Papá Noel a mediados de octubre. Cogió algo con forma extraña junto a él y se lo puso delante de los pies. Estaba envuelto por completo con papel de estraza gris.

—¿Qué es eso? ¿Arte contemporáneo?

—¡Ábrelo! —la animó sonriendo.

Julia, que estaba detrás de su mamá, se agarró al marco de la puerta y clavó los ojos en Simon.

—Hola, preciosa. —Simon se agachó delante de la pequeña—. Ya nos hemos presentado, ¿acaso lo has olvidado? ¡Soy tu papá!

El paquete amorfo no le gustó a Julia, que arrugó la nariz y rompió a llorar.

—Estábamos a punto de irnos a la mansión —dijo Jenny, que se sentía algo tonta con el ramo de flores en la mano—. Pero siéntate. Tengo unas preguntas que hacerte. —Era cierto que Simon no le venía nada bien en aquel momento, pero al fin y al cabo era ella quien había exigido el encuentro. Fue a la cocina para poner las flores en agua y echó el resto del café en una taza. Cuando regresó al salón con el ramo de flores en la jarra de leche a falta de florero, Simon ya se había ganado el corazón de su hija. El muy pillo había abierto el regalo amorfo y sacado a la luz un abigarrado triciclo de plástico. Entusiasmada, Julia hacía añicos el papel de estraza.

—Es demasiado pequeña para eso —criticó Jenny.

—No tiene pedales, puede sentarse encima y avanzar con los pies. Es muy fácil, no puede hacerse daño.

Puso a Julia sobre el pequeño asiento de plástico rojo y le acercó las manos al manillar. Resultó que las piernas de Julia eran aún demasiado cortas, no llegaba al suelo y tampoco le pareció gracioso. Simon la bajó y la puso sobre la alfombra junto al regalo.

—Vayamos al grano —pidió él—. Querías preguntarme algo.

Se dejó caer sobre una silla junto a la mesa y apartó las flores para poder ver mejor a Jenny, que tomó asiento frente a él. Ignoró el café frío que tenía delante de las narices.

—Correcto. —Jenny estaba algo desconcertada por su sonrisa expectante—. Me gustaría saber qué sucede con los rumores que circulan sobre nosotros por el pueblo.

—¿Qué rumores? —preguntó con semblante ingenuo.

—Kalle ha ido contando por ahí que nos casaremos dentro de poco y que la casa del inspector reconstruida es tu regalo de boda. ¿De dónde saca semejante disparate?

Él sacudió la cabeza. Su asombro parecía auténtico, de modo que Jenny casi se arrepintió de haber utilizado un tono de reproche.

—No tengo ni idea. Por favor, créeme, jamás de los jamases he divulgado nada semejante. Son cosas que pasan en un pueblo pequeño: uno cuenta que soy el padre de Julia, el otro añade que estoy aquí para casarme contigo y el de más allá agrega la casa del inspector como regalo de boda…

Bueno, quizá tuviese razón. Al menos no podía demostrar lo contrario.

—¡En todo caso las habladurías me resultan muy desagradables!

Simon asintió comprensivo.

—Lo entiendo a la perfección. A mí también me incomodan. Hoy mismo le pediré cuentas a Kalle. Es buen tipo, pero a veces tiene una imaginación desbocada.

—Bueno —cedió, pero no estaba del todo contenta con el resultado de la conversación.

Durante un momento miraron a Julia, que examinaba curiosa el triciclo, giraba las ruedas negras, miraba por los agujeros redondos del chasis y se divertía. Simon sonrió feliz. Quizá no fuese tan mal padre... Pero no, lo era. De lo contrario no le habría sido infiel a Gisela. No pensó en sus dos hijos, que entonces tenían nueve y trece años.

—Pues ya que estamos juntos —retomó el hilo—. Me gustaría hacerte una propuesta.

Oyó una alerta en su interior: las propuestas de Simon eran por lo general redes de pesca con las que había que tener mucho cuidado.

—¿Qué propuesta? —preguntó con cuidado.

Él se rio en voz baja y pareció de repente un pícaro colegial. Madre mía, en su día se enamoró de aquella risa. Le seguía gustando.

—Por favor, no estés tan furiosa —le pidió—. Escúchame primero y si la idea te gusta, tanto mejor. Si no, descartamos el asunto.

Ella asintió y se preparó. «Empieza, Simon. Pero no pienses que me dejaré embaucar. Seguro que no caeré en la trampa. Ya no soy la boba de tu empresa. Hace tiempo que no.»

Él respiró hondo; al parecer, su propuesta era complicada.

—Espero que no estés enfadada conmigo, Jenny. Pero como he tratado con diferentes obreros por la casa del inspector, ha llegado a mis oídos una desagradable historia. Sobre tu abuela...

Jenny lo comprendió de inmediato. Sabía lo de las facturas sin pagar.

—Según parece, tu abuela está pasando apuros económicos —continuó—. No me malinterpretes. No le he tirado de la lengua a nadie, ni siquiera he preguntado. Me llegó porque me relacionaron con vuestra familia. Incluso en el banco me lo mencionaron. Resumiendo: por supuesto, lo he estado pensando y...

—Tonterías —lo interrumpió Jenny enfadada—. La abuela no ha pagado las facturas porque estaba de viaje de novios. Además, hace tiempo que todo está arreglado.

Por supuesto, sabía que no era cierto, pero por desgracia la abuela seguía sin dejar que le mirase la cartilla. Ante las recientes preguntas de Jenny, se limitaba a decir que no había de qué preocuparse, que todo estaba en orden. Si era así, ¿por qué no podía echarle una mano a Cornelia?

También la expresión de Simon demostraba que opinaba distinto. Y parecía tener sus motivos.

—Me temo que te haces ilusiones. Sé por fuentes fiables que tiene serios problemas. Pero bueno, no quiero insistir, quizá no sean, en efecto, más que tonterías. En todo caso, estuve pensando y se me ocurrió una idea. Como sabes, estoy en pleno divorcio, por lo que he liquidado el estudio de arquitectura de la Kantstraße. Tuve que hacerlo porque Gisela está registrada como copropietaria y tiene unas pretensiones tan exageradas que he propuesto una venta. Así que tendré un poco de dinero para reinvertir. Planeo abrir un estudio en Stralsund y al mismo tiempo me entusiasma la idea de convertir la finca en un hotel balneario y me encantaría contribuir a la financiación.

—Quieres invertir aquí dinero del que tu mujer no sabe nada —lo interrumpió Jenny—. Cuentas clandestinas que quieres traer deprisa. No, Simon. No quiero hacerlo. ¡Olvídalo!

Él guardó silencio. Mucho tiempo. Después sacudió la cabeza, parsimonioso.

—Es una pena que seas tan desconfiada —dijo en voz baja—. No tengo cuentas clandestinas, como tú las llamas, mis asuntos financieros son transparentes, ya se encargan de ello los abogados de Gisela. Además, no querría mantener en secreto mi participación financiera en el hotel rural Dranitz.

Por supuesto, tengo que protegerme como inversor. Por ejemplo, me gustaría ser socio.

Jenny se echó a reír.

—No conoces bien a la abuela, Simon. Jamás de los jamases accederá a semejante propuesta. Hace más de un siglo que la mansión pertenece a la familia, volver a poseerla es el sueño de su vida. No compartirá Dranitz con nadie bajo ningún concepto.

—No le quitaré nada a tu abuela —siguió con voz suplicante—. Al contrario: solo ganaría. Sobre todo, por mis conocimientos técnicos y mis contactos.

—Tenemos a Kacpar Woronski de arquitecto, hace su trabajo muy bien.

Simon hizo un gesto despreciativo con la mano, que mostraba con claridad lo que pensaba de Kacpar.

—Bueno —dijo al fin y suspiró—. Solo era una propuesta, Jenny. Sería una pena que la propiedad saliese a subasta, ¿no es cierto?

Ahora le venía con ese truco: la asustaba con que pudiesen perder Dranitz sin su ayuda. Cargadas de deudas. Subasta. Punto final. Un espectro que, en efecto, la había asaltado alguna que otra vez en los últimos tiempos.

—No te preocupes, no sucederá —respondió con tono seguro.

Parecía poco convencido, pero no insistió. Comprendió que no conseguiría nada con su alarmismo, excepto que se enfadase con él.

Ella ya pensaba que daba marcha atrás, pero se equivocaba. La abordó por otro lado y esta vez parecía ser serio de verdad. Al menos hablaba con un tono muy distinto.

—Vine aquí porque buscaba un apoyo en medio de este caos que me ha sobrevenido en la vida. A una persona, quizá también un amor perdido. Un amor que entonces dejé escapar. Lo sé muy bien, Jenny. Y lo lamento más de lo que puedes imaginar.

Ella sintió que pisaban terreno peligroso y lo previno de manera instintiva.

—Por favor, Simon. Se acabó. Borrón y cuenta nueva.

—Sí —dijo afligido—. Lo comprendí enseguida en nuestro primer reencuentro. Por eso también me callé, me guardé los sentimientos. Tú lo superaste, para ti todo lo que hubo entre nosotros se acabó. Pero yo no pude desprenderme de vosotras, ¿lo entiendes? Porque al reencontrarnos supe cuánto te seguía queriendo.

Hizo una pausa y la miró. Expectante, esperanzado, suplicante.

Jenny se sintió entre la espada y la pared, y no supo qué decir. Sintió una pena indescriptible por él. ¿Cómo podía dejarle claras las cosas en semejante situación?

—Pero ya no te quiero, lo siento. Y ahora largo...

—No quiero ser una carga para ti —continuó en voz baja—. Pero tengo la esperanza de recuperar nuestra relación si estoy cerca, si me labro una nueva vida en Mecklemburgo-Pomerania Occidental. Mira, empujamos el mismo carro en muchas cosas. No solo el hotel es muy importante para mí. También nuestra hijita, que nos une. Me gustaría ser un buen padre para Julia. Al menos me podrías conceder eso.

«Un buen padre.» Las palabras reverberaron en su cabeza. «Quiere ser un buen padre. Como el que jamás tuviste. Como el que no pudiste tener.» ¿Cómo podía negarle esa suerte a su hija? Pero también estaban Claudia y Jochen. ¿Sería un buen padre para ellos tras su divorcio? ¿Había sido un buen padre con ambos? En todo caso, no lo habían llegado a ver mucho...

Necesitó un momento para ver claro el asunto. Por supuesto, había vuelto a exagerar bastante.

—Hace mucho acordamos que te permitía ver a Julia con regularidad. Además, eres propietario del solar de la casa del inspector. Creo que deberíamos darnos por satisfechos con eso.

—Quería haceros un favor, Jenny. Antes de que quizá sea demasiado tarde.

—¿Qué quieres decir?

Guardó silencio y tomó a la pequeña en el regazo, que se subió a su pernera.

—Piénsalo —añadió—. Háblalo con tu abuela, quizá tenga otra opinión al respecto. Y piensa que para mí es un sueño dorado estar cerca de ti.

La volvió a mirar, deslizó la mano despacio sobre la mesa y la puso sobre la suya. Jenny se estremeció.

—Es muy importante para mí —insistió en voz baja—. Muy importante, Jenny.

Sonó a una declaración de amor. O a una amenaza. Quizá era ambas cosas.

Mine

Ya estaban en noviembre, el verano había terminado, la estación fría estaba próxima. Mine miró deprimida por la luna del coche, sobre la que los limpiaparabrisas interpretaban un impetuoso baile de san Vito. Desde el día anterior llovía sin parar, lo que no era bueno en absoluto para el reuma de Karl-Erich. Le dolía todo y tampoco podía caminar. Quizá a ella le habría valido más no ir con Mücke al supermercado de Waren, pero la chica tomó prestado el coche de Kalle para hacer la compra del fin de semana y le había preguntado a Mine si quería ir. Era una buena oportunidad, sobre todo porque Mücke era una chica adorable y la cuidaba muchísimo. En el supermercado le cogió los botes y tarros de los estantes para que ella no tuviese que estirarse tanto. Sí, la edad. Presionaba por arriba y ella iba menguando cada vez más. Unos cuantos años más y sería una enana.

—Por poco se me olvida el papel higiénico —se lamentó Mücke a la vuelta—. Y cera de suelo para mamá. Increíble, ¿quién sigue necesitando cera de suelo hoy en día? Es mejor echar un limpiador general en el agua de fregar, ¿no?

—Sí. —Sacó de sus tristes pensamientos a Mine, que asintió—. Hoy todo es más fácil. Entonces, en la mansión, encerábamos los suelos de madera de todas las habitaciones. Primero poníamos la alfombra sobre la barra, después fregábamos y, cuando el suelo estaba seco, echábamos la cera. Era importante hacerlo de manera uniforme. Y cuando la cera penetraba en la madera, había que sacar brillo.

Mücke adelantó un camión. El agua sucia de los charcos golpeó contra la luna del coche. Mine bajó sin querer la cabeza. Menudo tiempo. ¿Quería el planeta irse a la deriva?

—¿Cómo que sacar brillo? —preguntó Mücke, la chica inocente de la nueva era.

—Bueno, pues sacar brillo. Con un encerador rectangular y pesado que debajo tenía cepillitos. Lo restregábamos hasta que el suelo relucía. Y luego sacudíamos la alfombra y la colocábamos antes de volver a poner los muebles.

—¡Puf! —se lamentó Mücke—. Eso sí que era trabajo duro, ¿verdad?

Mine se rio. Ahora había máquinas para todo: para lavar, para hervir, para hacer café, incluso había lavavajillas y secadoras. Para esas tareas antes se necesitaban muchas manos y mucho tiempo.

—¡Ay! —exclamó—. Estábamos acostumbrados. Y también era divertido, porque hablábamos y nos reíamos. Nunca estábamos solos, siempre había más criadas y trabajábamos mano a mano.

Mücke giró hacia la carretera de Vielist y redujo la velocidad debido a los profundos charcos.

—En el antiguo molino de aceite también trabajamos siempre entre varios —contó—. Es más divertido que cuando se trajina solo. Ahora estamos revocando las paredes. Solo valían los ladrillos de la pared posterior, ahí hemos rascado a medias el mortero de las juntas y las hemos repasado. Tiene buen aspecto, Mine. Cuando esté terminado, os llevaré a ti y a Karl-Erich.

Mine conocía el molino de aceite de otros tiempos. Al

principio seguía en funcionamiento, suministraba de vez en cuando aceite a la mansión, pero a Hanne Schramm, la cocinera, no le gustaba demasiado el aceite. Lo utilizaba como mucho para macerar pescado, pero solo cocinaba con buena mantequilla.

A Mine el asunto del molino no le gustaba en absoluto. Si Kalle quería arreglar a toda costa el edificio en ruinas, al menos debía dejar a Mücke en paz. Era una pena que estuviese con Kalle. Seguro que era un tipo adorable, pero no era constante y se perdía una y otra vez en sus alocadas ideas. Mücke necesitaba una persona fiable a su lado, se lo había ganado.

—Antes de que se me olvide —dijo Mine—. Ulli ha preguntado por ti. Te manda saludos.

—¿Ah, sí? Qué amable por su parte. ¿Ha llamado?

—Llamé yo. De vez en cuando me gusta saber lo que hace. Es triste que esté solo en su piso de Bremen.

Por desgracia, Mücke parecía sentir poca compasión por el solitario Ulli. Mine estaba decepcionada. Hubo un tiempo en que fue distinto. Sin embargo, era porque Ulli estaba en Bremen. Ojos que no ven, corazón que no siente. Y ahora la muy boba se había encariñado de Kalle.

—Espero que Ulli encuentre pronto a la mujer adecuada —suspiró Mücke—. A veces pasa justo cuando piensas que todo se ha acabado, que se han cerrado todos los caminos, que lo has hecho todo mal. Y entonces abres los ojos y lo tienes delante. Como por arte de magia.

Mine miró a Mücke y constató que la chica sonreía feliz para sí. ¡Qué niña tan tonta! Estaba enamorada del tipo equivocado. Y por segunda vez. Primero de Kacpar Woronski y ahora de Kalle.

—A Kalle —siguió, arrastrando las vocales— lo conoces de hace mucho. ¿De verdad crees que es el adecuado?

La mansión surgió entre los árboles. En la bifurcación que llevaba al terreno de la antigua casa del inspector se almacenaba toda clase de materiales de construcción: una hormigonera, un montón de sacos y varios paquetes con ladrillos rojos, todo cubierto con cuidado por plástico impermeable. Sí, el señor Strassner parecía ceñirse a su plan, se trabajaba muy distinto que en la mansión.

—Es raro —respondió Mücke—. Una conoce a un tío durante toda la vida. En el patio a veces se pegaba con otros chicos, yo le tenía miedo. Más tarde fumábamos a escondidas detrás del granero de Anna Loop. Y cuando cumplí catorce años bebió demasiado vino y su madre tuvo que venir a recogerlo. Ay, Kalle... Nunca me gustó. Y de repente, ¡pum!, ¡problema resuelto!

«La obcecación es mal asunto —pensó Mine, afligida—. En especial en el amor. Una tiene que saber lo que quiere. En su momento supe enseguida que Karl-Erich era el adecuado para mí. Pero Mücke, la pobre, va de mal en peor. Si al menos Ulli volviese a Dranitz.»

Echaba de menos a su nieto. Al fin y al cabo, lo habían criado ellos y estuvieron orgullosísimos de él cuando aprobó el examen final de ingeniero naval. Ulli siempre fue bueno en cálculo y también en las demás asignaturas, sobre todo en física y química. La tecnología era lo suyo. En eso era como Karl-Erich, al que también le interesaba. Antes Karl-Erich estaba a menudo en el granero, donde instaló un taller y reparaba todo lo imaginable: robots de cocina, secadores, radios, incluso coches y tractores. Ahora solo se sentaba a la mesa de la cocina o en el salón delante de la tele. Era por culpa de sus manos, cada vez más rígidas y torcidas.

El reuma, el muy miserable, le había arrebatado mucho de lo que le gustaba en la vida. Por eso habría estado bien que al menos Ulli se hubiese quedado en casa. Ulli y Mücke en el piso de abajo con tres o cuatro niños. Eso le habría encantado a Karl-Erich. Se habría alegrado. Habrían tenido que desalojar a Kruse, pero seguro que habría encontrado algo en el pueblo. Por desgracia eran solo ilusiones. Ulli no pensaba en volver. Y Mücke estaba con Kalle. Las desgracias nunca vienen solas.

—Espera —dijo Mücke, interrumpiendo los pensamientos de Mine—. Hay alguien delante de la puerta y mis padres no están en casa.

Fue a la estrecha entrada del garaje de los Rokowski y se bajó. Curiosa, Mine miró a través de la ventana empañada por la lluvia. Sí que lo conocía. Pero ¿de dónde? Del pueblo seguro que no, pero lo había visto en algún sitio y tenía algo que ver con la baronesa… Ahora estaba con Mücke bajo el alero de la casa, que protegía un poco de la lluvia. Dijo algo y Mücke sacudió la cabeza con ímpetu. Después ella le hizo una seña para que la acompañase y fueron hacia el coche. Siempre debajo del alero, a lo largo de la pared, para no mojarse tanto.

—¡Qué tiempo de perros! —maldijo Mücke cuando se subió; después se volvió—. Aparte las cosas, señor Kuhlmann. ¿Está bien?

—Está bien, gracias —se oyó desde atrás.

Mine miró por el retrovisor, volverse no era bueno para sus cervicales. Claro, ya sabía de qué conocía a aquella persona. Lo había visto en la boda de la baronesa. Era el acompañante de su hija, Cornelia Kettler. Bueno, aunque ya no estaba tan ágil de pies como antes, en la cabeza seguía todo en orden.

—El señor Kuhlmann busca una habitación —aclaró Mücke—. O un piso. Pero en casa no puede ser, porque quiero mudarme con Kalle.

Vaya. Ya querían vivir juntos. Ojalá Mücke no estuviese embarazada. Kalle era de los que no tenían nada de cuidado. Y Mücke parecía estar enamorada. ¡Ay, estos jóvenes!

—He pensado que quizá conozcas a alguien que alquile algo —continuó Mücke—. Conoces a todo el mundo en el pueblo.

Era cierto. Mine volvió a mirar por el retrovisor. El señor Kuhlmann llevaba un gorro de punto azul oscuro y las gotas de agua le corrían por la frente y nariz. Tenía los ojos marrones y una barba cerrada bastante diáfana y corta. Era un hombre poco llamativo. Sin embargo, era muy simpático. Mine había aprendido en su larga vida que no eran los gritones quienes valían la pena, sino más bien los discretos.

—¿Y Heino Mahnke? ¿No tiene una habitación disponible?

—Por desgracia no —repuso Bernd Kuhlmann desde el asiento trasero—. El señor Strassner vuelve a estar alojado.

—Ah...

El viento empujaba la lluvia contra la pared y las gotas golpeaban el coche. Mine tomó una decisión.

—¿Sabe qué, señor Kuhlmann? Venga a nuestro piso. Prepararé un buen café y lo hablaremos con calma. Quizá mi marido tenga una idea.

Hubo un momento de silencio, luego él se aclaró la voz y dijo:

—Pero no quisiera ser una carga para usted, señora Schwadke.

—No lo es —respondió Mine, alegre—. Puede subirme la compra, por desgracia cada vez me cuesta más.

—Por supuesto, con mucho gusto —se oyó detrás.

Le pareció un poco torpe en el trato con las personas. No era de los que pueden ser tan afables y encantadores como, por ejemplo, Simon Strassner, que le bastaba con aparecer en un lugar y enseguida los tenía a todos en el saco. A casi todos. Mine al menos era más reservada.

Mücke los condujo hasta la casa y, mientras Mine abría la

puerta, la joven cargó al solícito Bernd con las bolsas de la compra. Resultó que era muy fuerte, pues subió las pesadas bolsas por la escalera sin aparente esfuerzo.

—¡Hasta luego, Mine! —exclamó Mücke a través de la ventanilla bajada—. Voy deprisa al molino. ¡Kalle y yo queremos pasar la noche allí!

¡Lo que faltaba!

—¡Solo conseguiréis resfriaros! —contestó Mine sacudiendo la cabeza, pero la advertencia ya no alcanzó a Mücke, que se alejó. Continuó sacudiendo la cabeza mientras subía la escalera. Arriba la esperaba el señor Kuhlmann con las bolsas delante de la puerta. Mine abrió y fue delante de él a la cocina, donde Karl-Erich estaba sentado a la mesa y la aguardaba expectante.

—¿Y bien? ¿Has vuelto a irte de la lengua, chica? Dejas a esta vieja piltrafa aquí sentada, aunque...

—¡Tenemos visita! —lo interrumpió Mine deprisa, antes de que dijese algo vergonzoso—. El señor Kuhlmann está aquí, busca un piso o una habitación en Dranitz. Nos conocemos de la boda, ¿te acuerdas?

Karl-Erich siempre se alegraba con las visitas porque salía muy poco. Hizo un gesto acogedor y señaló la silla que estaba junto a él.

—Quítese esa cosa mojada y siéntese, señor Kuhlmann. Claro que me acuerdo de usted. Todavía no estoy chocho. Usted es el de la granja orgánica, ¿verdad?

Bernd asintió y se quitó la chaqueta chorreante y el gorro. Mine llevó las cosas mojadas a la entrada y las colgó del perchero. Cuando volvió a la cocina, Bernd Kuhlmann estaba sentado junto a Karl-Erich y se alisaba con ambas manos el pelo encrespado. La barba goteaba sobre el mantel de hule, pero lo limpió deprisa con la mano.

—Está empapado, ¿verdad? —preguntó Karl-Erich—.

Mine, dale al joven un cúmel y a mí también. Es bueno contra los resfriados, la sífilis y la peste aviar. ¡Salud!

Mine estaba algo incómoda por el carácter campechano de Karl-Erich, pero hizo lo que le pidió y también bebió un vasito. No importaba con semejante tiempo.

—¡Chinchín!

—¡Por la salud!

Mine empezó a guardar las compras y después preparó la cena. Quedaban unas sobras de *solianka* que alcanzaban justo para tres pequeñas raciones y además había salchicha ahumada, paté, carne en gelatina, pepinillos en vinagre, pan recién hecho y queso *tilsiter*. También tenía mosto de manzana, que le había llevado Paul Riep, quien conservaba sus grandes manzanares. Mientras ponía la mesa, escuchó lo que Karl-Erich y Bernd Kuhlmann hablaban. Al parecer, los dos hombres se entendían bien y eso la alegró. Porque Karl-Erich estaba muy a menudo triste y ya no tenía ganas de nada.

—¿De verdad cree que también funciona sin fertilizantes artificiales? ¡Pues se llevará una buena sorpresa, jovencito!

—Lo probé en la granja de mi cuñado en Baviera —respondió Bernd Kuhlmann—. Y funcionó. ¿Por qué no iba a funcionar aquí?

—Porque tenemos suelos distintos. No como en Baviera. Aquí se trabajó toda la vida con abono químico, incluso cuando aún vivía el señor barón.

Bernd Kuhlmann no se dejó intimidar. Respondía con amabilidad, pero seguro que era de los que sabían lo que querían.

—¡Entonces demostraré lo contrario!

—Pues le deseo suerte, amigo. Que no le vaya como en los viejos tiempos. Había malas cosechas y hambrunas, y la gente tenía que comerse las semillas y en primavera ya no podía sembrar.

Bernd Kuhlmann incluso sonrió.

—Bueno, ¡me anima, señor Schwadke! Pero si no hay remedio, aún tengo los siete cerdos y las cinco vacas que el señor Pechstein quiere venderme con tanta amabilidad.

Mine estaba tan atónita como Karl-Erich. Kalle quería vender sus amores. ¿Cómo lo había llevado el señor Kuhlmann tan lejos?

—Tuve que prometerle solemnemente no tocar un pelo a ninguno de los animales. De lo contrario, me dijo que vendría por mí con el atizador —aclaró Bernd sin dejar de sonreír—. Pero la doctora Gebauer me ha asegurado que las vacas pueden seguir pariendo, así que espero que tenga razón.

Karl-Erich sacudió la cabeza: una agricultura como la que imaginaba solo podía hacer aguas. También Mine tenía sus dudas. En su opinión, las cinco vacas lecheras ya habían dejado atrás sus mejores años. Pero si Sonja lo decía…

—Así que ya se han presentado, ¿verdad? —preguntó Karl-Erich.

—Claro. Somos vecinos. Soy dueño del prado junto al molino de aceite.

Mine echó la *solianka* caliente en los platos hondos y los puso sobre la mesa, delante de los hombres.

—Ahora a comer. ¡Que aproveche!

El invitado era un buen comedor. La *solianka* desapareció en un instante y Mine vio que habría podido zamparse sin problema otros dos platos. Hambriento, se abalanzó sobre la salchicha y la carne en gelatina, y quiso saber si esas cosas se producían en la zona.

—Más adelante quiero abrir una tienda rural. Quizá también una carnicería. Todo animales que hayan pastado y tenido una buena vida. Y por supuesto verduras, queso y pan.

Mine no dijo nada al respecto, sabía el trabajo que suponía. Para ello necesitaría un montón de empleados y tendría que pagarlos. Ya se daría cuenta él solo.

—Lo que me sigue faltando es un solar. O una granja en el pueblo de la que pudiese encargarme. He preguntado un poco, pero aquí nadie quiere vender.

También lo sabían Karl-Erich y Mine. La gente de Dranitz había comprado rápido la tierra comunal porque tenía miedo a que los extranjeros se establecieran en el pueblo.

—No es tan fácil —replicó Karl-Erich arrastrando las palabras—. ¿Y en sus prados y campos arrendados no hay ningún terreno edificable?

Bernd Kuhlmann sacudió la cabeza. Poseía un prado cerca del pueblo donde podía construir un granero y un refugio para el ganado, pero no una casa. Pretendía quedarse allí de momento, instalarse de algún modo en el granero y esperar hasta que se presentase algo.

—Ay, alma de cántaro —se quejó Karl-Erich—. Habría necesitado usted la mansión, ¿verdad? O al menos el terreno donde está la casa del inspector.

Mine no dijo nada, cortó la carne en gelatina y el pan con mantequilla para Karl-Erich en trocitos y untó la carne con mostaza.

—¿La mansión? —Bernd Kuhlmann rio—. No me sería útil. Demasiado grande. Demasiado señorial. No es mi tipo. Una granja con una tienda pequeña, pero elegante: eso es lo que quiero. Para eso lo he abandonado todo en Hannover, me he liberado de los malditos expedientes e inútiles litigios, y me he propuesto hacer algo con sentido de ahora en adelante: trabajar la tierra, plantar cereales y verduras, tener vacas, ovejas y gallinas. Vivir con sencillez, sin todos los asuntos superfluos que uno se echa a la espalda.

—Ah, ¿se dedica a la jurisprudencia, señor Kuhlmann? —Karl-Erich no parecía convencido.

Bernd asintió.

—Me dedicaba, señor Schwadke, me dedicaba. Ahora

miro hacia delante y hago lo que en el fondo siempre quise hacer.

«Menudo soñador —pensó Mine—. No tiene ni idea de agricultura y quiere lanzarse a esto como a una gran aventura. Se sorprenderá mucho de todo lo que se le viene encima.»

—¿Es cierto lo que la gente dice de Franziska Kettler? —preguntó el señor Kuhlmann.

—Depende. ¿A qué se refiere? —quiso saber Mine.

—Que es una persona algo complicada...

—La señora baronesa es como es. Es enérgica. Obstinada. Pero complicada, no. Tampoco Jenny, su nieta. —Seguro que la hija, Cornelia, se lo había contado. Una persona antipática.

—Jenny —repitió Bernd Kuhlmann y a la vez clavó los ojos en las migajas de su plato—. Jenny se lleva muy bien con su abuela, ¿no?

—¡Y tanto! —Karl-Erich asintió y pinchó un trozo de carne con el tenedor—. Son uña y carne. Quieren llevar juntas el hotel rural. Pero Jenny también es una chica adorable.

—Ah, pensaba que era... bueno, ¿problemática?

—¿Quién dice semejante disparate? —se enojó Karl-Erich—. Es una chica fantástica. Tuvo mala suerte porque se crio sin padre. Pero ayuda mucho y además se ocupa con mimo de su hija. ¡Y prepara la selectividad a distancia!

—Ah... —Bernd Kuhlmann cogió pensativo su vaso y lo terminó—. ¿Es cierto que se va a casar con el señor Strassner?

—Eso dice la gente —intervino Mine—. Pero no estoy segura de que sea cierto. Mücke, la pequeña de los Rokowski, contó algo muy distinto. Y es muy amiga de Jenny.

—Pero es el padre del bebé, ¿verdad? —quiso saber.

—Sí —confirmó Karl-Erich, dirigiendo una mirada interrogante a su mujer.

Mine asintió.

—Y el terreno con la casa del inspector también le pertenece.

Bernd Kuhlmann ya lo sabía y, por razones obvias, no parecía gustarle.

—Un tío majo el señor Strassner, ¿verdad? —añadió Karl-Erich, mordaz, y miró con picardía a Mine—. Engatusa a todo el mundo. Incluso a Mine le cae bien, le parece «encantador». ¡Hasta Heino Mahnke le ha alquilado la habitación de invitados de encima del bar!

Cierto, el señor Kuhlmann buscaba una habitación. Mine casi lo olvidaba.

—Bueno —pensó en voz alta—. Paul Riep está solo en casa...

—Ay, la nuera no quiere que entre ningún inquilino, ya esperan la herencia —objetó Karl-Erich.

—¿Y en casa de Anna Loop?

—La vieja bruja husmea por todas partes.

—Pero en casa de Krischan Mielke hay sitio.

—Pero solo si Jürgen no vuelve.

—Puedo llamar a Krischan.

—Pues date prisa o ya estará en el bar de Heino.

Mine se levantó, recogió la mesa y llevó unas cuantas botellas y vasos antes de ir al pasillo, donde estaba el teléfono. Tuvo suerte, Krischan estaba aún en casa, pero ya se había puesto la chaqueta y las botas de goma.

—¿Por qué no? No hay nadie. Estoy harto de estar siempre solo en casa. Mándamelo mañana a primera hora, así puedo echarle un vistazo.

Por fin. Mine colgó el auricular y volvió a la cocina para anunciar la feliz noticia. Mientras tanto, Karl-Erich había ofrecido a Bernd Kuhlmann empezar a tutearse con un brindis y Mine no tuvo más remedio que unirse.

—¡Soy Karl-Erich y esta es Mine!

—¡Soy Bernd! ¡Salud!

El ambiente era agradable; Karl-Erich contó viejas historias de la cooperativa, como que solían hacer «desaparecer» materiales de construcción y máquinas. Y Bernd le confesó que de estudiante consideraba el socialismo algo muy bueno.

—Quizá lo sea —afirmó Mine—. Solo que hasta ahora nadie lo ha visto. Y tampoco sucederá pronto.

—La humanidad es mala —declaró Karl-Erich, que ya iba por la segunda cerveza—. Cada cual busca solo el beneficio propio. No era distinto aquí, en el Este. Y por eso el socialismo es una bobada.

Bernd sacudió pensativo la cabeza.

—Pero el capitalismo también es una porquería. Algo entremedias estaría bien…

—¡Un socialismo capitalista! —propuso Karl-Erich.

—¡Un capitalismo socialista! —exclamó Bernd.

—¡Todo el capital para los socialistas! —gritó Karl-Erich y le entró hipo.

—¡Todos los capitalistas al infierno! —Bernd se rio.

—¡Pero no los capitalistas socialistas!

—¡No, solo los cerdos capitalistas!

—A los cerdos no puedes hacerles nada —protestó Karl-Erich con firmeza—. ¡Lo has prometido!

A Mine le pareció que era el momento de intervenir.

—¡Creo que es hora de irse a la cama! —dijo.

—¿Hora socialista o capitalista? —quiso saber Karl-Erich.

—¡Ambas! Mañana será otro día, señores.

Bernd se levantó y abrazó a Karl-Erich para despedirse.

—Me lo he pasado genial en vuestra casa —dijo emocionado—. Hacía tiempo que no me sentía tan bien. ¡Os lo agradezco, sois estupendos!

Se puso la chaqueta mojada y el gorro húmedo.

—Pero ¿adónde vas con este tiempo? —preguntó Karl-Erich.

—Voy a buscar una pensión barata en Waren. En esta época casi todo está vacío.

Karl-Erich lanzó una mirada a Mine, que era de la misma opinión.

—No —dijo ella—. No hace falta. Ya es tarde. Además, has tomado un par de cervezas y unos cuantos vasos de aguardiente. Puedes dormir en el cuarto de Ulli.

Bernd estaba desconcertado, pero cedió cuando Karl-Erich dio un puñetazo en la mesa.

—Solo si no es molestia... —Cuando vio que el ofrecimiento de los ancianos iba en serio, sonrió agradecido—. Bueno, pues acepto con mucho gusto. Voy rápido al coche por la bolsa, ¡vuelvo enseguida!

Jenny

Simon lo había conseguido: aunque fingiera que nada la afectaba, en realidad estaba aterrada por el futuro de la mansión. Esperó durante tres días, pensó, luego comentó primero la propuesta de Simon con Walter. Con muchas reservas. Solo para escuchar lo que opinaba al respecto.

—Es complicado, Jenny —dijo Walter, que se rascó la barbilla, pensativo—. Es cierto que Franziska se ha referido en numerosas ocasiones a los problemas económicos, pero por desgracia jamás ha mencionado cifras concretas.

—Lo mismo me pasa a mí. Siempre que le pregunto, se cabrea y me dice que es mejor que me ocupe de mis estudios, porque no quiere pagarlos en vano. —Guardó silencio un rato y luego continuó—: De momento no avanzo con la abuela. Si nuestras finanzas son de verdad tan funestas, quizá Simon sería el mal menor. Antes de que la mansión se subaste, me refiero.

Walter hizo un gesto de rechazo con la mano.

—¡No tientes al diablo, Jenny! Bien es verdad que Franziska oculta de momento sus asuntos económicos, pero no es ninguna ingenua. Al parecer lo que le causa problemas es un crédito. Pero, conociéndola, arreglará el asunto. Y ya te puedes imaginar qué opina de una participación así.

La abuela no se embarcaría en aquello de ningún modo, eso ambos lo tenían claro. No mientras fuese capaz de financiar las reformas.

Jenny se quedó tranquila por primera vez en varios días y no volvió a pensar en la propuesta de Simon, quien por suerte no se dejaba ver el pelo de momento. Estaba ocupado en su nuevo despacho en Stralsund y solo pasaba de vez en cuando por la obra. Seguían centrados en asegurar y aislar el sótano, y dentro de un par de días el suelo de la planta baja estaría colocado.

—El hormigón no deja de ser hormigón —dijo Simon sonriendo cuando fue a la mansión para una breve visita—. Por fuera el edificio se parecerá a su modelo como dos gotas de agua, pero por dentro quiero tener todas las comodidades imaginables: calefacción central, ventanas dobles, sauna en el sótano… Lo que se tiene hoy en día.

Jugó un poco con la pequeña, conversó con Franziska sobre el jardín de la casa del inspector, que quería plantar como antes, y se despidió. Ni una palabra de la propuesta. Jenny respiró tranquila. Al parecer, había aceptado su no y renunciaba a más intentos.

Noviembre trajo la primera nieve del año. Jenny se frotó los ojos cuando descorrió la cortina del dormitorio: ¿seguía soñando? Fuera, los tejados y las repisas de las ventanas estaban cubiertos con una capa de nieve de diez centímetros, los copitos descendían del cielo y sobre la estrecha carretera delante de casa se veían los oscuros carriles que dejaban los coches en la capa blanca. Los escolares, que iban de camino a la parada de autobús, se arrojaban riendo y chillando bolas de nieve aplastadas. Hacía frío, de las chimeneas ascendían espesas nubes de humo al invernal cielo gris.

—Genial —dijo Jenny con ironía y sacó a Julia de la cuna—. Nieve y hielo en la carretera y sin neumáticos de invierno. Nos vamos a deslizar hasta casa de la abuela.

—*Abu Ziska* —repitió Julia y observó asombrada el paisaje blanco desde la ventana.

Más de una hora después, el Kadett rojo de Jenny circulaba con cuidado por la invernal carretera hacia la mansión. En la salida del pueblo se encontraron de frente con el autobús y Jenny tuvo que frenar, por lo que estuvo a punto de colisionar contra un Trabant aparcado.

Paró de nevar, el sol brillaba de vez en cuando entre las nubes y los campos nevados centelleaban, como espolvoreados con lentejuelas de oro. En la linde del bosque tres liebres brincaban y se divertían por la nieve.

La mansión parecía encantada bajo la capa de polvo blanco, igual que en una postal o aún mejor, en un libro de cuentos.

Arriba, en el piso, las recibió un vacío inusual.

—¿Abuela? ¿Walter? —exclamó Jenny al silencio.

Ninguna respuesta. Bueno, quizá estaban dando un romántico paseo por la nieve. Jenny le quitó la chaqueta y los zapatos a Julia y subió la calefacción, porque le pareció que hacía fresco; después puso a su hija los calcetines de andar por casa que la abuela había tricotado para ella y la metió en el parque antes de ir a la cocina para ver si quedaba algo del desayuno de la abuela y Walter: el frío le daba hambre. Encontró dos bollos y unas sobras de salami, y se lo llevó junto con una taza de café frío al salón. Entonces, Falko se acercó hasta la puerta y se sentó mendigando delante de la mesa. La pata ya le había cicatrizado. Sonja Gebauer había hecho un buen trabajo, solo le había quedado una fina cicatriz.

—Pero ¿no has salido con la abuela y Walter a la nieve? —preguntó Jenny y se inclinó sobre Falko para acariciarlo. Julia pasó la mano entre los barrotes y lo cogió entusiasmada por la cola. Por suerte Falko se lo toleraba casi todo a su amiguita.

—¿Hola? —sonó de repente una voz ronca en la habitación de Walter—. ¿Jenny? ¿Eres tú?

Jenny se sobresaltó. La voz no le pareció conocida. Le siguió un carraspeo y luego un fuerte ataque de tos. Vaya, había vuelto a constiparse. La noche anterior ya se quejó de dolor de garganta, que ahora se había convertido en un buen resfriado. Asustada, llamó a su puerta.

—¿Puedo entrar?

Un ataque de tos fue la respuesta. Jenny lo tomó por un sí, giró el picaporte y entró. Walter yacía en la cama con una gruesa chaqueta de punto puesta. Tenía la cara gris y no se había afeitado.

—¡Madre de Dios! —exclamó Jenny, preocupada—. ¿Otra vez resfriado? Hace un frío del demonio fuera. Enseguida te preparo un té caliente con miel.

Asintió agradecido.

Jenny lanzó una mirada a Julia y confió en que la pequeña no se contagiase.

—¿Dónde está la abuela? —preguntó mientras desaparecía en dirección a la cocina. Se había olvidado el segundo desayuno en el salón.

—Banco —le dijo con voz ronca a la espalda—. En Schwerin, creo. —La última palabra terminó en un ataque de tos. Ya. Así que la abuela volvía a estar fuera por temas de dinero. Ojalá tuviera éxito. Aquella semana habían aparecido otras dos reclamaciones en la mansión.

Jenny sacó a Julia del parque y la sentó en la trona a la mesita de la cocina, después le puso una hoja de papel delante y le dio los gruesos lápices de colores. Así la pequeña estaría ocupada un ratito. A Julia le encantaba pintar y la abuela adoraba colgar los coloridos garabatos en la puerta de la nevera con imanes. Cuando Julia estuvo provista, Jenny puso el hervidor al fuego y buscó en la lata una bolsita de manzanilla.

—¡Tiene que reposar cuatro minutos, Walter! ¿Necesitas algo más? —exclamó a la puerta abierta del dormitorio.

Entonces oyó abrirse la puerta principal. Falko se levantó de golpe y se precipitó hacia la escalera.

—¿Eres tú, abuela? —exclamó Jenny desde arriba.

Sin embargo, no era la abuela, sino Kacpar Woronski, que había salido de su cuarto en la parte trasera de la casa. La abuela llamaba a su habitación el «cuarto de invitados», ya que antes había tenido esa función y en ella se alojaban a los visitantes nobles de la mansión.

—Hace fresco —observó al entrar en la cocina.

Jenny asintió.

—Ya he subido la calefacción. ¿Quieres un café? Voy a ponerlo al fuego, ese que está en la jarra frío ya no hay quien se lo beba.

Kacpar asintió, agradecido.

Jenny puso la taza con la manzanilla en una bandeja, añadió una cucharada de miel en el líquido caliente y removió fuerte.

—Esto es para Walter —dijo—. Ha vuelto a coger un resfriado. Voy a llevarle el té en un momento al dormitorio.

—Mientras, pintaré un cuadro con Julia. —Kacpar se volvió sonriendo hacia la radiante niña—. No, Julia, los lápices no se comen...

Cuando Jenny regresó con la bandeja vacía y puso el café al fuego, Kacpar la miró y dijo un poco avergonzado:

—Tienes una hija encantadora. Parece mentira que Simon Strassner sea el padre. —Jenny lo miró sin comprenderlo—. Bueno —siguió Kacpar—, a propósito de Simon: anteayer me citó en su nuevo despacho de Stralsund. Buena localización, una gran casa de alquiler en el centro, arquitectura bonita, antigua, clasicista, habitaciones grandes, recién reformadas. Impresiona. Y seguro que no le sale barato, porque ha pagado la renovación.

—Se está labrando una vida nueva —dijo Jenny encogiéndose de hombros—. Al fin y al cabo, ha liquidado el antiguo despacho de Berlín.

—Así es —la secundó con voz escéptica—. Monta un nuevo despacho, con muebles de diseño, los últimos equipos y muchos empleados cumplidores.

Jenny posó la taza que quería rellenar.

—No me digas que te quería contratar.

—Exacto. Y con un salario impresionante.

Jenny guardó silencio, horrorizada. ¿Cómo había podido subestimarlo tanto? Simon se mostraba inofensivo, conversaba solícito con la abuela y Walter, pero al mismo tiempo intentaba privarlos de su pilar. Sin la colaboración desinteresada de Kacpar estaban perdidas y dependerían de la ayuda en absoluto altruista de Simon Strassner.

—¿Y bien? —Jenny tuvo que tragar saliva antes de poder continuar—. ¿Has aceptado?

Kacpar se levantó y le puso la mano en el hombro para tranquilizarla.

—Pero ¿qué te crees? Mi sitio está aquí. Puede volver a ofrecerme tanto dinero como quiera, me quedo con vosotras.

Jenny estaba tan conmovida que le habría gustado abrazarlo. No lo hizo, porque le preocupaba que pudiese malinterpretarlo. Con Kacpar nunca sabía a qué atenerse.

—Jamás… jamás lo olvidaré, Kacpar. —Se sorbió los mocos, emocionada—. Nunca. No sabríamos qué hacer sin ti.

—Ya sabes —respondió él en voz baja cuando se sentaron con las tazas de café a la mesita junto a Julia—. Siempre he soñado con mudarme a una de las dos caballerizas. A la de la izquierda, desde donde se llega enseguida al jardín, pero para eso primero tendríamos que reconstruirla, por supuesto. Viviría abajo y montaría el despacho arriba. Así podría mirar el lago mientras trabajase...

«Vaya —pensó Jenny—. El bueno de Kacpar tampoco es tan altruista. Sin embargo, en comparación con Simon es muy modesto. ¿Por qué no iba a establecerse allí? Ha hecho muchísimo por nosotras.»

—Junto a la finca de mis abuelos también había un lago —dijo, soñador—. Me lo contó mi tía abuela...

—Hablas muy poco de tu familia —comentó Jenny—. No sé casi nada de ti. ¿Dónde creciste, cómo viviste?

Kacpar la miró un momento, luego se acabó el café y dijo que tenía que ir a Waren, donde tenía una cita con un decorador de interiores.

Jenny sintió que la evitaba, pero no quiso insistir, aunque le parecía que no era ninguna deshonra ser hijo ilegítimo. ¿Qué culpa tenía él de que no se supiese quién era su padre y que su madre no lo hubiese querido tener, como Mücke le había confiado?

—Bueno, quizá te encuentres con la abuela de camino, también ha ido a Schwerin —respondió y se levantó.

Kacpar también se puso en pie, llevó la taza vacía al fregadero y le dio las gracias. Luego bajó la escalera deprisa.

—¡Volveré sobre el mediodía! —exclamó por encima del hombro.

Jenny fue a ver un segundo a Walter, que se había bebido el té y vuelto a dormir. Se asomó a la ventana de la cocina y contempló el paisaje nevado. El bosque, que había sido un jardín bien cuidado, parecía traslúcido; solo los abetos y los enebros conservaban el verde oscuro, que soportaba un fino manto de nieve. También los troncos y las ramas de los árboles de hoja caduca estaban cubiertos por una blanca capa de polvo. De todos modos, había empezado a derretirse. Menuda suerte.

Arriba, en la carretera, los coches circulaban de nuevo con normalidad. Enfrente, junto a la casa del inspector, unos hombres con ropa de trabajo bajaron de una camioneta. Tal vez estaban levantando los muros de la planta baja.

De pronto Jenny sintió aquella obra como una amenaza, un castillo enemigo que un conquistador levantaba sobre su hermosa propiedad. ¡Qué descarado por parte de Simon comprarse justo aquel terreno! Y todo gracias a Kalle, el muy zopenco. ¿No podía haber ofrecido primero el terreno a la abuela? Por supuesto, el bienintencionado de Kalle cayó por completo en el teatro de Simon. Bueno, ya se desengañaría…

¿No era aquel el Astra blanco de la abuela, que cogía el desvío de la carretera hacia la mansión? Bueno, volvía pronto. Poco después oyó los pasos de Franziska en la escalera. Se apartó de la ventana y sacó a Julia de la trona.

—Viene la abuela, cariño, ¡puedes ir a su encuentro!

La pequeña no se hizo de rogar y, cuando Franziska abrió la puerta, se precipitó a sus brazos.

—¡Hola, tesoro! —la saludó la abuela—. ¡Pero qué elegante vas hoy! ¿Es un jersey nuevo? —Cogió a su bisnieta en brazos y se volvió hacia su nieta—. Jenny, buenos días. ¿Cómo está Walter? Lo he oído toser esta noche.

—Le he preparado una manzanilla con miel. Se ha vuelto a dormir. ¿Por qué has salido tan pronto? —quiso saber—. Walter dice que has ido al banco.

La abuela le pasó a Julia, se quitó el grueso abrigo y cogió una taza de café.

—Ah, qué bien sienta —exclamó, sin responder a la pregunta.

Si se mostraba tan parca, se trataba de dinero. Así que Walter tenía razón. Pensó un momento y decidió que era hora. Tenía que arrojar luz y conversar con la abuela antes de que Simon Strassner los atrapara a todos en sus insidiosas redes.

—He recibido una oferta —empezó con cuidado y se sentó a la mesa junto a Franziska.

Su abuela la miró curiosa.

—¿Para un puesto de trabajo?

Jenny la miró confusa. ¿Qué se imaginaba? Por la zona casi nadie tenía trabajo. Además, estaba Julia, la obra y los estudios a distancia…

—No. A Simon Strassner le gustaría invertir en nuestro hotel y ser socio.

Directa al grano. A la abuela casi se le cayó la taza de la sorpresa.

—¿Invertir? —preguntó arrastrando las vocales—. ¿Mencionó una suma concreta?

En realidad, esa no era la reacción que Jenny esperaba. Pensaba que la abuela se subiría por las paredes al oír la palabra «socio».

—No, no lo dijo. Pero seguro que tiene algunas cuentas abultadas que quiere poner a salvo de los abogados de su ex.

La abuela frunció enojada el ceño. La idea no parecía agradarle mucho.

—¿Y cómo pretende participar? —preguntó vacilante.

Poco a poco a Jenny empezó a entrarle el pánico. En lugar de rechazar de pleno la idea, la abuela quería conocer las condiciones precisas. Eso solo podía significar que no le quedaba dinero. Ay, Dios, en efecto, era tan grave como Simon se lo había descrito. La mansión podía salir a subasta en cualquier momento.

—¿Me vas a decir de una vez por todas cómo estamos,

abuela? —exigió nerviosa—. ¿Se nos ha acabado el dinero? ¿Tenemos deudas? ¿Se subastará Dranitz dentro de poco?

La abuela hizo un gesto apaciguador, que, sin embargo, no convenció a Jenny.

—¡Tonterías! —exclamó—. Admito que tenemos algunos pequeños problemas económicos. Si tanto te interesa, te diré que tu abuelo tenía algo de dinero en Suiza. Compró acciones y he ordenado al banco vender los valores y transferir el dinero a Alemania. Pero como esta operación lleva tiempo, aún no he podido pagar las facturas. Y ahora que el dinero por fin ha llegado, resulta que es mucho menos de lo que suponía.

—Eso significa que ya no tienes dinero y no puedes pagar todas las facturas —constató Jenny.

La abuela sacudió la cabeza.

—He pagado una parte —aclaró—. Y puedo saldar la suma restante con las subvenciones, que ojalá lleguen dentro de poco.

—¿Y si no llegan?

—Entonces el banco me tendrá que dar un crédito.

Jenny guardó silencio un instante y miró a Julia, que hacía trizas la hoja de papel pintada de todos los colores.

—Pero si queremos seguir construyendo, necesitaremos un crédito de todos modos, ¿no? —preguntó Jenny.

—Sí —admitió la abuela—. Tenemos que ser más pragmáticas y acabar de momento solo lo indispensable. Para poder hospedar ya a huéspedes y ganar dinero.

Jenny asintió, confusa.

—Conque en esas estamos.

—Sí, en esas estamos. Haremos realidad nuestros planes, de eso no cabe duda. Solo que irá algo más lento. Pero no es tan grave, porque de todas formas primero quieres acabar el bachillerato y luego ir a la universidad.

Jenny asintió. La abuela podía ser todo lo positiva que quisiese, pero la situación era funesta. Al parecer, se habían propuesto metas demasiado altas, habían hecho grandes planes y no habían considerado los costes derivados de cumplir sus sueños. Lo que más le molestaba era que su madre no iba tan desencaminada con sus pérfidos comentarios. En efecto, quizá la obra jamás estaría acabada...

—Al fin y al cabo, Simon Strassner es el padre de Julia —interrumpió la abuela los pensamientos de Jenny, que no respondió—. Desde que vuelvo a tener la mansión —continuó en voz más baja, casi como si hablase consigo misma—, me esfuerzo por volver a unir a la familia, que la guerra desgarró. Por reconciliar a familiares reñidos...

Ya, por ahí iban los tiros.

—Que te quede claro, abuela: Simon Strassner no tiene nada que ver con la familia. He roto con él. Es pasado. Vale, es el padre de Julia y puede visitar a su hija. Pero eso es todo.

Elevó el tono porque le enfadó muchísimo el intento de la abuela de empezar la casa por el tejado. Sin embargo, la abuela no era tan fácil de disuadir.

—Por el amor de Dios, Jenny —dijo y casi la miró suplicante—. Regresó a ti, está comprometido con su hija. Quizá deberías darle una oportunidad.

—¡No!

—Escucha, niña... Una relación entre un hombre y una mujer siempre pasa por distintas fases. ¿Acaso crees que Ernst-Wilhelm y yo fuimos siempre una pareja enamorada y feliz?

«No —pensó Jenny—. Seguro que no. Porque no te casaste con él por amor, sino por necesidad. Quisiste a Walter, pero pensabas que lo habían asesinado.»

—Tuvimos, Dios lo sabe, buenas y malas épocas —siguió la abuela—. Pero no por eso nos separamos. Superamos las crisis y permanecimos juntos, y le sentó muy bien a nuestro matrimonio, solo reforzó nuestro amor.

Jenny guardó silencio, obstinada. Eran una familia bastante loca. Su madre no se había casado y cambiaba de novio en cuanto tenía la sensación de que se aburría con un hombre. La abuela, en cambio, hablaba de crisis superadas y fidelidad eterna.

—Tú misma, Jenny, viviste lo duro que es para una niña tener que crecer sin padre.

La abuela pisaba terreno espinoso. El asunto con Bernd Kuhlmann estaba demasiado reciente como para tocarlo.

—Para que vuelvas a tomar nota, abuela: ¡ya no quiero a Simon Strassner! ¡No se hable más!

La abuela exhaló, disgustada.

—No quiero obligarte a nada. Solo te aconsejo no hacerle un feo al padre de tu hija. Lo considero, pese a todo, una persona idónea…

—¿Con qué urgencia necesitamos el dinero? —quiso saber Jenny—. ¿Con tanta urgencia que venderías a tu nieta a Simon Strassner?

—No se trata del dinero. —Franziska suspiró.

—¿Ah, no? ¿De qué se trata entonces?

—¡Eso mismo trato de explicarte todo el tiempo! Se trata de la familia. De una relación que podría volver a unirse. De una hija que necesita a un padre…

—¿Sabías que Simon quería quitarnos a Kacpar?

No, la abuela no lo sabía.

—Además, ha espiado a los obreros e incluso al banco para descubrir con quién y por cuánto estás endeudada.

La abuela no se lo podía creer.

—Bueno, tú sabrás lo que haces, Jenny —dijo por fin y puso las manos sobre la mesita de la cocina—. Solo quería que no tomases ninguna decisión precipitada. —Acarició la cabeza de Julia y se levantó para ir al cuarto de Walter. En la puerta se volvió de nuevo hacia su nieta—. De verdad, no tienes que preocuparte por los apuros económicos —le aseguró con una sonrisa—. Lo conseguiremos sin Simon Strassner.

Jenny asintió distraída, pero no se creyó ni una palabra.

Ulli

El cielo de diciembre pendía pesado y oscuro sobre el agua. Los árboles de la orilla parecían fantasmas negros y un grupo de patos daba vueltas en el líquido gris. Pronto volvería a llover; las primeras gotas ya golpeaban contra el parabrisas. Ulli se desvió hacia el arcén y se detuvo. Bajó la ventanilla e inhaló el húmedo y frío aire de su tierra natal. Qué bien sentaba. Durante todo el día tuvo ganas de aquel momento. El lago estaba en silencio, una superficie plana y gris que se perdía a lo lejos en un vapor blanquecino. En vísperas de Navidades la niebla nocturna se elevaba temprano, tenía que darse prisa.

Cuando se acercó a Ludorf, vio la desagradable sorpresa desde la carretera. Max, aquel chalado, se había rearmado. Tres casas flotantes y, además, una barca blanca, un yate pequeño a motor. Al parecer, Max había malgastado en su pequeña flota todo el dinero que había recibido de Ulli por la propiedad.

En el aparcamiento constató atónito que estaba equivocado. También había invertido de otra manera: el ruinoso quiosco se había sustituido por un edificio nuevo de madera, el doble de grande, con un alero bajo el que había mesas y sillas de jardín plegadas bajo un toldo. Para colmo, el quiosco estaba adornado con una guirnalda de abeto, en la que se balanceaban estrellitas de plástico doradas. ¿No era eléctrica? Por supuesto, allí arriba estaba la clavija y abajo, justo encima del suelo, había un enchufe de exterior. Solo faltaba el árbol de Navidad artificial en el tejado.

¡Para ser un anciano, Max Krumme estaba muy activo! Ulli se rascó la nuca, sacudió la cabeza y se dirigió a la puerta del jardín. Aún no había alcanzado el picaporte cuando la puerta de la casa se abrió y Max apareció en el umbral con las piernas separadas, los brazos en jarras y sonriendo de oreja a oreja.

—¡Aquí está! —exclamó Max—. Calienta el café, Mücke. Y tú, Klaus, entra. Has viajado todo el día, ¿no? ¿Has visto las barcas? El yate se llama *Jenny*, se lo he comprado barato a un viejo amigo; lo tenía en Waren, pero es demasiado mayor para manejarlo y quería dejar su tesoro en buenas manos...

Ulli abrazó al anciano, pero no dijo nada porque primero tenía que ordenar y digerir su verborrea. ¿Mücke? ¿Jenny? ¿Un yate?

En el salón se resolvió al menos el primer enigma. En efecto, allí estaba Mücke, que puso las tazas de café sobre la mesita.

—Buenas, Ulli —saludó con una sonrisa—. ¡Sorpresa! Hay galletas navideñas hechas por Mine. *Kinjees*, recién horneadas.

La saludó con amabilidad, pero algo cohibido. Le preguntó cómo le iba y se enteró de que seguía trabajando en la guardería como sustituta. El hervidor silbó en la cocina y ella se fue.

—¿Cómo va la salud, Max? —preguntó Ulli.

Max Krumme negó con la mano; al parecer ya no tenía planeado hacerse el enfermo.

—Todo genial. Dame la chaqueta —ordenó—. Y el gorro. Y siéntate, joven. Tengo que contarte un montón de cosas.

Ni hablar de estar enfermo terminal... Ulli ya presentía

que Max no se había quedado de brazos cruzados, pero lo que le contó superaba todas sus expectativas. Estaba prevista la construcción de una casa flotante más grande para primavera y antes del invierno siguiente debían estar listos otros dos yates pequeños; además, Max pensaba alquilar amarres. Había encargado un folleto para las casas flotantes; planeaba alquilarlas todo el año; también quería ofrecer paseos con ponche y pastas en Navidades.

Mücke apareció con la jarra de café, pero Ulli solo quería media taza; ya había bebido café a espuertas de camino, no quería que le diera un infarto como a Karl-Erich.

—¿Y por qué el yate se llama *Jenny*? —preguntó.

Max miró a Mücke, que no podía contener una sonrisa pícara.

—Lo hemos bautizado así esta tarde —aclaró Mücke—. Se llamaba *Angelika*, pero a Max no le gustaba. Entonces propuse *Jenny*.

—No me digas —repuso Ulli, que no pudo evitar sonrojarse.

—Mücke ha venido hoy especialmente con el autobús para prepararte la habitación —aclaró Max—. Dijo que es cosa de mujeres.

—¿Habitación? ¿Cómo que habitación? —Se estaban pasando de castaño oscuro. Y, por supuesto, su abuela volvía a estar detrás, debería haberlo imaginado. ¿Quería que se alojara allí con Mücke? Un nidito de amor en casa de Max Krumme. ¡Qué idea tan loca!

—He pensado —siguió Max con una sonrisa ladeada— que convendría que pudieses dormir aquí. Porque vendrás con frecuencia. Así también puedes retirarte si este vejestorio te pone de los nervios.

Ah… Bueno, quizá eso no fuera ninguna tontería. Sobre todo porque en el fondo la casa le pertenecía.

Mücke contó que Mine le había llevado para la ocasión sábanas limpias y una colcha tricotada por ella misma. Y también la almohada con la que le gustaba dormir.

—Me costó mucho traer las cosas —se quejó—. Pero parecen muy cómodas. ¿Quieres echar un vistazo? ¡Ven! —insistió al darse cuenta de que Ulli vacilaba.

Se levantó y subió con él la estrecha escalera, que llevaba a la buhardilla. Max se quedó sentado en el salón; ya había admirado antes el trabajo de Mücke.

La pequeña habitación estaba limpia y amueblada con mucho encanto. De todos modos, allí hacía frío; la casa solo tenía una estufa, que no calentaba las habitaciones abuhardilladas. Sin embargo, en verano seguro que era muy acogedora. Si los árboles no fuesen tan altos, sin duda que desde allí tendría una buena vista del lago.

—Gracias, Mücke —dijo Ulli y la abrazó sin pensarlo—. ¿Cómo puedo recompensártelo?

—Muy fácil —respondió—. Puedes regalarnos a Kalle y a mí un paseo. En una de esas casas flotantes. En primavera, o sea, cuando nos queremos casar.

Ulli la miró sin apartar la vista.

—¿Tú y Kalle? —preguntó perplejo y esbozó una amplia sonrisa—. ¡Menuda sorpresa!

Mücke asintió, radiante.

—Nunca te lo habrías imaginado, ¿eh? ¡Yo tampoco, pero es una sensación de la leche!

—Mücke, tía, enhorabuena. ¡Claro que os daré un paseo en barco! Qué romántico: «Noche de bodas sobre el agua». ¡Max tiene que incluirlo como sea en el programa!

Volvieron a unirse a Max, bebieron una segunda taza de café y planearon los románticos paseos nupciales por el Müritz.

—¿Me llevas contigo a Dranitz? —preguntó Mücke entonces—. No quiero volver a coger el bus.

Ulli echó un vistazo al reloj.

—Vaya, tenemos que irnos rápido. Seguro que los abuelos ya están impacientes.

—Claro. —Mücke se sentía culpable—. Y tengo que recoger a Julia de casa de Mine y llevarla a la de Jenny, que está con un buen resfriado.

—Vaya, por eso no me ha escrito —se le escapó.

Vio con el rabillo del ojo cómo Mücke asentía con complicidad. Así que sabía lo de la correspondencia. No había forma de entender a las chicas... Primero se llevaban a matar y no se hablaban, y de repente todo volvía a estar bien y se confiaban los secretos más íntimos. Lo mejor era no inmiscuirse, porque de todos modos, como hombre solo podía hacerlo todo mal.

—Pero ¿y cómo es que está en casa de mi abuela y no en la mansión? Normalmente Jenny está allí durante el día...

—Porque la abuela de Jenny está resfriada —informó Mücke—. Primero estuvo enfermo el señor Iversen, que contagió a Franziska y anteayer Jenny lo pilló.

—¡Es una verdadera epidemia! ¿Y la pequeña? ¿Se ha salvado al menos?

—A la niña le va genial. Pero vamos de una vez, antes de que echemos raíces.

Se despidieron de Max Krumme y subieron al coche de Ulli.

—¡Volveré mañana! —exclamó Ulli por la ventanilla bajada mientras aceleraba.

Eran más de las siete y apenas se veía nada cuando llegaron a Dranitz. Olieron el famoso puchero de pescado de Mine al bajarse delante de la casa. Arriba, asomado a la ventana iluminada, los observaba Karl-Erich.

—¡Ahí están, Mine! ¡Saca la olla del horno, la joven pareja acaba de bajarse del coche!

Ulli torció el gesto; tampoco a Mücke le pareció acertada la broma.

—Tengo que hablar en serio con mi abuela —murmuró Ulli—. Lo intenta todo para emparejarnos.

—Sí, estaría muy bien que hablases con ella —lo apoyó Mücke—. Porque Kalle está muy celoso.

Ulli no veía problema con Kalle, al fin y al cabo siempre habían sido buenos amigos, pero las habladurías en el pueblo no podía tolerarlas. Sin embargo, cuando Mine los recibió en la puerta con una sonrisa radiante, decidió dejar aquella conversación para más tarde.

—¡Has vuelto, Ulli! —exclamó—. ¡Es el regalo de Navidad más bonito para Karl-Erich y para mí, aunque todavía no sea Nochebuena!

Tuvo que agacharse mucho para estrechar a su abuelita. En la cocina, donde la mesa ya estaba puesta, Julia esperaba sentada en el parque con el babero embadurnado. Karl-Erich acababa de cerrar la ventana y volvió cojeando a su sitio.

—¡Hola, ratoncito! —exclamó Mücke y fue corriendo hacia Julia para sacarla del parque.

—Estaba encantada ahí dentro —dijo Karl-Erich—. No deberías consentirla demasiado o querrá estar siempre en brazos.

Mücke no le hizo caso y bailó con Julia en el salón. Mientras, Ulli guardó la maleta en su cuarto y le sorprendió que la silla estuviese de repente al otro lado de la cama y el despertador hubiese ido a parar a la estantería de libros.

—¿Tuvisteis visita? —preguntó cuando volvió a la cocina y tomó asiento junto a Karl-Erich. Mücke se unió con Julia, y Mine puso sobre la mesa la olla con el puchero de pescado.

—¿Has visto, Mine? —exclamó Karl-Erich—. Se ha dado cuenta.

—Bernd Kuhlmann durmió aquí dos noches —le explicó Mine—. ¿Y qué? Ya no hay nada. Ha alquilado una habita-

ción en casa de Krischan Mielke. Un tipo majo. Y muy servi-
cial, sacó la basura y movió el armario del vestíbulo para que
pudiese limpiar.

—Mine no puede parar —bromeó Karl-Erich—. En cuanto hay un joven cerca, enseguida tiene que darle trabajo.

Ulli se enteró de que Bernd Kuhlmann había arrendado
varios campos y prados, y quería explotar una granja ecológica. Asintió con interés, aunque fue discreto porque, por
supuesto, hacía tiempo que lo sabía por las cartas de Jenny.
También sabía quién era ese tal Bernd Kuhlmann, es decir, el
padre biológico de Jenny. No obstante, ya que ni Mine ni
Karl-Erich ni Mücke lo mencionaron, también se mordió la
lengua. Quizá Jenny no les hubiese contado nada.

De repente oyó delante de la casa un silbido, una señal,
que le resultó familiar. ¿No silbaba Kalle siempre así en la
escuela? El silbido volvió a sonar y Mücke, que estaba sentada enfrente de él, no paró de moverse inquieta en la silla.

—Tengo que irme —dijo—. Mañana entro temprano y
tengo que coger el bus. Muchísimas gracias por la comida,
Mine. Ulli, por favor, dame la bolsa con las cosas de la niña…

Ulli podía imaginarse por qué Kalle no quería subir: Mine
le habría rogado que dejara pasar al menos una hora. Sin embargo, Kalle quería a Mücke solo para él. Como hacían los
enamorados.

—Deja —le dijo Ulli—. Luego llevaré yo a Julia. No me
importa.

Mücke dudó; era probable que no estuviese segura de
cómo iba a reaccionar Jenny si Ulli aparecía de repente en su
casa.

—Pero no te contagies —lo advirtió al fin—. Los bacilos
de los Dranitz son peligrosos.

—Nosotros, los Schwadke, somos inmunes —afirmó gui-
ñando un ojo.

—Bueno, pues te lo agradezco, Ulli. ¡Hasta pronto!

Mücke hizo la ronda de despedida y dio a Ulli un beso en la mejilla. A Mine le brillaron los ojos. Al parecer, no había oído los silbidos de Kalle.

—¡Ah, sí! —exclamó Mücke, que volvió a asomar la cabeza por la puerta de la cocina—. Antes de que se me olvide: estáis todos invitados a la fiesta de Nochevieja en el molino de aceite. Con bufé frío, bebida caliente y sin petardos. Porque no queremos asustar a los animales del bosque.

Mine y Karl-Erich agradecieron la invitación y Ulli aseguró que le encantaría ir, pero que aún no sabía si le sería posible, porque tenía cosas que hacer en Bremen.

Cuando Mücke se fue, Mine ayudó a abrigar a Julia, empresa complicada porque la chaqueta rosa resultó ser demasiado pequeña. Después bajó la escalera con él y puso a la niña en el cochecito. Julia protestó cuando la envolvió en la manta, pero estaba agotada. Gritó de rabia, se metió el pulgar en la boca y se quedó dormida en un momento.

—Hasta luego, Ulli —se despidió Mine—. Pondré a enfriar una cerveza de buenas noches.

Después volvió cojeando a la escalera.

A la luz amarilla de las farolas, Ulli observó ensimismado la carita de Julia, que dormía. Parecía un ángel. Y, por supuesto, pelirroja como su señora madre. Poco a poco se puso en marcha, empujó el carrito por las estrechas calles y callejuelas mientras le embargaba una profunda ternura por la pequeña. Una niña. Una hijita. ¡Cómo habían ansiado Angela y él un niño! ¿Destruyó el aborto su matrimonio? Difícil de decir. Solo tenía algo claro: el dolor por la separación había disminuido. La vida continuaba, nuevas esperanzas lo impulsaban, y ese era un buen sentimiento. Su futuro era aún incierto, recién nacido por así decir, pero era una sensación tan viva como aquel pequeño ser que tenía delante.

Se detuvo ante la casa de Irmi y Helmut Stock, y llamó al timbre. Una, dos veces: Jenny parecía no oír. Quizá estuviera dormida. Pues tendría que despertarla. Si no abría, quizá tuviera que volver con la pequeña a casa de los abuelos. De repente se preocupó por Jenny. Un resfriado con fiebre no era una nimiedad. Al fin y al cabo era una gripe y una persona debilitada podía incluso morir… Volvió a llamar al timbre y oyó que en el pasillo se arrastraban unos pasos. La puerta se abrió.

—Ay, ¿eres tú, Ulli? —Irmi Stock se frotó los ojos—. Me he quedado dormida delante del televisor.

—Traigo a la niña. ¿Está mejor Jenny Kettler?

—¿Jenny? —preguntó—. Ni idea. No he sabido nada de ella en todo el día. Sube con la niña. Pobrecita, ¿mamá no se ocupa de ti?

—Mamá no puede ocuparse, mamá está enferma —contestó Ulli con cierto resquemor. Sacó a Julia del carrito, que seguía durmiendo, y subió la escalera a largas zancadas.

Irmi Stock se detuvo indecisa en el pasillo.

Arriba Ulli llamó a la puerta y esperó de todo corazón que Irmi volviese de una vez a su salón.

—¿Y bien? ¿No abre? —oyó al instante detrás de él.

No respondió y lo intentó de nuevo. Al cabo de un rato, la puerta chirrió. ¡Había que engrasarla con urgencia!

—¿Ulli? —dijo Jenny con voz ronca y parpadeó por la luz cegadora de la escalera—. ¿Qué haces aquí?

Llevaba una camiseta hasta las rodillas y una rebeca azul claro que se había echado a los hombros. Los largos y rojos rizos le sobresalían enmarañados de la cabeza.

—Te traigo a tu hija —aclaró—. Mücke me lo pidió, ella tenía que atender algo urgente.

—Ya me imagino… —Empezó a reír, pero la risa se convirtió acto seguido en un ataque de tos—. Que lo de Kalle es muy urgente…

Con una sonrisa maliciosa, Ulli le tendió a su hija.

—Aquí tienes, recién cambiada y abrigada por Mine. Pero deberías comprarle una chaquetita nueva. Esa cosa chillona es más estrecha que una camisa de fuerza.

—Si para variar el dinero cayese de los árboles... —respondió Jenny arrastrando las palabras, después dio un beso a Julia en la frente y le quitó con cuidado la chaqueta—. La voy a meter rápido en la camita. ¿Quieres pasar un momento?

Ulli dudó.

—Venga, entra. Los bacilos no atacan tan rápido. La pequeña también se ha librado hasta ahora. —Entró a tientas con sus gruesos calcetines de lana en el cuarto de la niña—. Siéntate en el salón, enseguida voy —dijo por encima del hombro.

Poco después se unió a él, se dejó caer en el sofá y se echó una manta sobre las rodillas. A Ulli le pareció que tenía muy mal aspecto, estaba pálida y tenía las mejillas rojas por la fiebre.

—Será mejor que vuelvas a acostarte —dijo preocupado—. Te prepararé un té en un momento. ¿O prefieres un vaso de leche caliente con miel? También te puedo hacer algo de comer.

Jenny sacudió la cabeza.

—Muy amable por tu parte, pero no quiero nada.

—Eso no es bueno —protestó él—. Tienes que recobrar fuerzas. ¿No has comido en todo el día?

—Bebí té y me tomé el jarabe contra la tos. Asqueroso.

—Vete a la cama. Te prepararé un té y miraré a ver qué encuentro en la nevera.

—Pero...

—No hay pero que valga. ¡Venga a la cama, enferma!

Se detuvo en el umbral mientras él iba a la cocina, calentaba el hervidor e inspeccionaba el interior de la nevera. Unas sobras de mantequilla, mermelada, paté rancio, pepinillos en vinagre, un trozo de queso duro como una piedra y tres huevos. Con aquello se podía hacer un revuelto. Buscó una sartén, batió los huevos y los echó, después untó un trozo de pan con mantequilla, hirvió la infusión y lo puso todo en una bandeja para llevarlo al salón. Jenny olfateó.

—No huele nada mal —constató—. Quizá me coma un bocadito.

—¡Ya lo creo!

Le puso el plato con el revuelto delante y le dio el tenedor. Educada, pinchó un trocito de revuelto y probó.

—No sabe nada mal —constató elogiosa y sonrió cuando él preguntó indignado:

—¿Qué esperabas?

Después de comerse medio revuelto, él le acercó la taza con la infusión caliente. Jenny la miró con desprecio, pero bebió por educación unos cuantos sorbos.

—¿Y por lo demás? —quiso saber él.

Ella se encogió de hombros.

—¿A qué te refieres?

—¿No has tomado ninguna decisión?

Ambos sabían de lo que estaba hablando, ya que Jenny le había contado por escrito tanto la oferta de Simon Strassner como los problemas económicos de la abuela. Sacudió la cabeza.

—No tengo la cabeza despejada…

—¿Ha vuelto a dar señales de vida desde entonces?

Cuando Ulli leyó sus últimas cartas, se puso tan furioso que estuvo a punto de coger el coche para ir a Dranitz aquella misma noche. Al parecer el muy canalla no solo quería comprometerse con Jenny, sino también hacerse de mala manera con la mansión y todo lo que formaba parte de ella. Es cierto que Ulli aún no tenía claro cómo pretendía afrontarlo a nivel jurídico, pero para un profesional como Simon no sería difícil dar gato por liebre a las dos mujeres.

—Sí, llamó —reconoció Jenny en voz baja—. Pero le dije que estábamos todos enfermos, así que quiere pasarse la semana que viene.

De modo que el asunto seguía adelante. ¿Cómo podía echarle una mano?

—¿Quieres oír un consejo?

Dejó el tenedor y apartó el plato.

—Claro, hermano mayor. Dispara. Pero no esperes que te haga caso.

—Ya lo sé —respondió con una sonrisa—. Aun así, te lo diré. Decidas lo que decidas, deberías ser fiel a ti misma. ¿Lo entiendes? No tiene sentido doblegarse y fingir. Todo el oro del mundo no vale que te traiciones.

Lo miró pensativa durante un momento y después dijo con cierto sarcasmo:

—¡Caramba, señor Schwadke! ¡Menuda locuacidad! Sé tú misma. Sé auténtica… Si no lo hubiese leído ya todo en una de esas revistas femeninas tan de moda…

Pareció ofendido. Por lo visto lo había dicho muy en serio, así que cambió rápido de tema.

—¿Y tú? —quiso saber ella—. ¿Has tomado una decisión desde entonces?

—¡Claro que sí!

Jenny le clavó los ojos, perpleja. No contaba con eso.

—¿De verdad? ¿Has…?

—Dimitido —acabó la frase por ella—. El 31 de diciembre es oficialmente mi último día de trabajo.

Guardó silencio, impactada. Dejó que su mirada se perdiera, bebió un trago de manzanilla y después lo miró. Había admiración en sus ojos y algo más que lo desconcertó. Ternura. Afecto.

—Enhorabuena —dijo—. No habrá sido fácil, ¿no?

—No. Lo medité bastante tiempo. Pero ahora me alegro. Me siento liberado, ¿te lo imaginas?

Jenny asintió.

—Me alegro muchísimo, Ulli —añadió con sinceridad—. ¿Te mudarás a Ludorf? ¿A casa de ese tal Max Krumme con sus barcas?

—Aún no lo sé seguro, pero podría ser. En todo caso quiero quedarme por la zona.

Sin pensar en los malignos bacilos, Jenny se le echó de pronto al cuello.

Ulli sintió su piel suave y caliente, los mullidos rizos y, sin poder evitarlo, respondió al abrazo y le besó la mejilla, caliente de la fiebre.

—Qué bonito —murmuró y se acurrucó más contra él—. ¡Pero no te vayas a contagiar!

—De ningún modo, aunque preferiría besarte bien… —Dicho y hecho. Una y otra vez, hasta que tuvo las mejillas tan ardientes por la fiebre como ella. Tras lo que pareció una eternidad, él se separó.

—¿Qué pasa? —preguntó en voz baja y un poco decepcionada.

—Espero la bofetada —respondió, sonriente.

—Ya te la llevaste la última vez.

—Está bien, entonces. Tengo que irme. Los abuelos me esperan. Buenas noches, Jenny, que duermas bien.

—Buenas noches, Ulli.

Lo besó en la nariz para despedirse y lo acompañó a la puerta.

Abajo, en casa de los Stock, aún había una luz encendida en la cocina. ¡Genial! Irmi ya tenía algo que contar al día siguiente…

Jenny

Dranitz, 16 de diciembre de 1992

Querido Simon:

Tras pensarlo bien, te comunico lo siguiente: ya no te quiero y estoy segura de que nada cambiará al respecto en un futuro ni cercano ni lejano. Me he enamorado de otro hombre, es más joven que tú y encaja mejor conmigo. Construiremos un futuro juntos. Por este motivo rechazamos tu oferta como socio e inversor de nuestro proyecto «Hotel rural Dranitz».

Del mismo modo, Kacpar Woronski te hace saber que no está dispuesto a renunciar al puesto de arquitecto y aparejador en la mansión ni a incorporarse en tu empresa. Has comprado el solar de la casa del inspector, pero el acceso pasa por el terreno de la mansión. No vamos a consentir más ruidos molestos en nuestra propiedad, por lo que cortaremos el acceso con una cerca. Quizá puedas continuar la obra por helicóptero.

En adelante se te permitirá visitar a tu hija una vez al mes, pero solo previo aviso.

En caso de que intentes aprovecharte de nuestras actuales dificultades económicas de cualquier modo, infor-

maré a los abogados de tu mujer respecto a tus expectativas de inversión.

Es todo de momento.

Te deseo lo mejor para el futuro.

JENNY

Sonja

Era desesperante. Todo funcionaba a las mil maravillas: la asociación estaba fundada y registrada, la tierra arrendada, las donaciones habían llegado, Kalle había comprado el molino de aceite y pondría a disposición del Zoológico Müritz el edificio reformado. Y, de repente, todo saltó por los aires.

—Tienes que convocar una asamblea extraordinaria —urgió Kalle por teléfono esa mañana.

Eran poco más de las siete, una hora insólita para él. Sonja comprendió enseguida que era serio.

—¿Qué ocurre?

—Dimito.

Le costó asimilar semejante noticia sin ni siquiera haber desayunado.

—¿Y eso? ¿Qué ha pasado?

—Te lo contaré en la asamblea. Esta tarde, a las ocho. En tu casa. —Y colgó.

Sonja, que todavía estaba en pijama, se rascó desconcertada la cabeza y arrastró las zapatillas hasta la cocina para prepararse primero un café. ¿Qué mosca le había picado a aquel chiflado? ¿Había discutido con su vecino, Bernd Kuhlmann? Pero si era un tipo muy simpático y, además, miembro de la asociación. ¿Le habría surgido una buena oferta de trabajo? Eso lo entendería, pero teniendo en cuenta que apenas tenía estudios semejante posibilidad era bastante improbable.

Subió la calefacción y se sentó con el café humeante en el salón. Tras devanarse los sesos un rato, concluyó que solo una cosa había podido descarriar al confiado presidente: el amor. Mücke, la muy idiota, lo había dejado, todos los planes futuros estaban anulados y Kalle volvía a estar depresivo. ¡Santo cielo! Si no estaba atenta, seguro que volvía a empinar el codo.

Sin embargo, no fue así. Cogió el auricular y marcó el número de los Rokowski. Respondió Tillie, la madre de Mücke.

—¿Kalle? Está en casa de Wolf Kotischke. Por la asamblea extraordinaria de esta tarde en tu casa. Sí, y también quiere ir a la de Bernd Kuhlmann y luego a la de Mine y Karl-Erich.

Genial. Resulta que ni siquiera tenía que convocar a nadie, Kalle ya se ocupaba de eso. No obstante, antes quería hablar sin falta con él para impedir que hiciese aquella tontería.

—¿Qué es tan importante? —preguntó Tillie curiosa.

—Pregúntale a Kalle… ¿No ha dicho nada? ¿Pasa algo con Mücke?

—¿Con Mücke? —se sorprendió Tillie—. No, ayer por la noche estuvieron juntos y muy contentos. Y hoy a primera hora Mücke se ha ido alegre como unas castañuelas en autobús a Waren porque tenía turno en la guardería.

¿Habrían reñido por la noche? Tal vez. De todos modos, Sonja estaba casi segura de que Tillie se habría enterado de la disputa. A las madres no se les escapaba nada.

—Gracias, Tillie —dijo Sonja y colgó deprisa, antes de que la madre de Mücke pudiese volver a explayarse sobre su maravilloso y futuro yerno.

El día se le hizo eterno hasta la tarde. No tuvo muchos

pacientes, pero justo cuando Tine iba a cerrar la puerta, Jenny Kettler entró en el consultorio con su hijita.

—Buenas tardes, señora Kettler, buenas tardes, princesa —saludó Sonja a ambas, luego buscó a Falko—. ¿Dónde está el paciente? —preguntó algo desconcertada al no ver al pastor alemán por ningún lado.

Le dio la sensación de que Jenny estaba bastante pálida y aún más delgada que de costumbre. Estaba muy flaca. A Sonja le habría gustado quitarse veinte kilos de encima, pero tampoco quería estar tan delgada como ella.

—Hola, doctora Gebauer. Falko está bien. La herida ha cicatrizado genial.

La pequeña estaba delante de la càmilla de tratamiento y estiraba los brazos.

—¡Arriba! —ordenó.

Sonja estaba fascinada con la energía que transmitía aquel pequeño ser.

—¿Quieres subir? ¿Acaso eres un perro? ¿O una gata? —preguntó Tine divertida.

Julia asintió con empeño.

—¡Venga, vamos! —Sonja aupó a la radiante Julia sobre la camilla y Tine accionó el sistema hidráulico y la subió y bajó dos veces. La niña daba gritos de alegría.

—Bueno, se acabó —dijo Tine—. Si no, la doctora te pondrá una inyección de perro.

Julia protestó cuando Sonja la bajó de la mesa, por lo que Tine la cogió de la mano y la llevó a la sala de espera, donde varios animales de trapo decoraban el alféizar y las estanterías.

—Es culpa mía —explicó Jenny en voz baja cuando Tine y Julia no pudieron oírla—. Os he metido en un buen lío.

Sonja la miró sin apartar la vista. No comprendía nada.

—¿Qué lío? —preguntó sin entender.

Jenny tosió, sacó un pañuelo de la chaqueta y se limpió la nariz. Alguien le había dicho que en la mansión todos estaban muy resfriados. Por eso estaba tan pálida. Era probable que aún estuviese convaleciente.

—Lo de Kalle —respondió en un tono apenas audible.

—¿Qué narices pasa con él? —preguntó Sonja, intentando mantener la calma. De pronto parecía que el corazón se le iba a salir del pecho—. Solo sé que quiere dejar la presidencia de la asociación, ¡pero no tengo ni idea del motivo!

—Pues soy yo. —Jenny se sentó en uno de los dos taburetes giratorios negros delante de la camilla—. Le llegó una factura tremenda —aclaró—. De Simon Strassner. Por los planos y la compra de los materiales de construcción del molino de aceite.

—¿Cómo? —exclamó Sonja—. ¡Pero el señor Strassner dijo expresamente que lo hacía gratis! Para la asociación. Porque es miembro.

—Algunas cosas han cambiado desde entonces.

Sonja la miró inquisitiva, luego lo comprendió.

—¿Ya no hay boda?

—Nunca se habló de eso —respondió Jenny crispada—. Solo eran cotilleos del pueblo. Pero ha intentado chantajearnos a mi abuela y a mí. Con todo este truco miserable. Hasta que le dejé claro que no iba a conseguir nada de nosotras.

—Entiendo. —Sonja asintió con lentitud—. Es mal perdedor.

—Muy mal perdedor.

Guardaron silencio. En la sala de espera, Julia chillaba divertida mientras Tine hacía ruidos como un elefante.

—Lo siento muchísimo —rompió Jenny el silencio tras un rato—. No veía otra alternativa.

—¡Anda ya! —la interrumpió Sonja, decidida—. No tienes que sentirlo, Jenny. Al contrario. Si te hubieses asociado a ese buitre, lo habría sentido yo por ti. Has sido muy inteligente al darle la patada. Lo tendrías que haber hecho desde el principio. Pero más vale tarde que nunca.

Jenny la miró sorprendida, y luego sonrió.

—Gracias —dijo—. Gracias por entenderme, Sonja.

—No hay problema —respondió Sonja—. Yo también estuve en una situación parecida. Es cierto que hace ya unos añitos, pero aún me acuerdo. No aporta nada someterse. Al cuerno con el tío y se acabó. Pronto estarás mejor.

Le tendió la mano a Jenny.

—Por cierto, siento haber fingido tanto tiempo delante de tu abuela y de ti; en el fondo sabía que teníais claro quién era yo. Pero podemos hablarlo otro día. Creo que me equivoqué con vosotras; de verdad, eres muy buena gente. Bueno, ¿qué podemos hacer para que el pobre Kalle y la asociación no tengan que sufrir los pérfidos planes de Strassner?

Jenny le tomó la mano y se la estrechó.

—Tenemos que impedir a toda costa que Kalle lo deje —dijo—. Y conseguir que no tenga que pagar esa estúpida factura.

—¿Sabes a cuánto asciende? —preguntó Sonja.

Jenny se encogió de hombros. No, no lo sabía con exactitud, pero al parecer era lo bastante alta como para dejar atónito a Kalle.

—¿Vendrás a la asamblea? Sonja echó un vistazo al reloj—. ¿La que… eh… empieza dentro de veinte minutos? Espero que alguien traiga algo de comer, porque ya no hay tiempo para preparativos.

—No puedo, se hace muy tarde para Julia. Además, tengo que pasar un segundo por casa de la abuela y Walter; están contra las cuerdas.

—Creo que deberías acostarte —le aconsejó Sonja—. Gracias por haber venido. Lo conseguiremos de alguna manera. ¡Tienes que ponerte bien, Jenny! —Vaciló un instante y después le dio un rápido abrazo.

—Espero que no te hayas contagiado —bromeó con una sonrisa maliciosa—. Mucha suerte esta noche, y… ¿Sonja? Lo conseguiremos, ¿no? Lo de nuestra familia, me refiero…

Por supuesto, Sonja comprendió lo que quería decir con la última frase y entonces se dio cuenta de que le gustaba la idea de tener una familia. Sin embargo, no pudo decir nada más que un «Creo que sí» con voz ronca.

Jenny le deseó suerte y pasó por delante para ir a la sala de espera y quitarle a la pequeña el elefante azul con el que Tine la había entretenido con tanta destreza.

Sonja esperó hasta que los gritos de protesta cesaron, después respiró hondo y subió a su piso. Tine quería ordenar rápido el consultorio y acudir luego a la cita. Menos de veinte minutos más tarde llegaron los primeros miembros. Wolf Kotischke apareció con Gerda Pechstein, Mücke sustituyó a los Rokowski; Mine y Karl-Erich llegaron con Ulli, su nieto, que había dimitido de su trabajo en Bremen y vuelto a casa. Un gran tipo con el torso de un luchador, que ayudó atento a su abuelo a subir la escalera. Anne Junkers también fue y, justo al final, Bernd Kuhlmann llamó a la puerta. Como siempre, llevaba su gorro de punto azul oscuro, se sentó en el sofá junto a Mine y Karl-Erich, le dio la mano a Ulli y saludó con la cabeza a los demás. Poco a poco el salón se quedaba pequeño. Solo faltaba Kalle. Tampoco Mücke sabía dónde se había metido, aunque Sonja tenía la impresión de que ella estaba al corriente del motivo por el que había convocado aquella reunión urgente tan repentina. Tine preparó té y sirvió agua, y Mine puso dos platos con tostadas sobre la mesa, aunque nadie tenía mucha hambre. La mayoría ya había cenado y lo que quería era volver a casa lo antes posible.

—Está nevando —informó Karl-Erich—. Todo está helado. Como siga así, tendremos unas Navidades blancas.

Sin Kalle no podían empezar. Hablaron de las antiguas tradiciones navideñas, que Mine y Karl-Erich vivieron, pero que eran desconocidas para los demás. Un árbol de Navidad, eso era muy bonito, y regalos, por supuesto, pero Wolf Kotischke no se planteaba todo el rollo cristiano.

«Maldita sea, pero ¿dónde se habrá metido Kalle?», pensó Sonja, angustiada. También Mücke parecía preocuparse, aunque se esforzaba mucho en que no se le notase.

—¿Qué pasa con la reunión? —preguntó Karl-Erich, impaciente, a las ocho y media—. ¿Empieza de una vez?

—Esperamos al señor presidente —le explicó Sonja.

En ese momento llamaron a la puerta. Sonja se levantó de golpe, corrió a la puerta y apretó el botón. ¡Por fin!

Kalle subió la escalera a tientas. No parecía nada contento. Se movió torpemente delante de la puerta y entró dando tumbos.

Mücke había salido del salón detrás de Sonja y cogió a su novio de la mano.

—¡Ya era hora! —susurró—. Diles lo que ha pasado. No es culpa tuya si ese cerdo miserable…

—Pasad al salón —les interrumpió Sonja e hizo un gesto de invitación en aquella dirección. Kalle esbozó una sonrisa forzada, pero Mücke le dio un beso de ánimo en la mejilla y lo llevó con los demás. Cuando Kalle apareció por el marco de la puerta detrás de ella, los miembros reunidos lo recibieron con aplausos.

—¡Por fin!

—¡El protagonista!

—¡Nuestro señor presidente!

Mücke empujó a Kalle hacia la silla que le habían reservado y se volvió a sentar en el sofá.

—¡Venga! —ordenó Karl-Erich—. Que Mine se cae de sueño.

—No es verdad —se defendió Mine, indignada.

—Vamos, Kalle —lo animó Sonja con cordialidad—. No te vamos a comer. Por lo que sé, lo que ha pasado no es culpa tuya.

Animado, Kalle se levantó, respiró hondo y carraspeó varias veces.

—El asunto es el siguiente —empezó y miró sombrío a su alrededor—. Consideré a Simon mi amigo, pero en realidad es un maldito cabrón…

—¡Kalle! —lo interrumpió su madre—. Eso no se dice. ¡Tine está escribiendo el acta!

—Pero tiene razón —lo secundó Ulli Schwadke—. Eso mismo es. Un cabrón.

También Mücke y Sonja compartían aquella opinión.

—¡Sigamos! —exigió Sonja.

Kalle intercambió una mirada con Mücke, sacó de su chaqueta un sobre grueso marrón y varias hojas en impresión compacta.

—Me dijo que lo haría todo gratis para la asociación. Lo juro. Y luego me manda esto. Una factura para mí y otra para la asociación.

—¿Para la asociación? —se alteró Sonja—. Dame eso. ¡No será verdad! ¡Menudo canalla! Veinte mil marcos por el proyecto y plano de obra del edificio anexo al molino de aceite. ¿Está mal de la cabeza?

El espanto y la indignación se extendieron por el salón. Se pasaron la factura de mano en mano mientras sacudían la cabeza, blasfemaban, se lamentaban, echaban pestes y maldecían al buitre del Oeste. También la factura privada de Kalle hizo la ronda. Simon le exigía casi diez mil marcos por el plan de la restauración, el asesoramiento técnico y los materiales de construcción.

—¡Con esto iremos a la quiebra! —constató Anne Junkers con objetividad.

—No solo eso —añadió Tine—. También tendremos deudas.

—¿Y quién las tiene que pagar? —quiso saber Gerda.

—La junta —respondió Kalle sombrío—. Los miembros de la junta son responsables a título personal con sus bienes.

Se agitaron. Gerda Pechstein quiso dar a su hijo una tunda maternal, Tine Koptschik exclamó que dimitía con efecto inmediato y Sonja se mantuvo en silencio. El asunto era más grave de lo que habían sospechado. Si no se les ocurría nada sensato, la asociación estaba en las últimas.

—Tranquilos. —Bernd Kuhlmann se hizo oír entre las voces agitadas—. A ese tipo no le va a resultar tan fácil como cree.

—¡Eso mismo iba a decir yo! —exclamó Ulli Schwadke desde el sofá—. Creo que la factura para la asociación es nula, porque el encargo se realizó en circunstancias muy distintas. —Tosió. Desde el día anterior le dolía mucho la garganta.

—¡Correcto! —Bernd Kuhlmann asintió—. ¿Hay acaso un presupuesto? Y ¿quién realizó el encargo?

Todas las miradas se dirigieron a Kalle. Frunció el ceño, se rascó la cabeza y miró a Sonja en busca de ayuda.

—Nadie. Yo en todo caso, no. Lo hizo sin más. Para la asociación, dijo. Y por nuestra amistad. Porque el antiguo molino de aceite le gustó mucho… Y luego llega de repente con semejante factura.

Entonces Sonja vio también el asunto desde otra perspectiva. Claro, las facturas estaban del todo injustificadas. Se podía proceder contra ellas.

—No puede ser —continuó Ulli Schwadke—. ¿Aceptaste los planos que firmó y los diste por buenos?

Kalle se encogió de hombros.

—¿Cuándo fue eso? —preguntó Mücke después de pedir la palabra—. Strassner los ha enviado ahora. Kalle no pudo verlos antes. Enséñalos, Kalle. Los planos están en el sobre...

Kalle le tendió a Bernd Kuhlmann el sobre y se cruzó de brazos.

—¿Los ha enviado ahora? ¡Qué caradura!

Bernd Kuhlmann examinó algunas hojas, sacudió la cabeza y resopló. También los demás se resistían a la inminente ruina de la asociación.

—No puede hacer eso —se lamentó Gerda, indignada.

—Es un estafador —intervino Karl-Erich, que golpeó la mesa con su mano torcida.

—¡Menudo farol! —exclamó Wolf Kotischke—. ¡Nos toma por tontos y pretende desplumarnos!

—Saldremos de esta con un buen abogado —aseguró Ulli antes de toser.

—Pero cuesta dinero —objetó Wolf— y no lo tenemos.

—Si os parece bien, redactaré un escrito —se ofreció Bernd Kuhlmann—. Supongo que el señor Strassner dará marcha atrás, porque es insostenible a nivel jurídico y estoy seguro de que él mismo ya lo sabe.

Sonó muy confiado, sobre todo cuando les sonrió para tranquilizarlos.

—Pero... —Gerda Pechstein pidió insegura la palabra—. Pero ¿no sería mejor que se lo encomendemos a un abogado? El tipo es capaz de despellejarnos a todos...

Bernd Kuhlmann posó con parsimonia su vaso vacío en la mesa y se limpió los labios con el dorso de la mano.

—Soy abogado, señora Pechstein —anunció entonces—. Es cierto que hace un año le traspasé el bufete a un colega, pero aún puedo hacer un escrito bien redactado y con fundamento jurídico.

—¡No! —exclamó Kalle, aliviado, y empezó a reír—. ¿Eres abogado? ¡Y yo que te tomaba por un tipo decente!

Los demás también se echaron a reír. El asunto seguía sin estar solucionado, pero había esperanza de que saliesen indemnes.

Sonja se levantó, le pasó el brazo por los hombros a Kalle y lo estrechó para animarlo.

—Lo conseguiremos —le aseguró—. Todos juntos. Contigo como presidente.

En efecto, Sonja estaba exultante aquella noche. Eran una buena tropa, nada arruinaría el proyecto del Zoológico Müritz, y mucho menos el desgraciado de Simon Strassner.

Walter

Aún estaba oscuro cuando se despertó, pero tenía la sensación de que había nevado. Franziska había pasado la noche con él; respiraba en silencio y con regularidad, ya no tenía la brusca respiración febril ni gemía ni se sacudía por la tos seca. Estaba mejorando. Se separó de ella con cuidado y se levantó; buscó las zapatillas y se puso la chaqueta de punto para no volver a resfriarse. En el salón, descorrió la cortina y abrió la ventana. Entró el frío, limpio y puro aire invernal. En el alféizar brillaba la nieve fresca.

Sus ojos tardaron un rato en acostumbrarse a la oscuridad. Entonces distinguió la silueta de las colinas a la mortecina luz de la luna, los árboles cubiertos de nieve, el alargado edificio de la antigua cooperativa, en cuyo tejado parecía haber una capa de algodón. Enfrente, donde empezaba el jardín, surgió un bosque encantado; los enebros cubiertos de nieve se elevaban amenazantes como gigantes amorfos y de un abeto caía la nieve como un momentáneo velo élfico. A través de los troncos se entreveía azulado el lago. Una fina capa de hielo parecía cubrir el agua y la hierba de la orilla estaba envuelta en escarcha blanquecina.

Exultante ante la imagen de aquel mágico paisaje invernal, pensó que era precioso, y lamentó no poder enseñárselo a

Franziska, que necesitaba dormir tras tantos días de fiebre. No la iba a despertar bajo ningún concepto.

Se acordó de que era Nochebuena. Lo iban a celebrar juntos, como matrimonio. Sacudió la cabeza por aquel curioso y, sin embargo, feliz lance de fortuna y cerró en silencio la ventana.

En el baño, miró el reloj y constató que ya casi eran las ocho. Falko estaba junto a la puerta del salón y lo miraba expectante. Walter suspiró, se abotonó la chaqueta y bajó con el perro para abrirle la puerta. Se tuvo que frotar enérgicamente los brazos al abrirla, ya que el viento llevaba la nieve hacia la casa. Falko husmeó un poco, adelantó con cuidado una pata para probar aquello frío y blanco, y estornudó. De repente dio un salto de alegría y unos extraños brincos, se detuvo un instante para sacudirse y al fin salió corriendo en dirección al bosque.

Walter subió la escalera tiritando. Franziska ya estaba en el salón, con la bata. Seguía algo pálida, pero por su cara volvía a ser la de antes.

—¡Walter, eres un imprudente! —le reprochó—. ¡Con el frío que hace en la escalera, te paseas en pijama y solo con las zapatillas!

—Me he puesto la chaqueta —la tranquilizó—. ¿Cómo estás, cariño? Pareces recuperada, ¿no?

Ella asintió y se inclinó sobre el radiador para subir la temperatura.

—Creo que sí. Ayer no tuve fiebre en todo el día, así que hoy seguro que estaré mejor.

—Gracias a Dios. —Walter suspiró aliviado—. Duerme otra hora, yo prepararé el desayuno.

—¿Te has vuelto loco? —exclamó—. ¿Has olvidado que hoy es Nochebuena?

Madre mía, típico de Franziska. Apenas estaba un poco mejor y ya tenía que volcarse en el trabajo.

—Aún es pronto. Nochebuena es por la noche —objetó con decisión.

—Correcto —confirmó ella—. Y tengo que hervir las patatas para la ensalada. Jenny traerá los huevos y las salchichas en lata. Las de Frankfurt son las mejores.

—Está todo, tranquila.

—También tenemos que ocuparnos de la macedonia.

Se esfumó en dirección al cuarto de baño, donde acto seguido se oyó el sonido de la ducha. Sacudiendo la cabeza, regresó a su cuarto para vestirse. Fuera ya clareaba. En la carretera nacional circulaban varios coches en dirección a Waren con cuidado y despacio, ya que aún no habían quitado la nieve. Unos crujidos le hicieron mirar hacia abajo, donde descubrió a Kacpar con una pala oxidada haciendo un gran esfuerzo por despejar de nieve la entrada y el camino hasta la carretera.

Se giró para ir a la cocina y preparar el desayuno. Franziska ya estaba allí. Había sido más rápida que él y estaba calentando las patatas. Le dijo que estaba guapa con su jersey rojo. Aunque rechazó el cumplido con un gesto despreciativo, vio que la alegró.

—¿Cuándo quiere Jenny llevarnos al auto de Navidad? —preguntó ella mientras sacaba de la nevera los pepinillos en vinagre y la mayonesa—. ¿Sobre las dos?

—Menos cuarto, creo. Mücke nos guardará sitio. —Walter puso la mesa en el salón—. Ahora solo falta el señor Woronski —dijo y sirvió café a Franziska, que se unió a él. Apenas había terminado de hablar cuando llamaron y Kacpar entró con un bonito y pequeño abeto en la mano, que por lo visto acababa de talar en el jardín.

—Lo pondré en el pasillo, a poder ser con una bolsa de plástico debajo para que se escurra —dijo.

Walter le llevó una bolsa de la cocina.

—No hay Navidad sin árbol —afirmó sonriente ante el rostro feliz de Walter—. Antes en una mansión era tradición que hubiera dos árboles de Navidad. Uno para el servicio y otro para los señores.

—¡Qué preciosidad! —exclamó Franziska, que contempló el arbolito a través de la puerta abierta—. Muchísimas gracias, señor Woronski. Y en cuanto a la tradición, tiene razón, por supuesto. Pero pase. ¡Está congelado!

Kacpar se quitó la chaqueta y las botas, se sacudió la nieve del pelo, se sentó con ellos a la mesa y se sirvió. Mientras comían, hablaron de las antiguas costumbres navideñas de Mecklemburgo-Pomerania Occidental y Prusia Oriental, de la iglesia del pueblo, que en los primeros años de la RDA aún se utilizaba a menudo, pero que más tarde se desmoronó y acabó derribándose en algún momento de los años setenta. Franziska estaba indignada. Creía que los habitantes de Dranitz habrían tenido que defender y reparar la iglesia. Si no era por devoción, al menos para conservar un pedazo de la tradición de su pueblo.

Walter le dio la razón, pero le recordó que en aquella época ya no vivía en Dranitz, sino en Rostock. Estaban tan absortos describiendo las antiguas costumbres que olvidaron la hora.

—¡Madre mía! —exclamó Franziska de repente y se precipitó hacia la cocina—. ¡Mis patatas! Están demasiado hervidas. ¡Qué disgusto!

—El puré de patatas con salchichas también está muy rico —bromeó Walter.

La mañana estuvo cargada de preparativos. Franziska mandaba en la cocina mientras Kacpar y Walter se esforzaban por colocar el abeto en el antiguo soporte del árbol de Navidad. Sobre las once aparecieron Jenny y Julia, acompañadas de Falko, que enseguida se metió en la cocina para dar buena cuenta de su desayuno. Había patatas con piel cocidas y comida en lata, además de sobras de jamón, que se le habían caído a Franziska de la mesa.

—¡Hurra, un árbol de Navidad! —se alegró Jenny—. Ahora mismo voy a por las bolas y todos los adornos. ¡Cuida un segundo de la niña, abuela!

Siempre que Jenny aparecía se formaba un tumulto. Kacpar y Walter llevaron el árbol al salón en busca del lugar adecuado, Falko seguía bajo la mesa y se sacudió la piel mojada, salpicando la humedad en todas las direcciones. A Franziska le costaba mantener en la cocina a su curiosa bisnieta, que quería a toda costa ir al salón para ver el árbol.

—¡Jenny! ¿Dónde te metes? ¡Tengo que seguir, maldita sea!

—¡No encuentro los adornos, abuela!

Walter pensó en las fiestas de Navidad que pasó de joven en casa de su padre. Allí solo se oía al ama de llaves reprendiendo a la doncella, y a veces sonaba el timbre porque un recadero tenía que entregar algo. Luego se sentaba con su padre a solas entre los oscuros muebles del comedor, el ama servía el menú, intercambiaban regalos, conversaban un rato y se iban a la cama.

Los recuerdos de Franziska eran muy distintos; para ella, Nochebuena siempre era motivo de preocupación y misteriosos preparativos. Por eso le resultaba fácil poner orden en el caos que se anunciaba.

—El árbol en el rincón, por favor, no junto a la calefacción —le indicó a Kacpar y se secó las manos en un delantal anticuado—. Un poco más a la izquierda… Así está bien. Jenny, los adornos están en una caja azul sobre el armario del trastero, a la izquierda. Walter, mete por favor a la niña en el parque, no deja de estorbarnos.

A Walter le preocupó que Franziska pudiera agobiarse,

pero al parecer rejuvenecía entre el desorden prenavideño. Hacia el mediodía no solo estaban listos la ensalada de patata y el postre, sino que también el árbol estaba decorado de rojo y plata en uno de los rincones de la habitación y bajo las ramas ya habían colocado incluso los primeros regalos, envueltos con esmero en papel de colores y cada uno con su etiqueta. Todos estaban muy satisfechos con su trabajo. Solo Julia se mostraba colérica y lloraba en el regazo del abuelo. Las bonitas bolas rojas se hicieron añicos cuando intentó cogerlas del árbol y además no le permitían abrir los hermosos paquetes y le quitaban las guirnaldas plateadas de las manos una y otra vez.

—Temo que desarrolle una fobia a la Navidad —bromeó Kacpar.

Cuando todo estuvo por fin terminado, Franziska los apremió para marcharse.

—¡Daos prisa o nos perderemos el auto! ¡Llegamos muy tarde!

Deprisa y corriendo, Walter y Franziska se subieron al Kadett de Jenny con Julia, que cada vez lloraba más. Kacpar los siguió en su coche. Por supuesto, llegaron demasiado tarde a la casa de cultura, pero no pasó nada porque el auto aún no había empezado. Faltaban dos ángeles y María, que Mücke había reclutado de la guardería de Waren; estaba preocupada por si la nieve les desbarataba los planes.

Walter y Franziska entraron primero en la casa de la cultura. Había un vestíbulo con guardarropa, a la izquierda una puerta con la inscripción «Cocina» y al otro lado se encontraban los servicios. A través de las puertas batientes se accedía a la amplia sala, que estaba decorada con ramas de abeto y guirnaldas. En la parte trasera de la habitación se alzaba un pequeño escenario. El telón rojo claro estaba corrido; detrás los actores, nerviosos, esperaban listos para empezar de una vez. En las sillas más cercanas al escenario estaban sentados los padres y hermanos de los intérpretes, igual de nerviosos, además de tíos, abuelos y suegros. Sí, lo cierto era que casi todo el pueblo estaba allí reunido.

Mücke les había reservado los puestos de honor en primera fila. Mine y Karl-Erich también estaban sentados allí y, como la función aún no había empezado, se saludaron y desearon felices fiestas. Tillie y Valentin Rokowski estaban sentados justo detrás, pálidos y temerosos de que su Mücke pudiese quedar en ridículo con el auto. Delante de ellos habían tomado asiento Irmi y Helmut Stock, además del alcalde, Paul Riep. Krischan Mielke había llevado a Bernd Kuhlmann, y Gerda Pechstein se había quedado en la barra, donde después se serviría vino caliente con especias y galletas caseras.

A las dos y cuarto, un matrimonio y tres niños, todos con abrigos y botas de invierno, aparecieron a toda prisa por la sala y buscaron el acceso al escenario hasta que Kalle los condujo por fin a la puerta correcta. Atrás solo quedaron sus pisadas húmedas en el pavimento claro.

—Por fin —murmuró Mine, preocupada por Karl-Erich. Le había llevado un cojín, pero aun así le dolía si tenía que estar sentado demasiado tiempo en aquella silla incómoda.

El susurro nervioso fue en aumento tras el telón, donde una voz de niño chilló: «¡Me hago pis!», a lo que le contestaron con un grosero «¡Ahora no!». Era Anne Junkers, que dirigía la función con Mücke. Su hijo Jörg actuaba en el auto.

Acto seguido la sala se oscureció y el cono de luz de un foco se dirigió al telón. Kalle manejaba la iluminación. El telón se abrió y todos vieron a dos angelitos y un gran burro de felpa. Después Mücke dio un paso al frente y saludó al público. Agradeció que pese a la nieve y el frío todos hubiesen acudido para ver el auto, ya que los niños llevaban semanas ensayado con diligencia. Deseó que los espectadores se divirtieran y se retiró tras el telón, que se abrió enseguida. Todos estallaron en aplausos.

Los focos se dirigieron hacia María y José, que arrastraban un asno de felpa sobre ruedas. Mücke había vestido a la santa pareja con largas y blancas camisas sin cuello. María se había puesto en el pelo una vieja cortina azul claro y José llevaba un chaleco de cuero, que era de Kalle, y una gorra arrugada.

Avanzaron y pidieron cobijo. Se les denegó dos veces con un frío «No, todo completo» y después el hijo de Anne Junkers hizo su gran aparición. Se había puesto un mandil verde y la gorra de piel de su padre, que le quedaba al menos tres tallas grande.

—Queréis pasar la noche —empezó con ímpetu, pero la gorra se le resbaló sobre las orejas y la frente, y tuvo que detenerse porque no veía nada. Hubo risas entre el público, pero todo se calmó enseguida. Jörg se recolocó la gorra de piel y volvió a empezar—. Queréis pasar la noche… —Y volvió a interrumpirse, esta vez porque había olvidado el texto. Desde ambos lados del escenario se lo susurraron con rapidez.

—Gentuza —cuchicheó Mücke—. ¡Aquí no hay sitio para vosotros!

Jörg hizo un movimiento enérgico con el brazo en dirección a la santa pareja, que esperaba un poco alterada.

—¡Aquí no hay sitio para vosotros! —exclamó con énfasis—. Id a la cuadra con el buey, allí podéis tumbaros en la paja.

Gracias a Dios, pensó Walter. Había conseguido calmarse.

—¡Pero mi mujer está encinta! —protestó san José.

El ventero volvía a tener problemas con la gorra, por lo que la sujetó con ambas manos.

—¿Qué me importa? —exclamó—. ¡Largo de mi finca o suelto a los perros!

Pateó el suelo y María retrocedió temerosa. No obstante, el público la apoyó al instante. Julia, que seguía con atención los acontecimientos sobre el escenario, consideró que era el momento de intervenir. Estiró la mano en dirección al escenario y empezó a berrear con fuerza.

El furioso ventero miró molesto al público. Los espectadores reían y Karl-Erich exclamó:

—¡Tienes razón, chica, es para echarse a llorar!

Mientras tanto, Anne corrió con fuerza el telón y finalizó el primer acto.

El resto salió según lo programado. La cuadra, improvisada por Kalle con tablones y mantas, ocupó el escenario, los ángeles cantaron bastante bien *Vom Himmel hoch*, un villancico luterano, y los pastores no se atascaron con la letra. Wolf Kotischke, que demostró su talento para la mímica al interpretar al buey bajo una manta de lana marrón, recibió varias ovaciones. Solo los tres reyes magos fueron con demasiada prisa, no colocaron los regalos delante del pesebre, sino del buey, y huyeron. Sin embargo, los ángeles navideños lo compensaron cantando la canción final muy bien y en voz alta. Invitaron al público a acompañarlos y todos la entonaron a la vez.

Más tarde, padres, niños y familiares se mezclaron en la sala, bebieron ponche, comieron galletas y se desearon felices fiestas. Por supuesto, se deshicieron en elogios hacia los intérpretes del auto y también Mücke y sus ayudantes recibieron todo tipo de palabras de agradecimiento y cumplidos.

—Qué preciosidad… ¡Y la chiquilla también metió baza! —rio Paul Riep—. ¡Es decidida, sabe lo que quiere!

Walter estaba brindando con Franziska cuando vio con el rabillo del ojo a Jenny, a la que Bernd Kuhlmann se había acercado tras muchas dudas.

Hablaban. No parecía una reunión cordial, sino más bien una toma de contacto educada pero distante. Bernd conversaba en voz baja y rápido, mientras Jenny fruncía el ceño porque había ruido en la sala y tenía que esforzarse para entenderlo. Dio una respuesta concisa, asintió dos veces y retrocedió un paso, como si quisiera separarse, pero entonces Bernd Kuhlmann le tendió la mano. Al principio Jenny vaciló, pero al final se la estrechó.

Walter pensó que era un comienzo. Cauto, pero un comienzo. Al volverse hacia Franziska, vio que ella también había captado el acercamiento entre padre e hija y esbozó una esperanzada sonrisa.

Regresaron a la mansión de buen humor, calientes y provistos de regalos para Julia. Atardecía. Pequeños y translúcidos copos de nieve revoloteaban por el aire. Falko tiritaba sentado delante de la puerta; cuando Franziska abrió, subió corriendo la escalera para ponerse debajo de la mesa.

—¿Primero comemos o repartimos los regalos? —preguntó Walter.

—Primero repartimos los regalos —pidió Jenny, que se había atiborrado de galletas en la casa de la cultura—. Julia está rendida, se va a dormir enseguida.

Todos fueron a sus habitaciones para coger el resto de los regalos y Walter encendió las velas junto al árbol. Cantaron dos villancicos antes de abrir los regalos uno tras otro.

Julia recibió de su bisabuela y de Walter un chaquetón nuevo, por supuesto otra vez rosa y al menos una talla grande, además de un gorro y guantes a conjunto. Jenny había envuelto para su hija un precioso libro ilustrado, pero Kacpar entregó a la pequeña el regalo más bonito: un perro de peluche que ladraba de verdad. Podía divertirse con él y agarrarlo todo lo que quisiese y, con un poco de suerte, el pobre Falko tendría algo más de tranquilidad en el futuro.

Solo eran detalles, envueltos con mucho cariño y colocados bajo el árbol de Navidad, pero quizá justo por eso se divertían tanto al repartirlos y abrirlos. Franziska había elaborado un álbum de fotos con imágenes y pequeños textos de recuerdo de su viaje de novios y él le regaló los dibujos que realizó de camino. Jenny compró un delantal de cocina para Walter, además de un bloc de dibujo y lápices blandos. Para su abuela, enmarcó una antigua foto del pueblo de Dranitz que había encontrado en el mercadillo. Y Franziska sorprendió a Kacpar con una caja de dulces y calcetines tejidos a mano.

Por último, abrieron los paquetes que les habían dado para Julia en la casa de la cultura: juguetes, un móvil de madera con ballenas azules, una lámpara de pared con forma de media luna y… un chaquetón azul claro. Se lo había regalado Anne Junkers, que les explicó que fue un regalo para Jörg, pero nunca le valió y por lo tanto seguía como nuevo.

—¡Bueno! —exclamó Franziska con una sonrisa—. Nuestra Julia está bien provista para el invierno. Cuando se ensucie una chaqueta, tendrá la otra.

Tras repartir los regalos, se sentaron a la mesa y se sirvieron salchichas de Frankfurt y ensalada de patata. La pequeña, sin embargo, no pudo disfrutar de la comida, ya que se le cerraron los ojos tras los primeros bocados. Jenny cogió a su hija, le preparó la cama y la acostó con cuidado.

—Duerme bien, cariño —murmuró y le dio un beso en el suave y rojizo cabello—. Mañana jugaremos con tu nuevo perro de peluche.

De vuelta al salón, Jenny sirvió el postre: macedonia con nata montada. Las conversaciones giraban en torno al hotel rural Dranitz. Surgieron nuevas ideas, Jenny trazó un plan para la publicidad y Franziska propuso trabajos imprescindibles en el jardín. Solo Walter, poco amigo de hacer castillos en el aire, se mantuvo en un segundo plano. Sobre las diez, cuando Kacpar se acababa de retirar, llamaron a la puerta.

—¡Ya voy yo, abuela! —se ofreció Jenny, que bajó corriendo la escalera.

Arriba la oyeron abrir la puerta y saludar a alguien. Después se hizo el silencio durante un rato, antes de que al fin percibiesen pasos en la escalera.

—¿Quién será? —murmuró Franziska.

—Quizá Papá Noel —bromeó Walter.

Franziska le lanzó una mirada de reproche, pero no pudo evitar sonreír.

No era Papá Noel quien subió la escalera detrás de Jenny, sino Ulli Schwadke. Llevaba botas de invierno forradas y una chaqueta; en la mano sujetaba el gorro de lana rojo que acababa de quitarse.

—¡Feliz Navidad! —Saludó con la cabeza a Walter y Franziska—. Necesitaba dar un paseo: la ternera en gelatina de Mine estaba tan rica que he comido demasiado. Y entonces he pensado que podía hacer de Papá Noel y entregar mi regalo a la pequeña Julia.

—Así que Papá Noel —susurró Walter, que se topó con otra mirada de reproche.

Ulli sacó un paquetito de la mochila y se lo tendió a Jenny. Desenvolvió un precioso y caliente chaquetón para Julia. Verde hierba, porque pensaba que aquel color era el que mejor combinaba con su pelo rojizo.

—¡Vaya! —exclamó Jenny, conteniendo la risa—. Es muy bonito. ¡Gracias!

—Pues no tenemos nada para ti —lamentó Walter—. Pero nos alegraría que bebieses una copita de vino con nosotros.

—Queda macedonia con nata montada —lo invitó Franziska.

Ulli rehusó con educación; solo era un cansado excursionista que ahora debía volver a su casa a través de la nieve y la tormenta.

—He pensado que quizá uno de vosotros pueda acompañarme...

Franziska intercambió una mirada de asombro con Walter.

—¿Ahora? ¿Tan tarde? —preguntó, sorprendida—. No creo.

Sin embargo, Walter ya lo había entendido.

—Coge mi bufanda de lana, Jenny —le aconsejó—. Y los calcetines gruesos de Franziska.

Se vistió en menos de cinco minutos y Ulli prometió llevarla de vuelta a la mansión con su coche a primera hora. La niña pasaría la Nochebuena en casa de los abuelos.

—¡Tened cuidado! —les gritó Franziska.

Walter y Franziska se asomaron a la ventana y vieron cómo los dos jóvenes hacían una batalla con bolas de nieve en el patio. Qué contenta estaba Jenny y también Ulli; nunca los habían visto comportarse como críos. Al final se sacudieron el uno al otro la nieve de las chaquetas y se marcharon hacia Dranitz. No estaba lejos, como mucho un cuarto de hora a pie, pero el viento les soplaba gruesos y algodonosos copos.

—Ay, qué bonito —suspiró Franziska cuando se apartó de la ventana—. Se merece mucho divertirse un poco y ser feliz. Primero tuvo una infancia difícil en aquellos pisos compartidos, luego la relación con un hombre casado y, para colmo, fue madre tan joven. ¿Qué vida ha tenido la chica hasta ahora?

Walter le dio la razón y contuvo un comentario irónico. Hacía unos días Franziska se lamentaba de que Jenny hubiese mandado a paseo al padre de su hija de forma tan grosera. Al parecer, ya se había hecho a la idea.

Volvieron para controlar a Julia. Más tarde, Walter abrazó a Franziska y le susurró con cariño:

—Esta Nochebuena nos pertenece solo a nosotros.

Franziska se recostó contra él y lo siguió al dormitorio sonriendo.

Franziska

¡Ay, los pueblerinos! ¿No decía siempre su madre que no se podía dar importancia a las habladurías del pueblo? No obstante, la baronesa Margarethe von Dranitz se había esforzado por no tolerar semejantes rumores. Franziska no lo había logrado. Y claro: las desgracias nunca vienen solas. Además de las preocupaciones por el maldito dinero, también tenía que aguantar los cotilleos.

«La señora baronesa está sin blanca.»

«La mansión se subastará dentro de poco.»

«El agente judicial ya ha pasado.»

La persona que curioseaba era el cartero. Seguro que había reconocido las reclamaciones con su sexto sentido. De todos modos, era imposible que el escrito del juzgado pasara inadvertido. Ni siquiera con los años la dejaban en paz. Una audiencia por una factura sin pagar. En su vida le había pasado algo así. La familia Von Dranitz solo tuvo deudas cuando su abuelo era joven y fue por culpa de su hermano, que sirvió en el ejército imperial y llevó una vida demasiado lujosa.

Si los bancos no fuesen unos buitres, hacía mucho que habría superado las dificultades momentáneas con la ayuda de un préstamo, pero las condiciones que le ofrecieron eran inaceptables. Para eso podía regalar la propiedad al banco.

Era por su edad. Si Jenny fuese la propietaria, conseguiría mejores condiciones, pero solo si podía demostrar unos ingresos. El hecho de que estuviese cursando tan tarde el bachillerato a distancia y después quisiera estudiar ciencias empresariales no había causado muy buena impresión.

Además, el agente judicial solo había ido una vez. Cuando estuvo enferma. Walter negoció con él, que se marchó tan tranquilo. Quizá algo más apurado cuando Falko se entrometió en la negociación. De todos modos, cómo algo así podía saberse en el pueblo era un misterio para ella.

Jenny le había hablado de los rumores, que le llegaron a través de Ulli Schwadke. Desde su paseo nocturno estaban juntos todo el rato, pero al menos Ulli era una persona decente, era apuesto y el nieto de Mine y Karl-Erich. Ingeniero naval. Bueno, de momento en paro. Por desgracia, como tantos otros en el Este. Corría la voz de que quería montar un alquiler de barcas en Ludorf, a orillas del Müritz. Sin embargo, no eran más que planes de futuro. En caso de que resultase algo serio de aquella historia entre Jenny y Ulli, tendrían que explicar al joven que Jenny estaba comprometida con la mansión Dranitz y que no se mudaría con él a Ludorf. Por supuesto, suponiendo que la mansión fuese aún de su propiedad. Lo que estaba por ver. Al menos estaba decidida a luchar hasta el último aliento.

La nieve solo cuajó unos días. Para entonces ya se había derretido y dejó charcos sucios y prados fangosos. Aun así seguía haciendo mucho frío, un frío húmedo que atravesaba abrigos y chaquetas, y les hacía tiritar pese a la ropa caliente.

Era Nochevieja y Franziska pensaba si debían aceptar la invitación de Kalle y pasar Año Nuevo en el antiguo molino de aceite. Seguro que allí haría un frío glacial aunque Kalle encendiese la estufa y no quería recaer. Por otro lado, sabía lo mucho que a Walter le apetecía ir, ya que Sonja había aceptado la invitación, y se alegraba de celebrarlo con ella. Sobre todo porque no la había visto durante las Navidades, ya que se fue a Berlín para visitar a antiguos amigos y compañeros de estudios; era probable que hubiese hecho publicidad del proyecto Zoológico Müritz y recaudado donaciones. Al parecer, había tenido mucho éxito. Se lo merecía. Jenny había informado a Franziska de que Sonja era en realidad «muy buena gente» y esperaba simpatizar por fin con la hija de Elfriede.

Por lo demás, tenía la sensación de que las cosas se le iban de las manos. No solo en cuanto a las finanzas. Jenny tomaba su propio camino, tenía a Ulli y a la pequeña, lo que estaba muy bien. No se preocupaba por ella, lo principal era que no se excediese con tantas metas. Con su hija, Cornelia, era otra cosa. No la había llamado ni felicitado la Navidad. Franziska le escribió e intentó localizarla dos veces por teléfono en vano. Quizá estuviera de viaje. Su hija odiaba aquel «sentimental teatro navideño». Al parecer, las guirnaldas luminosas y los árboles de Navidad adornados le daban náuseas.

Casi todo iba por el mal camino. Además, creía que a esas alturas ya habría hecho en la finca Dranitz lo más difícil tras dos años, esperaba que el hotel estuviese abierto y el jardín deforestado y replantado, pero nada de eso había sucedido. Al contrario, luchaba por la supervivencia económica, y la reagrupación familiar se hacía esperar. No, tenía pocas ganas de ir a una fiesta de Nochevieja, y mucho menos en medio del bosque, en el antiguo molino de aceite, que ya en su tiempo era un lugar de mala reputación.

Llamó a la puerta de Walter.

—¡Adelante! —sonó dentro. Franziska entró y lo encontró sentado a su escritorio, ocupado revisando más folletos para el Zoológico Müritz que Sonja había elaborado.

—Quiero hablarte de esta noche, Walter —empezó titubeante—. Si quieres ir a casa de Kalle, no te quedes aquí por mí. Estaré a gusto aquí con Falko y Julia, me sentaré en el sofá y leeré o encenderé la tele.

Sin embargo, a él no le pareció bien. Quería estar con ella en Nochevieja para celebrar juntos el nuevo año, beber una copita de champán, hablar de los viejos tiempos y fraguar planes para el futuro. Sobre todo esto último era importante para él. Mientras tuviesen un objetivo conjunto, la edad no sería un impedimento.

Por supuesto, fue Jenny quien la hizo dudar de su decisión y la ayudó a saltar sobre sus propias sombras. Llegó a la mansión a última hora de la tarde con Julia.

—¡Abuela! ¡Walter! ¿Dónde estáis? He venido antes porque quiero hacer una ensalada para la fiesta de esta noche. He traído todos los ingredientes, pero necesito a alguien que me quite de encima a Julia, hoy está insoportable.

Al darse cuenta de la reticencia de Franziska, insistió:

—¡Ay, abuela! Demuestra que eres una Dranitz. ¿O acaso tienes miedo a las estúpidas habladurías? Deja que la gente cotillee. En casa de Kalle estamos entre amigos, allí no tienes nada que temer.

—Pero ¿qué te crees, Jenny? No me importan los cotilleos. Ya mi madre...

—¡Ves! —exclamó ella, alegre—. Tendríamos que haberlo aclarado. Y ahora, poneos elegantes, ¡nos iremos en cuanto prepare la ensalada!

Y así el último día del año cargaron el coche con mantas, dos bolsas con utensilios de bebé, una camita plegable que Anne Junkers les había prestado, varios termos con bebidas calientes y una gran fiambrera de sopa húngara que Mücke había dado a Jenny.

Kalle trabajó todo el día en el molino, llevó mesas y sillas, encendió la estufa y depositó las bebidas frías junto al edificio.

—¿Hay servicio? —preguntó Franziska al bajar del coche.

—Por supuesto, una letrina de primera categoría —respondió Mücke, que salió a su encuentro por el camino—. Kalle ha renovado la puerta, que estaba arrancada. Al principio lo hacíamos al aire libre.

—¡Cielo santo! —rio Franziska.

Kalle había colocado antorchas para iluminar el oscuro bosque, el gran prado de Bernd Kuhlmann y el camino al molino con su cálida y amarillenta luz. Era precioso.

Ulli, que había visto los faros, salió a su encuentro.

—¿Te cojo a la niña, Jenny?

—No. Coge mejor la camita, el resto nos lo repartimos.

Se detuvieron asombrados delante del antiguo molino de aceite. Kalle se había superado. Todo el edificio estaba iluminado con antorchas y la antigua rueda del molino tenía un aspecto muy romántico con la trémula luz.

Kalle recibía a los invitados en la puerta.

—¡Pasad al salón! —Realizó una torpe reverencia—. Os hemos guardado los mejores sitios. Por favor, señora baronesa, usted junto a su doncella; su yerno se sentará enfrente...

Kalle era un descarado. Con lo de yerno se refería a Bernd Kuhlmann, al que aquella denominación había molestado. Mine no se escandalizó en absoluto cuando la describió como doncella. Aquel fue mucho tiempo su objetivo principal, aunque la guerra lo frustró. Franziska tenía que reconocer que Kalle y Mücke habían restaurado el espacio a las mil maravillas y se habían esforzado para que sus invitados estuvieran cómodos. Como no había electricidad, innumerables lamparillas irradiaban una luz suave e íntima sobre el antiguo madero y el molino. En las mesas había trémulas linternas y en el rincón crepitaba la antigua estufa de hierro. Sonja fue a su encuentro y abrazó a su padre, le tendió la mano a Jenny y saludó a Franziska con un amable cabeceo.

—Qué bien que hayáis venido —dijo—. ¿Qué tal... estás,

Franziska? —Quedó claro que no le resultó fácil tutear con aquella familiaridad a la hermana de su madre, pero había que reconocerle el esfuerzo.

Franziska sonrió. Tampoco para ella era fácil el nuevo trato. Aún recordaba la frialdad con la que Sonja la había despachado de mala manera a principios de año. Estaría bien que se disculpase; al fin y al cabo, Franziska no tuvo la culpa de la muerte de Elfriede, pero era el primer paso para la reconciliación y no quería ser quisquillosa.

—Venga —dijo Walter—. Sentémonos.

Junto a Mine, que dominaba la sala en un viejo sillón de mimbre, estaba sentado Bernd Kuhlmann, que les tendió la mano. Walter intercambió unas palabras con él y luego brindaron con las cervezas que Kalle repartió.

—A la señora baronesa le daremos una copa —anunció—. Los demás beberán de la botella.

Su buen humor era contagioso. Franziska se relajó, conversó con Mine, después también con Bernd y se alegró cuando Jenny fue con Julia junto a ellos y Ulli se sentó enfrente.

—Estaría bien terminar el nuevo acceso que bordea el prado —le dijo a su padre—. Si se viene con equipaje, como nosotros, se acaba sin brazos y además, el camino es endemoniadamente empinado.

Bernd asintió.

—En primavera nos pondremos con ello.

Luego hizo de tripas corazón y preguntó si podía coger a la niña. Jenny le tendió a Julia, a la que estrechó con cuidado.

Qué bonito. Franziska se alegraba de haber ido. Apretó la mano de Walter a escondidas y le guiñó un ojo a Jenny, que repartía con Ulli tazas de sopa mientras Julia se ponía cómoda en el regazo de su abuelo.

La puerta se abrió de golpe y entraron tres invitados demorados: Kacpar y Anne Junkers, con el pequeño Jörg.

—¡Pasad! —exclamó Kalle alegre—. ¡Estábamos a punto de abalanzarnos sobre la sopa!

Mücke repartió las paneras y Wolf se encargó de las bebidas.

Tras la comida, Franziska y Walter invitaron a que Kacpar por fin los tutease.

—No sé si lo conseguiré —reconoció—. ¡Espero no volver al «usted» habitual!

Mine habló del molinero que vivía allí y ponía el molino en funcionamiento cuando era necesario. Era un tipo raro, pequeño y algo contrahecho. Tuvo un accidente de niño y por eso la cadera se le quedó torcida.

—Tuvo una amante —comentó Karl-Erich—. Venía del pueblo vecino por el bosque y pasaba la noche con él. En su pueblo tenía marido e hijo, la muy pájara…

—Su marido empinaba el codo —mencionó Mine—. No trabajaba y no tenía nada. El molinero le daba dinero, era por eso. Gracias a él crio a su niño, pobre criatura.

—Solo sé que en otoño el inspector Schneyder iba a menudo al molino —contó Franziska—. Creo que molía con frecuencia por cuenta propia, había que estar atento.

—Bueno —intervino Walter—. Mucho no debía pagarle tu padre por el trabajo, ¿no?

—No. Pero tenía ovejas y cabras.

—¡Entonces era rico! —bromeó Walter—. ¿Y qué fue después de él?

Nadie lo sabía. Mine dijo que desapareció poco antes de la ocupación de los rusos y Karl-Erich sospechó incluso que se había compinchado con ellos.

—Había que tener cuidado con él —afirmó—. Perseguía a las chicas. Siempre le echaba el ojo a Mine cuando venía a la mansión.

Mine protestó. Podía cuidar muy bien de sí misma. Y tan

malo no era el pobre tipo. Los había peores. Lobos con piel de cordero. Primero hablaban con buenas palabras y luego presentaban facturas exorbitantes.

—Cuando tienes razón, tienes razón —admitió Karl-Erich—. Y ya que estamos en pequeño comité, señora baronesa: hemos oído que hay problemas de dinero en la mansión. Mine y yo hemos pensado que tenemos algo ahorrado. Para más tarde, cuando fuésemos mayores. Pero ya somos mayores y creo que usted puede necesitarlo más. No queremos que la mansión vaya a parar a las manos equivocadas.

Emocionada, Franziska no sabía qué decir. Se limitó a apretar en silencio las curvadas manos de Karl-Erich.

—Nos lo puede devolver después —siguió el anciano con generosidad—. O déselo a Ulli. En todo caso se queda en la familia.

Esto último no gustó en absoluto a Mine. Sin embargo, como Ulli estaba sentado tan cerca de Jenny en la otra mesa y por lo visto le estaba contando todo tipo de cosas emocionantes, no le llevó la contraria.

—La gente joven hace lo que quiere —murmuró—. Y quizá esté bien así. O quizá no...

—Ya veremos —secundó Franziska, que comprendía bien a Mine—. Aún no se ha dicho la última palabra.

El tiempo avanzó sin que apenas se diesen cuenta. La pequeña se quedó dormida con el perro de peluche de Kacpar bien cogido. Franziska la puso en la camita y extendió una suave manta sobre su bisnieta. Jörg se había tumbado con Falko sobre la manta y los dos se estaban zampando los últimos trozos de pan. Sonja estaba sentada con Kalle y Wolf. Jenny y Ulli se unieron a ellos, mientras que Anne Junkers y Kacpar se mantenían un poco al margen, sumidos en su conversación.

—¡Media hora! —exclamó Kalle—. Estamos en la recta final. Escuchad todos: ¡va a ser terrorífico!

—¿Y eso por qué? —quiso saber Anne Junkers con miedo.

—Fuera está el espíritu del molinero, que quiere entrar —bromeó Wolf Kotischke con sarcasmo.

—¡Tonterías! —exclamó Kalle, que se subió a la tarima de arenisca, delante del molino—. Voy a recitar un poema que he escrito.

Todos rieron.

—¡Un poema! ¡Ayuda! ¡A cubierto! —exclamó Wolf de modo teatral—. Mujeres y niños primero.

—¡Silencio! —pidió Kalle—. ¡Empiezo! —Esperó a que no se oyese ni una mosca en la sala, entonces sacó la chuleta del chaleco y empezó a declamar.

> *El año acaba, nos lo sacudimos*
> *Fuera de casa los trastos reunimos*
> *Nos ha traído muchas cosas buenas*
> *Pero también nos ha supuesto penas*

—¡Bravo! —gritó Karl-Erich—. Caray, Mine, ¿has escuchado eso? ¡Rima!

—¡Kalle es un poeta! —certificó Ulli con una sonrisa.

—¿Puedo servir ya el champán? —preguntó Anne.

—¡No! —gritó Kalle—. Aún no he terminado.

Volvió a adoptar una actitud afectada y continuó:

> *En marzo fue la bella unión*
> *Sonja fundó la asociación*
> *Ulli a Bremen fue*
> *Está hecho un infiel…*

—Ya he vuelto —gruñó Ulli.

—¡Pero tardaste mucho! —opinó Jenny.
—¡Tendrías que haberme escrito más a menudo!

Pero, Mücke,
por suerte
volví a
pretenderte...

Kalle no se dejó desconcentrar. Todos estallaron en vítores y aplausos.
—¡Hurra! ¡Vivan Mücke y Kalle! —exclamó Jenny.
Kalle tuvo que gritar su última estrofa para levantar un buen barullo en la sala.

Os queremos anunciar
Que nos vamos a casar
Si el amor arde sin desliz
También habrá un final feliz.

—¿Es un compromiso? —preguntó Bernd Kuhlmann.
—Eso creo —dijo Walter, que se sobresaltó ante el repentino y enorme estallido. Un proyectil voló por encima del molino.
Anne Junkers rio a carcajadas y llenó las copas.
Sonja ayudó a Kalle a bajar de la tarima y se subió, echó un vistazo a su reloj y empezó a contar.
—Diez, nueve, ocho, siete...
—¿Quién no tiene champán? —exclamó Anne entremedias.
—Cuatro, tres, dos, uno... ¡Año Nuevo!
Todos se abrazaron, brindaron y bebieron por 1993, un año en el que todo sería mejor, mayor y más bonito.
—Hace mucho que quería quitármelo de encima —dijo

Sonja con la mano tendida hacia Franziska—. Siento de veras haber sido tan desagradable. Si te parece bien, tía Franziska, podemos empezar de nuevo.

¡Tía Franziska! Qué bien sentaba tener una sobrina.

—¡Me alegro mucho, Sonja! —respondió Franziska—. ¿Puedo abrazarte?

Sonja dejó la copa sobre la mesa.

—Como excepción. Pero cuidado. Soy voluminosa.

Jenny estaba enfrente, con su padre. Brindaron y charlaron, Jenny reía, Bernd sonreía un poco tímido, pero parecía cada vez más a gusto. Kalle abrió la puerta, todos se pusieron los abrigos y salieron al silencioso claro del bosque. Hacía frío y había un poco de niebla; en el oscuro cielo no se veía ni una estrella. El olor a tierra húmeda, setas, agujas de abeto y niebla llenaba el aire. A lo lejos, donde estaba el pueblo, y aún más allá, cerca del Müritz, se veía una luz rojiza sobre los árboles. Eran los fuegos artificiales de Nochevieja.

—Abuela. —Jenny tiró de la manga de Franziska—. Imagínate, Bernd ha dicho que nos puede prestar dinero. Y Ulli también quiere ayudar. ¿No es maravilloso? Ahora lo conseguiremos, ¿no?

—Ay, Jenny… —Franziska se enjugó las lágrimas.

—La mansión no se subastará, ¿verdad?

—No, claro que no.

Walter se acercó a ellas, rodeó con cariño a Franziska con el brazo y señaló el centelleante y rojizo resplandor del fuego, del que ascendían algunos puntos luminosos.

—Lanzan millones al cielo —murmuró—. Una locura, ¿no?

Franziska apoyó la cabeza en su hombro.

—¿Para qué queremos millones, teniendo amigos como estos? —preguntó en voz baja.

El futuro de la mansión Dranitz seguía en el aire. Sin embargo, como estaba entre densas nubes, nadie sabía qué pasaría con ella. Solo Mine. Porque lo intuía.

—Todo saldrá bien —aseguró—. No siempre como una se lo imaginaba. Pero saldrá bien.

Descubre tu próxima lectura

Si quieres formar parte de nuestra comunidad,
regístrate en **www.megustaleer.club**
y recibirás recomendaciones personalizadas

 megustaleer